Majgull Axelsson · Die Aprilhexe

MAJGULL AXELSSON

Die Aprilhexe

ROMAN

Aus dem Schwedischen von
Christel Hildebrandt

C. BERTELSMANN

Die Originalausgabe erschien 1997 unter dem Titel
»Aprilhäxan« bei Rabén Prisma, Stockholm

Die vorliegende Übersetzung wurde vom
SVENSKA INSTITUTET, Stockholm, gefördert

Umwelthinweis:
Dieses Buch und sein Schutzumschlag
wurden auf chlorfrei gebleichtem Papier gedruckt.
Die vor Verschmutzung schützende Einschrumpffolie ist aus
umweltschonender und recyclingfähiger PE-Folie.

4. Auflage

Satz: Uhl+Massopust, Aalen
Druck und Bindung: GGP Media GmbH
Printed in Germany
ISBN 3-570-00375-2
www.bertelsmann-verlag.de

Dieser Roman ist reine Fiktion. Natürlich gibt es in Vadstena ein Pflegeheim und eine Ambulanz, wie es auch in Kiruna ein Institut für Weltraumphysik gibt, aber keine dieser Institutionen ist mit denen identisch, die in diesem Buch geschildert werden. Menschen und Handlungen entstammen meinem eigenen Kopf – wenn auch mit einer gewissen Hilfe von Ray Bradbury, der mich bereits vor vielen Jahrzehnten über die Aprilhexen hat nachsinnen lassen.

Die Autorin

Wellen und Teilchen

»Neutrinos they are very small
They have no charge and have no mass
And do not interact at all
The earth is just a silly ball
To them, through which they simply pass
Like dustmaids down a drafty hall
Or photons through a sheet of glass …«

JOHN UPDIKE

Wer bist du?« fragt meine Schwester.

Sie ist empfindsamer als die anderen, nur sie erspürt meine Anwesenheit. Jetzt sieht sie aus wie ein Vogel, wie sie dasteht, mit gerecktem Hals, und in den Garten späht. Sie trägt nur einen grauen Morgenmantel über dem weißen Nachthemd, und anscheinend spürt sie nicht, daß der Nachtfrost noch anhält. Der Morgenmantel ist offen, der Gürtel hängt nur noch in einer Schlaufe. Er liegt wie eine dünne Schwanzfeder hinter ihr auf der Küchentreppe.

Sie wendet den Kopf in einer ruckartigen Bewegung, lauscht in den Garten und wartet auf eine Antwort. Als die nicht kommt, wiederholt sie, jetzt ängstlich und mit schriller Stimme:

»Wer bist du?«

Ihr Atem bildet kleine weiße Federbüschel. Das steht ihr. Sie ist ein ätherischer Typ. Wie Nebel, dachte ich bereits beim ersten Mal, als ich sie sah. Das war an einem heißen Augusttag vor vielen Sommern, lange Zeit bevor ich ins Wohnheim gezogen bin. Hubertsson hatte dafür gesorgt, daß ich ins Freie gebracht und unter den Schatten eines großen Ahorns gestellt wurde, kurz bevor die Ärztekonferenz im Versammlungsraum des Krankenhauses beginnen sollte. Wie zufällig stieß er auf dem Parkplatz mit Christina Wulf zusammen, und wie ganz zufällig überredete er sie, die große Rasenfläche zu überqueren, auf der ich saß. Ihre Pumps sanken tief in das weiche Gras, und als sie auf den Kiesweg gelangte, blieb sie stehen, um zu kontrollieren, ob sich auch keine Erde unter den Sohlen festgesetzt hatte. Erst da bemerkte ich, daß sie Strümpfe trug, trotz der Hitze. Eine nette Bluse, einen halblangen Rock und eine Strumpfhose. Alles in verschiedenen Weiß- und Grautönen.

»Deine große Schwester ist so eine Dame, die sich die Hände in Chloramin wäscht«, sagte Hubertsson, bevor er sie mir gezeigt hatte. Oberflächlich betrachtet war das eine gute Beschreibung. Aber nicht ausreichend. Als ich sie das erste Mal sah, erschien sie mir so verschwommen, was Farbe und Form betraf, daß es aussah, als würden die Gesetze der Materie nicht für sie gelten, als könne sie wie Rauch durch geschlossene Fenster und verschlossene Türen gleiten. Einen Augenblick glaubte ich, Hubertssons Hand würde direkt durch ihren Arm greifen, als er ihr sie entgegenstreckte, um sie zu stützen.

Was an und für sich gar nicht so außergewöhnlich wäre. Wir vergessen immer wieder, daß das, was wir Naturgesetz nennen, nur unsere einfältigen Ansichten von der Wirklichkeit sind, die doch viel zu kompliziert ist, als daß wir sie verstehen könnten. Wie beispielsweise die Tatsache, daß wir in einer Wolke von Teilchen leben, denen die Masse fehlt, von Photonen und Neutronen. Und daß die gesamte Materie – auch die im menschlichen Körper – zum größten Teil aus einem Vakuum besteht. Der Abstand zwischen den Teilchen der Atome ist ebenso groß wie der Abstand zwischen einem Stern und seinen Planeten. Eine Oberfläche und Festigkeit entstehen also nicht durch die Teilchen an sich, sondern durch das elektromagnetische Feld, das sie zusammenhält. Die Quantenphysik hat uns außerdem gelehrt, daß das allerkleinste Element der Materie nicht nur ein Teilchen ist. Es ist außerdem eine Welle. Gleichzeitig. Und darüber hinaus haben einige davon die Fähigkeit, sich zur gleichen Zeit an verschiedenen Stellen zu befinden. In einer Mikrosekunde probiert das Elektron seine möglichen Positionen aus, und während dieses einen Augenblicks sind alle diese Möglichkeiten wirklich.

Das heißt: Alles fließt. Wie bekannt.

Vor diesem Hintergrund gesehen, ist es nicht weiter erstaunlich, daß einige von uns die Gesetze der Physik durchbrechen können.

Aber als Hubertssons Hand Christina erreichte, während sie auf einem Bein stand und ihre Sohle begutachtete, zeigte es sich, daß sie feste Konturen hatte, wie alle anderen Menschen auch. Seine Hand ergriff ihren Arm und blieb dort.

Sie ist im Laufe der Jahre nicht weniger durchsichtig geworden; immer noch sieht sie aus, als könnte sie sich jeden Augenblick auflösen und in einer einzigen Bewegung von Wellen und Partikeln davontreiben.

Aber das ist natürlich nur eine Illusion, Christina ist und bleibt ein fest zusammenhängender Klumpen menschlicher Materie. Sogar ein ziemlich fester.

Und jetzt haben ihre Elektronen sich für eine neue Position entschieden. Sie blinzelt und vergißt mich, zieht sich den Morgenmantel fester um den Körper und geht mit klappernden Schuhen über den letzten Schnee auf dem Gartenweg zum Briefkasten und damit zur Morgenzeitung.

Der Brief liegt ganz unten im Kasten. Als sie ihn entdeckt, durchfährt sie ein leichter Schauer wie ein schwacher Wind, der den Garten durchweht. *Astrid*, denkt sie, erinnert sich aber sofort daran, daß Astrid ja tot ist, daß sie bereits seit drei Jahren tot ist. Das tröstet sie. Sie schiebt sich die Zeitung unter den Arm und geht zurück zum Haus, während sie den Umschlag von allen Seiten betrachtet. Sie sieht sich nicht vor.

Deshalb stolpert sie über die tote Möwe.

Im gleichen Augenblick schlägt meine andere Schwester die Augen in einem Hotelzimmer in Göteborg auf und holt mühsam Luft. So wacht sie immer auf; eine Sekunde lang ist sie voller Panik, bevor sie sich daran erinnert, wer sie ist und wo sie sich befindet. Aber die Morgenangst vergeht, und sie fällt fast wieder in den Schlaf, als sie zusammenzuckt und die Arme in die Luft reckt. Mein Gott! Sie hat doch keine Zeit, hier herumzuliegen und sich zu strecken! Sie will doch diesen ganz normalen Donnerstag heute dazu benutzen, in den eigenen Fußspuren zu wandeln: *A walk down Memory Lane!* Sie ist diesen Weg bereits früher gegangen, aber jetzt ist es schon eine ganze Weile her. Margareta setzt sich in ihrem Bett auf und sucht die Zigaretten. Der erste Zug läßt sie erschauern, er gibt ihr das Gefühl, als löse sich die Haut und würde einige Millimeter vom Fleisch entfernt schweben. Sie schaut ihre Arme an. Sie sind nackt, bleich und faltig. Sie hat ihr einziges Nachthemd bei Claes vergessen...

Für eine überzeugte Raucherin ist Margareta ungewöhnlich bedacht auf frische Luft. Sie verbirgt ihre Nacktheit in der Decke, geht zum Fenster und öffnet es weit. Dann bleibt sie in der Kälte stehen und schaut hinaus auf den blaugrauen Spätwinter.

Nirgendwo in Schweden ist das Licht so häßlich wie in Göteborg, denkt sie. Das ist ein üblicher, vertrauter Gedanke. Damit tröstet sie sich immer, wenn sie von der Dunkelheit daheim in Kiruna zu Boden gedrückt wird. Sie hatte Glück, trotz allem. Sie hätte ihr ganzes Leben genausogut unter Göteborgs metallischem Himmel verbringen können, wenn es da nicht einen Zufall gegeben hätte. Einen Zufall in Tanum...

Margareta nimmt noch einen Zug und stößt den Rauch mit einem zufriedenen Lachen wieder aus. Heute will sie ja nach Tanum. Zum ersten Mal seit mehr als zwanzig Jahren will sie an den Ort zurück, der über ihr Erwachsenenleben entschieden hat.

Damals war sie gerade dreiundzwanzig und angehende Archäologin. Den ganzen heißen Sommer über hatte sie den Heidesand umgegraben, gesiebt und gebürstet, um eine weitere alte Höhlenmalerei freizulegen, und die ganze Zeit hatte eine Saite in ihr vor Erwartung gezittert. Diese Saite klang für Fleming, einen dänischen Gastprofessor mit dunkler Stimme und schmalen Augen. Bereits damals hatte Margareta – um es freundlich auszudrücken – eine gewisse Erfahrung mit Männern mittleren Alters, und jetzt nutzte sie alle Tricks und Künste aus, die sie erlernt hatte. Sie schlug den Blick zu Boden und fuhr sich hastig mit der Hand durchs Haar, sobald er sie ansah, sie schob die Brust vor und wackelte mit den Hüften, wenn sie ging, sie lachte laut und gurrend über seine Späße in den Kaffeepausen.

Anfangs hatte er eher Angst, als daß er geschmeichelt war. Zwar suchte er ziemlich oft ihre Nähe, lächelte, wenn sie lächelte, und lachte, wenn sie lachte, ergriff jedoch nie von sich aus die Initiative. Statt dessen erwähnte er immer häufiger – apropos irgendwas – seine Frau und seine Kinder, sein Alter und seine Verpflichtungen. Aber Margareta ließ nicht locker. Sie war von fanatischem Wesen, damals wie heute, und je offensichtlicher er seine Ausflüchte zur Schau trug, um so intensiver saugte sich ihr Blick an ihm fest. Sie wollte ihn haben! Das Problem war nur, daß sie nicht so recht wußte, wozu sie ihn eigentlich haben wollte.

Sie sollten miteinander schlafen. Natürlich. Abends in ihrem Zelt stellte sie sich oft vor, wie er sie mit einer Hand um die Taille packte, während er gleichzeitig mit der anderen seinen Reißverschluß öffnete. Er sollte ruhig zittern und herumfummeln, sie würde ihm nicht helfen, ganz im Gegenteil, sie würde ihn daran hindern, indem sie ihren Unterleib an den seinen preßte und ihn vorsichtig kreisen ließ. Aber wenn der Reißverschluß endlich offen war, dann würde ihre Hand sich vortasten, sie würde sich um sein Geschlecht schließen, das unter dem weißen Baumwollstoff der Unterhose wie ein formloser Klumpen beulen und spannen würde, und dann würden ihre Finger weiterwandern, leicht wie Schmetterlingsflügel.

Aber mit ihm zu schlafen, das war nur der Weg. Nicht das Ziel. Margareta ahnte bereits, daß sie sich damit begnügen müßte, ihre Lust in Flemings zu spiegeln, aber das war ihr eigentlich ganz gleich. Es gab ein anderes Vakuum in ihr, das gefüllt werden mußte und das gefüllt werden würde, das wußte sie, wenn sie von der Sommernacht eng umschlungen in der Heide lagen. Dann würde Fleming etwas sagen oder tun – was, das wußte sie nicht –, und dieses Etwas würde für alle Zeiten jede Höhle in ihrem Körper ausfüllen. Danach würde sie zufrieden weiterleben. Für ewig erfüllt.

Und schließlich geschah es. Eines Abends schlang Fleming seinen Arm um ihre Taille und fummelte an seinem Reißverschluß herum. Margaretas Hand schloß sich um sein Glied, und ihre Lust explodierte bereits vor lauter Erwartung, als sie unter ihm in die Heide sank. Kurz darauf explodierte Fleming. Dann war es vorbei, denn nachdem Flemings Glied erschlafft war, hatte er nichts anderes mehr, um sie auszufüllen. Sein Gewicht, das gerade noch ein Trost und ein Versprechen war, wurde erstickend und bedrohlich. Sie stieß ihn zur Seite und rang nach Atem. Er reagierte nicht, grunzte nur und änderte seine Stellung. Er schlief tief und fest in der blühenden Heide.

Noch heute kann Margareta nicht sagen, wieso sie einfach aufstand und ging. Es hätte ihr ähnlicher gesehen, wenn sie geblieben wäre, sich in seinem Arm gelangweilt und für ein paar Monate mit den Krümeln zufriedengegeben hätte, die sie bekam, und dabei nicht einmal davon geträumt hätte, größere Krümel bekommen zu können. Aber die Enttäuschung schmeckte bitter in ihrem Mund und brachte sie dazu, ihre Shorts anzuziehen und ihres Wegs zu gehen. Sie ging absichtlich in die falsche Richtung, weg von der Ausgrabung und dem Zeltplatz der Archäologen, auf etwas anderes zu.

»Ach, Kleines!« sagt Margareta tröstend, als sie fünfundzwanzig Jahre später am offenen Fenster steht. Vorsichtig tastend schiebt sie eine Hand aus der Decke, als wollte sie sich durch die Zeit strecken und das innerlich leere Mädchen erreichen, das über Tanums Heide streift. Aber im gleichen Augenblick sieht sie ein, was diese Geste über ihren Realitätssinn aussagt; sie hält mitten in der Bewegung inne und läßt die Hand die Richtung ändern. Sie ergreift statt dessen eine Zigarette und zündet sie an. Margareta ist Physikerin, und als solche hat sie ein wenig Angst vor der modernen Physik. Ab und zu hat sie den Eindruck, daß Begriffe wie Zeit, Raum und Materie sich vor ihren Augen auflösen, und da muß sie sich selbst bremsen, da muß sie ihrer durchgehenden Phantasie Zügel anlegen und sich selbst einreden, daß sich vom menschlichen Blickwinkel aus nichts verändert hat. Hier auf der Erde ist die Materie immer noch fest und die Zeit ein Fluß, der durch die Welt rinnt vom Anbeginn des Lebens bis zu seinem Schluß. Allein in der Theorie ist die Zeit eine Illusion. Für die Menschen ist sie wirklich, und deshalb ist es ein Zeichen für menschlichen Wahnsinn, zu versuchen, sie zu überwinden. Zum Beispiel, um sich selbst in einer zwanzig Jahre jüngeren Ausgabe zu trösten.

Sie schließt das Fenster mit einem Knall, zieht die Gardinen vor und läßt die Decke auf den Boden fallen. Sie streckt sich. Jetzt will sie duschen und sich hübsch machen, dann will sie in Claes' schrottreifem altem Auto davontuckern, zuerst nach Tanum, dann nach Motala und schließlich nach Stockholm. Diese langweilige Konferenz, die sie gerade in Göteborg durchlitten hat, liegt bereits hinter ihr. Sie kann Kiruna und ihrer verfluchten Dissertation eine ganze Woche lang entfliehen. Unter der Dusche kommt die Erinnerung zurück. Plötzlich sieht sie Fleming vor sich, erinnert sich an sein sehnsuchtsvolles Lächeln am nächsten Tag und sein eindringliches Flüstern. Es war doch wunderbar gewesen? Und kommende Nacht würde es wieder wunderbar werden? Und zum Herbst hin wollte er zusehen, daß er ihr Mentor wurde...

Die ältere Margareta hält ihr Gesicht dem Wasserstrahl entgegen und schließt die Augen. Drinnen sieht sie die junge Margareta still lächeln und sich tiefer über ihre Arbeit beugen.

»Leider«, sagt sie. »Leider, Fleming, wird das nicht gehen...«

»Warum nicht?«

Sie wendet den Kopf und sieht zu ihm auf.

»Weil ich fertig bin mit der Archäologie. Im Herbst werde ich mit Physik anfangen. Ich habe mich letzte Nacht dazu entschlossen.«

Die ältere Margareta lacht trocken bei der Erinnerung an sein Gesicht.

Meine dritte Schwester liegt auf einer Matratze und blinzelt. Ansonsten liegt sie vollkommen regungslos da.

Birgitta hat kein Bett. Sie hat nicht einmal ein Laken auf ihrer Matratze, sie liegt direkt auf dem schmutziggelben Schaumgummi. Ihre Arme sind ausgebreitet, aus dem linken Mundwinkel rinnt ein kleiner Speichelfluß...

Sie sieht erbärmlich aus. Wie ein gekreuzigter Hefeteig.

Dennoch denkt sie an Schönheit. Sie erinnert sich an die Zeit, als sie fünfzehn und Motalas milchweiße Antwort auf Marilyn Monroe war. Auf dem Boden neben ihr liegt Roger, ein magerer kleiner Hering mit fettigem Haar und graumelierten Bartstoppeln. Seinetwegen kann Birgitta nicht schlafen, seinetwegen muß sie sich an die Zeit erinnern, als sie noch schön war. Und jetzt ist es ihr fast geglückt. Sie sieht die Dogge aus seinem Auto steigen, die Tür zuwerfen und sich umschauen. Auf dem Parkplatz ist es ganz still, nur Cliff Richards Stimme ist zu hören, die von einem tragbaren Plattenspieler ertönt. Alle Blicke sind auf die Dogge gerichtet, die Sehnsucht der Mädchen flattert wie Schmetterlinge auf ihn zu, die Ohnmacht der Jungs wird zu eisigem Schweigen. Birgitta weiß, daß er auf dem Weg zu ihr ist. Noch bevor er überhaupt einen Schritt macht, weiß sie, daß er auf dem Weg zu ihr ist. Und da kommt er, reißt die Autotür auf und packt sie beim Handgelenk.

»Du bist jetzt mein Mädchen«, sagt er. Nicht mehr. Nur das.

Wie in einem Film, denkt Birgitta zum tausendsten Mal in ihrem Leben. Das war genau wie in einem Film. Und der Film geht weiter, Chorgesang und Streicher erfüllen den Raum, wenn sie sich daran erinnert, wie er sie über die Motorhaube gelegt hat und sich vorbeugte, um ihr einen ersten Kuß zu geben...

Aber Roger bewegt sich im Schlaf, und deshalb reißt der Film, das Bild verschwindet. Sie dreht den Kopf und sieht ihn an, ein schwacher Ammoniakgeruch sticht ihr in die Nase. Seine verwaschenen Jeans weisen einen dunklen Fleck auf, der sich vom Reißverschluß über seinen linken Oberschenkel breitet...

Birgitta ist erschöpft, aber wenn sie genügend Kraft hätte, würde sie sich über dieses Würstchen rollen und es mit dem Gewicht ihres eigenen Fleisches erdrücken. Aber sie hat keine Kraft mehr. Es gelingt ihr nicht einmal mehr, die Hände an die Ohren zu pressen, um seine Stimme auszuschließen. Und was würde es schon nützen? Die Worte sind bereits gesagt, seine Sätze haben sich für ewig in ihrer Gehirnrinde eingebrannt.

»O Scheiße«, sagt er in der Erinnerung und legt eine Hand auf ihr Gesicht. »O Scheiße. Du bist ja so sauhäßlich, daß mein Pimmel schlappmacht...«

Birgitta blinzelt und ringt nach Luft, sucht in ihrer Erinnerung nach Chorgesang und Streichern, nach den breiten Händen der Dogge und Motalas milchweißer Antwort auf Marilyn Monroe. Aber der Film ist gerissen, die Spule dreht sich nutzlos herum, das Filmende flattert, und alle Bilder sind fort.

Sie preßt die Augen fest zusammen und versucht, die tröstenden Erinnerungen hervorzuzwingen. Als das nicht gelingt, hebt sie leicht die Augenlider und schaut auf Roger hinunter. Heute wird sie den Widerling endlich hinausschmeißen.

Ein Stück Treibholz

»Es ist Frühling, dachte Cecy. Heute nacht kann ich in jedem Lebewesen der Welt sein.«

Ray Bradbury

Kurz vor der Dämmerung verändern sich die Geräusche auf dem Flur, das Flüstern des Nachtpersonals und ihre verhaltenen Schritte werden eingetauscht gegen knallende Hacken und glasklare Stimmen. Die Morgenschicht ist dran. Heute ist es außerdem noch Kerstin Eins' Morgenschicht. Das ist bereits in der Luft zu spüren, sie vibriert vor Geschäftigkeit, bevor Kerstin Eins überhaupt da ist. Wenn Kerstin Zwei die Morgenschicht hat, ist die Luft ruhig, und es duftet nach Kaffee.

Heute ist Mittwoch. Vielleicht kann ich ja duschen. Seit letztem Mal ist es schon eine ganze Woche her, und der süß-saure Geruch meines Körpers erzeugt bei mir langsam Übelkeit. Er stört meine Konzentration. Mit meinem Geruchssinn ist nämlich alles in Ordnung. Leider.

Ich puste einen langen, zielbewußten Atemzug ins Mundstück, und der Bildschirm über meinem Bett flackert auf.

»Wollen Sie den Text speichern? Ja/Nein?«

Ein kurzer Stoß. Ja, ich will den Text speichern. Der Computer surrt und erlischt.

Erst jetzt merke ich, wie müde meine Augen sind. Es brennt unter den Lidern. Ich sollte eine Weile im Dunkeln ausruhen. Außerdem ist es das sicherste, so zu tun, als schliefe ich, wenn Kerstin Eins sich entschließt, ihre Morgenrunde zu drehen. Wenn sie merkt, daß ich die ganze Nacht wach war, wird sie eine kleine Rede darüber halten, wie wichtig doch ein normaler Tagesrhythmus sei. Vielleicht kommt sie auch noch auf die Idee, ihre Erziehungspatrouille zu beordern, mich auf einen Rollstuhl zu binden und zu einem der ewig stattfindenden Idiotenwettbewerbe in den Aufenthaltsraum zu rollen. Memory für Vierjährige. Oder Bilder-Bingo. Erster Preis ist immer eine Apfelsine, und von dem

Gewinner wird erwartet, daß er sich freut oder zumindest bei der Preisüberreichung aufhört zu sabbern – je nach den Fähigkeiten. Und deshalb bin ich nie Siegerin, ganz gleich, wie recht ich auch habe. Kerstin Eins mogelt mit den Ergebnissen. Patienten mit Einstellungsproblemen – wie sie es in ihrer amerikanischen Sozialprosa nennt – gewinnen nämlich nichts. Dann würde der therapeutische Wert der Wettbewerbe ja verlorengehen. Mein Einstellungsproblem besteht darin, daß ich so tue, als könnte ich nicht lächeln. Ich sabbere, verziehe mein Gesicht und tue so, als wäre ich verzweifelt, weil meine Mundwinkel sich nicht lenken lassen, wenn die Erziehungspatrouille mich mit der Siegerapfelsine lockt, aber ich lächle nicht. Nie. Und Kerstin Eins – die weiß, daß es eine Lüge und Theater ist – wird jedesmal gleich wütend. Aber sie kann mich nicht öffentlich anklagen, sie kann den Hilfsschwestern nicht erzählen, daß ich einmal gelacht habe.

Das war vor einem Monat, an meinem ersten Tag auf der Abteilung. Mehrere Stunden lang hatte ich ihre Stimme bereits auf dem Flur gehört – mal munter plaudernd, mal süßlich lärmend –, was bei mir eine Gänsehaut erzeugte. Es erinnerte mich nur zu gut an andere Stimmen. Sie ließ sie in meinen Ohren zu einer schnatternden Kakophonie anwachsen: Da war Karin aus der Anstalt für Körperbehinderte, die ach so muntere Rut, die Pflegemutter werden wollte (aber nicht für die da!), die Deutsche Trudi beim Neurologen und ihre Nachfolgerinnen Berit, Anna und Veronica. Alle hatten sie diese aufmunternden Vogelstimmen, und alle benahmen sich wie Straßenmädchen. Sie lachten, zwitscherten und tätschelten gegen Bezahlung. Aber ihre Hände waren eiskalt, und der Preis, den sie forderten, stand in keinem Verhältnis. Ein Heiligenschein.

Im Wohnheim war ich von angenehm gleichgültigen Pflegerinnen mit warmen Händen und Stimmen umgeben gewesen, die nicht zuviel versprachen, und vor einigen Jahren bekam ich sogar eine richtige Wohnung und eigene Pflegekräfte. Das waren ganz unterschiedliche Leute, junge Männer und ältere Frauen auf der Flucht vor der Arbeitslosigkeit, müde Kleinkindmütter ohne Ausbildung und Künstler mittleren Alters, deren Träume vom großen Durchbruch zu vertrocknen drohten. Sie fütterten mich, machten mich sauber und zogen mich an, ohne zu erwarten, daß ich sie dafür zum Dank lieben würde. Ihre Ruhe war unerschütterlich, und sie waren aufmerksam. Wenn ich aufstöhnte oder schnell vor Schmerz einen Muskel anspannte, ließen sie sofort los und suchten einen neuen, erträglicheren Griff. Aber jetzt war es damit zu Ende. Meine Anfälle kamen immer häufiger und wurden immer heftiger, jedesmal lief ich Gefahr, in den *status epilepticus* zu fallen, einen ununterbrochenen epileptischen Anfall. Und eines Tages stand Hubertsson an meinem Bett und erklärte mir mit gesenktem Blick, als würde er sich schämen, daß es so nicht mehr weiterginge. Meine Pfleger reichten nicht mehr aus, ich bräuchte die ständige Überwachung durch medizinisch ausgebildetes Personal, wenigstens für ein paar Monate, wenigstens so lange, wie es notwendig war, um ein neues Medikament auszuprobieren und mich darauf einzustellen. Also mußte ich zurück ins Pflegeheim, aus dem er mich einst befreit hatte. Und die Stimme auf dem Flur verriet mir, daß hier eine Person herrschte, die bereit war, in ihrem Kampf um das Gute über Leichen zu gehen.

Trotzdem versuchte ich sogar, mich höflich zu benehmen. Ein netter Gruß flimmerte über den Bildschirm, als Kerstin Eins in mein Zimmer trampelte, und ich wollte mich gerade pustend vorstellen, als sie sich über mein Bett beugte und den Schirm beiseite schob.

»Du arme Kleine …«, sagte sie und streckte eine Hand aus, um mir die Wange zu streicheln.

Ich kann meine Krämpfe nicht kontrollieren, aber diesmal hatte ich Glück. Mein Kopf zuckte verdreht zur Seite, wie er das immer tut, und ich kam genau in den richtigen Winkel, um ihren Daumen zu erreichen. Ich schnappte ihn mir. Und biß zu. Ich biß so fest, daß ich fühlte, wie meine Vorderzähne sich durch ihre weiße Haut preßten und den Knochen streiften, bevor der nächste Krampf meinen Kopf zur Seite warf und mich zwang loszulassen. Und da lachte ich. Ein warmes, breites Lachen aus tiefstem Herzen. Das einzige Lachen, das Kerstin Eins je von mir hören wird.

Beim nächsten Krampf konnte ich das Mundstück wieder erwischen und begann zu pusten. Ich konnte den Bildschirm nicht sehen – sie hatte ihn zu weit nach rechts geschoben –, aber ich bekam das heraus, was ich sagen wollte:

»Niemand nennt mich arme Kleine!«

Sie stieß gegen den Monitor und rannte trocken schluchzend aus dem Zimmer, die linke Hand in einer äußerst vorwurfsvollen Geste um ihren rechten Daumen geschlossen. Eine Sekunde lang wollte ich über meinen Sieg jubeln, aber einen Augenblick später entdeckte ich den Text, der über meinem Kopf flimmerte.

Niemand nennt mich arme Kleine. Nicht schlecht. Arnold Schwarzenegger hätte es nicht besser ausdrücken können. Und schließlich mußte das mal gesagt werden. Denn es gibt keinen Zustand, der so viele Namen verschlissen hat wie dieser; jedes Jahrzehnt des letzten Jahrhunderts hat das alte, häßliche Wort verworfen und ein neues, freundlicheres gesucht. So wurde aus dem Krüppel ein Schwerbeschädigter und aus dem Schwerbeschädigten ein Behinderter, aus dem Behinderten ein Invalide und aus dem Invaliden wurde schließlich eine Person mit Funktionsstörungen.

Hinter jedem dieser Worte liegt eine wahnsinnige Hoffnung. Und ich teile sie – daran gibt es gar keinen Zweifel. Niemand wünscht sich sehnlicher als ich, daß es eines Tages das Zauberwort geben wird, das endgültige Wort, das vernarbte Gehirne heilt, das dem Rückenmark die Kraft gibt, sich selbst zu heilen, und das verkümmerte Nervenzellen wieder auferstehen läßt. Aber bis jetzt haben wir es noch nicht gefunden. Und wenn man die Worte, die bis heute ausprobiert wurden, addiert, ergeben sie dann nicht genau das Wort, das Kerstin Eins mir an den Kopf warf?

In Erwartung des endgültigen Wortes entscheide ich mich lieber dafür, außerhalb der landläufigen Beschreibungen zu stehen. Ich weiß, was ich bin. Ein Stück Treibholz. Ein leckes Wrackteil aus einer anderen Zeit.

»Verflucht, es scheint wirklich, als hätte unser Jahrhundert selbst deinen Körper zerquetscht«, sagte Hubertsson in einer Silvesternacht in meiner Wohnung, als er betrunken war. Das war eine Aussage, die meine Wangen zum Erröten brachte, doch meinen Bildschirm ließ ich dunkel. Denn was hätte ich antworten sollen? Ach, laß mich doch ein Mensch sein für dich, mein Geliebter, und kein Monument? So etwas sagt man nicht. Und schon gar nicht, wenn sich die Beine in einer ewigen Fötusstellung festgekrampft haben, während Kopf und Arme sich in einer ständigen spastischen Bewegung befinden, das Gesicht Fratzen schneidet und die Hände wie Scheibenwischer wedeln. Da hütet man sich vor Liebesbeichten und tut so, als hätte man nichts gehört.

Aber ich höre. Ich sehe. Und ich fühle.

Ich sehe, höre und fühle, obwohl das, was bei anderen Menschen einen harmonischen, ununterbrochenen Zusammenhang darstellt, bei mir zerrissen und zerstört ist. Nur wenige dünne Fäden verbinden jetzt das, was ich wirklich bin, mit dem, was mein Körper ist. Meine Stimme besteht aus drei Geräuschen: Ich seufze vor Wohlbehagen, ich stöhne, wenn etwas unangenehm ist, und ich brülle wie ein Tier beim Schlachten, wenn ich leide. Das kann ich steuern. Ich kann auch kurze und lange Atemstöße in ein Mundstück pusten, Stöße, die sich auf dem Computerbildschirm in Text verwandeln. Außerdem kann ich – wenn auch nur mit unendlich viel Mühe – immer noch mit meiner linken Hand einen Löffel greifen, ihn in einen Teller führen und an meinen Mund. Ich kann kauen und schlucken. Das ist alles.

Lange Zeit versuchte ich mir einzureden, daß das Chaos, das mein Körper ist, dennoch den Kern, ein Mensch zu sein, beinhaltet. Ich habe einen Willen und Verstand, ich habe ein Herz, das schlägt, eine Lunge, die atmet und – nicht zuletzt – ein menschliches Herz mit so vielen sonderbaren Fähigkeiten, daß es mich selbst mit einem Beben erfüllt. Aber die kecken Phrasen halfen nichts. Schließlich mußte ich zugeben, daß ich in einem Spinnennetz der Willkür gefangen bin, das der Große Schöpfer über die Welt gespannt hat. Diese Einsicht hat sich in den letzten Monaten noch verstärkt. Manchmal glaube ich sogar, daß Kerstin Eins einer seiner Sendboten ist, daß sie eine der kleinen Spinnen Gottes ist, die irgendwann des Nachts herangekrochen kommen werden, um mein Inneres mit ihrem Säurespeichel aufzulösen und mich dann auszusaugen.

Doch. Das wäre logisch. Aber alles zu seiner Zeit. Zwei Aufgaben sind noch zu bewältigen.

Erstens will ich wissen, wer meine Schwestern sind, die das Leben gestohlen haben, das für mich bestimmt war.

Und danach will ich meinem Geliebten bis ins Grab folgen. Erst danach bin ich bereit, mich aussaugen zu lassen.

Jetzt höre ich ihn. Niemand öffnet die Abteilungstür so langsam wie er, niemand schlurft so verschlafen über den Flur. Er zögert heute etwas, vielleicht fürchtet er, Kerstin Eins könnte plötzlich auftauchen und ihm lächelnd den Weg versperren.

KaEins nennt er sie. Zur Unterscheidung von KaZwei.

»Sie ist unmöglich«, sagt er. »Diese ganze Stromlinienform und all das weiße Äußere... Ich wette, sie ist aus Vanilleeis gepreßt. Setz sie aufs Feuer, und sie verliert Form und Farbe!«

Er hat heutzutage nicht viel übrig für Seidenhaut und stramme Sehnen. Was vielleicht in einem gewissen Zusammenhang mit seinem eigenen Älterwerden steht. Sein Gesicht ist in den letzten Jahren müde und lang geworden, die Augenbrauen sind grau und buschig gewachsen, das Doppelkinn ist angeschwollen, und die Ringe unter seinen Augen sind zu Säcken geworden. Einige der Hilfsschwestern in Kerstin Eins' Erziehungspatrouille bezeichnen ihn als eklig. Sie selbst begnügt sich damit, daß sie Distanz wahrt. Wenn er ihr zu nahe kommt, zieht sie sich schnell zurück und fährt sich mit der Hand durch ihr langes Haar, um es ja zu keiner Berührung kommen zu lassen.

Das würde ich nie tun. Wenn ich einen vanilleweißen Körper mit festen Sehnen hätte und die Möglichkeit, sie zu bewegen, würde ich ihn oft damit ganz zufällig berühren. Er ist der einzige Mensch, dessen Berührung ich mag. Vielleicht liegt das daran, daß er mich so selten berührt. Ein- oder zweimal im Monat untersucht er mich offiziell, aber dann ist immer eine Krankenschwester dabei, und seine Hände bleiben sachlich und unpersönlich. Ein einziges Mal hat er eine Untersuchung mit einem Streicheln beendet. Das war, als ich meine vierte Lungenentzündung in einem Jahr hatte. Da nahm er meinen Kopf in beide Hände und zog mich zu sich, drückte meine Wange an seine Brust.

»Paß auf«, sagte er. »Auch diesmal wirst du nicht sterben...«

Der Baumwollpullover unter dem weißen Kittel kratzte ein

wenig an meiner Wange. Und sein Körper duftete nach Mandeln...

Nun ja, das ist elf Jahre her und seitdem nie wieder vorgekommen.

Manchmal – wenn wir allein sind – setzt er sich auf die Bettkante und streicht mit der Hand über meine Decke, aber meistens sitzt er etwas entfernt und sieht mich nicht einmal an. Er verkriecht sich im Schatten des Fenstersimses und faltet die Hände um seine Knie, guckt aus dem Fenster, während er redet, und schaut intensiv auf den Bildschirm, wenn ich antworte. Ihm bin ich in meinen Worten näher als in meinem Körper.

Er war es auch, der mir die Worte gegeben hat. Und nicht nur das. Den Geruch und den Geschmack hat er mir gegeben, die Erinnerung an Kälte und Hitze, den Namen meiner Mutter und die Fotos meiner Schwestern. Er hat dafür gesorgt, daß der Kunstgewerbeverein für mein Bett handgewebte Leinenlaken gestiftet hat, und als Dank hat er einen Vortrag im Verein darüber gehalten, wie die rohrförmigen Leinenfasern Liegewunden verhindern. Er hat Rotary dazu gebracht, mir einen Computer zu stiften und Lions einen Fernsehapparat, und einmal im Jahr bugsiert er mich in ein spezialangefertigtes Behindertenfahrzeug und verfrachtet mich ins Technische Museum in Stockholm, damit ich eine Nebelkammer sehen kann. Und wenn wir dort sind, läßt er mich stundenlang in dem schwarzen Raum sitzen und den Tanz der Materie betrachten.

Alles habe ich von Hubertsson bekommen. Alles.

Ich war müde und kaputtuntersucht, als die Neurochirurgen in Linköping mich vor fünfzehn Jahren endlich aufgaben und mich ins Pflegeheim nach Vadstena ziehen ließen. Hier lag ich die ersten Wochen am Tropf, um überhaupt am Leben zu bleiben. Ich öffnete nur selten meine Augen und bewegte mich nicht freiwillig. Schon nach ein paar Tagen konnte ich fühlen, wie die wundgelegenen Stellen an meinen Hüften aufbrachen, obwohl man mich jede Stunde umdrehte. Zu der Zeit gab es reichlich Personal. Engagiertes Personal sogar. Eine der Krankenschwestern besorgte einen Ausschnitt aus einer alten Ausgabe des Ostgöta-

Correspondenten und hängte ihn an meine Wand. Es war ein Foto von mir, in einen Rollstuhl geschnallt und mit der Abiturientenmütze auf meinem teilweise kahlen Schädel. *Die Prachtstudentin des Jahres!*

»Guck mal«, sagten die Hilfen jedesmal, wenn sie mich zur Wand drehten, »erinnerst du dich? Du bist doch so tüchtig, hast sogar das Abitur gemacht...«

Zu der Zeit konnte ich noch einige Laute hervorbringen, die einer gewöhnlichen Sprache ähnlich kamen, aber allein der Gedanke daran, eine Antwort hervorzwingen zu sollen, erschöpfte mich bereits. Nichts wünschte ich sehnlicher, als daß sie das schreckliche Bild wegnehmen sollten, doch es gelang mir nicht, es ihnen zu sagen.

Hubertsson kam am Donnerstag der dritten Woche, weil er bis dahin Urlaub gehabt hatte. Er trottete in mein Zimmer und gab eine Reihe leiser, brummender Geräusche von sich, während eine Schwester ihm meine Anamnese vortrug. Ich öffnete gar nicht erst meine Augen, um ihn anzusehen. Ein Arzt ist ein Arzt, was sollte es da schon zu sehen geben?

Während er mich untersuchte, beugte er sich übers Bett und beäugte den Zeitungsausschnitt an der Wand, sagte aber nichts dazu. Statt dessen strich er mit rauhen Händen über meinen Körper, drückte und fühlte an mir herum, wie es hundert andere Ärzte schon vor ihm getan hatten. Erst als er rausgehen wollte, merkte ich, daß er anders war. Er blieb in der Tür stehen und sagte:

»Ich glaube, wir sollten den Zeitungsausschnitt woanders hinhängen. Klebt ihn irgendwohin, wo ihr ihn sehen könnt, aber erspart ihr den Anblick...«

Am gleichen Nachmittag kam eine Hilfsschwester mit einer Rolle Klebeband und tat, was er gesagt hatte. Als sie damit fertig war, reichte sie mir zur Probe ein Glas Saft, und zum ersten Mal seit drei Wochen gelang es mir, meinen Mund zu öffnen und zu trinken.

Ein paar Tage danach kam er mit einer zentimeterdicken Mappe unterm Arm in mein Zimmer. Er ging zielstrebig auf mein Bett zu und ergriff meine linke Hand.

»Willst du heute antworten, wenn ich dich etwas frage?«

Ich sah ihn teilnahmslos an, antwortete jedoch nicht.

»Was soll's«, sagte er und umfaßte meine Hand noch fester. »Einmal drücken bedeutet ja. Zweimal bedeutet nein.«

Das war ein Signalsystem, an das ich mich noch sehr gut erinnerte. Das allererste. Aus dem Behindertenheim.

»Du bist gründlich untersucht und diagnostiziert worden. Das weißt du vielleicht. Aber weißt du sonst noch etwas über dich?«

Ich entzog ihm meine Hand. Das ging ihn nichts an.

»Nun sei nicht gleich beleidigt«, sagte er. »Weißt du, wo du geboren worden bist? Und von wem? Ja oder nein?«

Er hatte mich wieder gepackt, diesmal noch fester.

»Nun? Ja oder nein?«

Ich gab auf, schloß die Augen und drückte seine Hand zweimal.

Er ließ sofort los und ging zum Fenster, setzte sich auf die tiefe Fensterbank und schlang seine Hände um ein Knie.

»Das ist ja phantastisch«, sagte er. »Da liegst du also hier und grübelst bis zum Wahnsinnigwerden über Astronomie, Elementarteilchenphysik und andere abstrakte Dinge – ich habe deine Aufsätze gelesen! –, ohne auch nur das geringste über dich selbst zu wissen...«

Er schwieg und blätterte in seiner Mappe. Ich schaute zu ihm, ohne ihn richtig zu sehen. Es war Spätherbst, und die Dämmerung hatte bereits eingesetzt, er war nur eine Kontur für mich. Nach einer Weile stand er auf und kam zurück an mein Bett.

»Es gibt einen Grund, daß es dir so geht, wie es dir geht«, sagte er. »Eine Erklärung. Es gibt immer einen Grund und eine Erklärung. Ich kann sie dir geben. Aber die Frage ist natürlich, ob du sie wissen willst?«

Es gelang mir, tastend seine Hand zu umfassen und sie so fest ich nur konnte zu drücken. Zweimal.

»Ja, ja«, sagte er ruhig. »Mach nur, was du willst. Aber ich komme morgen wieder...«

Er hätte noch hinzufügen können: ... und jeden weiteren Morgen bis ans Ende der Zeit.

Jetzt schiebt er die Tür auf und läßt eine kleine Sonnenfeder vom Flur her auf den Boden fallen.

»Guten Morgen, Gnädigste«, sagt er, wie jeden Morgen seit fünfzehn Jahren. »Wie ist das Befinden?«

Ich antworte mit einem Zitat:

»O captain, my captain ...«

Er grinst und schlurft zur Fensterbank.

»Ich bin noch nicht tot. Und wie geht es den Schwestern?«

Als er sich zurechtgesetzt hat, puste ich meine Antwort, sie leuchtet ihm auf dem Schirm entgegen.

»Denen geht es ungefähr so, wie sie es verdienen ...«

Er lacht:

»Das glaube ich gern. Jetzt, wo die armen Teufel in deine Klauen geraten sind ...«

Es gab eine Zeit, da glaubte ich, er wäre es, der meine Wachträume verursachte. So nannte ich sie damals. Das andere Wort – Halluzinationen – war zu beunruhigend.

Eines Abends, kurz nach unserer ersten Begegnung, landete eine Möwe auf meiner Fensterbank. Es war eine ganz gewöhnliche Sturmmöwe mit grauen Flügeln und gelben Beinen. Aber das war an einem trüben, kalten Novemberabend, und die Möwe sollte eigentlich gar nicht hier sein, sie sollte über dem Wasser kurz vor Gibraltar schweben. Außerdem sollte es mir auch nicht möglich sein, meinen eigenen Körper zu verlassen und mich in ihr Federkleid zu bohren. Aber plötzlich war ich da, tief hineingesunken und umhüllt von weißen Seidendaunen.

Zuerst verstand ich nicht, was geschah, ich war nur atemlos und begeistert, als ich in dieses Wunder, das sie darstellte, hineinsank. Die Häute ihres Inneren schimmerten wie Perlmutt, die Leber glänzte feucht braunrot, und die Knochen ihres Skeletts waren hohl und spröde, als hätte Der Große Spaßmacher geplant, eine Flöte daraus zu schnitzen, wäre dann aber seiner eigenen Idee müde geworden und hätte schmunzelnd seine Schöpfung in den kreischendsten und übelklingendsten aller Vögel verwandelt. Erst als ich auf die Erde unter mir schaute, wurde mir klar, wo ich mich befand. Ich saß im schwarzen Auge der Möwe.

Niemals werde ich den Schreck vergessen, den das bei mir auslöste, dieses zitternde Dröhnen, das mich im nächsten Augenblick zurück in meinen Körper versetzte. Ich schrie. Mein Mund war weit aufgerissen und spuckte eine gutturale Grütze hysterischer Vokale aus. Jemand kam auf dem Flur angelaufen, Absätze schlugen gegen den Boden und wurden Sekunden später von weiteren eiligen Schritten eingeholt. Drei weißgekleidete Frauen drängten sich an meiner Tür, aber in dem Moment, als sie aufschlug, flog die Möwe davon.

Diesem Abend folgten weitere. Anfangs hatte ich schreckliche Angst. Wenn eine Fliege an der Decke entlangspazierte, schloß ich schnell die Augen und redete mir ein, daß ich meinen Verstand schützen müsse, denn mein Verstand war das einzige, was ich besaß, das zu besitzen es wert war. Manchmal half es, manchmal nicht. Plötzlich konnte ich kopfüber an meiner eigenen Decke hängen und durch die Prismaaugen der Fliege hundert Bilder des Wesens im Bett unter mir betrachten. Dann ließ ich sofort los und schrie, während ich zurück in mich selbst sank.

»Sie hat Alpträume«, klagten die Schwestern bei der Visite. »Sie wacht jede Nacht schreiend auf ...«

»Aha«, sagte Hubertsson. »Gut. Ausgezeichnet.«

Aber als er ihre Gesichter sah, änderte er seine Ansicht und verordnete ein leichtes Schlafmittel.

Zu der Zeit war er immer noch ein flotter Bursche, freilich nicht mit der verwitterten Schönheit, die er heute besitzt, sondern einfach nur flott. Und das nutzte er aus. Jeden Donnerstag fuhr er zum Standard Hotell in Norrköping, und jeden Freitagmorgen kam er erheblich verspätet in mein Zimmer, die Erschöpfung sprach aus seinem Blick. Die jungen Frauen in der Abteilung blieben nur selten unberührt, immer gab es eine, die ihren Blick eine Minute zu lang in den seinen versenkte. Wenn sie mich badeten oder mein Bett machten, handelten die leisesten Gespräche fast immer von ihm und den Frauen, mit denen er geschlafen hatte. Zumindest anfangs. Als ihnen klarwurde, daß er fast jeden Morgen in mein Zimmer ging, breitete sich ein kleiner Kreis des Schweigens um mich herum. Ein verwundertes und ziemlich beleidigtes Schweigen.

Ich selbst war genauso verwundert, ich begriff nicht, was er von mir wollte. Zwar hatte ich schon früher interessierte Ärzte getroffen, besonders in den Jahren, als ich ein tüchtiger Idiot war, der Abitur machen sollte, aber keiner war wie er gewesen. Er kam einfach nur. Tag für Tag, jeden Morgen. Manchmal sagte er kein Wort, manchmal redete er ununterbrochen eine Stunde lang oder länger. Ich erfuhr seine Meinung über die Weltlage und die Politik. Seine Ansichten über den Verfall der Forschergemeinschaft und den Elfenbeinturm des Spezialistentums plus das eine oder andere pikante Detail über seine Kommilitonen und Kollegen. Nichts davon interessierte mich.

Manchmal erschreckte er mich. Wenn er sehr früh kam, bevor es hell und bevor ich richtig wach geworden war, dann geschah es, daß bestimmte Kindheitserinnerungen in meinem Kopf explodierten und daß ich von Panik ergriffen wurde. Der Schatten! Aber mein Herz hörte auf zu jagen, wenn er zur Fensternische ging. Der Schatten meiner Kindheit ging nie so weit weg vom Bett, er wollte der Machtlosigkeit ganz nahe sein, die sein Glied zum Anschwellen brachte. Aber Hubertsson war nie auf mein Unvermögen aus. Er wollte etwas anderes, etwas, das noch niemand vor ihm begehrt hatte. Als der Winter vorbei war, hatte ich mich an ihn gewöhnt, ich hatte seinen allerersten Besuch und die Fragen, die er damals gestellt hatte, vergessen. Aber eines Morgens im April hatte er wieder die dicke Mappe dabei. Er legte sie ans Fußende meines Betts und ergriff meine linke Hand.

»Deine Mutter heißt Ellen Johansson«, sagte er.

Ich versuchte so heftig ich nur konnte, ihm meine Hand zu entziehen, aber er ließ nicht los.

»Du bist in der Motala-Frauenklinik am 31. Dezember 1949 geboren worden. Eine Minute vor zwölf.«

Meine Spasmen nahmen zu, das tun sie immer, wenn ich mich aufrege. Ich versuchte, die Augen zu schließen, um mich so von ihm abzuschotten.

»Sie hat nie weitere Kinder gekriegt. Aber trotzdem hast du drei Schwestern.«

Ich schlug meine Augen auf, er sah das und wußte, daß er mich an der Angel hatte.

»Ellen entschied, daß du Desirée heißen solltest. Das bedeutet die Ersehnte…«

Ich starrte ihn an. Es war Jahre her, daß ich die Ironie meines Namens begriffen hatte.

»Alles deutet darauf hin, daß du als Fötus gesund warst.«

Vielen Dank. Das war ja immerhin ein Trost.

»Aber als Neugeborenes hattest du Gelbsucht. Schwere Gelbsucht. Und zu der Zeit war man noch nicht in der Lage, bei Neugeborenen das Blut auszutauschen. Daher hast du deine zerebralen Schädigungen…«

Er kaute einen Moment lang auf seiner Unterlippe, während er das Blatt Papier umdrehte. »Außerdem hast du bei der Entbindung selbst eine Reihe Hirnschäden abbekommen. Daher die Epilepsie und einige der Lähmungen. Außerdem ist es möglich, daß du als Neugeborenes eine leichte Hirnblutung hattest… Ellens Becken war von einer Rachitis mißgebildet, und sie haben sie dreißig Stunden liegenlassen. Das war so zu der Zeit, damals haben sie fast nie einen Kaiserschnitt gemacht…«

Starb sie bei der Geburt? Wurde ich deshalb allein gelassen?

Plötzlich war mein Interesse geweckt. Ich drückte Hubertssons Hand, um ihm zu zeigen, daß ich Fragen hatte. Aber es war viele Monate her, seit ich etwas zu sagen gehabt hatte, und es dauerte seine Zeit, bis ich die Stimme wiedergefunden hatte, die nun zu Stöhnen und Brummen geworden war. Hubertsson glaubte, meine Geräusche und nichtspastischen Bewegungen sollten bedeuten, daß ich protestieren wollte. Er faßte meine Hand nur um so fester und drückte sie aufs Kissen, den Blick immer noch auf seine Papiere gerichtet.

»Dein Kopf war übel zugerichtet, aber du bist ganz offensichtlich mit der Fruchtblase auf dem Kopf, der Glückshaube, geboren worden…«

Ja und? Das wollte ich gar nicht wissen. Ich wurde wütend, so wütend und verzweifelt, daß ich versuchte, ihm ins Gesicht zu spucken. Aber das gelang mir nicht, ich berechnete den Rhythmus meiner Zuckungen falsch, und der Rotz landete an der Wand. Aber das genügte, daß er meine Hand losließ. Er streckte sich, ging einen Schritt zurück und sah mich an.

»Ich bin auch mit der Fruchtblase auf dem Kopf geboren worden«, sagte er. »Das bedeutet Glück, das weißt du doch, oder?«

Er verzog schnell sein Gesicht, ließ seine Grimasse aber sogleich in ein Lachen übergehen.

»Wir sind was ganz Besonderes, weißt du. Eine ganz besonders glückliche Sorte.«

Er verstummte und wandte seinen Blick ab, schaute aus dem Fenster und sagte dann in dem gleichen lockeren Ton:

»Eigentlich darf ich es dir gar nicht sagen, aber ich kenne deine Mutter sogar. Ellen meine ich. Sie war einmal meine Vermieterin, und jetzt ist sie meine Patientin. Oder das, was noch von ihr übrig ist...«

»Hallo, ist da jemand?« fragt er jetzt. »Du warst ganz abwesend. Wie geht es dir?«

Ich zwinkere und bin wieder bei dem Hubertsson von heute. Er steht am Fußende meines Betts, eine Schattenfigur, umhüllt von der Spätwinterdämmerung. Das Licht schmeichelt ihm nicht, es saugt alle Farbe aus seinem Gesicht und läßt ihn wie aus Pergament aussehen. Ich puste schnell eine Antwort.

»Ich bin okay. Und du?«

Er läßt die Frage eine Weile auf dem Schirm stehen, ohne zu antworten. Weshalb ich nachhake:

»Du! Wie sind deine Werte?«

Er zuckt mit den Achseln:

»Nun mecker nur nicht...«

Aber ich bleibe beharrlich, ich bin unruhig und puste so schnell, daß es Tippfehler gibt:

»Nun mal ehrlich. Hast du kontrolliert?«

Er holt tief Luft.

»Ja, ich habe meine Werte kontrolliert. Sie sind ungefähr so, wie es zu erwarten war. Deshalb habe ich Anstalten getroffen...«

»Zusätzlich Insulin? Heute schon wieder?«

»Mmmh...«

»Du solltest etwas vorsichtiger sein!«

Er wischt sich mit einer heftigen Bewegung mit der Hand übers Gesicht, guckt mich dann direkt an.

»Nun hör aber auf.«

Aber ich denke gar nicht daran aufzuhören. Ich schnappe mir mein Mundstück und puste schnell eine Erwiderung.

»Deine Werte wären vielleicht besser, wenn du weniger saufen würdest!«

Ich weiß nicht, was in mich gefahren ist. Kein einziges Mal während all dieser Jahre – nicht einmal nach der Silvesternacht, als er sich bei mir in der Wohnung besinnungslos besoff – habe ich ihm gezeigt, daß ich sein Verlangen nach der Ruhe des Rausches erkannt habe. Das war eine Grundbedingung, der erste Paragraph in dem unausgesprochenen Abkommen, das unsere Beziehung regelt. Ich habe das Recht, sowohl ironisch als auch unverschämt zu sein, aber nicht aufdringlich. Niemals. Deshalb flattert jetzt eine Angst in meinem Bauch: Ich habe gegen die Regeln verstoßen, er wird mich verlassen! Aber er geht nicht. Er erstarrt nur vor Erstaunen, bevor er als Antwort faucht:

»Meine Güte! Das wird ja verflucht noch mal wie bei einem alten Ehepaar ...«

Er geht zurück zur Fensternische und kriecht hinein. Mir rutscht das Mundstück von den Lippen. Ein altes Ehepaar? Das hat er noch nie gesagt. Nicht einmal angedeutet. Ich muß zwar zugeben, daß ich selbst Phantasien in dieser Richtung gehabt habe, daß ich geträumt habe, Der Große Spaßmacher würde den Flur entlanggeschritten kommen, verkleidet wie ein Theater-Zeus in dunkelblauem Mantel und mit Sterndiadem, um mich zu Hubertssons Braut zu erklären. Er würde seine heilende Hand auf meinen Körper legen, und augenblicklich würden sich meine Beine strecken und Muskeln bekommen – formvollendete, gut durchblutete Muskeln –, meine Hände würden ruhig werden und mein Gesicht sich glätten. Die dünnen Tüten, die jetzt meine Brüste darstellen, würden zu richtigen Lilienknospen anschwellen und mit auserlesenen kleinen Brustwarzen geschmückt werden, rosa Walderdbeeren auf einem Teller Sahne. Und die spärlichen Fransen auf meinem Kopf würden gleichzeitig in eine wogende Haarpracht verwandelt. Kastanienbraun vielleicht. Eine blonde Perücke auf die ganze Pracht zu setzen, das wäre doch zuviel, vielleicht würde das Hubertsson überwältigen und ihn noch vor der Hochzeitsnacht in die Flucht schlagen. Und ich will ihn ja nicht erschrecken, ich will nur auf der Bettkante sitzen, strahlend im Brautkleid, wenn er zu seinem letzten Morgenbesuch kommt. Wie ein richtiges Aschenputtel.

»Worüber lachst du?«

Ich hole mir das Mundstück und lüge wie eine richtige Ehefrau: »Ich lache nicht.«

Er schnaubt und dreht mir wieder den Rücken zu. Draußen wird es jetzt richtig hell, die graue Dämmerungsstunde ist vorüber. Es scheint ein schöner Tag zu werden. Der Zipfel Himmel, der hinter Hubertsson zu sehen ist, ist eisblau. Aber das neue Licht nützt nichts. Sein Gesicht ist immer noch gelbgrau, und die Spuren in seiner Haut sind dunkler als je zuvor. Es brennt in mir, als ich ihn ansehe. Mein Mann? Ja. Vielleicht. In gewisser Weise. Nicht daß ich viel über die Ehe wüßte – ich habe nur einige tausend Romane und eine unbekannte Anzahl von Fernsehserien, auf die ich mich beziehen kann –, aber was ich gelesen und gesehen habe, ähnelt doch in vielerlei Hinsicht dem, was zwischen uns abläuft. Seit eineinhalb Jahrzehnten kreisen wir nun schon umeinander, immer in den gleichen Bahnen, wie ein paar verirrte Elektronen mit der gleichen Ladung, nicht in der Lage, wirklich miteinander zu verschmelzen, und ebensowenig in der Lage, sich zu trennen. Wir haben Tage und Wochen, Monate und Jahre miteinander geredet, und doch haben wir über das, was uns am tiefsten bewegte, geschwiegen. Deshalb bin ich oft tief in meine Kindheit getaucht, habe seine aber nur am Rande gestreift. Und deshalb weiß ich mehr über seine Arbeit und seine Patienten als über die kurze Ehe, die er schon lange hinter sich gelassen hatte, als wir uns kennenlernten. Und in gleicher Art haben wir weite Kreise um das Wichtigste in meiner Wirklichkeit gezogen. Sein Blick warnte mich schon früh davor, von meinen Fähigkeiten zu erzählen. Deshalb muß ich so tun, als wäre es nur ein Spiel. Ich spiele Scheherazade, während er so tut, als wäre er ein Arzt, der sich von einer einzelnen Patientin mit Erzähltalent beruhigen läßt. So verstecken wir uns voreinander in den chinesischen Schachteln angeblicher Vernunft.

Manchmal tut es mir leid, daß Hubertsson trotz seiner Ungewöhnlichkeit doch ein ganz normaler Mensch ist. Er leidet an Theophobie, allein der Gedanke an alles, was er nicht kann, macht ihm angst. Deshalb muß er sich weigern, sich mit Fragen zu befassen, die die Natur der Materie und des Universums berühren, deshalb gähnt er, wenn ich ihm eifrig über die Fortschritte der Elementarteilchenphysik während der letzten Jahre referiere, und deshalb wird er nervös, wenn ich mich über den Gedanken amüsiere, daß die Zeit rückwärts laufen wird, wenn das Universum nicht weiter expandiert und sich statt dessen zusammenzieht. Er findet das gar nicht lustig. Dagegen findet er es äußerst lustig, daß ich so viele wirklich glaubwürdige Geschichten über meine Helfer und das Personal im Krankenhaus zusammenphantasieren kann, die auch noch nach und nach von der Wirklichkeit bestätigt werden. Ich habe ein gut entwickeltes Beobachtungsvermögen, sagt er. Manchmal geht er sogar so weit, daß er es Intuition nennt.

Jetzt ist er endlich nicht mehr beleidigt.

»Ist heute nacht was daraus geworden?« fragt er.

Es gibt die Hoffnung, daß er vergibt. Ich schnappe mir einschmeichelnd mein Mundstück.

»Ja. Ich habe die Möwe getötet.«

Er sieht mich überrascht an.

»Warum das?«

Ich wünschte, ich könnte die Wahrheit sagen, daß ich die Möwe getötet habe, weil ich Christinas Träume sah. Während ich meine verlogene Antwort puste, flattert die wahre Erinnerung vorbei: Ich sehe, wie die Fenster in Christinas Haus schwarz glänzten, wie die Möwe auf dem Fensterbrett vor ihrem Schlafzimmer saß und wie ich selbst mich im Auge der Möwe befand. Christinas Träume wogten wie blasse Nebel über das Bett dort drinnen. Zuerst waren sie vage und unbegreiflich, aber nach einer Weile nahmen sie eine deutliche Form an: drei Mädchen in einem Kirschbaum. Und dann kam Ellen mit einem Tablett mit Saft über den Rasen, ihre Brille saß weit unten auf der Nase, und sie schaute mit belustigtem Blick über den Rand.

Das war alles. Aber es genügte.

Meine Wut breitete sich aus wie eine Meeresanemone, ich sah sie, eine dunkelrote, giftige Gestalt, die ihre Tentakel in alle Richtungen streckte, auf Ellen zu, die Verräterin, auf Christina, Margareta und Birgitta, diese teuflischen Diebinnen! Und plötzlich galt meine Wut der ganzen Welt, auch der Möwe, und ich trieb sie hoch in die Luft und zwang sie, in weiten Kreisen laut kreischend gegen den Wind zu fliegen, bis ihre Flügel keine Kraft mehr hatten und sie zu zittern begann. Da kehrte ich um und zwang sie aus hoher Höhe auf die Sånggatan, direkt auf den roten Kiesweg vor dem Haus meiner Schwester.

Aber die Wahrheit würde Hubertsson als Wahnsinn interpretieren. Deshalb antworte ich mit einem einzigen Satz.

»Die Möwe hat einfach die Sachen durcheinandergebracht...«

Hubertsson runzelt die Stirn:

»Hast du wieder das starke Zittern?«

Ich antworte nicht. Mein schwarzer Bildschirm bringt ihn dazu aufzustehen und an mein Bett zurückzukommen. Er stellt sich ans Fußende und betrachtet mich mit schmalen Augen.

»Hast du? Hast du Angst gekriegt? Nur weil es sich um die drei handelt?«

Meine Hand schlägt in einem ungewöhnlich heftigen Krampf gegen das Bettgitter. Er sieht es, ohne zu reagieren.

»Ich begreife das nicht«, sagt er. »All die anderen Geschichten gibst du so locker von dir, aber für die hier brauchst du Jahre. Warum hast du solche Angst, gerade über sie Lügengeschichten zu verbreiten? Begreifst du nicht, daß du es gerade deshalb tun solltest?«

Ich schnappe mir das Mundstück.

»Bist du jetzt auch noch Seelendoktor?«

Er schnaubt zur Antwort. Dann geht er zum Tisch und streicht mit der Hand über das schwarze Deckblatt.

»Brauchst du mehr Material?«

Ich gebe einen Laut von mir, den man als Nein interpretieren könnte. Ich brauche nicht mehr Material. Er hat mich bereits vor mehreren Jahren mit der Mappe versorgt. Sie ist voller Berichte, Fotos und Zeitungsausschnitte über meine Mutter und meine Schwestern. Das meiste kann ich auswendig.

»Was sagst du?«

Ich schnappe wieder nach dem Mundstück und puste.

»Nein. Ich brauche nicht mehr. Es läuft diesmal, es wird schon funken...«

»Darf ich's lesen?«

»Nein. Noch nicht. Erst wenn es fertig ist.«

Er dreht mir wieder den Rücken zu, tut so, als betrachte er schweigend ein Bild an meiner Wand – einen bedeutungslosen Dutzenddruck von Ikea –, die Hände in den Taschen vergraben. Seine Abgewandtheit macht mich ängstlich und bringt mich zum Betteln. Ich puste so schnell, daß das Mundstück voll Speichel läuft.

»Du! Diesmal gebe ich nicht auf. Das verspreche ich.«

Er hört, daß ich fertig gepustet habe und dreht sich um, liest und lacht.

Er hat mir vergeben.

»Gut.«

Wir schweigen beide, unsere Augen treffen sich. Und erst jetzt sehe ich, daß etwas fehlt: das kleine Blitzen, das immer auf dem Grund seines Blickes zu finden war. Ich weiß, was das bedeutet, das weiß jeder, der sein Leben im Krankenhaus verbracht hat. Es eilt.

Meine Kiefer schließen sich, sie beißen fest aufs Mundstück. Gleichzeitig wird mein Kopf so heftig zur Seite geworfen, daß die Gummischlange wie ein schmutziggelber Strich in der Luft gespannt wird. Hubertsson tritt an mein Bett und windet vorsichtig das Mundstück aus meinem Mund. Seine Haut duftet immer noch nach Mandeln. Und der Duft hat eine Farbe. Das ganze Zimmer schimmert plötzlich morgenrot.

Jetzt nützen keine Ausflüchte mehr. Es ist an der Zeit, meine Schwestern in Bewegung zu setzen. Aber nicht sofort. Zuerst will ich meine Augen schließen und eine Minute in dem Mandelduft ausruhen.

Anderswo

»Die Lichtkegel der Vergangenheit
und der Zukunft für ein Geschehen P
teilen die Raumzeit in drei Regionen (...)
Anderswo ist die Region der Raumzeit,
die weder im Lichtkegel der Zukunft
noch in dem der Vergangenheit für P liegt.«

Stephen W. Hawking

Der Brief sieht merkwürdig aus, nicht wie ein üblicher Brief. Der Umschlag ist schon einmal benutzt worden, aufgerissen und wieder zugeklebt, die alte Adresse ist mit spitzen, akkuraten Kugelschreiberstrichen durchgestrichen worden und Christinas eigener Name daneben geschrieben. Die Handschrift sieht unnatürlich aus, einiges wirkt schnell dahingekritzelt, anderes zierlich verschlungen. Die alte Briefmarke in der rechten Ecke des Umschlags ist abgerissen, drei neue mit viel zu hohen Werten sind in einer ungleichmäßigen Reihe in die linke geklebt worden. Aber sie sind nicht abgestempelt, es war nicht die Post, die dafür gesorgt hat, daß der Brief in Christinas Briefkasten landete.

Astrid, denkt sie und spürt, wie der Boden unter ihr zu schwanken beginnt, bis sie sich daran erinnert, daß Astrid ja tot ist, daß sie schon seit drei Jahren tot ist. Gleichzeitig registriert sie, daß ihr Körper sich nicht überzeugen läßt, obwohl sie sich die Mühe gemacht hat, die Augen sehen und die Hände fühlen zu lassen, diese Hände, die damals weißer waren als Astrids. Aber die Muskeln, die Knochen und Nerven glauben ihr nicht, ihr Körper reagiert, als wäre Astrid immer noch am Leben: Ihr Kreuz krümmt sich im Krampf, der Schmerz breitet sich strahlenförmig aus und legt sich wie ein Bleigürtel um ihre Hüften.

Obwohl sie Ärztin ist – oder vielleicht gerade deshalb – weiß Christina nicht anders mit den Schmerzen umzugehen, als sie zu ignorieren. Sie schiebt ihre Brille in die Stirn, beugt sich kurzsichtig über den Umschlag und versucht, die alte Adresse zu entziffern. Aber das graue Morgenlicht reicht dafür nicht aus, sie kann unter den blauen Strichen nur einzelne Buchstaben erkennen – ein A, ein E und ein S. Da versucht sie, den Zeigefinger unter den Rand zu schieben, um den Brief aufzureißen, aber auch das gelingt ihr nicht. Das Klebeband ist zu dick. Sie braucht eine Schere.

Natürlich nicht Astrid, denkt sie, während sie aufs Haus zugeht und den Umschlag hin und her dreht. Aber Birgitta. Natürlich ist das Birgitta. Und dann muß ich Margareta anrufen, und die wird natürlich beleidigt sein, weil wir uns seit mehreren Jahren nicht mehr gesehen haben... Müssen wir eigentlich für alle Ewigkeiten so tun, als ob wir Schwestern wären?

Der Vogel läßt sie den Brief vergessen, sie stolpert über den toten Körper, und als sie wieder das Gleichgewicht gefunden hat, stopft sie den Umschlag achtlos in die Tasche des Morgenmantels. Sie geht einen Schritt zurück, sieht die graue Haut, die sich über die schwarzen Augen gelegt hat, und zieht ihre Oberlippe in einer häßlichen Grimasse nach oben.

Mit Vadstena Tidning und Dagens Nyheter fest an ihre Brust gedrückt, läuft sie fast in schlappenden Gummistiefeln zur Küchentür. Erik steht in der Küche und schneidet das Brot fürs Frühstück, seine Wangen sind rosig von der Rasur und sein rotblondes Haar dunkel vor Feuchtigkeit nach der Dusche. Er wendet ihr seine blaßblauen Augen zu, als sie sich die Stiefel abstreift, und eine unangenehme Sekunde lang sieht sie sich selbst mit seinem Blick: aschblond und mager, im zerknitterten Nachthemd, mit zerzaustem Haar. Ein struppiger Spatz. Schnell zieht sie den Gürtel ihres Morgenmantels zu sich heran, der wie ein Schwanz hinter ihr herrutschte, während sie draußen war, und knotet ihn zu, wobei sie versucht, ihre Stimme so ruhig und sachlich wie möglich klingen zu lassen.

»Draußen im Garten liegt ein toter Vogel. Eine Sturmmöwe...«

Er geht zur Küchentür und schaut hinaus, immer noch das Messer in der Hand.

»Wo denn?«

Er reckt den Hals und stellt sich auf die Zehenspitzen; sie stellt sich dicht hinter seinen Rücken, um den gleichen Blickwinkel zu haben. Ein schwacher Duft nach Seife umgibt ihn, und schnell schüttelt sie den plötzlichen Drang ab, die Arme um ihn zu schlingen und tief in den Duft einzutauchen. Das würde zu weit führen, sagt sie sich. Wir schaffen das jetzt nicht mehr.

Der weiße Vogel ist auf die Entfernung hin schwer auszumachen, er wird von schmutzigem Schnee und schwarzglänzendem Kies getarnt.

»Da«, sagt Christina und schiebt ihren Arm unter seinem Ellbogen hindurch. »Genau vor dem Flieder. Siehst du ihn?«

Und jetzt sieht er ihn, den Kopf, der in einem unnatürlichen Winkel verdreht ist, die ausgestreckten Flügel und den halboffenen Schnabel. Er sagt nichts, nickt nur bestätigend und holt eine Plastiktüte.

Im Garten steckt er die Hände in die Tüte, packt den Vogel durch das Plastik hindurch, kehrt dann die Tüte nach links und verknotet sie.

»Die ist aber schwer«, sagt er, als er zurück in die Küche kommt. »Willst du mal fühlen?«

Er hebt die Tüte und wiegt sie in der Hand, bereits dabei, eine Theorie zu formulieren.

»Die hat sich den Hals gebrochen. Sie muß geradewegs gegen die Wand geflogen sein, ich glaube, ich habe gegen halb fünf einen Rums gehört, aber ich habe gedacht, das wäre der Wind ... Hast du auch was gehört?«

Christina schüttelt stumm den Kopf. Erik sieht erst sie an, dann wieder die Tüte.

»Die muß irgendwie krank gewesen sein, gesunde Vögel fliegen nicht direkt gegen ein Haus ... Na, es hat wohl keinen Sinn, weiter darüber nachzudenken. Ich werfe sie draußen in die Tonne ...«

Danach wäscht er sich lange die Hände unter fließendem heißem Wasser, so lange, bis seine weißen Hände rot werden und die blassen Sommersprossen nicht mehr zu sehen sind.

Christinas Professor.

So pflegt Margareta Erik zu nennen. Dabei ist er eigentlich gar kein Professor, er sitzt schon seit vielen Jahren auf einer Dozentenstelle und kommt nicht weiter.

Dennoch hat Margaretas Beschreibung etwas für sich. Erik sieht aus wie das Witzbild eines Professors. Er ist schmalbrüstig und hat eine blasse Haut, und wenn sein Haar nach der Dusche getrocknet ist, steht es ihm zu Berge und bildet einen zerzausten Kranz roter Locken um den fast kahlen Fleck mitten auf seinem Kopf. Einsteinfrisur, lacht Margareta irgendwo in Christinas Erinnerung, aber heute will Christina nicht über Erik lachen, und deshalb preßt sie die Lippen zusammen und weigert sich mitzulachen.

Nicht daß Erik bemerken würde, wenn sie am Frühstückstisch über ihn lachte. Er ist tief versunken in die Zeitung und tastet gedankenverloren mit dem Buttermesser über den Tisch, ohne zu sehen, was er tut. Es gab Morgen, an denen Christina die Butterdose weit über den Küchentisch gezogen hat und ihn vergebens tasten ließ, während sie interessiert beobachtete, wie lange es dauern würde, bis er aufblickte. Der Rekord lag bei acht Minuten.

Zu der Zeit wohnten sie noch in Linköping, und ihre Zwillingstöchter befanden sich im kichernden Teenageralter. Sie saßen auf beiden Seiten des Küchentischs – Åsa an Mamas Seite und Tove an Papas – und beobachteten stumm die Wanderung der Butterdose. Wenn Erik endlich seinen Blick hob und verwirrt umherschaute, brach Christina in Kichern aus, während Åsa ihre Stirn runzelte und Tove schnaubte. Die beiden standen mit den gleichen Bewegungen auf, schoben mit einem verächtlichen Scharren ihre Stühle unter den Tisch und sagten im Chor:

»Mein Gott, seid ihr *kindisch!*«

Natürlich, denkt Christina. Vielleicht sind wir das wirklich. Zumindest Erik. Er ist kindisch im besten Sinn des Wortes, denn er wundert sich immer noch über die Welt. Die meisten Männer hören irgendwann Anfang ihrer Pubertät auf, sich zu wundern, und widmen den Rest ihres Lebens dem Versuch, ihre Neugier zu besiegen. Aber Erik ist immer noch neugierig. Er kämpft nicht darum zu gewinnen, sondern zu wissen.

Aber jetzt soll er also wegreisen. Oben im Schlafzimmer liegt seine aufgeklappte Reisetasche und wartet darauf, das letzte Hemd zu schlucken. Fünf Monate lang soll er weg sein, und fünf Monate lang soll Christina allein leben. Es ist das erste Mal, denn bisher waren immer die Mädchen bei ihr gewesen. Aber die sind jetzt groß, studieren in Uppsala und schneien nur noch ab und zu auf einen Überraschungsbesuch in Vadstena herein.

Christina ist nicht unzufrieden damit. Ganz im Gegenteil. Zwar sah sie sich dazu veranlaßt, eine etwas finstere Miene aufzusetzen, als Erik ihr schuldbewußt mitteilte, daß er noch einmal eine Gastdozentur übernehmen würde, aber in ihrem Inneren fühlte sie einen kleinen Goldfisch vor Freude hochspringen: Endlich sollte sie Ruhe haben.

Sie schmunzelt vor sich hin, als sie an die vielen Frühstücke ganz allein denkt, die sie erwarten. Schwarzen Kaffee wird sie trinken. Frischgepreßten Orangensaft. Und kleine, heiße weiße Brotscheiben mit Cheddarkäse und Whiskymarmelade. Und seine Haferflocken und sein Müsli wird sie in die Ecke schmeißen, sobald sie vom Flugplatz zurück ist. Vielleicht sollte sie sich eine Katze anschaffen...

Wie immer, wenn sie von Flucht und Freiheit träumt, scheint er es zu erahnen. Er läßt die Zeitung sinken, sieht sie an und fragt:

»Willst du nicht im Mai für ein paar Wochen Urlaub machen? Und zu mir kommen?«

Christina lacht verlegen. Im Mai hatte sie geplant, allein im Garten zu sitzen und zuzusehen, wie der Flieder Knospen treibt, und nicht auf einem staubigen Universitätsgelände in Texas zu schwitzen.

»Vielleicht. Das hängt davon ab, wie es mit Hubertsson läuft. Wenn ich für ihn einspringen muß, dann geht es nicht...«

Das genügt, um ihn in die Flucht zu schlagen, er nickt und hebt die Zeitung wieder hoch. Hubertssons Krankheit stört ihn, er will nichts davon hören. Ein Arzt, der seine eigene Diabetes vernachlässigt, der säuft und herumpraßt bis an die Grenze der Amputation, schafft Unruhe und Verwirrung bei den vernünftigen Menschen. Und Erik ist vernünftig.

Dennoch – als Christina jetzt sieht, wie er die Stirn über die Schlagzeilen der Dagens Nyheter runzelt, erfüllt sie die gleiche beschämende Zärtlichkeit wie so oft zuvor. Er ist mein Mann, denkt sie. Ja mehr noch, er ist mein Befreier und mein Beschützer. Nie ist er anders als gut zu mir gewesen, und trotzdem sitze ich hier und wünsche ihn fort...

Sie steht impulsiv auf und geht zu ihm, beugt sich vor und küßt den fast kahlen Fleck auf seinem Kopf.

»Ich vermisse dich jetzt schon«, sagt sie.

Sie spürt, wie er für einen Augenblick zögert, wie seine Muskeln sich anspannen, um sogleich wieder weich zu werden. Er steht auf, umarmt sie und küßt ihren Hals, ihre Wangen und Ohren. So ist es immer gewesen, sie gibt einen Kuß und bekommt viele zurück. Viel zu viele. Ihre eigene Zärtlichkeit ist nie genug, sie wird von seiner überschwemmt und ertränkt. Jetzt müßte sie eigentlich ihre Lust, die Hände auf seine Brust zu legen – um ihn von sich zu schieben –, unterdrücken. Denn das wäre ihrem Seelenfrieden in den nächsten Monaten nicht zuträglich; beide würden sich nicht an ihren Kuß erinnern, sondern nur an ihre Ablehnung.

Aber jetzt hat er aufgehört, er küßt sie nicht mehr, drückt sie nur fest an sich, und die Umarmung wird endlich wirklich.

»Ich vermisse dich auch«, sagt Erik schließlich und streichelt ihr über den Kopf.

Christina macht sich frei und steckt die Hände in die Taschen. Im gleichen Moment erinnert sie sich. Der Brief! Dieser merkwürdige Brief.

»Guck mal«, sagt sie und zieht den Umschlag heraus. »Das lag im Briefkasten, als ich die Morgenzeitungen geholt habe.«

Aber Erik hat sich inzwischen schon wieder hingesetzt und in Dagens Nyheter vertieft, er wirft einen irritierten Blick auf den Umschlag.

»Von wem ist der?«

Christina zuckt mit den Achseln und holt die Schere.

»Keine Ahnung…«

Sie drückt den Umschlag, während sie vorsichtig einen millimeterbreiten Streifen an der oberen Kante abschneidet. Er ist dick, das müßte ein Brief von mehreren Seiten sein.

Aber als sie den Inhalt aus dem Umschlag zieht, glaubt sie zunächst, sich ganz und gar geirrt zu haben, daß es überhaupt kein Brief ist, sondern ein kleines Päckchen in rosa Seidenpapier, sorgfältig zusammengefaltet, um etwas Kleines, Kostbares herum. Doch nichts Kostbares fällt heraus, als sie das Seidenpapier auf dem Frühstückstisch auseinanderfaltet; zunächst scheint es ganz leer zu sein. Es dauert eine Weile, bis sie den Text in der Mitte entdeckt, ein paar winzige Zeilen in Bleistiftschrift, kein Buchstabe ist wohl höher als zwei Millimeter.

Christina zieht die Küchenlampe heran, hält sie im richtigen Winkel über das rosa Papier und liest:

Ich bin die Ersehnte.
Ich bin die, die nie kam.
Ich bin die vergessene Schwester.

Und einige Zentimeter darunter in krummem Miniaturgekritzel:

Ich saß auch in Tante Ellens Kirschbaum.
Aber ihr habt nichts gemerkt!
Tante Ellen, Tantellen, Tarantella.
Spindel oder Tanz?
Spindel!

»Widerlich!« sagt Christina eine Stunde später, während sie in den fünften Gang schaltet. »Krank, widerlich und neurotisch, das ist es. Was für ein Schauspiel will sie jetzt wieder in Szene setzen? Ich habe gedacht, sie wäre damit fertig, ihr Repertoire wäre erschöpft. Wir hatten doch schon *Über die arme Birgitta wird schlecht geredet* und *Die unschuldige Birgitta wird zu Unrecht angeklagt und in die Drogensucht getrieben,* ganz zu schweigen von der ganzen Serie an Auftritten zum Thema *Die heldenmütige Birgitta kommt vom Stoff los, stößt jedoch auf Schwierigkeiten und wird wieder in den Sumpf zurückgeworfen!* Ich bin es leid! Und Margareta bin ich ebenso satt! Warum in Gottes Namen muß man weiterhin große Schwester und kleine Schwester mit fremden Menschen spielen, wenn man fast fünfzig Jahre alt ist? Es stimmt schon, wir haben einige Jahre zusammengelebt, aber es waren doch weder Margareta noch Birgitta, die mir etwas bedeutet haben. Das war Tante Ellen. Und jetzt habe ich absolut nichts mehr mit ihnen gemeinsam. Nichts! *Niente!* Null!«

Erik legt ihr die Hand auf den Arm.

»Du fährst zu schnell, beruhige dich. Kümmer dich doch einfach nicht drum, wirf den Brief weg und schalte den Anrufbeantworter ein, damit du weißt, wer anruft. Früher oder später müssen sie doch begreifen, daß du kein Interesse hast...«

»Ha!« erwidert Christina. »Das wäre schön, wenn Birgitta so zarte Hinweise verstehen würde. Oder Margareta. Da sind schon stärkere Geschütze nötig, keine von beiden hat bisher schließlich eine besonders ausgeprägte Sensibilität für die Feinheiten des Daseins gezeigt...«

Erik lacht, und das vertraute Glucksen läßt ihre Wut verrauchen, sie dreht sich zu ihm und sieht, daß sein Haar im Sonnenschein rotgold glänzt. Der graue Morgen hat sich in einen funkelnden Spätwintertag verwandelt, der Himmel ist hoch und strahlend blau, und die Sonne glitzert in den spärlichen Schneeresten auf den feuchtschwarzen Feldern.

Sie hat sich einen Tag freigenommen und will ihn nach Stockholm, zum Flughafen fahren. Sie haben reichlich Zeit, sein Flugzeug wird erst in vielen Stunden gehen. Sie fährt langsamer und schaltet in einen niedrigeren Gang herunter. Es gibt keinen Grund zu hetzen, sie können sich Zeit nehmen, die letzten gemeinsamen Stunden genießen.

Aber Erik will nicht genießen. Schon als sie auf die Autobahn einbiegen, fällt es ihm schwer, stillzusitzen und gefahren zu werden. Sein Ton klingt gereizt.

»Planst du irgendwelche Großtaten in deinem Postindustriellen Paradies, während ich weg bin?«

Christina unterdrückt seufzend eine schnippische Antwort. Seit dreiundzwanzig Jahren lebt sie bereits mit seiner winselnden Eifersucht, und die irritiert sie stärker als alles andere. Lange hat sie geglaubt, sie würde mit den Jahren verschwinden. Sie hatte nicht damit gerechnet, daß sie sich gegen ein Haus richten könnte.

Aber so ist es. Erik ist auf ihr Haus eifersüchtig. Und mitten in ihrer Irritation ist Christina gezwungen zuzugeben, daß er tatsächlich Grund dazu hat. Sie liebt das Postindustrielle Paradies und kann es nicht leugnen.

Als die Mädchen nach Uppsala zogen, gab Erik ihr recht darin, daß ihr Haus in Linköping zu groß war und daß es mehr als recht und billig war, wenn er ab jetzt pendelte, wie sie die ganzen Jahre zwischen ihrem Haus in Linköping und ihrer Arbeit in Vadstena gependelt hatte. Aber als sie ihm das rote Haus aus dem 18. Jahrhundert zeigte, wurde deutlich, daß er andere Pläne gehabt hatte. Eigentlich, so sagte er, wollte er in einer Wohnung wohnen. Und es gab eine Reihe ausgezeichneter Wohnungen, zentral in Linköping gelegen, gediegen und bequem und genau in der richtigen Entfernung zum Universitätskrankenhaus. Wäre es denn nicht besser, Christina würde sich statt dessen einen Job in Linköping besorgen? Die Hausarztreform hatte doch neue Möglichkeiten eröffnet... Während ihrer gesamten Ehe war Erik von Christina mit Samthandschuhen behandelt worden, immer war sie darauf bedacht, ihn nicht zu beunruhigen oder zu verärgern. Streit und wütende Stimmen machten ihr angst. Eine schnippische Antwort genügte, daß die Panik in ihrem Zwerchfell aufflackerte. Deshalb fügte sie sich und paßte sich in einer verschämten Mischung aus Ängstlichkeit und Gleichgültigkeit an. Wie sollte es ihr gelingen zu streiten und über die Trivialitäten des Daseins zu argumentieren? Sie hatte ja schon Mühe, morgens aus dem Bett zu kommen, alle Kraft brauchte sie, um das schwere Geheimnis zu ertragen, das ihre Angst und Sehnsucht war.

Dennoch schämte sie sich. Ihre Anpassung war irgendwie verlogen, es war ihre Art, ihn zu manipulieren. Aber Erik schien nichts davon zu merken. Er hatte ein eingeschränktes Blickfeld wie die meisten Männer, deshalb glaubte er, daß es ganz selbstverständlich war, daß sie immer das wollte, was er wollte. Schließlich war es ja nur vernünftig.

Aber Christina wurde eine andere, als sie die Möglichkeit bekam, das alte Haus in der Sånggatan in Vadstena zu kaufen. Wenn sie zwischen Erik und dem Haus hätte entscheiden müssen, sie hätte sich für das Haus entschieden. Und das schien er zu verstehen. Als er sie sah, wie sie den handgeschmiedeten Schlüssel in der Hand wog, redete er nicht mehr über Wohnungen im Zentrum von Linköping und kapitulierte. Er konnte ihr in seiner Hilflosigkeit nur noch eins auswischen: Er könnte sich schon vorstellen, das alte Haus zu kaufen, aber – und er hoffte, sie würde das verstehen – er hatte nicht die Zeit, sich um die Renovierung zu kümmern. Das mußte sie allein schaffen.

Und Christina hatte es allein geschafft. Während Erik noch in ihrem Haus in Linköping hockte, hatte sie innerhalb von ein paar Monaten all ihre freie Zeit in das alte Haus gesteckt. Sie hatte Plastikfarbe abgekratzt und Vinyltapeten heruntergerissen, verräucherte Auslegware herausgerissen und den alten Boden abgeschliffen, sie hatte Klempner, Elektriker, Tischler und Dachdecker dirigiert, während sie gleichzeitig Schränke und Türen mit Eiöltempera angestrichen hatte. Stück für Stück hatte sie wiederhergestellt, was die moderne Zeit zerstört hatte, und aus dem Chaos erhob sich schließlich ein perfekter Kompromiß zwischen altem Handwerk und modernem Komfort. Und es gehörte eher ihr als ihm. Sie hatte sich das Haus durch ihre Arbeit erobert. Zum ersten Mal in ihrem Leben hatte Christina das Gefühl, etwas zu besitzen, und zum ersten Mal begriff sie, welche Zufriedenheit das bedeuten kann.

Aber es war Erik, der dem Haus seinen Namen gab. Das Wohnzimmer war gerade fertig geworden, aber noch leer und unmöbliert, aber Christina hatte ein Feuer im Kachelofen entzündet und die Doppeltüren aufgeschlagen, um zu zeigen, wie schön sich die Schatten des Feuers an den perlgrauen Wänden abzeichneten. Das Zimmer überraschte ihn, er blieb mitten in der Bewegung auf der Türschwelle stehen und sagte:

»Das ist, als wäre man in einer anderen Zeit…«

Mit den Händen in den Hosentaschen machte er drei schnelle Schritte über die breiten Bodendielen, drehte sich um und begutachtete alle Details, bevor er sich ihr lächelnd zuwandte:

»Ich gratuliere, Christina. Du hast das Postindustrielle Paradies geschaffen. In diesem Zimmer ist es, als hätte es das 20. Jahrhundert nie gegeben, als wäre es nur eine mißglückte Klammer.«

Das Lob hatte sie verunsichert, fast beschämt. Plötzlich fühlte sie sich wie die vulgäre Freundin eines Hehlers, eine Betrügerin, die mit gestohlenem Schmuck kokettierte. Mehrere Wochen lang dachte sie noch über seinen Satz nach und versuchte, sich ihr eigenes Unbehagen zu erklären.

Eigentlich wußte Christina ja schon vorher, daß sie ein neurotisches Verhältnis zur Vergangenheit hatte, daß diese sie unterernährt und hungrig sein ließ, verbittert und neidisch. Erik konnte das nicht verstehen. Er zuckte über die vielen alten Pfarrer und Ärzte nur die Schultern, die seine Gene bevölkerten, und stöhnte genervt über die vielen antiken Bücher und Pfarrhofsmöbel, die seine Schwester und er pflegen und bewahren sollten. Was sollte er mit dem ganzen Krempel? Er war Mediziner und kein Antiquar, er wußte genau, wer er war und woher er kam, dazu mußte er nicht diese ganzen alten Sachen mit sich herumschleppen.

Christina war es nie gelungen, ihm begreiflich zu machen, daß sie das Gefühl hatte, sie gehörte einem Geschlecht nabelloser Christinas an, geboren von niemandem, ausgebrütet wie Vögel oder Eidechsen aus großen weißen Eiern. Er breitete seine Arme aus und wehrte ihre Einwände mit hölzerner Vernunft ab. Sie wußte doch, daß Astrid ihre Mutter war. Wenn sie mehr wissen wollte, brauchte sie doch nur im Personenregister zu suchen. Und wenn sie sich Sorgen machte, weil sie an ihre ersten sieben Lebensjahre fast keine Erinnerung mehr hatte, *so what*? Sie erinnerte sich doch an das Krankenhaus und das Kinderheim, an die Jahre bei Tante Ellen und die Teenagerzeit bei Astrid. Und wenn sie mehr wissen wollte, brauchte sie doch nur die alten Akten und Sozialamtsunterlagen anzufordern...

»Du verstehst überhaupt nichts«, erwiderte sie ihm einmal resigniert. »Es ist doch nicht meine eigene Geschichte, die ich wissen will. Ich will einfach die von jemand anderem haben.«

Und die hatte ihr das Postindustrielle Paradies beschert. Als sie das Haus kaufte, kaufte sie sich damit eine Geschichte, sie besorgte sie sich, so wie sich die Menschen heute alles besorgen, was sie haben wollen. Ihre Haustür war von 1812. Das Haus selbst war noch älter, und auf dem antiken Bücherregal in ihrem neu eingerichteten Wohnzimmer lag eine kleine Broschüre von dem Verein Gamla Vadstena, in der stand, daß das erste Gebäude auf diesem Gelände bereits in den letzten Jahren des 14. Jahrhunderts errichtet worden sei. Mehr Geschichte kann eine Geschichtslose sich nicht kaufen.

Und dennoch, die Liebe braucht keine rationalen Motive.

Christina liebte das Postindustrielle Paradies, allen Argumenten zum Trotz. Wenn sie allein zu Hause war, ertappte sie sich selbst dabei, die sonderbarsten Dinge zu tun: die Wange an ein

Fenster zu legen, eine Wand zu streicheln oder länger als zwanzig Minuten still in einer Ecke des Wohnzimmers zu stehen, nur um zu beobachten, wie die Dämmerung hereinkroch und sich wie Engelshaar über die bleichen Farben legte. Einmal hatte sie sich die Finger geklemmt, als sie versucht hatte, eine Tür zu umarmen. Als Erik an diesem Abend heimkam, hatte sie ein schlechtes Gewissen. Es war, als hätte sie den Nachmittag mit einem Liebhaber verbracht, als wären die blauen Flecken an ihren Fingern genauso verräterisch wie ein Knutschfleck an ihrem Hals. Und Erik hatte das gespürt. Er hatte ihre schmerzenden Finger unnötig fest gepackt, als er sie verbunden hatte.

Mein Mann, dachte sie damals, wie schon so oft zuvor, und strich ihm impulsiv über die Wange.

Mein Mann.

Åsa und Tove warten vor dem Auslandsterminal. Erik sieht sie schon aus weiter Entfernung und stößt einen überraschten Schrei aus. Christina ist ganz gerührt, als sie entdeckt, wie gerührt er ist. Er hatte nicht erwartet, daß seine Töchter sich die Zeit nehmen würden, von Uppsala nach Arlanda zu fahren, nur um ihm zum Abschied zu winken. Er stolpert mit offenen Armen aus dem Auto und umarmt sie beide, bevor Christina überhaupt den Motor abgestellt hat. Als sie aus dem Wagen steigt, stehen die drei dicht zusammen, die Arme einander um die Schultern gelegt wie Footballspieler, die sich für ein Spiel rüsten. Die Füchse, denkt sie. Footballverein die Füchse. Wenn es nicht der Verein der Rothaarigen ist, der hier sein Jahrestreffen abhält. Und dazu gehöre ich nicht.

Sie schließt sorgfältig das Auto ab und geht zu ihnen.

Die folgenden Stunden sind erfüllt von Stimmen und Gefühlen. Erik flattert vom Einchecken zum Zeitungskiosk, während die Mädchen hungrig einen Imbiß in Sky City fordern. Aber sie brauchen fast eine Stunde, um zum Restaurant zu gelangen, weil die Mädchen auf dem Weg dorthin in jedes Geschäft reinschauen müssen. Erik lacht und bezahlt in einem Anfall untypischer Großzügigkeit. Neue Taschen? Natürlich. Echte Mullberry. Jede einen neuen Pullover? Natürlich, handgestrickte Folklore. Neue Handschuhe? Warum nicht, was macht das schon angesichts der allgemeinen schlechten Lage?

Später, als das Flugzeug abgehoben hat und die Mädchen in den Bus nach Uppsala gesprungen sind, die Hände fest um die vielen Tüten geschlungen, geht Christina mit leichten Schritten zum Parkplatz. Es weht ein wenig, und sie hebt genießerisch ihr Gesicht in den Wind, ihr Haar flattert, und eine Sekunde lang hat sie das Gefühl, sie könnte abheben und fliegen. Sie ist frei. Vollkommen frei. Keine Termine, kein Mittagessen zu kochen, keine Kinder oder Patienten, die warten. Zum ersten Mal seit mehr als zwanzig Jahren kann sie allein entscheiden.

Sie tritt das Gas durch und treibt den Motor zu einem fröhlichen Brummen, während sie vorsichtig vom Parkplatz fährt.

Die Sehnsucht überfällt sie ganz plötzlich. Sie hat an der Nyköbingbrücke angehalten, um eine Tasse Kaffee zu trinken, und als sie die Cafeteria verläßt, erinnert sie sich plötzlich an Eriks rauhe Wange an ihrer und danach an die seidenweichen Wangen der Mädchen. Sie hat das Gefühl eines regelrechten physischen Verlusts, ein schwerer, bluterfüllter Schmerz in ihrem Zwerchfell: meine Familie! Vor vier Stunden aßen wir noch zusammen und haben alle durcheinandergeredet, und jetzt ist es so still, als hätte es keinen von ihnen jemals gegeben... Aber ich will sie hier haben, ich will sie bei mir, um mich herum haben!

Sie bleibt auf dem Parkplatz stehen und holt mehrmals tief Luft, die Dämmerung setzt ein, und die Luft ist kalt und feucht. Hinter dem leeren Lkw-Parkplatz steht ein kerzengerades Gehölz auf Wacht, wie eine Kohorte römischer Soldaten, die auf ihren Marschbefehl wartet. Aber es kommt kein Befehl. Die Welt ist vollkommen still, ohne Wind und ohne Bewegung, eine Minute lang ist nicht einmal ein entferntes Motorengeräusch zu hören. Christina zieht sich ihr Cape enger um den Körper und schaut zum Himmel. Er ist fliederfarben und leer, keine Wolken, keine Sterne, nicht einmal ein Flugzeug.

Alle sind weg, denkt sie. Es gibt sie nicht mehr, und mich gibt es für sie auch nicht mehr...

Ein Mann geht allein quer über den Parkplatz, und sein Blick zwingt sie, sich zusammenzureißen; mit übertriebenem Eifer sucht sie in ihrer Handtasche nach den Autoschlüsseln. Im Auto schaltet sie die Innenbeleuchtung an und mustert ihr Gesicht im Rückspiegel. Erik hatte feuchte Augen, als sie sich voneinander verabschiedeten, Åsa mußte schluchzen, und Tove hat ganz offen geweint, nur sie selbst stand dabei, ohne etwas zu spüren.

»Was für ein Mensch bin ich?« fragt sie laut ihr Spiegelbild und wiederholt es gleich danach noch einmal mit noch lauterer Stimme, als spräche sie zu einem schwerhörigen Patienten:

»Was für ein Mensch bin ich?«

Ein paar Stunden später holpert ihr Auto über das Kopfsteinpflaster der Sånggatan. Das Postindustrielle Paradies liegt still wie ein Versprechen im Schein einer einsamen Straßenlaterne, gut geschützt von dem alten Rotdorn auf der anderen Straßenseite. Nachdem sie geparkt hat und ausgestiegen ist, bleibt sie einen Augenblick lang stehen, ganz still, den Kopf auf die Seite gelegt, als würde sie auf etwas lauschen. Der Ort um sie herum scheint vollkommen still zu sein, aber plötzlich weht ein warmer, kräftiger Wind vom Vättern heran, der saust und braust und einen Duft von Frühling und Kletterblüten mitten in die Winterkälte bringt. Christina hat das Gefühl, als lege er sich hinter ihren Rücken, als treibe er sie vor sich her, als sie widerwillig zum Briefkasten geht. Sie öffnet ihn voller böser Vorahnungen, findet aber nur eine Rechnung und ein Reklameblatt darin.

Sie macht einen Spaziergang durch ihren nächtlichen Garten, bevor sie nach drinnen geht. Beim Fliederbusch bleibt sie stehen und scharrt ein wenig im Kies, als wolle sie die Erinnerung an den toten Vogel begraben. Sie sieht die Zigarettenglut nicht und bemerkt nicht, daß jemand auf der Küchentreppe sitzt und sie beobachtet. Deshalb zuckt sie zusammen, als plötzlich eine heisere Stimme sagt:

»Hallo, Christina. Hast du heute auch einen Brief gekriegt?«

Mein Gott, ist sie ordentlich, denkt Margareta. Lodencape und Lederhandschuhe! Und unter der ganzen Pracht hat sie sicher ein altes Hermèshalstuch... mit Ketten, Pferdekopf und dem ganzen Mist. Meine Fresse.

Sie steht auf und wirft ihre Kippe in den Kies, tritt mit der Hacke darauf und dreht Tabak und Filter bis zur Unkenntlichkeit in den Boden. Dann stopft sie den Brief in die Tasche und schlendert angestrengt locker zum Fliederbusch. Als sie näher kommt, kann sie Christinas Gesichtsausdruck erkennen. Ihr Mund ist offen, sie hat die Oberlippe hochgeschoben und die Zähne entblößt.

»Habe ich dich erschreckt? Entschuldige. Das wollte ich nicht...«

Christinas Hand flattert zum Kragen, kurzsichtig blinzelt sie hinter ihrer dicken Brille.

»Margareta? Bist du es?«

Das ist eine unnötige Frage, sie weiß sehr wohl, wer da ist. Die heisere Stimme, die übertrieben lockere Haltung, das überraschende Auftauchen – das kann niemand sonst sein.

Christinas Stimme wird etwas freundlicher.

»Na so was! Wie schön, dich zu sehen! Hast du lange gewartet?«

»Ein paar Stunden. Ich dachte schon, du hättest Nachtdienst.«

»O weh, dann mußt du ja ganz verfroren sein.«

»Wo denkst du hin, ich bin nordländisch angezogen. Eigentlich war es richtig schön hier...«

Natürlich lügt Margareta. Zwar hat sie nicht gefroren – sie friert selten, ihr gesamter Körper ist in eine eine Spur zu dicke Schicht wärmendes Unterhautfett eingehüllt –, aber schön war es nicht.

Genaugenommen war der ganze Tag mißlungen, ihr ganzer Ausflug in die Landschaft der Vergangenheit. Und während der einsamen Stunden in Christinas Garten ist Margareta zu der Einsicht gelangt, daß sie schon vorher gewußt hat, daß es schiefgehen würde. Bestimmte Erlebnisse sollte man lieber in Frieden ruhen lassen, sie sind zerbrechlich wie Spinnengewebe und vertragen weder Gedanken noch Worte. Man sollte sich damit begnügen, sie ab und zu am Rande des Bewußtseins aufglimmen zu lassen.

So ist es immer mit den Erlebnissen in Tanum gewesen: Taufeucht und durchsichtig blinkten sie am Rande von Margaretas Bewußtsein auf, und sie hat sich in ihrer Nähe äußerst vorsichtig bewegt. Ein einziges Mal hat sie versucht, das Geschehen in Worte zu kleiden: Als sie nach einem Liebesakt mit Claes im entspannten Danach versuchte, ihm zu erklären, warum sie angefangen hat, Physik zu studieren. Flüsternd und zögernd hat sie ihm die Wanderung der jungen Margareta über die Heide beschrieben, wie die Dämmerung kurz vor dem Sonnenaufgang die gleichen blaßrosa Nuancen annahm wie die Heideblüten, wie Himmel und Erde ineinanderflossen und wie der Polarstern blinkte, bis er vom Morgenlicht ausgelöscht wurde.

»In dem Moment ging ich einen Hügel hinauf... Und als ich oben ankam und über die Heide schaute, da entdeckte ich drei vollkommen gleiche weiße Schüsseln. Drei Parabolantennen. Aber das wußte ich damals noch nicht, zu der Zeit wußte fast niemand, was eine Parabolantenne ist. Ich hatte nie ähnliches gesehen, nahm aber an, daß es etwas mit dem Weltraum zu tun hatte... Und da wurde ich ganz fröhlich! Ich wurde so unglaublich glücklich, weil sie groß und schön waren und weil sie... ja, einfach weil es sie gab!«

Claes hatte still in ihrem Schoß gelegen, während sie erzählte, aber jetzt machte er sich frei, setzte sich auf und ließ seine nackten Füße auf die Kiefernbretter des Schlafzimmerbodens fallen. Seine Stimme war von einer gespielten Unruhe erfüllt:

»Meine Güte, Margareta! Deshalb hast du damit angefangen?«

Und da lachte sie natürlich auch, stand ebenfalls auf und ließ auch ihre Fußsohlen auf den Boden klatschen. Sie knuffte ihn mit dem Ellbogen:

»Sagst du nicht immer, daß es erlaubt ist, ein bißchen verrückt zu sein?«

Er lachte als Antwort.

»Schon, ja. Aber nicht verrückt ohne Grenzen!«

Danach war sie mit sich selbst ins Gericht gegangen. Warum hatte sie nicht die Klappe gehalten? Es wäre klüger gewesen, die Zähne zusammenzubeißen und zu akzeptieren, daß man diese Erlebnisse mit niemandem teilen konnte. Mit keinem Menschen, nicht einmal mit einem zuverlässigen Freund und Liebhaber. Das hatte mit dem Zeitgeist zu tun, mit der Angst dieser Zeit vor dem Ewigen.

Zwar gab es genügend Worte, um zu beschreiben, was sie erlebt hatte, aber keine annehmbaren Worte, keine Worte, die Claes – dieser Gegenwartsmensch – akzeptieren konnte. Wenn sie gesagt hätte, das Herz wäre ihr angeschwollen, als sie die Parabolantennen sah, daß sie sie an Schiffbruch und einsame Inseln erinnerten, das hätte ihn sicher verlegen gemacht. Und wenn sie dann noch hinzugefügt hätte, daß es wirklich ein religiöses Erlebnis gewesen war, wäre es ihm offen peinlich gewesen. Vernünftige Menschen haben keine religiösen Erlebnisse. Jedenfalls heutzutage nicht.

Aber so war es. Ihr Herz war buchstäblich angeschwollen an diesem Morgen, und zum ersten Mal in ihrem Leben hatte sie Gott erahnt. Die Parabolantennen waren gewaltiger und ehrfurchtgebietender gewesen als irgendeine der alten Kathedralen oder Tempelruinen, die sie während ihrer Archäologiestudien besichtigt hatte. Und plötzlich hatte sie sich wie Robinson Crusoe gefühlt, ein Robinson, der nach lebenslangem Warten endlich ein Segel am Horizont entdeckte.

»O ja!« sagte sie laut, ohne jedoch eigentlich zu verstehen, was sie selbst damit meinte. »O ja!«

Die Farben der Heide wurden intensiver im Sonnenaufgang, hunderttausend Blumen in der Heide entledigten sich des anämischen Farbtons der Nacht und dunkelten zu Purpur, die Silberstränge des Zittergrases verwandelten sich zu Gold, und in den breiten Farbskalen blitzten für einen Augenblick die Farben aller Prismen auf, bevor sie miteinander verschmolzen und wieder weiß wurden. Und plötzlich sah sie, daß die weißen Schalen gar keine Segel waren. Es waren Stimmen. Der sehnsuchtsvolle Ruf ins Universum: *Hier sind wir! Hier sind wir! Rettet uns!* Und nun gab es nichts mehr davon. Nicht einmal eine Erinnerung. Heute hatte sie das Spinnennetz zertrampelt. Jetzt würde sie nie wieder daran erinnert werden, wie eine junge Frau im Heidekraut auf die Knie sank, den Blick fest auf die Parabolantennen gerichtet, ohne gleichzeitig daran erinnert zu werden, wie eine Frau mittleren Alters ihr Auto am Straßenrand parkte und ausstieg. Ihre halbgeschlossenen Augenlider zitterten vor Erwartung, es war, als wollte sie den Genuß verlängern, indem sie zunächst den Blick niederschlug, sie wollte die drei weißen Schalen erst sehen, nachdem sie sich in eine sorgfältig überlegte Position neben der Beifahrertür gebracht hatte. Da schlug sie endlich die Augen auf, sie waren weit aufgerissen und klar, bereit, sich füllen zu lassen...

Aber sie wurden nicht gefüllt. Margareta blinzelte und mußte zugeben, daß das Gelände, die Heide und die Parabolantennen zwar unverändert waren – für sie waren fünfundzwanzig Jahre nur ein Atemzug gewesen –, aber sie selbst war eine andere geworden. Und im Kopf dieser neuen Margareta vertrieben zehntausend Detailkenntnisse die Ehrfurcht. Sie schaute die weißen Schüsseln an und versuchte vergeblich, die Erinnerung an Kathedralen und Tempelruinen heraufzubeschwören, an Schiffbruch und weiße Segel, doch es gelang ihr nicht. Sie wußte, was sie sah, und deshalb gab es keinen Raum für Bilder: Das hier war keinesfalls ein Ruf in den Weltraum, es waren drei Parabolantennen für simplen Satellitenempfang. Vielleicht konnte man sie als Ohren bezeichnen. Augen, das konnten Feuer sein, aber Ohren, das waren und blieben ziemlich triviale Trichter. Wichtig und funktionell, aber ungefähr genauso ehrfurchtgebietend wie Hühneraugen.

»Du dummes Huhn!« sagte sie laut zu sich selbst und trat in den Kies am Grabenrand. »Idiotin! Dummbeutel! Wirrkopf!«

Für einen Augenblick ließ ein Gedanke sie schwindeln: Was wäre aus ihr geworden, wenn sie sich in dieser Nacht nicht auf die Wanderung gemacht hätte? Zumindest hätte sie dann schon seit langer Zeit ihren Doktortitel. Niemand arbeitete an seiner Promotion in Archäologie länger als vier, fünf Jahre, während ein Physiker zehn, fünfzehn Jahre dranbleiben mußte, damit wirklich etwas daraus wurde. Außerdem fahren Archäologen nach Griechenland zu Seminaren und Konferenzen, trinken abends Wein und haben Liebesaffären. Eine Physikerin dagegen darf sich die Nächte allein in einer zugigen Bude in Norrland um die Ohren schlagen und ihre Instrumente ablesen. Zumindest eine mittelmäßige Physikerin wie Margareta, der die Leichtigkeit der Gedanken fehlt, wie sie die wirklichen Begabungen auszeichnet und die nach Bern in der Schweiz führt.

Doch, dachte Margareta, als sie wieder im Auto saß und das Gaspedal trat, es ist wirklich an der Zeit, daß ich einsehe, daß ich nur eine mittelmäßige Begabung bin...

Sie tastete mit der Hand über den Beifahrersitz nach ihren Zigaretten, fand eine und zündete sie an. Der Rauch vom ersten Zug brannte ihr in den Augen und brachte sie zum Tränen; sie mußte zwinkern, und das Auge lief über. Aber die Sicht wurde nicht klarer dadurch. Sofort wurde das Auge von neuen Tränen angefüllt.

Margareta schluchzte und wischte sich irritiert mit dem Zeigefinger unter der Nase entlang. Saß sie wirklich hier und heulte? Margareta Johansson – die Frau, die den Zynismus zu einer Kunstform erhoben hatte? Nichts da: Sie hatte seit fünfzehn Jahren nicht mehr geweint und dachte gar nicht daran, jetzt damit anzufangen. Es war einfach zu verqualmt im Auto... Sie kurbelte die Scheibe herunter. Der Fahrtwind ließ ihr Haar flattern und trieb ihr erneut die Tränen in die Augen.

Nun gut. So war's nun mal. Sie konnte ruhig zugeben, daß sie ein wenig deprimiert war, daß sie schon eine ganze Weile ziemlich deprimiert gewesen war. Eigentlich seit sie eingesehen hatte, daß alles in ihrem Leben nur mittel und halb war. Daß sie mittelalt war, mittelmäßig begabt, mit einer halbfertigen Dissertation, einer halbchaotischen Finanzlage und Halbschwestern. Oder wie man sie nun nennen sollte. Den größten Teil des Jahres war sie außerdem noch die Dame ohne Unterleib: Claes wohnte in Stockholm und sie selbst in Kiruna. Außerdem hatte Claes ihr frühzeitig klargemacht, daß alles, was er ihr bieten konnte, Freundschaft und die Gemeinschaft der Körper war. Eine halbe Beziehung also nur. Margareta drückte ihre Zigarette aus und verzog das Gesicht. Vielleicht konnte sie ja als Attraktion auf Kiviks Jahrmarkt auftreten. Kommt und seht die halbe Dame! Nur zum halben Preis!

Einige Kilometer vor Uddevalla hatte sie das Selbstmitleid abgeschüttelt. Sie hatte an einer Kreuzung angehalten und auf die Karte geguckt. Doch, sie mußte über Jönköping fahren, obwohl es ein Umweg war, wenn man nach Stockholm wollte. Aber sie hatte ja noch eine Station auf ihrer Reise entlang der Memory Lane.

Schon vorher hatte sie beschlossen, nicht in Vadstena anzuhalten, obwohl sie Christinas neue Adresse auswendig wußte. Sie wollte an diesem selbstgefälligen kleinen Örtchen mit seiner selbstgefälligen kleinen Ärztin vorbeituckern und weiter nach Motala fahren. Dort wollte sie eine Kerze auf Tante Ellens Grab anzünden und einen diskreten Blick auf das alte Haus werfen, bevor sie weiter nach Stockholm fuhr. Nicht weil sie sich beeilen mußte – Claes würde noch ein par weitere Tage in Sarajewo sein –, sondern um das Vergnügen zu haben, zum ersten Mal allein in Claes' Wohnung zu wohnen. Nicht weil sie seine Geheimnisse ausspionieren wollte, aber falls eine Schublade oder ein Schrank einfach so aufginge, ja dann...

Sie hielt beim Goldenen Otter an, um etwas zu essen, saß eine halbe Stunde oder länger in der leeren Cafeteria und starrte über Vätterns blaugraues Winterwasser, bevor sie wieder aufstand und zurück zum Wagen ging. Einige Kilometer später geschah es: Etwas schepperte, und plötzlich klang Claes' alter Fiat wie ein ganzes Panzerregiment. Margareta bog in einen Seitenweg ab und hielt an, stieg aus und machte eine Runde um das Auto, um herauszufinden, was wohl nicht in Ordnung war, aber sie entdeckte nichts. Doch als sie den Wagen wieder startete, klang es schlimmer als vorher. Sie traute sich nicht wieder zurück auf die Autobahn, das Fahrzeug mußte eben langsam in die Richtung rollen, in die seine Nase zeigte.

So ergab es sich, daß sie dennoch in Vadstena ankam, daß sie gezwungen war, mit einem knallenden und knatternden Auto im Schneckentempo durch die engen Gassen zu fahren. Und natürlich stellte sich heraus, daß die Werkstatt, die sie schließlich erreichte, keine schnelle Reparatur versprechen konnte. Die Auspuffanlage war zu alt. Vielleicht konnte man eine aus Linköping besorgen. Wenn sie Glück hatte.

»Morgen«, sagte der Werkstattmeister in schleppendem ostgötischen Dialekt, »morgen nachmittag können Sie ihn kriegen. Auf keinen Fall vorher.«

Vor Streß ins Schwitzen gekommen, fuhr sich Margareta mit der Hand durchs Haar.

»Und, wird das teuer?«

Er nahm seine Mütze ab und schaute zur Seite.

»Möglich. Keine Ahnung. Wir werden sehen...«

Und als sie zurück auf den Parkplatz kam, steckte ein Brief unter dem Scheibenwischer.

Sie zitterte und war aufgewühlt, als sie vor dem Haus ankam, das wohl Christina gehören mußte, und sie wurde noch aufgewühlter, als ihr niemand öffnete. Sie lief mehrere Runden um das Haus, klopfte an die Küchentür und drückte immer wieder auf den Klingelknopf neben der Haustür, mußte aber schließlich einsehen, daß sie sich hysterisch verhielt. Warum sollte das Haus nicht wirklich so leer sein, wie es aussah. Es gab keinen vernünftigen Grund zu glauben, Christina könnte sich irgendwo hinter den schwarzglänzenden Fensterscheiben verstecken, nur weil sie Margareta nicht hereinlassen wollte. Sie war nicht da. Ganz einfach.

Außer Atem, aber erleichtert durch diesen Anflug von Vernunft, ließ sich Margareta schließlich auf der Küchentreppe nieder und beschloß zu warten. Anfangs befingerte sie den Umschlag, zupfte an ihm und strich mit dem Zeigefinger über seine Öffnung, aber nach einer Weile entspannten sich ihre Muskeln und wurden von einer angenehmen Wärme erfüllt; die Hände sanken ihr auf die Knie und legten sich in einem Halbkreis um den Brief. Sie hielt ihn nicht mehr fest, er lag einfach auf ihrem in Jeans steckenden Oberschenkel.

Das hätte eine Situation sein können, um sie zu genießen. Wenn nicht eine einzelne Stimme in ihrem Kopf immer wieder die letzte Zeile des Briefs gesungen hätte: *Pfui, pfui, schäm dich! Keiner will dich haben.*

Während der langen Wartezeit streckte Margareta ein Bein aus, so daß ihr Stiefel den Gartenweg streifte. Sie konnte wetten, daß Christina jede Woche sorgfältig ihren Kies harkte. Das gehörte sich so, das hatte Tante Ellen sie gelehrt. Jeden Samstag wurden die Mädchen jede mit einer Harke versorgt und sollten ihre Pflicht tun. Christina sollte den Weg zwischen Zaun und Haus harken, Margareta den kleinen Hofplatz und Birgitta das Kiesstück auf der Rückseite.

Wenn Margareta jemals auf den Gedanken kommen sollte, ihre gesammelten Lebensweisheiten in einen Wandbehang zu sticken, dann würde dieser von den Samstagen handeln. *Wie du harkst, so wird dein Leben aussehen*, würde dort stehen. Denn so war es. Wie sie geharkt hatten, so hatten sie auch gelebt.

Sobald Tante Ellen verschwunden war, warf Birgitta ihre Harke ins Gras und kroch an die Hauswand, wo sie außerhalb der Sichtweite des Küchenfensters war. Dort setzte sie sich hin, schloß die Augen unter ihrem Pony und machte sich daran, so gründlich ihre bereits abgebissenen Fingernägel zu beknabbern, daß sie anfingen zu bluten.

Margareta verachtete ihre Haltung. Sie wollte von ihr nicht angesteckt werden. Ganz im Gegenteil, sie wollte den Hofplatz richtig schön machen. Sie zog ihre Harke in großen Zügen durch den Kies, zeichnete Blumen, Zirkuspferde und Prinzessinnen, um schließlich in Tränen auszubrechen, wenn sie das Ergebnis sah. Man konnte nicht einmal sehen, daß sie sich angestrengt hatte! Es sah einfach ungeharkt aus!

Nur Christina harkte richtig. Hinter ihr zog sich der mit Streifen versehene Kies schnurgerade und systematisch dahin. Sie machte ihren eigenen Abschnitt zuerst, dann Margaretas und zum Schluß Birgittas. Sie beschwerte sich nie, ganz im Gegenteil schien sie Angst zu haben, entdeckt zu werden; sie warf ängstliche Blicke zum Küchenfenster und beeilte sich, die Arbeit ihrer Schwestern fertigzubekommen.

Obwohl – Schwestern …

Margareta veränderte ihre Position und wühlte in der Tasche nach ihren Zigaretten. In den letzten Jahren hatte Christina sich vollkommen abgeschottet, nie von sich hören lassen und auch nie

Zeit gehabt, sich zu treffen. In den Adventswochen hatte Margareta jedesmal, wenn es klingelte, hoffnungsvoll den Telefonhörer abgehoben – vielleicht hatte Christina sich ja zusammengerissen und lud sie zu Weihnachten ein wie früher immer –, aber alles, was geschah, war, daß sie eine Weihnachtskarte mit Vadstenaspitzen bekam. Von *Familie* Wulf. Das war der endgültige Beweis: Christina wollte sie nicht als Schwester haben. *Pfui, pfui, schäm dich! Keiner will dich haben!*

Und plötzlich erschien es ihr vollkommen unangebracht, hier zu sitzen, wo sie saß. Sie zündete sich mit zitternden Händen eine Zigarette an. Warum in Gottes Namen sollte sie sich eigentlich jemandem aufdrängen, der offenbar nichts mit ihr zu tun haben wollte? In ihrem ganzen Leben war Margareta lieber selbst gegangen als verlassen zu werden, das sollte sie jetzt auch tun, sie sollte aufstehen und nach einem kleinen Hotel suchen. Dort konnte sie ihre Kreditkarte auf den Tisch werfen und ein gutes Mittagessen verspeisen – sie hatte wirklich Hunger –, sich ein Glas Wein gönnen und dann zwischen die frischgebügelten Laken kriechen...

Oder sollte sie ein Auto mieten und direkt nach Stockholm fahren? Andererseits konnte sie ja den Fiat nicht für alle Zeiten in Vadstena stehen lassen. Claes würde wahnsinnig werden, wenn er nicht da war, wenn er zurückkam. Außerdem war da noch dieser Brief. Auf irgendeine Art und Weise mußte sie sich von diesem Brief befreien, und Christina war – leider – die einzige, die seinen Sinn begreifen würde. Da war etwas im Gange. Aber das konnten nur drei Personen in der ganzen Welt wissen, und eine davon war die Absenderin selbst. Und dorthin zu laufen und sich zu beklagen, das fiel Margareta im Traum nicht ein. Das konnte sogar gefährlich werden, denn niemand wußte, was in einem so wirren Kopf vor sich ging.

Obwohl... Warum sollte sie sich eigentlich überhaupt darum kümmern? Konnte eine dreckige Säuferin aus Motala etwa Margareta Johansson schaden? Warum nahm sie nicht einfach diesen Brief und die Briefe, die vermutlich in den nächsten Wochen folgen würden, und spülte sie ins Klo? Warum sich dadurch Angst einjagen lassen?

»O nein«, sagte sie laut zu sich selbst und stand auf. Sie wollte den ganzen Quatsch ignorieren, das nächste Hotel aufsuchen und sich dort ein Zimmer nehmen. Birgitta konnte sie am Arsch lecken. Wie übrigens Christina auch...

Im gleichen Moment hielt draußen auf der Straße ein Auto, und Margareta erstarrte in ihrer Bewegung. Jetzt war es zu spät, um abzuhauen. Sie blieb unbeweglich stehen und horchte auf die leichten Schritte ihrer Schwester, als diese den Garten betrat. Merkwürdig, sie blieb beim Fliederbusch stehen und trat gegen die Kieselsteine...

Margareta erkannte, daß sie nicht entdeckt worden war, und das erweckte in ihr die Lust fürs Dramatische. Sie sank zurück auf die Küchentreppe, zog tief an ihrer Zigarette und sagte dann mit ihrer heiseren Stimme:

»Hallo Christina. Hast du heute auch einen Brief gekriegt?«

Jetzt stehen sie abwartend ein Stück voneinander entfernt da, Christina die Füße dicht nebeneinander und die Hände züchtig vor dem Schoß verschränkt, Margareta breitbeinig, die Hände tief in den Jackentaschen vergraben. Plötzlich fühlt sie sich vollkommen sicher. Die Abendluft hat ihre Lungen befeuchtet und die Schlacke aus ihrem Blut gespült, sie fühlt sich stark, sauber und wie frisch gebadet.

»Tut mir leid, daß du warten mußtest«, erklärt Christina erneut und geht zur Küchentür. »Aber ich habe Erik heute nach Stockholm gebracht. Er hat in Texas eine Gastdozentur, das ist ein ganz neues Projekt, wirklich ungemein interessant, es geht über späte Schwangerschaften und...«

Sie verbirgt ihr Unbehagen über den ungebetenen Gast äußerst geschickt. Ihre Stimme ist hell, freundlich und fein moduliert, ganz anders als die Stimme, an die Margareta sich noch aus der Kindheit erinnert. Während der ersten Monate bei Tante Ellen flüsterte Christina, manchmal klang es fast, als fauchte sie. Als sie schließlich anfing zu reden, zeigte es sich, daß sie einen äußerst sonderbaren Dialekt hatte, eine Art verdrehtes Schonisch. Die meisten Leute aus Schonen gewöhnen sich die Diphtonge ab, behalten aber ihr hinten im Hals rollendes R. Christina war nicht einmal in Schonen geboren, sie rollte mit der Zungenspitze wie alle anderen, konnte aber keinen einzigen Vokal sauber aussprechen. Erst ein paar Jahre später, als die blaufingrige Astrid – die Hexe, die Christinas Mutter war – kam, um ihre Tochter zurückzufordern, erhielten sie die Erklärung. Astrid sprach ebenso. Aber zu der Zeit war Christina zum breiten Ostgötländischen übergegangen und dachte gar nicht daran, es wieder einzutauschen. Sie versteckte sich hinter Tante Ellens Stuhl und schrie wie verrückt, als Astrid sich ihr näherte.

Christina steckt den Schlüssel in die Küchentür und öffnet, schlüpft hinein und macht das Licht an. Margareta folgt ihr auf dem Fuß, sie zieht die Jacke aus, während sie sich in der Küche umschaut. Natürlich, denkt sie. Sie haben ihren Atomkühlschrank und die Superkühltruhe hinter Holzverkleidungen versteckt. Aber den Racerherd konnten sie nicht tarnen. Deshalb steht wohl eine Kupferschale mit Strohblumen auf dem Kohleherd. Damit man lieber dorthin guckt. Mein Gott, es ist nicht schwer auszurechnen, welches Spielchen hier in diesem Haus gespielt wird.

»So, so«, sagt sie und hängt ihre Schaffelljacke über eine Stuhllehne. »Ein neues Haus also. Oder ein altes, neu renoviert.«

Für einen Augenblick bleibt Christina mitten in der Küche stehen und fingert am obersten Knopf ihres Capes; es sieht so aus, als wollte sie sich nicht ausziehen und den vermutlich darunter befindlichen Seidenschal enthüllen. Mit zugeknöpftem Cape geht sie hinaus in die Garderobe und sagt über die Schulter:

»Wenn du willst, können wir eine Hausbesichtigung machen, ich will nur erst meine Sachen aufhängen …«

Aber Margareta denkt gar nicht daran, in der Küche zu warten, sie schlendert hinterher. Als sie durch den Flur geht, erspäht sie schnell das Spiegelbild von Christina in der Garderobe, wie sie sich den Schal herunterreißt, als wäre er ein peinliches Geheimnis, und ihn in eine alte Kommode stopft, während sie sich gleichzeitig mit der Hand durchs Haar fährt. Die Hand flattert weiter abwärts zum Perlenhalsband, das unter dem Blazer schimmert. Will sie etwa die Kette auch abnehmen? Aber das schafft sie nicht. Im gleichen Moment steht Margareta in der Türöffnung, sie lehnt sich gegen den Türpfosten und lächelt ein säuerliches Lächeln.

»Schöne Perlen«, sagt sie. »Hast du sie vom Professor gekriegt?«

Das scheint Christinas alten Kindertrotz wieder zum Leben zu erwecken. Mit einem Nackenruck signalisiert sie, daß sie keinesfalls daran gedacht hat, die Perlen abzulegen, ganz gleich, was Margareta von ihnen hält.

»Ja«, antwortet sie und streicht mit der Hand über den Schmuck. »Sie sind schön. Und alt. Sie werden in Eriks Familie schon lange von einem zum anderen vererbt, ich habe sie von meiner Schwiegermutter bekommen …«

Margareta zieht die Augenbrauen hoch:

»Die ängstliche Ingeborg? Ist sie tot?«

Christina nickt.

»Mmh. Sie ist letztes Jahr gestorben.«

Margareta verstummt und betrachtet ihr eigenes Gesicht im Spiegel neben Christinas. Plötzlich fühlt sie sich müde. Welchen Grund hat sie, sich über Christinas Halstuch und Perlen lustig zu machen? Sieht sie selbst nicht aus wie ein Standardmodell? Trägt sie nicht alle Attribute, die die Konvention von einer vermeintlich unkonventionellen Frau mittleren Alters fordert? Schwarze Jeans und Designer-Lederjacke, gerade Pagenfrisur und angemalte Augen. Um den Hals hängt eine Kette, deren Originalität ihr plötzlich als schwache Entschuldigung für ihren Mangel an Schönheit erscheint, ein paar große Keramikstücke an dünnen Lederbändern. Was dachte sie nur, was sie damit signalisieren könnte?

Christina dreht sich um und schaut sie an:

»Bist du müde?«

Margareta nickt.

»Ich habe in letzter Zeit nicht so gut geschlafen …«

»Warum nicht?«

Margareta zuckt mit den Schultern.

»Weiß nicht … Vorahnungen vielleicht.«

Christina zeigt kurz ihr Arztgesicht, Vorahnungen passen nicht in ihr Weltbild. Aber plötzlich fällt ihr etwas ein:

»Hast du nicht etwas von einem Brief gesagt?«

Margareta zieht den Umschlag aus der Tasche und streckt ihn

Christina hin, doch diese nimmt ihn nicht, sie steckt ihre Hände in die Jackentaschen, während sie sich vorbeugt und den Umschlag anguckt.

Gleichzeitig heben beide den Blick und schauen einander in die Augen. Margareta verzieht ihr Gesicht und schaut schnell weg. Der Kloß im Hals, den sie so lange zu ignorieren versuchte, schwillt an und platzt wie eine schleimige Seifenblase. Sie muß ihren Mund fest zusammenpressen, damit das Weinen nicht herauskommt. Aber Christina hat es gesehen.

»Ist ja gut«, sagt sie und streichelt Margareta ängstlich über den Arm. »Bleib ganz ruhig, Margareta... Was hat sie denn geschrieben, das dich so aufwühlt?«

Margareta streckt noch einmal den Brief vor, und diesmal ist Christina gezwungen, ihn entgegenzunehmen. Sie faßt ihn an, als wäre er ansteckend; ihre Finger formen eine kleine Pinzette, die sie vorsichtig in den Umschlag schiebt, sie zieht einen zerknitterten Zettel heraus und legt ihn vorsichtig auf die Kommode. Dann schiebt sie ihre Brille zurecht und wirft Margareta einen entschlossenen Blick zu, während sie mit ihrer wohlklingenden Stimme zu lesen beginnt:

Drei Frauen gebaren ein Kind.
Au, sagte Astrid, au, sagte Ellen, au, sagte Gertrud.
Auauau.
Die Hebamme drehte ihnen den Rücken zu. Plupp plupp plupp plupp!
Vier Kinder waren es.
Eins fiel zu Boden. Wem gehörte dieses häßliche Kind?
Pfui, pfui, schäm dich! Keiner will es haben!
Pfui, pfui, schäm dich! Keiner will dich haben!

Eine Zeitlang bleibt es still, sie sehen einander nicht an, Christina streicht mit der Hand über den Brief. Dann faßt sie einen Entschluß. Sie zieht eine Schublade der Kommode auf und holt ein Paket Papiertaschentücher heraus.

»Putz dir die Nase«, sagt sie. »Dann wollen wir essen...«

Margareta tut, wie ihr geheißen, aber mitten im Naseputzen,

während sie immer noch Nase und Mund im Taschentuch hat, sagt sie mit belegter Stimme:

»Ich könnte sie umbringen! Sie ist an allem schuld, an allem. Dieses ganze verfluchte Leben ist Birgittas Schuld!«

Der Frühling war nur ein leeres Versprechen. Jetzt ist es fast Nacht, und der Winter hat sich zu einem letzten Angriff gesammelt. Wind ist aufgekommen, und es hat angefangen zu schneien, draußen vorm Fenster liegt bereits eine kleine Wehe halbgeschmolzenen Schnees. Margareta sitzt leicht zitternd am Küchentisch. Ein Busch vor dem Küchenfenster streicht hin und her, in der einen Sekunde wischt er zärtlich über das Glas, in der nächsten peitscht er wie eine wütende Putzfrau gegen die Scheibe.

Margareta hat Christinas Brief gelesen und vor Empörung darüber geschnaubt. Vielleicht hat sie ein wenig übertrieben: Denn eigentlich ist es ja nur unbegreiflicher Unsinn, aber irgendwie hat sie das Gefühl, als ob einige unverschämte Worte helfen würden, die Tränen zu verbergen. Aber jetzt ist sie weit entfernt vom Weinen. Zwar versteckt sie immer noch ein Papiertaschentuch in der Hand, doch der Klumpen im Hals ist verschwunden, und ihre Augen sind trocken. Mit festem Blick verfolgt sie Christinas Bewegungen an der Küchenanrichte. Sie bewegt sich vertraut zwischen den vielen glänzenden Geräten, aber dennoch sieht sie aus wie ein Eindringling in ihrem eigenen Haus. Sie geht sehr leise, die Arme dicht an den Körper gepreßt, dämpft schnell den Wasserstrahl, wenn sie Wasser einlassen will, damit er nicht zu laut rauscht, und bremst die Kühlschranktür in letzter Sekunde, wenn sie sie schließen will. Dann holt sie tief Luft – allem Anschein nach vollkommen unbewußt –, faßt die Tür mit beiden Händen und schließt sie vollkommen lautlos.

Das Licht in der Küche verstärkt noch den geheimnisvollen Eindruck. Christina hat nur die Lampe über dem Küchentisch eingeschaltet – von Svensk Tenn, denkt Margareta, kostet garantiert nicht weniger als zweitausend! – und hantiert selbst an der

Anrichte im Halbdunkel. Aber womit sie sich dort beschäftigt, wirkt vielversprechend: Sie hat eine Flasche Wein geöffnet und sie zum Luftholen hingestellt. Jetzt taut sie selbstgebackenes Brot im Mikrowellenherd auf, während sich ein tiefgefrorener Klumpen auf dem Herd in Suppe verwandelt.

»Soll ich dir irgendwas helfen?« fragt Margareta.

Christina schaut verwundert auf, es scheint fast, als hätte sie vergessen, daß Margareta da ist. Aber sie faßt sich schnell.

»Nein, nein«, sagt sie hastig. »Ich bin fast fertig… Bleib nur sitzen.«

»Darf ich rauchen?«

Christina zuckt mit den Achseln. Margareta zündet sich eine Zigarette an und beugt sich mit dem Feuerzeug über den Küchentisch. »Soll ich die Kerze anzünden?«

»Ja«, sagt Christina gleichgültig. »Wenn du willst…«

Margareta erkennt den Kerzenhalter wieder. Er ist aus Peru. Sie selbst hat ihn gekauft, und die Erinnerung an den Tag flattert schnell an ihr vorbei: Spätabends saß sie an einem Strand in Lima. Ein paar Stunden zuvor hatte sie dieses Kind zum ersten Mal gesehen, ein mageres, kleines Faltenbündel von einem Jungen mit schwarzen Augen. Er lag wie ein Säugling mit den Armen über dem Kopf da und starte sie ohne zu blinzeln nur an. Dieser Blick ließ sie für viele Stunden verstummen, wortlos ging sie zum Strand, setzte sich in den Sand und schaute schweigend über den Stillen Ozean. Es ist ja nur logisch, dachte sie damals. Wir Findelkinder sind ein eigenes Volk, wir sollten uns umeinander kümmern… Auf dem Weg zurück ins Hotel lachte sie vor Mutterglück, und als sie einen Straßenhändler traf, der schöne handbemalte Kerzenständer anbot, kaufte sie in einem Anfall von Übermut gleich fünf Stück. Einer davon stand lange auf Tante Ellens Nachttisch im Krankenhaus, ein anderer war also auf diesem Küchentisch in Vadstena gelandet. Aber wo der allerschönste geblieben war, den sie auf den Boden neben das Bett des Jungen gestellt hatte, das wußten nur die Götter…

Christina stellt einen Teller mit kochendheißer Suppe vor sie; sie erkennt den säuerlichen Duft wieder.

»Ist das Tante Ellens Suppe?« fragt sie hungrig und greift nach dem Löffel.

Zum ersten Mal an diesem Abend lacht Christina.

»Ja, sie hat mir eine Menge Rezepte in dem letzten Jahr gegeben… das für Gulasch habe ich. Und für Himbeerkuchen…«

Margareta lacht gierig über ihrem Suppenlöffel:

»Oh, der Himbeerkuchen! Davon will ich auch das Rezept haben… erinnerst du dich noch?«

Mehr braucht sie gar nicht zu sagen. Christina lacht leise und gurrend, es klingt wie das Echo von Tante Ellens Lachen früher. Ihre Hand vibriert im Takt mit ihrem Lachen, als sie den Wein einschenkt.

»Wie du mit den Fingern im Marmeladenglas entdeckt worden bist. Da sah es schlecht für dich aus! Ehrlich gesagt, ich hatte eine Mordsangst…«

Margareta erwidert ihr Lachen.

»Ja, eine wahnsinnige Angst. Da folgte ein ziemliches Donnerwetter…«

Christina reicht ihr den Brotkorb, die Geste ist entspannt, das Eis zwischen ihnen fast gebrochen.

»Warst du in letzter Zeit mal am Grab?« fragt Margareta und nimmt eine Scheibe warmes Brot. Sie braucht dessen Konsistenz nur mit den Fingern zu fühlen, um zu wissen, daß auch das Brot nach Tante Ellens Rezept gebacken worden ist.

Christina zuckt mit den Achseln.

»Ich war Allerheiligen da. Hab mich hingeschlichen. Ich fahre nicht mehr gern nach Motala…«

Margareta hält überrascht mit dem Buttermesser in der Hand in ihrer Bewegung inne.

»Warum denn nicht? Hast du sie gesehen?«

»Nein, aber…«

Christina sitzt da, den Blick auf die Wand hinter Margaretas Rücken gerichtet.

»Aber«, sagt Margareta ungeduldig, »warum dann?«

»Man fühlt sich so beobachtet. Es ist, als ob alle wüßten, wer ich bin. Seit damals, als sie mir den Rezeptblock gestohlen hat. Da war ich doch gezwungen, mehrere Male für die Verhöre zur Polizeistation zu gehen. Und dann mußte ich vor Gericht als Zeugin aussagen. Die Zeitungen haben darüber geschrieben und der Lokalsender berichtet, nein, das war nicht besonders schön...«

»Aber deinen Namen haben sie doch wohl nicht genannt?«

Christina lacht ein etwas schräges Lachen.

»Das ist doch gar nicht nötig. Hier wissen alle alles über alle. Weißt du, was mir im Frühling passiert ist? Ich war in Motala zum Einkaufen, und dann habe ich mich entschlossen, etwas in dem neuen kleinen Restaurant am Markt zu essen, so ein ganz normales Lokal mit Selbstbedienung. Und da taucht doch die Besitzerin höchstpersönlich auf und fängt an, das Geschirr abzuräumen. Sie streicht um mich herum, klappert und scheppert, daß ich einfach hochgucken muß. Und da sagt diese Person: ›Entschuldigung, aber sind Sie nicht Doktor Wulf aus Vadstena?‹ Und das mußte ich ja zugeben... Da legt sie ihr Gesicht in einer Art gespielten Mitleids in Falten und sagt: ›Nun ja, ich will Ihnen nur erzählen, daß wir versucht haben, die Schwester der Frau Doktor als Tellerwäscherin hier im Restaurant anzustellen, man möchte ja gern helfen, aber es ging einfach nicht...‹«

Margareta verzog ihr Gesicht vor Unbehagen.

»Was hast du daraufhin gesagt?«

»Was sollte ich sagen? Sollte ich etwa fragen, was schiefgelaufen war? Hat sie vor der Gästeschlange einen Strip hingelegt? Hat sie die Kunden in die Abwaschküche gezogen und Unzucht mit ihnen getrieben? Hat sie Amphetamine in die Kartoffeln gespritzt? Nein, danke. Ich bin einfach aufgestanden und habe ihr die Wahrheit gesagt. Daß ich keine Schwester habe!«

Das sitzt. Aber Christina scheint gar nicht zu bemerken, wie Margaretas Wangen heiß werden und die Röte in ihr aufsteigt. Statt dessen hebt sie ihr Glas und sagt:

»Prost und willkommen...«

Aber Margaretas Hände bleiben auf dem Tisch liegen, sie weigert sich, ihr Glas zu erheben.

»Tut mir leid«, sagt sie, und es wundert sie selbst, daß ihre Stimme so fest klingt. »Ich habe nicht dran gedacht, als du eingeschenkt hast. Ich kann keinen Wein trinken, ich muß heute nacht noch nach Stockholm zurückfahren...«

Und niemals, niemals werde ich zurückkommen, denkt sie. Niemals, niemals, niemals! Darauf kannst du dich verlassen, du beschissene kleine Spießbürgerin!

Christina stellt ihr Glas wieder ab und sieht Margareta verwundert an.

»Aber du kannst doch heute nacht nicht noch fahren. Schon gar nicht bei diesem Wetter… Und du hast doch gar kein Auto.«

Margareta wirft einen Blick zum Küchenfenster. Dort draußen weht und schneit es, aber immer noch ist es weit von einem Schneesturm entfernt.

»Ich leihe mir eins«, sagt sie. »Der Job, weißt du. Ich muß übermorgen zu einer Sitzung im Physikum. Dafür muß ich mich noch vorbereiten…«

»Aber wir müssen doch miteinander reden«, wirft Christina ein.

Sie ist jetzt ernster, vielleicht ist ihr klargeworden, was sie gesagt hat.

»Wir können doch miteinander reden, während wir essen…«

Christina schlägt den Blick nieder und holt tief Luft

»Aber liebe Margareta… Es ist doch so lange her, seit wir uns das letzte Mal gesehen haben. Und wenn ich dich darum bitte?«

Margareta sieht sie die ganze Zeit an, aber Christina schaut nicht auf. Ihre weißen Pinzettenfinger zupfen nervös an ein paar Krümeln auf der Decke.

»Bitte!« sagt sie, den Blick immer noch gesenkt, und jetzt klingt es fast, als würde sie um Hilfe bitten. Beide bleiben stumm. Margaretas Gedanken flattern. Eigentlich will sie um nichts auf der Welt schon heute abend losfahren, aber genausowenig gefällt es ihr hierzubleiben. Beides bedeutet eine Erniedrigung. Doch plötzlich findet sie einen Ausweg:

»Tja«, sagt sie und greift nach ihrem Glas. »Wenn ich morgen fahre, dann kommt es wohl noch hin. Und dann kann ich ja über Motala fahren und zum Grab gehen. Wenn es schon so lange her ist, daß jemand da war und Blumen gebracht hat…«

»Und Birgitta?« fragt Christina nach dem Essen, als sie sich vor den Kachelofen im Wohnzimmer gesetzt und schon minutenlang hineingeschaut haben. »Was sollen wir mit Birgitta machen?«

»Sie totschlagen«, sagt Margareta und nimmt einen tiefen Schluck aus ihrem Likörglas. Christina hat Amaretto serviert, der ist mild und duftet nach Mandeln am Gaumen, brennt jedoch Sekunden später wie ein Feuer in ihrer Kehle. Jetzt geht es ihr gut. Christina hat ihr ein Stückchen des guten Lebens geboten, das zu leben sie sich selbst nie die Zeit nimmt. Dafür muß man Sinn für Details haben, und Margareta hatte nie das Gefühl, Zeit für Details zu haben. Als Teenager lief sie immer herum, den Slip nur halb hochgezogen und den Unterrock zu einem Knäuel über den Hüften gedrückt, da sie der Meinung war, sie könnte nicht die zwanzig Sekunden opfern, um sich richtig anzuziehen. Und so ging es weiter. Als Erwachsene beginnt sie den Tag mit einer hastig hinuntergekippten Tasse Schnellkaffee an der Küchenanrichte. Da steht sie jedesmal und verbrennt sich die Zunge, während sie sich vage nach einem richtigen Frühstück an einem gedeckten Tisch sehnt. Am nächsten Morgen, hat sie sich jeden Tag wieder versichert, da wird sie ein neues, ein besseres Leben anfangen. Da wird sie aufhören zu rauchen und mit Morgengymnastik anfangen, richtig frühstücken und Küchengardinen aufhängen… Aber heute nicht, denn heute hat sie viel zuviel zu tun, und wenn sie nicht sofort alles tut, dann kommt der Tod und packt sie, und dann wird es nie mehr getan.

Christina selbst verzichtet auf den Likör. Sie scheint heute noch ebenso ängstlich gegenüber dem Alkohol zu sein wie damals, als sie jung war: Beim Essen nahm sie nur ein paar vorsichtige Schlückchen aus ihrem Weinglas. Jetzt sitzt sie kerzengerade in ihrem Ohrensessel, das eine Bein über das andere geschlagen, und hält ihre Kaffeetasse mit beiden Händen fest. Die Finger sind steif gespreizt, es sieht aus, als schwebe die Tasse zwischen ihren Fingerspitzen. Wenn sie trinkt, beugt sie ihren steifen Nacken zur Tasse und läßt die Lippen nur leicht den Rand streifen.

»Doch«, nickt Margareta und lehnt den Kopf an das Nackenkissen ihres Sessels. »Ich denke, wir sollten sie totschlagen…«

Christina lacht ein kleines verlegenes Lachen.

»Das ist zweifellos verführerisch. Aber zu spät…«

»Warum zu spät?«

Christina trinkt einen kleinen Schluck Kaffee und läßt ihr Lachen verklingen:

»Wir hätten sie schon nach der Sache mit Tante Ellen totschlagen sollen. Da hätten wir es geschafft, ohne daß der Verdacht auf uns gefallen wäre. Aber jetzt haben wir sie etwas zu häufig bei der Polizei angezeigt und ein paarmal zu oft auf ihrem Anrufbeantworter Informationen hinterlassen… die Polizei weiß, was wir von ihr halten. Wir sollten direkt hinfahren. Jedenfalls ich.«

Margareta lacht unsicher und setzt sich aufrechter hin.

»Aber ich habe doch nur Spaß gemacht…«

Christinas graue Augen sind glasklar, sie sieht Margareta unverwandt an, während sie einen weiteren Schluck Kaffee trinkt. Danach lacht sie wieder. Normal und freundlich.

»Ich auch«, sagt sie. »Ich habe nur Spaß gemacht, natürlich… Also, was sollen wir machen?«

Margareta zündet sich eine Zigarette an und zuckt mit den Schultern.

»Ich weiß nicht. Im Augenblick ist wohl nicht viel zu machen. Abgesehen davon, daß wir versuchen könnten, ihren nächsten Zug vorauszusehen…«

»Und was meinst du, wie der wohl ausfallen wird?«

»Keine Ahnung… Das ist ja das Schlimme. Es kann alles mögliche sein. Eine tote Katze auf der Fußmatte. Oder ein Auftritt in irgendeiner Fernsehtalkshow. *Verzeiht mir.* Oder *Menschlich gesehen*. Oder wie sie alle heißen.«

Christina schlüpft schnell mit ihren Füßen aus ihren zierlichen Pumps und zieht die Beine unter ihr Kleid.

»Äh!«

»Oder eine Tüte Scheiße auf deinem Schreibtisch im Krankenhaus…«

»Zu spät. Das hat sie schon gemacht. Und sie pflegt sich nicht zu wiederholen…«

Margareta seufzt und schließt die Augen, läßt sich aber nicht bremsen.

»Oder ein anonymer Brief über dich an die Vadstena Tidning… Nichts, was man veröffentlichen könnte, sondern das übliche Drecksgewäsch. Oder eine kleine Brandstiftung… Du hast doch wohl Brandmelder?«

Christina nickt stumm. Margareta leert ihr Glas mit einem Zug, stellt es dann mit einem Knall auf den Tisch. Es bleibt still. Christina hat sich in ihrem Sessel zu einem Ball eingerollt. Die Füße sind unter dem Kleid verborgen, die Hände versteckt sie in den Jackenärmeln.

»Aber das ist noch nicht das Schlimmste«, sagt sie schließlich und schaut auf ihre Knie hinunter.

Margareta antwortet nicht. Ich weiß, denkt sie. Ich weiß. Das schlimmste ist, daß sie alle unsere schwachen Punkte kennt. *Pfui, pfui, schäm dich! Keiner will dich haben!*

»Kann ich noch ein Glas Likör haben?« fragt sie, ohne die Augen zu öffnen.

Eine Stunde später sitzt sie lustlos auf der Bettkante in Christinas Gästezimmer. Der Raum ist eng und mit Möbeln vollgestellt. Hier hat Christina sich wirklich ausgetobt: altes Eisenbett, alte Kommode, alter Stuhl und alter Schreibtisch. Plus die Kopie einer alten Tapete.

Margareta kann hören, wie Christina ihre Zähne im Badezimmer putzt. Vermutlich benutzt sie dafür eine antike Zahnbürste. Handgeschnitzt und von 1840 oder so. Und vermutlich bürstet sie die Zähne mit Karlssons Kleister, damit sie den Mund die Nacht über auch ordentlich geschlossen hält und keine unbeabsichtigten spontanen Äußerungen herauskullern können...

Aus ihrem Gespräch ist nicht besonders viel geworden. Aber was hatte sie eigentlich erwartet? Daß Christina eine Lösung für das Unlösbare hätte? Oder daß sie ihre schwesterliche Zusammenarbeit anbieten würde? Es war idiotisch gewesen, überhaupt hierherzufahren. Aber morgen würde sie sich so früh wie möglich auf den Weg machen – sie konnte ja ein paar Stunden in der Stadt herumlaufen, wenn sie noch aufs Auto warten mußte –, und diesmal wollte sie wirklich zeigen, daß sie ihre Lektion gelernt hatte. Kein Kontakt mehr. Was auch passieren würde...

»Hallo!« ruft Christina draußen im Flur. »Margareta! Das Badezimmer ist jetzt frei...«

Margareta greift ihr Handtuch und ihre Kulturtasche, aber gerade, als sie aufstehen will, klingelt das Telefon, und sie hält in der Bewegung inne. Im Spiegel über der Kommode kann sie ihr eigenes Gesicht sehen: die Augen zusammengekniffen, die Stirn gerunzelt.

»Ja«, sagt Christina dort draußen. »Ja, aber…«

Eine Weile bleibt alles still.

»Natürlich«, sagt Christina. »Aber…«

Sie wird unterbrochen, die andere Person redet ohne Pause.

»Wie schlimm ist es?« fragt Christina.

Das Murmeln im Telefonhörer steigt eine Oktave. Ein Patient, denkt Margareta. Das ist sicher einer ihrer Patienten.

»Doch, ja. Ich weiß. Ich bin selbst Ärztin«, sagt Christina schließlich. »Ja, ja. Wir kommen dann also… ja, ja.«

Sie legt den Hörer ohne Dank und ohne Abschiedsgruß auf. Für einen Augenblick ist es ganz still im Haus, Margareta rührt sich nicht, bleibt unbeweglich vor dem Spiegel im Gästezimmer stehen, und Christina scheint ebenso unbeweglich im Flur zu stehen.

»Margareta«, sagt Christina endlich. Ihre Stimme klingt gedämpft. »Margareta?«

Margareta holt tief Luft und geht durch die Tür hinaus. Sie bleibt mit Handtuch und Kulturtasche im Arm mitten im Flur stehen.

»War sie das?«

»Nein«, sagt Christina. »Das war vom Frauenhaus in Motala…«

»Was wollten die?«

Christina seufzt und fährt sich mit den Fingern durchs Haar. Plötzlich sieht sie nicht mehr so schrecklich ordentlich aus, ihr Nachthemd ist zerknittert, das Haar unordentlich und der Morgenrock steht offen.

»Sie haben gesagt, daß Birgitta mißhandelt worden ist. Schwer mißhandelt. Sie liegt im Krankenhaus in Motala, und sie meinten, wir sollten dorthin fahren…«

»Warum denn?«

Christina seufzt resigniert, aber ihre Stimme ist trocken und sachlich.

»Weil sie im Sterben liegt. Sie haben gesagt, sie liegt im Sterben…«

Besoffene Alte!« schreit jemand weit entfernt. »Kotzt du auch noch ins Bett, du widerliche, dreckige Sumpfhure…«

Kotzen? Bett?

Die Stimme versinkt in einem undeutlichen Murmeln. Birgitta weiß nicht, wer da geschrien hat, und sie vermag nicht die Augen zu öffnen. Scheiß drauf. Aber anscheinend liegt sie irgendwo in einem Bett… einem Bett mit schmutzigen Laken. Kleine schwarze Körner aus etwas Fettigem und Schmierigem bleiben an ihren Fingerspitzen kleben, als sie mit der Hand über den Stoff streicht. Sie hat diese winzigen Körnchen in so vielen Betten gesehen, daß sie gar nicht erst die Augen öffnen muß, um sie wiederzuerkennen. Die gibt es nur, wenn das Bettzeug so verdreckt ist, daß der Schmutz nicht mehr zwischen die Fäden im Gewebe dringen kann. Und den Geruch kennt sie auch, den bräunlichsüßen Geruch nach Tabak, vermischt mit säuerlicher Bierkotze.

Doch, er hatte recht. Die besoffene Alte hat ins Bett gekotzt. Und dann hat sie sich in ihre eigene Kotze gelegt. Die trocknet langsam, und es strammt an der Wange. Trotzdem ist sie nicht in der Lage, die Stellung zu verändern, ihr Körper ist zu schwer und zu warm. Das einzige, was sie kann, ist, unendlich langsam die Hände zu heben, sie zusammenzuführen und unter die Wange zu legen. Gertrud sagte einmal, sie sähe aus wie ein Bilderbuchengel, wenn sie so dalag. Ein richtiger kleiner Engel.

Jetzt ist alles wieder still, jetzt kann sie sich dem widmen, was sie wirklich im Kopf hat – die Snobs.

Ihre Gedanken fließen in eine vertraute Landschaft. Eine Jagdlandschaft. Sie hat eine MP unterm Arm und schleicht sich leise wie ein Raubtier von Hügel zu Hügel. Und dann, eine Kugelsalve in Margareta. Und da, eine in Christina. Sie läßt die Kugeln über

Knie, Bauch, Brust und Kehle rieseln. Ha! Es bleibt nur noch Hackfleisch von diesen widerlichen Affen übrig…

Birgitta wird es nie überdrüssig, die Snobs zu jagen. Wie zittrig und abstinent sie auch war, wie hochgestimmt sie auch ab und zu wurde, wie tief sie in den letzten Jahren in ihrem Suff auch fiel, das Spiel blieb immer das gleiche. Das ist ihr einziges Geheimnis, sie hat nie Worte gefunden, um es den Polizisten oder Sozialarbeitern zu beschreiben. Ansonsten hat sie keine Probleme mit der Sprache, sie kann mit Junkies in Junkieart reden und mit den Sozis auf latein. Im Gericht kann sie sogar wie ein Protokoll klingen. Aber was soll sie über das hier sagen? Die Angeklagte gibt zu, in achttausendsechshundertdreiundsiebzig Fällen in Gedanken Hackfleisch aus den Klägerinnen Margareta Johansson und Christina Wulf gemacht zu haben. Ja, und? Das ist keine gesetzwidrige Drohung. Sie hat schließlich niemals etwas gesagt oder getan.

Jetzt kommen der Schmerz und die Übelkeit wieder hoch, es ist, als würde jemand in ihren Eingeweiden einen Kartoffelstampfer benutzen, hoch und runter, hoch und runter. Die Gedärme verkrampfen sich, im Magen spürt sie ein Brennen. Doch diesmal kommt es zu keinem richtigen Erbrechen, es rinnt nur etwas Saures, Wäßriges aus ihrem Mund. Scheiße. Sie kann nichts mehr vertragen. Früher konnte sie zwei Stück Amphetamine und eine Flasche hochprozentigen Schnaps ex trinken und nichts passierte, es ging ihr einfach gut. Inzwischen kann sie froh sein, wenn sie ein kleines Bier bei sich behält.

Bier, o ja, wenn sie nur ein Bier hätte.

Ihr Arm ist schwer wie Stein, aber es gelingt ihr dennoch, ihn anzuheben und sich mit ihm im Bett hochzuziehen, sie stöhnt und schüttelt den Kopf, es fühlt sich an, als läge das Gehirn wie ein Badeschwamm lose in gluckerndem Wasser. Der Magen dreht sich in Krämpfen, aber sie muß hoch, und wenn es sie das Leben kostet…

Jetzt sitzt sie, aber immer noch hat sie die Augen nicht geöffnet, immer noch weiß sie nicht so recht, was oben und was unten ist. Sie wippt versuchsweise ein wenig mit den Zehen, die einen kalten Boden und ein Stück Stoff streifen. Sie öffnet die Augen und schaut zwischen ihren gespreizten Beinen nach unten. Dort liegt ein grüngemustertes Hemd zwischen ihren Füßen. Der Boden ist grau, und direkt hinter ihrer Hacke ist ein Brandfleck. Sie hebt langsam den Kopf und schaut sich um. Sie ist nicht zu Hause, sie ist irgendwo anders. Das Zimmer ist klein. Links hat es drei schwarze Fenster, die die ganze Wand einnehmen. Jemand hat versucht, ein Stück Stoff davorzuhängen, aber es ist heruntergefallen und hängt nur noch in einer Ecke fest. Unter dem Heizkörper liegt eine umgeworfene Tischlampe und leuchtet. Es muß noch Nacht sein. Oder ganz früher Morgen. Wessen Bude ist das hier?

Sie sieht aus wie alle anderen Buden, gleichzeitig vertraut und anonym. Die Möbel sind vom Sozialamt, ein Flügeltisch mit Brandflecken und Wasserringen, ein Bett, auf dem sie selbst sitzt, und zwei Matratzen auf dem Boden. Zwei Holzstühle, einer stehend, der andere umgeworfen.

Die Luft ist schwer von Rauch und Menschengerüchen. Das muß ein Höllenfest gewesen sein: Der Aschenbecher quillt über vor Kippen, und der Tisch steht voll mit Flaschen, Dosen und Gläsern. Äußerst vorsichtig schleicht Birgitta sich heran, schüttelt eine Dose und merkt, daß sie noch fast halbvoll ist. Gierig packt sie sie mit beiden Händen und trinkt, der Kartoffelstampfer setzt von unten zu einem Angriff an und versucht, ihren Magen umzudrehen, aber sie hält dagegen, sie sitzt kerzengerade mit geschlossenen Augen da und bekämpft die Übelkeit. Als die ersten Krämpfe sich gelegt haben, trinkt sie das abgestandene Bier weiter in kleinen, schnellen Schlucken. Erst als die Dose leer ist, öffnet sie die Augen. Die Lampe auf dem Boden scheint jetzt heller zu leuchten, und alle Konturen erscheinen schärfer. Jetzt sieht sie, daß sie nicht allein ist. Es liegen vier – nein, fünf – schlafende Körper an den Wänden entlang. Keiner davon ist Roger. Aber in der Ecke ganz hinten sitzt ein weißblondes junges Mädchen und starrt sie mit weit aufgerissenen Augen an, ohne sie wirklich zu sehen. Sie sieht merkwürdig aus, wie eine Zeichnung in einem Märchenbuch. Ihr Hals ist äußerst schmal und ihr Kopf ganz rund. Kleine Prinzessin Rosenknospe ist aus ihrem Märchen herausgestolpert …

Birgitta hält sich am Bett fest und erhebt sich mit einem Stöhnen. Da ist es wieder, das alte Weib, das sich die Freiheit nimmt, alle ihre Gedanken und Bewegungen zu dirigieren. Sie kichert leise über sich selbst. So weit ist es also mit ihr gekommen, und dabei hat sie doch immer gesagt, sie wolle jung sterben und eine schöne Leiche werden.

Scheiß drauf. Jetzt muß sie auf den Topf. Mit weichen Knien und schwankenden Schritten kommt sie zur Tür und landet in einem kleinen Flur. Die Tür zum Klo steht sperrangelweit offen, das Licht dort drinnen ist eingeschaltet, und ihr eigenes Spiegelbild sieht sie mit blinzelnden Augen, grauen Lippen und strähnigem Haar an.

Eine besoffene Alte.

Eine fette besoffene Alte. So häßlich, daß …

Die Scham brennt sich ein, aber sie ist sie gewohnt und kann parieren. Sie legt sich die Hände vors Gesicht, sinkt auf die Kloschüssel und existiert für eine Weile nicht mehr.

Sie erwacht davon, daß jemand sie beim Haar packt und schüttelt. Es ist ein harter Griff, aber die Schmerzen sind rein, klar und brennend. Fast angenehm.

»Au«, sagt sie dennoch mit belegter, neu erwachter Stimme. »Scheiße, was machst du da?«

»Hau ab, Alte. Ich muß pissen …«

Es ist ein großer Kerl mit rauher Stimme und Doppelkinn, der über ihr steht. Er ist stark und zielbewußt. Er zieht sie am Haar hoch und schleudert sie in den Flur. Sie stolpert über einen Kleiderhaufen und landet auf dem Boden.

»Arschloch!« schreit sie.

Er antwortet nicht. Er steht breitbeinig vor der Toilettenschüssel und lehnt sich gegen die Wand. Vielleicht hört er sie gar nicht: Er hat diesen stummen, nach innen gerichteten Blick, den nur der hat, der sich in einer ganz eigenen Welt bewegt. Es verblüfft sie, daß sie ihn nicht kennt. Er ist doch ganz offenbar ein alter Fixer, und sie dachte, sie würde alle alten Fixer in Motala kennen. Aber den hier hat sie noch nie gesehen …

Jetzt redet er mit der Wand dort drinnen; ohne den Blick zu

verändern, murmelt er einen langen Vers vor sich hin. Das ist eine leise, monotone Weise, und zuerst versteht sie nicht, was er sagt, aber dann wird seine Stimme lauter, und ein paar Worte werden deutlicher.

»... alle widerlichen alten Weiber umbringen, all diese Scheißhuren zerquetschen und sie in ihren eigenen, stinkenden Fotzen ersticken ... Fotzen, Fotzen, Fotzen ...«

In nur einer Sekunde geht Birgitta auf, daß sie diese Art von Gebrabbel schon vorher gehört hat und ganz genau weiß, was darauf folgt. Sie wühlt in dem Kleiderhaufen nach ihrer Thermojacke, findet sie fast sofort, zieht sie halb an, während sie zur Tür kriecht. In dem Moment kommt er in den Flur, erkennt ihre Eile und hilft ihr auf die Sprünge. Mit einem Satz ist er an der Tür, reißt sie auf, packt erneut ihr Haar und zieht sie hoch. Plötzlich hängt sie mit ihrem ganzen Gewicht an den Haaren, sie hat das Gefühl, als löse sich die Haut vom Schädel, und sie wird blind, sieht nur noch den weißglühenden Schmerz. Aber das geht schnell vorbei, innerhalb einer Sekunde ist es vorüber. Er läßt sie los und gibt ihr statt dessen mit seinem nackten Fuß einen Tritt in den Hintern. Nicht hart, nur gerade soviel, daß sie auf den Boden im Treppenhaus fällt.

»Scheißhure«, sagt er in fast normalem Umgangston. »Verschwinde!«

Birgitta weiß ganz genau, wieviel Unterwürfigkeit notwendig ist, um nicht geschlagen zu werden. Sie schaut zu Boden und krabbelt davon, so weit aus seinem Blickfeld, wie sie nur kann. Wenn es eine Treppe gäbe, würde sie sie schnell und ungesehen wie eine Schlange im hohen Gras entlangrutschen, aber es gibt keine Treppe ... Panik steigt in ihr auf: Es gibt keine Treppe! Kurz darauf entdeckt sie den Aufzug. Dorthin wird sie eilen, sobald er die Tür geschlossen hat.

Es herrscht schummrige Dämmerung, als sie wenige Minuten später auf den Hof gelangt und die Haustür hinter sich ins Schloß fallen läßt. In der Nacht hat es leicht geschneit, und immer noch ist es sehr kalt, Birgitta schüttelt sich und zieht die Jacke enger um ihren Körper. Mitten in der Bewegung erblickt sie ihre eigenen Füße. Sie stecken in einem Paar schwarzer Pumps, die sie noch nie zuvor gesehen hat. Breite, schwarze Pumps. Es sieht aus, als hätte sie die Schuhe von Minni Maus geklaut.

Langsam hebt sie den Kopf und schaut sich um. Der Hof um sie herum ist ihr vollkommen fremd. Sie steht vor einem grauen Hochhaus, das sie noch nie in ihrem Leben gesehen hat, und auf der anderen Seite des Rasens liegen ein paar dreistöckige Mietshäuser, die ihr ebenso unbekannt sind. Sie sind frisch renoviert. Jemand hat versucht, den grauen Beton aufzupeppen, indem er blaßrosa gemalert wurde. Das sieht nicht sehr passend aus. Eher übertrieben.

Birgitta schüttelt den Kopf und geht los. Sie wackelt auf ihren dünnen Absätzen über eine Rasenfläche und einen Spielplatz, schaut sich die ganze Zeit über um und versucht, einen Hinweis zu finden, der ihr sagt, wo sie ist. Aber hier gibt es keine Hinweise. Nur Häuser. Große Häuser und kleine Häuser, graue Häuser und rosa Häuser. Und dazwischen ein paar wintermüde Büsche und halbleere Parkplätze, schmutzige Schneereste und lustlose Graffitischmierereien.

Wo ist sie?

Sie bleibt mitten auf einem Parkplatz stehen und dreht sich langsam um. Alles ist fremd, nichts kennt sie. Kalt ist es außerdem, ihre Wangen brennen, und mit der Zeit verliert sie das Gefühl in den Zehen. Kein Wunder. Sie ist ja ganz nackt an den Füßen. Plötzlich sieht sie sich selbst in einem Rollstuhl mit amputierten Füßen sitzen, ein Bild, das sie gleichzeitig verlockt und abschreckt. Sie kann die schuldbewußten Snobs in der Tür zum Krankenzimmer stehen sehen. Sie tragen grobe Mäntel, während sie selbst in einen blaßblauen Krankenhausmorgenmantel gekleidet ist, aus dessen Halsausschnitt der weiße Kragen des Nachthemds fein säuberlich herausschaut. Ihr Haar ist frisch gewaschen und ebenso hell und duftig, wie es war, als sie noch jung war. Zuerst wird sie die Snobs gar nicht bemerken, sie können gern eine Zeitlang in der Türöffnung stehen und mit den Tränen kämpfen, aber dann wird sie langsam ihren Kopf heben und sie mit großen, schwarzen Augen anblicken...

Ach. Sie schüttelt das Traumbild ab und dreht sich noch einmal um sich selbst. Das hier ist doch total verrückt. Hier steht sie in einer Welt, die sie nicht kennt, trägt die Schuhe einer Wildfremden und ist dabei, langsam zu erfrieren ... Wenn sie wenigstens ein Bier hätte. Sie muß nach Hause. Ihre Bude ist voller Verstecke, und in einem muß es auf jeden Fall noch ein Bier geben.

Weit entfernt hört sie Motorengeräusche, ein einsames Auto fährt durch die Dämmerung. Sie schlägt sich die Arme um den Leib und geht auf das Geräusch zu, es wird eine Wanderung, die eine Ewigkeit dauert, durch weitere aufgemotzte Betonbunker, über Rasenflächen und Spielplätze, aber jetzt ist sie zielbewußt, sie umarmt sich selbst, um warm zu bleiben, und geht mit schnellen Schritten. Wenn sie erst auf der Straße ist, wird sie wissen, wo sie ist. Sie hat ihr ganzes Leben lang in Motala gelebt, und es gibt keine einzige Straße, die sie nicht kennt, ganz gleich, wie blau sie auch ist ... Und wenn sie erst einmal festgestellt hat, wo sie ist, wird sie nach Hause gehen und sich ein Bier genehmigen. Und schlafen. Richtig. Im eigenen Bett. Einen Moment lang wird der Gedanke daran so übermächtig, daß sie die Augen schließt und fast schon im Gehen schläft ...

Scheiße! Daß sie es nicht lassen kann, daß immer wieder diese verfluchten Kurzfilme in ihrem Gehirn ablaufen. Sie sind gefährlich, sie haben eine Zauberkraft, sie verzaubern und stören die Wirklichkeit. Nichts wird jemals so, wie man es sich erträumt, deshalb ist es am besten, all die heißen Wünsche in einen kleinen schwarzen Beutel ganz hinten im Gehirn zu verstauen und sich niemals dazu verleiten zu lassen, ihn zu öffnen. Das hat sie bereits als Kind gelernt. Tausendmal sah sie sich selbst, wie sie von der Vettel Ellen nach Hause zu Gertrud umzog. Und was passierte? Gertrud starb. Und später, als sie älter wurde, phantasierte sie sich so intensiv ein Familienglück mit der Dogge zusammen, daß sie noch heute die Träume besser erinnert als das, was wirklich geschah. Sie würden eine moderne Wohnung mit drei Zimmern und Küche haben und Volants an den Küchengardinen. Und was wurde daraus? Ein Holzherd, kaltes Wasser und Klo auf dem Flur, bis die Dogge abhaute und ihr das Kind weggenommen wurde.

Also muß sie sich zusammenreißen, sie darf sich nicht in ihrer Bude sehen, denn wenn sie das tut, wird sie nie wieder dorthin zurückkommen. Und wenn sie ans Schlafen denkt, wird sie nie wieder schlafen können. *Denk an das, was du tust*, sagte die Vettel Ellen immer. Und das stimmt tatsächlich. Das ist das einzige, was stimmt von allem, was diese Natter in all den Jahren von sich gegeben hat...

Jetzt nähert sie sich einer Straße. Es flattert in ihrem Bauch, als sie sich eingestehen muß, daß sie auch die nicht kennt. Sie ist breit, sehr viel breiter als alle Straßen in Motala, mit zwei Spuren und einem Mittelstreifen. Auf der anderen Seite fängt ein neues Wohnviertel an, hohe graue Häuser mit schwarzen Fenstern. Sie hat sie noch nie gesehen.

Verflucht noch mal, was soll das? Wo zum Teufel ist sie?

Birgitta schließt die Augen und holt tief Luft, öffnet die Augen wieder und versucht, sich auf das zu konzentrieren, was sie tut. Birgitta Fredriksson steht irgendwo auf einer Rasenfläche, trägt irgendwelche idiotischen Schuhe und ihre eigene Daunenjacke. Sie weiß nicht, wo sie ist und wie sie hierhergekommen ist, aber sie weiß, daß sie weniger frieren wird, wenn sie den Reißverschluß an ihrer Jacke zuzieht. Andererseits ist das ein Projekt, das sie überfordert: Ihre Finger sind bereits so steif von der Kälte, daß es ihr nicht gelingen wird.

Direkt vor ihr liegt ein Fußweg mit Flecken gefrorenen Schnees auf dem schwarzen Asphalt. Sie muß ein paar Schritte über den Schnee machen, um dorthin zu gelangen. Der gefrorene Schnee knackt und knirscht unter ihr, ein paar kleine Eisklumpen rollen in die schwarzen Pumps. Aber jetzt hat sie es geschafft. Jetzt steht sie auf dem Fußweg. Und ein paar Meter weiter steht eine Frau und sieht sie an. Birgitta fährt sich mit der Hand durchs Haar und macht einen Versuch, so normal wie Frau Svensson auf dem Weg zur Arbeit auszusehen. Sie schiebt die Hände in die Jackentaschen, um nicht wie ein Junkie mit den Armen herumzuwedeln, und geht mit kleinen, zurückhaltenden Schritten auf die Frau zu. Jetzt kann sie es erkennen. Es ist eine Bushaltestelle.

»Entschuldigung«, sagt sie und hört sofort, wie heiser ihre Stimme ist. Sie räuspert sich und versucht sich schnell einzureden, daß auch eine ganz normale Frau Svensson am frühen Morgen ein bißchen heiser sein kann. Trotzdem versucht sie sicherheitshalber, ihre Stimme ein wenig heller klingen zu lassen.

»Entschuldigung, aber ich habe mich verlaufen... Können Sie mir sagen, wo ich bin?«

Die Frau ist Ausländerin, sie hat schwarze, kurzgeschnittene Haare und einen dünnen Mantel, der über ihrem Hintern spannt. Sie starrt Birgitta an, die braunen Augen leicht aufgerissen, und macht eine kleine Handbewegung, die viel bedeuten kann. Vielleicht: *Schlag mich nicht, fettes Riesenweib!* Oder: *Ich rede kein Schwedisch, laß mich in Ruhe.* Oder: *Ich bin nicht hier und du auch nicht.*

»Nun hör mal«, sagt Birgitta und versucht zu lächeln, wobei ihr aber sofort einfällt, daß ihr Mund ein Kastenzeichen ist. Keine normale Frau Svensson läuft mit schwarzen Löchern von ausgeschlagenen Zähnen herum. Jedesmal, wenn sie lacht, zeigt sie, wer sie wirklich ist: ein Junkie, der sich inzwischen in eine alte Säuferin verwandelt hat... Sie läßt die Kiefern mit einem Schnalzen zufallen und das Lachen ersterben.

Im gleichen Moment kommt der Bus. Irgendwas stimmt an ihm nicht, und es dauert eine Weile, bis Birgitta begreift, was. Der Text ganz vorn, der sagt, wohin der Bus fährt.

Vrinnevi? Aber das liegt doch in Norrköping...

Und plötzlich weiß Birgitta, wo sie ist.

Der Busfahrer ist unerbittlich, er läßt den Motor ungeduldig im Leerlauf drehen, während er immer wieder den gleichen Satz wiederholt. Wer keine Fahrkarte bezahlen kann, kann nicht mitfahren. Ausnahmen gibt es nicht.

Birgitta klammert sich an der Stange am Eingang fest und bettelt: »Aber seien Sie doch ein bißchen nett, verdammt noch mal. Das ist doch so kalt draußen... Und ich schicke das Geld später, ich schwöre! Geben Sie mir nur die Adresse, dann schicke ich schon das Geld an diese blöde Busgesellschaft, sobald ich zu Hause bin... Bitte!«

Der Busfahrer starrt vor sich hin und antwortet nicht.

»Aber«, fleht Birgitta erneut. »Verfluchter Scheiß. Nun sei doch nicht so!«

»Runter vom Trittbrett«, sagt der Fahrer, immer noch vor sich hinstarrend. »Der Bus muß abfahren, ich will die Tür schließen.«

Es zischt ein wenig in der Tür, aber nichts geschieht. Und Birgitta denkt nicht daran, so leicht aufzugeben.

»Nun hab dich doch nicht so, ey... Irgendein Idiot hat meine Brieftasche geklaut, aber zu Hause habe ich Geld, und ich verspreche, daß ich sofort das Geld schicken werde, wenn ich zu Hause bin. Ich muß nur erst zur Polizei und den Diebstahl melden... Los! Verdammt noch mal!«

»Aussteigen! Ich schließe jetzt!«

Der Busfahrer läßt die Tür eine bedrohliche kleine Bewegung machen, traut sich aber nicht, sie ganz zu schließen. Birgitta macht einen Satz auf die nächste Treppenstufe hinauf.

»Ey, ich werde mich auch nicht hinsetzen, ich bleib im Gang stehen und halte mich an einem Griff fest... Und ich werd' das Geld schicken! Ich schwöre es!«

»Raus!« sagt der Busfahrer. Seine Lippen sind zusammengepreßt und sein Rücken ganz gerade. Birgitta macht noch einen Schritt in den Bus hinein. Jetzt steht sie direkt vor ihm.

»Nun hör mal«, sagt sie und versucht, mit geschlossenem Mund zu lachen. »Du kannst doch verdammt noch mal einer Dame einmal behilflich sein...«

Dame! Jemand wiederholt das Wort und prustet hinter ihrem Rücken. Sie dreht sich herum. Ganz vorn im Bus sitzen zwei Teenagermädchen. Die eine hat sich den Schal in den Mund gestopft, um das Kichern zu unterdrücken, die andere hält sich beide Hände vor den Mund. Keine von beiden traut sich aufzublicken. Birgitta wirft ihnen schnell einen bedrohlichen Blick zu und dreht ihnen dann wieder den Rücken zu. Kichernde Teenager sind das schlimmste, was sie sich denken kann, sie erinnern sie mehr als alles andere daran, was aus ihr geworden ist. Einst war sie es, die die Macht besaß, über die ganze Welt zu kichern. Aber jetzt hat sie keine Zeit, darüber nachzudenken.

»Raus«, sagt der Fahrer noch einmal.

»Aber warte mal«, sagt Birgitta, »ich glaube, ich habe noch Kleingeld in der Tasche. Alles hat er nicht klauen können, der Dieb... Nun fahr doch schon los, dann zeige ich dir, was ich noch habe... fahr schon, ich kriege das schon hin! Guck mal, da habe ich eine Krone. Und fünfzig Öre... Wieviel brauche ich?«

Aber der Busfahrer stellt statt dessen den Motor ab und steht auf. Das schreckt sie nicht, er ist ebenso dünn und schmal wie Roger. Ein typisches Muttersöhnchen, das sich wichtig tut, nur weil er über einen ganzen Bus das Sagen hat.

»Du nimmst den nächsten Bus«, sagt er. »Raus!«

Birgitta wühlt weiter in ihren Taschen.

»Nun fahr schon!«

»Hörst du schlecht? Raus, habe ich gesagt!«

Die Teenies kichern immer noch hinter ihrem Rücken. Und hinter ihnen redet plötzlich ein Mann mit gedämpfter, aber deutlich zu verstehender Stimme.

»Schmeißen Sie sie doch raus. Der Bus verspätet sich sonst noch.«

»Genau«, stimmt ein anderer zu. »Wir müssen zur Arbeit und haben keine Zeit, hier so lange herumzutrödeln...«

»Haltet die Schnauze«, erwidert Birgitta. »Haltet doch bitte einfach eure Schnauze und mischt euch nicht in etwas ein, womit ihr gar nichts zu tun habt...«

In dem Moment schiebt sie ihre Hand in die Gesäßtasche ihrer Jeans und fühlt etwas Merkwürdiges. Ein Stück Papier? Ja, natürlich! Wenn sie besoffen ist, steckt sie ihr letztes Geld immer dort hinein. Eine Sekunde lang vergißt sie, daß man sich vor seinen Träumen in acht nehmen muß; in Windeseile flattert ein Bild vor ihrem inneren Auge vorbei, das Bild des Triumphs, den sie genießen wird, wenn sie dem Hemd von Busfahrer einen Hunderter hinschmeißt. Und dieses schnelle Bild ist alles. Als sie nachsieht, was sie in der Hand hält, muß sie einsehen, daß es wieder passiert ist. Ihr Traum hat die Wirklichkeit gestört. Da liegt kein Hunderter. Das ist ein Brief. Ein merkwürdiger, kleiner Brief.

»Scheißgestapo!« schreit sie, als sie auf den Bürgersteig zurücktaumelt. Sie hat für einen Moment ihr Gleichgewicht verloren, fällt aber nicht, statt dessen dreht sie sich um, um zu versuchen, wieder in den Bus zu gelangen. Aber der Fahrer ist schneller. Die Tür wird mit einem verächtlichen Schnauben geschlossen, und es gibt nichts, woran sie sich festhalten könnte.

Der Bus fährt an, und durch die feuchtwarmen Fenster verfolgen die Fahrgäste ihre ohnmächtigen Armbewegungen.

»Scheißgestapo!« schreit sie noch einmal und will gegen das Hinterrad treten. »Verdammtes Hitlerschwein! Ich werde dich wegen Mißhandlung anzeigen ...«

Aber noch ehe sie aufgehört hat zu fluchen, ist der Bus schon in weiter Ferne, und sie sieht nur noch die roten Rücklichter, die langsam in der Dämmerung verschwinden.

Erst als sie schon eine ganze Weile gegangen ist, merkt sie, daß sie immer noch den sonderbaren Brief in der Hand hält. Er kratzt sie an der Wange, wenn sie sich mit der Hand unter der Nase entlangfährt, um den Rotz wegzuwischen. Augen und Nase laufen, aber sie kann selbst nicht sagen, ob das an der Kälte liegt oder daran, daß sie wirklich weint.

Sie bleibt unter einer Straßenlaterne stehen und schaut sich den Brief genauer an. Es ist ein alter Umschlag, schon einmal benutzt. Jemand hat die alte Adresse durchgestrichen und ihre eigene daneben geschrieben. Frl. Birgitta Fredriksson. Fräulein! Was ist das für ein bescheuerter Gnom, der sie Fräulein nennt? Ihre Finger sind so steif, daß sie den ganzen Umschlag zerreißen muß, um den Brief herauszubekommen. Eine wahnsinnige Hoffnung schießt in ihr hoch, als sie sieht, daß der Briefbogen klein und gelb ist. Das ist ein Rezept? Jemand hat ihr ein Rezept geschickt: Sobril vielleicht, oder – o Gott, bitte, ja! – Rohypnol. Ihre Hände zittern und beben, daß sie schließlich den Mund zu Hilfe nehmen muß, um das gelbe Stück Papier auszuwickeln.

Es ist wirklich ein Rezeptformular. Es trägt auch noch den Stempel ihrer Schwester. Dr. Christina Wulf, Ärztin. Aber der ihr nur zu gut bekannte Text auf dem Papier ist mit roter Tinte in großen, unbeholfenen Buchstaben geschrieben:

Ach, hätte ich doch Birgittas Kleider an.
Dann würde ich meine Fotze mit Leder ausschlagen.
Dann stiege ich ein in jeden Wagen.
Und bumste umsonst mit jedermann.

Und ganz unten, in kleinerer Schrift:

Und sie hat es gemacht!
Sie hat es gemacht!
Sie hat es gemacht!

Eine Klaue packt ihren Magen. Der Schmerz überrascht sie. Sie beugt sich vor und drückt sich beide Hände aufs Zwerchfell.

Hinterher kann sie sich nicht mehr so recht daran erinnern, wohin sie eigentlich will. Sie ist seit einer Ewigkeit die gleiche Straße entlanggegangen, und die grauen Sechzigerjahrebetonklötze sind hinter ihr verschwunden, jetzt hat sie auf der rechten Seite ein Mietshaus im gelben Fünfzigerjahrestil und spießige Villen auf der linken. Ein paar Fenster im Mietshaus leuchten hell, während es in den Villen immer noch dunkel ist.

Birgitta sucht nach dem Haus der Vettel Ellen, sie weiß nicht mehr, in welcher Zeit sie sich befindet, sie weiß nur, daß der Brief mit dem widerlichen alten Spruch zerknüllt in ihrem BH liegt. Sie fühlt, wie das zerknüllte Papier gegen ihre Haut scheuert, wie es raschelt und kratzt und sie wütend macht.

Dieses verdammte Pack! Ellen und die Snobs! Jetzt wird sie sie endgültig umbringen, jetzt ist Schluß mit den Phantasien, jetzt hat sie genug erduldet. Lügen und Verleumdungen. Polizeiliche Anzeigen und bösartige Zeugenaussagen. Selbst wenn sie auf dem richtigen Weg war, wenn sie sich zusammengerissen hat und dabei war, ihr Leben zu organisieren, selbst dann verfolgten sie sie mit ihren Beschuldigungen und Anzeigen. Sie haben ihr nur Knüppel zwischen die Beine geworfen, ihr nie geholfen. Und das alles nur, weil sie so verflucht neidisch sind. Heute noch genauso neidisch wie am ersten Tag, als sie sie sahen. Weil sie Gertrud hatte, eine richtige Mama, die sie geliebt hat. Christina hatte ja nur ihre halbverrückte Astrid, eine Mutter, die sogar versucht hatte, ihr eigenes Kind anzuzünden! Und Margareta hatte überhaupt keine Mutter. Gefunden in einer Waschküche. Was für eine Scheißmutter ist das, die ihr neugeborenes Kind in einer Waschküche ablegt? Rabenmütter hatten sie alle beide. Aber sie selbst hatte Gertrud! Und das konnten weder die Snobs noch die alte Vettel Ellen ertragen. Denn die Vettel Ellen wollte die einzige sein, die größte und die beste. Schwedische Meisterin in Mutterschaft! Vielen Dank. Als ob man nicht wüßte, was es damit auf sich hatte...

Birgitta schluchzt und wankt vom Bürgersteig, dort oben ist es glatt und vereist, aber auf der Fahrbahn haben die Autos schwarze Asphaltspuren in den Schneematsch gepflügt, und dort ist es so trocken, daß sogar Minni Maus' glatte Ledersohlen einen Halt finden. Sie tritt gegen einen gefrorenen Eis- und Schneematschklumpen, der im Weg liegt. Er ist groß und hart, sogar größer und härter als die Faust der Dogge, und dabei hat er die größten Fäuste, die sie jemals bei einem Kerl gesehen hat. Die Dogge, o ja! Er war der zweite Grund für ihre bescheuerte Eifersucht. Nie würde sie Margaretas Miene vergessen an diesem Abend. Ihr Gesicht, das durch ein Autofenster zu sehen war, fast grün vor Neid. Die Dogge hatte sich für sie entschieden! Alle Bräute aus ganz Motala, mit denen irgendwie zu rechnen war – also nicht Christina und andere Kellerasseln – waren dort gewesen, und jede einzelne hatte gehofft, sie würde es sein. Aber sie waren es nicht. Keine von ihnen. Nur sie, Birgitta.

Sie bleibt mitten auf der Fahrbahn stehen und läßt es erneut zu. Sie ist wieder in Varamobad, es sind die Sechziger, und es herrscht eine blaßblaue Junidämmerung. Sie und Margareta sitzen mit Klein Lars und Loa in einem Wagen und hören Cliff Richards neueste Platte auf einem tragbaren Plattenspieler, als die Dogge mit seinem Chrysler auf den Parkplatz einbiegt. Es ist ein roter Chrysler mit riesigen Heckflossen und einer ganzen Lichtorgel hinten. Er bleibt eine Minute hinter dem Steuer sitzen und läßt sich beobachten, während der Motor im Leerlauf brummt. Vielleicht weiß er, daß er gut aussieht, vielleicht weiß er, daß sein schwarzes Haar glänzt und daß das Nylonhemd unter der Lederjacke genauso blendend weiß ist wie seine Stirn.

Aber es ist nicht seine Schönheit, die in erster Linie lockt. Es ist das Wissen um seine Gefährlichkeit – Autodiebstähle, ein paar Jahre im Erziehungsheim, einen Sommer danach mit einem Jahrmarktsgeschäft herumreisen –, das sich wie ein würziges Parfüm über dem Parkplatz verbreitet und die Mädchen die Augen senken und die Lippen anfeuchten läßt.

»Die Dogge«, sagt Klein Lars mit einem spitzen Vibrato in der Stimme und beugt sich vor, um den Zündschlüssel von Papas neuem Ford Anglia zu drehen. Klein Lars ähnelt Papas Auto. Auch er hat spitze Winkel an den überraschendsten Stellen.

»Nein«, sagt Birgitta, »warte noch…«

Klein Lars hat gelernt zu gehorchen. Neunzehn Jahre lang hat er seinem Vater gehorcht, acht Jahre lang außerdem den Lehrern in der Schule, und während der letzten vier Jahre hat er einem Werkstattmeister bei Luxor gehorcht. Jetzt gehorcht er Birgitta, zum ersten und zum letzten Mal.

Die Dogge schält sich aus seinem Wagen, schlägt die Tür hinter sich zu und schaut sich um. Es ist still auf dem Parkplatz, nur Cliff Richards Stimme ist zu hören. Alle Blicke sind der Dogge zugewandt, die Träume der Mädchen flattern wie Schmetterlinge auf ihn zu, die Ohnmacht der Jungs wird zu wütendem Schweigen.

Birgitta weiß, daß er auf dem Weg zu ihr ist; schon bevor er auf Klein Lars' Ford Anglia zugeht, weiß sie, daß er auf dem Weg zu ihr ist. Klein Lars weiß das auch. Kleine Schweißperlen treten auf seine Stirn, aber er sagt nichts, er beugt sich nur vor, hebt den Plattenspieler von ihren Knien und legt ihn auf seine eigenen. Im gleichen Moment reißt die Dogge die Autotür auf und packt Birgitta am Handgelenk.

»Du bist jetzt meine Braut«, sagt er. Nicht mehr. Nur das.

Wie in einem Film, denkt sie. Das ist genau wie in einem Film… Und sie meint Chorgesang und Streicher zu hören, als er sie aus dem Wagen herauszieht, Chorgesang und Streicher, die zu einem jubelnden Crescendo anwachsen, als er sie über die Motorhaube des Anglia beugt und ihr einen ersten Kuß gibt. Aus den Augenwinkeln sieht sie, wie Klein Lars im Auto die Augen schließt, hinter ihm kann sie Margaretas bleichgrünes Gesicht erahnen. Ihre Augen sind zu Schlitzen zusammengezogen, und sie hat die Zähne entblößt. Sie sieht aus wie ein Tier, denkt Birgitta und schließt die Augen. Die Zunge der Dogge schmeckt bitter nach Bier, es ist das erste Mal, daß sie diesen Duft und diesen Geschmack fühlt. Alle anderen haben bisher nur nach Toy und John Silver geschmeckt.

Er hält nie ihre Hand, kein einziges Mal wird er ihre Hand halten, statt dessen packt er sie am Handgelenk wie ein Gefangenenwärter, und bereitwillig trippelt sie hinter ihm her zu dem roten Chrysler. Während sie sich noch zurechtsetzt, startet er den Motor und drückt auf einen Knopf. Das Dach öffnet sich und gleitet nach hinten. Das ist ein Cabriolet! Sie wird von Jubel erfüllt. Sie sitzt in einem Cabriolet mit dem tollsten Jungen in ganz Motala. Alles, was sie in dieser Stadt hat ertragen müssen, erscheint ihr plötzlich nicht mehr so schlimm. Es hatte einen Sinn. Und der Sinn liegt genau in diesem Augenblick...

Er mußte über den ganzen Parkplatz fahren, um wenden zu können. Für Birgitta wurde es zum Triumphzug. Sie ist gewählt worden. Auserwählt. Die Königin von Varamobad läßt sich von den Nichtauserwählten betrachten. Aber in dem Moment, als das Auto vom Parkplatz abbiegt, hört sie eine schrille Jungenstimme im Hintergrund grölen:

»Ach, hätte ich doch Birgittas Kleider an...«

Das Hohngelächter wird sie nie vergessen, auch wenn sie nie mit Sicherheit wird sagen können, ob sie es wirklich gehört hat. Aber daß die Dogge sie schnell von der Seite anblickte, da ist sie sich ganz sicher. Und dann seine Frage:

»Was zum Teufel war das?«

»Ach!« wehrt sie ab. »Das war nichts...«

Was sollte sie sonst sagen? Daß sie einen Spruch schrien, der sie verfolgte, seit sie dreizehn war? Daß dieser Spruch auf Toilettenwände gekritzelt und in Telefonzellen geritzt worden war? Daß er auf dem Schulhof geschrien und hinter ihrem Rücken gesummt wurde, als sie bei Luxor zu arbeiten anfing? Das kann sie ihm doch nicht sagen, dann wäre ja alles gleich vorbei. Und später wird er es ja sowieso erfahren...

»Toller Wagen«, sagt sie statt dessen und streicht mit der Hand über den Kunststoffbezug des Sitzes.

Und da lacht er sie einfach nur an.

Bremsen quietschen hinter ihr, ein Motor heult auf. Birgitta dreht sich halb um und macht eine abwehrende Geste: Immer mit der Ruhe. Aber der Autofahrer tritt noch einmal aufs Gas und läßt den Motor aufheulen. Birgitta beschließt, ihn zu ignorieren, sie dreht ihm den Rücken zu und geht betont langsam auf dem schwarzen Asphaltstreifen mitten auf der Straße weiter und kickt den großen Eisklumpen vor sich hin. Sie hört ihn gar nicht. Er kann den Motor hochziehen, soviel er will, sie denkt gar nicht daran, ihn zu hören.

Auf der anderen Seite der Straße liegt ein weißes Einfamilienhaus. Das Haus der Vettel Ellen war auch weiß. Vielleicht ist es ja das gleiche Haus, obwohl es ihm eigentlich nicht so recht ähnelt. Ellen hat es vielleicht umgebaut, neue Büsche angepflanzt und die Fenster versetzt, um Birgitta zu verwirren. Das würde ihr ähnlich sehen. Jemand macht Licht in der Küche, und sie kann einen Schatten drinnen herumlaufen sehen. Das ist sie bestimmt. Sie watschelt sicher zwischen Tisch und Herd hin und her, wie immer, mit ihren schlaffen alten Brüsten, die unter ihrem Morgenrock schaukeln. Brüste wie Einkaufsbeutel... Igitt, ist die Alte eklig!

Vielleicht würde sie weiter schräg über die Straße gehen, auf das weiße Haus zu, wenn nicht der Fahrer in dem Wagen hinter ihr gerade jetzt die Hand auf seine Hupe legte und hupen würde. Und das tut er, drei auffordernde Signale. Birgitta hält jäh in ihrer Bewegung inne und erstarrt zu Eis.

»Halt die Fresse!« schreit sie, als wäre das Auto ein lebendiges Wesen, das sie hören konnte. Doch sie steht mit dem Rücken zum Wagen, und ihr Schrei geht in die falsche Richtung.

»Halt die Fresse! Laß mich in Ruhe!«

Aber das Auto hinter ihr hupt noch einmal. Und da dreht Birgitta sich um. Sie schwankt in der Drehung, findet jedoch ihr Gleichgewicht wieder und sieht, daß drei Autos hintereinander hinter ihr stehen und sie mit weißen Scheinwerfern anstarren. Das erste ist immer noch in Bewegung: Es rollt langsam auf sie zu, bedrohlich brummend, während der Fahrer das Fenster auf der Fahrerseite herunterkurbelt und sich hinausbeugt.

»Was machst du da?« schreit er. »Verschwinde von der Fahrbahn, ab auf den Bürgersteig!«

Mit einem Blick kann Birgitta einschätzen, um was für einen Typ Mensch es sich hier handelt. Glänzendes Auto und frisch geschnittene Haare. Brille, rauhe Stimme, weißes Hemd und Schlips. Ein Snob.

Birgitta kann Snobs nicht ausstehen. Deshalb beugt sie sich ohne weiter nachzudenken nach unten, deshalb packt sie den großen Eisklumpen und hebt ihn über ihren Kopf, deshalb wirft sie ihn in einer einzigen schnellen Bewegung ihm direkt ins Gesicht. Er schreit auf, und sein Motor erstirbt, seine Hand scheint auf der Hupe festgeklemmt zu sein.

Dann zerspringt die Morgenstille in viele Geräusche. Jemand schreit, eine Hupe schrillt auf, zwei andere Autos halten auch an, und ihre Türen werden geöffnet, zwei Männer springen heraus und werfen die Türen hinter sich zu, ein Hund bellt, und kurz darauf reißt ein grauhaariger Alter die Tür des weißen Hauses auf. Er müht sich langsam die Treppe hinunter, beide Hände am Geländer, und scheint gar nicht zu merken, daß er barfuß ist. Birgitta ist erstarrt, sie steht unbeweglich mitten auf der Straße und beobachtet aufmerksam jede Bewegung in ihrer Umgebung. Aber als der barfüßige Alte seinen nackten Fuß auf den Gartenweg setzt, zuckt sie zusammen und weicht zurück. Sie dreht sich um und rennt davon. Noch bevor er den Bürgersteig erreicht hat, ist sie außer Sichtweite. Aber er hat sie gesehen. Er und die anderen. Wenn sie überhaupt sehen können, dann haben sie sie gesehen.

Es gibt keinen Schlupfwinkel. Die Hausgärten sind zu klein, und alle Büsche stehen nackt da mit schwarzen Zweigen. Der Garten hinter dem Mietshaus auf der anderen Straßenseite ist groß und öde, dort gibt es nicht einmal einen Fahrradschuppen, um sich zu verkriechen. Birgitta hört ihre eigenen Schritte, ihren eigenen keuchenden Atem und in weiter Ferne Sirenen. Jetzt schon? Ist es wirklich möglich, daß die Bullen jetzt schon kommen?

Sie rüttelt vergebens an ein paar verschlossenen Türen, tippt eine willkürliche Ziffernfolge nach der anderen in die kleinen schwarzen Kästen daneben, aber nichts geschieht, nur eine kleine Lampe blinkt rot. Die Sirenen kommen näher, sie muß rennen, muß zusehen, daß sie verschwindet…

Sie finden sie auf einer Kellertreppe, sie ist die eisglatten Treppenstufen hinuntergerutscht, hat sich die Hände aufgekratzt und einen Fuß verdreht. Mehrere Minuten lang hat sie vergebens versucht, die Kellertür aufzurütteln oder zu -treten, zum Schluß hat sie einen von Minni Maus' Schuhen ausgezogen und versucht, mit der Hacke die Fensterscheibe in der Tür einzuschlagen. Das hat sie nicht geschafft, nicht einmal ein Riß zeigte sich. Gediegenes Riffelglas.

Sie hat aufgegeben, als sie Sirenen immer näher herankommen und dann verstummen hörte, hat sich schwerfällig auf den kalten Zement gesetzt und sich die Jacke über den Kopf gezogen. So sitzt sie immer noch da, als ein rotwangiger junger Polizist sich zwei Meter über ihr über das Geländer beugt. »Hier ist sie«, schreit er. »Ich habe sie gefunden...«

Sein Norrköpingdialekt hat rundliche Vokale, und sein Schäferhund kläfft triumphierend.

Strafexpeditionen

»Ich bin ein Benandante, weil ich viermal
im Jahr, das heißt zu den vier
Jahreszeitenwechseln, mich nächtens auf den Weg
mache,
gemeinsam mit den anderen, um
einen unsichtbaren Kampf zu führen, während
der Körper an seinem Platz bleibt…«

Der Auktionator Battista Moducco
vor der Inquisition in Cividale,
am 27. Juni 1580

So. Gut.

Endlich habe ich meine Schwestern in Bewegung versetzt. Jetzt habe ich sie genau dort, wo ich sie haben will.

Christina sitzt grau vor Müdigkeit in einem Auto vor dem Frauenhaus in Motala, und Margareta kommt gerade durch die Tür. Sie macht sie sorgfältig zu und rüttelt noch einmal daran, um sicherzugehen, daß sie auch ins Schloß gefallen ist – das Treppenhaus ist voller Warnungen vor adrenalingepuschten Männern –, bleibt dann aber stehen, um sich eine ihrer ewigen Zigaretten anzuzünden. Christina öffnet die Wagentür und macht eine einladende Handbewegung, um zu zeigen, daß sie bereit ist, den Geruch auszuhalten, wenn sie nur erfährt, was Sache ist.

»Die haben nicht angerufen«, erklärt Margareta und schüttelt den Kopf, während sie sich hineinsetzt. »Es waren nur drei Frauen da, eine freiwillig und zwei, die Schutz gesucht haben. Keine von denen hat angerufen, das haben sie mir versichert…«

»Und du glaubst ihnen?«

»Absolut. Die freiwillig da ist, hat mich beiseite genommen und mir erzählt, daß Birgitta Hausverbot hat. Sie hat ein paarmal die ganze Einrichtung zertrümmert…«

»Meine Güte«, sagt Christina tonlos und startet den Wagen. »Ist es ihr also gelungen, sogar im Frauenhaus Hausverbot zu kriegen… Das will schon was heißen, das muß ich sagen.«

»Und jetzt?« fragt Margareta.

»Gehen wir frühstücken«, sagt Christina. »Ich muß in ein paar Stunden zur Arbeit…«

Birgitta fleht um Beistand. Und wie sie fleht! Keinen Engel im ganzen Himmel läßt sie unbefleckt, nicht eine einzige aller armen

Kreaturen in der Hölle bleibt von ihrem Ruf verschont. Jetzt haben sogar die Farben sie verlassen: Ihr Haar hängt in aschgrauen Strähnen, ihre Haut ist bleich und grobporig, ihre Lippen nur eine Spur dunkler.

Tja. So kann es kommen. Sogar für jemanden, der einmal Motalas milchweiße Antwort auf Marilyn Monroe war.

Der junge Polizist dagegen ist flott. Ein Schönling wie aus der Zeitschrift: blond, blauäugig und breitschultrig, mit pastellfarbener Pfirsichhaut, die sich über Eisenmuskeln und ein Stahlskelett zieht. Solche jungen Männer gab es früher nicht, sie sind postmodern und gehören zum Ende dieses Jahrhunderts. Am besten erkennt man sie an ihrem Kiefer; sie haben eine gut entwickelte Halsmuskulatur und ein sehr breites Kinn. Eigentlich ist das merkwürdig. Heutzutage brauchen die jungen Männer schließlich weder Riesenkiefer noch Eisenmuskeln. Es wäre logischer, wenn sie blasser und dünner würden, wenn sie zu zarten Lilienblüten schrumpften, statt zu kräftigen Eichen heranzuwachsen.

Birgitta hat auch eine gut entwickelte Kiefermuskulatur, aber aus ganz anderen Gründen als der junge Polizist. Seit mehr als zwanzig Jahren haben ihre Backenzähne ununterbrochen im Zähneklappern des Amphetamins aufeinandergerieben. Aber jetzt ist es still in ihrem Kopf. Sie hat nicht mehr so viele Zähne, mit denen sie knirschen könnte, und außerdem ist sie zu anderen Chemikalien übergegangen. Sie hat so getan, als wäre es ihre freie Entscheidung, als hätte sie bewußt mit den Amphetaminen aufgehört, weil sie so viele ihresgleichen hatte sterben sehen. Aber im Grunde genommen war es nicht Birgitta, die das Amphetamin aufgab, es war das Amphetamin, das sie aufgab. Es zeigte keine Wirkung mehr und überließ sie dem Alkohol. Deshalb vibrieren die empfindlichen Nasenlöcher des Schönlings, als er die Zementtreppe hinuntergeht. Birgitta riecht nämlich. Und nicht nach Rosen und Jasmin.

Sie sitzt immer noch zusammengekauert da, die Jacke über den Kopf gezogen, und weigert sich, sich zu bewegen, obwohl er sie wiederholt auffordert aufzustehen. Erst als er sie beim Arm packt und die Treppe hinaufschleppt, kommt Leben in sie, und sie fängt an zu fluchen. Sie spuckt ihm auf den Arm, brüllt, daß er eine unschuldige Frau mißhandle, und zielt mit dem Fuß nach seinem Schäferhund. Der Hund fletscht die Zähne und macht sich bereit zuzubeißen, aber der Schönling bremst ihn mit einem Brummen. Es geht um seine Ehre. Niemand soll behaupten können, daß er den Hund zu Hilfe nehmen mußte, um eine fluchende Säuferin festzunehmen. Das schafft er ganz allein.

Birgitta dagegen hat nie begriffen, was es bedeutet, auf seine Ehre zu achten. Sie hat die Erniedrigung gesucht, als wäre sie süchtig nach ihr. Es gibt kein einziges Geschäft in Motala, in dem sie nicht gestohlen und als Diebin erwischt wurde, nicht eine einzige Straße, in der sie nicht schimpfend und gestikulierend von der Polizei aufgegriffen wurde, keine Hilfseinrichtung, in der sie nicht gelogen hat und als Lügnerin bloßgestellt wurde. Ich habe gesehen, wie sie in einen Papierkorb auf dem Markt gekotzt hat – an einem Samstagvormittag natürlich, als der Markt voll mit Menschen war – und sich dann stumm vorbeugte, um zu beobachten, wie stinkender, dünnflüssiger Stuhl ihre Beine hinunterlief. Ich habe sie an einem späten Abend sternhagelvoll und vollgepinkelt in einer Schneewehe sitzen sehen, während eine Bande Jugendlicher spottend um sie herumtanzte. Ich habe sie die Beine für einen Mann nach dem anderen breitmachen sehen, selbst für solche wie Roger, die ihr die Hand aufs Gesicht legen, um sie nicht sehen zu müssen. Und mitten in dem ganzen Elend habe ich ihre Arroganz gesehen, ihren unbegreiflichen Stolz über ihren Verfall …

Der verletzte Autofahrer steht inmitten einer kleinen Menschenansammlung auf dem Bürgersteig. Er hält sich die Hand über das eine Auge, eine Blutspur läuft wie eine Träne über seine Wange. Die anderen beiden Autofahrer stehen ihm wie Bodyguards zur Seite, sie drehen ihre weißen Gesichter Birgitta zu und starren sie mit aufgerissenen Augen an. Ein älterer Polizist steht direkt vor ihnen, auf eigentümliche Weise gelingt es ihm, gleichzeitig anwesend und abwesend zu erscheinen. Vielleicht ist er ein Engel, ein erschöpfter Schutzengel, der soviel gesehen hat, daß er jetzt gar nichts mehr sieht.

Der barfüßige Alte hat inzwischen Schuhe an den Füßen. Er steht mit erhobenen Armen neben dem verträumten Polizisten, als der Schönling Birgitta teilweise schubst, teilweise über die Straße schleppt.

»Das ist sie!« ruft der Alte und winkt mit seiner braunfleckigen Hand. »Sie hat das getan. Ich habe es gesehen.«

»Halt's Maul, Alter!« murmelt Birgitta routinemäßig.

Das ist zuviel für den Schönling, der von altmodischen Eltern dazu erzogen wurde, das Alter zu ehren. Er schlägt ihr hart in den Nacken, so hart, daß sie keinen Laut mehr von sich gibt. Erst danach fällt ihm auf, daß sie ja auch schon ziemlich alt ist.

Christina und Margareta sind auch verstummt, als sie im Auto auf dem Weg zurück nach Vadstena sitzen. Sie sind wie kommunizierende Röhren, meine Schwestern. Wenn die eine wütend oder sauer ist, wird die andere ängstlich, schmeichelt, bettelt und lächelt, nur um schroff und launisch zu werden, sobald die andere sich endlich hat erweichen lassen. So ist es immer gewesen, zumindest solange Birgitta außerhalb ihrer Sichtweite ist. Wenn sie auftaucht, werden sich die beiden erschreckend einig. Wirklich erschreckend.

Aber jetzt, in dem müden Dämmerlicht, haben sie zu einer Art stummem Gleichgewicht gefunden. Die Nacht, die jetzt fast zu Ende ist, war so voll mit Worten, daß keine mehr übrig sind. Ununterbrochen haben sie geredet, zuerst in ehrfurchtsvollem Flüstern, als sie glaubten, auf dem Weg zu einem Sterbelager zu sein, dann in sachlichem, aber gedämpftem Ton auf der Intensivstation, ein Ton, der bald scharf und mißtrauisch wurde, als sich herausstellte, daß Birgitta Fredriksson sich nicht unter den neu aufgenommenen Patienten dieser Nacht befand.

Christina war am empörtesten, ihr reserviertes Äußeres schmolz schnell dahin und ließ sie nackt und verwundbar zurück. Ihre Hacken schlugen wütend auf den Boden, als sie das ganze Krankenhaus durchsuchte. Sie marschierte von Abteilung zu Abteilung, und ihre Arztstimme war so scharf und autoritär, daß eine der Krankenschwestern vor lauter Schreck sogar einen Knicks vor ihr machte. Und wenn Christina sich verwandelt, dann tut auch Margareta das. Ihr selbstsicheres Äußeres bekam Risse, sie flatterte ängstlich auf den weichen Sohlen ihrer Modestiefel hinter Christina her und plapperte nervös.

»Sie ist nicht hier, wir sollten gehen, nun komm doch...«

Aber Christina ließ sich nicht erschüttern, sie ging systematisch alle Abteilungen des großen Hauses ab, von der Pädiatrie bis zur Geriatrie. Als sie endlich – nachdem sie länger als eine Stunde durch Flure gelaufen waren – aufgaben und den Fahrstuhl zum Erdgeschoß nahmen, war sie weiß vor Wut. Jetzt hatte sie endgültig genug. Jetzt würde sie dafür sorgen, daß Birgitta hinter Schloß und Riegel kam, und sie selbst wollte dafür sorgen, daß der Schlüssel weggeworfen wurde.

»Es gibt hoffnungslose Fälle«, sagte sie und lehnte sich an die Haustür. »Das muß man einfach zugeben. Bei manchen kann man nun mal nichts machen... Das ist genetisch. Sie ist genau wie ihre Mutter. Hoffnungslos!«

Ein kalter Nachtwind zerzauste Margaretas Haar, als sie heranstolperte und gleichzeitig in ihren Taschen nach ihren Zigaretten suchte.

»Mein Gott, Christina. Du solltest wirklich vorsichtig mit den Genen sein...«

Christina drehte sich um und starrte sie mit finsterem Blick an. Sie hatte wieder Farbe, sogar ihr traurig-blondes Haar schien im Schein der Straßenlampe zu glänzen.

»Meinst du Astrid? Daß ich mich wegen Astrid mit solchen Äußerungen in acht nehmen soll? Pah! Schließlich hatte ich ja wohl auch noch einen Vater.«

Margareta hielt die Hand schützend um die Flamme, als sie sich die Zigarette anzündete.

»Den hatte sie wohl auch.«

»Genau«, stimmte Christina ihr zu. »Irgend so einen Trunkenbold. Auch so einen hoffnungslosen Fall.«

»Und was weißt du von deinem Vater?« fragte Margareta. »Und ich? Ich weiß nicht einmal, wer meine Mutter war. Was können solche wie wir über unsere Gene wissen?«

»Genügend. Unser Leben ist der Beweis. Und wenn es etwas gibt, was mir zum Hals heraushängt, dann ist es dein Pißhumanismus... Erst schimpfst du und verfluchst sie, aber dann traust du dich nicht, den nächsten Schritt zu tun. *Schlag sie tot*, sagst du. Aber wenn es darauf ankommt, dann ist es doch nur die arme Birgitta hier und die arme Birgitta da. Ich kenne das schon. Vergiß das nicht.«

Margareta blies ihr eine wütende Rauchwolke direkt ins Gesicht.

»Dann meinst du also, daß es nur deine außerordentlichen Gene sind, die dir ein zufriedenstellendes Leben verschafft haben? Daß es überhaupt nichts damit zu tun hat, daß du Tante Ellens Liebling warst?«

Christina schnaubte.

»Ihr Liebling? Ich? Du warst doch ihr Liebling! Die Süße und Niedliche. Ich war doch immer nur brav, und wenn ich nicht brav war, dann war ich gar nichts. Mich gab es gar nicht. Und Birgitta wohnte auch noch bei Tante Ellen, vergiß das nicht... Manchmal mochte sie sogar Birgitta lieber. Zum Beispiel als Birgitta anfing, bei Luxor zu arbeiten. Das war was ganz Tolles. Ein richtiger Fabrikjob. Viel, viel besser als meine Zeugnisse und Auszeichnungen.«

Margareta streckte ihre Hand aus und strich damit über Christinas Cape, suchte nach ihrem Arm. Aber Christina entzog sich ihr mit einer heftigen Bewegung. Erst da wurde Margareta klar, wie aufgewühlt Christina wirklich war. Das brachte sie dazu, ihre Stimme zu senken.

»Aber begreifst du nicht? Du hast sie mit all deinen Erfolgen erschreckt. Das war ihr alles fremd. Birgittas Fabrikjob war normal, da kannte sie sich aus. Und das war es doch, was sie sich für uns wünschte: ein normales Leben. Einen normalen Job, einen normalen Mann und ein paar ganz normale Kinder... Und du hast das alles hingekriegt. Du hast doch alles gekriegt, was sie dir gewünscht hat, und noch viel mehr und viel besser.«

Aber Christina drehte ihr nur den Rücken zu und ging zum Parkplatz.

»Mach jetzt deine Zigarette aus«, sagte sie. »Drück sie aus, damit wir loskommen.«

Margareta zog im Laufen an ihrer erst halb aufgerauchten Zigarette.

»Wohin wollen wir denn?«

»Zum Frauenhaus natürlich. Denn jetzt werden hier Nägel mit Köpfen gemacht, ein für allemal.«

O Mann. Als ob das möglich wäre.

»Frühstück«, zwitschert eine Hilfsschwester in der Tür. Sie klingt wie ein glücklicher Wellensittich. »Sauermilch oder Grütze, Desirée?«

Die Frage ist reine Formsache. Sie weiß, daß ich Sauermilch haben möchte. Nicht weil sie so gut schmeckt, Hafergrütze mit Apfelmus ist besser, aber wenn Kerstin Eins Frühdienst hat, darf ich die Grütze nicht allein essen. Ich kleckere auf das Bettzeug, also muß ich gefüttert werden. Und wenn ich die Wahl habe, die Sauermilch mit dem Strohhalm zu trinken oder nahem Kontakt mit dem Pflegepersonal ausgesetzt zu sein, dann entscheide ich mich für Sauermilch. Immer.

Ich weiß nicht, wie das Mädchen heißt, ich habe noch nicht alle Namen der Schwestern und Hilfskräfte kennengelernt, aber sie spricht zu mir, als wären wir alte Sandkastenfreundinnen. Das ist immer nur Desirée hier und Desirée da. Kerstin Eins hat ihren Untergebenen eingeschärft, daß die Leute bereitwilliger zur Zusammenarbeit sind, wenn man sie mit ihrem Vornamen anspricht. Sie ist mit einem Verkäufer verheiratet.

Die Namenlose stellt das Tablett auf meinen Nachttisch und zwitschert weiter:

»Lassen Sie mich Ihr Kopfkissen aufschütteln, Desirée. Und dann stellen wir das Kopfteil höher, damit Sie besser sitzen. Damit Sie nicht kleckern. Denn Sie möchten doch auch Kaffee haben, oder? Die anderen sagen, Sie sind eine richtige Kaffeetante! Hahaha... Haben Sie und Doktor Hubertsson schon Ihren Morgenplausch gehalten? Oder soll ich für ihn eine Tasse hierlassen?«

Brich dir die Knochen, denke ich. Oder verschwinde und häng dich auf.

Für einen Augenblick schwebt mir vor, ich könnte mich doch wirklich in ihren Kopf begeben und sie dazu bringen, mal ordentlich auf die Schnauze zu fallen. Aber das ist nur ein Gedanke, ich habe jetzt weder Zeit noch Kraft für derartig riskante Strafexpeditionen.

Das war einmal anders. Im ersten Sommer, nachdem ich meine Möglichkeiten entdeckt hatte, war ich noch so unwissend, daß ich jedes Risiko einging und gleichzeitig so gierig nach Erlebnissen war, daß ich mich nicht um die Menschen kümmerte, die mich umgaben. Das einzige, was mich an ihnen interessierte, war die Frage, ob sie als Träger in Frage kamen: der Krankenhauspfarrer und der Bewegungstherapeut, das Pflegepersonal und die Ärzte, zufällige Besucher und trauernde Angehörige. Ungeduldig und hektisch trieb ich sie in den Sommer hinaus, nur um sie sofort wieder zu verlassen, sobald sie auf andere, viel bessere Träger stießen. Es gab so viel, was ich noch nie gemacht hatte, und jetzt wollte ich alles tun. Ohne Pause wechselte ich die Gestalt: Morgens war ich eine junge Frau, deren Füße in hochhackigen Sandalen steckten und der ein sanfter Wind den Nacken streichelte, gegen Mittag war ich ein junger Mann, der am Strand des Vättern saß und sich den weißen Sand durch die Finger rieseln ließ, in der Dämmerung war ich eine Frau mittleren Alters, die sich über königsblauen Rittersporn beugte und jeden Winkel ihres Schädels mit seinem Duft füllte.

Ich lernte viel in diesem Sommer: wie es ist zu küssen und geküßt zu werden, wie ein Tanz auch den trockensten Schoß feucht werden läßt und was für ein Gefühl es ist, mit Nase und Mund über den flaumigen Kopf eines Säuglings zu streicheln…

Unter anderem.

Aber zum Herbst hin, als die Tage kürzer wurden und die Bäume wie schwarze Zeichnungen vor dem Himmel standen, wurde alles anders. Ich lernte *Benandanti* kennen, hörte ihren Warnungen zu und entdeckte ganz von allein, daß meine Ausflüge ihren Preis hatten. Nach jedem Mal war ich müder geworden, manchmal lag ich hinterher stundenlang halb bewußtlos da. Aber zu der Zeit war ich bereits ausreichend gesättigt von den Erlebnissen, so daß ich es nunmehr ruhig angehen konnte. Ich begann mich dafür zu interessieren, was in der Abteilung vor sich ging. So kam es, daß ich anfing, in meine Pfleger zu kriechen. Und so kam es, daß ich begann, die Freundlichsten unter ihnen zu fürchten, diejenigen, die immer am sanftesten an meinem Kopfende lächelten.

Psychopathen. Potentielle Mörder. Das ganze Pack.

»Was ist das nur für ein Leben?« flüsterten sie einander im Schwesternzimmer und auf den Fluren zu. »Sie kann nicht einmal ordentlich reden, und gehen kann sie auch nicht…«

»Und dann dieser Kopf…«

»Ja, wirklich. Sie sieht ja aus wie ein Wesen vom anderen Stern… Das erste Mal habe ich richtig Angst gehabt.«

»Und dann die Liegewunden. Gestern habe ich ihren Hüftknochen gesehen… Und Hubertsson quatscht was von Leinenlaken. Als ob das was helfen würde.«

»Was sie nur leiden muß…«

»Bestimmt. Das ist doch unmenschlich. Jetzt hat sie schon dreißig Jahre zuckend dagelegen, soll sie noch einmal dreißig Jahre so zuckend daliegen? Oder noch länger? Das beste wäre doch, wenn sie erlöst würde.«

Die Unfallrate in der Abteilung stieg in diesem Herbst schnell an. Eine Schwester stolperte auf der Treppe, fiel hinunter und brach sich den Fuß. Eine andere verbrühte sich die Hände in kochendheißem Wasser. Eine dritte schluckte aus Versehen selbst meine Epilepsiemedizin. Und eine vierte schnitt sich die Fingerspitze ab, als sie Brot schneiden wollte.

Und so weiter.

Sicher, ich ging unerbittlich vor, aber dennoch will ich behaupten, daß meine Urteile gerecht waren. Ich bestrafte nur das falsche Mitleid, das eine menschliche Stimme hat, dem aber ein menschliches Herz fehlt. Die schweigenden Frauen und die stillen Mädchen ließ ich in Ruhe, ich ließ mir sogar ab und zu ihre stumpfen Zärtlichkeiten gefallen. Sie durften mir am Haar zupfen und mir die Wange streicheln, ohne daß ich nach ihnen schnappte. Aber die Voraussetzung dafür war, daß sie schwiegen. Die wahre Güte redet nämlich nicht. Sie enthält viele Taten, aber kein einziges Wort.

Und deshalb verabscheue ich diese Namenlose, die jetzt mit dem Frühstück an meinem Bett auftaucht. Sie hat den Mund so voller Worte, daß sie ihr wie Speichel übers Kinn laufen. Und ich weiß ganz genau, daß sie, sobald sie mein Zimmer verlassen hat, die anderen seufzend fragen wird: *Warum muß sie nur leben? Das hat doch überhaupt keinen Sinn…*

Damit ich richtig verstanden werde: Es liegt nicht daran, daß sie mir den Tod wünscht, das tue ich ja selbst immer wieder. Es sind ihre Ansprüche, die ich nicht akzeptieren kann, daß sie ganz selbstverständlich voraussetzt, daß mein Leben sinnloser ist als das ihre. Denn welchen ach so tiefen Sinn hat bitteschön ihr Leben? Ein paar Kinder in die Welt zu setzen? Oder Jahrzehnte abends vor dem Fernseher neben einem stiernackigen Kerl zu verbringen? Oder das Glück, ab und zu über das Kopfsteinpflaster von Vadstena zu trippeln und einzukaufen?

Sie würde verstummen, wenn ich die Frage stellen würde. Das weiß ich. All diesen Beweglichen – sogar Hubertsson – fällt es nämlich leicht, von dem Sinnlosen zu reden, aber äußerst schwer, vom Gegenteil zu sprechen. Sinn. Der Begriff an sich verführt sie dazu, sich wie Soldaten der Heilsarmee im Bordell zu verhalten: Sie werden schrecklich verschämt und gleichzeitig so davon angezogen, daß sie rot und ihre Blicke unsicher werden.

Es heißt, es sei Isaac Newtons Fehler, es liege an seinem mechanischen Weltbild, daß den westlichen Menschen der Begriff Sinn seit dreihundert Jahren so fremd ist. Und es stimmt schon: Wenn das Universum ein Newtonsches Uhrwerk ist und der Mensch nur eine zufällige Mikrobe darin, dann ist der Begriff Sinn nichts anderes als eine Peinlichkeit. Und in so einem Universum ist eine biologisch unvollkommene Mikrobe – so eine wie ich – ganz und gar zu vernachlässigen. Das Uhrwerk tickt ohne sie weiter. Es tickt dann vielleicht sogar besser. Also ist ihr Dasein sinnloser als das der biologisch vollkommenen Mikroben. Aber inzwischen wissen wir, daß Newton nur die äußere Hülle der Wirklichkeit streifte. Das Universum ist keine unveränderliche Maschine, es ist ein Herz. Ein lebendiges Herz, das sich dehnt und zusammenzieht, das bis ins Unendliche wächst, bevor es bis zur Unbegreiflichkeit schrumpft. Und wie alle anderen Herzen ist es voller Geheimnisse und Mysterien, Rätsel und Abenteuer, Veränderungen und Verwandlungen. Nur eins ist unveränderlich: die Menge an Masse und Energie. Was es einmal gegeben hat, wird es für ewig geben, wenn auch in neuer, anderer Form.

Jedes Teilchen in dem unvollkommenen Klumpen, der mein Körper ist, ist also genauso ewig wie das Weltall. Aber das Besondere an dieser Teilchenanhäufung hier ist, daß sie weiß, daß es sie gibt.

Ich habe ein Bewußtsein. Darin unterscheide ich mich nicht

von den anderen Menschen, die mich umgeben, denjenigen, die gehen und reden können. Und es ist meine feste Überzeugung, daß der Sinn genau darin verborgen liegt, im Bewußtsein. Ich weiß nichts über seine Form und nichts über seinen Inhalt – ob der Sinn eine Gleichung oder ein Gedicht ist, ein Lied oder eine Sage –, aber ich weiß, daß es ihn gibt. Irgendwo.

Deshalb wage ich zu behaupten, daß mein Leben ebenso sinnvoll ist wie das des namenlosen Mädchens, das jetzt gerade meine Scheibe Butterbrot in briefmarkengroße Stückchen schneidet. Ja, ich bin so eingebildet, daß ich mich sogar traue zu behaupten, daß mein Leben sinnvoller ist als ihres. Denn sie wird immer dort sein, wo sie ist. Niemals woanders.

Aber ich kann dort sein, wo ich nicht bin. Genau wie ein Elektron, bevor es seinen Quantensprung macht. Und genau wie das Elektron hinterlasse ich Spuren. Selbst dort, wo ich nicht war.

Aprilhexe, sagen die *Benandanti.* Du bist fast so wie wir, aber keine von uns. Ich lasse meine Träger – eine Möwe oder eine Elster, eine Krähe oder einen Raben – ihre Flügel ausbreiten und mache eine ironische Verbeugung. Ich weiß. Ich bin fast so wie sie, aber keine von ihnen.

Einige von ihnen beneiden mich. Ich habe größere Fähigkeiten und kann mich über größere Flächen bewegen. Aber das ist nur gerecht. Ein *Benandante* hat immer einen funktionierenden Körper, sie alle leben ein normales Leben in der normalen Welt, und die meisten von ihnen verlassen ihren Körper nur viermal im Jahr zu den Feiertagen. Einige von ihnen wissen nicht einmal, was sie sind. Wenn die Jahreszeiten wechseln und sie morgens aufwachen, nachdem sie die ganze Nacht in der Prozession der Toten mitgelaufen sind, haben sie nur noch eine vage Erinnerung an bleiche Gesichter und graue Schatten. Sie reden sich dann ein, sie hätten geträumt.

Eine Aprilhexe ist anders. Sie weiß, wer sie ist. Und nachdem sie ihre Fähigkeiten genau kennengelernt hat, kann sie durch die Zeit sehen und durch den Raum schweben, sie kann sich ebenso leicht in einem Wassertropfen oder in Insekten verstecken, wie sie Menschen in Besitz nehmen kann. Aber sie hat kein eigenes

Leben. Ihr Körper ist immer dünn, unvollkommen und unbeweglich.

Wir sind nicht viele. Um die Wahrheit zu sagen, habe ich nie eine andere getroffen. Viermal im Jahr gehe ich treu und brav mit in der Prozession der Toten in der Hoffnung, einen meiner Art zu treffen, aber bisher ist das noch nie der Fall gewesen. Der Markt in Vadstena wird von allen möglichen Gestalten bevölkert, aber eine andere Aprilhexe habe ich noch nie dort gesehen. Ich mußte mich mit *Benandanti* begnügen, diesen ängstlichen Kleinbürgern der Schattenwelt.

Aber ab und zu können auch Kleinbürger ganz nützlich sein. Ihnen habe ich zu verdanken, daß ich jetzt vorsichtiger bin als in den ersten Jahren. Die *Benandanti* haben mir beigebracht, daß man nie wieder man selbst wird, wenn jemand den leeren Körper anspricht, während man fort ist. Dann wird man zu einem konturlosen Schatten, der nur in der Prozession der Toten Gestalt annimmt.

In meiner eigenen Wohnung war ich sicher, dort wurde ich in Ruhe gelassen, bis ich selbst um Hilfe bat. Und wenn es so aussah, als ob ich schlief, dann schlossen die Helfer nur leise die Tür zu meinem Schlafzimmer und ließen mich weiterschlafen. Hier ist es anders: Tagsüber kann jeden Moment wer auch immer hereinschauen. Und nichts scheint Kerstin Eins und ihre Brigade so zu provozieren, wie ein Patient, der mitten am Tag schläft. So einen Patienten muß man ansprechen...

Tagsüber muß ich also auf meinen Körper aufpassen, ich muß mich damit begnügen, aus der Entfernung zu beobachten, ohne einzugreifen. Möglicherweise kann ich mir einen schnellen Ausflug erlauben, mir einen Vogel im Flug schnappen und ihn dazu zwingen, so schnell wie möglich einen Brief zu einer bestimmten Adresse zu bringen. Zum Beispiel.

Aber die Nächte gehören mir. Solange ich ein eigenes Zimmer habe, gehören die Nächte mir. Und die verschiedenen Nachtschwestern. Aber ich habe auch gelernt, mit diesen Frauen vorsichtig zu sein. Am Anfang der Nacht lasse ich sie meistens in Ruhe, denn dann haben sie viel zu tun und sind nur schwer zu lenken. Ich bitte sie nie um etwas, solange ich noch in meinem Körper bin, ich lasse mich von ihnen nur für die Nacht fertig machen und das Licht löschen, bevor ich mit einer Möwe oder einer Elster hinausfliege. Die Möwen sind am besten: Sie haben breite Flügel und im Gegensatz zu den Elstern einen federleichten Flug. Außerdem sind sie etwas gefühllos, sie scheinen nie zu bemerken, daß ein anderes Bewußtsein das ihre durchströmt. Elstern hingegen sind ängstlich und scheuen sich vor dem, was sie plötzlich hinter ihren Augen erahnen. Fast wie Menschen.

Ich will also die Frauen in der Nachtwache nicht erschrecken. Deshalb ergreife ich nicht sehr oft Besitz von ihnen, und meistens nur in der ruhigen Stunde zwischen zwei und drei, wenn die Patienten tief und traumlos schlafen und sie selbst sich ins Schwesternzimmer zurückziehen und ihren Gedanken nachhängen können. Ich verteile sehr sorgfältig meine Gunst, langsam lasse ich mein Bewußtsein mal in die eine und mal in die andere fließen. Ich flüstere den Trauernden tröstende Worte zu, male den Jungen blumige Träume aus und singe für die Unruhigen kleine Lieder von ruhigen Gewässern. Erst wenn sie alle in dem schmalen Grenzland zwischen Schlaf und Wachsein ruhen, lasse ich einige von ihnen für mich arbeiten.

Eines Nachts vor mehreren Wochen ließ ich so Agnete einen Brief mit ganz winzigen Buchstaben auf rosa Seidenpapier schreiben, ihn über den Flur in mein Zimmer tragen und in meinem Kopfkissenbezug verstecken. In der folgenden Nacht mußte Marie-Louise einen zweiten Brief schreiben und den gleichen Weg gehen. Ein paar Nächte später mußte die blasse Ylva einen gelben Rezeptblock ausfindig machen und ihn mit Doktor Wulfs vergessenem Stempel versehen. Aber als ich Birgittas Vers in ihrem Kopf flüsterte, wurde sie so von Ekel erfüllt, daß sie den Stift fallen ließ. Also mußte ich mich erweitern, so daß ich zum Schluß ihren ganzen Kopf ausfüllte, damit ihre Hand den roten Filzschreiber umfassen und nach meinem Diktat unbeholfen über das Papier führen konnte. Als Hubertsson an diesem Morgen zu mir kam, war ich so erschöpft, daß ich nicht einmal auf seine Anrede reagieren konnte. Doch in der folgenden Nacht gelang es mir dennoch, die schwarzäugige Tua dazu zu bringen, drei benutzte Briefumschläge zu besorgen und sie zu adressieren. Und gestern nacht, als der Stein bereits ins Rollen gebracht worden war, lief ich schon früh in der Nacht mit Lena ins Schwesternbüro, ließ sie ganz leise die Tür schließen, eine Telefonnummer wählen und behaupten, sie würde aus dem Frauenhaus in Motala anrufen...

Und all das tat ich Hubertsson zuliebe, weil er sich schon seit langer Zeit einen Bericht über meine Schwestern wünscht. Aber so wichtig er auch für mich ist, ich kann ihm nicht das geben, was er haben möchte, ohne ihm gleichzeitig das zu geben, was er nicht will. Den Bericht über das Leben, das für mich noch übrigblieb.

Den Anfang dieses Berichts habe ich als Geschenk von Hubertsson selbst bekommen.

»Du bist das letzte Opfer des Hungers in diesem Land«, sagte er einmal. Und vielleicht kann man es wirklich so sehen, der Bericht über unser eigenes Leben ist ja gleichzeitig ein Bericht über die, die vor uns waren.

Meine Geschichte beginnt also gut dreißig Jahre vor meiner Geburt. An einem Novembertag gegen Ende des Ersten Weltkriegs, als ein kleines Mädchen weinend in einer Küche in Norrköping sitzt.

»Keine Rüben, Mama...«, schluchzt sie mit geschwollenem Hals. »Keine Rüben!«

Aber ihre Mutter sagt nichts, sie beugt sich nur vor und schiebt noch ein Stück Holz in den Herd, sie sieht gerade noch, wie die Birkenrinde entflammt, bevor sie die Klappe schließt und das Feuer brennen läßt.

Alles im Gesicht des Mädchens ist feucht und beschwörend, seine Augen, seine Lippen, sein Kinn. Alles an seiner Mutter ist trocken und verschlossen, der zusammengekniffene Mund, die geballten Hände, der abweisende Rücken.

»Bitte, Mama, nicht wieder Rüben... nicht schon wieder!«

Doch die Mutter hat ihr Mitleid hinuntergeschluckt, sie erinnert sich nicht mehr daran, warum sie das Weinen des Mädchens so schmerzt. Das Mädchen nimmt noch einmal Anlauf, es öffnet den Mund, um noch eine flehentliche Bitte herauszulassen, aber in dem Moment dreht die Mutter sich um und sieht ihm direkt in die Augen. Das Mädchen verstummt, denn obwohl es noch keine vier Jahre alt ist, weiß es, was es da in den Augen der Mutter sieht. Es wird noch schlimmer kommen.

»Wir haben nur Rüben«, sagt die Mutter. Das Mädchen antwortet nicht, es sitzt nur stumm da, während die Mutter ihm die Tränen mit der Schürze aus dem Gesicht wischt. Der Stoff ist von den vielen Wäschen ganz weich, aber die Hand darunter ist in dem gleichen Wasser hart geworden.

Und später, als der Herbst in den Winter übergeht und es wirklich noch schlimmer wird, weint das Mädchen nicht mehr, es verstummt, als der Hunger sich in seinen Körper frißt. Er knetet das weiche Knochengerüst des Kindes und verformt es, seine Beine werden krumm, und es bekommt leichte O-Beine, Rosenkränze zeigen sich auf seinen Rippen, wo die Knochen in Knorpel übergehen, und sein Becken wird heimlich in eine neue, ganz andere Form gegossen.

Das Mädchen trägt seine Müdigkeit wie einen Buckel auf dem Rücken. Morgens, wenn die Mutter in die Fabrik gegangen ist und es allein mit einem Feuer im Herd zurückgelassen hat, krabbelt es auf das Ausziehsofa und bleibt darauf liegen. Es spielt nicht, es erinnert sich nicht mehr an die Zeit des Haferbreis und der Milch, als es noch spielen konnte. Aber die Erinnerung kommt zurück, als es eines Tages ein paar Krümel auf dem Sofaboden findet: Es hat seine Hand zwischen die Matratzen geschoben und mit dem Zeigefinger auf dem Holzboden entlanggestrichen. Plötzlich fühlt es etwas Hartes. Knäckebrotkrümel. Irgendwann einmal vor langer Zeit hat jemand auf diesem Sofa gelegen und Knäckebrot gegessen. Das Mädchen befeuchtet seinen Zeigefinger und schiebt ihn wieder in die Tiefe des Sofas hinein, die Krümel bleiben kleben, und es führt sie an den Mund. Es erinnert sich an den Geschmack, obwohl es noch so klein ist, an den leicht nussigen Geschmack angebrannten Knäckebrots. Im gleichen Moment fängt es ganz plötzlich und ohne offensichtlichen Grund an, aus der Nase zu bluten.

Sein ganzes Leben lang wird dieses Mädchen bluten. Seine Gefäßwände sind empfindlich wie Seifenblasen geworden, es genügt, daß ein Wind sie streift, um sie zum Platzen zu bringen.

Und es wird auch nicht besser mit der Zeit. Sein Körper scheint sich zu weigern zu glauben, was dann geschieht: daß die Hungerszeit wirklich zu Ende ist, daß seine Mutter den Tisch mit Kartoffeln, Fleisch und Zwiebelsoße deckt, mit grobem Brot und duftenden Äpfeln, daß es selbst heranwächst und lernt, Weißbrot mit viel Butter zu backen und Milch sich setzen zu lassen, die vor Sättigung bereits in der Schüssel zittert. Es blutet immer noch, und seine Knochen sind für alle Zeiten verformt.

In diesem blutenden Körper beginnt meine Existenz, dort bohre ich mich in die dicke Schleimhaut der Gebärmutter und beiße mich darin fest, dort schwebe ich in der Ewigkeit eines Fötuslebens und höre sie singen, kichern und lachen, während ich wachse.

Der Arzt, der sie vor der Geburt untersucht, weiß nichts von der Wohnküche und von Hunger, deshalb macht er sich auch nicht die Mühe, den Geburtskanal in ihrem Becken zu vermessen. Dreißig Stunden lang wird mein weicher Kopf gegen die mißgebildeten Knochen gepreßt, dreißig Stunden lang werden wir gequält, weil ein alter Hunger den Weg ins Leben versperrt. Erst als wir beide kurz vorm Sterben sind, betäubt man sie und schneidet die Gebärmutter auf.

»Was ist es?« flüstert Ellen, als sie aufwacht.

Was soll man ihr antworten? Was gibt es da noch zu sagen?

Die Hebamme wendet sich ab und schweigt. Alle schweigen.

Aber ich selbst strecke meine Hand durch die Zeit und flüstere: »Treibholz. Es ist ein Stück Treibholz, Mama.«

Aber vielleicht verschone ich Hubertsson mit dieser Geschichte. Er kennt ja Ellens empfindliche Gefäßwände bereits und ihr verkrüppeltes Skelett. Im Gegensatz zu mir hat er sie ja wirklich gekannt und gepflegt.

Von mir will er etwas ganz anderes: einen abgeschlossenen Bericht. Er will das Ende der Geschichte wissen, die an einem Junitag vor mehr als dreißig Jahren begann, als er seine vom Schlag getroffene Zimmerwirtin auf dem Boden fand.

Immer wieder hat er das Verhalten der drei Mädchen geschildert: wie Christina wie versteinert in der Türöffnung stand, beide zu Fäusten gepreßte Hände an den Mund gedrückt, wie Margareta neben Ellen auf dem Boden saß und ihre Hand hielt, wie Birgitta sich an die Wand drückte und mit schriller Stimme jammerte:

»Nicht meine Schuld, nicht meine Schuld...«

Er begleitete Ellen ins Krankenhaus. Und als er spätabends zurückkam, war das Haus leer, und es hing ein Zettel an der Tür, der besagte, daß das Jugendamt sich um die Mädchen kümmerte. Danach konnte er die Entwicklung nur aus der Ferne beobachten. Zwar ist Christina seine Kollegin, aber eine äußerst distanzierte Kollegin. Sie spricht gern über ihre Arbeit und lädt auch ab und zu zum Essen ein, aber wenn er Ellen erwähnt und das, was damals geschah, verstummt sie und schaut weg.

»Ich möchte nur wissen«, sagt er manchmal, »ich möchte nur wissen, was passiert ist, bevor ich nach Hause kam...«

Und eines Tages war ich so dumm zu erwidern:

»Laß es mich für dich aufschreiben.«

Ich bereute es fast im gleichen Moment.

Hubertsson glaubt, ich hätte Angst, und deshalb würde die Geschichte sich hinauszögern und ich immer wieder von neuem beginnen. Aber das stimmt nicht. Ich fürchte meine Schwestern nicht, ich will ihnen nur nicht zu nahe kommen. Tatsache ist, daß ich niemandem zu nahe kommen möchte. Vielleicht mit Ausnahme von Hubertsson.

Das Schlimmste an meinem Zustand – sowohl dem äußeren als auch dem inneren – ist, daß ich mich nicht wehren kann. Seit fast fünfzig Jahren fummeln andere Menschen ständig an meinem Körper herum. Sie haben mein Haar shampooniert und meine Haut mit Salben eingeschmiert, meine Zähne gebürstet und meine Nägel gereinigt, meine vollgeschissenen Windeln gewechselt und meine blutigen Binden weggeworfen. Und all das – das ein Genuß war, als ich noch ein Kind war, und das zu ertragen war, als ich jung war – ist mittlerweile eine tägliche Pein geworden. Es scheint mir, als würde jede Hand ein Loch in meinem Körper hinterlassen, und durch all diese Löcher läuft mein Ich aus. Bald bin ich nur noch ein Hautbeutel um einen klappernden Knochenhaufen, der Rest ist auf den kommunalen Linoleumboden getropft und von den Putzfrauen weggewischt worden.

Mit meinen geheimen Fähigkeiten sollte es eigentlich genau das Gegenteil sein: Eine Aprilhexe muß das Ich ihres Trägers zu einer dünnen Haut an die weißen Wände des Schädels pressen können, um den Körper für ihre eigenen Zwecke zu nutzen. Aber allzuoft verliere ich mich selbst im Kopf eines anderen Menschen, ich fließe hinein und lasse mich begatten. Und plötzlich lache und weine ich, liebe und hasse nach ihren Kriterien, nicht nach meinen. Ich ertrinke in meinen Trägern. Aber das will ich nicht. So soll es nicht sein.

Deshalb ziehe ich es jetzt vor, in Tiere oder gleichgültige Fremde zu gehen. Dort kann ich mich bis zuletzt in der Schwebe halten, dort droht mir nicht, daß ich ertrinke. Und deshalb hüte ich mich davor, in einen Körper zu schlüpfen, der im Guten oder im Bösen etwas in meinem Leben bedeutet: niemals in den von Kerstin Eins und niemals in den von Hubertsson. Und niemals in die meiner Schwestern.

Eine der drei lebt das Leben, das für mich bestimmt war. Und genausosehr, wie Hubertsson wissen will, was an diesem Tag vor langer Zeit passiert ist, so will ich wissen, welche es ist.

Aber ich will es nur wissen. Ich will es nicht erleben. Ich will sehen, aber nicht angefaßt werden.

Und doch. Ich habe Hubertsson eine Antwort auf eine alte Frage versprochen, und ein Versprechen ist ein Versprechen. Deshalb befinde ich mich in diesem Augenblick an verschiedenen Orten. Ich sitze halb aufrecht in meinem Bett und taste konzentriert nach einem Stück Brot mit Wurst, während ich gleichzeitig an der Decke in Birgittas Ausnüchterungszelle im Norrköpinger Polizeirevier schwebe und auf der Treppe vor dem Postindustriellen Paradies stehe und sehe, wie Christina in ihrer Handtasche nach den Schlüsseln sucht. Margareta steht direkt hinter ihr und beißt sich auf die Lippen.

»Ich will nur schnell duschen«, sagt sie, »dann verschwinde ich …«

Christina ist nach der langen durchwachten Nacht zu müde, um gastfreundlich zu sein. Sie zuckt nur mit den Schultern.

Margaretas Stimme klingt flehentlich:

»Vielleicht kann ich ja auch noch ein paar Stunden schlafen.

Wenn es für dich in Ordnung ist? Ich kriege den Wagen ja erst nachmittags...«

Christina zuckt noch einmal mit den Schultern und öffnet die Tür. Ihr Schweigen macht Margareta noch ängstlicher.

»Aber ich kann das Frühstück machen, wenn du willst. Während du duschst und dich fertig machst.«

Christina hängt ordentlich ihr Cape auf einen Bügel. Margareta wirft ihre Jacke auf eine alte Truhe und redet lauter:

»Ja, genau, so machen wir es. Ich mache das Frühstück, während du dich zurechtmachst... Willst du Tee oder Kaffee?«

Endlich antwortet Christina.

»Kaffee«, sagt sie und betrachtet ihr graues Gesicht im Flurspiegel. »Schwarzen Kaffee.«

Birgitta liegt mit offenem Mund auf dem abschüssigen Boden der Ausnüchterungszelle. Sie schläft, träumt aber nicht, noch im Schlaf weiß sie, daß man sich vor seinen Träumen hüten muß. Niemand hat sich die Mühe gemacht, sie zu verhören. Als sie sich weigerte, ihren Namen zu sagen, hat man sie ganz einfach ohne weitere Formalitäten in die Zelle verfrachtet. Sie hat nicht geschrien, nicht einmal geflucht. Sie hat sich nur auf die Seite gelegt und die Hände unter die Wange geschoben. Wie ein Engel. Ein richtiger kleiner Engel.

Mein Gott. Und dafür hat sie mich im Stich gelassen...

Doch, genauso war es. Ellen hat mich im Stich gelassen. Drei gesunde und bedürftige kleine Mädchen bekamen im Motala der frühen Fünfzigerjahre ein gutes Zuhause, weil ein schwer hirngeschädigtes, spastisches und epileptisches Baby ein paar Jahre zuvor im Behindertenheim abgegeben und vergessen wurde.

Vom utilitaristischen Standpunkt aus gesehen war das eine gute Entscheidung, das Glück dreier Mädchen gekauft um den Preis des Unglücks eines vierten. Und Ellen lebte in einer utilitaristischen Zeit, einer Zeit, die nur schwer Leid und Unvollkommenheit ertragen konnte. In diesem frühen Wohlfahrtsstaat sollten auch die Ecken sauber sein, deshalb wurden alle Irren und Mißgestalteten in Institutionen gesteckt. Dort dufteten die weißen

Ärztekittel nach Wind und Wasser, dort wurde der Boden tagein, tagaus mit grüner Seife geschrubbt, und dort war es so still auf den Fluren, daß man die gestärkten Trachten der Schwestern schon auf mehrere Meter Abstand knistern hören konnte. Nur die abgegebenen Kinder störten die Perfektion, die schaukelnden, blinden Wasserköpfe, die tockenden Klumpfüße und wimmernden Buckel, die schreienden und stammelnden Epileptiker und Spastiker.

Ellen war in vielerlei Hinsicht ein Kind ihrer Zeit; als eine von Schwedens allerersten Hauspflegerinnen gehörte sie zu einer Hygienebrigade. In ihrer Jugend hatte sie den Zwang und das Eingesperrtsein des Fabriklebens fürchten gelernt, und deshalb war sie von Norrköpings Textilindustrie nach Motala geflohen. Dort bekam sie etwas anzuziehen, das fast so aussah wie eine richtige Krankenschwesterntracht, und jeden Tag durchfuhr sie die Stadt auf ihrem Fahrrad. Sie kochte einsamen Alten das Essen, wusch und schneuzte die Kinder kranker Mütter und achtete darauf, daß unsichere, frischgebackene Mamas sich nicht von ihrer Wochenbettpsychose schlucken ließen, sondern immer noch ihre Pflichten im Blick hatten.

Sie war eine Perle. Das war die einhellige Meinung im Sozialamt wie auch im Jugendamt. Fröhlich und pflichtbewußt, sauber und ordentlich, kompetent und verantwortungsvoll. Außerdem konnte sie gut kochen. Deshalb war niemand besonders überrascht, als Hugo Johansson, der erste Bauarbeiter, der jemals in Motalas Stadtverordnetenversammlung gelangte, sie in seiner tapsigen Art zu umwerben begann. Sie waren wie geschaffen füreinander: tüchtig und verantwortungsvoll, ehrlich und arbeitsam. Und es war ja nur gut, daß Hugo zwanzig Jahre älter und Witwer war, so hatte er sein eigenes Haus und ein fertiges Heim, das er seiner jungen Ehefrau bieten konnte.

Irgendwo in Hubertssons Papieren gibt es ein Bild von Hugo, ein retuschiertes Porträt aus den Vierzigern. Es zeigt einen Mann mittleren Alters mit müden Augen und glattem Gesicht. Ich habe Schwierigkeiten, mir vorzustellen, daß er wirklich mein Vater ist, seine Augen sagen mir nichts.

Aber vielleicht ist das gar nicht so merkwürdig. Denn Hugo

wurde nie mehr als der Samenspender für meine Mutter. Als Ellen in den Kreißsaal gebracht wurde, lag Hugo bereits in einem anderen Zimmer des Krankenhauses und kämpfte mit seinem Krebs.

Ich halte mitten im Kauen eines Brotstückchens inne und lausche. Die Absätze der Erziehungspatrouille schlagen besonders effektive Wirbel auf dem Flur, während ihre Stimmen gedämpft sind. So klingen sie nur, wenn es einem der Patienten wirklich schlechtgeht.

Ich möchte wissen, wer das sein kann?

Ich kenne nicht besonders viele der anderen Patienten. Um ehrlich zu sein, ich weiche ihnen aus. Die meisten sind alt, und ihre Nähe stört mich aus verschiedenen Gründen. Vor kurzem sah ich einen von ihnen – einen alten Mann – allein im Speisesaal sitzen, als eine von Kerstin Zweis Mädchen mich über den Flur schob. Ich mußte nach Luft schnappen, als ich ihn durch die halboffene Speisesaaltür sah, und das Mädchen hinter mir blieb mitten im Schritt stehen. Für einen Augenblick klebten unsere Blicke aneinander, der des Mädchens, des Alten und meiner.

Er saß, genau wie ich, in einem Rollstuhl angeschnallt da. Aber der oberste Riemen hatte sich gelöst, und sein Oberkörper war nach vorn gekippt, so daß seine linke Wange direkt auf der Tischoberfläche lag. Sein Gebiß war dabei, sich aus dem Mund zu schieben. Beide Arme hingen schlaff an der Seite. Er vermochte nicht, sie zu heben, um sich vom Tisch abzustützen und aufzurichten. Seine Schultern drückten schwer gegen die scharfe Tischkante. Das tat sicher weh.

Er sagte nichts, stöhnte nicht einmal, zog nur langsam die Augenbrauen hoch. In dem Moment begann die Zeit wieder zu laufen. Das Mädchen ließ meinen Rollstuhl los und hob beide Hände an den Mund.

»O Gott«, sagte sie. »Nein!«

Ich war ihr dankbar, daß sie es dabei beließ, daß es eine aus der Schicht von Kerstin Zwei war, eine, die nicht mit ihm herumquatschte, als wäre er ein Kleinkind. Sie ging nur schnell auf ihn zu und half ihm hoch.

»Wollen Sie sich hinlegen, Folke?« fragte sie.

Er schloß die Augen und nickte. Plötzlich erfaßte mich eine

starke Sehnsucht nach ihm, ich wollte aus meinem eigenen Rollstuhl aufstehen und ihn mit kräftigen Armen umfassen, ihn aus dieser Erniedrigung irgendwo anders hinbringen ... Aber das einzige, was ich tun konnte, war, den Blick abzuwenden, als er an mir vorbeigerollt wurde, wie andere schon tausendmal ihren Blick von mir abgewandt hatten.

Vielleicht ist es ja Folke, der beschlossen hat zu sterben.

Das tun die stärksten unter den Alten. Sie beschließen zu sterben. Sie können natürlich nicht entscheiden, welche Krankheiten sie treffen sollen, aber wenn sie einmal von ihnen getroffen worden sind, dann haben sie anscheinend die Macht über ihren eigenen Tod. Sie lassen ganz einfach los: Eines Tages öffnen sie ihre Hand, die die Lebensschnur umfaßt, und lassen sich fallen.

Ich selbst halte meine Lebensschnur immer noch krampfhaft fest. Das liegt in erster Linie an meinen Schwestern und an Hubertsson, aber auch daran, daß ich weiß, was die erwartet, die zu früh sterben. Aber Folke hat nichts zu befürchten. Sein Leben ist vollendet, er wird niemals in der Prozession der Toten mitwandern müssen.

Die Tür schlägt, die Schwester mit der Wellensittichstimme öffnet sie mit der Hüfte.

»Sind Sie mit dem Frühstück fertig, Desirée?«

Ich schnappe mir das Mundstück und puste.

»Ja. Und ich möchte heute duschen. Geht das?«

Eine zweifelnde Miene überzieht ihr Gesicht, als sie den Text auf dem Bildschirm liest. Sie zuckt mit den Achseln.

»Ich weiß nicht. Ich werde fragen ...«

»Das letzte Mal ist länger als eine Woche her.«

Sie versucht, mich totzuschweigen. Ich fordere, also bin ich verwöhnt. Alle Patienten, die eine eigene Wohnung mit Betreuung hatten, sind verwöhnt. Und ich bin besonders verwöhnt, da ich Hubertsson auf meiner Seite habe. Solche wie ich glauben, sie könnten alles selbst bestimmen. Inklusive wann und wie oft sie duschen. Ohne in der geringsten Weise Rücksicht auf die Arbeitsbelastung des Personals und die Sparmaßnahmen der Krankenhausverwaltung zu nehmen.

Ich habe mein Mundstück nicht wieder losgelassen:

»Ich muß heute duschen. Ich rieche schon. Außerdem liege ich mich wund, wenn ich nicht ein paarmal in der Woche dusche. Das wißt ihr ...«

Jetzt klingt sie nicht mehr wie ein Wellensittich, ihre Stimmlage ist eine ganze Oktave gesunken, als sie mit dem Tablett in der Hand durch die Tür hinausfegt:

»Ja, ja, ich werde ja fragen! Das habe ich doch gesagt!«

Sie wird es direkt Kerstin Eins berichten. Aber Kerstin Eins wird sich mit der Antwort Zeit lassen.

Ich lächle leicht und stelle mich darauf ein zu warten.

Im Postindustriellen Paradies setzt Christina sich an den Frühstückstisch und unterdrückt ein Seufzen. Das also ist aus ihrem Frühstück allein geworden, von dem sie so lange geträumt hat. Keine Whiskymarmelade, kein Cheddar und keine kleinen Scheiben Weißbrot. Und schon gar keine Ruhe und kein Frieden.

Ihr Ei sieht sonderbar aus, zur Hälfte gekocht und zur Hälfte verloren. Die Schale ist offensichtlich beim Kochen kaputtgegangen, das Weiße ist herausgequollen und hängt wie Schaum außen an der Schale. Es sieht aus, als hätte das Ei die Tollwut. Außerdem hat Margareta in einem Anfall falschen Eifers acht Scheiben Brot gleichzeitig getoastet: Nun liegen sie kalt und verkohlt im Brotkorb.

»Ich toaste mein Brot lieber selbst«, sagt Christina und lächelt vorsichtig über den Tisch. Margareta zuckt mit den Schultern. Während sie das Frühstück gemacht hat, ist ihre Laune immer schlechter geworden, und im Augenblick ist ihr Christinas versteckte Kritik an ihren hausfraulichen Fähigkeiten scheißegal.

»Bleibst du noch und schläfst eine Weile?« möchte Christina wissen, während sie eine dünne Schicht Butter in ihre frisch geröstete Brotscheibe einziehen läßt. Die Butter ist voller schwarzer Punkte. Margareta hat sich vorher eine der verkohlten Scheiben geschmiert. Beide betrachten wortlos die gesprenkelte Butter, bis Margareta schließlich antwortet:

»Ja, wenn es möglich ist. Aber ich werde gegen Mittag abhauen.«

Christina nickt ernst.

»Dann werde ich zusehen, daß du einen Schlüssel kriegst, damit du hinter dir abschließen kannst. Du kannst ihn dann in eine der Trompetenschnecken legen...«

Margareta verzieht spöttisch das Gesicht.

»Die neben der Küchentreppe?«

»Genau. Ich habe sie gekauft, als Erik und ich einmal auf Bali waren. Es war gar nicht so einfach, sie heil nach Hause zu kriegen...«

Margareta schnaubt leise:

»Dann sind die wirklich echt?«

Christina schaut auf, offensichtlich schockiert über die Frage.

»Natürlich sind die echt.«

Margareta kichert und greift nach einer ihrer Zigaretten. Ihre halb gegessene Brotscheibe liegt immer noch auf ihrem Teller.

»Ach so«, sagt sie und schnipst mit dem Feuerzeug. »Und ich habe geglaubt, die wären aus Plastik...«

Aber gerade jetzt, als endlich Christina an der Reihe ist, sauer zu werden, klingelt das Telefon. Sie muß ins Krankenhaus. Schnell.

Kerstin Eins kommt schneller, als ich erwartet habe. Sie hat weiche Sohlen unter ihren weißen Sandalen, deshalb höre ich sie nicht. Nur ein plötzlicher Stoß gegen die Tür zu meinem Zimmer, schon steht sie da.

Das Merkwürdige an schönen Frauen ist, daß sie eigentlich gar kein Gesicht haben. Man braucht sich nur anzuschauen, wie sie in der Reklame dargestellt werden: Die Schönste der Schönen hat keine Gesichtszüge, sie hat nur frei schwebende Augen und eine Andeutung von einem Mund.

Genauso ist es mit Kerstin Eins. Sie hat natürlich Nase, Wangen und Kinn, aber ihre glänzenden Augen und ihre formvollendeten Lippen dominieren ihr Gesicht so sehr, daß alles andere bedeutungslos erscheint. Jetzt runzelt sie mir die schön geschwungenen Augenbrauen entgegen und läßt ihren glänzenden Blick auf meinem Elend ruhen.

»Sie haben sich wieder wundgelegen?«

Ich schnappe nach dem Mundstück.

»Nein. Noch nicht.«

»Aber Sie haben doch Ulrika gesagt, daß Sie sich wundgelegen haben.«

»Welcher Ulrika?«

»Der Hilfsschwester, die Ihnen das Frühstück gebracht hat. Sie hat mir gesagt, Sie würden behaupten, Sie hätten sich wundgelegen …«

»Das habe ich nicht gesagt. Ich habe gesagt, daß ich mich wundliege, wenn ich nicht duschen kann.«

»Wir haben heute nicht genügend Personal zum Duschen.«

»Aber ich habe die ganze Woche noch nicht geduscht!«

»Tut mir leid. Es liegt nicht an mir, daß wir im Augenblick nicht genügend Ressourcen haben. Aber ich werde sehen, daß Sie hochkommen und mit in den Aufenthaltsraum kommen können. Der Rollstuhl ist die beste Hilfe gegen das Wundliegen, das wissen Sie ja auch. Außerdem gibt es heute Bilder-Bingo. Und dann kommt noch ein Chor.«

Meine Spasmen nehmen zu, mein Kopf wird so stark hin und her geworfen, daß ich Probleme habe, das Mundstück zwischen den Lippen zu halten. Aber es gelingt mir, noch einen holprigen Protest zu pusten:

»Ich will kein Bilder-Bingo spielen. Ich will keinen Chor hören. Ich will duschen!«

Kerstin Eins wartet geduldig, bis ich fertiggepustet habe. Dann lacht sie.

»Sie werden sehen, es wird Ihnen gefallen, wenn Sie dabei sind. Und wer weiß, vielleicht gewinnen Sie ja heute die Apfelsine? Und außerdem müssen wir Ihr Zimmer aufräumen. Sie werden nämlich ein wenig Luftveränderung bekommen.«

Das Mundstück rutscht mir aus dem Mund und fällt zur Seite. Ich muß gegen meine Spasmen ankämpfen, um es wiederzukriegen. Aber Kerstin Eins hat keine Eile, sie steht freundlich lächelnd neben meinem Bett und beobachtet, wie ich immer wieder in die leere Luft schnappe. Als ich endlich das Mundstück erreiche, kann ich nur ein einziges Wort pusten:

»Luftveränderung?«

Kerstin Eins lächelt noch breiter.

»Ja. Sie werden zu einer anderen Patientin gelegt. Das ist doch schön, nicht wahr?«

Ich puste kräftig:

»Nein!«

Die Stimme von Kerstin Eins wird tiefer, als sie sich vorbeugt und meine Bettdecke feststopft.

»Wie schade, und ich dachte, es würde Ihnen gefallen, etwas Leben um sich zu haben.«

Sie richtet sich wieder auf und kreuzt die Arme vor der Brust.

»Das ist wirklich schade. Aber es gibt nichts, was ich machen könnte, wir müssen die Patienten umbetten, weil Folke auf der Zwei ein eigenes Zimmer braucht. Es geht ihm sehr schlecht, und seine ganze Familie ist schon auf dem Weg hierher. Er bekommt Ihr Zimmer, und Sie ziehen zur kleinen Maria.«

Ich beiße jetzt auf das Mundstück, obwohl ich fürchte, daß meine Zuckungen den Schlauch zerreißen könnten. Dann bin ich ohne Stimme, bis Kerstin Zwei und ihr Dienst anfangen. Oder vielleicht sogar bis zu Hubertssons Besuch morgen früh. Der Gedanke versetzt mich in Panik, aber trotzdem gelingt es mir nicht, die Kiefer zu öffnen und loszulassen. Ich puste:

»Zu wem?«

Die Worte blinken auf dem Bildschirm. Kerstin Eins wirft einen Blick darauf, während sie schon zur Tür geht. Sie bleibt mit der einen Hand auf der Klinke stehen und winkt mir leicht mit der anderen zu.

»Die kleine Maria, Sie kennen sie doch. Die mit dem Down-Syndrom. Sie ist schrecklich lieb, genau wie alle anderen Mongoloiden! Sie sind das Salz der Erde, wissen Sie. Immer gleich lieb und freundlich. Sie kann Ihnen viel zeigen!«

Ein paar weiße Blitze jagen über mein Gesichtsfeld, ein Krampf, der nicht spastisch ist, schüttelt meinen Körper. Ich schließe die Augen. Es ist dunkel am Horizont. Der Sturm ist im Anzug, und das einzige, was ich tun kann, ist, mich seinen Kräften zu überlassen.

Der Pumpzwilling

»... und du sagtest zu dir selbst im Badezimmer: *Ich bin nicht das meistgeliebte Kind.* Der Liebling, wenn es drauf ankommt und das Licht erlischt und die Dämmerung einsetzt, und man sitzt eingesperrt in seinem schiffbrüchigen Körper unter einer Wolldecke oder einem brennenden Auto, und rote Flammen sickern aus einem und entzünden den Asphalt, bis der Kopf oder der Boden oder das Kissen nichts mehr von uns ist: Oder aber wir sind das alles.

MARGARET ATWOOD

Pflegeheim?« fragt Margareta. »Ich dachte, du arbeitest in der Ambulanz?«

Christina flattert auf der Suche nach ihrem Schlüsselbund in der Küche herum. Sie hat schon ihr Cape angezogen.

»Das tue ich auch. Aber als Hausärztin habe ich auch Patienten im Pflegeheim ...«

Sie findet die Schlüssel auf der Bank neben dem Herd und versucht hastig, den Schlüssel zum Kücheneingang loszukriegen. Aber ihre Finger wollen ihr nicht gehorchen, und ihre durchsichtige Haut wird ganz fleckig vor Streß.

»Gib her«, sagt Margareta, die immer noch am Frühstückstisch sitzt. »Laß mich das machen ...«

Christina knöpft ihr Cape zu, während sie darauf wartet, daß Margareta den Schlüssel freikriegt, was dieser im Handumdrehen gelingt:

»Da! Bitte!«

Margareta hält ihr den Schlüsselbund hin, der Küchenschlüssel liegt auf dem Tisch. Für einen Moment sehen ihn beide an und hören Tante Ellens Stimme durch ihren Kopf hallen: *Keine Schlüssel auf den Tisch! Das bedeutet Unglück!* Margareta nimmt den Schlüssel und stopft ihn sich lächelnd in die Jeanstasche.

»Ja«, sagt Christina und scheint plötzlich nicht mehr so schrecklich in Eile zu sein. Eher zögerlich. »Ja. Dann mach es mal gut. Wir hören sicher voneinander ...«

Margareta verzieht das Gesicht.

»Das tun wir bestimmt. Mach es selbst auch gut.«

»Fährst du zum Grab?«

Margareta nickt.

»Wenn ich es schaffe, bevor es dunkel wird ...«

»Und Birgitta?«

»Ach! Für diesmal ist die Vorstellung wohl beendet...«

Einen Moment lang herrscht Stille, bis Christina sich räuspert:

»Ja, wie gesagt, wir hören voneinander. Aber jetzt muß ich mich beeilen...«

Plötzlich sieht es so aus, als wollte sie einen Schritt machen und Margareta berühren. Aber Margareta stoppt sie, indem sie eine Rauchwolke in ihre Richtung bläst.

»Erik«, sagt Christina laut vor sich hin, während sie den Zündschlüssel in ihrem Wagen umdreht. Sie sagt seinen Namen oft, wenn sie allein ist, nicht weil sie Sehnsucht hat, sondern weil der Gedanke an ihn ihr Sicherheit gibt. Und gerade jetzt braucht sie Sicherheit. Es ist ihr, als hätten die Ereignisse der letzten vierundzwanzig Stunden einen Vorhang beiseite geschoben – einen stahlgrauen Samtvorhang, eine gewellte Metalljalousie – und das Vergangene aufgedeckt. Das hatte sie vergessen, als sie Erik fortwünschte, daß er ihr Vorhangmeister ist, der ihr hilft, so zu leben, als gäbe es das Alte gar nicht. In seiner Nähe ist die Vergangenheit tot, wenn er außer Reichweite ist, beginnt sie sich zu bewegen und zu atmen.

Aber diesmal will sie sich nicht dareinfügen. Sie ist kein Kind und keine Jugendliche mehr, und die Vergangenheit ist vergangen. Die Christina Wulf, die heute lebt, hat mit dem Alten nichts mehr zu tun. Sie wurde an der Universität von Lund geboren, genau in dem Augenblick Ende der Sechziger, als die Weltgeschichte stotterte und ein Zahnrad auswechselte. Jemand rollte ein Ei in ein Studentenzimmer, und nach einigen Stunden begann dessen Schale zu brechen. Mitten in der Nacht war das Brüten vollendet. Da sprang die Eierschale in zwei Teile, und aus ihrem Inneren kletterte eine junge Frau. Bereits vom ersten Augenblick an war sie das, was sie werden sollte: eine ernsthafte, zielbewußte Person, die sich jeden Morgen pünktlich um acht Uhr an den Schreibtisch setzte und ihre Bücher aufschlug. Nur ab und zu geschah es, daß sie gegen Nachmittag die Bücher zur Seite legte, hellblaues Briefpapier hervorholte und einen Brief an eine Pflegemutter schrieb, die sie in einem anderen Leben getroffen hatte. Der Inhalt war immer der gleiche: Mir geht es gut, und ich spare Geld, damit ich zu Weihnachten zu dir fahren kann! Nur selten bekam sie eine Antwort, aber sie bekam andere Briefe. Oft waren sie in Norrköping abgestempelt. Diese Briefe zerknüllte sie und warf sie in den Papierkorb, ohne sie zu öffnen. Sie kannte niemanden in Norrköping. Sie war neugeboren und wohnte in Lund.

»Man kann sich sein Leben aussuchen«, dachte sie in der Zeit oft.

»Man muß nicht einfach das nehmen, was man kriegt.«

Aber jetzt ist sie schon seit langer Zeit erwachsen, sie hat ihre Entscheidungen getroffen und wohnt in Vadstena, sie ist eine Person mit Pflichten und Verantwortung, eine, die keine Zeit und keine Lust hat, in dem herumzuwühlen, was einmal war. Sie dreht den Zündschlüssel noch einmal. Der Motor antwortet mit einem halbherzigen Husten, zwei rote Lampen blinken am Armaturenbrett auf. Die Öllampe und die Batterieleuchte. Christina fährt sich mit der Hand durchs Haar, sie schwitzt, und ihre Brille wird schnell von dem Dunst beschlagen.

»Immer mit der Ruhe«, sagt sie laut zu sich selbst und zwingt sich, die Augen zu schließen. Sie dreht noch einmal den Zündschlüssel. Und das Wunder geschieht: Der Motor antwortet mit einem freundlichen Tuckern. Er läuft. Sie wirft einen hastigen Blick auf ihre Armbanduhr. Es ist sieben Minuten her, seit das Telefon geklingelt hat. Es dauert noch weitere acht, zum Pflegeheim zu fahren. Sie wird es schaffen.

Christina weiß natürlich, daß Folke im Pflegeheim sterben wird. Sie kann ihn nicht retten. Die endgültige Lungenentzündung ist eingetreten, die alle Patienten mit Senildemenz befreit. Obwohl Folke eigentlich nicht senildement ist, nur aufgebraucht vom Alter. Als sein Körper begann, an Kraft zu verlieren, begann er aus freien Stücken, seine Sinne zu verschließen, wollte weder sehen, hören noch sprechen. Es gibt nichts, was Christina dabei tun kann. Sie kann ihm nur noch eine glückliche Reise wünschen. Eigentlich bräuchte sie gar nicht ins Krankenhaus zu fahren, sie hätte sich damit begnügen können, per Telefon Morphium anzuordnen und dann ihr Frühstück zu beenden. So verfahren andere Ärzte. Aber Christina kann das nicht, sie weiß, daß sie dann den

Rest des Tages damit beschäftigt sein würde, ihre eigenen schuldbeladenen Phantasien von Folkes mühseligem Tod zu verarbeiten. Deshalb hat sie auch Angst, nicht rechtzeitig zu kommen. Angst vor den Blicken der Angehörigen und vor denen dieser blonden Oberschwester, die anrief. Kerstin Eins wird sie genannt. Sie macht Christina nervös, sie ahnt, daß diese Frau weiß, daß Christina sich im Grunde genommen in ihrem Beruf nicht wohl fühlt.

Und das stimmt. Sie fühlt sich in ihrem Beruf nicht wohl. Sie hat sich falsch entschieden. Und das weiß sie schon seit langer Zeit. Eigentlich bereits seit dem Tag, als sie Erik das erste Mal sah.

Sie war mehr oder weniger unfreiwillig in seiner Vorlesung gelandet. Er war ein sommersprossiger Doktorand und offensichtlich nicht gewohnt, vor Publikum zu stehen. Zu Anfang war er nervös gewesen, sein Blick war hin und her geflackert, und er hatte viele Pausen gemacht, aber mit der Zeit hatte seine Faszination für das Thema sein Zögern besiegt. *Agenesia cordis!* Ein äußerst seltener Zustand, bei fünfunddreißigtausend Schwangerschaften nur einmal auftauchend...

Christina hörte nur mit einem halben Ohr zu, nichts von dem, was sie bisher gehört hatte, ließ sie vermuten, daß das hier wichtig war. Interessant vielleicht, aber für eine frischgebackene praktische Ärztin nicht notwendig. Außerdem war es für sie ungewohnt, so still zu sitzen. Während der letzten Monate war sie ununterbrochen von Patient zu Patient gelaufen, vom Bereitschaftsdienst zur normalen Sprechstunde, von der Krankenhausnotaufnahme zum Ärztezentrum, vom Pflegeheim zum Altersheim.

Ihre Verblüffung hatte sich endlich gelegt, die Verwunderung darüber, daß es ihr gelungen war, daß sie, Christina Martinsson, wirklich eine examinierte Ärztin war. Wenn sie ihr eigenes Spiegelbild in einem dunkelglänzenden Winterfenster sah – eine graue kleine Frau mit weißem Kittel und dem Stethoskop in der Tasche –, war sie nicht mehr überrascht, ganz im Gegenteil, sie zwinkerte sich leicht ironisch zu. Ja, wirklich. Hier kommt die Frau Doktor!

Aber die kurzen Augenblicke des Triumphs wurden schon seltener. Sie begann einzusehen, wie naiv sie gewesen war. Jahr für Jahr hatte sie sich in den Büchern vergraben, erhitzt und leidenschaftlich in ihrer Zielsicherheit. Die Studien hatten sie bis weit in den Schlaf hinein verfolgt, und sie war nachts von beunruhigenden Träumen über sonderbare Patienten aufgewacht. Aber alles war, wie es sein sollte. Morgens hatte sie sich einfach die Träume aus dem Haar geschüttelt und sich dem neuen Stoff des Tages gewidmet. Eines Morgens, dachte sie zu der Zeit, werde ich aufwachen und Ärztin sein, und dann wird alles anders sein. In erster Linie sie selbst. All das Gleitende, Fließende in ihr würde trocknen und fest werden, sie würde vollendet und unerschütterlich werden, stark wie ein Betonpfeiler.

Und der Morgen kam, aber das Wunder blieb aus. Zwölf Monate lang war dann jeden Tag ein Morgen gekommen und wieder gegangen, ohne daß die Verwandlung eintrat. Und Christina hatte langsam einsehen müssen, daß sie erst jetzt – nach elf Jahren Studium und Praktika – sich ihrer Berufswahl stellen mußte. Sie war gezwungen gewesen, Ärztin zu werden, bevor sie sich entscheiden konnte, ob sie wirklich Ärztin werden wollte.

Aber warum? Warum war das so wichtig?

Wegen Astrid natürlich. Und wegen Ellen.

Sie war wegen ihrer beiden Mütter Ärztin geworden.

Christina senkte den Kopf und vergaß den jungen Dozenten. Doch, das stimmte. Nicht, daß Astrid oder Ellen sich jemals so eine Karriere hätten vorstellen können. Ellen war vor Zweifel in ihrem Krankenbett erschauert, als Christina ihr erzählt hatte, daß sie Medizin studieren wollte, während Astrid sich ganz offen höhnisch zeigte. Sie schnaubte und murmelte etwas vom Hochmut, der vor dem Fall kommt, schon als Christina sich zum ersten Mal traute, das Thema anzuschneiden. Aber dennoch war Astrid schuld daran. In ihrer Welt besaßen Ärzte – alle Ärzte – mythische Macht, und vor ihnen verwandelte sie sich in eine ganz normale kleine Frau, eine ängstliche Frau, die einschmeichelnd lächelte und ihre Zunge hütete. Und so wollte Christina sie sehen. Niemals anders. Nur so.

Der Beruf war eine Flucht, ein Versuch zu entkommen. Aber Astrid ließ sie nicht los. Sie hatte in Christina einen kleinen Samen gepflanzt, einen kleinen Samen des Ekels, der während der Studienjahre Winterschlaf hielt und erst so richtig aufblühte, als sie ihre erste Stelle angetreten hatte. Jetzt wurde sie jeden Tag dazu gezwungen, ihren Widerwillen gegen die Körper, die vor ihr aufmarschierten, zu verbergen: haarige Schenkel und teigige Bäuche, schaukelnde Frauenbrüste und schrumplige Männerärsche, stinkende alte Wunden und übelriechende Unterleiber.

Das Fleisch ist seine eigene Strafe. Aber der Arzt ist befreit, rein und unbefleckt schwebt er über der Unvollkommenheit der anderen daher so hoch, daß die Verwesung ihn nie erreichen kann...

Doch. Christina richtete ihren Blick wieder auf den jungen Dozenten. Sie würde weiter als Ärztin arbeiten. Wegen des Schwebezustands. Und für Tante Ellen, denn diese hatte ihr verzerrtes Lachen gelacht und mit viel Mühe beide Hände um Christinas Hand gelegt, als Christina zum ersten Mal an ihrem Bett im Pflegeheim im weißen Kittel und mit dem griffbereiten Stethoskop stand.

Der junge Dozent fummelte nervös auf dem Podium herum, zog eine Leinwand herunter und bereitete den Diaapparat vor. Christina setzte sich wie ein Schulmädchen mit schlechtem Gewissen gerade hin und versuchte, interessiert auszusehen. Das Licht im Saal wurde gelöscht, und es wurde dunkel, das erste Dia erschien auf der Leinwand. Eine Plazenta. Der Adernbaum war mit Methylblau gefüllt, und der Zeigestock des Dozenten huschte auf der Jagd nach der Arterie über das Bild:

»Die Ursache ist immer noch unklar, aber es gibt eine Theorie, wonach es sich um eine Gefäßmißbildung im frühen Stadium der Schwangerschaft handelt, die dazu führt, daß der schwächere Zwilling via *umbulicalus* mit verbrauchtem Blut versorgt wird... Und diese Blutgefäße ernähren zuerst die untere Körperhälfte, weshalb dieser Körperteil – wie wir sehen werden – etwas weiter entwickelt ist...«

Er drückte noch einmal auf seinen Knopf. Das neue Bild wurde vom Auditorium mit stummer Ergriffenheit aufgenommen. Christina meinte zuerst, gar nicht erkennen zu können, was es darstellte, sie zwinkerte und schob ihre Brille zurecht, schlug sich dann aber in einer äußerst unprofessionellen Geste die Hand vor den Mund. Sie zwang ihre Hand auf das Knie und blickte schnell auf ihren Block, als bereite sie eine wichtige Notiz vor, schrieb jedoch nichts.

Das Bild zeigte einen kleinen Körper mit Nabelschnur und dünnen, unvollkommenen Auswüchsen, die zu Beinen werden sollten. Ein Säugling ohne Kopf oder Arme, ein kleiner Fleischklumpen mit rosiger Haut. Es war ganz offensichtlich ein Mensch, aber nur ein halber Mensch. Er war oben ganz flach, glatt und weich gerundet, wo Hals und Kopf hätten sitzen sollen.

Der Dozent stand still neben dem Projektor und ließ das Bild auf die Zuhörer wirken, bevor er fortfuhr:

»Das Phänomen ist in der Literatur als *The acardiac monster* bezeichnet worden, das herzlose Monster, was an und für sich ja stimmt, ich meine, es gibt wirklich kein Herz hier, aber es ist eine Bezeichnung, die ich vermeiden möchte, da sie etwas – äh – sensationslüstern klingt...«

Er drückte wieder auf seinen Knopf, ein neues Bild tauchte auf, das gleiche Wesen, aber aus einer anderen Perspektive. Jetzt konnte man eine tugendhafte kleine Hautfalte zwischen den beiden Auswüchsen erkennen, die einmal Beine hatten werden sollen. Der Zeigestock flatterte über die Falte.

»Die Mißbildung und der gesunde Zwilling sind immer gleichen Geschlechts. Meistens sind es Mädchen, aber der Grund dafür ist unbekannt. Die Sterberate bei dem Pumpzwilling ist hoch, weil in dem Maße, in dem die Schwangerschaft fortschreitet, an die Blutversorgung immer höhere Anforderungen gestellt werden. Das kann den Pumpzwilling vor große Schwierigkeiten stellen...«

Viele Jahre später, als ihre eigenen Zwillingsmädchen bereits zur Schule gingen, fiel Christina plötzlich auf, daß sie Erik mißverstanden haben mußte. Sie streckte impulsiv die Hand nach ihm aus und schüttelte ihn, obwohl sein Schlaf während ihrer ganzen Ehe heilig gewesen war.

»Erik!« flüsterte sie in der Dunkelheit des Schlafzimmers. »Erik!«

Es dauerte eine Weile, bis er antwortete, er knurrte und drehte sich weg. Aber Christina rüttelte weiter an seiner Schulter.

»Du! Ich will nur was fragen...«

Er schlug die Augen auf und drehte sich verschlafen zu ihr um.

»Was ist denn?«

»Erinnerst du dich noch an die Vorlesung, die du gehalten hast, als wir uns kennengelernt haben? Über das herzlose Monster? Erinnerst du dich?«

Er zog sich die Decke über die Schultern und schloß wieder die Augen.

»Mmh. Ja und?«

»Du hast von dem *Pumpzwilling* gesprochen, nicht wahr? Aber welchen Zwilling hast du damit gemeint? Das gesunde Kind? Oder das andere?«

Er verbarg seine Irritation hinter einem leisen Lachen.

»Mein Gott, Christina, was für eine Frage mitten in der Nacht... Ich habe natürlich den gesunden Fötus gemeint. Das liegt doch auf der Hand: Der Pumpzwilling pumpt sein Blut in die Mißbildung...«

»Ach so«, sagte Christina. »Ja. Danke. Nun schlaf nur...«

Er streckte seine Hand aus und ergriff ihre, drückte sie leicht.

»Warum wolltest du das wissen?«

»Ach, es ist mir einfach so eingefallen. Das Wort. Ich habe immer gedacht, es wäre der andere, der der Pumpzwilling ist...«

Er schlief schon fast wieder, war aber immer noch unverändert höflich und interessiert.

»Warum das?«

Christina zog ihre Hand zurück und rutschte tiefer unter die Decke, drückte fest die Augen zu, um das alte Bild zu vertreiben.

»Ach«, sagte sie. »Ich habe nur gedacht, daß er aussieht wie eine Pumpe...«

»Schlaf gut«, sagte er.

»Du auch«, sagte sie.

Astrid ärgerte sich über ihre Art, miteinander zu reden, daß sie *danke* und *bitte* sagten, *schlaf gut* und *mach's gut*. Als sie ungebeten zu ihrem ersten und letzten Besuch zu ihnen kam, sagte sie deutlich, was sie dachte.

»Ihr macht vielleicht ein Gewese«, sagte sie in ihrem deformierten Schonisch. »Ihr hört euch ja an wie feine Pinkel. Könnt ihr nicht einfach sagen, was ihr meint, müßt ihr so vornehm tun und herumlabern? Meine Güte, ihr seid doch miteinander verheiratet, da könnt ihr doch wohl reden wie normale Leute, oder?«

Christina hatte diesen offenen Angriff erwartet; seit Monaten, seit Jahren hatte sie eine Antwort vorbereitet. Der Satz lag ihr fix und fertig, scharf geschliffen auf der Zunge, aber dennoch sagte sie zunächst nichts. Statt dessen verzog sie ihren Mund zu einem kleinen Minusstrich und griff nach der Kaffeetasse ihrer Mutter, obwohl die noch halbvoll war. Schweigend und aufrecht trug sie sie zur Küchenanrichte.

»Hallo, meine Dame«, johlte Astrid hinter ihrem Rücken. »Ich war aber noch nicht fertig!«

Christina erstarrte mitten in der Bewegung, drehte sich um, immer noch mit der Tasse in der Hand, und musterte ihre Mutter. Astrid gestikulierte mit blaßblauen Händen.

»Jetzt bist du aber verdammt noch mal so nett und stellst mir die Tasse wieder hin. Und dann freundlicherweise noch einen Aschenbecher!«

»Hier drin kannst du nicht rauchen. Erik mag das nicht…«

»Ach, so was«, erwiderte Astrid und zündete sich eine Zigarette an. »Seine Majonäse Honigtopf haben befohlen… Du, stell dir vor, das Fenster kann man wirklich öffnen.«

Ihre schlaffen Brüste schaukelten wie halbvolle Murmelbeutel, als sie sich über den Küchentisch beugte. Sie mühte sich lange und demonstrativ mit den Haken ab, bevor sie das Fenster weit aufriß, ließ sich sodann mit einem leisen Stöhnen wieder schwer auf den Stuhl fallen. Sie nahm einen tiefen, zufriedenen Zug von der Zigarette und pochte herrisch auf den Küchentisch, genau auf die Stelle, wo ihre Kaffeetasse gestanden hatte. Christina stellte die halbvolle Tasse mit einem harten Satz vor sie und holte tief Luft. Ihre Stimme mußte sicher klingen, wenn sie ihre Antwort von sich gab.

»Es ist nicht ehrlicher, mit Leuten zu pöbeln, als mit ihnen freundlich zu reden. Aber du hast ja immer geglaubt, daß es nur ein echtes Gefühl gibt. Die Wut.«

Doch Christina hatte ihre Widersacherin unterschätzt. Astrid warf ihr einen Blick zu, der die präparierte Antwort zu Staub zerfallen ließ.

»Küß mich doch da, wo ich schön bin!« sagte sie. »Du hörst dich ja an wie ein Schlager aus der schwedischen Hitparade, ist dir das klar? *Kleine, zarte Worte der Zärtlichkeit! Und saaag sie mit einem Lächeln!*«

Christina blieb am Tisch stehen, immer noch aufrecht und starr, aber mit der alten Angst im Bauch. Astrid beugte sich vor und schlug schnell wie eine Schlange ihre blauen Finger um Christinas Handgelenk, drückte zu und drehte es, aber nur ein bißchen, nur so wenig, daß es richtig weh tat, aber hinterher nicht zu sehen war. Sie atmete leise und sprach deutlich, wobei ihre Stimme leiser war als sonst, fast wie ein Flüstern.

»Und du sollst dich mir gegenüber nicht aufs hohe Roß setzen, meine kleine Christina. Du wärst verdammt noch mal keine Ärztin und feine Dame geworden, wenn ich es nicht erlaubt hätte...«

In diesem Moment öffnete Erik die Haustür und rief einen Gruß. Bügel klapperten im Flur.

Er hängt seine Jacke auf, dachte Christina.

Astrids Griff wurde fester. Etwas fiel zu Boden.

Jetzt zieht er sich die Schuhe aus. O mein Lieber, komm schnell!

Papier raschelte, er schaute die Post durch. Astrid drehte noch ein Stückchen weiter, rieb die Haut der Tochter an dem Knochen ihres Handgelenks und beobachtete aufmerksam die Reaktion. Feuchte Augen. Aber kein Widerstand. Christina hatte nur ein einziges Mal in ihrem Leben Widerstand geleistet, und was dann geschehen war, hatte sie gelehrt, es nie wieder zu tun.

»Hallo!« rief Erik noch einmal. »Hallo, ist jemand zu Hause?«

Er ging zur Küche. Christina schloß kurz die Augen und sah dann ihrer Mutter in die Augen. Astrid schnaubte verächtlich, aber ihr Blick war abgewandt. Sie löste ihren Griff und schubste Christinas Hand in einer kindischen Geste weg.

»Hallo«, sagte Erik wieder. Er stand lächelnd in der Küchentür, er hatte nichts gesehen.

Astrid drückte schnell ihre Zigarette aus, fuhr sich mit der Hand über die Stirn und schaute weg. Christinas Augen flatterten zwischen den beiden hin und her, sie verengten sich triumphierend, als sie Astrid ansah, öffneten sich und funkelten, als sie Erik anlächelte.

»Ja, hallo«, sagte sie und ging mit offenen Armen auf ihn zu. »Ich habe gar nicht gehört, daß du gekommen bist…«

Mein Mann, dachte sie und versank in seiner Umarmung.

Ich habe wirklich einen Mann.

Sie hatte ihm nie erzählt, daß er der einzige Mann war, den sie jemals gehabt hatte, ja sogar der einzige, den sie je geküßt hatte. Als er sich beim Essen während dieser allerersten Konferenz neben sie setzte, wurde sie steif und starr, und als er sie ein paar Wochen später anrief und ins Theater einlud, war sie gezwungen rauszugehen, um sich zu übergeben, weil sie zugesagt hatte. Nicht weil er abstoßend war, ganz im Gegenteil, weil es so unerhört war, überhaupt von einem Mann gesehen zu werden.

Während der gemeinsamen Essen, Konzerte und Theaterbesuche des ersten Frühlings wurde ihre Jungfernhaut immer dicker und zäher. Zehn Jahre zuvor wäre das akzeptabel gewesen, fünf Jahre früher ein wenig komisch, jetzt war es ein Schandfleck. Denn inzwischen hatte eine neue Zeit begonnen, eine Zeit, in der eine Frau als defekt angesehen wurde, wenn sie sich den Dreißig näherte und noch nie einem Mann zur Verfügung gestanden hatte.

Am Abend vor der Mittsommernacht brach sie in Tränen aus vor Sehnsucht, während sie sorgfältig gebügelte Sommerkleider in ihre neue Ledertasche packte. Was nutzte es da, daß ihr schönstes Baumwollkleid nach Wind und Meer duftete? Was nutzte es, daß ihre polierten Fingernägel wie Perlmutt glänzten und daß sie sich die Haare zu einer neuen, sehr kleidsamen Frisur hatte schneiden lassen? Nun kam es ja darauf an, das wußte sie, nun sollte es passieren, sonst hätte Erik sie doch niemals zum Mittsommerfest ins Sommerhaus seiner Eltern in den St. Annas Schären eingeladen. Auf vieles, was auf sie zukommen würde, war sie vorbereitet: die herablassende Freundlichkeit der Großbürger einer Aufsteigerin gegenüber, die indirekten Fragen der Geschwister nach ihrer Familie und die hochgezogenen Augenbrauen der Eltern bei ihren kurzgehaltenen Antworten. Dann würde Erik ihr zur Seite stehen, das wußte sie, er hatte sich schon über die ängstlichen Fragen seiner Mutter lustig gemacht, über das, was sie »Christinas bedauerlichen Hintergrund« nannte. Aber würde er ihre Unschuld ertragen? Oder würde er davor zurückweichen? Oder sich voller Verachtung von ihr abwenden?

Im nachhinein hatte sie das Gefühl, als hätte ihr Körper ganz allein den Beschluß gefaßt. Der rechte Arm streckte sich plötzlich aus, die Hand ließ das Rollo herunter, die Füße führten sie zur Kommode, aus der die rechte Hand den Handspiegel holte, während die linke Hand das Kleid aufknöpfte und zu Boden fallen ließ. Die eine Hand schob die Reisetasche zur Seite, während die andere den Slip herunterzog. Das rechte Bein hob sich von allein, der Fuß stellte sich auf die Bettkante, während Zeigefinger, Mittelfinger und Ringfinger der rechten Hand sich um ein chirurgisches Instrument schlossen. Ihren Augen gestattete sie, sich zu schließen.

Hinterher nahm sie den Handspiegel und hielt ihn sich zwischen die Beine. Es war, als untersuchte sie den Unterleib einer fremden Frau, und, ja genau, alles deutete darauf hin, daß es sich um eine Frau mit einer gewissen – wenn auch nicht sehr umfassenden – sexuellen Erfahrung handelte. Es blutete nicht sehr stark. Ein schnelles Waschen würde alle Spuren beseitigen. Und hinterher würde das, was gerade eben passiert war, niemals geschehen sein.

Auf dem Weg zum Bad blickte sie zufällig auf die Finger ihrer rechten Hand. Um das Nagelbett und in den Falten der Gelenke lag das Blut in dicken, roten Streifen. Der Ekel brachte sie zum Schwanken, daß sie fast das Gleichgewicht verlor. Beim letzten Schritt ins Bad mußte sie sich an der Wand abstützen. Sie schloß die Tür hinter sich, knipste aber nicht das Licht an, tastete in der Dunkelheit nach dem Kaltwasserhahn und spülte, spülte und spülte, bis ihre Finger so kalt waren, daß sie sie nicht mehr fühlte.

Aber dennoch, als Erik am nächsten Morgen sein Auto vor ihrem Haus parkte, sprang sie auf leichten Füßen die Treppe hinunter. Es war ein phantastischer Tag. Der Himmel über Vadstena war blau wie die Gewänder der Jungfrau Maria, das Birkenlaub glänzte in der Sonne, die Luft war leicht zu atmen.

»Du siehst ja fröhlich aus!« stellte Erik mißtrauisch fest, als sie sich auf dem Fußweg draußen trafen. »Ist was passiert?«

Christina beeilte sich, ihr Lachen ein wenig zu dämpfen.

»Gar nichts«, antwortete sie mit ihrer wie üblich reservierten Stimme. »Ich habe nur so gute Laune, ganz einfach...«

Denn ich habe einen Mann, dachte sie zum ersten Mal in ihrem Leben. Ich habe den Preis bezahlt, und jetzt habe ich wirklich einen Mann!

Daheim bei Tante Ellen gab es nie jemanden, der erwartete, daß Christina einen Mann bekommen könnte. Nicht einmal sie selbst. In ihrer Jugend ertrug sie ihr Frausein mit leidender Miene und machte regelrechte Versuche, es abzuwerfen. Christina war es, der übel war und die Schmerzen hatte, sie war es, die sich einmal im Monat auf dem Fußboden wand und hinterher vor Kälte zitterte und mit zwei Decken und einer Wärmflasche ins Bett gebracht werden mußte, während Margareta und Birgitta sich ihre Heuhaufenfrisuren toupierten und sich bereit machten, die Welt nach Art junger Frauen zu erobern.

Es war eine schreckliche Zeit. Wenn Christina an den lauen Sommerabenden versuchte, ihre eiskalten Hände an der in eine Wollsocke gestopften Saftflasche zu wärmen, in die Tante Ellen heißes Wasser gefüllt und sie dann ins Bett gestopft hatte, schloß sie die Augen und versuchte, sich an bessere Zeiten zu erinnern: an den Prüfungstag in der ersten Klasse, als sie ihre erste Auszeichnung bekam, daunengraue Sonntagmorgen in der Küche, an denen die Butter auf Tante Ellens warmen Frühstücksrundstücken schmolz, die Spiele an stillen Sommerabenden im Kirschbaum draußen.

Es war so leicht, daheim bei Tante Ellen ein kleines Mädchen zu sein. Leicht und ruhig. Alles, was man tun mußte, war essen, gehorchen und sich umsorgen lassen. In der Reihenfolge. Nichts davon war für Christina ein Problem, alles, was Tante Ellen kochte, schmeckte ihr, die Forderung zu gehorchen, war verständlich, und das Umsorgtwerden ein reiner Genuß. Während Birgitta vor Protest schrie, weil Tante Ellen einmal darauf beharrte, Birgittas schmutziges Gesicht vor dem Essen selbst zu waschen, lehnte sich Christina genießerisch an Tante Ellens Bauch, wenn sie an der Reihe war. Birgitta klagte darüber, daß Tante Ellen zu grob war, aber selbst die grobe Hand empfand Christina als angenehm. Im Kinderheim hatte es eine Schwester mit sehr weichem Handgriff gegeben. Christina hatte jedesmal, wenn diese Frau sich ihr näherte, hysterisch geschrien, sie schrie und schrie, bis die Schwester die Geduld verlor und sie mit fester Hand packte. Erst dann ließ Christina sich waschen. Aber sicherheitshalber schrie sie weiter.

Ansonsten erinnerte sie sich nicht mehr an besonders viel aus dem Kinderheim, nur an einen großen Raum mit hohen Fenstern und Betten, die in einer Reihe standen. In ihrer Erinnerung war alles weiß, die Wände, die Betten, das Licht, das durch die Birkenblätter draußen im Garten hereinsickerte. Nur ab und zu blitzte sekundenschnell ein Bild in ihrem Kopf auf: Ein Junge umklammerte seinen einbeinigen Teddy, ein Mädchen in Mantel und Winterstiefeln drehte sich um und schaute Christina an, während sie aus der Tür ging, das Weinen eines sehr kleinen Mädchens, als man ihr das Kuscheltuch weggenommen hatte: *Mein Tuch, mein Tuch, wo ist mein kleines Tuch!* Aber die Erinnerungen hatten keine Bedeutung und waren unbegreiflich, es fehlten ihnen Namen und Zusammenhänge, weshalb sie nie erzählt werden konnten.

Genauso war es mit dem Krankenhaus. Sie konnte sich nur noch daran erinnern, wie sie flüsternd in den Schlaf gesungen wurde, und an weiße Finger, die den Kolben in einer Spritze herunterdrückten. Doch, sie erinnerte sich sogar noch an einen ganzen Menschen, eine einzige Mitpatientin aus der allgemeinen Abteilung, in die sie später gebracht wurde. Es war eine dicke alte Frau, die ununterbrochen redete und immer in Bewegung war, sie ging von Bett zu Bett, kommentierte lautstark den Zustand der anderen Patienten und ihre Behandlung. Die Fünfjährige mit den Brandwunden interessierte sie besonders. Der Durst war das schlimmste. Es gab Spritzen gegen die Schmerzen, Spritzen, die Christina über dem Bösen schweben ließen, aber es gab nichts gegen den Durst. Der Tropf sollte helfen, sagten die weißgekleideten Gestalten am Rand der Wirklichkeit, aber der Tropf half nicht.

Die Zunge schwoll immer dicker an und wurde mit zähem Schleim bedeckt, die Lippen sprangen auf, und die Kehle verengte sich, so daß jeder Atemzug zu einem Zischen wurde. Ihr Durst wurde schließlich selbst für die, die sie ansahen, zu einer Qual, und das brachte die Schwestern dazu, eine Schale Wasser neben ihr Bett zu stellen, eine Schale Wasser mit kleinen Stückchen Gaze darin. Es war gedacht, daß Christina sich die Kompressen über die Lippen streichen sollte, um die Qual zu lindern. Jedesmal beugte sich die weißgekleidete Gestalt über sie, um sie zu ermahnen: *Du darfst die Lippen anfeuchten, aber nicht saugen. Egal, was du machst, du darfst auf keinen Fall dran saugen!*

Natürlich saugte sie. Aber sie saugte ganz vorsichtig, damit es niemand sehen konnte. Sie nahm die Kompressen mit ihrer gesunden Hand und strich sie sich über den Mund, wie die Schwester es ihr gesagt hatte, aber heimlich öffnete sie die Lippen hinter der Gaze, die Zungenspitze kam nach vorn und strich gierig über die lockeren Fäden des Gewebes. Und plötzlich wurde die Zunge zu einem lebendigen Wesen, einem gierigen kleinen Tier mit eigenem Willen, das sie zwang, jeden einzelnen Tropfen aus der Kompresse herauszusaugen.

Kurz darauf stieg etwas Gelbes, Stinkendes aus ihren Eingeweiden herauf, der Körper zog sich in Krämpfen zusammen, die Feuer in ihren Wunden flammten von neuem auf. Doch als sie die Augen öffnete, um dem Schmerz Raum zu geben, stand die dicke Frau mit erhobenem Zeigefinger an ihrem Bett.

»Ich habe es gesehen«, sagte sie. »Du hast gesaugt. Du bist selbst schuld.«

Christina preßte die Lippen aufeinander und schluckte das Weinen hinunter.

»Doch, doch«, sagte die Frau noch einmal. »Ich habe dich gesehen. Ich weiß ganz genau, daß du selbst schuld daran bist.«

Und ganz hinten in Christinas Kopf stimmte eine kreischende Stimme mit ein:

»Da hörst du es, du schreckliches Balg! Du bist an allem selbst schuld! An allem, was passiert ist, bist du selbst schuld!«

Das schwarze, schmiedeeiserne Tor quietschte, als Schwester Inga es hinter ihnen schloß.

»Komm«, sagte sie und reichte Christina die Hand. Sie trug kornblumenblaue Fingerhandschuhe in genau dem gleichen Farbton wie ihr Mantel. Christina hatte einen hellbraunen Mantel und erbsengrüne Fausthandschuhe. Sie konnte sehen, wie häßlich sie waren, denn während des langen Schweigens war ihr, als wären alle Farben hart und scharfkantig geworden, sie scheuerten wie Sand in ihren Augen. Wenn sie gewußt hätte, wie man die Welt schwarzweiß und grau macht wie auf einem Foto, so hätte sie es gemacht.

»Nun komm. Sei nicht so schüchtern«, sagte Schwester Inga und griff nach ihrer Hand. »Das ist nur meine Schwägerin. Und sie ist so nett…«

Aber Christinas Hand fiel schlaff aus ihrer, sie war so weich und nachgiebig, daß man sie nicht fangen konnte. Das Mädchen stand wie festgefroren auf dem Gartenweg und schien nichts zu hören. Denn jetzt war es passiert, jetzt war sie endlich in ihr Foto hineingegangen. Dieser Garten sah in jeder einzelnen Nuance aus wie die schwarzweiße Welt, die sie sich in ihrem eigenen Kopf erschaffen hatte. Alles stimmte: das Dämmerlicht und der weiße Dunst, die schwarzen Striche der Obstbäume gegen den grauen Himmel, die schmelzende Glasur des Frosts über dem Rasen. Das war ein Garten für Mädchen wie sie. Ein Garten für Winterprinzessinnen.

Schwester Inga nahm ihre Hand und zog sie mit sich.

»Jetzt komm endlich! Du brauchst keine Angst zu haben…«

Die Außentreppe war mächtig. Und aus Stein. Ganz anders als die Holztreppe vor der Veranda des Kinderheims. Diese Treppe hier knarrte nicht, wenn man seinen Fuß daraufstellte, sie lag unerschütterlich und schwer da, wie ein Berg, der darauf wartete, bestiegen zu werden. Frischgeputzt war sie auch. Man konnte in den Schneeresten, die es auf den roten Ziegelplatten noch gab, Spuren vom Besen erkennen.

Schwester Inga schellte an der Tür, öffnete sie gleichzeitig und schob Christina vor sich hinein in das kleine Treppenhaus. Auch hier war alles aus Stein, grau und glänzend auf dem Boden, hellgrün und porös an den Wänden. Es sah aus wie ein Krankenhaus, ein kleines Steinkrankenhaus.

Schwester Inga streifte sich hastig ihre Überschuhe ab, diese weichen Gummifutterale, die ihre hochhackigen guten Schuhe vor dem unschlüssigen Winter dort draußen geschützt hatten, und half Christina ebenso hastig, die Gummistiefel auszuziehen. Dann klopfte sie laut gegen die braune Innentür und öffnete sie:

»Hallo!« rief sie in die Wohnung hinein. »Hallo … Ist jemand zu Hause?«

Die Geräusche von drinnen ließen Christina einen leichten Schauer über den Rücken laufen. Das Zeitzeichen des Radios und etwas, das in der Bratpfanne zischte. Das waren Laute, die sie in der gekachelten Küche des Kinderheims zu verabscheuen gelernt hatte, Geräusche, die auf Unruhe und Eile hindeuteten. Geräusche, die sie ebenso mit Unbehagen erfüllten wie die körnige Trockenmilch in einem rostfreien Kinderheimbecher.

Aber hier stellte jemand sofort das Radio aus und nahm die Bratpfanne vom Herd, hier gab es Platz für Menschenstimmen.

»Sie ißt fast gar nichts«, sagte Schwester Inga und strich eine Haarsträhne aus Christinas Gesicht, öffnete ihre Haarspange und machte sie wieder fest. »Redet auch nicht. Gibt keinen einzigen Laut von sich, außer wenn sie weint …«

Die Frau auf der anderen Tischseite schaute Christina für einen Moment direkt in die grauen Augen.

»Ja, ja«, sagte sie. »Es wird in dieser Welt sicher schon genug geredet …«

Das Mädchen, das neben ihr saß, schmiegte schnell seine Wange an den festen Oberarm.

»Du redest, Tante Ellen. Du redest doch die ganze Zeit…«

Ellen schnappte sich ihre Nase mit den Fingerspitzen.

»Oi, oi«, sagte sie. »Jetzt ist Margaretas Nase wieder verschwunden!«

Das Mädchen kicherte und nahm einen großen Schluck aus seinem Milchglas. Es hatte elf Frikadellen gegessen, Christina hatte mitgezählt. Elf! Und immer noch lag ein Berg von Frikadellen in der großen Schüssel auf der Küchenanrichte. Sie selbst hatte nur eine einzige Frikadelle gegessen, bevor sie entschlossen wie immer ihre Gabel hingelegt und sich darauf vorbereitet hatte, Schwester Ingas Überredungsversuchen wie immer zu widerstehen. Nur in einem Punkt hatte sie nachgegeben. Sie hatte fast das ganze Milchglas geleert. Das hier war ja richtige Milch, das schmeckte man, nicht dieses körnige Pulver, das im Wasser aus dem Wasserhahn verrührt wurde.

»Ich hoffe, es macht nichts«, sagte Schwester Inga, »daß wir einfach so hier hereingeschneit sind, meine ich. Aber über Weihnachten waren nur noch vier Kinder da, und da habe ich gedacht, dann können wir ebensogut zumachen und sie mitnehmen. Die Leiterin hat zwei genommen und Brita und ich jede eins… Sonst hätten wir dieses Jahr gar keine richtigen Weihnachten gehabt.«

Sie verstummte und strich wieder mit der Hand über Christinas Stirn.

»Und sie ist so lieb, sie wird uns nicht zur Last fallen…«

Ellen saß leise lachend in ihrem geblümten Kittel da, die weißen Arme ruhten schwer auf dem Tisch. »Das ist doch keine Last«, sagte sie, »das ist ganz und gar keine Last…«

Später am Tag saß Christina allein in Tante Ellens Wohnzimmer. Der rauhe Sofastoff kratzte ein wenig an ihren Schenkeln, sie hatte keine Wollhose, die den Spalt zwischen der Unterhose und den Strümpfen bedecken konnte.

Es war vollkommen still im Haus. Schwester Inga und Margareta waren zum Markt gegangen, um einen Tannenbaum zu kaufen, sie hatten Christina angebettelt, sie solle doch mitkommen, aber diese hatte entschlossen den Kopf geschüttelt und sich so schlaff und passiv verhalten, daß Schwester Inga ihr nicht einmal den Mantel anziehen konnte.

»Sie kann bei mir bleiben«, hatte Tante Ellen schließlich gesagt, und nach einem Schwall von Vorwürfen und Entschuldigungen hatte Schwester Inga sich dareingefügt.

Und nun saß Christina also mit geradem Rücken auf dem Sofa und schaute sich um. Ihr gefiel das Zimmer, es hatte Farben, die zusammenhalten konnten, die keinen Krach machten, nicht schrien und nicht versuchten, sich gegenseitig totzuschlagen. Das Hellgelb der Gardinen streichelte freundlich das tiefe Grau des Sofas, die satten Gelbtöne des Teppichs spielten mit dem Braun eines niedrigen Schranks, der an einer Wand stand. Über dem Schrank hing ein großes Bild, das Gemälde eines gelben Walds. Es war verführerisch. Vielleicht sollte sie in das Bild gehen und eine Herbstprinzessin statt einer Winterprinzessin werden… Aber nein, sie wollte in diesem Zimmer bleiben, in diesem Haus, in dieser Stille, die durch das entschlossene Ticken der Wanduhr nur noch intensiver zu werden schien.

Da stand Tante Ellen plötzlich in dem gerundeten Türgewölbe, immer noch in ihrem geblümten Kittel. Das Gesicht unter dem dunklen Haar war breit und viereckig, die weißen Arme vor der kräftigen Brust verschlungen. Ihre Brille war auf die Nase gerutscht, und in einem Nasenloch steckte ein weißer Wattebausch.

»Ein Bonbon?« fragte sie und schaute über die Brille hinweg, während sie eine Tüte aus der Tasche herauszog.

»Seidenkissen«, sagte sie dann, als würde das irgend etwas erklären, und ließ sich auf den Sessel neben dem Sofa sinken. Christina beugte sich vorsichtig vor und guckte in die Tüte. Die Bonbons sahen wirklich aus wie Seidenkissen: Sie glänzten und schimmerten in blassen Seidentönen. Rosa, lila, hellblau.

»Nimm nur«, sagte Tante Ellen und schüttelte die Tüte.

Christina formte Daumen und Zeigefinger zu einer Pinzette und pikste vorsichtig die Hand hinein, die Seidenkissen waren etwas feucht und klebten aneinander, sie mußte herumfummeln, um das schönste loszubekommen. Es war hell lila.

»Nimm noch eins«, sagte Tante Ellen und schüttelte die Tüte wieder. »Dafür sind sie ja da…«

Christina steckte noch einmal ihre Hand in die Tüte, diesmal holte sie einen ganzen Klumpen heraus. Vier leicht feuchte Seidenkissen. Sie hielt die Luft an und musterte Tante Ellen. Würde sie jetzt anfangen zu schimpfen?

Aber Tante Ellen schimpfte nicht, sie schaute den Bonbonklumpen nicht einmal an, krempelte nur die Tüte zu und stopfte sie wieder in die Tasche. Dann lehnte sie sich in ihrem Sessel zurück und richtete ihren Blick auf das Bild auf der anderen Zimmerseite. Für einen Augenblick schien auch sie zu überlegen, ob sie in den Wald der Herbstprinzessin gehen sollte.

»Ja, ja«, seufzte sie dann, »das ist nicht immer alles so einfach.«

In dem Moment zerplatzte die spröde Hülle des Seidenkissens in Christinas Mund. Eine cremige, süße Masse verteilte sich über ihre Zunge.

Ja, natürlich. Jetzt erinnerte sie sich daran. So schmeckte Schokolade.

Draußen wurde es dunkel, die Dämmerung kroch ins Haus. Es sollten keine weißen Weihnachten werden, der Schneematsch des Vormittags war fast sofort in Regen übergegangen. Das machte aber nichts, trotzdem würde es rechtzeitig Heiligabend werden, und während man wartete, konnte man genausogut ruhig im Wohnzimmer sitzen und stumm zusehen, wie die Regentropfen über Tante Ellens schwarzglänzende Fensterscheiben rannen.

Sie sagte nichts: Das war es, was sie so ungewöhnlich machte: Noch nie zuvor hatte Christina einen erwachsenen Menschen gesehen, der eine ganze Weile einfach stumm dasitzen konnte. Alle anderen Erwachsenen waren so damit beschäftigt zu reden, daß sie gar keine Zeit hatten zu denken, aber diese Frau saß einfach nur da, mit ihren zugestopften Nasenlöchern und ihrem halboffenen Mund. Aber sie schlief nicht: Ihre grauen Augen waren weit aufgerissen und klar.

Und dann waren plötzlich Schwester Ingas Lachen und Margaretas Geplapper draußen im Treppenhaus zu hören, die Tür wurde aufgestoßen, und herein taumelte Margareta in Strumpfhosen, mit aufgeknöpftem Mantel. Tante Ellen legte die Hände auf die Armlehnen und zog sich hoch, streckte Margareta die

Arme entgegen und zog ihr den Mantel aus. Sie lachte über ihren Wortschwall und zerzauste ihr das Haar.

Christina wandte sich ab und schaute zum Fenster, verfolgte noch einen Regentropfen mit dem Blick, wie er sich über die glatte Fläche tastete. Ein Gedanke flatterte vorbei und versetzte sie in Erstaunen. Alles wäre anders, wenn ich reden könnte.

Das war das erste Mal. Das hatte sie noch nie zuvor gedacht.

Aber die Stimme kam nicht einfach zurück, nur weil sie es wollte, ebensowenig wie sie damals verschwunden war, weil sie es wollte. So etwas geschieht einfach.

Aber Margareta schien gar nicht zu bemerken, daß Christina nicht sprach: Sie erfüllte das ganze Haus mit ihrem eigenen Klang, die Worte kullerten wie Quecksilberkugeln aus ihrem Mund, sie rollten sekundenschnell über den Boden und verschwanden in der Ecke.

Als der Baum geschmückt war, zog sie Christina mit sich. Jetzt sollte sie endlich das ganze Haus kennenlernen: den dunklen Keller mit der zementgrauen Waschküche und dem hellgrünen Badezimmer, die Steintreppe und den Flur eine Treppe hoch und die braune Tür zur Mietswohnung da oben. Und dann natürlich den Dachboden, das war das wichtigste von allem. Christina holte tief Luft, als sie ihren Kopf durch die Dachluke steckte, es roch gut hier oben. Nach Staub, Sägespänen und Holz.

»Das ist statt einem Spielzimmer«, erklärte Margareta und ging zu den spärlichen Einrichtungsgegenständen unter dem Giebelfenster. »Onkel Hugo sollte ein Spielzimmer daraus machen, aber er ist gestorben, bevor er überhaupt angefangen hat… aber Möbel hat er noch gemacht.«

Es war, als würden Margareta und Christina plötzlich zu Riesen werden. Die Möbel waren zu klein für sie, ihre Pobacken quollen über den Rand der Stühle, ihre Knie fanden keinen Platz unter dem Tisch.

»Er hat die Möbel für irgendwelche Kleinkinder gemacht«, erklärte Margareta wieder. »Aber jetzt gehören sie mir…«

Eine Weile später waren sie wieder unten in der Wohnung. Tante Ellen hatte vier Zimmer, und Margareta hatte für jedes einen Namen. Das große Zimmer, das kleine Zimmer, das Eßzimmer und das leere Zimmer.

Aber das leere Zimmer war eigentlich gar nicht leer, es enthielt ein Bett und eine Kommode. Margareta ging nicht hinein, sie öffnete die Tür nur einen Spalt, ohne die Klinke loszulassen.

»Das ist eigentlich mein Zimmer«, sagte sie. »Das soll ich kriegen. Später. Wenn ich mit der Schule anfange… Jetzt schlafe ich bei Tante Ellen. Im kleinen Zimmer.«

Christina verzog ihr Gesicht. Sie selbst wollte auf keinen Fall mit einem Erwachsenen im gleichen Bett liegen.

»Natürlich nicht im gleichen Bett«, sagte Margareta, als könnte sie ihre Gedanken lesen. »Es ist eine Doppelliege, unter dem Bett ist noch ein Bett, das wir abends rausziehen…«

Aber es gab nichts in dem kleinen Zimmer, was darauf hindeutete, daß Margareta hier wohnte. Schlafsofa und Sessel, Wäscheschrank und Nähkasten, aber nichts zum Spielen und kein Märchenbuch. Im Kinderheim hatte jeder einen eigenen kleinen Schrank, in den man seine Kleider und Sachen legen konnte. So war es hier nicht, Margaretas Kleider hingen in Tante Ellens Garderobe draußen auf dem Flur. Sie hatte es selbst bei Margaretas Führung gesehen, große und kleine Kleidungsstücke auf der gleichen Stange, alle durcheinander.

Doch Margareta schien sich über das Durcheinander in der Garderobe oder ihre fehlende Sichtbarkeit im kleinen Zimmer keine Sorgen zu machen, sie hüpfte weiter in die Küche und schlug noch eine Tür auf.

»Der Besenschrank!« rief sie. »Hier habe ich meine Spielsachen.«

Christina machte einen vorsichtigen Schritt nach vorn und schaute hinein. Der Besenschrank war gar kein Schrank, er war eine winzige Kammer mit einer weißen Lampenkugel unter der Decke und einem alten Teppich auf dem Boden. Es roch scharf dort drinnen, und Christina erkannte den Geruch. So roch es im Kinderheim an den Tagen, an denen der Boden glänzte. Bohnerwachs.

Kurz darauf war ihr klar, daß es ihr gefiel, im Besenschrank auf dem Boden zu sitzen und Margaretas Puppenbett zu machen, während die beiden erwachsenen Frauen draußen in der Küche werkelten. Jetzt war Tante Ellen mit den Frikadellen fertig, jetzt zischte etwas anderes in der schwarzen Gußeisenpfanne. Es roch nach Kohl und Essig.

Das Essen war erst fertig, als es an der Zeit war, ins Bett zu gehen. Christina und Margareta bekamen jede einen kleinen Teller mit Würstchen und Fleischklößchen auf den Küchentisch gestellt, während Ellen im gußeisernen Topf rührte und Schwester Inga Senf machte. Sie hatte eine Schüssel zwischen den Beinen, und auf deren Boden lag eine große Eisenkugel, die schwerfällig über die Senfsamen rollte und sie zerquetschte. Die Dünste brachten ihre Augen zum Tränen.

»Das ist wirklich eine richtige Kanonenkugel«, schnüffelte sie erklärend. »Sie stammt von Hugos und meiner Großmutter. Wir benutzen sie nur hierfür, das ist schon Tradition…«

Tante Ellen lachte schnell auf und reichte ihr ein Taschentuch.

»Putz dir die Nase«, sagte sie halb lachend. »Sonst tropfst du noch in den Senf…«

Christina lauschte fasziniert diesem Lachen, das immer wieder aus Tante Ellen herausbrach. Es klang, als hätte eine kleine Taube sich ein Nest in ihrer Kehle gebaut, eine kleine Taube, die vor lauter Zufriedenheit gurrte, während sie sich im Nest zurechtlegte. Sie war so sehr damit beschäftigt, sich diese Taube vorzustellen, daß sie gar nicht mehr acht gab. Ohne nachzudenken, hatte sie alles aufgegessen, was auf dem Teller lag: drei Würstchen, vier Fleischklößchen und fast eine ganze Scheibe Butterbrot. Sie kaute das letzte Stückchen Brot, als die Übelkeit sie plötzlich überfiel. Sie öffnete den Mund und ließ das halbgekaute Brot auf den Teller fallen. Im gleichen Moment erwachte die fremde Stimme in ihrem Kopf: *Du unverschämtes Balg! Spuckst du etwa das Essen aus?*

Christina schloß die Augen und wartete auf das Feuer. Aber es kam nicht. Zum ersten Mal flammte die Narbe nicht wieder auf, als sie die Stimme in sich hörte. Sie wartete noch eine Sekunde, bevor sie ganz, ganz vorsichtig die Augenlider einen Millimeter weit hob und sich umschaute. Schwester Inga wischte sich die Augen mit dem Taschentuch, sie hatte nichts gesehen. Margareta starrte Christina mit offenem Mund an, ohne jedoch etwas zu sagen. Und Tante Ellen legte ganz vorsichtig ihre Hand auf Christinas Kopf, strich ihr schnell übers Haar, während sie mit der anderen Hand blitzschnell den halb gekauten Brotbissen in die Kitteltasche schob.

Schwester Inga putzte sich die Nase und schaute auf.

»Ach du meine Güte«, sagte sie. »Ich glaube, Christina hat aufgegessen!«

Und damit war der erste Tag zu Ende.

Am Nachmittag des Heiligabend trudelte der Rest der Familie ein. Zuerst kam Selma, Tante Ellens alte Mutter, eine schrumplige Frau in einem Sonntagskleid, das so glatt und schwarz wie ihr Gesicht weiß und runzlig war. Sie faßte Margareta beim Kinn und begutachtete sie mit trockenem Blick, ließ dann ohne etwas zu sagen los und wandte sich Christina zu.

»Eine neue?«

Schwester Inga machte hinter Christinas Rücken einen Knicks:

»Nein, nein. Sie kommt aus dem Kinderheim, in dem ich arbeite, wir sind nur über Weihnachten hier...«

Selma zuckte mit den Schultern.

»Ach so. Ja, ja. Ich mag Kinder. Aber nur, wenn sie sich ordentlich benehmen. Sonst können sie dahin verschwinden, wo der Pfeffer wächst...«

Schwester Inga öffnete den Mund, als wollte sie etwas sagen, aber in dem Moment waren neue, dröhnende Stimmen im Treppenhaus zu hören. Jetzt kamen sie: die Hauptpersonen. Die allerwichtigsten Gäste.

Stig stellte sich mitten in die Türöffnung und breitete seine Arme aus. Sekunden später wiederholte Gunnar diese Bewegung hinter seinem Rücken. Beide hatten ihre Jacken aufgeknöpft und zeigten ihre leicht gelblichen Hemdbrüste im modernen Nylon. Ihre Stimmen waren gewaltig, sie füllten das ganze Haus.

»Da sind wir!« donnerte Stig.

»Fröhliche Weihnachten!« dröhnte Gunnar.

Hinter ihnen tauchten ihre Familien auf: jeweils die Ehefrau – Bitte von Stig, Anita von Gunnar – und insgesamt fünf wassergekämmte Söhne verschiedener Größen. Alle trugen sie die lässigen Namen der neuen Zeit: Bosse, Kjelle, Lasse, Olle und Ante.

»Herzlich willkommen«, sagte Tante Ellen.

Christinas Blick flog zu ihr hinauf. Nicht nur, daß Tante Ellen ihren Kittel gegen ein graues Sonntagskleid mit Spitzenkragen eingetauscht hatte, es schien, als hätte sie auch ihre Stimme eingetauscht. Auch Schwester Inga hatte sich verwandelt, aber in anderer Weise. Sie errötete vor Eifer, als sie Stig die Hand hinstreckte.

»Bruderherz! Schön, dich zu sehen…«

Stig schüttelte schnell ihre Hand und zog sich dann die Jacke aus.

»Auch schön, dich zu sehen. Wie geht's?«

»Gut. Und selber? Was macht das Amt?«

Stig zupfte schnell am Jackenrevers und zog ihn gerade.

»Ich bin im Oktober Vorsitzender des Jugendamts geworden. Hast du nicht davon gehört?«

Seine Schwester legte sich die Hand auf den Mund, jetzt war die Verwandlung vollkommen. Sie war keine strenge Kinderheimerzieherin mehr, sondern nur noch ein kleines Mädchen.

»Nein! Das ist nicht wahr. Wie schön…«

Stig legte einen Arm um Gunnar und schob ihn zur Schwester vor.

»Und hier siehst du den zweiten Vorsitzenden des Gewerkschaftsverbands von Luxor. Nächstes Jahr macht er einen dreimonatigen Kurs auf Runö, und dann wird er in Null Komma nichts zum Funktionär, da kannst du einen drauf lassen…«

»Ach«, sagte Gunnar und knuffte seinen Bruder mit der Schulter, »das wird noch dauern, erst mal muß ich mein Maul so gut ölen wie du deines…«

»Quatsch nicht«, widersprach Stig, »das schaffst du im Handumdrehen, so wie ich dich kenne…«

»Ach«, sagte Inga atemlos. »Wie schade, daß Hugo das nicht mehr erleben durfte. Er würde sich so freuen.«

Niemals würde Christina diesen ersten Heiligabend in Tante Ellens Haus vergessen. Obwohl gar nichts Besonderes passierte, nichts, was sich nicht jeden Heiligabend und bei jedem Familientreffen wiederholen sollte. Riesige Mengen an Speisen wurden herbeigezaubert und vertilgt: Hering und Kartoffelauflauf, Schweinerippchen und Sülze, Fleischklößchen und Würstchen, Käse und Pasteten, Schinken und Rotkohl. Dünnbier und Pils wurde am Erwachsenentisch herumgereicht, während ein schon reichlich verschwitzter Stig – bereits in Hemdsärmeln, den Schlips auf halb acht – es übernahm herumzugehen und den Schnaps einzuschenken. Aber am Kindertisch wurden keine Getränke eingeschenkt: Jeder hatte eine ganze Flasche Weihnachtsmost neben seinem Teller stehen. Christina konnte zwar nichts essen, aber während der ganzen Mahlzeit lagen ein Fleischklößchen und ein Würstchen wie ein Alibi auf ihrem Teller. Nicht daß es nötig gewesen wäre; bei diesem ersten Fest in Tante Ellens Haus war sie fast unsichtbar. Das war ihr nur recht. So konnte sie sehen, ohne selbst gesehen zu werden, und hören, ohne selbst gehört zu werden.

Sie hätte sich übrigens sowieso nicht zu Gehör bringen können, auch wenn sie hätte sprechen können. Wie sollte ein kleines Mädchen das Dröhnen übertönen, das aus den Kehlen dieser lautstarken Familie erklang? Sie schloß die Augen und lauschte. Am Erwachsenentisch erzählte Gunnar etwas mit feuchter Samstagsstimme, Selma lachte spitz und gackerte über ihn, Stig stimmte ein und donnerte mit seiner Faust auf den Tisch, während er keuchend nach Atem rang – *aaiih, aaiih, aaiih*! Er klang wie ein gejagtes Schwein – während Bitte, Anita und Inga ein Silberlachen von sich gaben, das wie eine Schwalbenschar zur Decke hinaufstieg. Die Jungs am Kindertisch lachten auch, obwohl keiner von ihnen gehört oder verstanden hatte, was denn da so witzig war, und für einen Moment durchschnitt Margaretas schrille Stimme den Lärm.

»Was war denn? Erzählt doch! Was hat er gesagt?«

Allein Tante Ellens kleines Taubenlachen fehlte. Aber sie war da: Wenn Christina die Augen aufschlug, konnte sie sehen, wie Tante Ellen in der Tür stand und ihre Gäste betrachtete. Unfreiwillig wanderte Christinas Blick weiter zu Inga, Anita und Bitte, zu ihren bunten Kleidern und ihrem glänzenden Haar, zu ihren glitzernden Augen. Tante Ellen war anders mit ihrem viereckigen Gesicht und ihrem grauen Kleid.

Jetzt räusperte sie sich und versuchte, sich in dem Lärm Gehör zu verschaffen:

»Hört mal, alle zusammen! Hallo! Seid doch so gut und geht jetzt bitte ins große Zimmer…«

Nach viel Lärm und lautem Gelächter standen Stig und Gunnar als die Anführer, die sie waren, auf und legten einander die Arme um die Schultern. Wie ein einziges vierbeiniges – wenn auch etwas schwankendes – Wesen gingen sie zu Ellen, trennten sich ohne ein Wort und nahmen sie in ihre Mitte. So standen sie wie zusammengeschweißt da, Hugos Witwe und seine jüngeren Brüder. Eine Einheit, eine Familie.

»Das beste Essen der Welt«, sagte Stig. Gunnar nickte voller angesäuseltem Ernst.

»Absolut! Es gibt kein besseres…«

Tante Ellen fing an zu lachen:

»Ja, ja. Vielen Dank. Aber jetzt geht und bedient euch mit Kaffee und Kuchen…«

Sie war ganz wie immer, sicher, entschieden und freundlich, aber wer sie genauer beobachtete, konnte sehen, wie ihre Oberlippe ein wenig zitterte. Das sah merkwürdig aus. Als wäre sie Gast in ihrem eigenen Haus.

Ihr ganzes Leben lang wunderte sich Christina darüber, wann die Verhandlung vonstatten gegangen war, die heimliche Verhandlung, die irgendwann während der ersten Weihnachtsfeiertage in Tante Ellens Haus stattgefunden haben mußte. Diese immer wiederkehrende Frage kommt ihr in den Sinn, als sie auf den Parkplatz des Pflegeheims einbiegt. Wer hat die Initiative ergriffen? Tante Ellen selbst? Schwester Inga? Oder Stig?

Sie wünschte, es wäre Tante Ellen gewesen, daß Tante Ellen ihrem Schwager ins Ohr geflüstert hätte, sie wolle dieses Kind haben, genau dieses stumme, magere Mädchen mit dem aschfarbenem Haar. Aber so war es auf keinen Fall gewesen. Tante Ellen hütete sich davor, etwas von Hugos Verwandten zu begehren. Sie hatte den Verdacht, daß diese der Meinung waren, sie hätte bereits viel zuviel bekommen, ihre Ehe mit Hugo sei eigentlich viel zu kurz gewesen, um ihr das Recht auf sein Haus und seine Lebensversicherung zu geben.

Und es war auch nicht Schwester Inga gewesen. Diese war damals noch viel zu jung, viel zu jung und blond und mit sich selbst beschäftigt, als daß sie sich ernsthaft für andere eingesetzt hätte. Sie war nie ganz anwesend, eine Hälfte ihres Ichs war immer irgendwo anders. Es kam sogar vor, daß sie sich ganz vergaß und ein paar verträumte Tanzschritte zu einer Walzermusik machte, die nur sie hören konnte, und dabei den weiten Rock ihrer Erzieherinnentracht wie ein Ballkleid um sich herumflattern ließ.

Nein, es mußte Stig gewesen sein, der Christinas Umzug in die Wege leitete, wie er ein paar Jahre später auch Birgittas einleitete.

»Stig mit dem Hechtmaul«, lacht Birgitta irgendwo in Christinas Erinnerung. Christina lächelt leicht, während sie ihr Auto vorsichtig zwischen zwei andere Wagen auf dem Personalparkplatz schiebt. Es wundert sie, daß sie Birgittas Spitznamen für Tante Ellens prominentesten Schwager vergessen konnte. Aber jetzt erinnerte sie sich wieder, genau wie sie sich an Margaretas schrilles Lächeln erinnert, als Birgitta den neuen Namen ausgeheckt hatte. Sie selbst lächelte nur dazu, ein heimliches kleines Lächeln mit zusammengepreßten Lippen. Christina traute sich nie, laut zu lachen, wenn Birgitta anfing, den Leuten Spitznamen zu verpassen; sie ahnte aus gutem Grund, daß Birgitta irgendwo in ihrem Hinterkopf auch für sie einen höhnischen Namen bereithielt.

Aber ob nun Hechtmaul oder nicht, ohne Stig und seinen kommunalen Auftrag wäre sie irgendwo anders gelandet. Vermutlich bei einer freikirchlichen Familie in Småland. Oder auf irgendeinem lehmigen Bauernhof ganz hinten im Ostgötaland. So lief es normalerweise in den Fünfzigerjahren mit denen, die im Kinderheim landeten. Wenn sie überhaupt eine Pflegefamilie fanden. Ein Teil der Kinder blieb jahrelang im Kinderheim, bis sie schließlich von ihren nervös um sich blickenden oder tuberkulösen Eltern abgeholt wurden.

Astrid gehörte zu denen mit den großen, nervösen Augen, und wenn Stig nicht gewesen wäre, dann hätte sie ihre Tochter bereits zu sich geholt, als Christina zwölf Jahre alt war. Und das – sie beißt fest den Kiefer zusammen, so fest ist sie davon überzeugt –, das hätte sie das Leben gekostet. Denn erst als sie zu Tante Ellen kam, erwachte ihr zäher Überlebenswille, und ohne einen zähen Überlebenswillen überlebt niemand in Astrids Nähe. Man konnte also sagen, daß Stig mit dem Hechtmaul tatsächlich Christinas Leben gerettet hatte.

»Das wäre für ihn nur zum Lachen«, sagt sie laut zu sich selbst, während sie den Sicherheitsgurt löst, »wobei es eher zum Bewundern ist…«

Im Lauf der Jahre war er immer weniger zu bewundern. Ein wenig pathetisch in seinen ständigen Bemühungen, noch größer, noch mächtiger und noch würdiger zu werden als sein verstorbener Bruder. Er sah nie ein, daß er sich selbst der größte Feind war. Er trank zuviel, redete zuviel und war viel zu versessen auf großartige Gesten, um in irgendeiner Form Hugo ähnlich zu sein.

Tante Ellen als Dank für ein gutes Weihnachtsessen ein Kind zu schenken, war eine Geste, die genau zu ihm paßte. Witwen wurden nur im Ausnahmefall Pflegemütter, aber als Vorsitzender des Jugendamts brauchte Stig mit dem Hechtmaul nur mit den Fingern zu schnipsen, damit das angeordnet wurde. Es gab nicht viele andere Männer in Motala, die das auch konnten. Und Stig mit dem Hechtmaul war, trotz seines Geredes über Gemeinschaft und Solidarität, sehr geneigt, etwas zu tun, was die anderen Männer in Motala nicht tun konnten.

Irgendwann in ihrer Jugend – als Ellen bereits halbseitig gelähmt genau in diesem Pflegeheim hier in Vadstena lag und sie selbst in Astrids Hochhauswohnung in Norrköping überstellt worden war – wurde es Christina zum ersten Mal bewußt, daß es ihr vielleicht genau wie Birgitta gegangen war. Vielleicht wollte Tante Ellen sie niemals haben, sie fühlte sich möglicherweise nur gezwungen, das zu tun, was Stig wollte. Es war möglich: Tante Ellen seufzte oft über die Beschlüsse, die Stig mit dem Hechtmaul traf, aber sie setzte sich nie offen gegen sie zur Wehr.

Der Gedanke kam ihr so plötzlich und er war so entsetzlich, daß sie sich nicht mehr unter Kontrolle hatte: Ohne nachzudenken beugte sie sich vor und ließ ein Stück halbzerkaute Fleischwurst aus dem Mund auf den Teller fallen. Ein Speichelfaden hing von ihrer Unterlippe. Astrid hob den Kopf, sie saß ihr gegenüber auf der anderen Seite des Küchentischs und blätterte in einer alten Zeitschrift.

»O Scheiße«, sagte sie ruhig und hob ihre blauen Finger, um die Zigarette aus dem Mundwinkel zu nehmen, »du kannst richtig eklig sein, weißt du das?«

Christina schüttelt ihren Kopf, um das Bild von Astrid zu vertreiben. Aber jetzt ist der Vorhang weit geöffnet, und er läßt sich nicht wieder schließen, darum fällt ihr statt dessen ein, wie Margareta auf der Treppe stand, nur im Kleid und in Gummistiefeln, als die schwarze Pforte wieder hinter Christinas Rücken quietschte. Margareta fror ohne ihren Mantel, das war zu sehen, sie schlang sich die Arme um den Leib und wiegte sich in den Knien, während sie wartete.

»Nun komm schon, Christina! Komm! Wir wohnen im leeren Zimmer, Tante Ellen hat es hergerichtet, aber ich darf erst einziehen, wenn du da bist. Also komm! Beeil dich!«

Aber Christina gehorchte nicht und sah sie nicht einmal an. Sie schaute in eine andere Richtung. Es war ein Spätnachmittag im Februar, und die Sonne hing schräg über dem Garten. Er zeigte bereits Farbe, obwohl es bis zum Frühling und Sprießen noch lange hin war. Das schwarzweiße Bild war zu einem Aquarell geworden, in dem das Laub vom letzten Jahr wie brauner Wundschorf auf dem Gras lag. Schwester Inga lachte Margareta hinter Christinas Rücken zu, sie war schon dabei, sich den Mantel aufzuknöpfen.

»Du hast es aber eilig...«

Margareta ignorierte sie.

»Nun komm endlich, Christina! Komm schon!«

Ein paar Minuten später konnte Christina sich selbst davon überzeugen, daß das leere Zimmer sich wirklich verändert hatte. Jetzt stand an jeder Wand ein Bett und am Fenster ein kleiner Tisch. Die Kommode war fort, für einen Moment erschauerte Christina bei dem Gedanken an die unordentliche Garderobe draußen im Flur. Sollten ihre Kleider dort hineingequetscht werden, zwischen Margaretas und Tante Ellens Kleider?

»Darf ich jetzt einziehen, Tante Ellen? Jetzt ist Christina doch da, jetzt darf ich doch einziehen, ja?«

Tante Ellen lachte irgendwo im Hintergrund ihr leises Taubenlachen.

»Sie ist schon seit mehreren Tagen ganz wild darauf, sie kann es gar nicht mehr abwarten...«

»Christina auch«, sagte Schwester Inga und nickte. »Sie war auch schon ganz ungeduldig.«

Christina drehte ihren Kopf und schaute Schwester Inga ins Gesicht. Warum log sie?

Schon nach ein paar Tagen rochen Christinas Kleider anders. Es war ein komplizierter Duft mit vielen verschiedenen Zutaten, und wenn sie sich morgens anzog, versuchte sie, sie zu erkennen. Viel Seife. Bratendunst. Säuerlicher Körpergeruch. Talkumpuder der Marke *Christel*. Tante Ellens Gerüche.

Sie wußte nicht, warum sie bei Tante Ellen gelandet war, und auch nicht, wie lange sie bei ihr bleiben würde. Das einzige, was sie wußte, war, daß Schwester Inga eines Tages alle ihre Kleider in die Wäsche gegeben und sie am nächsten Tag sorgfältig in eine ganz neue Reisetasche gepackt hatte. Dann hatten sie eine halbe Stunde im Zug gesessen, bis sie Motala erreicht hatten. Und von dort hatten sie den Bus genommen – einen graublauen Bus, der gut zu der graublauen Industriestadt paßte –, bis zu den letzten Häusern. An Weihnachten hatte Christina gar nicht bemerkt, daß Tante Ellens Haus an der Stadtgrenze lag, aber jetzt konnte sie sehen, daß es hier Land und Stadt gleichzeitig gab. Links lagen Häuser, rechts Äcker und auf der anderen Straßenseite der Wald.

Die Straße führte nach Vadstena und war gefährlich. Man durfte auf keinen Fall dorthin laufen, wenn Tante Ellen nicht dabei war, aber im Garten durfte man machen, was man wollte. Natürlich keine Zweige der Obstbäume abreißen. Aber es war erlaubt, im Kirschbaum herumzuklettern, wenn man auf den stärksten Ästen blieb.

Doch in der ersten Zeit gab es niemanden, der in den Bäumen in Tante Ellens Garten kletterte. Christina traute sich nicht, und Margareta wollte nicht. Nach der ersten Woche war Margareta wie verwandelt: weinerlich und empfindlich, ständig über wirkliches oder eingebildetes Unrecht weinend. Außerdem verweigerte sie das Essen.

»Was ist denn mit dir los?« seufzte Tante Ellen jeden Tag und nahm sie auf den Schoß, versuchte, sie wie ein Kleinkind zu füttern. »Nun iß doch was, du hast doch sonst immer so einen guten Appetit...«

Aber Margareta preßte die Lippen zusammen, schloß die Augen, lehnte den Kopf gegen Tante Ellens Brust und schloß die ganze Welt aus. Ihr Jammerton verscheuchte die kleine Taube aus Tante Ellens Kehle. Und nur Margareta konnte sie anscheinend zurücklocken, nichts von dem, was Christina versuchte, reichte aus. Tante Ellen lobte Christina natürlich, wenn sie das Geschirr abgetrocknet hatte, und lächelte, wenn sie am Staubtuch zerrte, um zu zeigen, daß sie beim Staubwischen helfen wollte, aber sie lachte nie dieses gurrende Lachen.

Margaretas Essensverweigerung brachte Christina dazu zu essen, obwohl es ihr immer noch zuwider war. Nach jeder Mahlzeit trug sie außerdem ihren Teller und ihr Milchglas zur Anrichte und knickste artig als Dank für das Essen. Und all das tat sie mit einem Funken eiskalter Berechnung im Blick. Sie wußte, daß Margareta nur noch lauter losschreien würde, wenn Christina gelobt wurde.

Mit unschuldigen, weitaufgerissenen Augen ging sie noch einmal durch die Küche, legte das Besteck ins Waschbecken und spülte ihren leergekratzten Teller mit heißem Wasser ab, bevor sie sich umdrehte und sich vor Tante Ellen leicht verneigte.

»Du bist aber tüchtig«, sagte Tante Ellen mit etwas müder Stimme. »Sehr tüchtig, Christina.«

Und siehe da. Es klappte. Jetzt brüllte Margareta laut los und schlug wie ein Kleinkind mit den Armen auf Tante Ellens Schoß.

»Wie sie es nur mit uns in den ersten Wochen ausgehalten hat«, denkt Christina. Sie zieht die Handbremse an und mustert sich im Rückspiegel. Nach der langen Nacht ohne Schlaf ist sie etwas blaß, aber andererseits gibt es ja niemanden, der erwartet, daß Christina Wulf besonders rosig aussieht. Farblos ist das Wort, das immer benutzt wird, um sie zu beschreiben, das weiß sie. Ein klassisches Mauerblümchen, um nicht den Namen zu benutzen, den Birgitta schließlich gefunden hatte. Kellerassel. Margareta lachte auch diesmal.

»Aber so bin ich nun einmal«, erklärt sie ihrem Spiegelbild. »Die Kellerassel Christina Wulf, *take it or leave it*!«

Jetzt scheint sie es gar nicht mehr eilig zu haben. Sie überquert langsam den Parkplatz, als wolle sie ihre unumgängliche Ankunft hinauszögern. Sie geht nicht gern ins Pflegeheim. Zwar findet sie immer eine ganze Litanei von Trostworten, wenn ein alter Mensch anfängt zu weinen und vom Warteraum auf den Tod redet, nachdem Christina für ihn einen Platz im Pflegeheim besorgt hat. So darf man das nicht sehen, sagt sie. Ganz und gar nicht. Die Tür zu diesem Haus geht ja schließlich in beide Richtungen auf, und dort kümmert man sich in erster Linie um Rehabilitation. Aber im Grunde genommen weiß sie natürlich genausogut wie ihre Patienten, daß die Wahrheit anders aussieht. Das Pflegeheim ist der Warteraum des Todes, und nur die, die bereits mit einer großen Portion Glück geboren wurden, kommen irgendwann auch wieder lebendig heraus.

Aber es ist nicht dieses Etikett, das ihr das Pflegeheim verleidet. Es ist der schlechte Geschmack dort drinnen. Das Personal hat in der Gestaltung freie Hand gehabt, und anscheinend haben die Angestellten Angst vor leeren Flächen, wie die Natur das Vakuum fürchtet. Deshalb ist das schöne Gebäude aus den Vierzigern mit seinem blaßgelben Verputz und seinen angenehmen Proportionen in einen riesigen Partykeller verwandelt worden, einen Partykeller, der mit kleinen Kiefernholzregalen und rosa Plastikblumen dekoriert wurde, mit billigen Messingkerzenständern und Bildern weinender Kinder sowie einer ganzen Anzahl fertig gekaufter Sprüche über das Alltagsglück und die Mutterliebe in Plastikrahmen. Und diese Dinge lassen nicht nur das Haus schrumpfen, sie machen auch die Menschen kleiner, als sie eigentlich sind. Warum muß ein Mann wie Folke – ein alter Gärtner, der sein ganzes Leben lang Samen zum Wachsen und Blumen zum Blühen gebracht hat –, warum muß er von Plastikpelargonien umgeben sein? Es wäre besser gewesen, ihn in den Wald hinauszubringen oder sein Bett in den Mittelgang einer Kirche zu stellen, damit er in seiner letzten Stunde das genießen kann, was das Dasein erträglich macht: das Himmelsgewölbe und die Schönheit der Welt.

Früher ärgerten Erik und die Mädchen sie immer wegen ihres kritischen Blicks.

»Mama ist Ästhetin, Mädchen«, sagte Erik dann immer und verdrehte die Augen. »Laßt sie in Ruhe.«

Und das stimmte. So war es. Ihre Zeit bei Tante Ellen hatte sie zur Ästhetin werden lassen. Doch wenn sie das Erik sagte, lächelte er nur schief und wechselte das Thema. Sie ahnte, was er dachte: daß guter Geschmack Bildung erforderte und daß Tante Ellen kein bißchen gebildet war. Einfach, das war das Wort, was er immer benutzte: »Christina wuchs bei einer einfachen Frau auf...«

Christina verstummte jedesmal aufgrund seiner Herablassung,

weil er ohne zu zögern Tante Ellen als einen etwas minderwertigeren Menschen als – zum Beispiel – seine Mutter ansah. Die ängstliche Ingeborg wuchs in einem Pfarrhaus auf dem Land auf und nicht in einer Küche in Norrköping, sie ging in die Mädchenschule, als Ellen als Hausmädchen arbeitete, sie trank Tee aus englischem Porzellan, als Ellen Kaffee aus einer Tasse von Gustavsberg trank, und all das ließ sie in Eriks Augen zu etwas Wahrerem und Tieferem als Ellen werden. Aber die ängstliche Ingeborg wußte nichts von der Schönheit: Sie arrangierte nur die Attribute, die ihr zugeteilt worden waren, in der Art, wie es von ihr erwartet wurde, genauso, wie sie ihr ganzes Leben lang in der Art handelte, dachte und fühlte, wie es von ihr erwartet wurde. Ein gehorsamer Mensch.

Christina konnte sich natürlich erklären, daß Eriks Verachtung aus seinem Mangel an Wissen resultierte, daraus, daß er ganz gewiß schon mal Menschen gesehen, sie aber nie kennengelernt hatte, deren Leben durch Mangel geformt worden war. Die Erinnerung daran, daß das Dasein nicht für alle gleich einfach war, irritierte ihn nur. Leute mit ein wenig Eigeninitiative kamen doch immer zurecht, und um die anderen mußte man sich eben in irgendeiner Form kümmern. Andererseits erinnerte Christina ihn auch nicht allzuoft an diese Tatsache, die Worte blieben ihr immer in der Kehle stecken und ließen sie verstummen. Es gab keine Worte dafür, was Tante Ellen für sie bedeutet hatte, schon gar keine Worte, die Erik gutheißen würde. Außerdem wurde sie von ihrer Dankbarkeit gebremst. Wie hätte ihr Leben ohne Erik und seine Familie ausgesehen? Sie hatten sie schließlich zu einem richtigen Menschen gemacht.

Deshalb erzählte sie Erik nie, daß es sie störte, daß er das Wort »einfach« mit dem Wort »simpel« gleichsetzte. Wie sollte sie ihm auch verständlich machen, daß das Wort für sie einen ganz anderen Inhalt hatte, daß es von der Sorgfalt sprach, die ihr Leben in Tante Ellens Haus prägte? Dort hatte jedes Ding seine Schönheit und seine Bedeutung, die gemangelten Leinentischdecken, die sie selbst gewebt hatte, die sorgfältig markierten Küchenhandtücher, eins für Gläser und eins für Teller, die dünnen Kaffeetassen mit dem Goldrand, die ein Hochzeitsgeschenk waren. Außerdem war

Tante Ellen Minimalistin: Wenn die Pelargonie blühte, durfte sie ganz allein im Küchenfenster stehen, um zu ihrem Recht zu kommen. Und während Frauen wie Bitte und Anita Ende der fünfziger Jahre anfingen, ihr Heim mit immer neuen Volantgardinen und geblümten Lampenschirmen vollzustopfen, blieb Tante Ellen eisern beim Einfarbigen und weigerte sich, Konsumentin zu werden. Deshalb blieb ihr Haus während der ganzen Zeit ein eingefrorenes Stück vierziger Jahre. Und in diesem Haus ging ein Tag in den nächsten über, jeder Tag war wie alle Tage, sie schlugen wie Wellen an den Strand. Der Rhythmus war ruhig, die Wiederholung an sich dämpfte alle Unruhe und besänftigte allen Unmut. Deshalb wurde alles bald wieder so, wie es sein sollte: Margareta krabbelte von Tante Ellens Schoß herunter und fing wieder zu essen an, Christina gewöhnte sich an die vielen Gerüche des Hauses und roch sie nicht mehr. Gemeinsam gingen sie in den Besenschrank und spielten dort. Sie kamen nur noch heraus, wenn es Zeit zum Essen war.

Nichts war in Tante Ellens Haus wichtiger als das Essen, und keine Arbeit war wichtiger, als das Essen zuzubereiten. Jeden Montag kam ein Auto von der Nähfabrik mit fünfzig halbfertigen Jacken, die Tante Ellen im Lauf der Woche steppen sollte, aber lieber saß sie die Nächte hindurch über ihrer Näharbeit, als sich am Tag beim Kochen durchzuschummeln. Und das gleiche galt für alle anderen Arbeiten im Haus. Es war wichtiger, die Meerrettichsoße zum gekochten Dorsch zu machen, als die Treppe zu schrubben. Es war wichtiger, den Weißkohl für die Kohlrouladen zu blanchieren, als im Wohnzimmer Staub zu wischen. Und es war wichtiger, Brot im Backofen zu trocknen und es zu Semmelbröseln zu mahlen, damit die Koteletts auch eine richtig knackige Panade bekamen, als sich um die Bügelwäsche zu kümmern, die in der Waschküche wartete.

Tante Ellen war immer beschäftigt, die Arbeit lief wie ein Fluß durch ihre breiten Hände. Aber dennoch schien sie nie in Eile zu sein. Sie summte immer vor sich hin und hatte immer Zeit, ihr kleines Taubenlachen zu lachen, wenn es etwas gab, worüber sie lachen konnte. Und jetzt war es nicht mehr nur Margareta, über die sie fröhlich lachte. Wenn Christina an einer ihrer Haarsträhnen kaute, gickelte Tante Ellen und zog die nasse Strähne weg:

»Das kann doch nicht schmecken, mein Dummerchen...«

Dummerchen war ein wichtiges Wort. Christina wußte, was das bedeutete: daß man etwas falsch gemacht hatte, aber daß es nicht so schlimm war. Es war nicht schlimm, in Tante Ellens Haus etwas falsch zu machen, das hatte sie an Margaretas entzücktem Kichern gehört, als Tante Ellen sie wegen ihres schlampigen Bettenmachens scherzhaft tadelte. Andererseits war sie sich nicht sicher, ob diese Regel für alle Dummerchen galt. Mit Margareta war es ja etwas Besonderes, also war es am besten, wenn sie sicherheitshalber ihr Bett ordentlich machte. Einmal versuchte Tante Ellen, Christina auf ihren Schoß zu heben, genau wie sie immer Margareta hochhob, aber als sie fühlte, wie Christina erstarrte, ließ sie sie sofort wieder los. Doch sie ging nicht fort, sie blieb eine Weile bei ihr stehen und löste Christinas Haarspange, befestigte die Strähne, die sich immer wieder löste, und gab ihr einen freundschaftlichen Klaps auf den Po, als sie fertig war. Danach faßte sie Christina nur beim Waschen an. Sie wusch ihr Gesicht und die Hände, kämmte ihr Haar, half ihr mit den Knöpfen, obwohl Christina eigentlich groß genug war, um das alles selbst zu können. Aber Christina protestierte nicht, sie ließ sich gefügig in ein ganz kleines Kind verwandeln. Und unten in dem kalten Badezimmer im Keller konnte sie es sogar manchmal zulassen, daß Tante Ellen mit dem Zeigefinger über ihre Narben strich. Sie waren jetzt vollkommen geheilt und taten nur noch selten weh. Nur die großen Flecken dünner, rosa Haut erinnerten sie noch daran, ansonsten hatte Christina das meiste vergessen.

Tante Ellen schien es nicht zu stören, daß Christina nicht reden konnte, sie schüttelte nie den Kopf darüber und flüsterte nie mit anderen Frauen darüber, wie es die Schwestern im Kinderheim getan hatten. Sie nahm es, wie es war: schaute mit ernsten grauen Augen auf Christinas Mund und guckte, ob die Lippen ein stummes Ja oder ein Nein formten. Das war alles. Und auch als später kleine Laute zu den Lippenbewegungen kamen, kommentierte sie sie nie.

Zur Mittsommernacht kam die ganze Familie, um Hering zu

essen und Schnaps zu trinken. Christina durfte den Schnittlauch schneiden. Sie tat das gewissenhaft mit der Zunge zwischen den Lippen; alle Schnittlauchstücke sollten ganz genau gleich lang sein. Schwester Inga stand plötzlich hinter ihr und beobachtete sie.

»Das ist ja unglaublich, wie gut sie schneidet«, sagte sie schließlich.

»Danke«, sagte Christina und knickste.

Schwester Inga drehte sich um und starrte Tante Ellen an.

»Hast du gehört? Sie redet! Sie kann reden!«

Tante Ellen schaute nicht einmal auf, sie blieb ruhig am Küchentisch stehen und legte die Heringsfilets kunstgerecht auf einen Glasteller.

»Natürlich kann sie reden«, sagte sie. »Schließlich soll sie im Herbst mit der Schule anfangen...«

»Dieser Sommer...«, denkt Christina, während sie die Treppen zum Pflegeheim hinaufeilt. Das wurde der Sommer aller Sommer. Nicht weil er besonders schön war. Ganz im Gegenteil: Mitte Juni begann es zu regnen, und danach regnete es ununterbrochen sechs Wochen lang. Aber das machte nichts. Christina mochte den Regen, der wie eine Mauer zwischen Tante Ellens Haus und der Welt stand. An den Vormittagen wurde es ganz still in der Küche, Tante Ellen arbeitete an ihren Jacken, während die Mädchen am Küchentisch saßen und malten. Es kam vor, daß Christina den Kopf hob, um dieser stummen Konzentration zu lauschen, aber alles, was sie hörte, war nur das Klopfen des Regens gegen die Scheibe.

Aber ein bißchen Luft mußten sie ja trotz des schlechten Wetters haben. Jeden Nachmittag holte Tante Ellen die Regenmäntel und Gummistiefel der Mädchen heraus und schickte sie in den Garten. Zuerst standen oder hockten sie auf der Treppe herum, aber schließlich stürzten sie doch hinaus und ließen sich vom Regen umarmen. Eines Tages bauten sie hinter den Johannisbeersträuchern ein Schneckenland. Christina machte sich auf die Suche nach Schnecken, während Margareta Straßen und Häuser in die feuchte Erde ritzte. An einem anderen Tag machten sie einen

Ausflug nach Vadstena. Tante Ellens Tasche war schwer beladen mit Thermoskannen – eine mit Kaffee und eine mit Kakao –, mit zwölf Butterbroten, drei Zimtbrötchen und sechs Äpfeln. Sie aßen fast alles auf einmal auf, während sie auf einer feuchten Parkbank am Strand des Vättern saßen, und gingen danach lachend zu dem großen Schloß. Als jedoch eine Nonne vorbeiradelte, der der schwarze Schleier wie Rabenflügel über den Ohren flatterte, verstummten sie und guckten nur noch Tante Ellen an.

Aber für Christina wurde Vadstena nie die Stadt der Nonnen, es war vom ersten Augenblick an die Stadt der bleichen Frauen. Bereits auf dem Weg vom Bahnhof zum Slotsvägen hatte sie sie gesehen, und als sie später die Storgatan entlanggingen, beugte sie ihren Kopf in den Nacken und schaute in alle Gesichter, die ihr entgegenkamen. Es stimmte. In Vadstena waren alle Frauen bleich. Christina gefiel das, sie stellte sich vor, daß die Frauen mit den bleichen Gesichtern flüsternde Stimmen hatten. Und sie faßte einen Beschluß. Wenn sie groß war, wollte sie in einer Stadt leben, in der die Menschen miteinander flüsterten...

Tante Ellen verfolgte mit dieser Reise eine Absicht. Sie wollte ein neues Spitzenmuster für ihr Klöppelkissen kaufen. Das war ein heikles Unternehmen. Sie ging von Geschäft zu Geschäft und begutachtete eingehend die Proben und Pappstreifen, die ihr gezeigt wurden. Als sie sich endlich entschloß, tat sie das mit einem schuldbewußten Seufzen. Spitzenmuster waren teuer. Viel zu teuer für etwas, das man eigentlich nicht brauchte, sondern das nur ein Vergnügen war.

Das Klöppeln wurde Christinas erster Triumph, ihr erster Sieg über Margareta. Sobald Tante Ellen sich ans Klöppelkissen setzte, tauchte Christina hinter ihrem Rücken auf und beobachtete ihre Hände. Zuerst begriff sie gar nichts, es sah aus, als flögen Libellen planlos über das Klöppelkissen, wenn Tante Ellen die Spulen hin und her bewegte. Aber bald gelang es ihr, das Muster in den Bewegungen zu erkennen, und nach einer weiteren Weile konnte sie ihre Hand über Tante Ellens Schulter schieben und auf die Spule zeigen, die als nächste bewegt werden mußte. Da ging Tante Ellen auf den Dachboden, holte für sie ein altes Klöppelkissen herunter und half ihr, ihre erste eigene Spitze anzufangen. Während der langen Augustabende saßen sie dann an dem großen Tisch im Speisezimmer einander gegenüber und fertigten einen Zentimeter Spitze nach dem anderen an. Mama Libelle und ihre große Tochter. Und draußen in der Küche saß die kleine Schwester Libelle und war beleidigt, weil sie mit ihren Wasserfarben nicht ins Eßzimmer durfte. Recht geschah ihr.

Aber jetzt hat sie keine Zeit, weiter ihren Erinnerungen nachzuhängen, jetzt muß sie immer zwei Stufen auf einmal nehmen und zusehen, daß sie in den weißen Kittel kommt. Es sind bereits sechzehn Minuten vergangen, seit das Telefon geklingelt hat. Hoffentlich hat Folke durchgehalten...

Kerstin Eins sitzt an ihrem Tisch im Schwesternzimmer. Jedesmal, wenn Christina diese Frau sieht, bekommt sie einen leichten Schock. Sie ist so erschreckend perfekt, so vollendet in allem, von den perlmuttweißen Fingernägeln bis hin zum goldblonden Haar.

»Hallo«, sagt Christina in übertrieben vertraulichem Ton, im Versuch, sich freundlicher gesinnt zu zeigen, als sie ist. »Da bin ich. Liegt Folke noch auf Zwei?«

Kerstin Eins richtet ihre großen blauen Augen auf Christina und zögert eine Sekunde zu lange mit der Antwort, nur um zu zeigen, daß sie etwas kritisch eingestellt ist. Sie zeigt immer, daß sie gegenüber den Ärzten des Pflegeheims etwas kritisch eingestellt ist. Das scheint ein Prinzip zu sein.

»Ja, noch«, sagt sie. »Aber wir sind dabei, ein anderes Zimmer für ihn freizumachen. Es ist heute etwas voll, aber es wird schon klappen. Oder besser gesagt: Ich weiß, daß es klappt. Da müssen einige eben etwas zusammenrücken.«

Christina nickt und greift sich die Krankenmappe, die Kerstin Eins ihr hinhält.

»Neue Antibiotika?« fragt Kerstin Eins und zieht die Augenbrauen hoch.

Christina seufzt, sie hat bereits drei Präparate ausprobiert, und Folke hat auf keines angesprochen. Auch ein viertes wird ihm nicht helfen.

»Das glaube ich nicht«, sagt sie kurz und wendet sich ab.

Der Tod hat schlechten Mundgeruch. Christina riecht den sauren Geruch bereits auf dem Flur und wird von ihm überwältigt, als sie Folkes Zimmer betritt. Sie braucht nur einen kurzen Blick auf Folke zu werfen, um zu wissen, daß es soweit ist. Das ist seinem Gesicht anzusehen, der Unterkiefer hängt schlaff herunter, und der Mund ist zu einem schwarzen Loch geworden, die Haut der Wangen ist dünn und durch das Ödem der langen Krankheit gespannt. Es gibt nichts, was sie tun kann. Um den Schein zu wahren, stopft sie sich dennoch das Stethoskop in die Ohren und klopft auf seine Brust. Es klingt genau, wie sie gedacht hat: dumpf und gedämpft. Das Atemvermögen ist herabgesetzt, und im linken Lungenflügel zeigt sich ein leichtes Rasseln. Aber Folkes zähes Herz tickt weiter dort drinnen, zwar schwach und abgehackt, aber mit einem schweren Zielbewußtsein hinter jedem Schlag. Sie hätte sich nicht so beeilen müssen. Folkes Herz wird noch viele Stunden um das Unmögliche kämpfen.

Auf der anderen Seite des Betts steht eine weißhaarige Frau und hält Folkes angeschwollene Hand in ihrer. Für einen Augenblick erschauert Christina. Nichts ist schlimmer, als einer weinenden Ehefrau und erwachsenen Kindern mit feuchten Augen erklären zu müssen, daß es an der Zeit ist, die Behandlung abzubrechen.

»Wir gehen auf den Flur«, sagt sie mit gedämpfter Stimme. Aber die Frau antwortet nicht, sie zwinkert nur, daß die Augen überquellen und neue Tränen über ihre runzligen Wangen laufen. Christina zögert. Vielleicht hat sie sie ja nicht gehört.

»Bitte«, wiederholt sie, »können wir auf den Flur gehen…«

Doch die Frau schüttelt nur den Kopf.

»Ich will ihn nicht allein lassen…«

»Aber es gibt da einiges, was ich erklären muß.«

»Das ist nicht nötig. Ich weiß Bescheid.«

Christina verstummt. Das Sterben hat seine Liturgie, und all die rituellen Phrasen liegen ihr auf der Zunge – es gibt nichts mehr, was wir tun können, aber wir werden dafür sorgen, daß er nicht leidet –, und wenn sie die nicht loswerden kann, wird sie wie gelähmt. Sie bleibt an Folkes Bettkante stehen, sieht seine weinende Ehefrau an und muß wider Willen seufzen: Was für einen Tag hat diese Frau nur vor sich. Fünfzehn oder zwanzig Stunden wird sie mit Folkes Hand in ihrer dasitzen und zusehen, wie er durch alle Stadien des Sterbens wandert. Der Durst. Die Schmerzen. Die Atemnot und das Rasseln. Es müßte einen einfachen Ausgang aus dem Leben geben, eine offene, empfängliche Tür …

Aber sie empfindet nicht nur Mitleid, sie empfindet auch eine Art Neid über das Selbstverständnis in der Trauer der alten Dame. Sie selbst hat nie so weinen können, nicht einmal, als Tante Ellen endlich nach fünfzehn Jahren Dauerpflege starb. Margareta hingegen konnte es. Sie beugte sich über Ellens toten Körper und umarmte ihn, sie hinterließ von ihrer aufgeweichten Wimperntusche Flecken auf dem weißen Krankenhaushemd und flüsterte nuschelnd dem toten Körper sinnlose Trostworte zu: »Es wird alles gut, liebe Ellen, es wird alles gut, du wirst wieder ganz gesund …«

Das hatte Christina wütend gemacht. Es war, als stehle Margareta ihr ihre eigenen Träume, wenn sie dort vor Tränen überfloß. Mit knallenden Hacken lief sie aus dem Zimmer, über den Flur, die Treppen hinunter, hinaus zum großen Ahorn auf dem Rasen vor dem Pflegeheim. Es war Winter, aber sie kümmerte sich nicht darum, sie kämpfte sich durch den kniehohen Schnee, obwohl er sich in ihre Pumps drängte und ihre Füße zu Eis erstarren ließ. Und als sie endlich angekommen war, warf sie sich dem Baum entgegen, trat ihn und schlug mit ihren weißen Fäusten gegen die Rinde.

»Verdammt!« schrie sie und fluchte zum ersten Mal seit vielen Jahren. »Verdammte Scheiße, verfluchter Mist!«

Später in der Nacht, nachdem Tante Ellens Körper weggebracht worden war, waren Margareta und sie über den Parkplatz zur Ambulanz gegangen und hatten sich in Christinas Zimmer gesetzt. Und während sie dort saßen, beide die kalten Hände um einen Becher Tee geschlungen, sagte Christina nach einer langen Zeit des Schweigens:

»Glaubst du, daß man ohne Liebe leben kann? Kann man so überleben?«

Margareta schluchzte von neuem und wischte sich mit der Hand unter der Nase entlang.

»Natürlich kann man das«, sagte sie, »man ist ja verdammt noch mal dazu gezwungen.«

Erst da fing Christina an zu weinen. Aber nicht, weil Tante Ellen tot war, sondern weil Margareta bereits so viel vergessen hatte.

Jetzt endlich bringt sie ein paar Arztphrasen heraus, sagt sie der alten Dame und geht dann auf den Flur. Sie muß mit Kerstin Eins über den Flüssigkeitsausgleich und über Morphin reden. Manchmal hat sie das Gefühl, als würde diese Person mit den Schmerzmitteln geizen, sobald die Ärzte außer Sichtweite waren. Diese Sorte Krankenschwester ist ihr schon früher begegnet, Frauen, die im Angesicht des Todes von einem Gefühl der Allmacht ergriffen werden. Als frischgebackene Ärztin erlebte sie einmal, wie eine fromme alte Oberschwester sich über einen wimmernden alten Mann beugte und ihm ins Ohr zischte: »Willst du wirklich unserem Herrgott mit Gift im Körper gegenübertreten?« Aber Kerstin Eins mußte ein anderes Motiv haben, sie hatte sich nie besonders gottesgläubig gezeigt.

Christina lehnt sich an den Türpfosten im Schwesternzimmer und räuspert sich. Kerstin Eins schaut von ihren Papieren auf. Aber keine von beiden kann etwas sagen, da eine Hilfsschwester angelaufen kommt.

»Kommt schnell«, sagt sie, »ein Anfall auf Sechs! Schlimmer als sonst!«

»Maria?« fragt Kerstin Eins.

»Nein, nein, es ist Desirée.«

Kerstin Eins steht langsam auf und streicht mit der Hand über die Sitzfalten, die sich auf ihrem weißen Kitteloberteil gebildet haben. Sie verschwinden wie durch einen Zauberstreich, innerhalb einer Sekunde sieht es wieder wie frisch gebügelt aus. Christina beobachtet sie fasziniert, merkt dann aber, daß sie etwas tun muß. Sie weiß nicht, von welcher Patientin die beiden reden, sie kennt kaum Namen und Gesichter ihrer eigenen Patienten hier im Pflegeheim. Dennoch fragt sie:

»Werde ich gebraucht?«

»Denke ich nicht«, antwortet Kerstin Eins.

Ein feiner Kaffeeduft kitzelt Christina in der Nase, als sie in die Ambulanz kommt, und als sie einen Blick in den Aufenthaltsraum wirft, sitzt Hubertsson dort und liest in Dagens Nyheter.

»Hallo«, sagt sie. »Du bist ja früh dran heute.«

Er schaut nicht einmal von seiner Zeitung auf, als er antwortet: »Ich bin immer früh. Weißt du das nicht?«

Nein, das weiß sie nicht. Woher sollte sie auch? Die Wahrheit ist schließlich, daß sie versucht, Hubertsson so oft wie möglich aus dem Weg zu gehen. Das ist keine bewußte Entscheidung, sondern nur ein Instinkt, der alle betrifft, die Christina anders als die praktische Ärztin in der Ambulanz von Vadstena kennengelernt haben. Und Hubertsson kam bereits als Untermieter in Tante Ellens Haus, als Christina vierzehn Jahre alt war. Er hat also die Gymnasiastin gesehen, die sie einmal war. Die damals ein Kleid in Schottenkaro trug und einen Dufflecoat, genau wie alle anderen Gymnasiastinnen, der es aber dennoch nie gelang, so wie die anderen zu werden. Ihr Dufflecoat hatte Holzknebel statt welche aus Knochen, und die Karos ihres Kleids waren dunkelblau und nicht rot, wie sie sein sollten. Tante Ellen hatte Dufflecoat und Kleid genäht, aber Christina konnte ihr trotzdem nicht die Schuld geben, denn sie selbst hatte den Kleiderstoff und die Knöpfe ausgesucht.

Andererseits hätte es kaum einen Unterschied gemacht, wenn sie die richtigen Dinge ausgesucht hätte, trotzdem wäre sie auf ihrem Platz in der Klassenhierarchie geblieben: ganz unten. Dort befand sie sich zusammen mit zwei anderen Mädchen, die auch so flachbrüstig und uninteressant waren, daß die übrigen Mädchen kaum mit ihnen reden mochten. Und weil das so war, sprachen sie auch miteinander so gut wie gar nicht. Auf dem Heimweg von der Schule mußte Christina sich immer wieder räuspern, damit niemand merkte, daß ihre Stimme rauh und nicht benutzt war. Das gelang ihr aber nicht immer. Als sie eines Nachmittags nach Hause kam und Tante Ellen mit einem neuen Untermieter im großen Zimmer sitzend fand, krächzte sie ihr »Guten Tag« heraus. Sie hatten Kaffee getrunken, und Tante Ellen hatte die besten Tassen aufgedeckt. Außerdem glänzte es unter Tante Ellens Nase vor Schweiß, und der Wattepfropf in ihrem Nasenloch war dunkelrot geworden. Sie bekam immer Nasenbluten, wenn sie nervös war.

»Er ist ein Doktor«, flüsterte sie Christina zu, als sie eine Weile später hinter Hubertsson die Tür geschlossen hatte. Christina nickte ernst. Sie blieben beide stehen und hörten, wie er die Treppe zur Einliegerwohnung hinaufging, wie er aufschloß und seine Taschen hineintrug. Christina beobachtete Tante Ellen. Ihre Haltung zeugte von einer Ehrfurcht, die Christina noch nie zuvor an ihr gesehen hatte. Das überraschte sie. Tante Ellen ließ sich von einer akademischen Ausbildung nicht beeindrucken, eher huschte etwas wie Verachtung über ihren Blick, wenn Christina mit andächtiger Stimme von den Studienräten und Oberstudienräten am Gymnasium erzählte. Tante Ellen war der Meinung, daß zuviel Lernen nicht gut war. Das konnte einen wirr machen, und nach allem, was sie gehört hatte, war genau das einigen Lehrern am Gymnasium passiert. Ärzte gehörten aber offensichtlich nicht in diese Kategorie. Deren Wissen war ehrfurchtgebietend, nicht lächerlich. Und als Hubertsson mit der Zeit ein Freund des Hauses wurde, konnte Tante Ellen nur mit Mühe einen Knicks unterdrücken, wenn er in ihre Nähe kam.

Er war damals frisch geschieden. Deshalb hatte er sich einen Job in Vadstena und eine Unterkunft in Motala gesucht, möglichst weit weg von seinem früheren Leben als Assistenzarzt in einem Krankenhaus in Göteborg. Aber davon erzählte Tante Ellen ihnen nichts, es war – natürlich – Birgitta, die diese Informationen ausspionierte.

Er ist heute immer noch geschieden, er hat nie wieder geheiratet. Das ist bedauerlich, er bräuchte eine Ehefrau. Besonders jetzt, wo er alt und krank ist.

»Gibt es für mich auch eine Tasse Kaffee?« fragt Christina.

»Natürlich«, sagt Hubertsson und blättert seine Zeitung um. »Bedien dich, und setz dich hin.«

Doch zuerst geht Christina zum Kühlschrank und wühlt darin herum. Sie hat eine Butterdose und ein Stück Käse dort drin, vielleicht gibt es ja auch noch ein Stückchen Brot. Aber nein.

»Darf ich mir von deinem Brot eine Scheibe klauen?«

Hubertsson legt die Zeitung auf den Tisch.

»Klar. Lang nur zu ...«

»Wirklich?«

Er muß lachen.

»Ganz hinten liegt noch ein Brötchen. Nimm es ruhig.«

Er beobachtet sie, während sie das krümelige Brötchen in zwei Teile schneidet.

»Und wie kommt es, daß du mit hängender Zunge zur Arbeit hastest? Und auch noch ohne Frühstück?«

»Das Pflegeheim«, sagt Christina lakonisch und setzt sich mit an den Tisch. »Und Frühstück hatte ich schon. Aber es war nicht besonders gelungen.«

»Ach«, meint Hubertsson. »Warum denn nicht? Hast du das Müsli angebrannt?«

»Margareta«, sagte Christina nur und beißt schnell von ihrem Brot ab, um nicht mehr sagen zu müssen. Hubertsson beugt sich vor, er ist offensichtlich interessiert.

»Deine Schwester? Ist sie hier?«

Christina kaut zu Ende, bevor sie antwortet.

»Meine Pflegeschwester.«

Hubertsson lächelt leicht.

»Ja, natürlich«, nickt er und nimmt seine Zeitung wieder hoch. »Deine Pflegeschwester. So war das, ja.«

Christina runzelt die Stirn, sie fürchtet, daß er anfängt, über die alten Zeiten zu reden, aber Hubertsson sagt nichts mehr, er blättert nur weiter in seiner Zeitung. Die Frage ist nur, ob er überhaupt etwas anderes als die Überschriften lesen kann. Wenn man in Betracht zieht, wie er seine Diabetes in den letzten Jahren vernachlässigt hat, müßte er inzwischen halb blind sein. Auf jeden Fall ist Hubertsson kränker als die meisten seiner Patienten. Heute sieht er außerdem schlechter aus als sonst. Ganz grau. Christina beugt sich vor und streift seinen Arm.

»Wie geht es dir eigentlich?« fragt sie. »Ist alles in Ordnung?«

Hubertsson steht auf und geht mit eiligen Schritten zur Tür.

»Mir geht es gut«, sagt er über die Schulter. »Ganz prima. Ausgezeichnet. Wunderbar. Ist sonst noch was? Oder darf ich jetzt endlich meine Zeitung in Frieden lesen?«

Christina verzieht das Gesicht. Der alte Griesgram.

Im Lauf des Vormittags hat sie über der Arbeit Hubertsson und ihre Schwestern vergessen, und nur eine eigenartige Schwäche in ihren Armbeugen erinnert sie an die lange durchwachte Nacht. Heute gefällt es ihr zu arbeiten, nicht weil sie ihren Beruf mehr als sonst mag, sondern weil sie eine Sicherheit in der Routine findet, darin, die Worte und Floskeln immer noch einmal zu wiederholen, die sie schon tausendmal gesagt hat. Außerdem hat sie an diesem Morgen nur einfache, sonnenklare Fälle, eine leichte Gastritis, ein paar kleine Streptokokken, einen pickeligen Fünfjährigen, der nie wieder eine Apfelsine essen darf. Bei solchen Symptomen ist das Risiko gering, daß ein verborgener Tumor dahintersteckt. Als der nächste Patient hereinkommt, fühlt sie sich noch besser. Sie braucht nur einen Blick auf den Jugendlichen zu werfen, und es fällt ihr sofort ins Auge, worum es sich handelt: Bindehautentzündung.

Aber trotzdem macht sie natürlich eine gründliche Untersuchung und löscht außerdem die Deckenlampe, als er sich auf die Untersuchungsliege legt, damit ihm das grelle Licht nicht in den Augen weh tut. Sie verspürt eine gewisse Zärtlichkeit für ihn, er ist ebenso schmalschultrig und dünn wie Erik, und sein Kinn ist mit dick entzündeten Pickeln bedeckt. Nicht gerade ein cooler Typ. Ganz und gar nicht zu vergleichen mit den vor Testosteron strotzenden Junghähnen, die Åsa und Tove in ihrer Jugend nach Hause zu bringen pflegten.

»Ich schreibe dir eine Salbe auf«, sagt sie, nachdem die Untersuchung abgeschlossen ist. »Und ich glaube, du solltest lieber ein paar Tage zu Hause bleiben.«

Normalerweise ist Christina mit ihren Krankschreibungen sehr geizig; sie weiß, daß der Sachbearbeiter der Krankenkasse Statistik über die Krankschreibungsrate jedes einzelnen Arztes führt und daß diejenigen, die allzu großzügig sind, eine Rüge riskieren. Aber dieser Junge hier ist zu jung, um in irgendeiner Statistik zu landen. Und außerdem zeigt seine ganze traurige Gestalt, daß er wirklich ein paar Tage Ruhe von der Welt benötigt.

Er kommt hoch, bleibt aber mit schwingenden Beinen auf der Liege sitzen. Christina hält inne, sie wollte gerade aufstehen, um ein Rezept auszuschreiben, aber jetzt sinkt sie zurück auf ihren glänzenden, rostfreien Schemel.

»Ist noch etwas?«

Er antwortet nicht sofort, sondern senkt nur den Kopf und seufzt.

»Du«, sagt Christina vorsichtig, »möchtest du noch etwas?«

Er schaut auf und sieht sie mit seinen roten Strichen in den Augen an. Die Wimpern sind mit Eiter verklebt.

»Warum muß man leben?« fragt er schließlich mit spröder Stimme.

Christinas Hände sinken in ihren Schoß; ohne es zu bemerken, dreht sie die Handflächen nach oben. Ich weiß es nicht, sagt die Geste. Aber ihr Mund schweigt.

»Wissen Sie das, Sie sind doch Ärztin? Wissen Sie, warum man leben muß?«

Plötzlich überrollt sie die Müdigkeit der Nacht und läßt sie alle ärztlichen Phrasen vergessen.

»Nein«, sagt sie mit einem Seufzen, »ich weiß es nicht. Ich lebe einfach nur.«

Er sitzt immer noch in der gleichen Haltung da, die Beine schaukeln immer noch, ganz vorn in der einen Socke hat er ein Loch.

»Aber wenn man nicht mehr leben will? Was macht man dann?«

»Willst du nicht mehr leben?«

»Nein.«

»Warum nicht?«

»Weil ich es einfach nicht will.«

Und da tut sie etwas, was sie eigentlich nicht tun darf: Sie streckt ihre Hand aus und streicht ihm übers Haar, sie möchte ihn so gern trösten... Aber mitten in ihrer Bewegung klingelt das Telefon, und ohne darüber nachzudenken, steht sie auf, um es abzunehmen. Im nächsten Moment sieht sie ihren Fehler ein, und als sie den Hörer hochnimmt, ist sie wütend.

»Ja, hier ist Christina Wulf. Was ist?«

Die Stimme im Hörer klingt leise und ängstlich. Die Schwester von der Rezeption weiß, daß man nicht anrufen darf, wenn die Ärzte einen Patienten haben.

»Liebe Christina, entschuldige, aber hier ist ein Anruf von der Polizei, und die bedrängen mich so; sie sagen, es sei ganz, ganz wichtig, und ich werde sie einfach nicht los...«

Christina wirft einen Blick ins Zimmer, der Junge sitzt immer noch in der gleichen Haltung da, aber er schaukelt nicht mehr mit den Beinen.

»Okay. Stell sie durch.«

Es knackt im Hörer, und dann hört sie eine neue Stimme. Eine Frau.

»Hallo. Ist da Frau Doktor Wulf?«

»Ja.«

»Ja, also, hier ist das Polizeirevier in Norrköping. Wir haben eine Person, die Ihren Namen angegeben hat...«

Christina gibt einen ungeduldigen Ton von sich. Welchen der Saufbrüder hat es denn nun nach Norrköping verschlagen, daß er da im Knast gelandet ist? Und was soll sie bitteschön tun?

»Sie heißt Birgitta Fredriksson...«

Christina unterbricht.

»Ist sie verletzt?«

»Nein, ganz und gar nicht. Eher im Gegenteil...«

»Was heißt im Gegenteil?«

»Ihr wird Körperverletzung vorgeworfen. Wir haben sie am frühen Morgen aufgegriffen. Und jetzt können wir sie nicht länger hierbehalten, wir müssen sie freilassen. Aber sie hat kein Geld für den Bus zurück nach Motala, und sie hat gesagt, daß Sie für sie bürgen würden. Wenn wir ihr also das Geld für die Fahrt leihen, würden Sie dann garantieren, daß wir es zurückkriegen? Wären Sie mit so einer Absprache einverstanden? Schließlich ist sie ja Ihre Schwester.«

Irgendwo im Hintergrund ertönt eine wohlbekannte Stimme.

»Verflucht noch mal, nun sieh schon zu, daß sie einwilligt! Das ist schließlich ihre verdammte Pflicht und Schuldigkeit...«

Christinas Wut ist ganz weiß, eine weiße Glut schimmert vor ihren Augen, eine weiße Glut brennt ihr in der Kehle. Nie im Leben!

»Hallo!« ruft die Polizistinnenstimme. »Hallo, Doktor Wulf! Sind Sie noch dran?«

Christina ringt nach Luft, und als sie wieder ihre Stimme findet, klingt diese metallen.

»Ja, ich bin noch dran. Aber leider kann ich Ihnen nicht helfen. Es muß sich um ein Mißverständnis handeln. Ich habe nämlich keine Schwester.«

»Aber sie hat doch gesagt...«

»Sie lügt.«

»Sie hat ein Rezept mit Ihrem Namen.«

Besorgnis klettert Christinas Rückgrat hinauf.

»Ein ausgefülltes Rezept?«

»Nein, nein. Nur das Formular. Es steht ein ekliger Vers drauf. Und es ist mit Ihrem Namen abgestempelt. Christina Wulf, Vadstena Ambulanz... Das sind Sie doch, oder?«

Christina fährt sich mit der Hand durchs Haar; sie ahnt, um welchen Vers es sich handelt, den vergißt man nicht. Aber sie denkt nicht daran, sich in das Spiel hineinziehen zu lassen. Niemals.

»Das ist leicht zu erklären. Wenn Sie in Ihren Akten nachsehen, dann werden Sie feststellen, daß diese Person mir vor ein paar Jahren einen Rezeptblock gestohlen hat. Sie ist dafür bestraft worden.«

Die Polizistin schweigt, man kann fast hören, wie sie sich am Kopf kratzt.

»Ja, wenn das so ist... dann weiß ich auch nicht, was wir machen sollen.«

»Sie müssen sich wohl an die sozialen Einrichtungen wenden.«

Es raschelt im Hörer, die Polizistin in Norrköping gibt einen überraschten Ruf von sich, und plötzlich hat Christina die wohlbekannte Stimme so dicht an ihrem Ohr, daß ihr Trommelfell vibriert:

»Nun hör mal zu, du alte Schnepfe!« brüllt Birgitta. »Du hast dein ganzes Leben lang nichts anderes getan, als mir Knüppel zwischen die Beine zu schmeißen. Aber jetzt mußt du verdammt noch mal zustimmen. Das hätte ich wirklich nicht von dir gedacht. Ein anonymer Brief, ey! So eine widerliche Scheiße, das ist so zum Kotzen, du bist ja so widerlich...«

Christina wirft den Hörer mit einem Knall auf die Gabel und verbirgt ihr Gesicht in den Händen. Sie ist bis ins tiefste Innere aufgeweicht, sie ist ein einziger Sumpf, so biegsam wie ein aufblasbares Spielzeug und wird nie wieder auf ihren eigenen Beinen stehen können. So bleibt sie eine ganze Minute lang sitzen; sie kann ihre eigene Armbanduhr ticken hören, als eine vorsichtige Bewegung im Hintergrund sie aufschauen läßt. Mein Gott! Der Junge. Sie hat den Jungen vergessen.

Sie dreht den Stuhl ganz herum und holt tief Luft.

»Entschuldige bitte, das hätte nicht passieren dürfen. Wo waren wir stehengeblieben?«

Der Junge schaut sie an, die Entzündung läßt seine Augen zu schwarzen Strichen werden.

»Sie wollten mir ein Rezept ausschreiben.«

»Aber...«

Er rutscht von der Liege herunter, plötzlich versucht er, sich wie ein erwachsener Mann zu verhalten.

»Bei der Augensalbe«, sagt er. »Wir waren bei der Augensalbe stehengeblieben...«

Als er gegangen ist, bleibt sie im Halbdunkel sitzen; sie ist nicht in der Lage aufzustehen und das Licht einzuschalten. Der nächste Patient muß warten, sie braucht etwas Ruhe, um ihr Gemüt wieder ins Gleichgewicht zu bringen. Sie dreht den Schreibtischstuhl so herum, daß sie aus dem Fenster schauen kann, und nach einer Weile sieht sie den Jungen, wie er den Parkplatz überquert. Seine Körperhaltung beunruhigt sie, die Schultern vorgezogen, die Arme schlenkern schlaff an den Seiten, der Nacken ist gebeugt. Er müßte frieren, wie er dort im Schneematsch dahinrutscht, aber seine Jacke ist offen, und er hat weder Handschuhe noch einen Schal bei sich. Eine der endlosen Kontrollphasen aus der Zeit des Medizinstudiums kommt ihr in den Sinn. Liegt ein Suizidrisiko vor? Ja. Hier liegt ein Suizidrisiko vor.

Und plötzlich hat sie ganz kurz die Vision, wie sein Leben mit ihrem zusammenhängt, wie schwierig, kompliziert und unmöglich alles ist, wenn es wirklich stimmt, daß die Tatsache, daß sie einst ein mißhandeltes Kind war, das in einer Pflegefamilie untergebracht wurde, dazu beiträgt, daß ein fremder Junge vierzig Jahre später nach Hause geht und sich umbringt. Wenn es keine Birgitta in ihrem Leben gäbe, dann hätte das Telefon stumm auf ihrem Tisch gestanden, als er sich mühsam öffnete, und es wäre stumm geblieben, während er bis zum entscheidenden Punkt weitergesprochen hätte.

»Wenn das Wörtchen wenn nicht wär«, höhnt Astrid in ihrer Erinnerung.

Astrid. Genau. Sie ist schuld daran, sie hat Christinas Leben zu dem gemacht, was es ist. Und ihre Macht ist so groß, daß sie auch lange nach ihrem Tod noch mit schmutzigen Nägeln in den Wunden anderer Menschen herumwühlen kann. Ohne nachzudenken, zieht Christina die unterste Schublade ihres Schreibtisches heraus und holt einen Umschlag hervor. Er ist braun und zerknittert, er liegt schon seit vielen Jahren ganz unten in der Schublade.

Erik weiß nicht, daß sie diesen Umschlag hat, er weiß nicht, daß sie schon vor mehr als fünfzehn Jahren das getan hat, was er ihr so oft vorgeschlagen hat. Sie hat sich die Akten ihrer Kindheit besorgt. Und nicht nur das, sie hat sich auch den Einsatzbericht der Feuerwehr beschafft, den Ermittlungsbericht der Feuerwehr und – mit Hilfe ihrer ärztlichen Autorität und diversen Halblügen – Teile aus Astrids Akte vom Birgittakrankenhaus in Vadstena.

Ihre eigene Krankenhausakte liegt ganz oben. Sie schiebt den vergilbten Bogen zur Schreibtischlampe und liest die nur zu vertrauten Worte. *Fünfjähriges Mädchen. Mit Unfallwagen 22.25 Uhr eingeliefert. Bewußtlos. Brandschäden 2.–3. Grades auf Bauch, Brustkorb, li. Oberarm und re. Handfläche…*

Sie kann es nicht glauben. Jedesmal wenn sie die Akte liest, kommen ihr die gleichen Zweifel; es ist unmöglich, es kann nicht möglich sein. Und dennoch weiß sie natürlich, daß jedes Wort stimmt, zumindest die Narben müßten sie davon überzeugen. Einige Teile ihrer Haut werden immer dünner und glänzender sein als die anderen: der Bauch, der Brustkorb, der linke Oberarm und die rechte Handinnenfläche.

Außerdem hat sie ja den Ermittlungsbericht und die Zeugenaussage des Ehepaars Pettersson. Diese Nachbarn, an die sie sich nicht mehr erinnern kann, ebensowenig wie an die Wohnung, in der sie mit Astrid wohnte, und an das Haus in der St. Persgatan in Norrköping. Dennoch meint sie, Frau Petterssons breiten ostgötländischen Akzent zu hören, als sie im Vernehmungsprotokoll blättert:

»Na ja, man war es ja gewohnt, das Kind schreien zu hören, meistens schluchzte es nur... Aber diesmal brüllte es so schrecklich, daß es nicht mit anzuhören war...«

Die Zusammenfassung auf der ersten Seite des Ermittlungsberichts bringt die restlichen Details:

> *Die Eheleute Elsa und Oskar Pettersson geben an, daß sie am Abend des 23. März 1955 gegen halb zehn Uhr einen beißenden Rauchgeruch bemerkten. Frau Pettersson ging ins Treppenhaus und stellte fest, daß der Geruch aus der Wohnung nebenan kam. Sie forderte deshalb ihren Mann auf, die Feuerwehr zu alarmieren, und rüttelte anschließend an der Wohnungstür zur Nachbarwohnung, um festzustellen, daß nicht abgeschlossen war. In der Wohnung eilte sie zunächst in die Küche und dann ins Wohnzimmer, ohne den Brandherd oder die Wohnungsinhaberin, Fräulein Astrid Martinsson, zu finden. Als sie versuchte, ins kleine Zimmer zu gehen, mußte sie feststellen, daß die Tür abgeschlossen war, aber der Schlüssel steckte außen. Sie schloß auf und ging hinein. Die Flammen schlugen vom Kinderbett hoch. Frau Pettersson erstickte das Feuer mit einer Decke. Während sie damit beschäftigt war, tauchte Astrid Martinsson auf und*

fügte ihr mit einem Küchenmesser zwei Schnittwunden im Rücken zu. Kurz danach betrat Herr Pettersson das Zimmer. Es entstand ein Tumult, als dieser versuchte, Fräulein Martinsson zu entwaffnen, wobei eine Petroleumlampe zu Boden fiel. Dadurch bekam das Feuer neue Nahrung. Aber Frau Pettersson erstickte auch diesen neuen Brandherd mit der Decke, während Herr Pettersson Fräulein Martinsson überwältigte und festhielt...

Christina schiebt die Papiere wieder in den Umschlag. Sie bräuchte sie eigentlich gar nicht zu lesen: Sie kann sie auswendig. Vor allem Astrids Vernehmungsprotokoll. Anfangs behauptet sie, daß das Feuer entstanden ist, weil das Mädchen die Petroleumlampe umgeworfen hat. Sie wird gewalttätig, als sie mit den Angaben der Sanitäter konfrontiert wird, die aussagen, daß das Mädchen so fest mit Armen und Beinen an den Sprossen des Betts festgebunden war, daß sie sie losschneiden mußten.

Und dann die Diagnosen des Birgittakrankenhauses für Astrid, eine nach der anderen, alle mit einem zögerlichen Fragezeichen am Rand versehen. Endogene Psychose? Paranoide Schizophrenie? Manodepressiv? Psychopathin mit psychogenem Schub? Diese Unsicherheit scheint auch die Behandlung geprägt zu haben. Während ihrer sieben Jahre im Birgittakrankenhaus mußte Astrid alles über sich ergehen lassen. Fixierung und Dauerbad, Sulfazin und Isophen, Elektroschocks und Insulinkomabehandlung, bis man schließlich das Wundermittel dieser Zeit einsetzte: Hibernal.

Alles weiß Christina, doch an nichts kann sie sich erinnern. Und das Sonderbare ist, daß sie schon als Kind alles wußte, sich aber an nichts erinnern konnte, bereits damals, als Astrid in Tante Ellens Haus kam, um ihre Tochter zurückzuverlangen.

Es war ein kalter Tag, Anfang Januar, so ein Tag, an dem die Luft so schneidend vor Frost ist, daß man Risse in der Lunge bekommt, und das Licht so weiß, daß es in den Augen weh tut. Aber Tante Ellens Küche war warm und wohlriechend, sie backte Rosinenbrötchen. Christina und Margareta hatten noch Weihnachtsferien, sie waren den ganzen Vormittag draußen gewesen und hatten im Schnee gespielt, aber jetzt hingen sie am Küchentisch herum und warteten, bis ihre Skihosen wieder trocken waren. Ein verfrorener Spatz landete auf dem Vogelbrett draußen vor dem Fenster. Er pickte lustlos die letzten Brotkrümel auf, plusterte sich dann auf und bewegte sich nicht mehr.

»Dürfen wir dem Vogel ein Brötchen geben?« fragte Margareta.

Tante Ellen beugte sich hinunter, um ein Blech aus dem Ofen zu holen, sie benutzte die Zipfel ihrer Schürze als Topflappen.

»Nun ja«, sagte sie, »kein frisch gebackenes. Aber im Brotkasten gibt es noch zwei Brötchen von letzter Woche... Nehmt die.«

Beide Mädchen sprangen gleichzeitig auf. Es sah so aus, als würde Margareta als erste den Brotkasten erreichen; sie machte zwei Riesenschritte, um dann auf ihren Wollsocken über den Linoleumboden zu schlittern. Aber Tante Ellen hielt sie mit ausgestrecktem Arm auf.

»Moment mal, du Dummerchen. Geh mal ordentlich. Wenn du hier Schlittschuhbahn spielst, machst du Löcher in die Strümpfe.«

Das genügte, um Christina den nötigen Vorsprung zu verschaffen. Als Ellen Margareta losgelassen hatte, hatte Christina bereits die harten Brötchen aus dem Brotkasten genommen; jetzt hielt sie in jeder Hand eins und lächelte triumphierend.

»Tante Ellen!« jammerte Margareta.

Ellen wußte, worum es ging, ohne überhaupt hinzusehen, sie kannte ihre Pappenheimer. Mit dem Rücken zu den Mädchen sagte sie:

»Jede eins. Und keinen Streit.«

In dem Moment klopfte es an der Tür.

Für den Rest ihres Lebens würde Christina wissen, daß Zeit ein relativer Begriff ist, daß ein Moment und die Ewigkeit das gleiche sind. Ein flüchtiges Bild blitzte in ihrem Gehirn auf: Ein Stein plumpste ins dunkle Wasser, breite Kreise breiteten sich auf der Oberfläche aus. So war die Zeit. Der Stein war das Jetzt, die Kreise waren das, was gewesen war, und das, was noch kommen sollte. Sie kannte alles, was geschehen war, und alles, was noch geschehen würde, dennoch war es ihr nicht möglich, die Vergangenheit wie auch die Zukunft zu erinnern. Während eines einzigen Atemzugs gelang es ihr, tausend Gedanken zu denken: Wer kann das sein, der nicht erst draußen an der Haustür klingelt? Wie ist es möglich, daß wir nicht gehört haben, wie die Haustür aufgeschlossen wird, bevor es an der Wohnungstür klopfte? Warum stehen mir die Haare auf meinen Armen zu Berge?

Tante Ellen und Margareta verhielten sich, als wäre es vollkommen normal, daß jemand an die Tür klopfte. Margareta schnappte sich eins der harten Brötchen und verzog sich zum Küchenfenster, Tante Ellen wischte sich die Hände an der Schürze ab und ging, um die Tür zu öffnen.

Die Stimme draußen im Flur klang merkwürdig, ein schonischer Dialekt, der doch nicht so richtig schonisch war, prallte gegen Tante Ellen und unterbrach sie, bevor sie überhaupt grüßen konnte.

»Ich will sie nach Hause holen«, sagte die fremde Stimme.

Tante Ellens Stimme klang plötzlich schrill:

»Wen? Was wollen Sie?«

»Sie gehört mir. Ich will sie abholen.«

Etwas fiel zu Boden, Christina schloß die Augen und wußte, es war der Hocker unter dem Telefonbord, der umgefallen war. Nasenbluten, dachte sie. Jetzt kriegt Tante Ellen wieder Nasenbluten. Und ganz richtig, nur Sekunden später stand Tante Ellen auf der Türschwelle zur Küche und drückte einen Zipfel ihrer Schürze gegen ihr rechtes Nasenloch. Sie gab Christina hastig ein Zeichen mit der Hand: Verschwinde!

Hinterher kam ihr in den Sinn, daß sie sich doch lieber im Besenschrank hätte verstecken sollen, aber genau in dem Moment fiel es ihr nicht ein. Der Besenschrank hatte im Lauf des letzten Jahres seine Bedeutung verloren, Christina ging jetzt in die Vierte und Margareta in die Dritte, sie waren zu groß, um den ganzen Tag in einer Kammer zu spielen. Jetzt war der Besenschrank nichts anderes als ein Besenschrank; in ihm standen der Staubsauger und der Eimer mit dem Scheuertuch, an einem Haken neben dem bauchigen Wandbeutel hingen die Staubtücher. Christina hatte

Tante Ellen geholfen, die Worte auf den Beutel zu sticken, die ihn jetzt zierten. Sie klangen wie ein Gedicht oder ein Lied: Tüten, Schnüre, Korken und Quittungen. Etwas war mit ihrer Sehkraft geschehen, es war, als würde ihr Blick alle Konturen schärfer hervorholen. Sie sah jetzt jedes Detail in den sonst unsichtbaren Alltäglichkeiten. Den braunen Linoleumboden. Das Muster auf dem Wachstischtuch. Den kleinen Spatz, der immer noch vor dem Fenster hockte. Ich lasse dich mit meinem Blick zu Stein werden, dachte Christina. Du kannst dich ohne meine Zustimmung nicht bewegen.

Aber sie selbst hatte sich offensichtlich ohne eigenes Wissen bewegt, denn plötzlich stand sie am Küchentisch. Wie war sie dorthin gekommen? Sie konnte sich nicht daran erinnern, Tante Ellens Stuhl beiseite geschoben und sich hinter ihn gestellt zu haben. Aber jetzt stand sie wirklich dort, hinter Tante Ellens Stuhl, den Rücken an die Wand gepreßt.

»Wo ist sie?« fragte die Stimme auf dem Flur.

Tante Ellen ließ ihren Schürzenzipfel sinken, ein kleiner Kranz von Blut lag wie die Blütenblätter einer Blume um ihr Nasenloch. Sie drehte sich zum Flur.

»Jetzt reicht es aber«, sagte sie mit ihrer rauhesten Stimme. »Was um alles in der Welt denken Sie sich eigentlich dabei, hier einfach so einzudringen?«

Tante Ellen benutzte diese Stimme nur im Ausnahmefall, aber wenn sie es tat, zuckte die ganze Welt zusammen, nicht nur die Mädchen. Christina hatte das beim Lebensmittelhändler und bei einem Untermieter erlebt. Aber diese Person hier ließ sich nicht so schnell einschüchtern, das wußte sie. Und ganz richtig, ein Arm streckte sich vor und schob Tante Ellen zur Seite. Und da stand sie. Astrid.

Sie sah wirklich wie eine Hexe aus. Vielleicht lag das daran, daß sie so lang und knochig war, so mager und spitznasig. Oder es lag an ihrer merkwürdigen Kleidung. Schwarzer Regenmantel und Südwester. Im Januar! Außerdem hatte sie den Südwester falsch herum auf dem Kopf: Die lange Krempe lag wie ein Schirm über ihrer Stirn und beschattete ihre Augen.

»Chrissstiiina!«

Sie sog an den Buchstaben, als wollte sie den Namen gar nicht mehr loslassen.

»Mein Määäädchen!«

Astrid breitete die Arme aus und trat zwei Schritte vor. Jemand schrie auf, vielleicht war es Christina selbst, sie nahm es an, obwohl sie nicht mitbekommen hatte, wie der schrille, einförmige Ton ihre Kehle verlassen hatte.

»Glaub ihnen bloß nicht«, sagte Astrid. »Das sind alles nur Lügen ...«

Aus dem Augenwinkel konnte Christina sehen, wie Margareta mit offenem Mund auf der anderen Seite des Tischs stand. Sie hielt immer noch das trockene Brötchen in der Hand. Und an der Küchentür stand Tante Ellen wie festgeleimt. Sie hätte ein Abziehbild ihrer selbst sein können, wenn es da nicht das kleine Rinnsal dunklen Bluts gegeben hätte, das langsam aus ihrem rechten Nasenloch lief. Christina öffnete wieder den Mund, diesmal konnte sie spüren, wie der schrille Schrei dröhnend herausschoß.

»Schrei nicht«, sagte Astrid, jetzt sprach sie schneller, fast atemlos. »Du brauchst nicht zu schreien, denn alles ist nur erstunken und erlogen. Das haben sie sich alles nur ausgedacht. Wir hatten es so schön zusammen, Christina ...«

Ihre Augen flackerten im Schatten des Südwesters, es war, als wäre Christinas Haut so glitschig, daß Astrids Blick an ihr keinen Halt finden konnte. Immer noch hielt sie den Arm ausgestreckt, die Hände zitterten leicht, ihre Finger waren so weiß, daß sie fast ins Blaue übergingen.

Als Medizinstudentin würde Christina lernen, daß das Zittern die erste Nebenwirkung von Hibernal ist. Niedriger Blutdruck ist die zweite. Lichtempfindlichkeit die dritte. Groteske Gesichtsverzerrung die vierte. Temperaturabfall die fünfte. Medizinisch war das, was sich damals als Hexerei und Zauberei ausnahm, einfach zu erklären.

Aber als es geschah, war es einfach nur magisch. Ein weißglänzender Sonnenstrahl stahl sich durchs Küchenfenster, schnupperte an Astrid, um sich dann auszudehnen und zu wachsen, so daß er auch Ellen mit einbezog, die immer noch an der Tür stand. Sie mußte mit den Augen blinzeln, und diese unfreiwillige Bewegung schien sie aufzuwecken. Sie holte tief Luft und glitt in einer einzigen fließenden Bewegung über den Küchenfußboden, umkurvte Astrid und baute sich vor Christina mit wie zum Schutz weit ausgebreiteten Armen auf. Astrid wirbelte herum und versuchte, sie zu schnappen, aber zu spät, ihre blauen Finger griffen ins Leere. Eine Fratze zerriß ihr Gesicht: Die Oberlippe wurde hochgezogen und entblößte Zähne und Zahnfleisch, die Zunge rollte hervor und wischte am Kinn entlang, das rechte Auge schloß sich und öffnete sich wieder. Im nächsten Moment schwankte sie, ihre Knie gaben nach, und sie fiel bewußtlos zu Boden.

Später, nachdem Tante Ellen Stig mit dem Hechtmaul angerufen hatte und ein paar Pfleger aus dem Birgittakrankenhaus Astrid von ihrem ersten Freigang abgeholt hatten, war nichts mehr wie vorher. Es schien, als hätte Astrid etwas zerschlagen, als sie in Tante Ellens Haus eindrang, eine Glaswand oder eine Eismauer, oder eine riesige Seifenblase. Alle Geräusche wurden schriller. Plötzlich quietschten die Autos auf der Straße draußen, der Winterwind zerrte an den Dachziegeln, Hubertssons stille Vorgänger begannen mit den Hacken auf der Treppe zu knallen. Genauso verhielt es sich mit der Luft, plötzlich war es kalt und feucht im ganzen Haus, Christina fror und mußte ständig mit Strickjacke und zwei Paar Wollsocken drinnen herumlaufen. Die Kälte ließ ihre Finger steif und ungelenk werden, sie wollten nicht wie früher gehorchen. Ungeduldig warf sie ihre Handarbeit weg, wenn ihre Ameisenstraße so aussah wie Margaretas: unsauber und kindisch. Es juckte unter der Haut, sie war nicht mehr in der Lage, den ganzen Abend neben Tante Ellen zu sitzen und dem Radio zu lauschen, statt dessen trieb sie sich lustlos im Haus herum, störte Margareta, die fast immer auf dem Bett im leeren Zimmer lag und Bücher las, oder sie lief von einem Fenster zum anderen, zupfte trockene Blätter von den Topfpflanzen und betrachtete ihr Spiegelbild in den schwarzglänzenden Scheiben. Immer wieder versuchte sie, sich abzuhärten. Welches Gefühl wäre es, wenn ein weißes, mageres Gesicht sich plötzlich ans Fensterglas preßte? Wie würde es sich anfühlen, wenn Tante Ellen starb? Was würde sie empfinden, wenn sie eines Tages Tante Ellens Haus verlassen müßte?

Ein schwarzes Loch. So würde es sich anfühlen. So fühlte es sich an.

Tante Ellen veränderte sich nach Astrids Besuch ebenfalls. Sie hob viel häufiger ihre Augen von der Handarbeit und folgte Christina mit dem Blick, ohne dabei zu lächeln oder etwas zu sagen. Außerdem veränderte sie bestimmte Gewohnheiten: Die Mädchen durften nicht mehr ans Telefon gehen, wenn es klingelte, und sie durften auch nicht mehr zum Briefkasten laufen und die Post holen. Das machte Tante Ellen selbst. Außerdem öffnete sie manche Briefe schon draußen im Garten, obwohl es noch kalter Winter war. Christina konnte sie vom Küchenfenster aus sehen: Mit gerunzelter Stirn riß Tante Ellen einen Umschlag auf, überflog den Brief hastig und ging dann direkt zum Mülleimer und warf ihn hinein.

Nur Margareta hatte sich nicht verändert. Sie schien nicht zu bemerken, daß etwas anders war als sonst und daß es plötzlich Heimlichkeiten im Haus gab. Wie immer strich sie wie eine verschmuste Katze um Tante Ellen herum, sobald sie die Gelegenheit dazu hatte, und wie immer ermüdete sie Christina, weil sie detailliert jede Verwicklung in jedem Buch, das sie las, von sich gab. Sie schien nicht einmal zu bemerken, daß Stig mit dem Hechtmaul viel häufiger zu Besuch kam und daß er immer erst kam, wenn die Mädchen ins Bett gehen mußten.

Aber Christina bemerkte es. Abend für Abend lag sie mit offenen Augen in ihrem Bett im leeren Zimmer und lauschte auf seine monotone Stimme in der Küche. Er redete ununterbrochen, während Tante Ellen fast gar nichts sagte.

Überredung. Ja, so mußte es gewesen sein. Stig mit dem Hechtmaul versuchte Tante Ellen zu überreden, etwas zu tun, was sie nicht wollte. Der Gedanke spülte eine Welle von Unwohlsein durch Christina, und plötzlich war sie gezwungen, etwas zu tun, ganz gleich, was, um herauszubekommen, worum es sich handelte. Ganz vorsichtig stellte sie ihre nackten Füße auf den Boden, stand auf und tappte lautlos auf den Flur.

»Was wir brauchen, ist eine langfristige Lösung«, sagte Stig mit dem Hechtmaul nach einem leisen Schlürfen, das enthüllte, daß

Tante Ellen Kaffee serviert hatte. »Und das Kinderheim ist keine langfristige Lösung. Zumindest nicht in diesem Fall.«

Christina schnappte nach Luft. Sollte sie wieder zurückgeschickt werden? Plötzlich spürte sie, daß sie ganz dringend pinkeln mußte, ja noch schlimmer, sie pinkelte bereits. Obwohl sie fest den Po zusammenkniff, konnte sie fühlen, wie ein kleines Rinnsal sich über ihren linken Schenkel vortastete. Sie stürzte zur Toilette, schaffte es aber nicht mehr, die Tür hinter sich zu schließen.

Sie stand immer noch offen, als Tante Ellen und Stig mit dem Hechtmaul kurz darauf in den Flur kamen, um zu sehen, was sich da bewegt hatte. Christina schloß die Augen vor Scham. Sie wollte nicht, daß sie sie hier auf der Toilettenschüssel sitzen sahen, das Flanellnachthemd bis zu den Knien hochgezogen, aber sie konnte immer noch nicht aufstehen und die Tür zumachen. Dann würde sie den Boden naß machen.

»Bist du aufgewacht?« fragte Tante Ellen überrascht.

Und hinter ihr kam Stigs lächelndes Gesicht zum Vorschein:

»Hör mal, Margareta«, sagte er, »was würdest du dazu sagen, wenn du noch eine Schwester bekommst?«

»Das ist übrigens Christina«, sagte Tante Ellen.

Bereits am folgenden Tag stand Birgitta auf Tante Ellens Türschwelle.

Christina konnte sich nicht entscheiden, ob sie sie niedlich oder häßlich finden sollte, irgendwie war sie beides gleichzeitig. Ihr Haar war weißblond und lockig, die Augen kreisrund, und der Schmollmund mit einem auffallenden Amorbogen geschmückt. Sie hätte wie eine Puppe ausgesehen, wenn ihr Körper nicht so plump gewesen wäre. Aber das war er. Die Beine waren ganz gerade, ohne die kleinste Kurve an den Waden, der Bauch ragte hervor, die Hände waren breit und stumpf. Die Haut ihres Halses hatte eine andere Schattierung als die ihres Gesichts. Grauer. Außerdem vibrierte ein kleines grünes Rinnsal unter einem Nasenloch, und die Fingerspitzen mit den abgekauten Nägeln waren so rot und geschwollen, daß man direkt sehen konnte, wie weh sie taten.

»Ich will zu meiner Mama«, sagte Birgitta. Das war ein kindischer Satz, aber ihr Tonfall war nicht der eines Mädchens. Er war schwer und hohl, fast männlich.

»Ja, ja«, sagte die Frau vom Jugendamt, die sie brachte. »Du weißt doch, daß deine Mama Ruhe braucht.«

»Sie kann nicht ausruhen, wenn ich nicht da bin. Schließlich kümmere ich mich doch um sie…«

Die Jugendamtsfrau lachte gleichgültig und beugte sich vor, um Birgittas Jacke aufzuknöpfen.

»Ja, ja, meine Kleine, ich weiß, daß du das glaubst. Aber jetzt muß deine Mama wirklich erst einmal ausruhen, und deshalb hat sie uns gebeten, uns um dich zu kümmern…«

Birgitta warf ihr einen zweifelnden Blick zu, zog den Rotz hoch und wischte mit dem Zeigefinger unter der Nase entlang. Damit schob sie die Hand der Frau beiseite, und in der nächsten

Sekunde hatte Birgitta den Knopf wieder zugemacht, den die Jugendamtsfrau gerade aufgeknöpft hatte. Für einen Moment war es still in Tante Ellens Flur. Alle starrten den Knopf an, Margareta und Christina, die Jugendamtsfrau und Tante Ellen. Birgitta sah sie an, eine nach der anderen, ließ ihre Augen von einem Gesicht zum anderen wandern. Als die Begutachtung beendet war, schloß sie die Augen und ließ den Atem heraus, es klang wie ein tiefer Seufzer. Ganz unfreiwillig wiederholten Christina und Margareta das Seufzen: Für einen Augenblick klang es, als brauste ein Wind durch Tante Ellens Flur.

Kurz darauf schlug Birgitta ihre Augen wieder auf. Jetzt blitzte es in ihrem Blick, sie machte auf dem Absatz kehrt und rannte zur Tür.

Es klopft an Christinas Tür, es ist ein ängstliches, leises Tocktock, das sie für einen Augenblick glauben läßt, der verfrorene Spatz von Tante Ellens Vogelbrett wäre durch Zeit und Raum geflogen und auf dem Flur der Ambulanz gelandet. Aber ihr Körper ist vernünftiger, er arrangiert sofort das Alibi, das sie braucht. In einer schnellen Bewegung schiebt sie die Schreibtischlampe beiseite und dreht den Stuhl zum Computer hin, so daß es aussieht, als mache sie Eintragungen in die Akten.

»Ja«, sagt sie dann mit ihrem neutralsten Tonfall.

»Entschuldige, Christina«, sagt eine zögerliche Stimme. Es ist Helena, eine der Krankenschwestern.

»Ich bin gleich für den nächsten Patienten bereit«, sagt Christina, den Blick immer noch auf den Bildschirm gerichtet.

»Darum geht es nicht«, sagt Helena. »Du bist nur fünf Minuten im Verzug …«

Christina dreht den Stuhl ganz herum und schaut zur Tür.

»Worum geht es dann?«

»Um Hubertsson …«

»Was ist mit ihm?«

»Er wirkt so komisch. Und dann haben sie vom Pflegeheim angerufen, daß eine seiner Patientinnen einen außergewöhnlich heftigen Epilepsieanfall gehabt hat …«

»Ja und?«

»Nun ja, Hubertsson… man kriegt keinen Kontakt zu ihm.«
Christina schiebt ihre Brille zurecht.

»Hat er was getrunken?«

Helena windet sich regelrecht vor Unbehagen, sie ist Hubertssons offensivste Verteidigerin, eine Glucke ohne Küken, die bereit ist, alle Launen und Stimmungsumbrüche von Hubertsson zu ertragen, nur um ihre weißen Flügel um ihn ausbreiten zu dürfen, wenn es ihm schlechtgeht.

»Nein, ich glaube nicht. Er ist nur einfach nicht ansprechbar.«

Christina steht auf und schiebt die Hände in die Kitteltaschen. Sie ist verärgert. Es ist nicht das erste Mal, daß Helena meint, Hubertsson sei komisch, trotzdem weigert sie sich hartnäckig, sich Christinas Theorie anzuschließen, daß dieses Komischsein darauf beruht, daß er irgendwo eine Whiskyflasche versteckt hat. Wenn er nicht extrem allergisch auf zuckerfreie Halstabletten reagiert: Jedenfalls riecht er immer sehr intensiv nach einem Gemisch aus Menthol und Alkohol, wenn Helena meint, er wäre komisch. In solchen Fällen muß Christina sich dann neben ihren eigenen Patienten auch noch um seine kümmern.

»Wo ist er?«

»In seinem Zimmer.«

Auf dem Weg durchs Wartezimmer überschlägt Christina schnell die Lage: Es sitzen drei Patienten draußen, einer muß ihr eigener sein und die beiden anderen Hubertssons. Also wird sie heute keine Mittagspause haben.

Hubertssons Tür steht halb offen. Genau wie Christina gerade hat er alle Lampen ausgeschaltet, und genau wie sie vor kurzem sitzt er einfach nur da und schaut aus dem Fenster. Aber er guckt nicht auf den Parkplatz, sein Blick ist auf die gelbe Fassade des Pflegeheims gerichtet. Christina faßt die Rückenlehne seines Schreibtischstuhls und dreht ihn halb herum, beugt sich dann vor und blickt ihm in die Augen.

»Was ist los?«

Er ist noch grauer als am Morgen, seine Stirn feucht. Christina hebt ihre Stimme.

»Was ist los? Geht's dir nicht gut?«

Er macht eine abweisende Geste, antwortet jedoch nicht.

»Hast du was getrunken?«

Sein Blick zuckt, er schüttelt leicht den Kopf. Sie geht noch näher heran, schnuppert leicht an seinem Atem. Er riecht weder nach Whisky noch nach Menthol, nicht einmal nach altem Schnaps.

»Hast du heute schon was gegessen?«

Er antwortet mit einem leisen Laut, der alles bedeuten kann.

Christina legt ihm die Hand auf die Stirn. Sie ist nicht nur feucht, sie ist naß vom Schweiß.

»Und dein Insulin? Hast du das genommen?«

Er knurrt etwas Unverständliches, seine Augenlider flackern. Plötzlich ist vollkommen klar, was passiert ist. Insulinkoma. Sie ist etwas überrascht. Obwohl er nicht gerade so gelebt hat, wie er es seinen eigenen Diabetespatienten immer predigt, pflegt Hubertsson doch immer darauf zu achten, ein Insulinkoma zu vermeiden. Er verläßt seine Wohnung nie ohne eine Handvoll Zuckerwürfel in der Hosentasche.

»Schnell«, sagt Christina zu Helena über die Schulter hinweg. »Ich mache einen Glykosetest. Bereite schon mal eine Glykoseinjektion vor…«

Sie kann Helenas Erleichterung direkt spüren. So geht es fast allen Krankenschwestern. Nichts gibt ihnen soviel Sicherheit wie die Möglichkeit, die Verantwortung abzugeben und eine Spritze aufzuziehen. Christina nimmt selbst die Blutprobe, während Helena die Injektion vorbereitet. Sie legt Hubertssons große Hand in ihre und sticht zu, während sie gleichzeitig den kleinen Teststreifen gegen seine Fingerspitze drückt. Die Antwort kommt umgehend: Der Blutzuckerwert ist extrem niedrig. Jetzt arbeiten beide ruhig und konzentriert, ohne miteinander zu sprechen oder sich auch nur anzusehen. Helena beugt sich über Hubertsson und zieht ihm den weißen Kittel halb aus, krempelt seinen rechten Ärmel hoch und macht den Riemen direkt über dem Ellbogen fest, Christina klopft mit den Fingerspitzen in die Armbeuge, damit die Ader besser hervortritt. Hubertsson atmet aus, als er spürt, daß die Nadel sitzt. Und als Christina ganz langsam den Kolben niederdrückt, schlägt er die Augen auf und sagt mit vollkommen klarer Stimme:

»Desirée.«

»Birgitta, Margareta und Christina«, sagte die Frau vom Jugendamt und lachte ein helles Besucherlachen. »Jetzt fehlt nur noch eine kleine Desirée, dann ist es genau wie in unserem Königsschloß...

»Desirée Diarrhöe«, sagte Birgitta. Sobald die Jugendamtsvertreterin sie von der Außentreppe hereingezerrt hatte, hatte sie sich auf den Küchenfußboden gesetzt und weigerte sich, wieder aufzustehen. Angst stieg in Christinas Bauch hoch: Dieses neue Mädchen mußte doch selbst sehen, daß sie viel zu groß war, um auf dem Boden zu sitzen. Außerdem sollte sie besser aufhören, mit so blöden Worten um sich zu schmeißen wie ein Säugling, sie sollte lieber aufstehen und sich an den Küchentisch setzen, sie sollte ihren Saft trinken und ihr Rosinenbrötchen essen, genau wie Christina und Margareta.

»Desirée Diarrhöe«, wiederholte Birgitta. »Fräulein Pups und Kacka, Herzogin Diarrhöe von Scheißhaufen...«

Margareta mußte kichern, während Christinas Blick unruhig zu Tante Ellen wanderte. Das war schlimmer, als sie gedacht hatte: Tante Ellen war ganz weiß im Gesicht, ihre Pupillen groß und schwarz. Die Falten um ihre Augen, die sonst kaum zu sehen waren, schienen tiefer geworden zu sein, es war, als hätte Tante Ellen sich um jedes Auge ein Spinnennetz gemalt. Sie saß vollkommen unbeweglich da und sah Birgitta an. Christina wußte, daß das neue Mädchen die Blicke spüren mußte, es war gar nicht anders denkbar, aber sie schaute nicht auf, sie saß auf dem Küchenfußboden, die Beine quer durch den Raum gestreckt. Ihre Strümpfe hatten ein Loch auf dem Knie, und aus ihrer blaugrauen Strickjacke war sie herausgewachsen; die ganze Zeit zog sie an ihren Ärmeln, als wollte sie sie dadurch länger machen.

Die Frau vom Jugendamt warf Tante Ellen einen Blick zu, legte sich dann eine Hand an den Hals und sagte:

»Jetzt hör aber auf mit den Dummheiten, Birgitta.«

»Gräfin Diarrhöe von Kackapups...«

Wieder kicherte Margareta, Birgitta hob den Blick vom Boden und warf ihr schnell einen Blick zu, ein leichtes Lächeln zitterte für einen Augenblick in ihren Mundwinkeln. Die Jugendamtsfrau stand auf und stellte sich vor Birgitta.

»Jetzt stehst du aber auf, Birgitta. Und dann setzt du dich an den Tisch und trinkst deinen Saft genau wie die anderen Mädchen!«

Aber Birgitta senkte nur den Kopf und guckte wieder zu Boden.

»Ich trinke keinen gelben Saft.«

Die Jugendamtsfrau trat einen Schritt zurück, ihre Hände fielen schlaff zur Seite, es sah aus, als wüßte sie nicht, was sie tun sollte.

»Und warum nicht?«

»Weil gelber Saft nach Pisse schmeckt!«

Dann passierte alles ganz schnell. Tante Ellen, die bis dahin unbeweglich dagesessen hatte, stand auf, machte zwei entschlossene Schritte auf Birgitta zu und zog sie auf die Füße hoch. Birgitta ließ sich hängen; wie eine Holzpuppe schaukelte sie in Tante Ellens Armen.

»Eine Sache wollen wir gleich mal klarstellen«, sagte Tante Ellen mit leiser Stimme. »Diese Worte, die du da gerade alle heruntergeleiert hast, die mag ich überhaupt nicht hören. Und hier im Hause bestimme ich! Damit du das nur weißt.«

Sie zog Birgitta ganz hoch und verfrachtete sie auf den leeren Stuhl an der Stirnseite des Tisches, zog sogleich mit einer schnellen Bewegung das Glas heran, das schon lange auf Birgitta gewartet hatte, und füllte es mit gelbem Saft.

»Trink!« sagte sie und verschränkte die Arme vor der Brust.

Margareta lachte laut, wie üblich schien sie nichts zu begreifen.

»Das ist Apfelsinensaft! Tante Ellen hat ihn selbst aus Apfelsinenschalen gemacht. Wir haben sie den ganzen Herbst gesammelt ...«

Christina sagte nichts, betrachtete mit ihren grauen Augen nur aufmerksam das Gesicht des neuen Mädchens, während sie gleichzeitig ihr eigenes Glas hob und es mit wenigen großen Schlucken leerte. Aber Birgitta übernahm die Bewegung nicht, sie saß stumm und unbeweglich da und starrte auf die gelbe Flüssigkeit.

Tante Ellen beugte sich über sie, sie sprach immer noch mit leiser, jetzt aber überdeutlicher Stimme.

»Trink«, sagte sie. »Nun sieh endlich zu, daß du trinkst ...«

Die Küchenuhr tickte im Hintergrund, ihr roter kleiner Sekundenzeiger rückte auf dem Zifferblatt vor. In dem Moment, als er auf die Zwölf rückte, streckte Birgitta ihre Hand aus und nahm das Glas, und als er die Sechs erreicht hatte, hatte sie das Glas geleert.

Und eine neue Zeit hatte begonnen.

Hubertsson zwinkert und schüttelt den Kopf wie ein schlaftrunkener Bär, als Christina und Helena ihn zu seiner eigenen Untersuchungsliege an der Wand führen.

»Ruh dich ein bißchen aus«, sagt Christina. »In einer Viertelstunde machen wir eine neue Probe, und dann werden wir sehen, ob wir dich nach Motala schicken müssen...«

Er murmelt etwas. Es dauert ein paar Sekunden, bis Christina versteht, was er sagt. *Pflegeheim.* Natürlich, sie haben vom Pflegeheim aus angerufen... Sie wendet sich Helena zu, die Hubertsson gerade mit einer gelben Decke zudeckt und sie dabei mit übertriebener Sorgfalt über seinen Schultern glattstreicht.

»Wer hat vom Pflegeheim angerufen?«

»Kerstin Eins.«

»Okay, dann rufe ich sie zurück.«

Sie benutzt Hubertssons Telefon und trommelt mit ihren sorgfältig gefeilten Fingernägeln auf Hubertssons Schreibtischunterlage, während die Verbindung hergestellt wird. Es dauert eine Weile, bis Kerstin Eins antwortet, aber als sie es schließlich tut, geschieht das mit glasklarer Stimme. Christina kann fast hören, wie sie klirrt, obwohl Kerstin Eins vollkommen entspannt wirkt.

»Ja, wir haben eigentlich nur angerufen, weil Hubertsson gesagt hat, wir müßten jedesmal anrufen, wenn bei diesem Fall ein Anfall auftritt«, erklärt sie. »Diesmal waren es gleich zwei, und der eine war außergewöhnlich lange. Erst sieben Minuten, dann fünfundvierzig Minuten...«

Christina beißt sich auf die Lippen. Ein Anfall von fünfundvierzig Minuten liegt genau an der Grenze zum *status epilepticus*, einem Anfall, der nie aufhört.

»Ist er jetzt vorbei?«

»Mmmm. Ich habe vier Klistiere Stesolid à zehn Milligramm gegeben.«

Christina schnappt nach Luft. Wie kann sie das wagen? Diese Dosis könnte ein Pferd umhauen.

»Wieviel wiegt der Patient?«

»Zirka vierzig Kilo…«

Christina ballt die Faust wie im Krampf. Die Person mußte verrückt geworden sein!

»Ist es ein Mann oder eine Frau?«

»Eine Frau. Hubertssons Spezialfall, wissen Sie.«

»Nein, das weiß ich nicht.«

»Hat Hubertsson so eine hohe Dosis angeordnet?«

Kerstin Eins gibt einen ungeduldigen leisen Seufzer von sich.

»Nein, normalerweise kommt er immer rüber und legt einen Tropf, wenn es sich so lange hinzieht, aber heute habe ich ihn ja nicht erwischen können… Aber Sie brauchen sich keine Sorgen zu machen, sie ist ein zäher Typ. Sie kann sich nicht bewegen und nicht sprechen, sie ist CP-geschädigt, hat Epilepsie und Spasmen, aber sterben, das tut sie nicht. Sie ist über fünfundvierzig Jahre alt und hat ihr ganzes Leben im Krankenhaus verbracht, aber wie gesagt, sterben, das tut sie nicht.«

Christinas Mund ist ganz trocken geworden.

»Ich komme rüber.«

Kerstin Eins seufzt.

»Das ist nicht nötig, sie hat jeden Tag einen Anfall, manchmal mehrere am Tag. Wir rufen dann immer nur Hubertsson an, und dann schläft sie ein paar Stunden. Sie schläft übrigens gern, das macht ihr keine Probleme.«

Christina räuspert sich.

»Ich komme auf jeden Fall rüber.«

Sie kann fast hören, wie Kerstin Eins mit den Schultern zuckt.

»Nun ja, wenn Sie nichts anderes während Ihrer Sprechstunde zu tun haben, bitteschön.«

Diesmal hat sie die Zähne zusammengebissen und sich auf den Schock vorbereitet, dennoch muß sie nach Luft schnappen, als sie Kerstin Eins erblickt. Sie sieht aus wie eine Shampooreklame, tausend kleine Sterne glitzern in ihrem langen blonden Haar, während sie eine Patientin über den Flur führt. Ihr Kittelanzug ist blendend weiß, die Socken an ihren Füßen wirken flauschig und weich, die weißen Sandalen sehen aus, als hätte sie sie gerade eben erst aus dem Schuhkarton geholt. Aber diese ganze Perfektion färbt nicht auf die Frau an ihrer Seite ab. Es ist Maria, eine von Christinas eigenen Patienten. Ihr Haar glitzert nicht, es liegt schwer und glanzlos auf den Schultern. Sie trägt einen verwaschenen Trainingsanzug und schlurft in einem Paar Pantoffeln mit heruntergetretener Ferse. Maria hat Down-Syndrom, schwere Epilepsie und ein Lächeln, das aussieht wie ein Gnadengesuch.

»Hallo, Maria«, sagt Christina, obwohl ihr gesamtes Inneres vor Ungeduld bebt. Sie weiß, daß Maria über einen versäumten Gruß wochenlang traurig grübeln kann. »Wie geht es dir heute?«

»Nicht so gut«, antwortet Maria und schüttelt den Kopf. »Gar nicht gut...«

Christina stutzt: Maria klagt eigentlich nie, sie zeigt immer ihr Lächeln und versichert, daß alles ganz wunderbar ist, und zwar, bis sie fast ohnmächtig umfällt.

»Was ist denn los?«

»Ich darf nicht bei den Engeln sein«, sagt Maria und läßt den Kopf hängen.

»Ist ja gut«, mischt sich Kerstin Eins ein und streichelt Marias Hand. »Du weißt doch, daß das nur vorübergehend ist...«

Christina weiß, daß Marias Zimmer ein Heiligtum ist. Wenn der Rest des Pflegeheims ein Partykeller ist, so ist Marias Zimmer ein Tempel. Ein Tempel der Naivität. Sie hat es mit Engeln geschmückt: pausbäckige Porzellancherubim drängen sich in der Fensternische, selbstgemachte Seraphim schaukeln an Fäden von der Decke, glitzernde Lesezeichenengel und kunterbunte Zeitschriftenengel bedecken die Wände vom Boden bis zur Decke. Maria klebt sie direkt an die Wand, und teilweise benutzt sie dabei Karlssons Universalkleister. Die Pflegeheimleitung, eine sehr praktisch veranlagte Frau ohne Träume vom Paradies, bekommt jedesmal einen genervten Blick, wenn Marias Zimmer zur Sprache kommt. Es heißt, sie hätte bereits Alpträume darüber, was wohl geschieht, falls der zuständige Beamte in der Gemeinde erfährt, wie das Zimmer aussieht. Dennoch hat sie niemals versucht, an Marias Engeln etwas zu verändern. Sie weiß, daß das Engelzimmer das einzige ist, was Maria den Willen zum Leben gibt. Wenn sie aus einem ihrer immer wiederkehrenden Anfälle erwacht, schaut sie sich jedesmal voller Unruhe um; wenn sie jedoch feststellt, daß sie wieder unter ihren Engeln weilt, kommt sie zur Ruhe.

»Warum darf Maria nicht in ihr Zimmer?« fragt Christina, ohne Kerstin Eins dabei direkt anzusehen, eine leichte, unerklärliche Angst bringt sie dazu, statt dessen Maria anzusehen.

»Wir haben leider keine andere Wahl«, erklärt Kerstin Eins. »Folke braucht ein eigenes Zimmer, und ihn können wir ja nun nicht zwischen all die Engel legen, also haben wir Hubertssons Spezialpatientin umbetten müssen. Und weil diese jetzt schläft und noch eine Weile Ruhe braucht, dachte ich, es wäre das beste, wenn Maria ein paar Stunden im Aufenthaltsraum bleibt...«

Maria macht einen Versuch, Christina flehentlich anzulächeln, aber es gelingt ihr nicht, ihre Mundwinkel werden von allein nach unten gezogen. Es sieht aus, als wollte sie anfangen zu weinen. Christina fährt sich mit der Hand durchs Haar, sie spürt, wie sie sich langsam schlaff und knochenlos fühlt. Was für ein Tag! Und dabei ist es noch nicht einmal zwölf...

»Läßt sich das nicht irgendwie anders regeln?« fragt sie resigniert.

»Nein«, erwidert Kerstin Eins. »Das läßt es sich nicht. Und außerdem ist heute doch Bilder-Bingo, da macht es doch Spaß, auf zu sein.«

Als Christina den ersten Schritt in Marias Zimmer macht, streift etwas ihren Scheitel. Instinktiv hebt sie die Hand, wie um sich gegen einen angreifenden Vogel zu schützen, und einen Atemzug lang fällt ihr die tote Sturmmöwe auf ihrem Gartenweg ein. Aber es sind keine Vogelschwingen, die ihr Haar streifen, es sind die sanften Garnfüße eines Engels. Marias letztes Werk hängt an einem Faden genau über der Tür von der Decke: ein ein halber Meter hoher Engel mit einem Kopf aus Stanniolpapier und Locken aus goldenem Klebeband, gekleidet in ein altes Handtuch mit dem Text EIGENTUM DER GEMEINDE. Der gleiche Text scheint unter dem schütteren Federkleid auf den Pappflügeln durch. Marias Vorrat an Pappe und bunten Osterfedern scheint zur Neige zu gehen, und anscheinend ist es ihr geglückt, sich altes Material aus der Zeit zu erbetteln, als das Pflegeheim in den Zuständigkeitsbereich der Gemeinde fiel.

Die Hunderte von Engelbildern an den Wänden saugen alles Licht auf und lassen das Zimmer dunkler erscheinen, als es eigentlich sein müßte. Draußen unter den Menschen muß es noch Vormittag sein, aber hier drinnen bei Maria und den Engeln herrscht ewige Dämmerung. Dennoch ist das Zimmer nicht wie sonst. Der Tisch, der sonst vorn am Fenster im Licht steht, ist zur Seite geschoben worden, die Scheren, Federn, das Klebeband und die zerschnipselten Zeitschriften sind auf seiner Mitte zu einem kleinen Haufen zusammengeschoben worden.

Das Bett der anderen Patientin steht jetzt an der Fensterwand. Ihre Habseligkeiten sehen neben Marias Fülle armselig und fremd aus: Ein Ordner und ein paar Bücher liegen am Fußende des Betts, ein Computer auf einem Metallstativ steht am Kopfende. Ein gelber Schlauch mit Mundstück hängt vom Computer, und plötzlich erinnert Christina sich daran, gehört zu haben, daß von dieser Patientin gesprochen wurde, genau, sie hatte gehört, daß eine Frau ins Pflegeheim kam, die sich über den Computer verständigte. Aber jetzt ist kein Text auf dem Bildschirm zu sehen: Die Patientin ist fern aller Worte und folglich auch ihr Computer. Aber ihr Bildschirmschoner paßt gut in Marias Zimmer. Er zeigt einen schwarzen Weltraum mit tausend Sternen. Als Christina ihn ansieht, wird sie von einem hastigen Schwindel erfaßt, einen Moment lang hat sie das Gefühl, als rase sie selbst mit Lichtgeschwindigkeit durch das Universum. Sie schließt kurz die Lider und senkt dann den Blick auf die Patientenakte. Desirée Johansson, 491231-4082. CP-Schäden, Spastik und schwere Epilepsie seit der Geburt.

Sie sieht aus wie ein Vogeljunges, ein nacktes kleines Vogeljunges ohne Federn. Sie ist so dünn, daß sie kaum einen Abdruck auf der Matratze wird hinterlassen können, und so mager, daß jeder Knochen und jede Sehne unter der Haut zu erkennen sind. Die Finger der einen Hand sind gekrümmt und zu einer Klaue erstarrt. Sie liegt in einer sonderbaren Haltung: auf dem Rücken, die

Beine angezogen und in Fötusstellung gekreuzt. Das Gesicht ist herzförmig, das Kinn spitz und scharf. Die Haut auf den Augenlidern ist so dünn, daß man die Adern darin wie ein blaues Delta erkennen kann.

Das also soll Hubertssons Liebling sein...

Christinas Hände zittern leicht, als sie das Stethoskop nimmt und sich über die Patientin beugt. Sie wirft noch einen kurzen Blick auf die Akte: Diese Frau hat also offenbar tatsächlich täglich Anfälle, und augenscheinlich haben die Anfälle der letzten Jahre ihre Hirnschäden verschlimmert. Aber gerade im Augenblick scheint sie ruhig zu schlafen, ihr Herz schlägt in einem ebenso ruhigen Rhythmus wie die Uhr in Tante Ellens Wohnzimmer; die Atmung ist gleichmäßig und ohne Nebengeräusche. Christina stopft das Stethoskop wieder in die Tasche und testet die Reflexe in Armen und Beinen. Auch sie scheinen zu reagieren, wie sie sollen: Sie kann keine zurückgebliebenen Krampfreste erkennen. Schließlich öffnet sie äußerst vorsichtig den Mund der Patientin und leuchtet mit ihrer kleinen Lampe in den Rachenraum. Nein. Sie scheint sich weder auf die Zunge noch auf die Innenwangen gebissen zu haben. Alles scheint in Ordnung zu sein, soweit es für einen Menschen in diesem Zustand nun einmal in Ordnung sein kann. Christina löscht ihre Lampe und schaut die schlafende Patientin an. So ein armes Würmchen...

Die Frau im Bett zuckt zusammen und schlägt die Augen auf, eine Sekunde lang schaut Christina direkt in ihren hellblauen Blick, bevor die Augenlider sich wieder äußerst langsam senken. Christina macht einen Schritt zurück, ihr Herz rast. Aber nach einer Sekunde ist es vorbei. Nach einigen Atemzügen scheint die Patientin wieder ruhig zu schlafen, und Christinas Herz nimmt sein normales, wenn auch etwas gestreßtes Pochen wieder auf.

Sie zieht den gestreiften Bettbezug über die Patientin und stopft ihn gut um sie fest, die Bewegung läßt eins der Bücher am Fußende auf den Boden fallen. Christina beugt sich hinunter und hebt es auf. Der Titel läßt sie die Augenbrauen hochziehen: *Einsteins Träume.* Sie schaut sich die anderen Bücher auf dem Bett an. *Das Quark und der Jaguar* von Murray Gell-Mann. *Die goldenen Äpfel der Sonne* von Ray Bradbury. *Die Benandanti: Feldkulte und Hexenwesen im 16. und 17. Jahrhundert* von Carlo Ginzburg. *Hexen und Hexenprozesse* von Bror Gadelius sowie ein reichlich zerlesenes Exemplar von *Eine kurze Geschichte der Zeit* von Stephen Hawking.

Christina zuckt mit den Schultern. Das mit der neuen Physik, das fällt in Margaretas Fach, sie selbst hat es nie richtig geschafft, sich darüber zu informieren. Sie bekommt nur Kopfschmerzen, wenn Margareta anfängt, über Materie und Antimaterie zu dozieren, über den Big Bang und die Expansion des Universums, Quarks und Stränge und wie das alles heißt. Vieles riecht nach Vermutung, und das ist ein Duft, den Christina gar nicht mag.

Sie legt die Bücher in einem ordentlichen Stapel auf den Nachttisch. Es ist fast rührend, daß Stephen Hawkings Buch so zerlesen ist. Für eine Frau wie diese hier im Bett muß er wie ein Gott erscheinen. Die Frage ist, was sie an ihm am meisten bewundert. Sein Gehirn oder seine Berühmtheit? Oder ganz einfach seine Liebesaffären?

Als sie eine Weile später über den Parkplatz geht, stellt sie fest, daß es ihr plötzlich viel besser geht. Die milde Luft tut ihr gut, und ihre Hacken klappern munter auf dem vor Feuchtigkeit glänzenden Asphalt. Ganz unbewußt schiebt sie die Hand hinter den Kopf und hebt ihr Haar an, so daß der frische Seewind ihren Nacken streicheln kann. Sie unterdrückt einen jäh aufsteigenden Impuls, die Arme auszubreiten und sich herumzudrehen. Eine praktische Ärztin, die noch alle Sinne beisammen hat, kann sich doch wohl nicht auf einen Parkplatz stellen und laut losjubeln, nur weil sie entdeckt hat, daß der Himmel hoch und dunkelblau ist, die Sonne weiß funkelt und daß die Knospen des Kastanienbaums auf dem Rasen vor schwellendem Leben zu pulsieren scheinen. Es ist die frische Luft, die sie so froh macht. Morgen ist Frühjahrs-Tagundnachtgleiche.

Daheim bei Tante Ellen war der Wechsel der Jahreszeiten mit vielen Traditionen und Ritualen verbunden. Zur Walpurgisnacht wurden die Sommerkleider vom Dachboden heruntergeholt, am fünfzehnten September wurden sie wieder hinaufgebracht, ganz gleich, welche Temperatur und welches Wetter herrschten. Wenn die Mädchen sich beklagten, daß es zu warm oder zu kalt war, antwortete Tante Ellen mit einer ihrer ständigen Redewendungen: Im Frühjahr soll man schwitzen und im Herbst frieren!

Christina muß lächeln. In vielerlei Hinsicht war mit Tante Ellen und ihren altmodischen Meinungen nicht zu scherzen. So glaubte sie zum Beispiel steif und fest, daß alle Mädchen auch in den fünfziger Jahren noch Schürzen in der Schule trugen, genau wie sie es in den Zwanzigern gemacht hatte. Deshalb trug Christina ein kariertes Baumwollkleid und eine bestickte Schürze, als sie zum ersten Schultag ging. Andererseits zögerte Tante Ellen aber auch nicht, sich den neuen Regeln anzupassen. Sie schaute sich die anderen kleinen Mädchen an, als sie mit Christina an der Hand zur Schule ging, und als sie sah, wie diese angezogen waren, beugte sie sich einfach zu Christina hinunter, knöpfte ihr die Schürze ab und stopfte sie in ihre Tasche. Eigentlich war das schade. Es war eine schöne Schürze, mit Christinas Monogramm in Kreuzstichen auf den Brustteil gestickt und einer kleinen Vogelleiste ganz unten. Jetzt liegt sie in einer Plastiktüte in einem Schrank daheim im Postindustriellen Paradies, neben den anderen Handarbeiten, die Christina bei der Auktion nach Tante Ellens Tod ersteigern konnte. Wenn sie ab und zu eine der sorgfältig zugeklebten Plastiktüten öffnet, meint sie immer noch Tante Ellens Duft riechen zu können: kräftige Seife und Talkumpuder der Marke *Christel.* Aber jedesmal wird der Duft schwächer, deshalb nimmt sie sie nur noch selten heraus.

Doch es gefällt ihr, daran zu denken. Zu wissen, daß es sie gibt. Daß sie ihr gehören. Nur ihr.

Christina war diejenige, die am stärksten zur Seite rücken mußte, als Birgitta in ihr Zimmer einzog. Margareta hatte schon immer alles auf ihrem Bett gemacht – dort las und malte sie, dort spielte sie mit den Puppen und machte ihre Hausaufgaben, während Christina ihr Bett nur zum Schlafen benutzte. Wenn sie malte oder Hausaufgaben machte, saß sie am Tisch vorm Fenster. Aber jetzt gab es dafür keinen Platz mehr, dort sollte das neue Bett stehen. Tante Ellen trug den Tisch hinaus und stellte ihn in den Flur. Aber dort ging es nicht, dort war es zu dunkel. Und jetzt durfte man auch nicht mehr am Tisch im Eßzimmer sitzen. Schon am dritten Tag hatte Birgitta es geschafft, eine Porzellanfigur zu zerschlagen, und seitdem war das Eßzimmer verbotenes Terrain für alle drei Mädchen. Blieb noch der Küchentisch. Doch auch dort war es nicht wie vorher: Wenn Margareta und Birgitta mit am Küchentisch saßen, war es unmöglich, sich zu konzentrieren. Sie plapperten ohne Ende, kicherten und flüsterten sich Geheimnisse zu.

Nach Birgittas Ankunft kehrte nie wieder richtige Ruhe ein in dem Haus. Sie war wie elektrifiziert: Es sprühte und knisterte um sie herum, und wer ihr zu nahe kam, lief Gefahr, einen Schlag zu bekommen. Wenn das Telefon klingelte, riß sie den Hörer von der Gabel und schrie *Hallo!*, noch bevor Tante Ellen sich nur umgedreht hatte, und wenn es an der Tür klingelte, stürzte sie wie eine Furie auf die Steintreppe hinaus. Sie wollte nie stillsitzen und lesen wie Margareta oder handarbeiten wie Tante Ellen und Christina. Ihre Spiele waren raumgreifend und lärmend, und wenn sie nicht spielte, machte sie Ärger. Sie schreckte nicht einmal davor zurück, Tante Ellens Regeln zu brechen: Eines Tages öffnete sie das schwarze Schmiedeeisentor und wackelte auf Tante Ellens Fahrrad davon; an einem anderen Tag lief sie davon und war mehrere Stunden lang verschwunden, bis Tante Ellen sie auf ihrer alten Straße mitten in der Stadt fand. Wieder an einem anderen Tag stahl sie vier Einkronenstücke aus der Haushaltskasse. Und als Tante Ellen ihr sagte, sie müßte zur Strafe zwei Tage lang in ihrem Zimmer bleiben, streckte sie ihr die Zunge heraus und schrie:

»Verdammte Alte! Du bist nicht meine Mama! Du hast mir gar nichts zu sagen!«

Christina hielt sich damals die Ohren zu und kniff die Augen fest zusammen. Aber Tante Ellen merkte das nicht einmal, sie war vollauf damit beschäftigt, eine sich wehrende und schreiende Birgitta ins leere Zimmer zu zerren und die Tür zu schließen. Als sie in die Küche zurückkam, lief ihr das Blut aus der Nase. Auf dem Weg zur Küchenanrichte warf sie Christina, die immer noch wie festgeleimt am Küchentisch saß, einen hastigen Blick zu und fauchte:

»Was sitzt du denn so da? So schlimm war das ja nun auch wieder nicht!«

Aber als Christina kurz darauf vor der Toilettenschüssel kniete und sich übergab, war Tante Ellen wieder ganz die alte. Sie hielt Christinas Stirn mit einer Hand und strich ihr mit der anderen über den Rücken.

»Es wird schon wieder gut«, flüsterte sie. »Alles wird wieder gut…«

Aber damals irrte Tante Ellen sich. Nichts wurde wieder richtig gut. Während des ersten Frühlings ermüdete Birgitta sie alle, jede in einer anderen Art und Weise. Mit Margareta im Schlepptau zog sie durchs Haus und durch den Garten und eroberte Quadratmeter für Quadratmeter. Margareta schwankte tagelang zwischen Schrecken und Begeisterung, mal lachend, mal erschrocken staunend. Nichts war mehr, wie es gewesen war, jetzt war der Dachboden das Versteck einer Hexe, der Keller ein Geisterort und der Garten ein gefährlicher Dschungel. Wenn es an der Zeit war, ins Bett zu gehen, brach Birgitta wie ein Baby in klägliches Weinen aus. Tante Ellen durfte nicht das Licht löschen. Und sie durfte die Mädchen auch nicht allein im Zimmer lassen, sie mußte an Margaretas Bettkante sitzen und ihre Hand halten, bis sie eingeschlafen war.

Tante Ellen hatte tagtäglich Nasenbluten. Wenn die Mädchen nachmittags aus der Schule kamen, fanden sie sie immer öfter im Wohnzimmer. Dort saß sie mit geschlossenen Augen und offenem Mund in dem großen Sessel, einen dunkelroten Wattepfropf in jedem Nasenloch. Ihr Klöppelkissen lag unberührt auf dem Tisch im Eßzimmer, und eines Tages servierte sie sogar eine so verachtenswerte Erfindung wie Kartoffelpüree aus der Tüte zu Mittag. Trotzdem schaffte sie in dieser Woche kaum ihre Näharbeiten. In der Nacht, bevor der Fabrikwagen kommen sollte, saß sie bis zwei Uhr daran.

Aber das schlimmste war, daß Tante Ellen Christina nicht mehr so sah wie vorher. Zwar lächelte sie immer noch und bedankte sich genau wie immer, wenn Christina beim Abwaschen half, sie fragte sie ihre Hausaufgaben genau wie vorher ab und half ihr jedesmal, wenn die Maschen bei der Kreuzstickerei korrigiert werden mußten, aber dennoch war Christina für sie unsichtbar geworden, sobald sie einen Schritt aus Tante Ellens Blickfeld machte. Tante Ellen folgte ihr nicht mehr mit ihren Blicken. Hätte sie das gemacht, dann wäre ihr das eine oder andere aufgefallen. Daß Christinas Rücken steif geworden war, zum Beispiel. Denn jetzt war Christina ein Mädchen, das ständig auf der Hut sein mußte.

Sie konnte nicht begreifen, woran es lag, daß Birgitta ausgerechnet sie zu ihrer Feindin erkoren hatte. Aber so war es. Schon von der ersten Woche an verengten sich Birgittas Augen, sobald sie Christina ansah. In der folgenden Woche fand Christina ihre Puppe ohne Arme und Beine wieder, noch eine Woche später war eine Seite im Buch aus der Leihbibliothek zerrissen. Schnell lernte sie, sich vor allem vor den Spielen im Garten in acht zu nehmen. Plötzlich konnte sie einen Stoß in den Rücken bekommen, daß sie vornüberfiel und in Knie und Strümpfen Löcher bekam. Am schlimmsten war es, wenn nur der Strumpf kaputtging; dann wurde Tante Ellen böse und hielt wütende Vorträge darüber, daß Strümpfe nun einmal nicht auf den Bäumen wachsen. Christina wagte es nie, von den Stößen zu berichten, denn in solchen Momenten strich Birgitta immer am Rande ihres Blickfelds herum, und ihre Augen waren schmaler als je zuvor. Außerdem hatte Tante Ellen ihre Prinzipien, und eines davon war, daß sie es nicht mochte, wenn ein Kind die Schuld aufs andere schob. An einem Loch im Strumpf war fast immer diejenige schuld, deren Bein im Strumpf steckte. Da war es einfacher, wenn auch das Knie aufgeschlagen war, dann brauchte sie sich keine Ermahnungen anhören und bekam Pflaster, ein süßes Brötchen und ein paar tröstende Worte.

Als Birgitta jedoch den Kirschbaum erobert hatte, wurde alles ein wenig einfacher. Der Baum hatte all die Jahre mitten in Tante Ellens Garten gestanden und mit dem Versprechen gelockt, was diejenige wohl alles erwartete, die sich als erste trauen würde, in die höchsten Zweige zu klettern. Christina und Margareta hatten sich oft verführen lassen, aber keine von beiden hatte je den Mut gefaßt, weiter als in die niedrigsten Zweige zu klettern. Den Mut hatte dagegen Birgitta. Ächzend und stöhnend zog sie ihren plumpen Körper von Zweig zu Zweig, immer höher und höher, ohne sich darum zu kümmern, daß die Rinde die Innenseite ihrer Schenkel blutig riß. Margareta machte einen Versuch, es ihr nachzutun, aber sie kam nur bis zur Mitte des Baums und blieb dort mit den Armen um den Stamm geklammert sitzen. Christina selbst kam nicht weiter als sonst. Sie setzte sich auf einen der untersten Zweige und blieb dort, wobei sie fast zornig den Kopf in den Nacken legte, um zu Birgitta und Margareta hochschauen zu können.

»Paßt bloß auf!« rief sie.

Aber Birgitta paßte nicht auf, sie lachte ihr heiseres Lachen, griff mit beiden Händen einen Ast über ihrem Kopf und zog sich zum Stehen hoch. Christina schloß die Augen. Sie wußte nicht, ob sie hoffte oder fürchtete, daß Birgitta den Halt verlor. Doch, sie hoffte es. Aber als sie die Augen erneut öffnete, saß Birgitta wieder auf ihrem Ast. Sie war nicht hinuntergefallen.

Daß Birgitta so gut klettern konnte, gab schließlich den Ausschlag, daß Tante Ellen sie akzeptierte. Während der ersten Monate hatte sie nie über etwas gelacht, was Birgitta gesagt oder getan hatte, ganz im Gegenteil, ihre Stimme wurde schroff und befehlend, sobald sie Birgitta erblickte. Aber als sie an diesem Abend im Juni in den Garten kam und die drei Mädchen im Kirschbaum sitzen sah, brach ihr Gesicht in einem breiten Lächeln auf.

»Mein Gott«, sagte sie und blinzelte über den Brillenrand. »Du kannst ja nicht schlecht klettern, Birgitta!«

Sie hielt ein Tablett in der Hand, das sie jetzt aber so hastig auf den Rasen stellte, daß die Saftgläser klirrten. Dann sagte sie:

»Bleibt da mal sitzen, ich hole den Fotoapparat.«

Es gelang ihr, den Baum und alle drei Mädchen aufs Bild zu kriegen. Es wurde ein gelungenes Bild, so gelungen, daß Tante Ellen es vergrößern und handkolorieren ließ. Aber der Fotograf machte bei der Farbwahl einen Fehler: Birgitta bekam ein rosa Kleid und Christina ein grünes, obwohl es eigentlich umgekehrt war. Birgitta war äußerst zufrieden mit der Verwechslung: Von dem Moment an, als das eingerahmte Foto auf Tante Ellens Wäscheschrank plaziert worden war, betrachtete sie die rosa Farbe als die ihre.

»Ab jetzt ist alles, was rosa ist, meins«, erklärte sie, nachdem sie abends ins Bett gegangen waren.

»Und alles, was gelb ist, meins«, sagte Margareta. »Denn ich habe ja ein gelbes Kleid auf dem Bild an.«

Christina drehte sich mit dem Gesicht zur Wand. Sie konnte am Atem der andern hören, daß sie darauf warteten, daß sie etwas sagen würde. Mehrere Minuten lang blieb es still, bis Margareta schließlich die Spannung nicht mehr ertragen konnte.

»Und du, Christina«, flüsterte sie, »grün oder blau? Oder rot?«

Christina antwortete nicht. Rosa war die einzige Farbe gewesen, die ihr je gefallen hatte.

Helena steht in der Tür zur Ambulanz und wartet auf Christina.

»Ich habe dem einen von Hubertssons Patienten einen anderen Termin gegeben«, sagt sie. »Aber den anderen mußt du übernehmen. Und mit deinen eigenen bist du schon eine halbe Stunde in Verzug...«

»Wie viele hat Hubertsson für den Nachmittag bestellt?«

»Sechs. Aber wir sind dabei herumzutelefonieren und versuchen, die Termine zu verschieben.«

Christina huscht in den Umkleideraum und zieht sich die Winterstiefel aus.

»Und Hubertsson?«

»Ich habe gerade eben einen Test gemacht. Der Zuckerwert steigt wieder. Im Augenblick schläft er.«

»Okay. Dann warten wir noch eine Weile ab.«

»Und außerdem hat deine Schwester angerufen.«

Christina schnappt nach Luft.

»Meine Schwester?«

»Mmmh. Sie wollte sich verabschieden, bevor sie losfuhr, aber ich habe ihr erklärt, was hier heute los ist, und darauf hat sie gesagt, sie würde wieder anrufen, wenn sie in Stockholm ist.«

Christina atmet aus. In den letzten Stunden hat sie fast vergessen, daß sie Margareta morgens im Postindustriellen Paradies zurückgelassen hat.

»Außerdem hat sie mich gebeten, Hubertsson zu grüßen«, fährt Helena lächelnd fort. »Ihr habt ihn also schon gekannt, als ihr noch klein wart.«

Christina verzieht leicht das Gesicht und zupft an ihrem Kittel. Margareta hat geplaudert. Wie immer.

»Ja«, sagt sie, »das stimmt.«

»Na, so was«, meint Helena. »Davon hatte ich ja keine Ahnung.«

Eigentlich überrascht es Christina nicht, daß Margareta Hubertsson einen Gruß hat übermitteln lassen. Sie hat ihn sicher in guter Erinnerung. Schließlich war er ihre allererste Liebe. Mit knapp vierzehn Jahren hörte sie auf, wie eine verschmuste Katze um Tante Ellens Beine zu streichen, und ging dazu über, sich vor Lüsternheit aufzuplustern, sobald Hubertsson in die Nähe kam, das heißt täglich zum Essen. Nach nur einem halben Jahr zur Untermiete bei Tante Ellen hatte Hubertsson nämlich alle Versuche aufgegeben, einen eigenen Haushalt zu führen.

»Noch eine Büchse, und ich kriege Skorbut«, sagte er und bot Tante Ellen monatlich eine ganz ansehnliche Summe dafür an, daß sie ihm einmal am Tag eine Mahlzeit servierte. Und wenn sie sich außerdem noch um seine Wäsche und das Putzen kümmern würde, bekäme sie das Doppelte.

Tante Ellen überlegte nicht lange. Sie hatte ja Zeit. Christina und Margareta gingen inzwischen auf die Oberschule und hatten lange Schultage. Birgitta arbeitete bei Luxor und hatte folglich noch einen längeren Tag. Außerdem brauchte sie das Geld. Das Haus hatte in letzter Zeit diverse Zipperlein bekommen, und das Heimnähen lohnte sich nicht mehr wie früher. Außerdem waren die Mädchen im Unterhalt teurer geworden. Sie brauchte mehr Geld in der Kasse.

Andererseits erforderte Hubertssons Angebot einige Investitionen. Man konnte ja nicht davon ausgehen, daß ein richtiger Doktor von einer gewöhnlichen Wachsdecke vom Konsum aß. Folglich nahm Tante Ellen eines Tages den Zug nach Linköping, um einzukaufen: In Motala gab es nämlich keine Wachsdecken im Viola-Gråsten-Design. Und Viola Gråsten mußte es sein, der Meinung waren auch alle anderen Frauen im Nähkränzchen, in dem Tante Ellen ein fleißiges, wenn auch etwas zurückhaltendes Mitglied war. In Linköping konnte sie auch gleiche eine Dose Servalack für die Küchenstühle und Stoff für Servietten und neue Küchengardinen kaufen sowie fünf flache Serviettenringe aus Holz.

Das mit den Servietten war ein Problem. In den Vierzigern hatte Tante Ellen ein Jahr lang – kurz bevor sie Gemeindeschwester wurde – im Haushalt einer Architektenfamilie gearbeitet, und in dieser Zeit hatte sie so einiges über den Symbolwert von Servietten gelernt. Daheim beim Architekten lebte man modern, deshalb durfte Ellen alltags mit am Tisch sitzen, und genau wie alle anderen bekam sie einmal in der Woche eine Leinenserviette. Der Unterschied zwischen der Herrschaft und dem Dienstpersonal wurde äußerst subtil gezeigt: Die Familienmitglieder hatten alle einen eigenen Serviettenring, während Ellens Serviette zu einem Viereck gefaltet und direkt auf den Teller gelegt wurde.

In Tante Ellens Haus gab es normalerweise keine Servietten. Wer sich bekleckerte, mußte zur Toilette gehen und sich nach dem Essen den Mund waschen, ansonsten kam man so zurecht. Zu Weihnachten, zur Mittsommernacht und zu anderen Festen kaufte Tante Ellen dünne, kleine Papierservietten, aber die waren in erster Linie Dekoration. Jetzt sollte es jedoch eine Veränderung geben, denn Hubertsson war sicher Servietten und Serviettenringe gewohnt. Und wie sähe das aus, wenn er allein am Küchentisch säße und mit seiner Serviette herumwedelte?

Christina und Tante Ellen kämpften ein ganzes Wochenende damit, die Küche auf Vordermann zu bringen. Sie schleiften die Küchenstühle ab und lackierten sie, säumten Servietten und hängten Gardinen auf. Birgitta schnaubte verächtlich über ihre Mühe, als sie den Kragen ihrer Wildlederjacke hochstellte und sich ins Samstagabendvergnügen stürzte. Margareta hing in der Küchentür und gab zu fast allem ihre Meinung zum besten, war aber ansonsten keine große Hilfe. Schließlich wurde Tante Ellen ihre Kommentare leid und gab ihr die Aufgabe, Wollgarn verschiedener Farben um die Serviettenringe zu wickeln, damit man sie voneinander unterscheiden konnte. Die Farben durfte sie selbst aussuchen. Natürlich nahm sie für Birgitta rosa und für sich selbst gelb, während Christina einen weißen Wollfaden bekam und Tante Ellen einen hellblauen. Aber um Hubertssons Serviettenring wickelte sie ein schmales Seidenband in Knallrot und knotete es in einer kleinen Schleife.

Ihre Wangen glühten ebenso rot, als Hubertsson am Sonntagabend aus seiner Wohnung herunterkam, um zum ersten Mal in Tante Ellens Küche Mittag zu essen.

»Sie sitzen an der Stirnseite«, sagte Margareta dreist und zeigte damit, daß sie ganz und gar nicht mehr das kleine Mädchen war, das einen Knicks macht und Onkel sagt. Hubertsson schaute sie amüsiert an. Er war klug genug, gleich zu verstehen, was ihre Augen mit den frisch lackierten Stühlen um die Wette glänzen ließ. Aber er war nun einmal ganz und gar nicht an frischem Lammfleisch interessiert. Er wollte nur Sauerbraten mit mehligen Kartoffeln, Erbsen und Karotten haben, säuerliches Gelee und eingelegte Gurken. Und über diese ganze Herrlichkeit wollte er die dunkle Zwiebelsoße gießen, deren würziger Duft nach Essig und Anchovis, Lorbeer und schwarzem Pfeffer bereits seit einer Stunde sich in jeder Ecke des Hauses festgesetzt hatte.

So saßen sie also da, alle fünf mit einer neuen Serviette auf dem Schoß, um Tante Ellens Küchentisch, und aßen schweigend. Birgitta mit ihrer weißen Hochfrisur und ihren schwarz angemalten Augen, Margareta mit Pferdeschwanz und roten Wangen, Christina mit ihrer neuen Brille, die ihr halb auf die Nase rutschte. Hubertsson mit einer Locke, die ihm in die Stirn gefallen war, und eine angespannte Tante Ellen mit roten Bäckchen vom Kochen. Sie entspannte sich erst, als Hubertsson sich die dritte Portion auffüllte.

»Entschuldigung«, sagte er, »normalerweise esse ich nicht soviel. Aber das hier ist einfach zu gut!«

Da mußten alle lachen. Sogar Birgitta.

Ansonsten lachte Birgitta in diesem Jahr nicht besonders oft. Zwar schien es, als hätte sie ihre ganze kindische Halsstarrigkeit weggeweint, als ihre Mama starb, aber nachdem die erste Zeit heftiger Trauer vorbei war, wurde sie dennoch nicht wie die anderen. Sie schrie nicht mehr und schlug auch nicht mehr um sich, aber ihre Oberlippe verzog sich die ganze Zeit voller Verachtung.

Als das zweite Schuljahr in der Siebten sich seinem Ende zuneigte, verwandelte sie sich in eine Steinsäule der Entschlossenheit. Abend für Abend saß sie an Tante Ellens Küchentisch und wiederholte immer wieder das gleiche: Sie dachte nicht im Traum daran, in die Achte zu gehen! Schließlich war das freiwillig, also konnte sie es ablehnen, wenn sie wollte. Außerdem hatte Onkel Gunnar versprochen, ihr einen Job bei Luxor zu besorgen. Sie schnaubte nur, als Tante Ellen ihr zu erklären versuchte, daß die Arbeit in der Fabrik nicht besonders witzig war. Witzig? Wer fand denn seine Arbeit überhaupt witzig? Man jobbte doch nur, um Geld zu verdienen. Und bei Luxor konnte sogar eine Vierzehnjährige schon gut verdienen. Christina war von Anfang an über den Respekt verwundert, den Tante Ellen Birgittas Arbeit zollte. Jetzt war es wichtiger, abends Birgittas Brotdose vorzubereiten, als Christina und Margareta die Hausaufgaben abzuhören. Und obwohl Christina drei Monate älter und Margareta nur elf Monate jünger war als Birgitta, so schien Birgitta erwachsen geworden zu sein, während sie selbst beide noch Mädchen geblieben waren.

Tante Ellen protestierte nicht einmal gegen Birgittas Art, sich herauszuputzen. Sie holte willig die Nähmaschine hervor, wenn Birgitta noch eine Jeans oder ein Kleid enger einfassen wollte. Schließlich waren mehrere ihrer Kleider so eng, daß man den Venusberg durch den Stoff schimmern sah. Was ihr ausgezeichnet gefiel, wie man an ihrem zufriedenen Lächeln sehen konnte, wenn sie sich im Flurspiegel begutachtete. Genau so sollte es sein: schwellende Brust, herausgestreckter Hintern und ein zu erahnendes Dreieck mitten im Kleid.

Sie verwandte viel Zeit für ihr Haar, das sie toupierte und mit Haarspray besprühte; und immer wieder probierte sie neue Frisuren aus. Aber wenn sie ausgehen wollte, sah sie dennoch immer gleich aus: ein riesiger Berg an Zuckerwatte auf dem Kopf, weiß angemalte Lippen und schwarz umrandete Augen. Eine Rockerbraut. Eine richtige Rockerbraut natürlich, nicht so eine kleine Memme, die sich nicht traute, die Kurven richtig zu nehmen.

Christina fand Birgitta eklig. Es war widerlich, all das wogende weiße Fleisch und die ständig halbgeschlossenen Augenlider. Ganz zu schweigen von dem säuerlichen Duft, der sie immer umgab und der jetzt auch das Mädchenzimmer erfüllte, wenn Birgitta gar nicht da war. Andererseits fand Christina in dieser Zeit, daß die meisten Menschen eigentlich etwas eklig waren. Hubertsson hatte eklige Finger, Stig mit dem Hechtmaul einen ekligen Mund. Manchmal hatte Christina sogar das Gefühl, daß Tante Ellen leicht eklig geworden war. Morgens, wenn sie das Frühstück machte und nur ihr Nachthemd und einen Morgenmantel trug, dann verbreitete ihr Körper in der ganzen Küche einen leichten Geruch. Dieser Geruch ließ Christina ihre Gewohnheiten verändern. Jetzt war sie selbst schon gewaschen, angezogen und gekämmt, wenn sie sich an den Frühstückstisch setzte, und wenn Tante Ellens Geruch zu stark wurde, hob sie einfach ihre frischgewaschene Hand an die Nase und sog den Duft nach Seife ein. Er kitzelte in der Nase.

Eigentlich war nur Margareta nicht eklig. Sie wurde nicht einmal eklig, als Birgitta versuchte, sie zu ihrem Abbild zu machen, denn wie sehr sie auch mit dem Toupierkamm und der Spraydose, dem Lippenstift und der Wimperntusche kämpfte, es gelang ihr nie, Margareta für längere Zeit zu verwandeln. Bereits nach einer halben Stunde sah Margareta wieder aus wie ein halbertrunkener Waschbär: Die toupierten Haare hingen herunter, der Lippenstift war abgeleckt, und die Wimperntusche war zu schwarzen Ringen um die Augen verrieben. Tante Ellen lachte über sie und schickte sie zum Waschen. *Dummerchen!*

Manchmal durfte Margareta Birgitta sogar bei ihren Abenteuern begleiten. An diesen Samstagabenden drängelten sich die beiden vor dem Flurspiegel, während Tante Ellen in der Küchentür stand und sie über ihre Brille hinweg betrachtete. Sie sagte selten etwas, kam nie mit Ermahnungen und kaum mit Kritik. Es schien, als hätte sie abgedankt, als meinte sie, sie hätte nicht das Recht, ihre Meinung zu diesem Neuen, Unbegreiflichen zu äußern, das sich Teenagerleben nannte.

Nie war die Rede davon, daß Christina mit an diesem Leben teilnehmen sollte. Und es war Birgitta, die wortlos entschieden hatte, daß es so sein sollte. Aber ihre offene Feindseligkeit Christina gegenüber war mittlerweile zu Gleichgültigkeit und Verachtung abgekühlt. Birgitta strich Christina ganz einfach aus ihrem Bewußtsein, sprach sie nie an, es sei denn, sie wollte den einen oder anderen höhnischen Kommentar loswerden, und antwortete nur selten, wenn Christina sie etwas fragte.

Außerdem hatte sie einen speziellen Blick entwickelt, der nur für Christina bestimmt war: ein kurzes Aufblitzen, das von einem ebenso schnellen Blinkern gefolgt wurde: *Kellerassel*, sagte dieser Blick. *Glaub doch bloß nicht, daß ich dich sehe!*

Trotzdem wußte Christina detailliert, was Birgitta so trieb. Margareta konnte es einfach nicht für sich behalten: Auf ihrem halbstündigen Weg zur Oberschule jeden Morgen vertraute sie Christina alles an, was Birgitta ihr anvertraut hatte. Anfangs mußte sie dabei ständig kichern, ihre Augen glitzerten, wenn sie den Vornamen des Jungen flüsterte, der Birgittas BH als erster anfassen durfte, und den Spitznamen desjenigen, der gleichzeitig seine Hand in ihren Schlüpfer geschoben hatte. Aber im Laufe der Monate wurde ihr Lächeln immer angestrengter. Und es erlosch vollkommen, als sie eines Morgens die Tür einer Telefonzelle öffnete und auf einen Spruch zeigte, der dort drinnen auf die Wand geschmiert worden war. Christina schob ihre Brille zurecht und las die erste Zeile laut: *Ach, hätte ich doch Birgittas Kleider an…*

»Leise!« rief Margareta und hielt sich die Hand vor den Mund.

Christina starrte sie mit aufgerissenen Augen an: Es war doch wohl selbstverständlich, daß sie von allein still geworden wäre, sobald sie begriff, was dort an der Wand stand. Wie konnte Margareta nur glauben, sie würde solche widerlichen Worte in den Mund nehmen?

Mit zitternder Hand wühlte sie in ihrer Tasche nach ihrem Federmäppchen, zog daraus ihren besten Kugelschreiber hervor – den sie sonst nur benutzte, wenn sie ihre Aufsätze ins reine schrieb – und zog einen Strich nach dem anderen über die Schmiererei an der Wand. Was war das nur für ein Idiot, der diesen Spruch gekritzelt hatte, er konnte ja nicht einmal fehlerfrei schreiben!

Margareta fing an zu weinen, sie lehnte sich gegen die Wand der Telefonzelle und schluchzte resigniert wie ein Kleinkind, während sie langsam zu Boden rutschte. Ihre Stimme klang belegt, aber jetzt konnte sie nicht länger an sich halten, jetzt war sie gezwungen, das Allerschlimmste zu erzählen.

»Und in der Schule behaupten sie, sie hat Samstag mit drei verschiedenen Jungs gebumst… Aber als ich sie danach gefragt habe, hat sie gesagt, sie weiß es nicht mehr, weil sie zu blau gewesen ist, um sich noch dran zu erinnern. Und dann hat sie gelacht!«

Panik breitete sich in Christinas Bauch aus. Sie drückte den Schreiber noch fester gegen die Wand und zog noch einen Strich über die Schweinerei, obwohl sie wußte, daß es nichts nutzte. Diese Worte würden sich nie auslöschen lassen. Niemals.

Diese Gewißheit sackte wie ein Stein durch ihren Körper. Sie hatte schon immer gewußt, daß es so kommen würde. Und jetzt war sie da.

Die Katastrophe.

Helena steht schon im Korridor bereit, als Christina den vierten Patienten verabschiedet.

»Wie geht es Hubertsson?« fragt Christina mit gesenkter Stimme.

»Keine Gefahr mehr«, antwortet Helena ebenso leise. »Ich war grad los und habe ihm ein paar Butterbrote gekauft. Dir habe ich auch eins mitgebracht... Komm!«

Christina wirft einen Blick auf das Aktenfach vor der Tür. Offensichtlich sitzen noch zwei Patienten im Wartezimmer.

»Schaffe ich das?«

»Natürlich schaffst du das. Du mußt doch was essen... Nun komm schon.«

Hubertsson hat sich an seinen Schreibtisch gesetzt, aber er hat den Stuhl zum Zimmer hin gedreht und sitzt mit dem Rücken zum Computer. Nie zuvor ist Christina sein Bildschirmschoner aufgefallen, aber jetzt sieht sie, daß er einen schwarzen Weltraum mit tausend Sternen darstellt. Sie zieht die Augenbrauen hoch: Hubertsson würde nicht mit jedem Erstbesten seinen Bildschirmschoner teilen. Kerstin Eins hatte vielleicht doch recht, als sie diese Patientin als seinen Liebling bezeichnete.

»Ich habe nach Desirée Johansson geguckt«, sagt sie aufs Geratewohl. Aber Hubertsson reagiert nicht, er ist vollauf damit beschäftigt, in der Tüte herumzuwühlen, die Helena ihm hinhält. Das Schinkenbrot ist offensichtlich nach seinem Geschmack, aber das Mineralwasser kommentiert er, indem er den Mund verzieht.

»Hättest du nicht statt dessen ein Leichtbier kaufen können?« fragt er.

Helena lächelt nachsichtig, als wäre er ein trotziger kleiner Junge.

»O nein, jetzt gibt's erst mal kein Bier.«

»Dann vielleicht wenigstens einen Kaffee?«

»Ich hole welchen«, sagt Helena und rauscht glücklich lächelnd aus der Tür.

Christina beißt in ihr Brot, um ein ironisches Grinsen zu verbergen. Schon tausendmal in ihrem Berufsleben hat sie gesehen, wie Krankenschwestern um männliche Ärzte herumscharwenzeln, und jedesmal ist sie gleichermaßen irritiert. Andererseits hat sie eigentlich keinen Grund, sich über Helena in dieser Beziehung zu ärgern. Denn Helena gehört nicht zu der Sorte Schwestern, die sich weigert, Akten und Unterlagen für weibliche Ärzte herauszusuchen, während sie sich gleichzeitig ein Bein ausreißt, um den männlichen zu helfen. Aber Hubertsson gegenüber verhält sie sich wirklich lächerlich.

Hubertsson selbst scheint Helenas Hilfsbereitschaft vollkommen selbstverständlich zu nehmen. Er sieht zufrieden aus, wie er sich auf seinem Schreibtischstuhl zurücklehnt und einen Schluck Mineralwasser trinkt.

»Wie geht's jetzt?« fragt Christina.

Er lacht etwas schief und stellt die Flasche hin.

»Kein Problem. Ich fühle mich wie ein Siebzehnjähriger.«

Christina rümpft die Nase.

»Dann aber wohl wie ein ziemlich mitgenommener Siebzehnjähriger...«

Er kichert und wechselt das Thema.

»Ich habe gehört, daß Margareta angerufen und auch mich hat grüßen lassen. Wie lange ist sie noch in der Stadt?«

Christina nimmt einen Schluck aus ihrer Flasche, um nicht sofort antworten zu müssen. Während der letzten Monate war er einfach unmöglich, sobald er nur eine Chance witterte, hat er das Gespräch auf Margareta, Birgitta und Tante Ellen gebracht. Und er macht das mit Absicht, er weiß genau, daß er sie damit zur Weißglut treibt.

»Sie ist nicht mehr hier«, antwortet sie kurz. »Sie war nur auf der Durchreise. Übrigens, wie ich eben schon sagte, ich war drüben und habe nach einer deiner Patientinnen im Pflegeheim geschaut, Desirée Johansson. Kerstin Eins hat ihr vier Klistiere Stesolid à zehn Milligramm gegeben…«

Doch Hubertsson hört ihr gar nicht mehr zu, er sitzt unbeweglich da und schaut aus dem Fenster. Christina folgt seinem Blick: Auf der Fensterbank draußen sitzt ein Vogel. Eine Sturmmöwe. Sie starrt Hubertsson intensiv an, während sie mit zierlichen Bewegungen den einen gelben Fuß vor den anderen setzt und ihren weißen Kopf senkt. Ganz langsam breitet sie sodann ihre Flügel aus, sie sind grau und weiß und beeindruckend groß; sie bedecken fast den gesamten unteren Teil des Fensters. Es sieht aus wie eine Verbeugung. Nein, mehr als das, wie eine Ehrenbezeugung.

»Nein, so was…«, sagt Christina.

Ihre Stimme scheint durchs Fensterglas zu dringen, der Vogel zuckt zusammen und hebt ab. Christina steht auch auf. Sie geht zum Fenster und verfolgt die Sturmmöwe mit dem Blick, wie diese über den Parkplatz davongleitet.

»Wie merkwürdig«, sagt sie, »wo doch gestern… Sind Sturmmöwen keine Zugvögel?«

»Nicht alle«, erklärt Helena und stellt das Tablett mit dem Kaffee auf Hubertssons Schreibtisch. »Ein Teil überwintert hier. Warum?«

Christina wirft Hubertsson einen Blick zu, er sitzt nicht mehr unbeweglich da, er hat seinen Stuhl halb herumgedreht und streckt sich nach einer Kaffeetasse.

»Da saß eben eine Sturmmöwe und hat sich ganz komisch verhalten. Und gestern habe ich eine tote Sturmmöwe bei mir zu Hause im Garten gefunden…«

Hubertsson wollte gerade die Tasse an den Mund führen, hält jetzt aber mitten in der Bewegung inne.

»Wirklich?«

»Ja. Sie hat sich den Nacken gebrochen. Erik meint, sie wäre direkt gegen die Wand geflogen.«

Helena lacht laut auf.

»Vielleicht gibt es ja auch ansteckenden Möwenwahnsinn. Wir sollten die Tierforscher alarmieren.«

Sie sieht nicht, wie Hubertssons Gesicht in einer argwöhnischen Miene erstarrt. Aber Christina sieht es. Das Merkwürdige daran ist, daß er Tante Ellen ähnlich sieht. Genau so sah ihr Gesicht aus, als Christina ihr nach mehreren Tagen des Zögerns endlich berichtete, was sie über Birgitta wußte. Und genauso grau war ihr Gesicht auch, als sie am folgenden Tag auf dem Boden des Wohnzimmers lag und sich nicht mehr bewegen und nicht mehr sprechen konnte.

»Um die Mädchen kümmert sich das Jugendamt«, schrieb Stig mit dem Hechtmaul auf einen Zettel, den er mit einer Reißzwecke an Hubertssons Tür befestigte.

Alle drei standen bleich und stumm in Tante Ellens Flur. In der Küche warteten die Kohlrouladen immer noch auf dem Herd und verbreiteten ihren Duft, der Tisch war gedeckt und fürs Mittagessen bereit, aber niemand war auf die Idee gekommen, ihn abzudecken und die Kohlrouladen in den Kühlschrank zu stellen.

»Habt ihr alles, was ihr braucht?« fragte Stig gebieterisch. »Zahnbürste? Nachthemd? Schulbücher?«

Keine antwortete, aber Margareta nickte stumm.

Draußen fiel der erste Schnee dieses Winters, die Dämmerung legte sich grau auf den Garten und verwandelte ihn in eine schwarzweiße Fotografie.

»Jetzt kommt ihr erst mal mit zu mir«, sagte Stig und verschloß die Haustür. »Jedenfalls für ein paar Tage, bis wir wissen, ob es sich länger hinzieht oder nicht.«

Bitte hatte den Partykeller für sie hergerichtet, einen dunklen, kleinen Kellerraum in dem neugebauten Haus. Stig hatte die Wände mit grüner Seegrastapete tapeziert, und Bitte hatte sie mit einer Reihe blauer Jahresteller aus Rörstrand dekoriert. Sie schaute Birgitta ängstlich zu, wie diese mit einer großen, ausholenden Bewegung ihre Jacke auszog und sagte:

»Die Sammelteller sind ziemlich teuer. Seid also bitte so nett und achtet darauf …«

Als sie zu Mittag essen sollten, wurde es eng am Küchentisch.

Bittes Jungs – denn es waren *ihre* Jungs, fast allein ihre – nahmen mit ihren breiten Teenagerhänden und langen Beinen viel Platz ein. Christina und Margareta mußten sich an der einen Tischseite zusammendrängen, Birgitta und Bitte an der anderen. Bitte und Stig bestritten die Unterhaltung allein.

»Haben sie sie nach Linköping gebracht?« fragte Bitte und schüttelte den Kopf, während sie einen Schluck Milch hinunterschluckte. »Dann muß sie ja schlimm drangewesen sein …«

»Nun ja«, sagte Stig und warf Christina einen Blick zu, »man muß ja nicht gleich das Schlimmste annehmen. In Linköping gibt es die besten Ärzte. Spezialisten. Die werden sie viel schneller auf die Beine bringen als die Ärzte hier in Motala.«

Bitte schüttelte zweifelnd den Kopf.

»Aber eine Hirnblutung …«

Stig stellte mit heftiger Bewegung sein Milchglas auf den Tisch.

»Wir wissen doch noch gar nicht, ob es wirklich eine Hirnblutung ist.«

»Aber hat Hubertsson nicht gesagt …«

»Hubertsson!« rief Stig verächtlich und wischte sich den Mund mit der Handfläche ab.

An einem Sonntag drei Wochen später öffnete er die Tür seines neuen Volvo Amazon und sagte den Mädchen, sie sollten sich beeilen. Christina kroch auf den Rücksitz und stellte sich ganz vorsichtig Tante Ellens großen Hibiskus zwischen die Beine. Als sie nach der ersten Woche das erste Mal zu Tante Ellens Haus gegangen war, um die Blumen zu gießen und Staub zu wischen, war er ganz trocken gewesen und hatte viele Blätter verloren, aber jetzt hatte er sich erholt und drei dicke Knospen bekommen. Sie wollte, daß Tante Ellen sah, wie er ausschlug, während sie in ihrem Bett in Linköping lag. Margareta saß neben ihr und drückte das eingerahmte Foto mit den Mädchen im Kirschbaum an den Bauch. Birgitta saß mit leeren Händen auf dem Beifahrersitz.

Sie sprachen nicht miteinander. Während der vergangenen Wochen hatten sie kaum ein Wort gewechselt. Margareta schwieg sogar, wenn sie mit Christina morgens zur Schule ging, und sie schwieg auch am Abend. Sie las nicht einmal wie sonst. Wenn sie pflichtschuldigst ihre Sätze hingeschrieben und die Zahlen ausgerechnet hatte, die sie als Hausaufgabe hatte, legte sie sich auf die Luftmatratze unten im Partykeller und starrte an die Decke.

Christina war aktiver. Nach der ersten Woche ging sie jeden Tag zu Tante Ellens Haus, holte die Post herein und sortierte sie, goß die Blumen und wischte Staub. Ab und zu staubsaugte sie, nicht weil es notwendig war, sondern weil das Geräusch des Staubsaugers sie beruhigte. Sie ging nie zu Hubertsson hinauf, legte seine Post nur auf die unterste Treppenstufe und zog die Haustür vollkommen lautlos hinter sich zu.

Birgitta sah sie kaum. Sie machte sich schon frühmorgens auf den Weg in die Fabrik und kam nie zum Essen nachmittags nach Hause. Aber jede Nacht wachte Christina auf, wenn Birgitta mit ihren ausgetretenen Schuhen in der Hand die Treppe zum Partykeller hinuntertappte. Vielleicht spürte sie, daß es Bittes Jungs peinlich war, sie im Haus zu haben. Deren flirtendes Lächeln und ihre lüsternen Blicke waren am gleichen Tag erloschen, als einer von Kjelles Klassenkameraden ihm den Spruch zugeflüstert hatte. Er war in ganz Motala verbreitet. In Windeseile hatte er sich herumgesprochen.

Stig musterte sie, als sie vor dem Provinzkrankenhaus in Linköping aus dem Wagen kletterten.

»Alles klar?« fragte er militärisch. Margareta nickte, Christina flüsterte ein Ja. Aber Birgitta trat plötzlich einen Schritt zurück.

»Ich will nicht«, sagte sie.

»Jetzt ist keine Zeit für Dummheiten«, sagte Stig und warf die Autotür zu.

Birgitta schüttelte den Kopf, daß ihr toupiertes Haar zitterte.

»Aber ich will nicht!«

Stig packte sie am Oberarm, seine Stimme war dunkler geworden:

»Jetzt hörst du auf mit dem Blödsinn!«

In einer einzigen Bewegung riß Birgitta sich los, eine Bewegung, die so heftig war, daß sich die Haarspange, die ihren weißen Pony an der Seite hielt, löste und auf den Asphalt fiel. Sie drehte sich um und lief davon, so schnell ihr enges Kleid und ihre hochhackigen Schuhe es zuließen. Als sie den Parkplatz bereits halb überquert hatte, drehte sie sich um und schrie mit schriller Stimme:

»Ich will nun mal nicht! Kapierst du das nicht, du Dreckskerl!«

Stig zuckte mit den Schultern und stopfte die Autoschlüssel in die Tasche seiner Sonntagsjacke.

»Dann soll sie doch laufen. Das Flittchen.«

»Du siehst aus wie ein Seeräuber«, sagte Margareta und mußte mitten im Weinen lachen. Tante Ellen lächelte ihr neues, schiefes Lächeln und führte eine zitternde linke Hand zu der schwarzen Klappe, die ihr rechtes Auge bedeckte.

»Sie kann das Augenlid nicht schließen«, erklärte die Frau in dem Nachbarbett. »Deshalb hat sie die Klappe. Damit das Auge nicht austrocknet.«

Für einen Augenblick hatte Christina die Vision, es sei dieselbe Frau, die vor zehn Jahren um ihr eigenes Krankenbett geschlichen war. Sie drehte den Kopf und warf der Frau einen so feindlichen Blick zu, daß diese sich sofort im Bett aufrichtete, aufstand und zur Tür eilte. Natürlich war das nicht dieselbe Frau, das sah sie jetzt, trotzdem war es gut, daß sie ging. Es reichte schon mit den neugierigen Blicken von den vier anderen Patientinnen im Raum.

Tante Ellen konnte immer noch nicht sprechen; wenn sie es versuchte, lief ihr nur etwas Speichel über die Lippen. Trotzdem verstanden Christina und Margareta sie. Margareta setzte sich auf den Rand des Bettes, hob ihre Hand und legte sie sich an die Wange. Christina ließ sich am Kopfende des Bettes auf die Knie sinken und legte ihren Kopf auf das Kissen, ganz dicht an Tante Ellens.

Keine sagte etwas. Es gab nichts mehr zu sagen.

An diesem Abend versammelten sie sich in Stigs Wohnzimmer. Er selbst stand mit hochgekrempelten Hemdsärmeln am Eßtisch, während die Mädchen alle drei nebeneinander auf dem geblümten Sofa saßen. Christina links, Birgitta rechts, Margareta als Puffer in der Mitte. Stig traute sich nicht, sie anzusehen, sein Blick war auf die Unterlagen des Jugendamts gerichtet, die in drei weißen Stapeln auf dem Tisch lagen, während er umständlich in seiner Brusttasche nach Zigaretten suchte und sich eine anzündete. Es dauerte eine Ewigkeit, bis er sich eine John Silver aus der Packung gezogen und sie angezündet hatte.

»Ja«, sagte er schließlich und stieß eine Rauchwolke aus. »Ihr wißt es wohl von allein. Ihr habt sie ja gesehen.«

Er machte eine kurze Pause, immer noch mit dem Blick auf den Tisch.

»Also, so wird's jetzt gemacht«, sagte er. »Das Amt hat eine kleine Einzimmerwohnung für Birgitta und eine neue Pflegefamilie für Margareta besorgt. Und Christina wird zu ihrer Mama nach Norrköping ziehen…«

Ein paar Stunden später, als der weiße Spätwinter sich dort draußen gerade in die rosa Seide des Nachmittags wickeln will, entdeckt Christina Hubertsson. Er überquert den Parkplatz in seinem alten Mantel, die Aktentasche in der Hand. Also ist er wohl auf dem Weg nach Hause. Er zieht nie etwas über, wenn er zum Pflegeheim hinübergeht. Helena scheint ihn überredet zu haben. Andererseits geht er aber gar nicht zu seinem alten Volvo…

Christina schaut auf ihre Uhr. Sie ist mit der Sprechstunde immer noch reichlich im Verzug, obwohl sie versucht hat, sich zu beeilen. Der nächste Patient ist 1958 geboren. Gut. Männer dieses Alters sind normalerweise nicht besonders ausschweifend.

Gerade als sie aufstehen will, um ins Wartezimmer zu gehen und ihn hereinzurufen, wirft sie noch einmal einen Blick durchs Fenster und sieht, daß Hubertsson stehengeblieben ist. Er steht mit dem Gesicht zur Ambulanz und scheint mit jemandem zu reden. Christina muß lächeln. Vermutlich hat Helena seinen Abgang durchs Fenster überwacht, und jetzt schimpft sie, weil er nicht direkt zum Auto geht…

Aber Hubertsson mag es nicht, wenn er zurechtgewiesen wird; er zieht seine buschigen Augenbrauen hoch und sagt etwas, bevor er sich rasch umdreht und zum Pflegeheim geht. Christina hört, wie das Fenster des Schwesternzimmers mit einem Knall geschlossen wird. Hubertsson hört es auch. Er winkt einen zurückweisenden Gruß mit seiner Aktentasche.

Diese Geste hat sie schon einmal gesehen. Vor dreißig Jahren.

Es war an einem Samstagnachmittag, einem dieser Tage, an denen schwedische Orte still werden, wenn die Geschäfte geschlossen sind und die Menschen sich in ihre Wohnungen zurückgezogen haben. Eine feuchte Dämmerung hing schwer über Norrköping, gelbe Fensterscheiben leuchteten langsam in den schwarzen Hausfassaden auf, und draußen auf den Straßen bekamen die Straßenlaternen einen Heiligenschein.

Christina blieb stehen, nachdem sie das Krankenhaustor hinter sich zugezogen hatte; sie blieb noch auf den Treppenstufen stehen und zog sich langsam ihre Handschuhe an. Sie hatte es nicht eilig. Sie hatte es nie eilig, wenn es an der Zeit war, von ihrem Wochenendjob im Krankenhaus nach Hause zu gehen.

Zwischen ihrem Dufflecoat und den Handschuhen blieb ein kleiner Spalt. Sie war in dem Jahr, seit sie in Norrköping wohnte, ein paar Zentimeter gewachsen, und die meisten ihrer Kleidungsstücke waren zu eng und verschlissen. Am schlimmsten war es mit der Unterwäsche. Wenn die Klasse sich für die Sportstunde umzog, versuchte sie immer, sich hinter einer Tür zu verstecken, damit niemand sah, daß sie große Löcher in der Unterhose hatte und ihr einziger BH schon ganz grau geworden war.

Es war ihr nie in den Sinn gekommen, Astrid um Geld für neue Kleidung zu bitten, aber jeden Monat legte sie von ihrem Lohn zwanzig Kronen zur Seite, zwei graue Zehnkronenscheine, die sie unter dem Umschlag ihres Mathebuchs versteckte. Es würde eine Weile dauern, bis es reichte, um einen neuen Dufflecoat zu kaufen, aber das war vielleicht auch ganz gut so. Man konnte ja nicht wissen, wie Astrid reagieren würde, wenn sie plötzlich ein neues Kleidungsstück im Flur vorfände. Bis dahin mußte Christina versuchen, an dem Bündchen ihrer Handschuhe zu ziehen oder die Hände tief in die Taschen des Mantels zu stopfen. Aber einen BH würde sie schon nächste Woche kaufen. Und ein paar neue Unterhosen. Das würde Astrid gar nicht merken.

Sie setzte sich die Kapuze auf, um das Haar vor dem feinen Regen zu schützen, und rutschte mit gesenktem Kopf über den glatten Asphalt. Erst als sie die Södra Promenade erreichte, schaute sie wieder auf. Dort blieb sie erneut stehen. Eine Straßenbahn hielt an der Haltestelle, und einen Moment lang überlegte sie, ob sie sich eine Fahrkarte leisten sollte. Doch nein. Das wäre zu teuer, und es würde zu schnell gehen. Wenn sie zu Fuß ging, würde es gut eine Stunde dauern, bis sie zu Hause war.

Da entdeckte sie ihn. Es dauerte einen Augenblick, bis sie begriff, was sie sah, und während dieses Augenblicks schien die ganze Welt sich etwas zur Seite zu neigen, als hätte sie einen Knuff bekommen. Im nächsten Moment war ihr Körper von Jubel erfüllt. Er war es! Er war es wirklich, der gerade vor Norrköpings Krankenhaus aus der Straßenbahn stieg.

»Hubertsson!« rief sie. »Hubertsson!«

Sein Blick glitt zunächst über sie, ohne einen Halt zu finden, eine Sekunde lang sah es aus, als meinte er sich zu irren und als wollte er deshalb einfach weitergehen. Christina ergriff die Panik. Ohne nachzudenken, stürzte sie auf ihn zu und packte ihn am Arm.

»Kennen Sie mich denn nicht mehr? Ich bin es. Christina!«

Er trat einen Schritt zurück und sah sie an.

»Ja, wirklich. Du bist das.«

Die Worte überschlugen sich:

»Wie geht es Tante Ellen?«

Hubertsson verzog leicht das Gesicht:

»Ungefähr so wie vorher.«

»Hat sie meine Briefe gekriegt?«

»Ja.«

»Muß sie weiter in Ihrem Pflegeheim bleiben?«

»Das ist nicht mein Pflegeheim. Aber es stimmt schon, ich nehme an, daß sie dort bleibt.«

»Darf man sie besuchen?«

»Natürlich. Und wie geht es denn dir selbst?«

Christina zuckte mit den Schultern.

»Na ja«, sagte Hubertsson. »Soso.«

Einen Augenblick lang schwiegen beide, dann räusperte er sich und machte eine ungeduldige Bewegung.

»Ich muß mich beeilen, ich bin mit einem Kollegen verabredet... Mach es weiterhin gut.«

Christina nickte, der Jubel verklang. Sie stand reglos in einer kleinen Pfütze der Enttäuschung. Es war, als hätte Hubertsson mit seiner Gleichgültigkeit den letzten kleinen Silberfaden zerrissen, der sie mit der Vergangenheit verbunden hatte. Aber vielleicht war es möglich, ihn wiederaufzunehmen. Wenn sie auf neue

Unterwäsche verzichtete. Der Gedanke ließ sie noch einmal ihre Stimme erheben und ihm nachrufen:

»Hubertsson!«

Er drehte sich um, ohne anzuhalten, ging ein paar Schritte rückwärts, während sie ihre Frage stellte.

»Was kostet es, nach Vadstena zu fahren?«

»Zweiunddreißig Kronen!«

Er drehte sich um und winkte mit seiner Aktentasche einen letzten Gruß.

Das war alles. Als gäbe es sie gar nicht.

Andererseits war das ja nichts Neues. Seit sie nach Norrköping gekommen war, war es, als wäre sie zu einer Glasfigur geworden; die Leute sahen sie erst, wenn sie über sie stolperten. Abgesehen von ihren Lehrern sprachen eigentlich nur drei Personen mit ihr: Astrid, Margareta und Schwester Elsie.

Schwester Elsie schien sie fast gern zu haben. Während der Kaffeepausen am Samstagvormittag erkundigte sie sich immer, wie die letzten Mathearbeiten gelaufen waren, und wenn Christina wieder ein Gut vorweisen konnte, nickte sie so zufrieden, daß ihr Doppelkinn vibrierte.

Aber sie war nicht immer so zufrieden. Manchmal nahm sie Christinas Kinn in ihre Hand und musterte ihr Gesicht. Aß sie auch genug? Schlief sie ausreichend? Ein gesunder Backfisch sollte rote Wangen haben und keine schwarzen Schatten unter den Augen. Natürlich war es ungemein tüchtig von ihr, gleichzeitig zu arbeiten und zur Schule zu gehen, und ganz gewiß war sie auch ihrer Mutter eine große Hilfe, aber schaffte sie das wirklich alles? Sollte sie nicht lieber die Wochenenden nutzen, um auszuruhen und an der frischen Luft zu sein?

Christina schämte sich jedesmal, wenn Schwester Elsie sie am Kinn nahm. Es war, als würde ihr weißes Gesicht lügen. Die Arbeit war doch ihre einzige Erholung. Im Krankenhaus mußte sie nicht auf der Hut sein, hier genügte es, wenn sie knickste, artig war und tat, was ihr gesagt wurde. Aber das konnte sie natürlich nicht sagen.

Ebensowenig konnte sie natürlich erzählen, daß Schwester

Elsie selbst Teil dieser Erholung war, daß ihre angespannten Nackenmuskeln jedesmal weich wurden, wenn sie Schwester Elsies Stimme hörte und den Duft von Seife und Rosenwasser einsog, der um ihren rundlichen Körper schwebte. Sie trug unter ihrer hellblauen Krankenschwesterntracht ein Korsett. Sie war weich, wurde aber zusammengehalten. Sie war genau so, wie Christina selbst gern wäre. Doch statt dessen wurde sie mit jedem Tag einer langsam erstarrenden Eisskulptur immer ähnlicher: außen gefroren und hart, innen matschig und zerfließend.

Manchmal malte sie sich aus, daß Schwester Elsie sie bitten würde, zu ihr in die Wohnung zu ziehen. Diese würde sich in einem der Reihenhäuser im englischen Stil befinden, die die Södra Promenade säumten, und dort würde Christina ihr eigenes Zimmer mit Rosentapeten bekommen. Jeden Abend würde sie ihre Hausaufgaben an einem kleinen braunen Damensekretär aus dem 18. Jahrhundert machen, während Elsie den Abendtee in der Küche vorbereitete, und danach würden die beiden nebeneinander in dem kleinen Wohnzimmer sitzen und Radio hören ... Aber natürlich sagte Elsie niemals so etwas. Christina wohnte ja bei ihrer Mama, und sie würde selbstverständlich weiterhin bei ihrer Mama wohnen, genau wie alle anderen Mädchen im Gymnasium.

Einmal hatte Christina gesehen, wie Schwester Elsie sich vor Abscheu schüttelte, als eine der anderen Krankenschwestern von Hageby sprach; und von diesem Tag an kontrollierte Christina ihre Gummistiefel immer ganz genau, bevor sie das Krankenhausgebäude betrat. Es durfte kein bißchen entlarvender Lehm an den Rändern sein. Denn an den lehmigen Schuhen erkannte man die Bewohner von Norrköpings neuestem Wohnviertel. Mehr als ein Jahr nachdem die ersten Mieter eingezogen waren, war das Viertel immer noch eine lehmige Baustelle.

Astrid war eine der ersten Mieterinnen gewesen. Sie hatte schon mehrere Jahre auf der Liste der Wohnungssuchenden gestanden, bevor sie endlich ihre Zweizimmerwohnung ganz oben in dem betongrauen Hochhaus bekam. Auch jetzt nach einem Jahr lobte sie jeden Tag die neue Wohnung und verwünschte ausgiebig und beredt die Bruchbude, die sie hinter sich gelassen hatte. Christina war sehr darauf bedacht, nichts zu sagen, was als Kritik an der Wohnung oder an der lehmigen Umgebung ausgelegt werden konnte, aber wenn sie von zu Hause weg war, achtete sie ebenso genau darauf, daß nicht herauskam, wo sie wohnte. Nicht daß wirklich ein größeres Risiko bestanden hätte, daß es herauskam, denn bis jetzt hatte sie noch kein Mensch nach ihrer Adresse gefragt.

Sie hatte keine Freunde in ihrer Klasse, aber das war ja nur natürlich. Alle anderen kannten sich schon seit vielen Jahren, und Christina war ein Neuling. Außerdem war sie irgendwie einfach zu müde, um zu versuchen, eine Freundin zu finden. Während der Pausen nahm sie stets ein Schulbuch mit auf den Hof und zog sich in irgendeinen Gang zurück, um sich auf die nächste Stunde vorzubereiten. Es standen noch andere blasse Mädchen in anderen Gängen, aber mit denen zu reden erschien ihr viel zu verwegen.

Margareta war bereits nach den ersten Weihnachtsferien aufgetaucht. Sie hatte sich draußen auf dem Schulhof auf Christina gestürzt, so schnell, daß Christina gar nicht dazu kam, ihre Überraschung zu zeigen, als sie bereits von Margaretas üblichem Wortschwall überschüttet wurde. Wußte Christina, daß Tante Ellen in Hubertssons Pflegeheim nach Vadstena gebracht worden war? Margareta war in der Woche, bevor sie in ihre neue Pflegefamilie hier in Norrköping gekommen war, dort gewesen und hatte Tante Ellen besucht. Jetzt war sie Einzelkind. Sie hatte ein eigenes Zimmer und Unmengen an Kleidern. Wollte Christina nicht einmal mit ihr nach Hause gehen und sehen, wie sie wohnte? Es klingelte, bevor Christina antworten konnte, und als sie Margareta das nächste Mal sah, stand diese bereits in der Raucherecke und flirtete mit einem aus der Zweiten. Sie hatte nie wieder ihre Einladung wiederholt, und später wechselten sie nur ein paar kurze Worte miteinander, wenn sie sich zufällig auf dem Flur trafen. Sie hatten einander nichts zu sagen. Vielleicht lag es daran, weil Christina über soviel schweigen mußte, vielleicht daran, weil Margareta voll und ganz damit beschäftigt zu sein schien, sich pflichtschuldigst in den vollkommenen Teenager zu verwandeln. Bereits nach einem Monat sah sie so aus, als hätte man sie direkt aus der letzten Nummer des Mode-Journals ausgeschnitten. Es fiel schwer, sich vorzustellen, daß es sich hier um dasselbe Mädchen handelte, das sich nur ein paar Jahre zuvor zur Rockerbraut hatte schminken lassen. Jetzt lag ihr Haar im modischen Pagenschnitt, und ihr Schal hing bis zu den Knien. Sie war eine Modepuppe, eine richtige Modepuppe. Christina selbst war dagegen nichts. Höchstens eine Streberin natürlich.

Während der ersten Wochen bei Astrid hatte Christina drei Beschlüsse gefaßt. Nummer eins: Sie würde Abitur machen, koste es, was es wolle. Nummer zwei: Sie wollte nicht mehr an das denken, was gewesen war. Nummer drei: Sie würde niemals weinen.

Der dritte Beschluß war überhaupt erst die Voraussetzung für die ersten beiden. Darum war er auch am schwersten einzuhalten. Manchmal hatte sie den Eindruck, sie wäre einer der Pawlowschen Hunde geworden, von denen sie in der Schule gelesen hatte. Sie fühlte sich ja nicht besonders traurig, meistens fühlte sie sich überhaupt nicht, aber dennoch füllten sich ihre Augen jeden Nachmittag, wenn sie den Schlüssel ins Schloß zu Astrids Wohnung steckte, mit Tränen. Es war, als befände sich in ihrem Körper eine Weinmaschine. Ihr Körper begann sich vor Schluchzen zu schütteln, wenn sie die Tür hinter sich schloß, die Augen liefen über, der Mund öffnete sich wie von allein und gab ein unartikuliertes Brüllen frei. Es nutzte nichts, wenn sie versuchte, sich selbst zu beruhigen, indem sie ihren Dufflecoat ordentlich auf einen Bügel hängte. Es war, als stünde sie außerhalb ihres Körpers und sähe ihre eigenen Hände so herumfummeln, daß der Mantel zu Boden fiel. Ruhig und diszipliniert beugte sie sich hinunter und hob ihn auf, während ihr Mund weiterhin brüllte und schrie, jammerte und heulte.

»Warum hast du was gesagt?« meckerte die Weinmaschine. »Warum konntest du nicht still bleiben?«

Was sollte sie darauf antworten? Nichts. Geschehen war geschehen.

Das Weinen hörte ebenso plötzlich und unerklärlich auf, wie es begonnen hatte, die Maschine ruckte und blieb stehen. Christina schnappte schluchzend nach Atem und guckte auf die Uhr. Die Weinmaschine war pünktlich wie immer. Astrid würde in zwanzig Minuten nach Hause kommen. Sie wusch sich ihr Gesicht mit kaltem Wasser und schälte dann Kartoffeln. Und während ein brauner Klumpen nach dem anderen weiß wurde unter ihren Händen, schwor sie sich innerlich, daß sie aufhören würde zu heulen. Das war unbedingt notwendig, ebenso logisch und notwendig wie eine Zahl in der Mathematik. Denn wenn sie nicht aufhörte mit dem Weinen, würde sie es nicht schaffen, ihre Hausaufgaben ordentlich zu erledigen, und wenn sie ihre Hausaufgaben nicht schaffte, würden die Zensuren sich verschlechtern, und wenn die Zensuren schlechter würden, würde Astrid sie zwingen, die Schule abzubrechen. Vielleicht würde sie noch weitergehen und sie zu einem Job in der Textilfabrik zwingen. Alles mögliche durfte geschehen, aber das nicht.

Während der ersten Weihnachtsferien, nur einen Monat nachdem Christina nach Norrköping gekommen war, hatte Astrid für sie einen Job in der Textilfabrik organisiert. Sie hatte es wie eine Gunst dargestellt: Weil sie bei Vorarbeitern und Arbeitskollegen so geschätzt wurde, sollte ihre Tochter einen der so begehrten Ferienjobplätze bekommen. Und dann sogar noch in der Weberei.

Die Fabrik war Astrids Reich. Jeden Nachmittag, wenn sie von der Arbeit heimkam, ließ sie sich schwer auf einen Küchenstuhl fallen und rieb sich ihre geschwollenen Füße, während sie in allen Einzelheiten von dem berichtete, was vorgefallen war. Die im Stofflager, diese aufgeblasenen Angeber, forderten fünfundzwanzig Öre mehr als die Weberinnen. So ein finnischer Idiot hatte sich hinten im Garnlager das Bein in der Tür eingeklemmt, geschah dem Tolpatsch nur recht. Birgit sollte Oma werden, obwohl sie doch erst vierunddreißig war. Aber eigentlich kein Wunder, denn sie und ihre Tochter waren immer ziemliche Flittchen gewesen, das fanden Maud und Monkan auch…

Maud und Birgit, Monkan und Babro, die Namen rauschten vorbei, ohne daß Christina wußte, wem sie gehörten. Dennoch gelang es ihrem Gehirn ziemlich schnell, sich aufgrund von Astrids Erzählungen ein Bild von der Fabrik zu machen. Es war die modernste Textilfabrik in ganz Schweden. Also mußte überall der blanke Stahl blinken. Auf allen Böden lag Parkett, das erforderten die Maschinen. Also glänzte der Boden sicherlich. Die Webstühle waren vollautomatisch. Also waren die riesigen Websäle sicher fast vollkommen menschenleer.

Die Wirklichkeit war wie eine Ohrfeige. Als der Vorarbeiter die Tür zu dem Websaal öffnete, in dem Christina während der Weihnachtsferien saubermachen sollte, hatte sie buchstäblich das Gefühl, als hätte ihr jemand auf die Ohren geschlagen. Da drinnen war es so dunkel! Und so häßlich! Die Maschinen waren in einer blaßgrünen Grashüpferfarbe gestrichen, das Parkett war so abgetreten und kaputt, daß es aussah, als wäre es bombardiert worden. Aber das war nicht das schlimmste. Das schlimmste war das dumpfe Dröhnen, das bereits im Hintergrund gelauert hatte, seit sie durchs Fabriktor getreten war, und das zu einem Dröhnen anschwoll, als die Tür zum Websaal aufgeschlagen wurde. Es war ein wahnsinniges Brüllen von einem Wesen, das zu allem fähig war, von einem Wahnsinnigen, der sie schlug und ihren Körper schüttelte. Der Mühlengeist, konnte sie gerade noch denken, dann versagte ihr Denkvermögen. Der Mühlengeist ist auf der Jagd nach Fleisch für seine Mühle...

Als die Sommerferien sich näherten, wählte sie deshalb mit zitternden Fingern die Nummer der Personalabteilung des Krankenhauses. Nach ein paar kurzen Fragen war die Sache abgemacht. Sie war am ersten Ferientag willkommen. Oder wenn sie wollte, schon am letzten Schultag. Es herrschte Mangel an Hilfspersonal.

Bis dahin hatte eine Art Waffenstillstand zwischen Astrid und Christina geherrscht. Sie war an einem Sonntag eingezogen, und Astrid hatte sie mit Kaffee, Kopenhagenern und einem unsicheren Lächeln empfangen, aber schon nach wenigen Stunden war ihre Stimme scharf geworden. Als es an der Zeit war, das Schlafsofa im Wohnzimmer aufzuklappen, hatte Christina schnell versichert, daß sie das schon allein könne, kein Problem. Aber sie machte es nicht sofort: Nachdem Astrid das Zimmer verlassen hatte, ging sie zunächst zur Balkontür und riß sie weit auf. Sie blieb für einen Moment in ihr stehen und holte tief Luft, reinigte ihre Lunge von Astrids Zigarettenrauch. Eine zögerliche Hoffnung rührte sich in ihr. Vielleicht würde es doch nicht so schlimm werden, vielleicht hatte Stig mit dem Hechtmaul recht gehabt, als er die Stirn über ihre tränenreiche Angst gerunzelt und sie vorurteilsbeladen genannt hatte. Er hatte ihr eine lange Rede voller Ermahnungen gehalten, bevor sie Motala verließen. Wußte Christina denn nicht, daß die psychisch Kranken schon viel zu lange auf die Schattenseite der Gesellschaft verdrängt worden waren? Aber jetzt war die Zeit vorbei, derartige Krankheiten waren nicht länger unheilbar und eine Schande, sie konnten mit Medikamenten geheilt werden, und mit Sozialpolitik konnte ihnen sogar vorgebeugt werden. Außerdem war gerade Christinas Mama ein leuchtendes Beispiel dafür, welche Fortschritte gemacht worden waren. Sie war nunmehr vollkommen gesund, ohne Einschränkungen in der Lage, sich um ihre Tochter zu kümmern und für sie zu sorgen. Christina bräuchte sich keine Sorgen zu machen. Was damals in Tante Ellens Küche passiert war, als sie elf Jahre alt gewesen war, das war ein Zeichen für eine Krankheit gewesen, die schon lange geheilt war. Das würde nicht wieder vorkommen, das konnte Stig mit dem Hechtmaul garantieren.

Christina ging zum Klappsofa und schlug es auf. Es war ein außergewöhnlich häßliches Möbelstück, dunkelbraun und schwer wie ein Panzer. Alle Möbel im Zimmer waren schwer und braun. Außerdem schien Astrid Ecken abzulehnen. Nirgends konnte man sehen, wo die Wände aufeinandertrafen, die Möbel standen quer davor und verbargen die Ecken, als wären sie schändliche Geheimnisse. Und auf dem Teakregal neben der Balkontür lag eine dicke Staubschicht... Wenn sie am nächsten Morgen von der Schule käme, würde sie eine Runde mit dem Staubsauger und dem Staubtuch machen, vielleicht wäre Astrids Stimme dann nicht mehr so scharf.

Als Christina dabei war, das Bettlaken auseinanderzufalten, konnte sie hören, wie Astrid aus dem Bad kam. Sie mußte einen leichten Hauch der kühlen Abendluft erschnuppert haben, denn eine Sekunde später stand sie plötzlich in der Tür zum Wohnzimmer, nur in BH und Unterhose.

»Was zum Teufel machst du da?« fragte sie und starrte Christina an.

Christinas Hände klammerten sich am Bettlaken fest.

»Ich mache das Bett.«

»Spiel nicht die Dumme. Warum hast du die Balkontür geöffnet?«

»Ich wollte lüften ...«

»Was heißt hier lüften? Verflucht noch mal, draußen ist Winter, du kühlst ja die ganze Wohnung aus.«

Astrid ging zur Balkontür und warf sie mit einem Knall zu, fummelte an den Jalousien, ließ sie herunter und drehte sie hochkant. Als sie sich wieder umdrehte, waren ihre Augenlider halb geschlossen, und ihre Stimme klang gepreßt.

»Bist du etwa so eine, die sich gern anderen zeigt?«

Christinas Blick flackerte, ihre Knie wurden weich, aber sie zwang sich, aufrecht stehenzubleiben. Astrid grinste.

»Na klar, so eine bist du also. Du gehörst wohl zu der Sorte, die sich gern vorm Fenster auszieht und ihren Busen jedem ekligen Spanner zeigt, der gerade vorbeigeht ...«

Christina öffnete den Mund, um klarzustellen, daß sie ja immer noch vollständig angezogen war, daß sie die Jalousien hatte herunterlassen wollen, sobald sie mit dem Bettenmachen fertig war, und daß niemand in ihre Wohnung im zwölften Stock hineinschauen konnte, aber es kam kein Wort aus ihrem Mund. Ihr Körper hatte einen Beschluß gefaßt. Worte würden nicht helfen.

»Steh nicht da und glotz herum«, sagte Astrid. »Geh endlich ins Bett. Und denk dran, daß ich kein verdammtes Hurenverhalten dulde. Wenn du bei mir wohnen willst, dann mußt du dich auch ordentlich aufführen.«

Trotzdem wirkte Astrid während der ersten Monate fast normal, wenn auch etwas unberechenbar. Sie stand morgens auf, wenn der Wecker klingelte, und setzte Kaffee auf, wusch sich und putzte sich die Zähne, weckte Christina und deckte den Frühstückstisch. Abends saß sie im Wohnzimmer vor dem Fernseher, während Christina ihre Hausaufgaben in der Küche machte. Ab und zu rief sie einen kurzen Befehl: Sie wollte Kaffee haben oder ein Fußbad oder ein neues Päckchen Zigaretten, und Christina sollte sich beeilen, ihr die Thermoskanne zu bringen, Wasser in die Plastikschüssel laufen zu lassen oder schnell zum Kiosk laufen. Aber danach blieb Christina nie im Wohnzimmer. Sobald Astrids Wünsche erfüllt waren, murmelte sie etwas von Hausaufgaben und Klassenarbeiten und zog sich wieder an den Küchentisch zurück.

Es barg ein gewisses Risiko, zuviel mit Astrid zu reden. Man wußte nie genau, welche Worte und Gesprächsthemen dieses Funkeln in ihren Augen entfachen würden, dieses kalte, lila Glimmen, das Christina unfehlbar dazu brachte, ihren Blick zu senken und zu schweigen. Das Wort *verrückt* durfte nicht vorkommen, nicht einmal einer der Lehrer, die Astrid so recht von Herzen verachtete, hatte etwas wirklich Verrücktes gemacht. Auch durfte man weder Tante Ellen noch Motala erwähnen oder Fragen nach Astrids Leben stellen oder nach dem Mann, der sie einmal geschwängert haben mußte. Außerdem herrschte absolutes Verbot bezüglich aller Gespräche, die in Richtungen wie Medikamente, Feuersbrünste oder Kleinkinder führten.

Aber still zu sein, das war gar nicht so schwierig, es war schwieriger aufzupassen, daß Astrid sich nicht kritisiert fühlte. Wenn Christina allzu eifrig Staub wischte oder staubsaugte oder die überfüllten Aschenbecher ausleerte, während Astrid dabei war, konnte diese einen Wutanfall bekommen. Einmal kippte sie ihre Kippen und den Kaffeesatz auf den Teppich im Wohnzimmer, ein anderes Mal rieb sie Christina ihre benutzte Unterhose ins Gesicht als Strafe dafür, daß Christina die Frechheit besessen hatte, sie vom Boden im Flur aufzuheben. Aber das war die Ausnahme. Meistens schimpfte sie nur. Mehr war auch gar nicht notwendig, es genügte, daß sie ihre Stimme hob und eine Spur schärfer werden ließ, daß Christina erbleichte und das Staubtuch oder den Staubsauger fallen ließ. Der Waffenstillstand wurde gebrochen, als Christina nach mehreren Wochen zögernd Astrid endlich sagte, daß sie einen anderen Ferienjob gefunden hatte, als Astrid sich gedacht hatte.

Bereits die einleitende Schimpftirade dauerte länger als sonst. Es schien, als hätte Christina ihre Verachtung gezeigt, als sie das Krankenhaus der Fabrik vorzog, aber bitteschön, Astrid konnte auch ihre Verachtung zeigen. Sie ging im Wohnzimmer auf und ab, rauchte eine Zigarette nach der anderen und redete ohne Unterlaß. Im Krankenhaus zu arbeiten, das war ein bescheuerter Feine-Damen-Job, aber Christina war ja auch so eine bescheuerte feine Dame ... Verwöhnt und scheißvornehm, daß es schon stank. Aber eine Sache sollte schon mal klar sein, mein Fräulein, nämlich, daß Essen und Wohnen für die Fräuleins genausoviel kostete wie für normale Leute. Deshalb sollte sie doch so verflucht freundlich sein und zusehen, daß sie dann genausoviel für Kost und Logis im Sommer bezahlte, wie sie es während der Weihnachtsferien gemacht hatte, ganz gleich, was sie so als Pißpottträgerin verdiente. Astrid war weiß Gott nicht in der Lage, irgendwelche Feine-Damen-Allüren zu finanzieren, sie bekam ja im Gegensatz zu dieser Ellen nichts dafür *bezahlt*, daß sie sich um Christina kümmerte. Und wenn es ihr nicht paßte, dann bräuchte sie nur auszuziehen: Astrid hatte sich auch selbst ernährt und zur Untermiete gewohnt, seit sie vierzehn Jahre alt war. Schließlich hatte Christina bereits die Mittlere Reife, das war mehr, als Astrid je machen konnte, obwohl sie doch die Beste in der Klasse gewesen war, ja sogar die Beste in der ganzen Schule. Außerdem würde das mit dem Abitur sowieso nie klappen, das waren nur wieder solche überdrehten Grillen, die sie sich da in den Kopf gesetzt hatte. Bestimmt hatte diese bescheuerte Ellen ihr das eingeredet, genau wie sie alle möglichen Lügen über Astrid verbreitet hatte. War Christina wirklich so unglaublich blöd, daß sie glaubte, Astrid hätte das nicht gemerkt? Ja, das war sie wohl, genau das. Dumm und faul, das war sie. Denn es war ja verdammt noch mal soviel bequemer, mit seinem dicken Hintern die Schulbank zu drücken wie so ein Oberklassensprößling, als eine ehrliche Arbeit aufzunehmen und für sich selbst zu sorgen ...

Der veilchenblaue Himmel vor dem Wohnzimmerfenster schien in der Dämmerung immer tiefer zu werden. Es war, als könnte Christina in ihn versinken, obwohl sie doch eigentlich mit geradem Rücken und gefalteten Händen in Astrids Wohnzimmer saß. Ein Schwarm von hundert schwarzen Vögeln glitt durch den Sonnenuntergang, wechselte in einer einzigen Sekunde gemeinsam die Richtung und flog zur anderen Seite. Im nächsten Moment richtete Christina ihren Blick auf Astrid, zum ersten Mal, ohne ihn zu senken, und betrachtete sie. Der lange, knochige

Körper ähnelte nicht ihrem, ebensowenig wie das lange Kinn und die leicht gekrümmte Nase ihrem Kinn und ihrer Nase ähnelten. Wir stammen nicht aus der gleichen Familie. Das alles ist nur ein lächerliches Mißverständnis.

Astrid war erstarrt:

»Was glotzt du so? Hörst du überhaupt, was ich sage?«

Ihre Hände zitterten, als sie sie hob und vor Christinas Gesicht zu Fäusten ballte. Ein wenig Spucke hatte sich in ihrem linken Mundwinkel gesammelt.

»Hast du überhaupt ein einziges verdammtes Wort gehört, das ich gesagt habe? Ich habe gesagt, ich habe keine Lust, dich weiter durchzufüttern!«

Christina schob sie zur Seite und stand auf, plötzlich vollkommen ruhig.

»Wieviel willst du haben?«

Astrids geballte Fäuste öffneten sich und sanken herab.

»Was?«

»Wieviel willst du haben?«

»Was soll das heißen?«

»Wieviel soll ich jeden Monat bezahlen?«

Astrid stand der Mund offen. Christina überschlug schnell Einnahmen und Ausgaben, sie war immer schon gut im Kopfrechnen gewesen.

»Du hast für die Weihnachtsferien hundertfünfundzwanzig Kronen gekriegt. Das waren drei Wochen. Also ist der Preis für Kost und Logis hier im Haus einhundertsechsundsechzig Kronen im Monat. Das werde ich auch in den Sommerferien bezahlen können, ich bekomme sogar noch fünfundzwanzig Kronen mehr. Und ab Herbst kriegst du ja ein Stipendium für mich, das sind dann vierhundertfünfundzwanzig Kronen pro Semester. Also bin ich dir noch zweihundertneununddreißig Kronen pro Halbjahr schuldig oder neunundfünfzig Kronen und – was gibt das? – fünfundsiebzig Öre im Monat. Ich werde zusehen, daß du das kriegst.«

Mit geradem Rücken verließ sie das Wohnzimmer und ging in die Küche, öffnete den Wasserhahn und holte ein Glas aus dem Schrank. Was für ein Gefühl! Ihr Gehirn war ebenso klar und kühl wie das Wasser, das in dem Moment ins Glas lief. Aber sie war durstig, mein Gott, war sie durstig...

Sie hatte gerade das Glas gehoben, um zu trinken, als Astrid sie trat. Es fiel ihr aus der Hand und landete auf dem grünumrandeten Plastikteppich, aber es ging nicht kaputt, rollte nur über den Teppichrand auf das Linoleum, drehte sich und rollte weiter unter den Küchentisch.

»Eins wollen wir mal klarstellen«, sagte Astrid, während sie mit ihren blauen Fingern zupfte, um Christinas Haar richtig zu fassen zu kriegen. »Wenn mir einer in den Arsch tritt, dann trete ich zurück...«

Christina schloß die Augen und versuchte, alle Gedanken aus ihrem Kopf zu vertreiben. Das mußte schon einmal passiert sein. Warum sonst hätte sie schon jetzt den Geschmack von Blut im Mund?

Christina schaltet die Deckenlampe aus, nachdem sie hinter dem letzten Patienten für heute die Tür geschlossen hatte, dann sinkt sie auf ihren Stuhl. Sie muß ihre Augen für eine Weile ausruhen, sie sind ganz müde. Sie ist überhaupt sehr müde, jetzt überrollt die lange, durchwachte Nacht sie wie eine riesige Welle...

Sie lehnt sich zurück und streckt ihre Hände vor sich aus, betrachtet ihre gespreizten Finger im Nachmittagslicht des Fensters. Sie sind gerade und wohlgeformt, nichts verrät, daß die Haut fünf von selbst geheilte Brüche verbirgt, zwei an den Fingern der linken Hand, drei an der rechten. Sie selbst war sich gar nicht bewußt, daß sie mit von allein geheilten Brüchen an den Fingern herumlief, bis sie nach Lund kam. Während einer Vorlesung hatte sie ihre Hand unter einen Röntgenapparat gelegt, und als die Bilder ihren Kommilitonen gezeigt wurden, ging ein Raunen des Erstaunens durch den Hörsaal. Es gelang ihr nicht, sich gegen den Knochendichtetest zu wehren, auf dem der Dozent beharrte, und auch als der Test ein ganz normales Ergebnis zeigte, hatte sie immer noch keine Ruhe vor seinen Fragen. Sie hatte keine Ahnung, wann und wie die Brüche entstanden waren. Vielleicht war sie im Winter einmal ausgerutscht und hatte sich mit den Händen abgestützt. Ach, man konnte sehen, daß die Brüche zu unterschiedlichen Zeitpunkten entstanden waren. Sonderbar. Schmerzen? Nein, sie konnte sich nicht daran erinnern, irgendwann außergewöhnliche Schmerzen in den Fingern gehabt zu haben …

Ihre Augen brennen, wenn sie sich an die Schmerzen erinnert. Die Finger waren immer Astrids Höhepunkt. Dann hatte sie bereits glänzende Augen vor Euphorie, und ihre Lippen waren feucht vom Speichel. Sie schubste Christina auf den Boden, stellte ein Knie auf ihren Brustkorb und zwang einen Finger aus der krampfhaft zur Faust geballten geschlossenen Hand hervor. Sekunden, bevor es geschah, war es vollkommen still in der Wohnung: Astrid hob den Kopf ein wenig und schnupperte leicht in der Luft. Christina schnappte nach Luft und versuchte schon im Vorfeld, ihren Schrei zu unterdrücken …

Doch nicht beim letzten Mal. Nicht am Tag vor dem Abitur, da schrie sie laut und schrill:

»Mach doch, was du willst! Ich werde Ärztin werden, ich werde Ärztin, ganz gleich, was du auch machst!«

»Du verfluchtes, eingebildetes Miststück«, flüsterte Astrid. »Du stinkvornehmes kleines Stück Scheiße! Du kannst gar keine Ärztin werden, du wirst im Irrenhaus landen!«

Ihr Griff um Christinas Ringfinger verhärtete sich, sie drückte ihn noch weiter nach hinten. Der Schmerz war glühendheiß, aber dennoch gelang es Christina, die Worte herauszupressen:

»Das denkst du vielleicht! Aber das ist nicht erblich …«

Jetzt würde es passieren. Gleich. Im nächsten Moment. Sie preßte die Lippen aufeinander. Wenn sie auch nur einen Laut von sich gäbe, würde noch mehr in ihr kaputtgehen.

Und Astrid würde nicht recht behalten. Astrid würde niemals recht bekommen.

Christina ließ die Hände sinken. Es reicht, sie will sich nicht weiter erinnern.

»Ich will nach Hause«, sagt sie halblaut und lacht gleichzeitig über sich selbst. Es ist ja nicht so weit zum Postindustriellen Paradies, daß sie sich sehnen müßte. Das einzige, was sie tun muß, ist aufstehen und ihr Cape anziehen. Sie kann ihr Auto auf dem

Parkplatz stehenlassen und statt dessen in der blauen Dämmerung durch Vadstena schlendern, und wenn sie daheim angekommen ist, kann sie ein Feuer im Kachelofen anzünden, sich ein Tuch um die Schultern legen und sich mit einer Tasse Tee und einem Buch in einen Sessel fallen lassen. Es wird um sie herum so still sein, daß sie so tun kann, als wäre der Rest der Welt leer, als wäre sie so sicher, wie es nur der letzte Mensch auf der Welt sein kann…

All das geht ihr durch den Kopf. Aber sie steht nicht auf, sie holt nicht ihr Cape, sie bleibt auf ihrem Schreibtischstuhl sitzen.

Und dort wird sie sitzen, bis das Telefon klingelt.

Das geistig behinderte Lächeln

»Das einzige, was wir haben, das sind wir.
Wir haben nur uns, nur uns, nur uns.

Wir sind ein Doppelschrei.«

Lars Forssell

Ich will nicht aufwachen. Es nicht wissen.

Meine Anfälle kosten mich immer häufiger ein oder zwei Fähigkeiten. Die Epilepsie ist ein Herbststurm, und ich bin ein einsamer Baum. Er schüttelt und rüttelt an mir, bis ein Blatt nach dem anderen auf den Boden fällt. Bald bleiben nur noch die kahlen Äste übrig.

In der letzten Woche habe ich das Gefühl im rechten Fuß verloren. Ich will gar nicht wissen, was ich heute verloren habe.

Außerdem ist es gar kein Herbst. Morgen ist die Frühlings-Tagundnachtgleiche. Der erste Tag des Frühlings und der letzte des Winters.

Die *Benandanti* spüren es wie einen Juckreiz in ihrem Körper. Sie drehen und winden sich, während sie ihre langweiligen Jobs in Banken und Geschäften verrichten, sie denken an Fenchel und Hirse statt an Debit und Credit, ihre Blicke flackern, und sie hören nicht, was gesagt wird, wenn sie angesprochen werden. Sie sehnen sich fort, sie wissen, daß die, die vor ihrer Zeit gestorben sind, sich schon jetzt irgendwo treffen und auf die nächtliche Prozession vorbereiten.

Andere Menschen – solche wie Hubertsson und Christina, Margareta und Birgitta – wissen nichts davon. Die meisten denken nicht einmal daran, daß Frühlings-Tagundnachtgleiche ist, und von denen, die daran denken, sind es nur ganz wenige, die wissen, daß man früher diesen Tag heilig gehalten hat. Schon zu der Zeit, als Tiamat und Marduk Mesopotamiens Gottheiten waren, haben Winter und Frühling miteinander gekämpft, bei den Inuit sah es so aus, daß ein Mann, der im Winter geboren worden war, mit einem Mann kämpfte, der im Sommer geboren worden war, in dem jungen Schweden so, daß man Menschen und Tiere mit den sprießenden Zweigen der Bäume schlug. Aber der wirkliche Kampf fand im geheimen statt. Jahrhundertelang trafen sich die Hexen zu geheimen nächtlichen Wettkämpfen zur Frühlings-Tagundnachtgleiche, zuerst im mittelalterlichen Italien, später dann hoch im Norden. Im Süden bewaffnete man sich mit Fenchelstöcken gegen die Hirsezweige der Hexen, im Norden mit knospenden Baumzweigen gegen die Fichtenzweige der Hexen. Aber überall ging es um das gleiche: die kommende Ernte. Die *Benandanti* bewahrten die Menschen vor dem Hunger.

Ich trage das heimliche Zeichen der Hexen, ihr *stigma diaboli*: Ich kann nicht weinen. Ich konnte noch nie weinen. Dennoch schließe ich mich bei jeder Frühlings-Tagundnachtgleiche den *Benandanti* wie ein Deserteur an. Aber das macht nichts. In diesen Tagen hätten die anderen Hexen Probleme, mich anzuklagen. Überhaupt ist es um die Hexen schlecht bestellt. Darum haben die Feste der *Benandanti* ihren Charakter verändert. Jetzt sind sie eher viermal im Jahr Vorsänger in der Prozession der Toten. Sie merken kaum, wenn ein schwarzer Vogel über ihnen schwebt und vom Hunger der alten Zeiten krächzt. Das ist auch kein Wunder. Die *Benandanti* sind Menschen, die in ihrer Zeit leben und wie alle anderen Menschen unserer Zeit den Hunger vergessen haben. Sie wissen nicht mehr, daß er lange Finger hat, daß er sich weit in die Zeit der Sättigung hineinstrecken und auch dort kratzen kann.

Aber ich weiß es. Deshalb krächze ich. Deshalb werde ich heute nacht krächzen.

Aber noch bin ich nicht in der Lage, mich zu erheben. Kerstin Eins hat mich so mit Stesolid vollgepumpt, daß ich schwer wie ein Fels in meinem eigenen Körper liege. Mein Herz pocht langsam, jeder Schlag schickt ein Zittern durch den Brustkorb. Die Gedanken zittern im gleichen Takt, bald kann ich sie nicht mehr festhalten...

In diesem Zustand kann ich meine Schwestern nur aus der Entfernung sehen, ich kann sie nicht mehr hierhin und dorthin schubsen. Aber das macht nichts, inzwischen hat die Geschichte

Eigenantrieb entwickelt. Sie rollt auch ohne meinen Willen und meine Einmischung weiter.

Margareta ist gerade ein Gedanke gekommen, der sie erschreckt, deshalb steht sie mit klappernden Zähnen vor dem Spiegel im Bad des Postindustriellen Paradieses und versucht, sich ein Badelaken um ihren nacken Körper zu wickeln. Das klappt nicht so recht, sie fummelt und verliert das Tuch, immer wieder muß sie sich bücken, das Badelaken aufheben und von neuem anfangen. Sie hat es zu eilig, wie immer. Wenn sie sich die Zeit nähme, sich nach der Dusche abzutrocknen, würde sie weniger frieren, und es wäre einfacher für sie, das Handtuch an Ort und Stelle zu halten. Aber sie nimmt sich die Zeit nicht, statt dessen rafft sie das Laken über der Brust zusammen und rennt in den oberen Flur hinaus, läuft auf ihren nassen Füßen die Treppe hinunter, ohne daran zu denken, daß sie Spuren hinterläßt. Christina wird nicht begeistert sein, sie mag keine Spuren feuchter Füße auf dem Boden. Tatsache ist, daß sie Angst bekommen wird. Zwar wird sie sich selbst einzureden versuchen, daß es Margaretas Fußspuren sind, daß es nur eine logische Folge der Tatsache ist, daß sie einen schlampigen Gast in ihrem Haus hatte, aber das wird ihr nicht gelingen. Mehrere Wochen lang wird eine leise Stimme in ihrem Inneren bedrohlich flüstern: Paß auf! Vielleicht bist du doch nicht so allein im Haus, wie du glaubst, vielleicht versteckt sich etwas oder jemand in einer Ecke, oder etwas oder jemand, der gern mit Streichhölzern spielt... Arme Christina! Sie wird wochenlang nicht ruhig schlafen nachts. Und dabei wünscht sie sich doch nur ein wenig Ruhe und Frieden.

Birgitta ist kein bißchen an Ruhe und Frieden interessiert. Seit man sie aus der Ausnüchterungszelle gelassen hat, ist es ihr gelungen, eine Praktikantin von der Polizeihochschule zum Weinen zu bringen, sie hat heimlich von einem Telefon in einem unbesetzten Büro aus telefoniert, sich ins Personalzimmer geschlichen, ist dort entdeckt worden und hat zwei junge Polizistinnen reichlich genervt, weil sie sich über den Kaffee beschwerte, den sie sich dort drinnen geschnorrt hatte. Jetzt hat man es endlich geschafft, sie aus dem Hafttrakt herauszubekommen. Aber sie weigert sich, das Gebäude zu verlassen, sie ist zur Rezeption im Erdgeschoß gegangen. Dort steht sie nun und wedelt mit den Armen, erklärt mit lauter Stimme den müden Opfern von Verbrechen, die darauf warten, daß sie an die Reihe kommen, um eine Anzeige zu erstatten, daß sie für ihren Teil der Meinung ist, das Polizeirevier von Norrköping sei um keinen Deut besser als jeder Gestapokeller, und daß sie mindestens sieben der Diensthabenden dieses Hauses wegen Überschreitung ihrer Kompetenzen anzeigen werde.

Ach ja. Sie ist richtig in Form heute. Aber vielleicht nicht ganz so gut wie sonst. Sie merkt nicht, daß die Wahl ihres Auditoriums etwas ungeschickt war. Leute, denen gerade eben die Stereoanlage ausgebaut oder ihr Auto kurzgeschlossen wurde, sind nur selten dazu geneigt, mit lautstarken Damen mittleren Alters zu sympathisieren, deren Gesicht und Sprachduktus davon zeugt, daß sie schon so einiges durchgemacht haben. Auch sieht sie die beiden Polizisten hinter sich nicht, zwei äußerst gepflegte junge Polizeibeamte mit einem Blitzen in den Augen. Jetzt muß sie aber endlich verschwinden! Diese alte Schnapsdrossel.

Kerstin Eins schlägt mir hart auf die Wange und zwingt mich, ihr in die Augen zu starren. Sie glänzen wie Edelsteine.

»So«, sagt sie und zieht die Plastikhandschuhe an. »Jetzt wollen wir mal ran und das Laken auswechseln, das Bett ist ja ganz naß. Und dann bekommt sie ein trockenes Nachthemd ...«

»Keine Kleider fürs Aufstehen?« fragt Ulrika vorsichtig.

»Nein, nicht jetzt, wo sie soviel Stesolid gekriegt hat. Sie wird noch ein paar Stunden schlafen ...«

Ich traue mich immer noch nicht, meine Fähigkeiten zu überprüfen, aber ich bewege den Mund, um zu zeigen, daß ich etwas zu sagen habe und mein Mundstück haben möchte. Kerstin Eins sieht es, tut aber so, als hätte sie es nicht gesehen. Vielleicht fürchtet sie, daß ich wieder eine Dusche fordern werde. Statt dessen streicht sie mir mit einer Hand über die Stirn und schiebt den Computer mit der anderen zur Seite. Jetzt schaukeln Mundstück und der gelbe Schlauch weit außerhalb meiner Reichweite. Ich werde nichts sagen können, solange mir niemand erlaubt, etwas zu sagen.

Erst jetzt sehe ich die Wände. Ich zwinkere. Das ist doch nicht wahr. Das kann einfach nicht wahr sein.

»Guck mal«, sagt Ulrika, »jetzt hat sie die Engel entdeckt…«
Kerstin Eins runzelt die Stirn und weist sie zurecht.

»Man soll nicht über Patienten reden. Man soll mit ihnen reden. Das Hörvermögen ist meistens bis zum Schluß intakt.«

Mein Hörvermögen ist perfekt, und das weiß sie. Dennoch hebt sie jetzt ihre Stimme und schreit mir ins Ohr.

»Siehst du die Engel, mein Herzchen? Das sind Marias Engel. Du bist hier in Marias Zimmer. Das ist doch schön, nicht wahr? Und Maria ist so lieb, ihr werdet ganz bestimmt gut miteinander auskommen…«

Sie hebt den Kopf und ruft mit der gleichen krächzenden Stimme:

»Komm her und sag Desirée guten Tag, Maria…«

Ich sehe es nicht, aber ich kann hören, daß Maria eine gehorsame Person sein muß. Im gleichen Moment, in dem Kerstin Eins ihren verhüllten Befehl ausstößt, läßt sie ein Metallwerkzeug los und auf den Tisch fallen, scharrt irgendwo mit einem Stuhl und eilt in mein Gesichtsfeld. Für einen Moment meine ich sie wiederzuerkennen, muß mir aber sofort eingestehen, daß das ein Irrtum ist. Diese Maria hat graue Augen, ihr fehlen die gelben und braunen Streifen, die wie eine Drohung in Tiger-Marias Augen ruhten.

»Willst du Desirée nicht begrüßen?« fragt Kerstin Eins.

»Hallo, Desirée«, sagt Maria und lächelt ihr flehentliches Lächeln.

Viele Jahre lang lebte ich neben so einem Lächeln. Ich kenne es nur zu gut. Es ist der einzige Schutz der geistig Behinderten gegen die Welt: ein Bittstellerlächeln, ein Bettlerlächeln.

Zum Schluß lächelte Tiger-Maria in jeder wachen Minute.

Ich selbst weigerte mich bereits frühzeitig zu lächeln, ich dachte, wenn ich nicht in dieser Art und Weise lächeln würde, dann würde die Welt schnell einsehen, daß ich nicht geistig behindert war, daß ich nur geistig behindert aussah. Aber das war eine vergebliche Hoffnung. Bereits zu Beginn hatte der Oberarzt Redelius ein für allemal festgelegt, daß ich so schwer geistig behindert war, daß es sich nicht einmal lohnte, mit mir zu sprechen.

Und inzwischen, nachdem ich fast zwölf geworden war, wiederholte er seine Diagnose jedesmal, wenn ich bei der Wochenvisite in der Behindertenanstalt an der Reihe war. Es nutzte nichts, daß ein ganzer Stapel Bücher auf meinem Nachttisch lag. Ich blätterte ja nur darin, behauptete er. Es sei ein mechanisches Verhalten, eine Nachahmungstat.

»Grünewald und die anderen können sich gern einbilden, sie könnten aus jedem Idioten einen Professor machen«, sagte er und machte dann eine kleine Pause. »Aber ab und zu muß man den Tatsachen einfach ins Auge sehen. Ein Kind von dieser Art muß dreimal am Tag gefüttert und zweimal am Tag gesäubert werden, darüber hinaus gibt es nichts zu tun.«

Die Oberschwester an seiner Seite nickte und tat so, als würde sie sich Notizen machen. Sie tat immer so, als schriebe sie alles, was er sagte, auf, und obwohl alle sehen konnten, daß sie den Stift ein paar Millimeter über dem Aktenblatt führte, schien Redelius selbst es nicht zu bemerken. Ganz im Gegenteil: Die Bewegung des Stifts schien ihm zu schmeicheln, ab und zu machte er eine kleine Kunstpause, damit sie auch alles mitbekam.

»Als Klinikleiter«, fuhr er langsam und deutlich fort, »habe ich nicht nur meinen Patienten gegenüber eine Verantwortung, sondern auch…« Pause. »…unseren Auftraggebern gegenüber, das heißt den Steuerzahlern.« Lange Pause. »Man muß doch letztendlich einsehen, daß es besser ist, unser aller Steuergeld den Kindern und Jugendlichen zukommen zu lassen, die eine Zukunft haben…« Pause. »…als Geschöpfen, die höchstens auf das Niveau eines Schimpansen hintrainiert werden können…« Neue Pause. »Wie dieses hier.«

Damit war ich abgefertigt. Er wandte sich dem Bett neben mir zu, in dem Tiger-Maria in strammer Habtachtstellung lag. Sie war damals dreizehn Jahre alt und hatte gerade angefangen, das eine oder andere über sich selbst und ihr Dasein zu begreifen. An diesem Tag war sie am Bett festgebunden. Redelius schaute die Riemen an.

»War Maria böse?«

Die Oberschwester drückte den Aktenstapel auf ihre Brust.

»Sie hat versucht wegzulaufen.«

Redelius schüttelte den Kopf, als würden ihn schwere Sorgen plagen:

»Aber Maria, Maria! Was höre ich da?«

Tiger-Maria brach in Tränen aus: Es war ein lautes, klagendes Kinderweinen, das sofort ihr ganzes Gesicht naß machte, die Wangen von Tränen, die Stirn von Schweiß, das Kinn von Speichel. Meine Spasmen nahmen zu, ich wollte erklären, daß Tiger-Maria nicht im Traum daran gedacht hatte wegzulaufen, daß sie nur zum Kiosk hinken wollte. Ihre Mama hatte ihr zu ihrem Geburtstag einen ganzen Fünfkronenschein in einem Umschlag geschickt, und davon wollte Tiger-Maria für uns alle Süßigkeiten kaufen. Sie hatte vergessen, daß man nicht durch das Tor darf, ohne die Hausmutter zu fragen, aber war es denn nicht menschlich, das zu vergessen? Ganz besonders, wenn man dreizehn Jahre alt war, Down-Syndrom hatte und ein Kurzzeitgedächtnis, das von Hunderten von epileptischen Anfällen Prügel bezogen hatte? Außerdem würde Maria nie weglaufen können, ihr Hüftschaden machte es ihr unmöglich, weiter als ein paar hundert Meter in einem Stück zu gehen, wußten sie das denn nicht? Dachten sie nicht daran? Aber es kamen keine Worte heraus. Zu jener Zeit konnte ich mich nur einigermaßen verständlich machen, wenn ich selbst ganz ruhig war und derjenige, der zuhörte, sich viel Zeit nahm. Und jetzt gab es niemanden, der zuhörte. Alles, was ich herausbrachte, war schaumiger Speichel und ein paar unartikulierte Geräusche. Redelius merkte gar nicht, daß meine Spasmen heftiger geworden waren, er sah Tiger-Maria an und seufzte schwer:

»Wann ist das passiert?«

Die Oberschwester nahm ihren Stift herunter und schaute ihn ernst an.

»Gestern.«

»Und was haben die Schwester und die Hausmutter beschlossen?«

»Drei Tage Bettarrest. Am vierten und fünften Tag kein Spiel draußen.«

Redelius nickte.

»Da hörst du's, Maria. Regeln sind dazu da, daß man sich an sie hält. Und jetzt hoffe ich, daß du aus dieser Erfahrung etwas lernst.«

»Ja-haa!« schluchzte Tiger-Maria und zeigte ihr Bettlerlächeln hinter den Tränen. »Ich werde es mir merken, ich verspreche, daß ich es mir merken werde …«

Ich schloß die Augen und war mit einem Mal unglaublich wütend auf Tiger-Maria.

Wir waren vier Mädchen im Zimmer: Tiger-Maria und ich, Elsegerd und Agneta. Wir hatten jede ein Bett, eine Kommode und einen gemeinsamen kleinen Arbeitstisch mit zwei Stühlen. Vor unserem Fenster wuchs eine riesige Eiche, vor unserer Tür lag ein langer Flur mit acht braunen Türen. Eine Treppe höher gab es genauso einen Flur, eine Treppe tiefer ebenso. Am Ende jeden Flurs gab es ein kleines Schwesternzimmer. Dorthinein durften die Kinder nicht gehen; wenn sie etwas wollten, mußten sie anklopfen und warten, bis eine Schwester die Tür öffnete. Aber das machte nichts. Denn die meisten würden sowieso niemals in der Lage sein, sich über die Türschwelle hinwegzubegeben. Alle waren gehbehindert, mehr oder weniger schwer.

An unserem Zimmer war das Besondere, daß wir alle neben unseren anderen Behinderungen auch Epilepsie hatten. Deshalb mußten wir den ganzen Tag einen Helm tragen. Obwohl, es waren eigentlich gar keine richtigen Helme, es war eher eine Art wattierte Mütze, die unter dem Kinn zugeknöpft wurde. Für Elsegerd und Agneta waren die Mützen eine verabscheute Kastenmarke, während Tiger-Maria und ich sie mit Gleichmut trugen. Wir waren ja sowieso kastenlos.

Unter den Kindern in der Behindertenanstalt herrschte nämlich eine strenge Hierarchie: Ganz oben im Rang standen diejenigen, die am wenigsten behindert waren, ganz unten diejenigen, die sowohl Bewegungsbehinderungen hatten als auch geistig behindert waren. Für die nicht geistig Behinderten war nichts wichtiger, als den Abstand zu den Idioten deutlich zu machen. Das war eine reine Sicherheitsmaßnahme. Alle wußten, daß wir außerhalb des Zauns alle Gefahr liefen, als Idioten angesehen zu werden, und das war gefährlich, weil jemand, der als Idiot angesehen wurde, auch eine Tendenz in sich hatte, der Rolle gerecht zu werden. Und Epilepsie mußte ja eine Art geistige Behinderung sein. Niemand, der kein Idiot war, würde sich in regelmäßigen Abständen auf dem Boden wälzen, mit Schaum vorm Mund, und sich vollpinkeln.

Elsegerd und Agneta hätten ganz oben in der Hierarchie gestanden, wenn sie keine Epilepsie gehabt hätten. Elsegerd hatte einen Klumpfuß und brauchte nur einen Stock, Agneta hatte einen Rückenmarksbruch und mußte zwar im Rollstuhl sitzen, aber das wurde dadurch kompensiert, daß sie so niedlich aussah. Aus dem wattierten Helm strömte ein Wasserfall heller Locken, und wenn ihr kleines Puppengesicht ein wehmütiges Lächeln zeigte, traten allen Menschen Tränen in die Augen. An den Weihnachtsfesten durfte sie immer singen. »Ich male dir die ganze Welt, liebe Mama…«, und da kam es sogar vor, daß Redelius in ein stummes, verzerrtes Weinen ausbrach.

Agneta hatte eine richtige Mama. Und eine ungewöhnlich hingebungsvolle Mama. Sobald es freie Tage gab, tauchte sie in der Anstalt auf und schleppte Agneta mit sich durch alle Geschäfte in Stockholm. Am Abend wurde sie wieder ins Zimmer gerollt, den Schoß bedeckt mit Tüten und Päckchen. Ob wir mal gucken wollen? Eine neue Bluse! Ein Puzzle! Ein Schal, der nach Parfüm duftete! Bei allen längeren Ferien durfte sie außerdem nach Hause in die Villa in Svartsjöland oder ins Ferienhaus auf Singö fahren, ganz als wäre sie eine richtige Internatsschülerin.

Elsegerd und Tiger-Maria hatten auch Mütter, aber die waren nicht so leicht zu fassen. Elsegerds Eltern waren Missionare im tiefsten Afrika und kamen nur jedes dritte Jahr nach Hause, Tiger-Marias Mutter war Witwe mit vier Kindern in Vilhelmina. Sie konnte nicht einmal so oft wie die Missionare kommen, aber jede Woche schickte sie Tiger-Maria eine Postkarte, eine Karte, die die Schwestern beim Mittagessen laut vorlasen und die Tiger-Maria dann in einem Schuhkarton sammelte. Wenn die anderen Mädchen Hausaufgaben machten, zog Tiger-Maria einen Stuhl zu meinem Bett heran und breitete alle ihre Postkarten auf meiner Decke aus. Welche war meiner Meinung nach die schönste? Die Winterbilder? Oder der Sonnenuntergang über Malgomaj? Ich bewunderte immer die Winterbilder, aber es war Tiger-Maria, die entschied, und sie entschied sich immer für den Sonnenuntergang über Malgomaj.

Nach den Hausaufgaben begann mein Unterricht. Elsegerd war meine Lehrerin, Agneta meine Stiftführerin, Tiger-Maria meine Bewunderin. Ich brauchte sie alle drei, nicht zuletzt auch Tiger-Maria.

Es begann wie ein Spiel, ein Spiel, das Elsegerd spielen wollte, weil sie schon in der ersten Klasse beschlossen hatte, daß sie Lehrerin werden wollte, wenn sie einmal groß war. Der Arbeitstisch war ihr Lehrerpult, die beiden Stühle die Bänke der Schüler. Anfangs versuchte sie Agneta und Tiger-Maria zu überreden, die Schüler zu spielen, aber sie ermüdeten schnell, Agneta, weil sie bereits konnte, was Elsegerd unterrichten wollte, Tiger-Maria, weil sie nicht folgen konnte. Sie kicherten und plapperten, sie wollten etwas anderes spielen. Und nachdem sie aus dem Zimmer verschwunden waren, begann Elsegerd mangels besserer Opfer, mich zu unterrichten. Ich wurde so eifrig, daß ich anfing zu sabbern. Nichts wollte ich lieber als lernen, was diese kleinen Zeichen in den Büchern bedeuteten. Das mußte sein, als würde man mit den Augen Radio hören, und Radio zu hören, das war das schönste, was es für mich gab.

»O«, sagte Elsegerd und winkte mit ihrem Lesebuch. »O, Otto, ein Ofen!«

»Ööóh«, antwortete ich.

»Nein, nein«, widersprach Elsegerd. »Du mußt es noch mal versuchen. O heißt das. O!«

»Öhhh!«

»Nein. Das hast du bestimmt schon mal gelernt. O Otto! Ofen!«

»Ooöh!«

»Ja! Gut! Jetzt kriegst du einen Stern ins Buch. Das hier ist M. Kannst du M sagen?«

»Ööomm!«

»Ja! Ganz richtig! Du kriegst noch einen Stern, Desirée. Und jetzt reicht es für heute, jetzt singen wir noch ein Kirchenlied und beten zu Gott!«

»Öööm!«

»Natürlich tun wir das, nur böse Mädchen wollen nicht zu Gott beten!«

Sie schob meine widerspenstigen Hände zusammen, flocht meine Finger umeinander und beeilte sich, in rasendem Tempo das Vaterunser herunterzurappeln, bevor meine Spasmen die Hände wieder auseinanderrissen.

»Amen!« endete sie atemlos.

»Öhmm!« sagte ich und sah, wie Elsegerds blasses kleines Gesicht in einem strahlenden Lächeln aufbrach.

»Oh«, sagte sie, »jetzt kriegst du noch einen Stern!«

So sah meine Grundausbildung aus: eine Wand, bestreut mit Elsegerds Sternen. Nach kurzer Zeit ließ sich Agneta neben Elsegerd nieder und half mir, den Stift zu halten, wenn ich schrieb, während Tiger-Maria sich auf ihr Bett plazierte und mit vor Staunen offenem Mund meine Fortschritte bewunderte. Nachdem wir das Lesebuch verließen, gingen wir über ins Land der Multiplikation, wir durchstreiften alle Felder der Naturkunde und gaben Vögeln und Bäumen, die ich noch nie gesehen hatte, ihre Namen. Wir hielten mit Gustav Wasa zusammen den Atem an, als er sich in der Heufuhre versteckte, und wir flogen gemeinsam über alle Landschaften im Atlas. Elsegerd war eine lebendige Pädagogin, manchmal fast zu lebendig. Sie erzählte so lebhaft von Waldemar Atterdag und Kristian Tyrann, daß Tiger-Maria eine Phobie gegen Dänen entwickelte. Und als es sich zeigte, daß Redelius für ganze drei Monate zu einer Studienreise nach Amerika fahren sollte und von einem dänischen Vertreter ersetzt werden würde, ergriff sie die Panik.

Preben hieß er. Er überraschte uns, weil er ganz allein zu uns kam, ohne das bei Redelius übliche Gefolge von Krankenschwestern und Hilfspersonal, und dadurch, daß er sich wie ein Gast benahm. Er ging von Elsegerds Bett zu Agnetas und anschließend zu meinem, begrüßte uns und gab uns die Hand. Aber als er zu Tiger-Maria kam, schaute er überrascht. Wo war denn das vierte Mädchen?

Wir anderen drei formierten uns schnell zur Verteidigung: Elsegerd humpelte zu ihm, knickste mehrere Male, wobei sie sich mit vagen Worten für Tiger-Maria entschuldigte; Agneta benutzte ihren Charme und funkelte mit ihren Sonnenscheinaugen, während sie erzählte, daß Tiger-Maria nun einmal unter dem Bett lag und Angst hatte.

»Hat sie Angst vorm Doktor?« fragte Preben mit seinem breiten Akzent.

»Nein«, erklärte Agneta, »sie hat Angst vor den Dänen ...«

Preben sah überrascht aus, gewann dann aber schnell wieder die Fassung, legte sich auf die Knie und guckte unters Bett.

»Hallo«, sagte er vorsichtig.

Tiger-Maria heulte los und hielt sich die Ohren zu.

»Warum hast du denn Angst vor den Dänen?« fragte Preben.

Tiger-Maria heulte nur noch lauter; Elsegerd bekam Angst und beeilte sich, zur Tür zu kommen und sie zu schließen. Preben war noch verwirrter.

»Warum machst du denn die Tür zu?«

Elsegerd bekam noch mehr Angst und konnte deshalb gar nicht antworten, aber Agneta legte ihren Kopf schief und lächelte ihr liebenswertestes Lächeln.

»Sie macht die Tür zu, damit die Hausmutter und die Schwestern nicht hören, daß Maria heult ...«

»Ach so«, sagte Preben und setzte sich im Schneidersitz auf den Boden. »Und könnt ihr jetzt noch so nett sein und mir erklären, warum Maria Angst vor den Dänen hat.«

»Waldemar Atterdag«, sagte Agneta.

»Kristian Tyrann«, sagte Elsegerd.

Preben gluckste in sich hinein und stand auf, bürstete seinen weißen Kittel ab und setzte sich auf Tiger-Marias Bettkante.

»Waldemar Atterdag«, sagte er. »Wißt ihr, was der Name bedeutet?«

Das wußten wir alle, sogar Tiger-Maria. Aber es war Elsegerd, die antwortete, während sie langsam auf ihre eigene Bettkante sank.

»Waldemar Wieder Tag.«

»Genau«, nickte Preben. »Genau das. Und den Namen bekam er, weil er Dänemark aus der Finsternis der Nächte befreit hat ...«

Wir erkannten seinen Tonfall. So hörten sich auch die Tanten an, die im Radio Märchen erzählten.

Er war sogar ein noch besserer Pädagoge als Elsegerd. Eine halbe Stunde lang saß er auf Tiger-Marias Bett und erzählte, wie Waldemar Atterdag mit einer speziellen Mischung aus List und Waffenstärke das Dänemark verteidigte, das zwischen die Mühlsteine des schwedischen Königs Magnus und der Holsteiner geraten war. Es war ganz still im Zimmer, und schon nach kurzer Zeit konnte man Tiger-Marias Hand sehen, die ruhig auf dem Boden lag. Sie hielt sich nicht die Ohren zu, sie hörte genauso intensiv zu wie wir oben. Und als Preben ein paar Tage später seine normale Wochenvisite bei uns machte – diesmal mit dem ganzen Gefolge von Redelius um sich herum –, blieb sie artig in ihrem Bett und lag in Habtachtstellung, genau wie die Oberschwester es ihr gesagt hatte. Er blieb lächelnd an ihrem Bett stehen.

»Hallo«, sagte er, »weißt du, wer ich bin?«

Maria schlug die Augen nieder und lächelte ihr Bittstellerlächeln.

»Du bist der Däne...«

Die Oberschwester rang hörbar nach Luft, sie hätte Tiger-Maria gern sofort zurechtgewiesen, wenn Preben sie nicht mit einer Handbewegung gestoppt hätte.

»Und weißt du auch, wie ich heiße?«

»Mmmh«, nickte Maria. »Du heißt Waldemar Atterdag...«

Maria hatte recht. Preben war unser Waldemar Atterdag. Er kam mit dem Licht zu uns, er war der erste, der uns ahnen ließ, daß nicht alles so sein mußte, wie es immer gewesen war. Er sorgte dafür, daß Elsegerd zu einer Beratungslehrerin für die Schullaufbahn kam, daß Agneta Krankengymnastik für ihre verkümmerten Beinmuskeln bekam und daß Tiger-Maria ein neues Sonntagskleid kriegte. Das war dringend notwendig. Jahrelang hatte Tiger-Maria immer nur die verwaschenen Kleider und abgelegten Blusen der größeren Kinder bekommen. Jetzt rauschte sie strahlend wie eine viereckige kleine Braut vor dem Mittelgang der Kapelle auf und ab, wenn es Zeit für die Sonntagsmorgenandacht war, gekleidet in eine dunkelblaue Kreation aus Winterbaumwolle mit einem Kragen aus echter Maschinenspitze. Aber dennoch war ich es, die das größte Geschenk erhielt, nämlich eine Überweisung zu einer Logopädin im Karolinischen Krankenhaus.

Zu der Zeit war ich dreizehn Jahre alt und hatte in Stockholm gelebt, so lange ich mich erinnern konnte, aber noch nie die Stadt gesehen. Wenn die anderen Kinder einen Ausflug machten – was mindestens einmal im Jahr vorkam –, durften solche wie ich und Tiger-Maria nicht mit. Das hatte ja doch keinen Sinn, wir würden ja gar nicht begreifen, was wir sahen.

Aber jetzt sollte ich also ins Karolinische Krankenhaus fahren. Allein. In einem Taxi.

Das werde ich nie vergessen. Eine Pflegeschwester zog mir ein Kleid an, das Agneta gehört hatte, als sie sieben Jahre alt gewesen war, trug mich die Treppe hinunter und setzte mich auf den Rücksitz des Autos. Als wir bei dem Gebäude aus roten Ziegeln angekommen waren, trug mich der Taxifahrer zur Logopädin. Sie hieß Frau Nilsson und war eine elegante kleine Frau mit hohen Absätzen und hochgeschlagenem Kragen an ihrer Hemdbluse. Ihre Lippen glänzten von kirschrotem Lippenstift, ihre Nägel waren bedeckt mit einem Lack in exakt der gleichen Farbnuance, ihr Haar war sorgfältig gekämmt und zu einer sehr modernen Frisur toupiert. Aber es war ihr sonderbares Lächeln, das mich am meisten faszinierte: Statt die Mundwinkel zur Seite zu ziehen, zog sie ihre Lippen zu einem kleinen Kreis zusammen, so daß sich drei schräge Striche auf jeder Seite der Nasenbänder bildeten. Es sah aus, als hätte sie Schnurrhaare, wie eine fröhliche kleine Maus in einem Comic.

Doch schnell sollte ich lernen, daß das hier keine gewöhnliche Maus war. Das war ein Löwe im Schafsfell, ein Löwe, der ein unmögliches Wort nach dem anderen über meine Lippen hervorzwang. Deutlich sollten sie sein, nichts Genuscheltes oder Gestöhntes! Aber als Redelius aus Amerika zurückkam und wieder einmal die Steuergelder einsparen wollte, zeigte es sich, daß sie meiner Obrigkeit gegenüber noch strenger war als zu mir. Zunächst gab sie mehrmals ein leises Knurren von sich und danach ein Fauchen, das ihn zitternd zurückweichen ließ. Ich sollte weiterhin einmal die Woche zur Sprachtherapie ins Karolinische fahren, was in gewisser Weise damit zusammenhängen mag, daß Frau Nilsson mit einem der bedeutendsten Neurochirurgen des Krankenhauses verheiratet war. Wie alle autoritären Personen war

Redelius in seinem Innersten ein feiger Hund. Er legte sich auf den Rücken und entblößte seine Kehle, sobald er eine Macht witterte, die größer war als die seine.

Aber auch sonst fand Redelius nichts mehr so vor, wie er es verlassen hatte. Als er nach Amerika gefahren war, war er noch König in seinem Reich gewesen; als er zurückkam, war er ein abgetakelter, heruntergekommener Diktator. Es schien, als hätte sein Vikariat ein Loch in die Mauer gerissen, die das Heim umgab, und durch dieses Loch strömten Licht, Luft und neue Gedanken herein. Aber vielleicht war dieses Loch auch nicht allein Prebens Verdienst. Denn auch andere kratzten daran. Ein Rundfunkreporter beschrieb unsere Realität mit sanfter Stimme und brachte die ganze Nation dazu, daran zu zweifeln, ob es denn so selbstverständlich sei, daß wir in erster Linie Kadaverdisziplin und Gottesdienste brauchten. Ein paar mutige Eltern trauten sich, Einwände zu äußern: War es wirklich sinnvoll, alle gehbehinderten Kinder zu Korbflechtern und Buchbindern auszubilden? Warum mußten sie unbedingt in ein Heim, sollten sie nicht lieber in die Schule gehen? Wäre es nicht billiger und besser, in den normalen Schulen Rollstuhlrampen zu errichten und die Kinder bei ihren Eltern leben zu lassen? Und in seinem Büro rieb sich der Sozialminister zwischen Walnußtäfelung das Kinn und dachte laut: War es nicht an der Zeit, jetzt, wo der Wohlfahrtsstaat fertiggebaut war, auch den allerletzten Stiefkindern, den geistig Behinderten, etwas zu spendieren?

Inzwischen waren wir alle vier Teenager geworden und beobachteten schadenfroh die dunkle Wolke, die Redelius' Stirn umhüllte. Drei von uns kannten sogar die Namen der Wolke: Karl Grünewald und das kommende Behindertenfürsorgegesetz. Sogar Tiger-Maria und ich sollten die Möglichkeit bekommen, zur Schule zu gehen! Und es sollte verboten werden, Kinder im Bett festzubinden und Tiger-Maria die Zwangsjacke anzuziehen, wenn sie sich nach ihrem Zuhause sehnte.

Wie wir diese Tage genossen! Unsere Zimmerwände wurden im kräftigsten Gelb gestrichen und das Schwesternzimmer zu einem Tagesraum umgebaut. Die Elternvertretung forderte Mittel für einen Fernseher, und als der Apparat erst einmal stand, verhandelte man mit der Hausmutter über neue Schlafenszeiten. Jetzt durften alle, die älter als zehn waren, jeden Abend bis neun Uhr aufbleiben! Unten im Erdgeschoß wurde ein Spielraum für die Allerkleinsten eingerichtet, mit pädagogischen Spielsachen in Gelb, Blau und Grün. Jeden Dienstag kam die »Matschtante«, und dann zogen sich die Siebenjährigen bis auf die Unterhose aus und verbrachten eine Stunde mit großen Töpfen Fingerfarbe in voller Freiheit im Duschraum. Wenn die Stunde vorbei war, stellte die »Matschtante« sie alle unter die Dusche und spülte sie ab. So einfach ist das, erklärte sie, wenn die Hausmutter sich beklagte. Die Fingerfarben waren wasserlöslich, und die Kinder sollten sich doch sowieso waschen. Und die Rollstühle würden ja wohl einen Spritzer Wasser vertragen!

Für uns Ältere wurde der Buchkarren die große Neuheit. Die Bibliothekarin hieß Barbro, und sie lachte mit großen weißen Zähne, wenn sie uns zur Märchenstunde im Tagesraum versammelte. Hinterher blieb sie immer noch eine Weile mit den größten Leseratten sitzen und schmunzelte geheimnisvoll, wenn sie jedem sein Leihbuch für die Woche austeilte: *Pippi Langstrumpf* für Agneta, *Kulla-Gulla* für Elsegerd, und – mit einem Zwinkern, das zeigen sollte, daß sie wußte, was ich für eine war – *Herr Arnes Schatz* und *Der Fuhrmann des Todes* für mich.

Aber jetzt war es schwierig geworden zu lesen. Plötzlich herrschten im ganzen Haus Leben und munteres Treiben. Eltern und Geschwister tauchten zu jeder Tageszeit auf. Leute, die noch vor ein paar Jahren nur geknickst und gedienert und einen Kratzfuß gemacht hatten, schnaubten jetzt nur verächtlich, wenn die Hausmutter und die Schwestern sich beklagten, daß die Besuchszeiten nicht eingehalten wurden. Hatte eine Mutter etwa nicht das Recht, ihr Kind zu sehen, wann immer sie wollte? War das hier vielleicht ein Gefängnis? Gab es hier denn niemanden zumindest mit elementaren Kenntnissen über die Bedürfnisse eines Kindes und seine Entwicklung?

Das Licht drang in unsere Zimmer herein.

Niemand dachte daran, daß dort, wo es am hellsten war, sich auch die schwärzesten Schatten zusammenbrauen.

Ein Atemzug. So begann es.

Die anderen drei Mädchen waren bereits so tief in ihren Schlaf gesunken, daß ihr Atem nicht mehr zu hören war. Nur ich lag noch wach und starrte in die Dunkelheit. Das war die beste Stunde des Tages, die einzige, die mir ganz und gar gehörte. Jetzt konnten meine Gedanken frei dahinfliegen, ohne auf das Geplapper der Mädchen oder die Routinen der Schwestern zu stoßen.

Ich lag da und dachte an Stefan. Er war ein Jahr älter als ich und wohnte ein Stockwerk über mir. Ja, sein Bett stand sogar genau über meinem. Das hatte Agneta erzählt. Im Gegensatz zu mir war sie eine Treppe höher gewesen. Ich hatte weder sein Zimmer noch seinen Flur je gesehen, aber Stefan selbst sah ich jeden Tag, wenn wir in den Park hinausgeschoben wurden. Er hatte blondes Haar und eine pastellfarbene Olivenhaut; es sah aus, als wäre der ganze Junge in Gold getaucht. Sein Pony war lang und rebellisch, aber doch nur so lang, daß man immer noch die fein gezeichneten Schwalben sehen konnte, die über seiner Stirn schwebten: seine Augenbrauen.

Stefan schrieb Gedichte. Das wußten alle, genau wie auch alle wußten, daß eine rasende Verzweiflung ihn einmal dazu getrieben hatte, schreiend eine Krücke über den Arbeitstisch in der Buchbinderwerkstatt zu schmeißen, so daß Druckbogen, Leim und Garnrollen alle durcheinander auf den Boden fielen. Der Lehrer und die Schüler, die dazu in der Lage waren, ergriffen die Flucht, und als sie endlich alle verschwunden waren, hatte Stefan die Türklinke mit dem Stock eines anderen Schülers arretiert. Mehr als eine Stunde hielt seine Barrikade; Stefan nahm den Stock nicht einmal weg, als Redelius sich schließlich auf der anderen Seite der Tür einfand und mit den bereits halb vergessenen Strafen wie Zwangsjacke und Lederriemen drohte. Der Hausmeister mußte durchs Fenster klettern und ihn von der Tür wegrollen. Aber zu dem Zeitpunkt schrie Stefan schon nicht mehr, sondern saß mit dem Gesicht in den Händen unbeweglich da.

Alle Mädchen im Heim waren in Stefan verliebt. Ausnahmslos. Ich war nicht so dumm, daß ich hoffte, er würde irgendwann einmal mit mir sprechen, aber es gefiel mir, an ihn zu denken. Manchmal gönnte ich mir einen kleinen Traum: In dem hatte man zwei Rollstühle nebeneinander unter die große Eiche gestellt, und dann las Stefan sein jüngstes Gedicht für Desirée, wobei seine Hand ihre suchte und der Wind im Laub über ihnen rauschte...

In so einem Moment war es das erste Mal zu vernehmen. Das fremde Atmen.

Ich hatte nicht gehört, daß die Tür geöffnet oder geschlossen wurde, keinen Schritt auf dem Linoleum, nicht einmal das vage, flüsternde Geräusch, das entsteht, wenn der Stoff eines Hemdsärmels sich am Hemd selbst reibt. Es gab nur dieses einzige Geräusch: ein schweres Atmen. Fast wie ein Seufzen.

Es war dunkel im Zimmer, aber nur so dunkel, daß man noch Schatten und Konturen erkennen konnte. Dennoch dauerte es eine Weile, bis ich den fremden Schatten an der Tür entdeckte. Er war vollkommen unbeweglich, trotzdem gab es keinen Zweifel, daß es die Silhouette eines lebendigen Wesens war. Eines äußerst aufmerksamen lebendigen Wesens.

Es war, als könnte es meinen Blick spüren. In dem Moment, als ich den Schatten entdeckte, wußte er, daß ich wach war. Aber er zuckte nicht zusammen und zog sich nicht weiter ins Dunkel zurück, er machte einen Schritt vor und ließ seinen Atem von neuem hören. Schwer war er. Keuchend.

Inzwischen war ich nicht mehr die einzige, die wach war. Ich konnte hören, wie Elsegerd mit dem Laken raschelte und wie ein unterdrücktes leises Geräusch von Agnetas Bett kam. Nur Tiger-Maria schlief weiter, aber nicht mehr so tief wie zuvor. Sie drehte sich im Schlaf, und ihr Atem zeigte, daß sie kurz vor dem Aufwachen war.

Und der Schatten wollte, daß wir aufwachten. Mit flüsternden Schritten glitt er von einem Bett zum anderen, als wollte er sich vergewissern, daß wir alle bereit waren, das zu sehen und zu hören, was jetzt zum ersten Mal passieren sollte und das dann viele Monate lang jede Nacht stattfinden würde. Zuerst blieb er am Kopfende von Elsegerds Bett stehen, danach an Agnetas und dann an meinem. Er griff mit der Hand an die Traljen des Gitterbetts und schüttelte es leicht, so daß ein Zittern das ganze Bett durchlief. Das war eine Drohung, eine Warnung. Ich wagte es nicht, mich zu bewegen, aber ich spähte in die Dunkelheit, ich zog meine Augen zu engen Schlitzen zusammen und versuchte soviel zu sehen, wie ich nur konnte. Vergebens: Es gab kein Gesicht zu sehen. Was da vor mir stand, war nur ein Schatten.

Aber jetzt wandte er sich von mir ab und ging zu Tiger-Marias Bett, blieb an ihrer Bettkante stehen und hob eine Hand wie zu einem Gruß.

»Ach Maria«, flüsterte eine Stimme aus der Dunkelheit. »Mein Engel, meine kleine Tigerblume! Meine Hure! Meine kleine, schlimme Nutte!«

Hinterher, als die Tür geschlossen war und die hastigen Schritte auf dem Flur schon längst verklungen waren, lagen wir noch eine Ewigkeit still da und starrten in die Dunkelheit. Nur ein einziges Geräusch war zu hören, ein leises Wimmern, das aus Agnetas Bett emporstieg. Es war ein scharfer, schriller Laut, der mir das Trommelfell zerriß und wie eine Nadel durch meinen Kopf drang. Zum Schluß wurde er unerträglich. Ich versuchte, mir die Hände gegen die Ohren zu pressen, aber meine Krämpfe schlugen sie zur Seite, so daß das Geräusch wieder hereindrang. Und plötzlich merkte ich, daß ich selbst eingestimmt hatte, daß aus meiner eigenen Kehle der gleiche schreckliche Laut hervorkam wie aus Agnetas.

Es war Elsegerd, die schließlich das Unerhörte tat, das Verbotenste überhaupt. Sie machte Licht an, suchte ihre Krücken und stieg aus dem Bett. Auf so etwas standen strenge Strafen. In den Nächten gab es keine Außenstehenden in der Anstalt, und dann galten immer noch die Regeln aus alten Zeiten.

Ich werde nie vergessen, wie sie dastand, schwankend und unsicher auf ihren Krücken, und sich ihr aschblondes Haar aus der Stirn strich. Plötzlich war Elsegerd schön, das Gesicht weiß, die Augen schwarz und tief. Ohne ein Wort hinkte sie zu Tiger-Marias Bett und nahm die zerknitterte Decke in die Hand, hob sie hoch und schüttelte sie, drehte sie dann zurecht, breitete sie über Tiger-Marias unbeweglichem Körper aus und stopfte sie um sie herum fest.

Ich reckte den Hals und schaute Tiger-Maria an. Sie lag steif wie eine Puppe da und starrte lächelnd zur Decke.

Eines Tages, viele Jahre später, als ich schon ins Wohnheim gezogen war und bereits seit mehreren Jahren in meiner eigenen Wohnung lebte, stand plötzlich eine fremde Frau in meiner Tür. Sie trug einen zimtbraunen Mantel, und ich kann mich noch erinnern, daß mich die Farbe überraschte. Ich hatte mir nie vorstellen können, daß Braun eine glühende Farbe sein könnte, aber dieser Mantel glühte so stark, daß ich nicht sehen konnte, wer in ihm steckte.

»Hallo, Desirée«, sagte sie, »erkennst du mich nicht mehr?«

Ich blinzelte sie fragend an. Elsegerd?

»Du mußt dich doch noch an mich erinnern«, sagte sie und machte ein paar Schritte in mein Wohnzimmer. Sie hinkte immer noch, aber jetzt nur soviel, daß sie sich mit einem kleinen Stock behelfen konnte.

»Wir waren doch Bettnachbarn in der Behindertenanstalt...«

Ich staunte. Es war mir nie in den Sinn gekommen, daß ich Elsegerd oder Agneta jemals wiedersehen könnte. Als wir getrennt wurden, da war es für immer, denn solchen wie uns war es nicht erlaubt, eigene Entscheidungen zu treffen. Agneta verschwand bereits, bevor Tiger-Maria fort war, Elsegerd unmittelbar danach. Sie war nicht einmal mehr bei der Beerdigung dabei. Obwohl sie eigentlich noch zu jung dafür war, sollte sie an einer richtigen Internatsvolkshochschule anfangen. In den letzten Tagen schwankte sie zwischen Weinen und Lachen; einmal jubelte sie über die Freiheit, die sie erwartete, dann wieder fiel sie zusammen vor Trauer über Tiger-Maria.

Aber jetzt saß sie also in meinem Wohnzimmer, in dem hellen Sessel, den ich erst vor kurzem gekauft hatte, um meinen Gästen eine angenehme Sitzgelegenheit zu bieten. Seit fünf Jahren wohnte ich in meiner Wohnung und genoß immer noch das Wort »mein«. Meine Wohnung. Mein Sessel. Meine Gäste.

»Oh«, sagte Elsegerd und schaute sich um, während sie sich den Mantel aufknöpfte. »Wie schön es hier ist. So hell und freundlich!«

Es war ein strahlender Wintertag, so ein Tag, an dem glitzernde Staubkörnchen in den Sonnenstrahlen über dem Boden tanzten und an dem ich noch mehr als sonst die Farben meiner Blumengardinen genießen konnte. Ich erfreute mich in der Zeit häufig an meinen Blumengardinen, manchmal hatte ich sogar den Verdacht, ich würde mich zu einem Gardinenfetischisten entwickeln. Aber auch die übrige Ausstattung des Zimmers war schön: der helle Birkenholztisch, das rote Sofa, die überfüllten Bücherregale. Und der handgewebte Flickenteppich natürlich, den ich dank Hubertssons Bekanntem in dem Kunstgewerbeverein billig erstanden hatte.

Ich war so damit beschäftigt, stolz mein schönes Wohnzimmer zu präsentieren, daß ich zunächst gar nicht sah, was sich da zeigte, als Elsegerd ihren Mantel auszog. Aber als ich es dann entdeckte, schnappte ich nach Luft: ein schlichter weißer Kragen auf einer schwarzen Bluse. Zu der Zeit konnte ich mein Mundstück noch mit der Hand greifen, ich stopfte es mir schnell in den Mund und pustete:

»Bist du Pastorin?«

Elsegerd senkte den Blick und strich mit der Hand in einer sehr mädchenhaften Geste über ihr Kleid.

»Mmh. Ja. Ich habe letztes Jahr die Priesterweihe bekommen... Deshalb bin ich auch hier in Vadstena. Eine ökumenische Konferenz, verstehst du. Obwohl – heute schwänze ich sie. Deinetwegen.«

Ich streckte meine Hand aus so gut ich es konnte und strich über die ihre.

»Ich freue mich, daß du gekommen bist.«

Sie warf einen schnellen Blick auf meinen Bildschirm und lächelte.

»Ich auch. Ich dachte, auf diese Weise könnten wir nachträglich deinen Geburtstag feiern. Ich habe Napoleonkuchen gekauft...«

Ich mußte lachen und pustete:

»Daran erinnerst du dich noch? Daß ich mir den jedes Jahr gewünscht habe?«

»Ja. Und es war so lieb von Agnetas Mama, viermal im Jahr eine Geburtstagsfeier zu organisieren...«

»Erinnerst du dich auch noch daran, wie Tiger-Maria sich eine Prinzessinnenkrone wünschte?«

Elsegerds Augen wurden feucht, und sie schaute weg.

»Soll ich Kaffee aufsetzen?« fragte sie. »Oder schaffst du das allein?«

Ich schaltete den Motor in meinem Rollstuhl ein und rollte in die Küche.

Erst nach mehreren Stunden, als die Dämmerung eingesetzt hatte, konnte Elsegerd über Tiger-Maria sprechen.

»Ich denke jeden Tag an sie«, sagte sie und zupfte an ihrem Kleid. »Daß es meine Schuld war…«

Ich ließ meinen Bildschirm dunkel.

»Ich meine – du konntest ja nichts tun, du konntest ja nichts erzählen… Und Agneta war zu zerbrechlich, das konnte man nicht von ihr erwarten. Aber ich hätte mehr tun können, als ich getan habe. Ich war die Älteste und die Gesündeste, ich hätte merken müssen, daß sie sterben würde…«

Ich ließ ein paar tröstende Worte über den Bildschirm flattern:

»Du hast es doch versucht. Ich weiß, daß du mit der Heimmutter gesprochen hast, obwohl du uns anderen nie was davon gesagt hast.«

Elsegerd verzog das Gesicht.

»Sie meinte, ich hätte nur eine schmutzige Phantasie. Kannst du dir so was vorstellen? Sie sah doch, daß Tiger-Maria zuerst nichts mehr sagte und dann auch nichts mehr aß, daß sie nur noch herumlief und die ganze Zeit dieses leere Lächeln zeigte… Und dann behauptete sie, ich hätte eine schmutzige Phantasie!«

Ich seufzte so tief, daß meine Worte ganz unten auf dem Schirm erschienen:

»Aber so ist es doch immer. Heute noch. Solche wie wir bestimmen nicht, was wirklich ist und was stimmt.«

Elsegerd schluchzte leise:

»Aber ich hätte es wie dieser Stefan machen sollen, ich hätte die Tür blockieren sollen, damit diese Gestalt nicht hereinkommen konnte. Und ich hätte schreien müssen, daß die Nachtschwester gezwungen gewesen wäre zu kommen…«

»Das hätte nichts genutzt. Sie war ja meistens unten bei den Kleinkindern. Und selbst wenn sie uns gehört hätte, so war sie doch viel zu weit weg. Sie hätte es nie rechtzeitig geschafft, und niemand hätte uns geglaubt.«

Elsegerd beugte sich vor und ergriff meine Hand.

»Aber du weißt es, nicht wahr? Du erinnerst dich an ihn und was er getan hat? Obwohl wir doch nie darüber gesprochen haben. Obwohl wir immer nur geschwiegen haben!«

»Ich erinnere mich.«

Elsegerd atmete aus, ihr Gesicht glänzte in der Dämmerung weiß wie Silber.

»Danke.«

Ich zog meine Hand zu mir.

»Wofür bedankst du dich?«

Elsegerd antwortete nicht, und nach einer Weile löschte ich meine Wörter vom Schirm. Inzwischen wußte ich, wofür sie sich bedankte.

Dann saßen wir lange still da und erinnerten uns an Tiger-Maria.

Er ist auf dem Weg. Ich höre ihn, wie er die Treppe nach oben steigt und vor sich hin murmelt. Aber ich will nicht, daß er kommt. Nicht jetzt. Nicht bevor ich meine Fähigkeiten überprüft habe.

Und dennoch, als ich höre, wie er die Tür aufschiebt und ins Zimmer schlurft, weicht die Müdigkeit von mir, sie zieht hinaus aufs Meer, als wäre es Ebbe, und läßt den Strand frei zurück. Ich schlage die Augen auf.

»Wo zum Teufel bist du denn gelandet? Im Himmelreich?«

Hubertsson steht mitten im Zimmer und wischt sich mit der Hand über den Kopf, um sich von dem weißen Handtuchkleid eines Engels zu befreien.

Ich bewege die Lippen, um zu zeigen, daß ich etwas sagen will. Hubertsson kommt ans Bett und zieht meinen Computer heran, schiebt mir dann das Mundstück zwischen die Lippen, wobei er sagt:

»Und wieso kannst du überhaupt wach sein? Du hast vier Einläufe Stesolid gekriegt, du müßtest für den ganzen Tag aus dem Verkehr gezogen sein …«

Es ist schwer, eine Antwort zu pusten:

»Du siehst selbst auch nicht besonders frisch aus. Was ist los?«

»Ach, mir ging es nicht so gut. Aber es ist nichts Schlimmes. Ich muß nur raus hier und einmal richtig essen, und dann gehe ich nach Hause und ruhe mich aus.«

Paß auf dich auf, möchte ich sagen. Achte auf dich. Trink keinen Wein zum Essen und kontrolliere jede Stunde deinen Blutzuckerwert! Aber ich halte mich zurück, mir fällt der erste Paragraph ein. Nicht zu nahekommen. Deshalb puste ich nur ganz kurz: Gut.

»Ich wollte nur noch schnell nach dir gucken. Nach dem Stesolid…«

»Christina war hier.«

Hubertsson wirft einen Blick auf den Bildschirm und erwidert:

»Ja, ich weiß. Sie hat es gesagt. Obwohl sie dachte, du würdest schlafen…«

Ich erzählte ihm nicht, daß mich ihre Gedanken geweckt haben: *So ein armes Würmchen…* Dafür soll sie büßen. Früher oder später.

»Ich war hellwach.«

Hubertsson räuspert sich und schaut weg:

»Manchmal gibt es vielleicht Zufälle… Sie hat gestern eine tote Sturmmöwe gefunden. In ihrem Garten.«

Ich antworte nicht, sehe ihn nur an. Er wagt es nicht, meinem Blick zu begegnen, umfaßt statt dessen mein Handgelenk, schaut auf seine Uhr und zählt meine Herzschläge. Das ist ungewöhnlich, normalerweise läßt er die Schwester den Puls messen. Der Griff ist federleicht, seine Fingerspitzen sind warm.

»Hmm«, sagt er dann und läßt los. »Bist du müde?«

Kurzes Pusten. Ja.

»Ich werde mit KaEins reden. Sie ist zu weit gegangen… Vier Einläufe Stesolid!«

Ich antworte nicht. Kann nicht mehr. Die Wassermassen sind wieder auf dem Weg zum Strand. Hubertsson schaut sich um, sucht nach einem Sitzplatz. Aber in diesem Zimmer kann er nicht in der Fensternische sitzen, mein Bett steht im Weg. Deshalb bleibt er unschlüssig an meiner Bettkante stehen und läßt den

Blick über die tausend Engel an den Wänden gleiten. Meine Augen folgen seinen, und obwohl ich fast vor Müdigkeit ertrinke, wird mir klar, daß ich, als ich letztes Mal die Augen aufschlug, nur einen Bruchteil gesehen habe. Marias Engel drängeln und schubsen sich in mehreren Schichten auf den Wänden, neugierige Cherubim schauen Seraphim über die Schultern, breite weiße Männerflügel stoßen auf sanft gerundete Frauenschwingen, und zwischen all dem flattern unsichere kleine *putti* herum und versuchen, unter ihre glitzerbestreuten kleinen Auswüchse Luft zu bekommen…

»Das ist ja vollkommen verrückt«, sagt Hubertsson.

Er hat recht. Das ist vollkommen verrückt. Und im nächsten Augenblick bin ich sogar dankbar über Marias Verrücktheit. Denn wenn die Wände nicht mit ihren Lesezeichenengeln bedeckt wären, wäre Hubertsson nicht so überwältigt gewesen. Und wenn er nicht so überwältigt gewesen wäre, hätte er nie meine Hand angehoben, um sich einen Sitzplatz auf meiner Bettkante zu verschaffen. Und wenn er nicht immer noch so überwältigt gewesen wäre, würde er nicht so dasitzen, wie er es jetzt tut, immer noch mit meiner Hand in seiner.

Ein Ei im Nest. Eine Perle in ihrer Muschel.

Meine Hand in seiner. Dort soll sie immer sein.

Nur die ganz Unwissenden glauben heutzutage immer noch wie der heilige Augustinus, daß die Zeit ein Fluß wäre. Wir anderen wissen, daß sie eher als Delta zu bezeichnen ist: daß sie sich verzweigt und immer neue Wege sucht, daß sie sich wieder mit sich selbst vereint, bevor sie tausend neue Betten sucht. Einige Augenblicke rauschen dahin wie ein Wasserfall, andere bleiben stehen und bilden kleine Lachen, das Wasser der Zeit rinnt an ihnen vorbei, aber sie halten für alle Zeiten inne…

Das ist so ein Augenblick. Eine Lache. Ich versinke in ihr. In diesem Wasser will ich immer sein.

Er hat noch nie zuvor meine Hand gehalten.

Doch. Vielleicht einmal. Obwohl ich nicht weiß, ob es wirklich geschah, ob es eine Erinnerung oder nur ein Traum ist.

Aber wenn es wirklich geschah, dann geschah es vor langer Zeit, lange bevor das Pflegeheim renoviert wurde und lange bevor ich selbst ins Wohnheim gezogen bin. Vielleicht war es ja genau an dem Tag, als er ihren Namen herausbekommen hatte. Ich weiß es nicht. Ich erinnere mich nicht mehr.

Aber ich erinnere mich daran, daß er mich durch einen schmutziggelben Flur trug. Die Deckentäfelung schwirrte über mir dahin, es waren blasse Sterne, die die Hoffnung aufgegeben hatten, jemals die Dunkelheit zu besiegen. In Hubertssons Armen konnte ich mit ihnen spielen, wie ich immer als Kind mit dem Licht gespielt hatte. Ich schloß die Augen und ließ das Licht zu einem Rot werden, zwinkerte dann so schnell, daß die ganze Welt zu schimmern begann, schloß sodann meine Lider so fest, daß die Erinnerung an das Licht grün auf meinen Lidern schimmerte...

Er war damals noch gesund. Gesund und stark. Ich schien auf seinem Arm gar nichts zu wiegen, er ging mit raschen, geraden Schritten, ja er sprang fast die schmale Treppe hinauf, die meine Abteilung von ihrer trennte. Einen einzigen Menschen trafen wir auf dem Weg, eine einsame Pflegerin, die Hubertsson ängstlich anlächelte. Er beantwortete ihr Lächeln mit einem schnellen Kopfnicken, verlangsamte aber nicht seinen Schritt und machte keinerlei Anstalten, ihr zu erklären, warum er eine Patientin zwischen den Abteilungen herumtrug. Ihr Gesicht ließ mich hinterher laut und triumphierend lachen – was müssen sie sich gewundert haben, sie und die anderen Frauen, was müssen sie den Rest des Tages geredet und gerätselt haben! –, aber in dem Moment unserer Begegnung sah ich nur durch sie hindurch.

Nach einer ganzen Weile blieb Hubertsson vor einer Tür stehen.

»Ich weiß, daß sie hören kann«, sagte er. »Und ich glaube, sie kann auch sehen. Versuche deshalb, ruhig zu sein. Mach keine Geräusche.«

Plötzlich hatte ich Angst. Meine linke Hand klammerte sich an das Revers seines Kittels, zerrte und zog daran, und mein Kopf fuhr willenlos in heftigen Krämpfen zur Seite. Eigentlich wollte ich sie doch gar nicht sehen! Was sollte das für einen Unterschied machen? Sie hatte mich weggeworfen, wie man ein zersplittertes

Glas wegwirft, sie hatte mich Redelius und der Behindertenanstalt überlassen, die mich wiederum den Forschern in der Neurologie überließen. Nichts davon konnte ungeschehen gemacht werden; die Zeit hat kein Loch, durch das wir schlüpfen können, um das zu verändern, was bereits geschehen ist...

All das versuchte ich Hubertsson zu erklären, aber ich war zu aufgeregt, und er konnte mein Knurren nicht deuten.

»Pst«, sagte er und öffnete die Tür mit dem Ellbogen.

Ich kannte das Zimmer: Es hätte meines sein können. Graues Morgenlicht und blaßgrüne Wände. Orangefarbene Synthetikgardinen als Überbleibsel einer lange vergangenen Mode. Ein verschossener Plastikstuhl mit feinen Rissen auf dem Sitz. Ein kleiner Tisch daneben. Der kommunale Nachttisch – der wohl auf diesem Planeten das war, was sich garantiert nie verändern würde. Gestreifte Laken und eine gelbe Waffeldecke.

Ich blinzelte. Nein. Bei genauerer Betrachtung gab es eine ganze Menge in diesem Zimmer, was es in meinem nicht gab. Auf dem Tisch stand ein bauchiger Kerzenständer, und auf der Fensterbank standen eine ganze Reihe Fotos. Das Luftbild eines weißen Zweifamilienhauses mit prächtigem Junigarten, zwei Mädchen mit Abiturientenmützen im Goldrahmen – eine ganz ernst, die andere lächelnd – und eine handkolorierte Vergrößerung eines Schwarzweißbildes, das allem Anschein nach aus den frühen Sechzigern stammte. Drei Mädchen saßen in einem Kirschbaum, ihre Gesichter waren in einem blaßrosa Farbton gemalt und ihre Kleider in Rosa, Gelb und Grün, aber das Laub um sie herum war noch genauso grau und farblos wie auf dem ursprünglichen Bild.

Hubertsson ging zwei Schritte weiter ins Zimmer, ich schloß die Augen und drehte meinen Kopf an seine Brust. Sein Atem strich warm über mein Kinn, als er flüsterte:

»Keine Angst. Sie schläft...«

Zuerst sah ich ihre Hände. Die Haut war zu groß und so weiß, daß sie fast ins Blaue überging, die Nägel waren zu perfekten Ovalen gefeilt und obendrein poliert, daß sie glänzten. Jemand hatte sich sogar die Mühe gemacht, die Nagelhaut so weit zurückzuschieben, daß die weißen Halbmonde zu sehen waren. Das überraschte mich: Meine Erfahrung mit der Maniküre der Krankenschwestern begrenzte sich nur auf das Kurzschneiden. Sie bekam also eine Sonderbehandlung.

Die Neugier verdrängte die Angst, und ich hob meinen Blick zu ihrem Gesicht. Es war ebenso blaß wie die Hände, die Haut war eigentümlich glatt, und auf den Wangen zeichneten sich ein paar zerplatzte Äderchen als dünne, violette Striche ab. Ihr Haar war das eines alten weiblichen Engels: dünn, weiß und lockig.

»Hirnblutung«, flüsterte Hubertsson. »Sie liegt hier schon seit vierzehn Jahren. Halbseitig gelähmt. Jetzt hat sie eine Lungenentzündung gekriegt...«

Sie lag mit offenem Mund da, wie Menschen es tun, die bald sterben werden. Dennoch konnte ich ihren Atem nicht hören. Das Zimmer war vollkommen still: Allein ihr Brustkorb hob sich langsam und senkte sich dann vorsichtig wieder.

Hinterher, als ich wieder in meinem Bett lag, neu erweckt oder von Hubertsson zurückgegeben, nahm er meine Hand und legte sie in seine. Die andere Hand wölbte er wie eine Eierschale darüber. Erst da traute ich mich, die Frage zu stellen, die zu stellen ich noch nie gewagt hatte, die ich mich kaum zu denken traute. Meine Stimme war ganz deutlich, jedes Wort rollte glasklar aus meinem Mund.

»Warum hat sie mich verlassen?«

Hubertsson antwortete nicht.

Aber er wäre nicht Hubertsson, wenn er eine Frage unbeantwortet gelassen hätte. Am folgenden Tag war er bereit, obwohl ich zu der Zeit meine Meinung geändert hatte und ihm sagte, daß ich es gar nicht wissen wollte. Ich fauchte ihn an, nannte es eine verfluchte Nerverei und versuchte demonstrativ – wenn auch mit kläglichem Ergebnis –, mir die Ohren zuzuhalten.

Zuerst handelte seine Vorlesung von der Zeit. Von Ellens Zeit.

»Warum, fragst du. Warum hat sie mich verlassen? Ja, einfach, weil man es in den Fünfzigern so gemacht hat. Abweichungen wurden nicht toleriert, und schon gar nicht von den Ärzten. Als ich in Göteborg Assistenzarzt war, gab es reichlich alte Knacker, die meinten, es sei doch ganz selbstverständlich, daß ein mißratener Körper auch immer eine mißratene Seele beherbergte. In meiner Klinik gab es einen Oberarzt, der den Eltern jedesmal riet, das behinderte Kind wegzugeben und zu vergessen. Dazu genügte schon ein Klumpfuß ...«

Er schwieg und runzelte die Stirn.

»Genaugenommen weiß ich gar nicht, was er sich dabei gedacht hat, ob er wirklich glaubte, daß alle Kinder mit Klumpfuß geistig behindert wären, oder ob es nur seinen Ordnungssinn störte. Er war sehr für Ordnung und Konformität, ich glaube, er war in erster Linie der Ansicht, daß es unordentlich und störend wäre, wenn jede Menge Hinkender und anders Behinderter sich auf den Straßen herumtreiben würden. Da war es doch besser, sie in Institutionen wegzusperren. Da wurden sie dann auch nicht besonders alt ...«

Er wandte sich mir zu, und mir gelang es, ihm die Zunge herauszustrecken. Es ehrt sein Beobachtungsvermögen, daß er bemerkte, daß ich das absichtlich tat, obwohl meine Krämpfe in dem Moment sehr stark waren.

»Heule nur«, sagte er, »aber wenn du nicht die Zeit verstehst, dann wirst du niemals Ellen verstehen können. Und glaube nicht, daß du weißt, wie es war, du warst viel zu klein, um zu sehen, wie da gebuckelt, geschleimt und gekrochen wurde, die Hierarchie hinauf, und wie getreten, gespuckt und verachtet wurde nach unten ... Und im Gesundheitswesen war es am schlimmsten. Manchmal glaube ich verflucht noch mal, daß es im Gesundheitswesen noch schlimmer war als beim Militär.«

Er drehte sich um und stellte sich ans Fußende meines Betts, zog einen Zettel aus dem Aktenbündel, das er aufs Bett geworfen hatte, klopfte mit den Fingerspitzen darauf und hob die Stimme:

»Dein Richter hieß Zimmerman und war Neurologe. Er untersuchte dich in deiner dritten Lebenswoche und wußte gleich alles. Hier steht es schwarz auf weiß, daß du so schwer geschädigt bist, daß du keinerlei Lernfähigkeiten mehr besitzt ... Du wirst niemals so elementare Dinge lernen wie Kauen oder den Blick steuern. Man darf vermuten, daß dieses Urteil beinhaltet, daß er davon ausging, daß du niemals irgendein Gefühlsleben entwickeln wirst.«

Er ließ den Zettel los und auf mein Bett segeln, räusperte sich.

»Ich habe mit Ellen nicht über das hier gesprochen. Sie weiß nicht einmal, daß ich weiß, daß es dich gibt. Und jetzt ist es zu spät, sie ist zu krank. Soweit ich verstanden habe, hat sie dich in all den Jahren keinem einzigen Menschen gegenüber erwähnt. Die Leute wußten natürlich, daß sie und Hugo ein Kind bekommen haben, aber ich weiß nicht, was sie ihnen danach erzählt hat, ob sie behauptet hat, es wäre tot oder was sonst... Zu der Zeit sprach man nicht soviel über diese Dinge, man ging davon aus, daß es am besten war, wenn man es vergaß und weitermachte.«

Seine Stimme wurde leiser:

»Du mußt bedenken, daß Hugo Krebs hatte und drei Monate nach deiner Geburt gestorben ist. Sie muß die ganze Zeit bei ihm gesessen haben; in ihrer Akte steht, daß sie schon am zweiten Tag aufgestanden und weggegangen ist. Das war ziemlich dreist. Damals sollten alle frischgebackenen Mütter mindestens eine Woche lang stilliegen und die Thrombose abwarten. Und dich haben sie wegen der Epilepsie und der CP-Schäden nach Stockholm geschickt. Du brauchtest ja Pflege, daran gibt es keinen Zweifel. Die ersten zwei Jahre hast du im Kinderkrankenhaus gelegen, weißt du das?«

Er warf mir einen Blick zu, ohne mich wirklich anzusehen. Das war aber gleich. Denn ich dachte nicht daran, ihm zu zeigen, daß das ein weiteres Steinchen im Puzzle war, das er mir aufzwang.

»Der Teufel mag wissen, ob sie dich überhaupt gesehen hat. Vielleicht durch eine Glasscheibe. Obwohl, ich bezweifle auch das, sie waren damals eifrig darauf bedacht, die Kinder von ihren Eltern fernzuhalten... Und das erst recht, wenn etwas schiefgegangen war.«

Er drehte sich wieder zum Fenster und starrte auf den grauen Himmel.

»Und wenn du dich darüber wunderst, warum sie nie zu dir gekommen ist, so ist die Antwort in Zimmermans Briefen an sie zu finden. Es gibt Kopien davon in deinen Akten. Willst du sie sehen?«

Ich schnaubte meine Antwort hervor:

»Nein!«

Er sank ein wenig in sich zusammen.

»Nein. Das verstehe ich. Es gibt auch nicht viel zu lesen... Es sind eigentlich immer nur verschiedene Variationen des gleichen Lieds: Von diesem Kind ist nichts zu erwarten. Es wird nichts lernen können. Nicht zu gehen. Nicht zu sprechen. Nicht zu verstehen.«

Die Erinnerung an Redelius flatterte durch mein Gehirn. Schimpanse. *Hey, hey, we're the Monkeys...*

Hubertsson sah aus, als träumte er im Stehen, seine Hände, die eben noch so eifrig gestikuliert hatten, fielen schlaff herab. Eine Weile stand er unbeweglich da, bis er mehrmals blinzelte und fortfuhr.

»Ja. Wie auch immer... Ellens Briefe liegen nicht in der Akte, aber es scheint, als hätte sie ziemlich oft an Zimmerman geschrieben. Er antwortete ihr, daß es ausgeschlossen sei, daß du zu Hause gepflegt werden könntest. Und er riet von Besuchen ab, das wäre zu aufreibend für sie. Und was dich beträfe, so wäre es außerdem vollkommen bedeutungslos. Du hattest ja alles, was du brauchtest, Essen alle vier Stunden und saubere Windeln dazu...«

Aber sie hatte dennoch eine Verantwortung, wollte ich sagen. Niemand konnte sie daran hindern zu kommen. Sie hätte einsehen müssen, daß sie eine Pflicht zu erfüllen hatte, sie hätte sich daran erinnern müssen, daß ich ihr Kind war und daß ich hinter all meinen Schäden trotzdem ein Mensch war. Aber ich war nicht mehr in der Lage zu sprechen, ich schloß nur die Augen. Das war ein Appell an Hubertsson, doch zu schweigen. Aber er schwieg nicht: Er fuhr mit seiner Rede fort, wobei er mit einem Fingerknöchel gegen den Marmor der Fensterbank klopfte.

»Doch, du warst gut aufgehoben, das fand zumindest Zimmerman. Ellen und *ihr Gatte* sollten lieber nach vorn sehen und sich ein neues Kind anschaffen...«

Er mußte lachen:

»Dieser blöde Satan hatte vergessen, daß sie Witwe war!«

Er verstummte für eine Weile, und seine Haltung signalisierte, daß es bald an der Zeit für ihn war zu gehen.

»Ja«, sagte er schließlich. »So muß es dazu gekommen sein, daß Margareta als Pflegekind ins Haus kam...«

Die Müdigkeit ist so tief, daß ich nicht einmal mehr weiß, ob meine Hand immer noch in Hubertssons ruht. Doch das ist auch gleich. Sie ist dort gewesen.

Aber ich bin immer noch in einem See. Er ist grün und klar wie Glas. Ich kann weit sehen. Bis zu meiner Schwester Margareta. Sie lächelt, während sie in Claes' altem Auto sitzt und seiner Stimme im Autoradio lauscht. Nie ist Margareta vergnügter, als wenn sie auf dem Weg von einem Punkt zum anderen ist, wenn sie so schnell fährt, daß sie sich einreden kann, daß niemand in der Lage ist, sie einzuholen. Und im Augenblick ist sie besonders vergnügt, zum einen, weil sie einen Kilometer nach dem anderen zwischen sich und Christina legt – dieser bekloppten Schnepfe! –, und zum anderen, weil sie auf dem Weg nach Norrköping und zu Birgitta ist. Jetzt endlich hat sie begriffen, wie die Dinge zusammenhängen, und jetzt ist sie auf dem Weg zur guten Tat des Tages. Sie ist eine richtige Pfadfinderin, meine jüngste Schwester.

Birgitta hingegen hat keine Pläne hinsichtlich einer guten Tat im Augenblick. Sie läuft die Norra Promenaden in Norrköping mit schlappenden Pumps entlang und versucht, einen Plan zu schmieden, wie sie nach Motala kommen kann. Der Bus ist ausgeschlossen, aber mit dem Zug, das könnte gehen. Sie hat sich schon öfter auf Bahntoiletten versteckt und so bedeutend längere Strecken gemeistert... Aber vorher braucht sie was zu rauchen, und sie hat nur einsfünfzig in der Tasche. Wie soll sie sich Zigaretten ohne Geld beschaffen? He? Kann ihr bitte schön jemand diese Frage beantworten?

Die Kreise meiner Schwestern drehen sich aufeinander zu, sie nehmen langsam die gleiche Richtung ein. Alles läuft, wie es soll. Ich kann tiefer in meinem Wasser versinken.

Ich ertrinke! Das Wasser füllt meinen Gaumen und meine Kehle aus, das Wasser läuft mir aus meinem offenen Mund über den Hals und die Brust. Ich huste, ich öffne nicht die Augen, alle Kraft brauche ich, um das hier zu stoppen. Durch husten, dadurch, daß ich nach Luft ringe... Hilfe, ich ertrinke!

Jemand richtet das Kopfende des Betts so hastig auf, daß mein Kopf nach vorn fällt.

»Gütiger Himmel!« sagt eine Stimme halblaut. »Ich wollte ihr doch nur ein bißchen Saft geben, ich wußte doch nicht...«

»Das ist nicht deine Schuld«, sagt Kerstin Eins. »Aber hilf mir jetzt, beuge sie nach vorn!«

Mein Kopf schaukelt, ich versuche gar nicht, ihn zu steuern.

Denn jetzt weiß ich, was ich verloren habe, was mich mein letzter Anfall gekostet hat.

Ich kann nicht mehr schlucken. Ich werde nie wieder schlucken können.

Die Kirschbaum-prinzessin

»Leg deine Hand in meine, wenn du willst.
Ich bin nicht Einer, der bleibt,
um aus Liebe Saft und Kraft zu saugen.
Ich bin einer, den es immer weitertreibt.

Ein verführerisches Wanderlied
zog mich schon früh fort von der Heimat Küste.
Ich bin nur Einer, der vorüberzieht.
Leg deine Hand in meine, wenn du willst.«

Hjalmar Gullberg

Margareta drückt ihre Zigarette genau in dem Moment aus, als die Tür hinter Christina ins Schloß fällt; sie lehnt sich in dem alten Küchenstuhl zurück und streckt sich. Es ist wohl am besten, wenn sie so schnell wie möglich abdeckt. Damit die gnädige Frau nicht einen Herzschlag vor Bestürzung bekommt, wenn sie zu früh nach Hause kommen und immer noch das Frühstücksgeschirr auf dem Tisch vorfinden sollte.

Es hat Margareta schon immer gewundert, daß Christina, die doch sonst so methodisch alle übrigen Rituale und Signale des Bildungsbürgertums gelernt hat, nie begriff, daß Saubermachen nicht besonders hoch im Kurs steht. Was anderes ist es natürlich mit Körperpflege und Kleidung. Geduschter Körper, saubere Kleidung und eine schmutzige Wohnung, so lautet die Parole. Wenn die Ecken staubfrei sind, deutet das auf kleinbürgerliche Pingeligkeit hin. Oder noch schlimmer: auf proletarische Unterlegenheitsgefühle. Nur wer etwas zu verbergen hat, braucht absolute Ordentlichkeit um sich herum. In diesem Punkt war sie selbst fraglos tüchtiger als Christina, den Lebensstil der Gesellschaftsklasse anzunehmen, der beide nunmehr angehören. Ihre Wohnung in Kiruna befindet sich in einem Zustand konstanten Chaos. Aber das macht nichts, denn diejenigen, die zufällig hereinschauen, sind Physiker wie sie selbst und lachen nur, wenn sie sich mit ihrem Standardspruch zu entschuldigen versucht:

»Die Entropie wächst. Besonders bei mir daheim.«

Aber ehrlich gesagt hätte sie gar nichts dagegen, wenn es bei ihr wie bei Christina aussähe. Es ist angenehm mit kristallklaren Fensterscheiben, durch die das Mondlicht hereinsickert, mit einem Küchenfußboden, dessen breite Dielen samtweich gescheuert sind, und einem Flickenteppich, der so sauber ist, daß man jede Farbnuance im Gewebe erkennen kann. Aber was für Arbeit! Außerdem ist sicher Erik – und ganz besonders sein geerbtes Geld – eine der Voraussetzungen, daß Christina es so haben kann, wie sie es hat. Margareta hingegen hat es immer vorgezogen, ihre Männer etwas auf Abstand zu halten, auch wenn sie fette Sparschweine ihr eigen nannten. Das Anstrengende an den meisten Männern ist, daß sie sich selbst als Hauptperson nicht nur ihres eigenen Lebens sehen, sondern auch noch im Leben einer Frau, und Margareta möchte keine Nebenrolle in ihrer eigenen Geschichte spielen.

Aber jetzt will sie sich jedenfalls erst mal im Haus umschauen. Gestern abend hat sie im Wohnzimmer einen Schrank entdeckt, der ihr Interesse geweckt hat. Er sah aus wie ein kleiner Altar mit weißem Deckchen, Zinnkerzenständer und einem alten Foto einer jungen, pausbäckigen Ellen. Es gibt Grund zu der Annahme, daß dieser Schrank Geheimnisse in sich birgt. Interessante Geheimnisse.

Margareta wischt sich ihre vom Abwasch feuchten Hände an der Jeans ab und schiebt die eine Hälfte der Doppeltür zum Wohnzimmer auf. Sie knarrt ein wenig. In die Küche scheint die Morgensonne hinein, aber hier drin herrscht immer noch graue Dämmerung. Sie bleibt eine Weile in der Tür stehen und schaut sich langsam um, kopfschüttelnd. Jetzt sieht sie, was sie gestern nicht sah. Christina hat ihr Wohnzimmer zu einem Heiligtum gemacht, das Santa Ellen gewidmet ist. Überall findet der, der die Zeichen zu deuten weiß, ihre Reliquien: eine kleine Decke aus geklöppelten Spitzen, die einfache Obstschale aus Preßglas, die in ihrem Wohnzimmer auf dem Tisch gestanden hatte, die rostroten Bücher aus den Vierzigern, die Martin Anders Nexøs' gesammelte Werke enthalten. Ganz zu schweigen von der silbergerahmten Ikone auf dem Altar. Ihr Foto.

Doch Ellen braucht keinen Tempel. Sie war keine Heilige, nur eine Frau mit einem außergewöhnlichen Talent zur Mutterschaft. Aber sie konnte auch mit den Mädchen herumschimpfen, daß die Milch sauer wurde und die Fliegen bewußtlos vom Küchenfenster fielen. Außerdem war sie ein wenig knauserig, Malblock und Zeichenstifte waren Gnadengeschenke, die zu Weihnachten oder zu den Geburtstagen verteilt wurden, den Rest des Jahres mußte man mit Bleistiftstummeln auf alte Tüten und Einschlagpapier kritzeln. Aber das war nicht so schlimm. Schlimmer war ihr Neid; dieser giftgrüne kleine Splitter, der ein paarmal in ihrem Blick aufblitzte. Und der betraf nur eine Sache. Die Schule.

Der Splitter wurde besonders sichtbar, als Christina auf ihren Annahmebescheid der Oberschule wartete. Sie war zwölf Jahre alt und sah aus, als wartete sie auf ihr Todesurteil. Jeden Morgen stand sie blaß und verkrampft direkt hinter der Tür, wenn Tante Ellen hinausging, um die Post zu holen. Und je mehr Tage vergingen, um so kleiner und dünner wurde sie. Es war, als würde das lange Warten alle Kraft aus ihr saugen, als wäre sie bald nicht einmal mehr in der Lage, morgens aus dem Bett zu steigen, wenn die Nachricht nicht bald kam.

Als der Brief dann endlich eintraf, hatte Tante Ellen den Umschlag schon im Garten aufgerissen, sie hielt ihn in der Hand, als sie hereinkam.

»Und, was ist?« flüsterte Christina.

Tante Ellen schaute ernst drein und richtete ihren Blick auf die Wand über Christinas Kopf.

»Leider ... Du kommst nicht rein.«

Christina wurde aschgrau im Gesicht, es sah so aus, als würde sie gleich in Ohnmacht fallen. Sie ging ein paar Schritte zurück und sank auf den Hocker unter dem Telefonbord.

»Ich habe es gewußt!« sagte sie.

Tante Ellen lachte laut auf und winkte mit dem Brief.

»Ich habe doch nur Spaß gemacht, das weißt du doch. Natürlich kommst du rein. Mit deinen Noten.«

Aber Christina blieb auf dem Hocker sitzen und konnte sich nicht freuen.

Im nachhinein kann Margareta Tante Ellens Schulneid verstehen, aber sie kann ihn nicht akzeptieren. Denn auch wenn Tante Ellen sich darüber grämte, daß sie selbst in einer Zeit geboren worden war, in der es für das uneheliche Kind einer Textilarbeiterin unmöglich war, auch nur einen Gedanken an Oberschule und Grundschulseminar zu verschwenden, hätte sie doch erwachsen genug sein müssen, ihren Mädchen das zu gönnen, was sie selbst nie bekommen hatte.

Christina selbst weigert sich, sich an diese Episode zu erinnern, und als Margareta sie einmal daran erinnerte, wurde ihre Stimme am Telefon scharf und schneidend. Alles Lüge und üble Nachrede! Wenn es einen Menschen gegeben hatte, der ihnen nur das Allerbeste wünschte, dann war es Tante Ellen! Danach schmiß sie den Hörer auf die Gabel und brach die diplomatischen Beziehungen ab. Margareta mußte monatelang zu Kreuze kriechen, um wieder in Gnaden aufgenommen zu werden.

Margareta verzog das Gesicht. Heißt es, Tante Ellen zu verleumden, wenn man sich an sie erinnerte, wie sie war? Nein. Tante Ellen war – mit all ihren Stärken und Schwächen – die beste Mutter, die Margareta jemals gehabt hatte. Wenn auch die Konkurrenz um diesen Titel nicht gerade überwältigend war...

Tante Ellens Altar ist eigentlich ein alter Bauernschrank von 1815, die Jahreszahl ist vorn aufgemalt. Sie muß den Schlüssel dreimal herumdrehen, um die sperrige Tür aufzubekommen, und als sie aufgeht, ist Margareta zunächst enttäuscht. Der Schrank ist halbleer; er enthält nur ein paar sorgfältig verklebte Plastiktüten auf dem oberen Regal und eine braune Papiertüte auf dem Boden. Das ist alles. Aber was da ist, muß zumindest untersucht werden.

Sie setzt sich im Schneidersitz auf den Boden und nimmt sich die Plastiktüten. Schon bevor sie sie geöffnet hat, weiß sie, was sie enthalten. Tante Ellens Handarbeiten. Christina muß bei der Auktion sehr sorgfältig ausgesucht haben; hier findet sich höchstens ein Hundertstel von allen Produkten von Tante Ellen, aber was hier ist, das ist nur vom Feinsten. Margareta traut sich nicht einmal, die erste Plastiktüte zu öffnen, aus Angst, den Inhalt zu beschädigen: Es ist eine freie Klöppelarbeit mit Vogelmotiv, auf blauen Samt montiert. Margareta lächelt. Tante Ellen konnte nur schwer ihren Triumph verbergen, als die anderen Frauen im Kunsthandwerkverein anfingen, von Ausstellungen und Museum zu reden, als sie ihnen ihre Arbeit zeigte. Und es ist wirklich beeindruckend: die reinste Ingenieurskunst, das Resultat monatelanger, geduldiger Berechnungen. An die kleinen Deckchen mit Lochsaum erinnert sie sich auch noch: Eins zu sticken dauerte zwei Monate. Aber hier ist etwas Unbekanntes: eine karierte kleine Mädchenschürze mit einer Bordüre kleiner Vögel und einem Monogramm in Kreuzstich. CM. Christina Martinsson also. Merkwürdig. Sie kann sich nicht daran erinnern, jemals Christina darin gesehen zu haben. Und hier – na, so was – ein kleines Babyhemd in dem weichsten Batist. Das muß ihr eigenes gewesen sein, denn sie war ja die einzige, die schon als Baby zu Tante Ellen kam…

Ganz vorsichtig löst sie das Klebeband und zieht das kleine Hemd heraus. Das Vorderteil ist nicht größer als ihre Hand. War sie wirklich so klein, als sie zu Tante Ellen kam? Wie groß ist eigentlich ein vier Monate altes Kind?

Margareta streicht die Plastiktüte auf dem Boden glatt und legt vorsichtig das kleine Hemd aufs Plastik. Es ist ganz und gar mit der Hand genäht, mit Steppstich in den Seitensäumen, verdeckten Nähten im Saum und weißer Stickerei auf dem gekräuselten Kragen. Soviel Arbeit macht man sich nur für die Kleidung eines sehnlichst erwünschten Kindes. Da sieht man es. Jemand wollte Margareta wirklich haben.

»Bestimmt war das ein Engel, der wußte, daß ich mich so einsam und allein fühlte«, sagte Tante Ellen immer, als Margareta noch klein und einziges Kind im Haus war. »Und da hat er an die Wolke getippt, so daß du heruntergefallen bist, direkt zu mir…«

»Ist das Dach kaputtgegangen?« fragte Margareta.

»O nein«, antwortete Tante Ellen. »Du warst klug genug, im Kirschbaum zu landen. Ich habe dich dort gefunden, als ich Kirschen pflücken wollte.«

»Habe ich welche gegessen?«

»Massen. Du warst ja immer schon gierig. Unter dem Baum lagen Tausende von Kernen. In dem Jahr wurde es nichts mit dem Kirschsaft, dafür reichten die Kirschen nicht mehr. Aber das war nicht weiter schlimm, denn dafür habe ich dich ja gekriegt.«

Margareta war fünf Jahre alt und nicht so dumm, daß sie nicht verstand, daß es sich um ein Märchen handelte. Dennoch kroch sie weiter auf Tante Ellens Schoß und lachte zufrieden.

Sie legt das kleine Hemd wieder in den alten Bügelfalten zusammen, während ihre Zunge zwischen den Lippen spielt. Sie freut sich, daß Christina es hat: In ihrem Schrank wird es noch viele Jahre behütet liegen, und wenn sie stirbt, wird sich sicher eine ihrer Töchter darum kümmern. Das macht man so in dieser Familie, man spart und pflegt die Dinge und bewahrt sie für die Nachkommen. Und wenn dieser Klumpen von bekannten und unbekannten Teilchen, der im Augenblick Margareta Johansson ausmacht, sich eines Tages aufgelöst hat und in tausend anderen Teilchenklumpen aufgegangen ist, dann wird das Hemd immer noch wie ein Beweis ihrer Existenz dort liegen. Sie wird einen Grabstein aus Batist bekommen.

O Mann! Sitzt sie jetzt hier etwa auf dem Boden und zerfließt in Sentimentalität? Dazu hat sie keine Zeit, sie muß sich darauf konzentrieren, die Plastiktüten in der gleichen Reihenfolge zurückzulegen, wie sie lagen. Wenn Christina merkt, daß Margareta in ihrem Schrank herumgeschnüffelt hat, wird sie in ihrer eiskalten und nachtragenden Art wütend werden. Und das will Margareta nicht: Ihr reicht schon Christinas normale schnippische Art.

Margareta greift lächelnd nach der Tüte auf dem untersten Regal, aber ihre Hand braucht nur zuzufassen, und schon erlischt ihr Lächeln. Sie öffnet die Tüte und schaut hinein. Stimmt. Die Hand hatte recht. In dieser Tüte liegt eine Abiturientenmütze. Christinas Abiturientenmütze.

Nie im Leben hätte Margareta gedacht, daß Christina die aufbewahren würde.

Birkenlaubgeschmückte Autos. Witzige Plakate. Lärm und Gelächter.

Margareta stand mitten im Gedränge auf dem Schulhof und versuchte, einen Blick auf die Treppe und das Schultor zu werfen. Vergeblich. Sie war zu klein, auch wenn sie sich auf Zehenspitzen stellte. Vielleicht wäre es ihr gelungen, wenn sie Schuhe mit richtig hohen Absätzen angehabt hätte, aber es wäre ihr ja doch nie gelungen, das Haus in solchen Schuhen zu verlassen. Margot war immer auf dem laufenden, was die Teenagermode betraf, und hohe Hacken waren definitiv unmodern. Das waren nur solche Dorisse, die noch hohe Hacken hatten. Und eine Doris willst du doch wohl nicht sein, meine kleine Magga?

Nein. Sie wollte nicht so eine Doris sein. Und die meisten der Kleidungsstücke, die Margot für sie kaufte, gefielen ihr: kurze Röcke und Schuhe mit flachen Absätzen, weiße Kurzstiefel und Sachen in Op-Muster. Und wenn sie ihr nicht gefielen, dann zog sie sie dennoch an. Das war am einfachsten so, das hatte sie gelernt.

Heute trug sie weiße Stiefel mit offener Vorderkappe und ein ganz gerades kleines Minikleid in Orange. Sie war ja soo süß! Ganz entzückend! Die Jungs würden wie Espenlaub vor ihr zu Boden fallen… Margareta schnaubte. Es irritierte sie ungemein, daß Margot die ganze Zeit ihre eigenen Redewendungen durcheinanderbrachte, daß sie behauptete, die Sonne würde wie aus Kübeln ihre Strahlen schütten und daß der Boden wie eine Schlange entlanghinkte.

Aber Schwamm drüber. Jetzt hatte sie für viele Stunden frei. Margot wäre geradezu enttäuscht, wenn sie zu früh zurückkäme. Sie hatte einige Fünfziger bekommen, um Blumen zu kaufen –

kauf all deinen süßen Freunden in der Abiturklasse was, Maggalein! Vergiß ja keinen der kleinen Schulabgänger! –, und Margot erwartete dabei, daß diese Investition Margareta von einem Abitursempfang zum nächsten bringen würde, bis weit nach Mitternacht.

Margareta hatte für sich selbst beschlossen, nur mit einer Abiturientin zu feiern. Mit Christina. Das war eine Art Buße: Sie hatte schon lange Zeit ein schlechtes Gewissen ihrer Schwester gegenüber. Seit sie nach Norrköping gekommen waren, hatten sie sich kein einziges Mal in ihrer Freizeit getroffen; sie waren nur ab und zu zufällig auf dem Schulflur aufeinandergestoßen und hatten schnell die neuesten Informationen über Tante Ellen ausgetauscht. Einmal hatte Christina Hubertsson vor dem Krankenhaus getroffen, und Margareta gelang es einmal im Monat, heimlich anzurufen. Darüber sprachen sie. Aber über sich selbst und über das, was mit Birgitta geschah, sprachen sie nie; das war ein stillschweigendes Abkommen.

Christina sah nicht gesund aus. Sie hatte keinen einzigen Tag während des letzten Jahrs gesund ausgesehen. Blaß wie ein Gespenst und mit schwarzen Ringen unter den Augen hatte sie in ihrer Ecke auf dem Schulhof gestanden und in jeder Pause gebüffelt. Margareta hingegen steuerte lieber die Raucherecke an, immer lachend, plappernd und flirtend. Manchmal warf sie einen kurzen Blick in Christinas Richtung, aber Christina schaute nie zurück. Es schien, als merkte sie gar nicht, daß es außerhalb der Bücher noch eine andere Welt gab, als wisse sie nicht, daß sie auf einem Schulhof voller möglicher Abenteuer stand. Andererseits hatte sie ja bereits daheim bei Tante Ellen in ihrer eigenen Welt gelebt. Nie hatte sie den Garten verlassen und war wie Birgitta und Margareta auf irgendeinen Spielplatz gezogen; sie hatte nicht mitgehen wollen nach Varamon, um dort im Sommer zu baden oder in die Bibliothek oder mit Margareta im Winter zu den Jungen Falken, und sie hatte nie irgendeine beste Freundin gehabt wie die anderen Mädchen. Sie saß immer nur da, wo sie nun einmal saß, wie eine kleinere, blassere Kopie von Tante Ellen, und hatte sich ihrer Klöppelei und ihrer Stickerei gewidmet. Tante Ellen mußte ziemlich müde davon sein, sie Jahr um Jahr an den Hacken zu haben …

Aber jetzt wollte Margareta jedenfalls Christinas Abitur feiern. Sie hatte drei gelbe Rosen gekauft, die sie ihr um den Hals hängen wollte, und ein Buch mit Karin Boyes gesammelten Gedichten, das sie ihr feierlich bei ihrem Empfang überreichen wollte. Sie wußte nicht genau, wo Christina und ihre Mutter wohnten und wie sie dorthin kommen sollte, aber das konnte sie ja erfragen, wenn sie ihr die Blumen umhängte...

Wo wohl ihre Mutter war? Margareta schaute sich um. Sie zweifelte nicht daran, daß sie diese Hexe wiedererkennen würde; ihr Besuch damals bei Tante Ellen hatte einen unauslöschlichen Eindruck hinterlassen. Aber der Schulhof war so voll mit Leuten, daß sie sie nicht entdecken konnte.

Es ging ein Raunen durch die Menge. Jetzt kommen sie! In weiter Ferne hörte man schrille Stimmen das Abiturlied singen; eine einsame Trompete stimmte mit ein und begleitete es ein paar Takte, bis das Lied in ein Jubelgeschrei überging. Die Abiturienten stürmten auf den Schulhof, die Menge teilte sich und ließ sie defilieren.

Intensive Stimmungen hatten Margareta schon immer überrollt, und jetzt stand sie plötzlich ganz vorn und hüpfte vor Erwartung auf und nieder. Wie dumm von ihr, nicht auch für andere Blumen zu kaufen! Denn da war ja auch Anders mit den großen Ohren, er mußte jedenfalls einen dicken Kuß bekommen. Und da war Leif! Und Carina in dem engsten Abiturientenkleid, das man je gesehen hatte! Küßchen, Küßchen, hallo, hallo, herzlichen Glückwunsch, gratuliere!

Sie war verschwitzt und hatte rosa Wangen, als sie sich eine Weile später aus Anders' mageren, aber energischen Armen befreite und umschaute. Wo war Christina denn nur? War sie schon in einem der Autos mit Birkenlaub am Stoßdämpfer weggefahren?

Doch nein, da kam sie! Denn das war doch wohl Christina, die mit zielsicheren Schritten über den Schulhof ging? Sie war verkniffen und blaß wie immer, dennoch sah sie irgendwie anders aus als sonst. Die linke Hand hielt sie wie ein Schild vors Gesicht, schob die Handfläche wildfremden Menschen in den Rücken und stieß sie zur Seite, zwängte sich zwischen stolzen Müttern und jubelnden Abiturientensöhnen hindurch, drückte einer alten Frau den Ellbogen in den Rücken und knuffte sie zur Seite.

Was war mit ihr los? War sie verrückt geworden?

»Christina!« rief Margareta und drängte sich zu ihr vor. »Herzlichen Glückwunsch, Christina. Herzlichen Glückwunsch!«

Christina blieb einen Moment lang stehen und ließ die Hände sinken, dann setzte sie ihren Weg fort. Sie war schon fast auf dem Bürgersteig angelangt, als Margareta sie endlich erreichte.

»Warte doch, Christina! Warte!«

Christina drehte sich um und starrte sie mit blinden, grauen Augen an, blinzelte dann und wurde wieder sie selbst. Margareta hängte ihr die Blumen um den Hals, sie schaukelten einsam auf einer weißen Synthetikbluse der Sorte, die man für neunneunzig bei H&M kaufen konnte. Der gerade weiße Rock lag allem Anschein nach in der gleichen Preisklasse. Die Schuhe waren alte Pumps, die offensichtlich zur Feier des Tages weiß angemalt worden waren. Das hatte nicht so recht geklappt. Die Farbe war in den alten Rissen gesprungen und ließ das Leder hervorgucken. Braun. Christina folgte ihrem Blick, für einen Augenblick guckten beide auf die Risse. Margareta wurde es peinlich.

»Ich gratuliere«, sagte sie und schaute auf. »Und viel Glück.«

»Danke«, erwiderte Christina.

»Wo findet deine Feier statt?«

Christina mußte lachen, es klang wie ein trockenes Räuspern, aber bevor sie antworten konnte, tauchte eine runde kleine Frau neben ihr auf.

»Christina! Da bist du ja! Herzlichen Glückwunsch, meine Liebe!«

Christinas Wangen bekamen plötzlich Farbe; sie machte einen Knicks und neigte graziös ihren Kopf, damit die Frau ihr einen Kranz um den Hals hängen konnte. Maiglöckchen.

»Wo ist deine Mutter, mein Mädchen? Ich möchte sie so gern begrüßen. Sie muß an so einem Tag doch stolz auf dich sein...«

Christina knickste wieder.

»Sie konnte nicht kommen, Schwester Elsie. Sie ist heute nacht krank geworden.«

Die rundliche Frau schlug sich die Hand vor den Mund.

»Nein, so ein Pech! Ausgerechnet heute. Ich hoffe, es ist nichts Ernstes?«

Christina knickste wieder. Sie schien jedesmal zu knicksen, wenn sie von dieser Frau angesprochen wurde.

»Nein, das glaube ich nicht. Aber sie hatte sehr hohes Fieber, einundvierzigzwei gestern abend. Deshalb mußten wir leider meine Feier absagen…«

Schwester Elsie runzelte die Stirn.

»Einundvierzigzwei? Hmm. Wenn das Fieber nicht sinkt, mußt du zusehen, daß sie zu einem Arzt kommt.«

Christina knickste noch einmal.

»Das werde ich machen. Und vielen, vielen Dank für den Besuch.«

Schwester Elsie streichelte ihr die Wange:

»Dafür brauchst du dich doch nicht zu bedanken, meine Kleine. Es ist so schön zu wissen, daß es immer noch ordentliche Mädchen gibt.«

Christina ging im gleichen Moment los, in dem Schwester Elsie aus ihrem Blickfeld verschwunden war. Margareta eilte ihr hinterher.

»Wie schade, daß deine Mutter krank geworden ist, Christina. Mußt du jetzt nach Hause, oder wollen wir irgendwo einen Kaffee trinken, ich habe Geld, ich kann dich einladen…«

»Sie ist nicht krank.«

»Was?«

»Astrid ist nicht krank, sie arbeitet. Das habe ich nur so gesagt.«

»Dann hast du doch eine Feier?«

»Nein, die habe ich nicht.«

Sie ging mit weit ausholenden Schritten, Margareta mußte fast laufen, um sie einzuholen.

»Wollen wir irgendwo Kaffee trinken? Um zu feiern?«

»Nein. Das geht nicht.«

»Warum nicht?«

»Weil ich es nicht mehr schaffe. Ich muß meinen Zug kriegen.«

Sie bog um die Ecke in die Drottninggatan ein. Margaretas Zehen waren dabei, sich durch die offene Vorderkappe der Stiefel hindurchzuzwängen; sie mußte sich an einer Hauswand abstützen und die Füße wieder an Ort und Stelle schieben, bevor sie weiterlaufen konnte. Als sie um die Ecke bog, hatte Christina bereits einen halben Häuserblock zwischen sie gelegt, sie war gezwungen, wirklich zu laufen, um sie noch einzuholen. Die Zehen schoben sich schon wieder raus.

»Warte doch«, sagte sie atemlos. »Was für einen Zug? Wohin willst du?«

»Nach Vadstena«, erklärte Christina. »Ich habe einen Sommerjob in Tante Ellens Pflegeheim gekriegt.«

Christina mußte alles schon am frühen Morgen vorbereitet haben. Ihre Reisetasche stand gepackt und abholbereit in einem Schließfach am Bahnhof, der Fahrschein lag sicher verwahrt in einem Reißverschlußfach in ihrer Brieftasche. Als sie die Tasche herausgeholt hatte, schien sie ruhiger zu werden; sie stellte sie zwischen ihre Füße und warf einen Blick auf die Bahnhofsuhr.

»Wir sind früh dran«, sagte sie, »der Zug geht erst in einer halben Stunde.«

Trotzdem wollte sie gleich auf den Bahnsteig. Sie verzog das Gesicht, als sie die Reisetasche hochnahm, wehrte dennoch Margaretas Hilfe beim Tragen ab, sie wechselte nur die Hand. Sie setzten sich auf eine Bank und schauten auf die leeren Gleise.

»Frei«, sagte Christina.

»Was?«

»Ach... nichts.«

»Wo wirst du wohnen? Im Pflegeheim?«

Christina lachte auf:

»Nein, ich werde bei den Nonnen wohnen, in ihrem Gästehaus. Das ist spottbillig. Und wenn man in der Küche hilft, kriegt man noch einen Mietnachlaß...«

Margareta zuckte zusammen.

»Bist du gläubig geworden?«

Christina lachte wieder, es schien, als wäre mehr Leben in sie gekommen, seit sie auf dem Bahnsteig war.

»Nein, ich bin nicht gläubig geworden. Aber ich brauche ein wenig Ruhe und Frieden. Und das findet man ja wohl im Kloster.«

»Und was sagt deine Mutter dazu?«

»Astrid? Die weiß nichts davon.«

»Sie weiß nicht, wohin du willst? Aber wenn sie dich jetzt suchen läßt, du bist doch noch nicht volljährig!«

Christina zuckte mit den Schultern.

»Wohl kaum. Dann müßte sie ja zur Polizei gehen, und das traut sie sich nicht. Und außerdem ist sie ganz zufrieden, daß sie mich endlich los ist.«

»Glaubst du wirklich?«

»Ja«, bestätigte Christina. »Vielleicht schafft sie sich ja statt dessen eine Katze an. Und schmeißt sie in die Schleuder.«

Margaretas Gedanken begannen sich zu verwirren; sie beugte sich vor und schaute auf ihre Zehen, die leuchteten verdreckt zwischen dem weißen Leder der Stiefel. Das sah idiotisch aus. Es waren wirklich idiotische Stiefel.

»War es so schlimm?« fragte sie zum Schluß.

»Ja«, antwortete Christina. »So schlimm war es.«

Sie blieb auf dem Bahnsteig stehen, bis der Zug abfuhr. Christina hängte sich aus dem Fenster ihres Abteils, mit wehenden Haaren, und winkte mit ihrer Abiturientenmütze. Plötzlich sah es aus, als hätte sie sich an Champagner berauscht. Margareta erwiderte halbherzig ihr Winken. Auf ihrer Haut kribbelte es, Bremsen mit scharfen Kiefern gruben Gänge in ihre Magengrube, fette Fliegen liefen ihre Arme auf und ab, Spinnen krochen über den ganzen Körper, um sich im Kehlkopf zu versammeln. Es war schwer, Luft zu kriegen.

Als sie in den Wartesaal kam, ging sie zum Fahrkartenschalter und wechselte eine Krone in vier Fünfundzwanzig-Öre-Münzen. Sie mußte eine Weile warten, bis die Telefonzelle frei war, und als sie endlich an die Reihe kam, war sie so aufgeregt, daß es ihr kaum gelang, die Münze in den Schlitz zu schieben.

Eine Frau antwortete. Eine erwachsene Frau. Margareta bemühte sich, ihre kindlichste Stimme aufzubieten.

»Guten Tag, mein Name ist Margareta Johansson. Ich gehe in die RIIb. Könnte ich mit Herrn Studienrat André sprechen?«

»Einen Augenblick!« Die Frau legte ihre Hand über den

Hörer und rief mit lauter Stimme: »Bertiiil! Telefon! Eine Schülerin!«

Er war gleich da, seine Stimme klang ein wenig ungeduldig.

»Hallo?«

»Ich bin es.«

Er schnappte nach Luft und senkte die Stimme.

»Bist du verrückt? Wieso rufst du hier an?«

»Liebster«, flüsterte Margareta und starrte auf die perforierte Hartfaserwand vor ihr, pulte mit dem kleinen Finger in einem ausgefransten Loch, damit es noch größer wurde. »Sei nicht böse! Ich hab' nur solche Sehnsucht... Können wir uns nicht heute abend treffen?«

Auf dem Heimweg, kurz nach Mitternacht, erfand sie einen Cousin aus Stockholm. Sie hatte ihn daheim bei Anders kennengelernt, nein, es war besser, wenn sie ihn bei Rasmus getroffen hatte, denn Margot wußte nicht, wer das war... Der Cousin hieß Peter und war fast zu toll, um glaubwürdig zu sein. Ein blonder Typ mit Beatlesfrisur. Blauäugig und braungebrannt. Sein Hobby war Tennis. Der Papa hatte eine Autofirma, und er selbst wollte Rechtsanwalt werden. Sternzeichen: Skorpion. Lieblingsfarbe: Blau.

Margot schluckte alles mit Haut und Haar, als sie auf ihrem aufgedonnerten Wohnzimmersofa saß, einen rosa Morgenrock über dem Korsett und ein Frotteehandtuch in genau dem gleichen Farbton wie einen Turban um den Kopf gewickelt.

»Hat er dich geküßt?« fragte sie und legte ihre runde kleine Hand auf Margaretas. Margareta unterdrückte den Impuls, die Hand wegzuziehen.

»Nein. Er hat es natürlich versucht, aber ich habe nein gesagt. Aber er hat mich auf die Wange geküßt...«

»Das ist gut«, sagte Margot. »Man soll sich nicht zu schnell hingeben. Wollt ihr euch wieder treffen?«

Margareta lächelte.

»Mmm. Wir wollen morgen abend ins Kino gehen. Und ich habe versprochen, ihm morgen nachmittag die Stadt zu zeigen.«

Margot zog die Schulterblätter hoch und gurrte vor Entzücken.

»Herrlich! Was willst du anziehen?«

Margareta seufzte innerlich; sie war müde, verwirrt, und ihr Unterleib schmerzte, aber es nützte nichts. Kost und Logis mußten bezahlt werden.

»Ich weiß nicht«, sagte sie und legte den Kopf schräg. »Ich habe gedacht, daß du mir vielleicht helfen kannst, etwas auszusuchen.«

Margot kicherte. »Jetzt?«

Margareta nickte.

Sie stapften wortlos die Treppe hinauf, Margareta mit ihren weißen Stiefeln in der Hand, Margot in rosa Frotteepantöffelchen. Wie viele Frotteepantöffelchen hatte sie eigentlich? Ein Paar in Rosa, ein Paar in Hellblau, ein Paar in Türkis, ein Paar in Rot... Und jeweils den passenden Morgenmantel dazu. Es war wichtig, daß alles zusammenpaßte. Leute, die nichts zusammenstellen konnten, denen fehlte der Stil. Margaretas Zimmer war sorgfältig zusammengestellt. Manchmal dachte sie, daß sie selbst eigentlich nur ein Accessoire war, ein Detail, das die Einrichtung erst perfekt machte. Ein Mädchenzimmer brauchte nun einmal ein Mädchen. Margot hatte Tapeten, Gardinen und Tagesdecke bereits in dem Jahr, bevor Margareta ins Haus kam, in London gekauft. Sie hatte einfach nicht widerstehen können! Man stelle sich vor: die gleichen Rosen an der Wand wie auf den Gardinen und auf der Tagesdecke. So etwas fand man nur in London, niemals in diesem langweiligen Sozialistenland hier. Ihr ganzes Leben lang hatte Margot sich eine Tochter gewünscht, eine süße kleine Teenagertochter, die in einem Zimmer mit Blumentapeten wohnen sollte, und als sie diese Tapete entdeckte, da hatte sie gewußt, daß es jetzt an der Zeit war. Alles war wie am Schnürchen gelaufen. Der Beamte vom Jugendamt brauchte sich ja nur einmal in der Villa umzuschauen, um dann zugeben zu müssen, daß das der ideale Pflegeplatz war. Der reinste Traum für jedes Mädchen. Aber gewiß waren höhere Mächte auch noch im Spiel. Alle Menschen hatten einen Schutzengel, und Margots war außergewöhnlich rege. Er hieß Astor, hatte sie das schon erzählt?

Sie waren im oberen Flur angekommen. Das regelmäßige Brummen, das sie gehört hatten, während sie die Treppe hinaufgingen, verstummte plötzlich. Margot erstarrte zu Eis.

»Pst!« sagte sie und legte sich den Zeigefinger auf den Mund. Sie blieben eine Sekunde lang regungslos stehen, bis Henrys Schnarchen wieder zu hören war. Margot kicherte.

»Ich dachte schon, er würde aufwachen ... Und das wollen wir ja nun nicht.«

Margareta schüttelte lächelnd den Kopf.

»Ab und zu brauchen wir Mädchen ja auch ein bißchen Zeit für uns allein«, sagte Margot und öffnete die Tür zu Margaretas Zimmer.

»So, jetzt wollen wir mal sehen, meine Kleine, was wir in deinem Schrank finden können ...«

Es dauerte eine halbe Stunde, und trotzdem hatten sie keinen Erfolg. Margareta zog ein Kleidungsstück nach dem anderen über und drehte sich vor dem Spiegel. Margot stützte ihren Kopf auf die Hand und schaute immer besorgter drein.

»Nein«, sagte sie, »das hier bringt nichts. Wir müssen morgen rechtzeitig aufstehen und in die Stadt gehen ... Ich habe in der neuen Boutique da hinten in der Drottninggatan ein ganz entzückendes kleines Kleidchen in Gelb und Grün gesehen. Wie sagt man? Boutique? Ist das so richtig ausgesprochen?«

Margareta nickte und lächelte, es galt, die Einwände zu verzuckern.

»Aber morgen vormittag habe ich doch Schule ...«

»Ach was«, winkte Margot ab, »ich schreibe dir eine Entschuldigung. Und es dauert ja nicht lange, du wirst den Rest des Tages noch mitkriegen ...«

»Aber morgen ist doch nur vormittags Schule. Es ist ja Samstag.«

»Ist doch auch egal. Du nimmst das einfach zu ernst, ein Mädchen braucht doch eigentlich gar kein Abitur. Und erzähle diesem Peter ja nicht, daß du auf den naturwissenschaftlichen Zweig gehst, dann wird er nur abgeschreckt. Jungs mögen keine allzu intelligenten Mädchen, das habe ich dir ja schon oft gesagt.«

Bevor Margareta antworten konnte, wurde die Tür geöffnet. Henry stand auf dem Flur, nur in gestreifter Altmännerpyjamahose. Die Hose beulte vorn, er hatte einen ziemlichen Ständer.

»Kommst du, Margit?«

Margot stand irritiert auf.

»Ich heiße Margot, nicht Margit! Daß du dir das nicht merken kannst!«

Sie warf einen schnellen Blick auf sich selbst in dem Spiegel, leckte sich die Lippen und war bereit zu gehorchen.

Als Margareta nach hastigem Zähneputzen schnell vom Bad zurück in ihr Zimmer lief, drückte sie die Hände an die Ohren. Es nutzte nichts. Henry hatte lautstarke Liebesgewohnheiten. Sein Stöhnen drang durch alles hindurch.

Inzwischen wußte sie, daß es nichts nutzte, sich Watte in die Ohren zu stopfen, Henrys Geräusche ließen sich nur aussperren, wenn sie darüber hinaus ihre Ohrläppchen hochklappte und mit den Zeigefingern festhielt. Dann funktionierte es, dann konnte sie ins Bett kriechen und so tun, als würde nichts Außergewöhnliches im Hause vor sich gehen.

Das Problem war nur, daß sie nicht einschlafen konnte, wenn sie so dalag. Daheim bei Tante Ellen hatte sie immer in der Kaiserstellung gelegen: auf dem Rücken, einen Arm über dem Kopf. Dann war sie in wenigen Minuten eingeschlafen, aber jetzt lag sie lange wach. Das war nicht gut. Ihr gefielen ihre Träume besser als ihre Gedanken, aber wenn sie so wach dalag, konnte sie es gar nicht vermeiden zu denken. Nacht für Nacht hielt sie Gericht über sich selbst. Wer ist Margareta Johansson? Was ist sie? Ein Mensch mit peinlichen Geheimnissen. Eine Doppelspielerin. Eine Lügnerin. Eine Heuchlerin.

Trotzdem blieb ihr keine andere Wahl; sie wußte ganz einfach nicht, wie sie in diesem Haus hätte überleben können, ohne zu lügen. Wenn sie anfangen würde, die Wahrheit zu sagen, würde es ihr wie dem anstrengenden Pudel gehen, den Margot letztes Jahr hatte einschläfern lassen. Obwohl Margot sie wohl kaum zum Tierarzt bringen würde – das wäre eine Lösung ohne jeden Stil –, aber sie würde Margareta garantiert wegschicken. Und nur Gott konnte wissen, welche Anforderungen die nächste Pflegefamilie stellen würde. Ganz zu schweigen von der nächsten Schule.

Und eigentlich mochte sie Margot ja. Manchmal irritierte sie sie schon, aber meistens tat sie ihr einfach nur leid. Sie war etwas pathetisch, wie sie in ihren immer zusammenpassenden und immer gleich schlechtsitzenden Kleidern herumwatschelte. Sie zeigte nie ihr eigenes Haar; wenn sie nicht eine ihrer Synthetikperücken trug, wickelte sie sich ein Frotteehandtuch um den Kopf. Aber anscheinend hatte sie keine Glatze, manchmal lugten ein paar dünne Strähnen unter dem Turban hervor. Sie wollte einfach nur ihr Haar nicht zeigen, genausowenig wie sie ihren Körper zeigen wollte. Sie zog nie ihr Korsett aus, sie trug es sogar unter dem Bademantel, wenn sie so tat, als wäre sie die weiche kleine Frau, die sich nach dem Schaumbad träge auf dem Sofa rekelt. Im letzten Sommer war sie mit Perücke, Korsett und Perlonstrümpfen herumgelaufen, obwohl es dreißig Grad warm war. Da hatte Margareta begriffen, daß sie sich schämte. Sonst hätte sie niemals so viel verstecken müssen.

Tante Ellen versteckte nichts und zog im Sommer nie Strümpfe an. Sie setzte sich in den Garten und streckte ihre Beine in die Sonne, ohne sich darum zu kümmern, daß ihre Adern blaue Linien auf der weißen Haut zeichneten. Aber daran konnte Margareta nicht denken, es gelang ihr nie, an Tante Ellen zu denken, wenn sie allein war. In der Schule war es möglich oder wenn sie mit anderen Mädchen der Klasse Kaffee trank, aber niemals, wenn sie allein war. Denn wer war schuld daran gewesen? Warum war alles so gekommen, wie es nun war? Auch darüber konnte sie nicht nachdenken.

Margot mochte es nicht, wenn sie von Tante Ellen sprach. Meistens durfte Margareta gar nicht erst zeigen, daß sie ein Pflegekind war. Margot wollte mit ihr Mutter und Tochter spielen. Anfangs wollte sie, daß Margareta sie »Mutsch« nannte, aber diese Forderung gab sie auf, als sie merkte, wie steif und unnatürlich das aus Margaretas Mund klang. Margot klang gut. Viele moderne Eltern ließen sich von ihren Kindern mit dem Vornamen rufen, das hatte sie in der Vecko-Revy gelesen. Oder war es in der Femina. Oder gar in Damernas Värld.

Die Illustrierten waren Margots einzige Freundinnen. In ihrer Gesellschaft verbrachte sie die Tage, wenn Margareta zur Schule und Henry in die Firma gegangen war. Beim Essen konnte man an ihrer Wortwahl hören, welche Zeitschrift an diesem Tag erschienen war. Wenn es Svensk Damtidning war, dann war das meiste einfach *entzückend*, wenn es Damernas Värld war, dann war alles ganz *chic*. Als Margareta ins Haus kam, abonnierte sie außerdem das Mode-Journal und Vecko-Revy, und folglich wurde das Leben in den folgenden Monaten mal *wahnsinnig toll*, mal *supersüß*.

Henry schien es ganz in Ordnung zu finden, daß seine Ehefrau in einer Traumwelt lebte. Ab und zu schüttelte er den Kopf und sagte, daß sie verrückt sei, aber meistens ließ er sie gewähren. Wenn sie von ihm einige Hunderter verlangte – was sie fast täglich tat –, öffnete er seine Brieftasche und murmelte amüsiert etwas von Frauenzimmern und ihren verrückten Einfällen. Margareta hatte den Verdacht, daß Henry sie selbst auch nur als einen von Margots verrückten Einfällen ansah: ein kostbarer kleiner Spleen im Stile eines neuen Pelzes oder eines echten Teppichs, etwas, womit das Frauchen sich beschäftigen kann, damit sie nicht zu störrisch wird. Er selbst zeigte nicht das geringste Interesse; nicht eine Sekunde lang war er für Margareta ein Pflegepapa gewesen, kaum daß er sie grüßte. Schließlich mußte er ja an die Firma denken, den Betrieb, den er von einer kleinen Tischlerei zu einer Möbelfabrik mit mehr als dreihundert Angestellten aufgebaut hatte. Jetzt konnte er sich eine verrückte Frau und ein anspruchsvolles Pflegekind leisten, aber er hatte nun wirklich keine Zeit, beiden auch noch irgendwelches Interesse zu schenken. Abgesehen von den Nächten natürlich, wenn er von Margit – oder von Margot, wie diese dumme Kuh sich jetzt nannte – erwartete, daß sie das einzige tat, wozu Frauen gut waren.

Nein. In diesem Haus war es nicht möglich, ohne Lügen auszukommen. Margot forderte Vertrauen als Miete, aber sie wollte nur die richtige Sorte Vertrauen. Margaretas Aufgabe war es, die Welt der Illustrierten Wirklichkeit werden zu lassen, und dazu war sie gezwungen, ideale Freunde und halbkeusche Liebesaffären zu erfinden. Und gewiß lag eine Art göttlicher Gerechtigkeit darin, das war eine logische Strafe. Das Plappermaul hatte lernen müssen zu schweigen, sie konnte nicht mehr jeden Gedanken ausplaudern.

Sie lernte langsam das eine und andere über die Welt, was sie früher nie begriffen hatte. Zum Beispiel, daß alles seinen Preis hatte, daß man nichts bekam, ohne dafür zu bezahlen. Deshalb mußte sie sich damit abfinden, noch mindestens ein Jahr lang ein Spielzeug und eine Anziehpuppe zu sein, jedenfalls bis zum Abitur. Wenn es ihr denn gelingen würde, das Abitur zu machen – ihre Zensuren waren im Augenblick nicht gerade berauschend. Margots Ermahnungen waren unnötig: Margaretas Lernerfolge würden keinen Verehrer in die Flucht schlagen.

Aber eigentlich wollte sie ja gar keinen Verehrer haben. Sie wollte nicht einmal einen Freund haben. Jeder Junge auf dem Schulhof war von einem muffigen Dunst aus Fleisch und Geilheit umhüllt, und dieser Geruch erschreckte sie. Dennoch konnte sie ihnen nur halb widerstehen. Sie flirtete eifrig, wenn sie mit ihnen in den Pausen in der Raucherecke stand; sie warf mit funkelnden Blicken und treffenden Bemerkungen um sich, aber sobald ein Junge nach ihr griff, glitt sie ihm blitzschnell wieder aus den Händen. Sie wollte etwas anderes. Einen Mann. Einen mächtigen Mann, so groß, daß er den halben Himmel verdeckte...

Vorsichtig löste sie einen Zeigefinger von ihrem Ohrläppchen. War es vorbei? Ja. Jetzt schnarchte Henry wieder, jetzt konnte sie sich auf den Rücken drehen und einen Arm über den Kopf legen.

Die Bewegung erinnerte sie daran, daß ihr der Unterleib weh tat. Sie seufzte: Nichts war umsonst. Und das war es, was ein Mann kostete. Ein mächtiger Mann, so groß, daß er den halben Himmel verdeckte.

André. So nannte sie ihn, obwohl das eigentlich sein Nachname war. Aber sie konnte es nicht über sich bringen, ihn Bertil zu nennen, das war ein Name, der zu Strebern und Buchhaltern paßte, aber vollkommen ungeeignet war für einen Liebhaber.

Und er war ihr Liebhaber. Sie war siebzehn Jahre alt und hatte einen richtigen Liebhaber.

Sie wußte nicht so recht, ob sie sich dafür schämen oder sich damit brüsten sollte. Wenn sie mit ihren Freundinnen bei einer Tasse Kaffee zusammensaß und sich unterhielt, schoß ihr manches Mal der Gedanke an ihn durch den Kopf und trieb ihr vor lauter Demütigung die Tränen in die Augen – ein Kerl! Mein Gott, sie war wirklich mit einem Kerl zusammen. Aber wenn sie ihn auf dem Schulflur traf, wurden ihre Wangen rot, und sie war gezwungen, ihren Triumph zu verbergen. Da geht mein Geliebter! Er weiß es und ich weiß es, aber sonst weiß es niemand auf der Welt.

Trotzdem war es nur gut, daß er in den anderen Klassen unterrichtete und nicht in ihrer. Nur ein einziges Mal – kurz nachdem sie nach Norrköping gekommen war – war er als Vertretung in ihrer Klasse gelandet. Da hatte es angefangen, genau in dem Moment, als er seine alte, abgetragene Aktentasche auf das Lehrerpult warf und sagte:

»Hallo, ihr Rotznasen. Setzt euch und haltet den Mund.«

Die Stühle scharrten über den Boden, die Stimmung in der Klasse war plötzlich fröhlich und erwartungsvoll. André. Man wußte ja, was für einer er war.

»Eine neue Schülerin?« sagte er, als er die Klassenliste durchging. »Margareta Johansson. Wo bist du?«

Sie winkte vorsichtig mit der Hand. Er stand auf und schlenderte durch die Bankreihen zu ihr, die Hände tief in die Taschen seiner Flanellhose vergraben. Er war groß und breit, die Haare dunkel und dick. Er sah diesem amerikanischen Schauspieler ein wenig ähnlich, wie hieß er nur noch... Dean Martin. Ja, genau. Hubertsson ähnelte ein wenig Dean Martin.

»Aus Motala? Kann man in Motala auch Geographie?«

Die Klasse kicherte. Margareta gefiel es, es war ein freundliches, interessiertes Kichern. Sie lächelte:

»O ja. Eine ganze Menge.«

Er setzte sich auf den Rand ihres Tisches, sein Oberschenkel war nur wenige Zentimeter von ihrer Hand entfernt.

»Was du nicht sagst. Dann kannst du sicher Hallands Flüsse aufzählen.«

Die Klasse lachte. Margareta zog die Hand zu sich heran und ließ schnell den alten Schulspruch in ihrem Kopf durchlaufen. Laga vi, äta ni. *Kochen wir, essen sie.*

»Lagan, Viskan. Ätran, Niskan...«

Das Lachen wurde zu einem Getöse. Margareta blinzelte unsicher. So lustig war das doch wohl nicht? André blieb grinsend auf ihrem Tisch sitzen, bis auch das letzte hinterherhinkende Kichern verstummt war.

»Sehr gut«, sagte er und stand auf. »Besonders Niskan. Den Fluß kenne ich nicht.«

»Oh!« sagte Margareta und hob die Hand vor den Mund.

Seit diesem Tag lächelte er immer, wenn er sie auf dem Flur entlanglaufen sah. Und Margareta erwiderte sein Lächeln, aber jedesmal hastiger und scheuer. Dieses Blitzen in seinen Augen... Sie preßte ihre Bücher noch fester an ihre Brust und beeilte sich, aus seinem Blickfeld zu kommen.

»Warum wirst du denn rot?« fragte ihre Banknachbarin, als sie ins Klassenzimmer kam.

»Rot? Ich?«

»Ja, klar. Tu doch nicht so...«

Die ganzen Sommerferien über träumte sie von ihm. Sie phantasierte so intensiv, daß sie schließlich nachts von ihm träumte. Aber die Träume waren sonderbar. Nacht für Nacht rangen sie miteinander auf dem Schulhof, keuchend und stöhnend, ächzend und seufzend.

Aber sie wollte doch mit André nicht ringen. Sie wollte nur, daß er sie küßte.

Beim ersten Schultanz im Herbst hatte er die Aufsicht. Sie war Vertrauensschülerin im Schülerrat. Da war es nur natürlich, daß sie an dem Abend mehrmals miteinander sprachen, ja daß er sogar seine Hand ausstreckte und sie beim Handgelenk faßte, als sie irgendwohin gingen. Und als er sie aufforderte, da war das sicher als eine Art Höflichkeit gegenüber dem Schülerrat anzusehen: ein Tanz mit einer der Gastgeberinnen. Wenn es kein Scherz war, einer von Andrés üblichen kleinen Späßen. Denn als er ihre Taille umfaßte, verbreitete sich in der ganzen Turnhalle ein Grinsen: Guckt mal! André tanzt mit Margareta!

Er hielt sie ein wenig auf Abstand, drückte sie nicht an sich wie die Jungs, sondern führte sie mit fester Hand über den Tanzboden. Die ganze Zeit ruhte sein Blick fest in ihrem. Seine Augen zogen sich zusammen, als ihr Bauch zufällig gegen seinen Unterleib drückte; er entblößte die Lippen und ließ für einen Moment seine Zähne leuchten. Margareta gefiel es, daß er sie ansah, daß er sie mit dem Blick festhielt, aber eigentlich war sie mehr mit seinen Händen beschäftigt, mit der Linken, die mit ihrer eigenen Hand verflochten war, und mit der Rechten, die sich auf ihrem Rücken spreizte. Sie waren wirklich riesig: Es war, als würde sie voll und ganz Platz in seiner Handfläche finden, als könnte sie sich darauf zusammenrollen und schlafen. Sie wünschte sich, er würde sie hochheben, sie auf seinen großen Händen tragen, sie hart an sich drücken und herumwirbeln.

Er bedankte sich für den Tanz, indem er blitzschnell mit seiner Wange die ihre streifte, die Berührung breitete sich aus und ließ sie jede Konzentration verlieren, so daß sie nicht hörte, was er flüsterte.

»Entschuldigung«, sagte sie, ohne ihn jedoch anzusehen, statt dessen starrte sie auf ihren Arm. Die Haare standen hoch. Als ob sie fröre.

Er beugte sich über sie und wiederholte: »Du bist mir vielleicht eine freche Göre. Oder?«

Nachdem der letzte Tanz verklungen war, zog er sich die Jacke an und machte alle Anstalten zu gehen, aber er blieb dann noch die ganze Stunde lang, solange Margareta und die anderen Schülerratsmitglieder aufräumten. Schließlich stand er an der Tür und hielt sie ihnen auf, so daß ein Schüler nach dem anderen unter seinem Arm hindurchhuschen mußte, um hinauszukommen.

Als letzte war nur noch Margareta da. Sie stand mitten in der Turnhalle, die Hände vor dem Schoß gefaltet. Sie hoffte, daß sie süß aussah, zum ersten Mal in ihrem Leben wünschte sie ganz bewußt, daß sie hinreichend süß war.

Er lehnte sich an die Tür und sah sie an.

»Komm her«, sagte er.

Jetzt passiert es, dachte sie und stellte einen Fuß vor den anderen. Jetzt passiert es. Es ist wirklich wahr.

Er rief Gott an, als er in ihr kam.

Hinterher gingen sie zusammen über den Schulhof; er voran mit großen Schritten, sie stolpernd und halb laufend hinterher. Im Auto zündete er sich eine Zigarette an, bevor er den Zündschlüssel umdrehte. Das Licht vom Feuerzeug ließ schwarze Schatten über sein Gesicht huschen.

»Warum hast du nicht gesagt, daß du noch unschuldig bist?«

Sie zuckte mit den Schultern und streckte sich nach seinem Zigarettenpäckchen.

»Tat es weh?«

Sie schüttelte den Kopf. Es hatte nicht weh getan. Es war schön gewesen. Aber nicht so schön wie für ihn: Nicht eine Sekunde lang war sie versucht gewesen, zu rufen oder in fremden Zungen zu reden. Und jetzt wollte sie nur in ihrer Stille bleiben. Solange sie nichts sagte, war sie immer noch umschlossen, umarmt, umfangen. Das, was geschehen war, war an einem Ort außerhalb aller Worte passiert, und nur solange sie schwieg, konnte sie immer noch seine Haut an ihrer spüren, nur solange sie ihre Lippen geschlossen hielt, konnte sie seinen Geschmack in ihrem Mund bewahren.

»Nun antworte doch! Habe ich dir weh getan?«

Sie legte ihre Hand auf seine, plötzlich wünschte sie sich, sie könnte in Zeichensprache wie die Taubstummen reden. Aber sie hatte keine Ahnung, was ihre Finger in dem Fall hätten sagen sollen.

Dieses Arschloch!« Mit Tränen in den Augen stopft Margareta die Abiturientenmütze wieder in die Papiertüte und stellt sie zurück in den Schrank. Sie kann immer noch nicht an André denken, ohne sofort wütend zu werden. Wenn er hier wäre, würde sie ihm einen Schlag verpassen, der sich gewaschen hätte! Obwohl – wem würde sie heute einen Schlag verpassen können? Einer Leiche. Oder einem zittrigen Alten in irgendeinem Altersheim irgendwo. Aber sie kann es sich zumindest gestatten, ihm zu wünschen, daß er die Gicht hat. Oder irgendwelche anderen Alterszipperlein, die richtig weh tun.

Er hat sie ausgenutzt. Es stimmt schon, sie ist bereitwillig in seine Arme gelaufen. Sie hat sich immer wieder in die Garderobe des Lehrerzimmers geschlichen und kleine Zettelchen in seine Manteltasche gesteckt; sie hat jeden Nachmittag vor dem Schulhof herumgehangen und auf ihn gewartet. Aber trotzdem: Sie war sechzehn Jahre, fast siebzehn, als es anfing, und wie alt war er? Vierzig. Oder fünfundvierzig. Er war Vater von drei Kindern und Lehrer an ihrer Schule, er wußte, daß sie Waise und Pflegekind war, daß sie Nägel kaute und immer wieder Magenschleimhautentzündung hatte. Er hätte begreifen müssen, daß das einzige, was sie brauchte, das Wissen war, gesehen zu werden. Aber was bot er ihr statt dessen? Einen Schnellkurs zur Lolita.

Doch den Begriff kannte sie erst, als sie schon mehr als vierzig Jahre alt war. Mehr als zwanzig Jahre lang lief sie statt dessen herum und fühlte sich erbärmlich, weil ihre eigene Sexualität nicht so war wie die anderer Frauen, weil sie mysteriös und geheimnisvoll war, weil sie hinter dem Rücken der Ehen anderer Menschen vor sich ging, weil sie auf Lug, Trug und Verstellung basierte. Was nutzte es, wenn man sich selbst angrinste und mit seinem Spiegelbild darüber stritt, ob es wirklich nichts Schlimmeres als schlechte Mädchen gab? In ihrem tiefsten Inneren war sie dennoch davon überzeugt, daß sie wertlos war. Und es war André, der sie durcheinandergebracht hatte; er war es, der sie hatte glauben lassen, daß sie gezwungen war, für jedes freundliche Wort die Beine breit zu machen. Zärtlichkeit wurde mit Sex bezahlt. Interesse wurde mit Sex bezahlt. Das Recht zu existieren wurde für solche wie Margareta Johansson mit Sex bezahlt.

Wenn André sie in Ruhe gelassen hätte, hätte sie sicher einen gleichaltrigen Jungen kennengelernt, so eine kleine Brillenschlange mit pickeligem Kinn und schweißigen Händen. Dann wäre alles anders geworden. Sie hätten einander lieben können, statt nur miteinander zu schlafen. Sie hätten sich streiten und wieder versöhnen können, Arm in Arm einschlafen, einander vertrauen können.

Sie schlägt die Schranktür mit einem Knall zu. Wie war das noch, was Moa Martinson sagte? »Einem Kerl vertrauen? Dafür verdienst du eine Tracht Prügel.« Jetzt will sie den Schlüssel wieder verstecken und sich duschen. Und vergessen, daß sie ihn wirklich geliebt hat, daß sie tatsächlich nie einen Mann geliebt hat, ohne sich an André zu erinnern.

An dieses Arschloch.

Als sie die Treppe hochgeht, klingelt das Telefon. Zögernd bleibt sie auf der Stufe stehen und weiß nicht, ob sie oben oder unten antworten soll. Aber als sie sich entschieden hat, ist es schon zu spät. Christinas förmliche Stimme ertönt aus dem Anrufbeantworter unten im Flur. Margareta rennt die Treppe hinunter, vielleicht ruft Christina ja selbst an, dann muß sie den Apparat abschalten und antworten.

Und wirklich ist es ihre Schwester, das erkennt sie bereits bei der ersten Silbe. Aber nicht die richtige Schwester. Die falsche Schwester.

»Du verfluchte eingebildete Pute«, nuschelt Birgitta. »Wie kannst du nur so verdammt geizig sein und dich weigern, so ein blödes Busticket zu bezahlen? Und wie kannst du so was schreiben wie in diesem Brief? He? Wie ist das nur möglich? Bist du vollkommen bekloppt im Kopf? Aber paß nur auf, ich werde dich …«

Automatisch hebt Margareta den Hörer ab, jede einzelne Zelle ihres Körpers weiß, daß sie es bereuen wird, dennoch tut sie es.

»Hallo«, sagt sie. »Birgitta?«

Eine Sekunde lang bleibt alles still.

»Margareta?« fragt Birgitta dann. »Bist du es, Margareta?«

»Ja.«

»Meine Fresse. Ich dachte, du bist da oben in deinem Lappenzelt. Oder in Afrika.«

»In Afrika?«

»Ja. Du hast doch eine Zeitlang in Afrika gearbeitet …«

»Nein, nein. Das war Lateinamerika. Und da war ich auch nur drei Monate. Das ist schon viele Jahre her.«

»Ist ja auch scheißegal. Was machst du denn bei der Kellerassel?«

Das solltest du doch am besten wissen, denkt Margareta. Aber sie sagt nichts. Plötzlich steigt eine leise Angst in ihr auf. *Pfui, pfui, schäm dich. Keiner will dich haben!*

»Ich bin nur auf der Durchreise«, sagt sie schroff, obwohl sie eigentlich etwas ganz anderes sagen wollte: Vielen Dank für den Brief und die durchwachte Nacht, liebe Schwester. Aber vergiß nicht, daß wir im gleichen Boot sitzen, dich wollte auch keiner haben. Nicht einmal deine süße kleine Mamsi-Mama.

»Hast du ein Auto?«

»Ja, aber …«

»Saustark. Liebling, kannst du nicht herkommen und mich holen, ich bin hier gestrandet.«

Das kannst du dir selbst weismachen, denkt Margareta, während sie sich gleichzeitig sagen hört:

»Warte mal. Wo bist du?«

»In Norrköping.«

»In Norrköping? Was machst du denn da?«

»Ja, weißt du, das ist eine lange Geschichte. Die erzähle ich dir später. Wie lange dauert es, nach Norrköping zu fahren, eine Stunde? Du, ich warte in einer Stunde vor dem Polizeirevier auf dich …«

»Warte mal!« ruft Margareta, aber da ist es schon zu spät. Birgitta hat den Hörer bereits aufgelegt.

Was ist zu tun? Margareta lacht resigniert ihr eigenes Spiegelbild im Badezimmer an. Was macht eine guterzogene Frau, wenn ihre Schwester in der Klemme steckt?

Drauf scheißen. Das tut sie.

Der Gedanke impft ihr leichte Schuldgefühle ein. Aber schließlich ist Birgitta ein erwachsener Mensch, sie sollte langsam gelernt haben, daß sie nicht so einfach Leute hierhin und dorthin beordern kann. Und wenn es ihr geglückt ist, nach Norrköping zu kommen, dann wird sie doch auch wieder von dort wegkommen.

Birgitta hat anscheinend in letzter Zeit ihr Revier erweitert. Im Lauf der Jahre haben sie sporadisch Kontakt gehalten, und im letzten Jahrzehnt schien es, als würde sie sich die meiste Zeit in Motala aufhalten. Obwohl das natürlich auch einfach nur Tarnung sein konnte. Birgitta weiß ja nicht, daß Margareta von ihren kleinen Ausflügen weiß. Nach Vadstena, zum Beispiel, um eine Tüte Scheiße auf Christinas Schreibtisch zu legen und einen Rezeptblock zu klauen. Und vor einigen Monaten nach Hinseberg. Aber wenn sie in ein Entzugsheim soll, ruft sie jedesmal Margareta an, um ihr die frohe Botschaft mitzuteilen. Denn jetzt ist es ein für allemal Schluß mit Saufen und Kiffen. Absolut definitiv.

In den ersten Jahren nach Tante Ellens Hirnblutung fuhr Birgitta häufig nach Norrköping, das hatte Margareta schon damals mitbekommen. Sie sah sie selbst eines Abends in Saltängen, als sie und André herumfuhren und nach einem abgelegenen Parkplatz suchten.

»Halt mal!« sagte sie und legte ihre Hand auf seine. Er bremste vor lauter Überraschung, trat dann aber gleich wieder leicht aufs Gas.

»Nicht hier. Weißt du nicht, wo wir hier sind?«

O doch. Das wußte sie. Sie waren in Norrköpings schlimmstem Viertel, vielleicht im letzten Slum von Schweden. Hier hatten die Leute immer noch das Klo auf dem Hof und nur kaltes Wasser in der Küche, hier wohnten die nicht anerkannten Stiefkinder, die nie in den Wohlfahrtsstaat aufgenommen worden waren. Abends rollten langsam glänzende Wagen durch die Straßen von Saltängen, und Männer auf der Flucht vor dem viel zu wohlgeordneten Leben spähten mit feuchten Augen durch die Scheiben.

Birgitta stand in der klassischen Pose unter einer Straßenlaterne. Denn das war sie doch wohl? Doch, ja. Absolut. Margareta erkannte sogar noch ihre alte Wildlederjacke. Sie trug sie offen über einer weißen Bluse, die über dem Busen strammte. Birgitta war gewachsen. Sie auch.

»Warte mal«, sagte Margareta wieder. »Die kenne ich...«

»Wen?« fragte André und bremste erneut. »Die da unter der Straßenlaterne?«

»Das ist meine Schwester.«

»Du hast doch gar keine Schwester.«

»Doch. Irgendwie schon. Fahr mal zurück, ich will mit ihr reden.«

»Auf gar keinen Fall«, erwiderte André. »Das ist doch eine Nutte.«

Das Wasser aus der Dusche ist zu heiß, das ist gut so, aber es macht sie auch verwundbar, denn es läßt sie sehr müde und ihre Gedanken durchsichtig und geschwätzig werden. Sie ist nicht einmal mehr in der Lage, sich einzuseifen, sie steht einfach da, das Gesicht dem Wasserstrahl zugewandt. Vielleicht sollte sie aus Verkehrssicherheitsgründen ein oder zwei Stunden schlafen, bevor sie den Wagen holt und sich auf den Weg nach Stockholm macht? Was der Auspuff wohl kosten wird? Und wieviel ist eigentlich noch von ihrem Gehalt übrig? Vermutlich nicht besonders viel. Sie hat in diesem Monat das gleiche ökonomische Prinzip angewandt wie in allen anderen Monaten: Es ist das beste, dem Geld auf die Sprünge zu helfen, bevor es ganz aufgebraucht ist.

Sie dreht sich um, hebt ihr Haar hoch und läßt das Wasser über den Nacken rinnen. Nicht daß das mit dem Geld ihr Sorgen macht. Auf diesem Gebiet hat sie sich immer sicher gefühlt. Sie ist wie die Seidenraupe: Wenn der Faden zu Ende geht, braucht sie einfach nur weiterzuspinnen. Sie kann mal eben einen Artikel über das Polarlicht oder die Sonnenstürme für die Sonntagsbeilage einer Abendzeitung zusammenstoppeln (natürlich unter Pseudonym), das hat sie schon häufiger gemacht, oder sie springt als Lehrervertretung für ein paar Stunden im Gymnasium ein. Das klappt jedesmal. Außerdem wird sie sich von Claes die Hälfte der Kosten für den Auspuff zurückholen. Das ist ja nicht mehr als recht und billig. Er wird mehr davon haben als sie. Ob er wohl aus Sarajewo angerufen hat, ob der Anrufbeantworter auf der abgelaugten Kommode in seiner Wohnung in Söder blinkt? Sie hofft es. Sie hört seine Stimme gern vom Anrufbeantworter…

Plötzlich schießt es ihr durch den Kopf: Woher konnte Birgitta eigentlich wissen, daß Margareta gestern in Vadstena auftauchen würde? Das wußte sie doch selbst noch nicht. Wie konnte sie wissen, in welche Werkstatt Margareta fahren würde? Wie konnte sie sich am rechten Platz zur rechten Zeit versteckt halten, um den Brief in der kurzen Zeit zu plazieren, in der Margareta drinnen mit dem Werkstattmeister sprach?

Das ist unbegreiflich. Ein Geheimnis. Warum hat sie nicht früher darüber nachgedacht?

Das Wasser ist plötzlich eiskalt geworden. Margareta schlägt die Arme um sich. Sie friert.

Margareta mag keine Geheimnisse. Aber sie hat gelernt, mit ihnen zu leben.

Man fand sie in einer Waschküche in Motala, einer für die Zeit ganz gewöhnlichen Waschküche. Sie lag an der Schmalseite eines Mietshauses aus den Vierzigern, eine Zementtreppe führte vom Hof aus hinunter zu der weißgestrichenen Tür, und in der Tür war eine Scheibe mit Riffelglas eingelassen. In der Waschküche stand an der einen Wand ein altmodischer Waschtrog und an der anderen eine Trommelmaschine aus rostfreiem Stahl. Der Boden war gekachelt, ein roter Schlauch schlängelte sich wie eine gerillte Schlange von einem Wasserhahn in der Wand zum Ablauf. Das weiß sie alles, daran kann sie sich erinnern. Denn Wochen nach ihrem Abitur belog sie Margot und fuhr dorthin.

Es war früher Sommer, aber bereits ziemlich heiß. Die Tür zur Waschküche stand weit offen, auf dem Hof hingen bewegungslos weiße Laken auf der Leine, und in der Sandkiste ein Stück weiter spielten ein paar Kinder. Margareta ging langsam die Treppe hinunter, stellte sich in die Türöffnung und schaute hinein. Die Dämpfe lagen wie Nebel dort drinnen. Zuerst sah sie nichts außer ihrem eigenen Schatten auf den weißen Fußbodenkacheln.

»Ja, bitte schön?«

Eine Frau tauchte aus dem Nebel auf. Sie trug einen Kittel und Gummistiefel, um das Haar hatte sie ein Tuch gebunden, aber nicht zum Turban, sondern geknotet. Sie war groß und dick, der Schweiß stand ihr auf der Stirn. Margareta streckte die Hand aus und machte sicherheitshalber einen Knicks. Die Frau starrte sie einen Augenblick an, bevor sie ihre eigene Hand am Kittel abtrocknete und dann hervorstreckte.

»Ja, bitte schön?« wiederholte sie.

Plötzlich hatte Margareta keine Worte. Wie sollte sie das erklären?

»Ich wollte mal gucken«, sagte sie schließlich.

»Gucken? Was denn?«

»Die Waschküche.«

Die Frau runzelte die Stirn und stemmte die Hände in die Seiten.

»Die Waschküche angucken? Was ist denn das für ein Quatsch! Verschwinde!«

»Aber …«

Die Frau wedelte mit den Armen:

»Los, verschwinde! Weg mit dir!«

Margareta stolperte rückwärts, stieß gegen die Treppe und fiel. Im letzten Moment bekam sie noch das Geländer zu fassen, dennoch stieß sie sich das Steißbein an den Stufen. Das tat so weh, daß sie sich nicht beherrschen konnte. Die Tränen traten ihr in die Augen, und sie fing an zu weinen, laut und klagend wie ein Kleinkind. Und als sie erst einmal angefangen hatte, war es nicht mehr zu stoppen, plötzlich weinte sie über alles und alle, über Tante Ellens Schlaganfall, über André, der sie nicht lieben konnte, über Christinas Ängste und Birgittas Sünden, über Margot, die Ärmste, und alle ihre zusammenpassenden Kleider. Aber am allermeisten weinte sie über sich selbst, darüber, daß sie vollkommen allein auf der Welt war und nicht einmal eine Waschküche angucken durfte.

Die Frau schaute sie ängstlich an.

»Hast du dir weh getan?«

Margareta wandte ihr das Gesicht zu und schluchzte:

»Ich, ich wollte doch nur mal gucken. Die Waschküche angucken. Denn hier hat man mich doch gefunden …«

»Dich gefunden? Bist du das? Das Findelkind?«

Sie hieß Gunhild und war sechzig Jahre alt. Jetzt war sie Witwe, wohnte aber immer noch in der Zweizimmerwohnung, in die Eskil und sie nach dem Krieg gezogen waren. Sie watschelte von der Spüle zum Küchentisch und deckte Kaffee, Brötchen und sieben Sorten Kekse auf. Margareta sollte doch so gut sein und sich von dem bedienen, was der kleine Haushalt zu bieten hatte. Es sei so schön, daß sie hier sei, schon oft hatte sie darüber nachgedacht, was wohl aus dem Mädchen geworden war.

Es war nicht Gunhild selbst gewesen, die sie gefunden hatte, das war Svensson, der Hausmeister, aber er war schon vor langer Zeit gestorben. Aber Margareta hatte damals tatsächlich auf der Couch hier im Zimmer gelegen, Svensson hatte sie hochgebracht, weil Gunhild und Eskil doch die einzigen im ganzen Haus waren, die ein Telefon hatten. Doch das dauerte nicht lange. Die Polizei kam nach einer Viertelstunde, und schon nach einer Stunde tauchte eine Frau vom Jugendamt auf. Sie hatte eine Nuckelflasche und saubere Windeln dabei, und das war nur gut so, denn Margareta schrie ganz fürchterlich.

»Was hatte ich an?«

Gunhild verzog nachdenklich das Gesicht.

»Eigentlich hattest du gar nichts an. Sie hat dich in ein Stück Stoff gewickelt, übrigens eins meiner alten Handtücher, die ich in der Waschküche liegengelassen hatte. Die Nabelschnur war noch dran, das sah ganz merkwürdig aus ... Aber sie hatte dich gewaschen, du warst überhaupt nicht mehr blutig oder schmierig oder so.«

Margareta tunkte ihren dritten Keks in den Kaffee und nahm allen Mut für die wichtigste Frage zusammen.

»Wissen Sie, wer sie war?«

Gunhild sank auf ihren Stuhl zurück und verschränkte die Arme vor ihrem wogenden Zwerchfell. Die Küche lag im Schatten, die Luft hier drinnen war kühler als draußen, trotzdem liefen ihr immer noch ein paar Schweißtropfen über die weiße Stirn.

»Nein, du, das weiß ich nicht. Wirklich nicht.«

Margareta schaute in ihre Tasse, ein paar Kaffeekrümel schwammen darin herum.

»Aber was haben Sie geglaubt? Gab es jemanden im Haus, den Sie im Verdacht hatten?«

»Nein«, sagte Gunhild. »Es wurde ja viel geredet, das will ich gar nicht leugnen, aber nicht über jemanden hier im Haus ...«

»Ganz ehrlich?«

Gunhild schien den Ernst der Frage zu begreifen, sie blickte

Margareta fest an und legte beide Hände voll sichtbar auf den Küchentisch:

»Ja«, nickte sie, »ganz ehrlich.«

Eine Weile blieb es still. Der Wasserhahn an der Spüle tropfte, es klang wie ein Herzschlag, als stünde jemand heimlich dort, hielte den Atem an und belauschte sie, jemand, der aber den Schlag seines Herzens nicht verbergen konnte. Margareta rührte mit dem Löffel in ihrer Kaffeetasse herum, kratzte auf dem Tassenboden, um das rhythmische Klopfen nicht hören zu müssen.

»Hat sie mich in der Waschküche geboren?«

Gunhild sah angestrengt aus.

»Ich weiß nicht, das wußte niemand... Sie kann es ja gemacht und hinterher alles abgespült haben. Auf jeden Fall muß es naß auf dem Boden gewesen sein, denn Svenssons Schuhe haben im Wohnzimmer große Flecken hinterlassen. Ich mußte den Boden hinterher neu bohnern.«

Plötzlich sah Margareta ihn vor sich: einen schmächtigen kleinen Kerl im Overall, der mitten in Gunhilds Wohnzimmer stand. Woher konnte sie wissen, daß er schmächtig war? Doch, sie wußte es. Aber etwas anderes wußte sie nicht, sie konnte sich nicht daran erinnern, aus welcher Richtung die Sonne geschienen hatte, in die Küche oder ins Zimmer.

»Zu welcher Tageszeit war das?«

»Das war morgens. Eskil war gerade zur Arbeit gegangen.«

»Wie ist sie in die Waschküche gekommen?«

Gunhild wollte gerade einen Keks in den Mund führen, hielt aber in der Bewegung inne und legte ihn dann auf die geblümte Serviette:

»Ja, das weiß ich natürlich auch nicht. Aber vielleicht stand was darüber in der Zeitung – wie dumm von mir, ich habe ja vollkommen die Ausschnitte vergessen! Nimm noch einen Keks, ich suche sie heraus.«

Margareta blieb allein in der schattigen Küche zurück, das Fenster stand halb offen, es zeigte auf den Hof und die spielenden Kinder. Ihre Stimmen klangen scharf in der Hitze, scharf und blitzend weiß. Der Wasserhahn tropfte.

»Hier!«

Gunhild kam mit einem Sammelordner in den Händen zurück in die Küche gewatschelt; sie strich mit ihrem runden Arm ein paar Krümel von der Wachstuchdecke und zog ihren Stuhl näher an Margaretas heran, bevor sie sich daraufsetzte.

»Jetzt wollen wir mal sehen«, sagte sie und öffnete das große braune Album. »Das war Eskils Sammelordner, deshalb handelt das meiste vom Fußball. Er ist nämlich mit Gösta Löfgren in eine Klasse gegangen.«

Margareta nickte. Schließlich war sie in Motala aufgewachsen, und da war es gar nicht zu vermeiden, mit Gösta Löfgren in Berührung zu kommen. Sogar Tante Ellen hatte ihn gekannt. Gunhild blätterte schnell die Artikel über seinen Weg zur Nationalmannschaft durch.

»Hier«, sagte sie schließlich und legte einen wurstigen Zeigefinger auf eine Überschrift: NEUGEBORENES MÄDCHEN IN WASCHKÜCHE GEFUNDEN.

Es war Margareta nie in den Sinn gekommen, daß die Zeitungen vielleicht über sie geschrieben haben könnten, aber jetzt sah sie mit eigenen Augen, daß sie sogar eine große Nachricht gewesen war, wenn auch nicht ganz so groß wie die Siege von Motalas Fußballklub in der obersten schwedischen Liga. Der Express hatte das erste Bild von ihr: ein ernster Säugling, der in die Kamera starrte. Die Überschrift lautete: MAMA, WO BIST DU? Die Kvälls-Post berichtete im gleichen Stil. Margareta verzog peinlich berührt das Gesicht und schaute weiter. Östgöta-Correspondenten, Motala Tidning und Dagens Nyheter waren weniger süßlich und sentimental, aber auch sie hatten meterweise geschrieben.

Lustlos blätterte sie eine Weile in dem Sammelordner, blätterte die Überschriften durch, las aber nichts. Plötzlich bereute sie, daß sie gekommen war. Es fand sich keine Antwort in Gunhilds Sammelordner und auch keine in ihrer Waschküche. Schließlich beugte sie sich näher über ein Foto. Der Hausmeister Vilhelm Svensson war tatsächlich ein kleiner, schmächtiger Mann. Für einen Moment kitzelte sein Geruch in ihren Nasenflügeln. Tabak und Sommerschweiß.

Mit zögernden Bewegungen goß Gunhild Kaffee nach; plötzlich schien auch sie müde geworden zu sein. Vielleicht war dieses

Wiedersehen auch für sie nicht so verlaufen, wie sie es sich vorgestellt hatte.

»Du mußt versuchen, ihr zu verzeihen«, sagte sie. »Sie hatte gar keine andere Wahl. Heute ist das etwas anderes, aber damals war es eine Schande, ein Kind zu kriegen, wenn man nicht verheiratet war. Eine große Schande.«

Sie rührte mit ihrem Löffel in ihrer Tasse herum und beobachtete eine Weile die Kreisbewegungen des Kaffees, bevor sie wiederholte:

»Eine sehr große Schande…«

Margareta war etwas übel, als sie ihre Fahrt fortsetzte. Gunhilds viele Kekse quollen in ihrem Magen auf, die Hitze lag schwer auf dem Land, die Abgase des Busses drangen durch die offenen Fenster herein und erzeugten einen Brechreiz in ihr.

Tante Ellen war überrascht, als sie kam. Sie reichte ihr die gesunde Hand und lächelte ihr schiefes Lächeln. Sie konnte inzwischen reden, wenn auch langsam und undeutlich, aber sie sagte nicht viel, zeigte statt dessen mit dem Körper und Gesten, was sie wollte. Sie strich sich über die Stirn. Die Hitze plagte sie. Mit Tante Ellen durch Vadstena spazierenzugehen, das war eine neue Erfahrung. Während der Zeit bei Margot war es Margareta nur ein paarmal gelungen, sich das Geld für die Fahrkarte und einen freien Sonntag zu erschwindeln, und damals lag immer Schnee. Aber jetzt rollte der Rollstuhl problemlos über den Fußweg, sie konnten lange gehen, viel länger, als Margareta ursprünglich gedacht hatte. Langsam bummelten sie durch die Straßen. Margareta blieb in regelmäßigen Abständen vor den Schaufenstern der Handarbeitsgeschäfte stehen. Tante Ellen beugte sich vor und betrachtete die Spitzen, seufzte leicht und machte eine resignierte Bewegung mit ihrer gesunden Hand. Der Ort umgab sie ohne Laute, so still, daß Margareta unbewußt ihre Stimme senkte und in gedämpftem Ton sprach, als würde Tante Ellen in ihrem Rollstuhl schlafen und dürfte nicht geweckt werden. Aber sie sprachen nur über oberflächliche Dinge, über die Hitze, über Hubertsson und über Christina, die wieder auf dem Weg nach Vadstena war. Sie hatte auch dieses Jahr einen Ferienjob im Krankenhaus bekommen und würde nächste Woche aus Lund herkommen.

Der Stadtpark war fast menschenleer, die Touristen waren noch nicht angekommen. Die Schatten unter den hohen Bäumen waren sanft und grün, vereinzelte Sonnenflecken blinkten in dem frischgemähten Gras, und das Schloß brütete wie ein Schatten seiner selbst am Rand des Parks. Margareta trat die Bremse an Tante Ellens Rollstuhl herunter und setzte sich auf eine Parkbank. Lange Zeit saßen sie still nebeneinander und schauten über den Vättern, atmeten den Duft frischgemähten Grases und lauschten schweigend den Schreien der Sturmmöwen.

»Ich war heute in Motala«, sagte Margareta schließlich. »In dieser Waschküche.«

Tante Ellen drehte den Kopf und sah sie an, aber Margareta blickte unverwandt aufs Wasser. Ihre Gedanken wanderten in eine andere Richtung, wie immer, wenn sie etwas Wichtiges zu erzählen hatte. Ich habe immer geglaubt, es wäre ein Mythos, daß das Wasser blau sein kann, dachte sie. Denn meistens ist es doch grau. Aber heute ist es wirklich blau. Dunkelblau.

»Es ist schon komisch«, fuhr sie fort, »als wir in Motala wohnten, wollte ich nie hingehen. Ich wußte ja, in welcher Straße und in welchem Haus es war, aber irgendwie habe ich es trotzdem nicht so recht geglaubt. Es war nicht wirklich. Es war fast einfacher zu glauben, du hättest mich tatsächlich im Kirschbaum gefunden...«

Tante Ellen lächelte kurz, Margareta senkte den Blick und schaute ihre Hände an.

»Aber weißt du, was ich tatsächlich geglaubt habe, als ich klein war? Ich habe geglaubt, daß du meine richtige Mutter bist, daß du das nur verheimlicht hast.«

Tante Ellen streckte ihr eine Hand entgegen, Margareta ergriff sie.

»So habe ich das empfunden. Und deshalb brauchte ich gar nicht an sie zu denken, an diese andere, es gab sie doch gar nicht. Erst als ich nach Norrköping gekommen bin, fing ich an, an sie zu denken, erst da habe ich eingesehen, daß es stimmte, was du erzählt hast. Daß ich ein Findelkind und eine Waise bin.«

Tante Ellen drückte ihre Hand, aber Margareta machte sich frei und wühlte in ihrer Handtasche. Sie steckte sich eine Zigarette zwischen die Lippen, beugte sich leicht vor und zündete sie an, nachdem sie einen hastigen Blick über die Schulter geworfen hatte.

»Margot würde tot umfallen, wenn sie mich so sehen würde«, sagte sie und blies den Rauch aus. »Feine Mädchen rauchen nicht im Freien…«

Tante Ellen zuckte mit der Schulter und schaute wieder auf den Vättern. Sie verfolgte mit ihrem Blick eine Sturmmöwe, wie diese ins glitzernde Wasser eintauchte und Sekunden später in den Himmel flog, einen Fisch im Schnabel, der wie eine Silberbrosche glänzte.

»Warum hat sie mich im Stich gelassen?« fragte Margareta plötzlich und warf ihre erst halbgerauchte Zigarette fort. »Kannst du mir das sagen? Weißt du, wieso man ein neugeborenes Kind im Stich läßt?«

Tante Ellen antwortete nicht, sie saß bewegungslos in ihrem Rollstuhl und schaute dem Vogel nach.

»Nein«, sagte Margareta seufzend. »Das kannst du natürlich nicht wissen.«

Die Physik wurde ein Trost. Ein sehr viel besserer Trost als die Archäologie.

Das ist unserer Lage nur angemessen, dachte sie in den ersten Jahren ihres Physikstudiums. Wir wissen nichts über unsere Herkunft. Gott hat uns in einer Waschküche zurückgelassen und ist abgehauen.

Sie war nicht so dumm, es laut zu sagen. Schnell begriff sie, daß die naturwissenschaftlichen Konventionen eine gewisse Gemessenheit im Verhältnis zum Mikro- wie auch zum Makrokosmos erwarteten. Man durfte sich den existentiellen Seiten dieser Wissenschaft aller Wissenschaften erst widmen, wenn man zum Genie erklärt worden war; von den gewöhnlichen Dutzendphysikern wurde Mäßigung in Gedanken, Worten und Taten erwartet. Sonst riskierte man, an die philosophische Fakultät verwiesen zu werden oder gar – schrecklicher Gedanke! – an die theologische.

Und diese Regeln gelten immer noch. Eine mittelmäßige Physikdoktorandin am Ende der Welt darf nicht an Gott denken, das ist solchen wie Albert Einstein oder Stephen Hawking vorbehalten. Und denen auch nur unter Vorbehalt. Hawking ist in seinem Verhältnis zu Gott viel zu eingebildet und selbstgefällig, um unter seinen Kollegen wirklich Respekt zu erheischen, und Albert Einstein stellt in gewisser Weise ein warnendes Beispiel dar.

»Gott würfelt nicht«, sagte er. Aber das tut er doch. Wenn es Gott gibt, dann ist er ein notorischer Würfelspieler, das hat die Quantenphysik bewiesen. Die Materie befindet sich in einem permanenten Zustand des Zögerns, sie kann sich nicht entscheiden, ob sie aus Wellen oder Teilchen besteht, das wird erst im Auge des Betrachters entschieden. Bestimmte Teilchen haben außerdem die Fähigkeit, sich an mehreren Stellen gleichzeitig befinden zu können, was wiederum so interpretiert werden kann, daß die Theorie mehrerer Universen tatsächlich stimmen kann. Das beinhaltet – etwas vereinfacht –, daß die Fähigkeit der Teilchen, sich gleichzeitig an mehreren Stellen zu befinden, ein Indiz dafür ist, daß die Wirklichkeit sich die ganze Zeit spaltet, daß das Universum sich durch Teilung vergrößert.

Gott treibt sein Spiel mit uns, denkt Margareta manchmal. Er spielt mit uns und ärgert uns. Aber wir sind ihm auf der Spur, es nutzt nichts, wenn er uns immer neue Rätsel vor die Füße wirft. Wir werden in seiner Gestalt bis ins kleinste Detail herumstochern, wir werden den verschwundenen Teil der Antimaterie bis zum winzigsten Positron erforschen, wir werden das genaue Gewicht eines Neutrons errechnen, denn er tut doch nur so, als fehle Masse, um unsere Versuche, das Gewicht des Universums zu berechnen, zu verhöhnen; wir werden die Higgsteilchen in einer Blechdose einfangen und höhnisch lachend damit rasseln. Uns legt er nicht rein.

Aber derartige Gedanken behält sie lieber für sich, tagelang starrt sie lieb und nett auf ihren Computer und widmet sich ihren Magnetstürmen. Diesen Teil der Wirklichkeit kann sie mit Wissen und Verstand erfassen. Über das andere – die Mysterien – spricht sie nicht.

Dennoch möchte sie insgeheim gern wissen, ob nicht auch

andere Physiker genügend Denkvermögen entwickeln, um die Wirklichkeit nicht nur zu berechnen, sondern auch zu begreifen. Die vierte Naturkraft, zum Beispiel. Die Gravitation. Margareta weiß wie alle anderen auch, wie sie beschrieben und berechnet werden muß, doch sie weiß nicht, was das eigentlich ist. Aber damit steht sie ja nicht allein. Niemand scheint wirklich zu wissen, was die Gravitation ist. Dennoch scheint sie die einzige zu sein, die darüber grübelt. Manchmal schaut sie sich in dem Speisesaal des Instituts für Raumphysik in Kiruna um und denkt: Jetzt mache ich es, jetzt tu ich's, jetzt stehe ich einfach auf und frage. Sie kann die Szene direkt vor sich sehen, wie die anderen ihr Besteck hinlegen und aufhören zu kauen, wie es ganz still wird im Speisesaal.

»Ja«, wird sie sagen, »entschuldigt, daß ich beim Essen störe, aber gibt es eigentlich noch andere hier, die wie ich glauben, daß die Gravitation Gott ist? Oder zumindest Gottes Hände?«

Vielen Dank. Sie kann genau sehen, was hinterher passiert, wie ein müder Kollege sie beim Schlafittchen und Hosenboden packt und in eine Schneewehe hinausschmeißt. Exit Margareta Johansson. Nichts da mit fester Forschungsstelle nach der Dissertation. Wenn es denn jemals zu einer Dissertation kommt. Eher mit Blaulicht in die Notaufnahme der Psychiatrie.

Deshalb bleibt Margareta lieber brav auf ihrem Stuhl im Speisesaal sitzen, trinkt ihre fettarme Milch und kaut ihr Rindfleisch. Nur ab und zu schließt sie die Augen für eine Sekunde und betrachtet ihre Sehnsucht. Sie hätte so gern jemanden. Einen Freund. Ein Kind. Eine Schwester. Jemanden, mit dem sie ihr Staunen teilen könnte.

Sie nimmt sich nicht die Zeit, nach einem Bademantel zu suchen, wickelt sich nur schnell das Badelaken um den Körper und läuft zitternd die Treppe hinunter in den Vorraum, wo sie mit nassen Fingern in ihrer Jackentasche wühlt. Die Quittung ist zerknittert, sie kann aber immer noch die Telefonnummer entziffern. Während sie die Nummern eingibt, klappern ihre Zähne, dennoch bekommt sie ihre Stimme in den Griff.

»Hallo«, sagt sie, »ich habe gestern bei Ihnen einen Fiat gelassen. Ist er fertig? Ausgezeichnet. Ich bin in zehn Minuten da.«

Wo ist das Telefonbuch? Sie zieht die Schubladen der alten Kommode auf und wühlt darin herum. Scheiße. Hier gibt es Tausende von Seidenschals und Kaschmirhalstüchern, aber kein einziges Telefonbuch. Sie muß die Auskunft anrufen. Zwei Nummern braucht sie. Das Taxi. Und Christinas Arbeitsstelle.

Hinterher nimmt sie die Treppe in drei großen Sätzen, sie will so schnell es geht in ihre Kleider kommen und aus diesem Irrenhaus verschwinden.

Christina ist genauso verrückt wie ihre Mutter. Daran gibt's keinen Zweifel.

Als sie ihre Sachen zusammengerafft und den Reißverschluß der Reisetasche zugezogen hat, holt sie tief Luft. Ihre Stimme muß ruhig und gelassen klingen, wenn sie mit Christina spricht; sie muß sich in einem absolut entspannten Ton bedanken und verabschieden, als hätte sie immer noch nicht die geringste Ahnung und nichts begriffen.

»Kann ich mit Doktor Wulf sprechen?«

»Sie ist nicht da«, erklärt eine müde Stimme. »Ich verbinde mit der Schwester.«

Nicht da? Ist sie etwa schon auf dem Weg nach Hause?

»Schwester Helena!«

Geschäftsmäßiger Typ.

»Ich wollte eigentlich Christina Wulf sprechen. Aber anscheinend ist sie nicht da.«

»Nein, leider nicht. Kann ich vielleicht helfen? Möchten Sie einen Termin haben?«

»Nein, nein. Ich bin ihre Schwester, ich habe sie besucht und wollte mich nur bedanken und verabschieden.«

Schwester Helenas Tonlage wird etwas leiser und vertraulicher.

»Ach so. Ja, das ist ja wirklich schade, daß Christina nicht da ist... Sie ist rüber zum Pflegeheim gelaufen, wissen Sie.«

»Sie können sie ja schön von mir grüßen, ja? Und ihr sagen, daß ich von mir hören lasse, wenn ich in Stockholm angekommen bin.«

»Das werde ich machen.«

Margareta will gerade das Gespräch beenden, als ihr etwas einfällt:

»Hubertsson arbeitet doch auch in der Ambulanz, oder? Ist er da?«

Schwester Helena räuspert sich kurz.

»Ja, aber er kann leider im Augenblick auch nicht ans Telefon kommen.«

»Aber ihn können Sie auch von mir grüßen! Wir haben uns seit vielen Jahren nicht gesehen, doch ich denke, er wird sich noch an mich erinnern. Margareta. Christinas kleine Schwester.«

Helenas Interesse ist offensichtlich geweckt worden.

»Dann kannten Christina und Sie Hubertsson schon früher?«

Margareta muß lächeln. Typisch, daß weder Christina noch Hubertsson den anderen im Behandlungszentrum gezeigt haben, wie gut sie einander kennen. Aber wenn sie ein Loch in ihre armselige kleine Geheimnistuerei bohren kann, dann macht sie das nur zu gern.

»Natürlich. Er war doch jahrelang Untermieter bei uns.«

»Na, so was«, sagt Helena verträumt.

Margareta versteckt pflichtbewußt den Schlüssel zum Kücheneingang in Christinas Trompetenschnecke und geht auf den Bürgersteig. Sie wartet lieber draußen auf das Taxi, für den Fall, daß ihrer Gastgeberin plötzlich einfallen sollte aufzutauchen.

Total verrückt. Vollkommen bescheuert. Absolut irre.

Vermutlich hat Birgitta ihr niemals Scheiße auf den Schreibtisch gelegt. Vielleicht hat sie nicht einmal Christinas Rezeptblock geklaut... Und sie hat auf keinen Fall genug Geld, Disziplin und Zielbewußtsein, um eine derart komplizierte Operation durchzuführen, der Margareta gerade ausgesetzt wurde. Aber Christina schon.

Sie muß Unmengen von Zeit für dieses kleine Spiel aufgewandt haben. Zuerst muß sie sich über Margaretas Reise nach Göteborg informiert haben, dann muß sie dorthin gefahren sein, um sie zu beobachten. Und als Margareta anhielt, um einen Kaffee zu trinken und die Aussicht über den Gyllen Uttern zu genießen, muß sie unters Auto gekrochen sein und am Auspuff manipuliert haben...

Dieser Gedanke läßt sie innehalten und schnauben vor unterdrücktem Lachen. Das ist doch zu lächerlich! Christina kann doch nicht, gekleidet in Lodenumhang und mit sorgfältig drapiertem Seidenschal von Hermés, ihr Handtäschchen auf den Asphalt des Parkplatzes gestellt haben, sich auf den Bauch gelegt und unters Auto gekrochen sein und sich dann mühsam auf den Rücken gedreht und an der Karosserie herumgefummelt haben...

Das ist doch Blödsinn. So kann es nicht gewesen sein. Schon allein, weil Christina dann schmutzige Finger bekommen hätte. Und Christina erträgt keine schmutzigen Finger. Das macht sie krank. Buchstäblich. Das bringt sie zum Erbrechen.

Vielleicht ist sie selbst es, die langsam wahnsinnig wird.

Was soll's. Jedenfalls will sie weg hier. So schnell wie möglich.

Zuversicht. Zutrauen. Trost. Sicherheit. Schutz. Geborgenheit. Worte.

Vielleicht bedeuten sie ja etwas in einem anderen Universum.

Wenn sie eine vernünftige Sechzehnjährige gewesen wäre – oder ein vernünftiger Mensch überhaupt –, dann wäre es nie soweit gekommen. Wenn sie in der Lage gewesen wäre, sich zu bremsen und ihre Unruhe zu kontrollieren, wenn sie geschwiegen hätte, wenn sie niemals die Tür zu dieser Telefonzelle geöffnet hätte, dann wäre nicht alles so gekommen, wie es dann gekommen war.

Tante Ellen würde heute noch in ihrem Haus in Motala wohnen. Vielleicht bräuchte sie jede Woche ein paar Stunden Hilfe, und wer würde das machen, wenn nicht Birgitta. Denn Birgitta wäre natürlich ruhiger geworden; irgendwann in den späten Teenagerjahren hätte sie einen Bill oder Leif oder einen Kenneth getroffen, der ein gestandener Handwerker oder Kfz-Mechaniker oder Bauarbeiter war. Und weil sie mit ihm zwei Kinder bekommen hätte – natürlich Jungs, etwas anderes war in Birgittas Fall gar nicht denkbar –, wäre sie nicht wieder in die Fabrik gegangen. Sie wäre einige Jahre lang in ihrer Dreizimmerwohnung daheimgeblieben, hätte den Kindern die Nase geputzt und den Brei gekocht, um ihre Mutter und ihre Illusionen getrauert, sich ausgeruht und Kräfte gesammelt, während Bill oder Leif oder Kenneth so oft wie möglich Überstunden machte, um das Geld zusammenzubekommen für das kleine Haus, von dem sie träumten. Und als das Haus endlich gekauft war, hätte Birgitta als Altenpflegerin angefangen – natürlich nur als Teilzeitkraft –, um bei den Zinsen und der Abzahlung zu helfen. Ihr Rücken hätte sich gestreckt, und ihre alte Schande wäre vergessen gewesen; entspannt und lächelnd würde sie durch Motalas Gassen fahren, wie einst Tante Ellen. Hier kommt Birgitta Fredriksson (oder wie immer sie auch heißen mochte) mit quietschenden Reifen! Eine ehrenwerte Ehefrau auf dem Weg zu einer ehrenwerten Arbeit. Ein durch und durch normaler Mensch.

Und wenn Tante Ellen dann irgendwann unpäßlich geworden wäre – zu dem Zeitpunkt mußte sie dann ja schon mehr als achtzig Jahre alt sein –, dann würde Birgitta ihre ältere Schwester Christina anrufen. Die Ärztin. Und Christina würde sich in ihr kleines Auto setzen, wenn ihre Arbeitszeit zu Ende war, und zu Tante Ellen fahren, ihren Blutdruck messen, ihre Medikamente überprüfen und sie ermahnen, es ruhig angehen zu lassen. Aber wenn sie gegangen war, würde Tante Ellen natürlich Margareta anrufen und etwas störrisch murren: Natürlich wollte sie zum Jahrestreffen des Pensionärsvereins gehen, ganz gleich, was Christina dazu sagte! Und Margareta würde sich lachend und freudig dieser subversiven Meinung anschließen.

Und zu Weihnachten würden sie sich alle in Tante Ellens Haus versammeln. Birgitta würde mit ihrem Bill oder Leif oder Kenneth und ihren Söhnen kommen, zwei breiten jungen Männern mit Händen wie Klodeckel und einem Lachen in den Augen. Sie würden ihre rundliche Mama in den Arm nehmen und sie drücken, sie würden Tante Ellen mit Oma anreden und sie durcheinanderbringen, indem sie die sonderlichsten technischen Details aus ihrer Werkstatt erzählten, in der sie einen absolut sicheren Job hatten. Denn Birgittas Jungs sollten sicher leben, sie sollten durch ihre Ausbildung gegen die Arbeitslosigkeit der Zeit geimpft sein; der Betrieb kam ganz einfach nicht ohne sie zurecht.

Genau wie früher sollte ein kleiner Extratisch für die Jugend in Tante Ellens Eßzimmer gedeckt sein, und am Tisch sollten Birgittas Jungs auf der einen Seite sitzen und Christinas Mädchen – Åsa und Tove natürlich, denn auch wenn Christinas Professor so seine Macken hatte, würde Margareta ihn und seine Kinder niemals aus Christinas Leben fortwünschen – auf der anderen. Und an der Stirnseite wäre Platz für das fünfte Kind. Ihr eigenes.

Das sollte der Junge sein, den sie im Kinderheim in Lima gesehen hatte. Durch Margareta und ihren Sohn sollte Tante Ellen die Stammutter eines unendlichen Geschlechts elternloser Kinder werden, Kinder, die Generation für Generation ihre Hände ausstreckten und andere verlassene Kinder zu sich nahmen. Aber er selbst sollte in dieser Zeit kein bißchen verlassen sein. Er sollte dort sitzen – kupferfarben und indianisch, schön und geheimnisvoll wie eine Sage aus den Anden – an Tante Ellens Weihnachtstafel und seine Cousins und Cousinen mit schmalen, schwarzen Augen betrachten, immer den Anflug eines kleinen Lächelns auf den Lippen hinter dem äußeren Ernst. Und während der Mahlzeit sollte er plötzlich Margaretas Blick einfangen, seinen Weihnachtsmost zu einem Toast heben und sagen:

»*Por la vida*, Muttchen!«

Und Margareta würde lächelnd ihr eigenes Glas nehmen und den Toast erwidern. *Por la vida!* Auf das Leben, auf das Vertrauen und den Trost, Eigenschaften, die alle in Tante Ellens Haus wohnten.

Das Taxi läßt auf sich warten. Margareta sinkt auf der Außentreppe des Postindustriellen Paradieses nieder und stützt ihr Kinn in die Hände. Was stimmt mit mir eigentlich nicht, denkt sie. Was stimmt an uns dreien nicht? Warum sind wir immer bereit, voneinander das Allerschlimmste anzunehmen? Wie kommt es, daß wir so verflucht hinterhältig und mißtrauisch sind?

Das hätte anders werden sollen. Wir sind schließlich in einer Zeit der Sicherheit aufgewachsen, in der Zeit, in der jeder Sonnenaufgang ein Sieg über den vergangenen Tag war. Alles Böse war bereits geschehen, das Verflossene war durchlitten, ertragen und überstanden, und jetzt blieb nur eine unendliche Reihe strahlender Morgenstunden übrig... Das wußte man doch. Das wußten alle.

Aber vielleicht ist der Trost nie etwas anderes als Naivität, und vielleicht haben sie doch recht, die Zyniker, denen inzwischen die Welt gehört, wenn sie behaupten, daß Naivität von Natur aus dumm ist. Denn auch wenn Margareta ein naives Mädchen war, das sich in einer naiven Zeit daheim fühlte, so genügt das nicht, um sie in dem Augenblick zu beschreiben, als sie Christina die Tür zur Telefonzelle öffnete. Sie war außerdem dumm. Dämlich. Fast debil.

Doch nein, sie war nicht einmal naiv. Schon damals war ihr klar, daß die Welt voller Schatten war. Einige zeigten sich am äußersten Rand ihres Daseins und verschwanden wieder, wie ihre eigene Mama und Birgittas, andere warteten bedrohlich auf ihre Zeit wie Christinas. Manchmal gab es sogar in Tante Ellens Gesicht Schatten. Wenn sie glaubte, daß niemand sie sah, sank sie am Küchentisch in sich zusammen und verbarg ihr Gesicht in den Händen, und wenn sie es wieder zeigte, war es von Nasenblut und Tränen gezeichnet.

Und nicht allein bei Tante Ellen zu Hause gab es Schatten. Ein Mädchen in der Klasse erzählte mit einem scharfen Blitzen in den Augen von einem Ort, der Auschwitz hieß, wo ihre Mutter zwei Tage lang vor einer Gaskammer auf den Tod gewartet hatte, bis ein weißer Bus sie gerettet hatte. Und Susanne, eine andere Klassenkameradin, hatte eines Nachmittags den Wäscheschrank der Familie geöffnet und Margareta das Geheimnis gezeigt, das unter einem Stapel weißer Kopfkissenbezüge versteckt lag. Es war ein Bild. Das Foto eines kleinen Mädchens mit geschlossenen Augen und einem rosa Angorajäckchen.

»Das ist meine Schwester«, flüsterte Susanne. »Sie heißt Daisy.«

Margareta betrachtete einen Augenblick lang das Foto und fragte dann auch flüsternd:

»Warum hat sie die Augen zu?«

»Sie ist blind.«

Margareta wurde schwindlig, sie suchte nach Worten des Trostes.

»Aber sie ist wirklich süß. Total niedlich.«

»Früher. Jetzt nicht mehr«, flüsterte Susanne und stopfte das Bild wieder unter die Kopfkissenbezüge. »Sie hat einen Wasserkopf.«

»Was ist das denn?«

»Der Kopf wächst immer weiter, er ist voll mit Wasser... Wir haben sie vor drei Jahren besucht, und da war er riesig geworden... Wie ein Ball. Sie konnte nicht sitzen, der Kopf war zu schwer.«

»Kommt sie denn nie nach Hause?«

Susanne machte die Tür des Wäscheschranks zu und schloß sie ab. Plötzlich sprach sie wieder im normalen Unterhaltungston; es schien, als gäbe es keinen Grund mehr zum Flüstern, nachdem der Schrank wohlverschlossen war. Sie waren ja allein, Susannes Mutter und Vater waren fort, und es gab keine Geschwister im Haus.

»Nein. Das geht nicht. Wir besuchen sie auch nicht mehr.«

»Warum nicht?«

»Weil sie dann so schreit. Sie schreit noch tagelang, nachdem wir weggefahren sind.«

Hinterher war Margareta direkt nach Hause gefahren, hatte ihr Fahrrad auf den Gartenweg geworfen und war hineingestürmt. Tante Ellen schimpfte mit ihr, aber nachdem Margareta ihr von Daisy erzählt hatte, verstummte sie und drehte ihr den Rücken zu.

Über Schatten durfte man nicht sprechen. Und außerdem würden sie sowieso bald verschwinden. Sie waren sicher fort, wenn die Zukunft begann.

Erst als Erwachsene begriff sie, daß Christina und Birgitta niemals ihre Hoffnung teilten, daß sie niemals in gleicher Weise wie sie die Zukunftserwartungen dieser Zeit teilten. Vielleicht lag es daran, daß ihre Kindheitsschatten dunkler waren als die von Margareta. Diese Einsicht kam ihr an dem Tag vor vielen Jahren, als sie Christina anrief, um zu hören, welche Strafe Birgitta für den Diebstahl eines gewissen Rezeptblocks und daraus resultierenden Betrügereien bekommen hatte. Christina klang verbissen, aber zufrieden, als sie mitteilte, daß Birgitta bereits nach Hinseberg ins Frauengefängnis geschickt worden war. Margareta war enttäuscht. Sie hatte auf Bewährung und Entzugsanstalt gehofft.

»Der Wohlfahrtsstaat verwittert«, sagte sie.

»Als ob das ein Verlust wäre«, entgegnete Christina.

Der Tonfall genügte, um ein Bild vor Margaretas Augen aufblitzen zu lassen. Ein Hochhaus. Ein betongraues Hochhaus auf einem lehmigen Acker. Das war der Sozialstaat für Christina. Und sie hatte den Verdacht, daß er sich genauso grau auch in Birgittas Kopf abzeichnete. Denn für sie war der Sozialstaat vermutlich nur ein tristes kleines Büro im Sozialamt. Aber in Margaretas Augen würde der Sozialstaat immer etwas anderes sein. Ein weißes Haus in einem grünenden Garten. Ein Haus, in dem allein gelassene Kinder in Sicherheit aufwachsen konnten.

Das Industrielle Paradies.

»Wollen Sie mit oder nicht?«

Der Taxifahrer ist irritiert; er beugt sich über den leeren Beifahrersitz und kurbelt die Scheibe herunter, offensichtlich ist er die ganze Sånggatan entlanggefahren, hat gewendet und das Auto jetzt in der richtigen Fahrtrichtung hingestellt, ohne daß Margareta ihn bemerkt hat.

Sie zeigt ein Lächeln:

»Entschuldigung. Ich habe anscheinend geträumt...«

Vor zehn Jahren hätte ihn so ein Lächeln und dieser Satz dahinschmelzen lassen; er hätte den Motor abgestellt und wäre ausgestiegen, hätte ihr mit der Tasche geholfen und die Tür zum Beifahrersitz geöffnet, damit er auch sicherging, daß sie sich neben ihn setzen würde. Jetzt starrt er sie nur ungeduldig durch das halbgeöffnete Autofenster an und läßt sie ihre Tasche allein über den Bürgersteig schleppen. Er protestiert nicht einmal, als sie sich auf den Rücksitz setzt. Margareta muß lächeln, nicht weil sie irgendwann einmal in der gleichen Liga wie Birgitta gespielt hat, aber jahrzehntelang hatte sie das Gefühl, durch ein dichtes Gestrüpp männlicher Blicke und Hände zu gehen. Es ist nicht das Schlechteste, daß das vorbei ist, daß die Landschaft sich endlich geöffnet hat, daß sie vollkommen frei herumlaufen kann, ohne zu riskieren, daß ihr Rock in irgendeiner Falle hängenbleibt, auch wenn das bedeutet, daß sie ihre Taschen selbst tragen muß und von sauren Taxifahrern angeschnauzt wird. Aber sie braucht jetzt nicht mehr auf der Hut zu sein; sie kann sitzen, stehen und gehen, genau wie sie möchte, ohne das Risiko einzugehen, irgendwelche Testosteronfontänen zum Leben zu erwecken. Aber wahrscheinlich ist es für Birgitta nicht ganz so einfach und schmerzlos verlaufen...

In dem Moment, als ihr Birgitta einfällt, faßt sie einen Beschluß. Ja. Sie wird nach Norrköping fahren, trotz allem. Sie wird Birgitta sogar zurück nach Motala bringen.

Denn Margareta fürchtet weder Tod noch Teufel. Und schon gar nicht eine ihrer Schwestern.

Sie wirft einen Blick auf die Uhr am Armaturenbrett, als sie aus der Werkstatt fährt: Wenn sie das Gas durchtritt, wird sie sich höchstens um eine halbe Stunde verspäten.

An einem Tag wie diesem ist es herrlich, es eilig zu haben, die engen und nur spärlich befahrenen Straßen nach Motala schnell entlangzubrausen, die Fensterscheiben herunterzukurbeln, daß der sonnige Fahrtwind ihr das Haar zerzaust. Der Himmel über ihr ist hoch und klar, die Erde unter ihr feucht und voller Erwartung.

Margaretas rechte Hand findet das Autoradio, und als sie den Knopf dreht, lacht sie vor Überraschung laut auf. Das ist ja Claes' Stimme, die das Auto erfüllt; sie sitzt in Claes' altem Wagen und hört seiner Stimme zu! Er berichtet im gleichen Stakkato wie immer, mit dieser besonderen Sprachmelodie, die allen Auslandskorrespondenten gemeinsam zu sein scheint. Es dauert eine

Weile, bis sie wirklich zuhört, was er sagt. Ein weiteres Massengrab ist in den Bergen von Bosnien gefunden worden: vierundvierzig Körper, vermutlich Männer und Jungen...

Sie fährt langsamer und sucht mit den Händen nach ihren Zigaretten. Vierundvierzig Körper. Sie kann die leeren Augenhöhlen und das nackte Totenschädelgrinsen vor sich sehen. Und dann Claes, in schweren Stiefeln an dem Grab stehend, das Mikrophon dicht unter der Nase.

Er kommt am Wochenende nach Hause. Sie hat versprochen, ihn am Samstagabend in Arlanda abzuholen. Danach wollen sie essen gehen, er hat wie immer schon vor seiner Abreise einen Tisch im Restaurant in seinem Viertel reserviert. Dort wird er mit dem Besteck herumfuchteln, während er erzählt, ohne wirklich etwas zu sagen. Claes erzählt nie etwas. Er füllt das Vakuum zwischen ihnen mit Worten, aber er sagt nichts. Nichts, was wirklich wichtig ist. Nichts, was wirklich wahr ist.

Und sie selbst sagt auch nichts, schon gar nichts wirklich Wichtiges und nichts wirklich Wahres. Sie weiß ja nicht, wie er reagieren würde. Ebensowenig, wie er weiß, wie sie reagieren würde.

Sie trösten einander. Aber sie verlassen sich nicht aufeinander. Nicht für einen Augenblick.

Als Margareta beim Raumforschungsinstitut anfing, wurde ihr durch Flüsterpropaganda zugetragen, daß einer der anderen Forscher ein regelmäßiger Kirchgänger sei. Nicht daß das zu merken war. Er fluchte und wetterte schlimmer als die anderen, und wenn er einmal im Halbjahr nach Spitzbergen fahren mußte, um seine Instrumente zu kontrollieren, achtete er sehr darauf, daß auch alle mitbekamen, daß er nicht vergessen hatte, eine Flasche Whisky in seinen Rucksack einzupacken.

Er hieß Viking. Das auch noch.

Anfangs betrachtete Margareta ihn mit einer gewissen Furcht. Mit den Kirchgängern ist es schließlich wie mit den Troubadouren und Gedichtelesern, man weiß nie genau, wann sie gedenken, sich peinlich aufzuführen. Aber da war nicht nur Furcht, gleichzeitig reizte es sie, ihn näher kennenzulernen. Der Vorteil bei potentiell skandalträchtigen Menschen ist ja, daß man in ihrer Anwesenheit selbst das Visier öffnen und sich leicht daneben benehmen kann.

Als jemand fünfzig wurde und man im Institut eine Überraschungsparty für ihn veranstaltete, verfiel sie der Versuchung. Im Speisesaal gab es ein Bufett, und später am Abend wurde getanzt. Margareta zog sich zurück, als sich das erste Band im Tonbandgerät zu drehen begann. Sie lief die Treppe zu ihrem Arbeitszimmer hoch, als wäre ihr plötzlich etwas ungemein Wichtiges eingefallen, das sie noch erledigen mußte. Aber eigentlich wollte sie nur ihren Mantel holen. Wie schon so oft war sie der vielen Menschen auf dem Fest müde geworden, sie wollte eine Weile allein sein, auf dem Dach des Labors eine rauchen und ihren Gedanken nachhängen.

In ihrem Zimmer wickelte sie sich den Daunenmantel um den Leib, zog aber weder den Reißverschluß zu noch ihre Stiefel an. Es gefiel ihr, ihre Füße in den schmalen Festtagspumps zu sehen, das machte es ihr leichter, sich vorzustellen, daß sie jemand anderes war, jemand, der ein ganz anderes, sehr viel vollendeteres Leben lebte als sie selbst.

Es war kein Problem, aufs Dach zu kommen. Man ging eine kleine Treppe hinauf und trat durch eine ganz gewöhnliche Tür, das war alles. Das Dach mußte zugänglich sein, weil es von Plastikblasen bedeckt war, großen häßlichen Blasen, die die Kameras und Instrumente schützten, die ständig auf den Himmel gerichtet waren.

Bereits als sie die Tür aufschlug, sah sie das Nordlicht. Es war beeindruckend, so groß, daß es den halben Himmel ausfüllte, und es hatte eine Farbe, wie sie es bis dahin nur aus Berichten kannte. Normalerweise war das Nordlicht weiß oder blau, aber an diesem Abend huschten tiefviolette Wellen über den Himmel, gebogene Linien entstanden und lösten sich wieder auf, große Fetzen von Purpur flatterten wie Laken an der Leine in einem verwehten Traum. Und der Himmel spiegelte sich auf der Erde. Der Schnee auf dem Boden war plötzlich fliederfarben.

»Oh«, sagte Margareta laut zu sich selbst, gleichzeitig ergriffen und enttäuscht. Auch nach mehreren Jahren in Kiruna hatte sie ihre irritierende Erwartung noch nicht ablegen können, daß das

Nordlicht zu hören sein müßte, daß der Weltraum mit Musik erfüllt sein müßte, wenn die Sonnenelektronen in der Atmosphäre zu tanzen begannen, daß Streicher den Formen des Nordlichtvorhangs folgen sollten, daß Pauken und Trompeten ertönten, wenn eine Korona ihre Strahlen auf sie richtete, daß eine leise Flöte wie ein Silberklang am Himmel erklingen müßte, wenn das Schauspiel seinem Ende zuging.

Aber natürlich konnte man ein Nordlicht nicht hören, auch ein violettes Nordlicht wie dieses hier nicht. Die Farbe ergab sich, weil sich Elektronen mit rasender Geschwindigkeit ungewöhnlich weit in die Atmosphäre gedrängt hatten. Aber ob es nun tieftauchende Elektronen waren oder nicht, dieser violette Seidenvorhang war ein Wunder, und wer Zeuge eines Wunders wurde, der mußte nach Luft schnappen, seine Hand auf die Brust legen und das Gesicht dem Himmel entgegenrecken. Sie mußte in ihrem Inneren jubeln, aber sie mußte dabei still bleiben, es war verboten, auch nur das geringste Geräusch von sich zu geben …

Ach was. Sie nahm die Hand von der Brust und suchte in ihren Taschen nach den Zigaretten. Wenn man in der Nähe eines Wunders gezwungen war, still zu sein, dann müßte es auf dem ganzen Planeten mucksmäuschenstill sein. Denn was ist diese Weihnachtsbaumkugel letztendlich selbst, wenn nicht ein Wunder? Ein vergessenes Wunder, das stimmte schon, lärmend und unordentlich, voller Verfälschungen und Trivialitäten, voller kaputter Plastikenten und verfallener Terminkalender, voller Strumpfhosen mit Laufmaschen und fusseliger Synthetikpullover, voll mit schmierigem Junk food und stinkenden Spültüchern. Und vielleicht sollten wir sogar dankbar für diesen ablenkenden Müll sein, dachte Margareta, denn wenn uns Menschen permanent bewußt würde, daß wir in einem Wunder leben, würden wir vielleicht wie diese New-Age-Feen in einem Disneyfilm herumlaufen, todernst, mit aufrechter Haltung und einem Mantel behangen, die ganze Zeit vor Erstaunen über das kleinste Birkenblättchen und den winzigsten Grashalm nur Ah! und Oh! ausrufend. Wäre das vielleicht witzig? Sicher nicht.

Margareta beugte sich vor, um ihre Zigarette anzuzünden. Die Tür hinter ihrem Rücken wurde aufgestoßen und ließ sie ein paar

Schritte vorstolpern. Viking streckte sein viereckiges Gesicht durch die Türöffnung.

»Oh, hoppla«, sagte er. »Entschuldigung.«

Margareta fand ihr Gleichgewicht wieder.

»Macht nichts. Komm nur raus, heute abend ist hier die große Show.«

»Ich sehe schon«, sagte Viking und fuhr sich mit der Hand übers Gesicht. »Phantastisch.«

Er trug nur ein Hemd. Außerdem hatte er sogar noch die Ärmel hochgekrempelt.

»Frierst du nicht?« fragte Margareta.

»Nein. Ich muß mich etwas abkühlen. Da unten ist es reichlich warm, die Leute kommen so langsam in Stimmung...«

»Du wirst dir eine Lungenentzündung holen.«

Viking grinste und warf ihr einen verschmitzten Blick zu.

»Das macht nichts. Ich glaube doch an ein Leben nach dem Tod.«

Margareta kicherte peinlich berührt und schlug sich die Arme um den Leib, stampfte ein paarmal mit ihren feinen Pumps auf, um wieder Leben in ihre Zehen zu bringen.

»Ich habe mir jedenfalls meinen Mantel angezogen...«

»Ja, aber keine Stiefel.«

»Nein. Einige kann man nie überzeugen. Nicht einmal von der Temperatur.«

Eine Weile schwiegen sie. Das Nordlicht ringelte sich über ihren Köpfen.

»Ist es schön zu glauben?« fragte Margareta. »Macht es das Leben einfacher?«

Viking seufzte leicht und verschränkte seine Arme vor der Brust.

»Die korrekte Antwort lautet nein. Der Glaube ist kein Genußmittel und kein Hilfsmittel auf der Jagd nach einem einfachen Leben.«

Margareta wartete auf eine Fortsetzung, aber er sagte nichts mehr. Sie selbst mußte ihn anschubsen:

»Und die wahre Antwort? Die nichtkorrekte?«

»Die wahre Antwort lautet ja. Es ist schön zu glauben. Es

macht das Leben einfacher. Man bekommt Zugang zu einer anderen Sprache.«

Er wandte sich ihr zu, sah sie mit halbgeschlossenen Augen an: »Gehe ich recht in der Annahme, daß es sich bei dir um eine verirrte Humanistin handelt?«

Margareta lachte. »Doch, ja. Das stimmt wohl. Mehr verirrt als Humanistin. Wenn du verstehst, was ich damit meine …«

»Nein. Wie kommt es, daß du Physikerin geworden bist?«

Margareta sog an ihrer Zigarette. Sollte sie es ihm erzählen?

Nein. Sie konnte sich vorstellen, mit Viking zu schlafen, wenn es denn sein sollte, aber sie würde ihm auf keinen Fall von den Parabolantennen in Tanum erzählen. Es gab Grenzen.

»Ach«, sagte sie, »du weißt, wie es in den Siebzigern war. So gut wie keiner wollte Physik studieren, alle wollten nur Soziologen werden. Die naturwissenschaftlichen Institute nahmen alle auf, die vorbeikamen … Und zu denen gehörte ich wohl, ich kam einfach vorbei. Eigentlich wollte ich Archäologin werden.«

Sie lehnte sich an die Wand und drückte die Zigarette an ihrer Schuhsohle aus. Für einen kurzen Augenblick lag die Asche wie ein schwarzer Punkt auf dem hellen Leder, dann fielen die Rußflocken auf den Schnee.

»Gravitation«, schnaubte Margareta. »Immer diese Gravitation …«

Viking zog fragend eine Augenbraue hoch, sagte jedoch nichts. Margareta streckte sich und schob die Hände in die Manteltaschen, zog Hals und Kinn unter den Kragen.

»Gehe ich meinerseits recht in der Annahme, daß du ein Aufsteiger bist?« fragte sie. »Einer aus der Unterschicht?«

Er lächelte kurz.

»Stimmt. Mein Vater war Forstarbeiter. Und du?«

»Natürlich. Meine Mutter war Gemeindeschwester. Bis sie Hausfrau wurde.«

»Aha«, sagte Viking, »und hast du während deines Aufstiegs was gesehen und gelernt?«

»Das eine oder andere«, erwiderte Margareta mit einem schiefen Lächeln. »Sowohl etwas über die Dinge, die wir gekriegt haben, als auch über die, die wir nicht gekriegt haben.«

Viking schlug sich heftig mit den Armen um den Körper, sein Atem stand ihm wie weiße Federn vor den Nasenlöchern.

»Die Selbstsicherheit, meinst du? Diese allgemeine Ausstrahlung, die besagt, daß man selbst die Norm ist und alle anderen die Ausnahme bilden? Die fehlt uns. Genau wie die Überzeugung, daß derjenige, der im Wohlstand geboren wurde, es so verdient, während die anderen die Armut verdienen, in der sie geboren wurden.«

Margareta verzog das Gesicht.

»Du vergißt die Vorteile. Die Freiheit. Wir haben eine Freiheit, die sie nie erreichen werden.«

Viking schob seine Hände in die Hemdsärmel. Er fror und hatte das Nordlicht vergessen.

»Mag sein.«

»Das ist vor allem den Frauen anzumerken«, sagte Margareta. »Das ist traurig anzusehen...«

Viking begann auf der Stelle zu hüpfen, immer noch mit den Händen in den Ärmeln.

»Wieso?«

»Sie sind so erschreckend wohlerzogen. Werden nie laut. Lachen nie mit offenem Mund. Laufen nie. Klettern nie. Benutzen nie ihre Phantasie. Sie sitzen nur da, die Knie eng aneinandergepreßt, und hoffen, daß sie nicht stören. Als wären sie halbtot.«

Viking ließ seinen Blick nach innen gleiten, ohne jedoch mit dem Hüpfen aufzuhören.

»Doch«, meinte er. »Damit magst du recht haben. Aber das gilt auch für Männer. Die bürgerliche Klasse fordert Anpassung. Aber das tut die Arbeiterklasse auch.«

Margareta schloß sich seinem Hüpfen an, auch sie fror, wollte aber nicht hineingehen. Es war schön, endlich mal ein ehrliches Gespräch mit einem ehrlichen Menschen zu führen. Ihre Füße klopften rhythmisch aufs Dach.

»Aber wir Aufsteiger sind frei«, sagte sie. »Wir sind überall Außenseiter. Das ist ein Aktivum.«

Vikings Seufzer stand wie eine Wolke vor seinem Mund:

»Ich weiß nicht. Manchmal ist es bestimmt schön, so ganz selbstverständlich und ohne Nachzudenken dazuzugehören.«

Margareta schloß die Augen und dachte einige Hüpfer lang nach.

»Nein«, entschied sie schließlich. »Es ist schön, nicht dazuzugehören zu müssen.«

»Dann siehst du also keine Nachteile. Nur die Freiheit?«

Margareta hörte auf zu hüpfen und schlug fest mit den Armen um ihren Körper. Viking blieb auch stehen, seine Atemzüge waren angestrengt geworden.

»Doch«, sagte Margareta. »Ich sehe einen Nachteil. Aber ich bin nicht der Mensch, der ausrechnen kann, ob es ein persönliches Problem von mir ist oder ob es an dem Klassenaufstieg liegt. Ich habe kein Vertrauen. Ich traue niemandem.«

Viking starrte sie einen Augenblick an, bevor auch er anfing, mit den Armen um seinen Leib zu schlagen.

»Vertrauen?« wiederholte er. »Aber es gibt doch auch gar keinen Grund, jemandem zu vertrauen.«

»Traust du denn auch niemandem?«

Viking öffnete die Tür und machte eine Handbewegung, als wollte er sie in die Wärme hineinschieben.

»Ich vertraue Gott«, sagte er. »Aber Menschen? Es gibt wirklich keinen Grund, den Menschen zu vertrauen. Sie sind doch zu allem fähig.«

Norrköpings Polizeizentrale steht wie ein Ausrufezeichen an der Norra Promenaden. Margareta sieht sie schon von weitem, aber als sie endlich angekommen ist, muß sie zwei Runden drehen, bevor ihr klar wird, wo sie abbiegen muß, um einen Parkplatz zu finden.

Norrköping hat sich nicht verändert. Das Licht vom Himmel hat immer noch diesen Messington, die Straßenbahnen rattern immer noch durch die Straßen, und Norrköpings Einwohner scheinen es immer noch so eilig zu haben wie vor dreißig Jahren. Ihr gefällt diese Stadt. Hier gibt es nicht diese säuerliche Selbstgerechtigkeit, die sie daheim in Kiruna manchmal zum Wahnsinn treibt. Vielleicht sollte sie ihre Doktorarbeit doch in den Papierkorb schmeißen und hierherziehen, ihre alte Lehrerausbildung hervorkramen, Studienrätin an irgendeinem Gymnasium werden und sich einen Liebhaber anschaffen. Einen Bauern vielleicht, mit kräftigen Wangen und tief verwurzelt in der Östgötaerde. Das wäre doch was. Oder sie würde es wie Hubertsson machen und jeden Donnerstag zu diesem ziemlich spießbürgerlichen Tanz im Standard Hotell gehen. Da könnte sie sich herumtreiben und freitags wie eine Cheshirekatze aussehen. Genau wie er.

Aber leider. Das geht nicht. Wer von Tante Ellen erzogen wurde, kann seine Doktorarbeit nicht einfach in den Papierkorb schmeißen, der ist gezwungen, das zu beenden, was er angefangen hat. Ob das nun Margaretas Doktorarbeit ist oder die Deckchen, die sie früher bestickte; auch wenn sie schon frühzeitig sehen konnte, daß das Ergebnis katastrophal sein würde, mußte das Projekt beendet werden. Das hat Tante Ellen so entschieden. Oder Gott. Oder die Universitätsverwaltung.

Sie wirft die Autotür zu, schließt ab und schaut sich um. Vor dem Eingang zur Polizeiwache ist es leer, vielleicht wartet Birgitta ja drinnen. Margareta holt eine Bürste aus ihrer Handtasche und fährt sich schnell durchs Haar, zieht dann ihre Jacke zurecht und läßt die Zunge über die Vorderzähne gleiten. Wenn man ein Polizeirevier betritt, muß man ordentlich aussehen, ganz besonders, wenn man dort drinnen mit einer Person wie Birgitta in Verbindung gebracht wird. Margareta fürchtet sich etwas vor den Behörden. Sie findet es zwar eigentlich nur richtig, daß es überall Polizeireviere und Sozialämter gibt, die den Mitbürgern in Not helfen, aber sie selbst achtet sorgfältig darauf, nichts mit ihnen zu tun zu haben. Sie hat die Polizisten und Sozialarbeiter im Verdacht, daß sie sich verhalten, wie es immer von den Dachsen behauptet wird: daß sie zubeißen und nicht wieder loslassen, bevor sie nicht die Knochen knacken hören.

Auch im Eingangsbereich ist es leer, keine Birgitta lümmelt sich hinter den Türen herum. Margareta wirft einen Blick auf ihre Uhr, sie ist schneller gefahren, als sie dachte, sie ist nur zwanzig Minuten zu spät. Birgitta muß doch wohl so schlau gewesen sein zu warten. Vielleicht sitzt sie ja in der Aufnahme…

Drinnen ist es ziemlich voll. Müde brave Bürger stehen, sitzen und hängen überall herum, alle haben eine Wartenummer in der Hand wie beim Postamt. Margareta zieht auch einen Zettel und unterdrückt ein Stöhnen. Sie hat die Nummer 73 bekommen, und jetzt steht gerade erst die Nummer 51 über den Anmeldetresen gebeugt und murmelt seine Wünsche. Sie wird wohl den halben Tag warten müssen.

Sie läßt ihren Blick durch den Raum wandern: Es ist schon ein paar Jahre her, seit sie Birgitta getroffen hat; vielleicht würde sie sie ja gar nicht gleich erkennen. Doch es gibt niemanden hier, der auch nur eine entfernte Ähnlichkeit mit Birgitta hat. Die meisten sind still und wohlerzogen, nur eine Person murmelt leise fluchend vor sich hin. Das könnte Birgitta sein, wenn es sich nicht so definitiv um einen Mann handeln würde: Er hat Bartstoppeln und ist tätowiert. Margareta kann sich ja vieles von ihrer Schwester vorstellen, aber nicht, daß sie das Geschlecht gewechselt hat. Birgitta war immer viel zu sehr davon angetan, eine Frau zu sein.

Plötzlich wird es ihr klar.

Jaha. Es ist also wieder passiert. Zweimal innerhalb von vierundzwanzig Stunden ist sie reingelegt worden und hat sich auf den Weg zu Orten gemacht, an denen Birgitta gar nicht ist. Aber diesmal ist es sonderbarer als gestern. Für Christina wäre es ein leichtes gewesen, das Telefongespräch falsch wiederzugeben, wenn sie aus irgendeinem unbegreiflichen Grund Lust dazu gehabt hätte, die halbe Nacht lang zwischen den verschiedenen Abteilungen des Krankenhauses von Motala hin und her zu flitzen, aber heute morgen sprach Margareta ja selbst mit Birgitta. Und es war Birgittas Stimme, die sie gehört hat. Ganz sicher. Christina würde sie niemals so gut nachahmen können.

So eine Scheiße. Jetzt hat sie endgültig die Nase voll von diesem Spielchen; wer auch immer es veranstalten mag, er kann in Zukunft bitteschön ohne Margareta auskommen. Sie zerknüllt ihren Nummernzettel und wirft ihn in einen Papierkorb. Sie wird nach Stockholm fahren. Sofort.

Sie dreht sich so hastig um, daß sie mit einem Polizisten zusammenstößt, der gerade den Raum durchquert, und noch bevor sie die spontane Geste stoppen kann, hat sie ihm die Hand auf die Schulter gelegt. Als er sich umdreht, sieht sie, daß er noch sehr jung ist. Seine Haut ist glatt wie sein Hemd, es ist, als wäre jemand mit einem Bügeleisen über die ganze Person gefahren.

»Entschuldigung«, sagt Margareta, »ich habe nur eine kurze Frage...«

»Ja?«

Sie wählt ihre Worte sorgfältig aus, benutzt Formulierungen, von denen sie annimmt, daß ein Bewährungshelfer oder Sozialarbeiter sie benutzen würde.

»Ich soll hier eine Person aus Motala abholen. Eine Person, die bis heute morgen unter Arrest gestanden hat. Birgitta Fredriksson.«

»Ja?«

»Aber ich kann sie nicht finden. Es war abgemacht, daß sie draußen warten sollte, aber sie ist nicht da.«

Der Frischgebügelte runzelt die Stirn.

»Wie sieht sie aus?«

Margareta zögert. Wie sieht Birgitta denn inzwischen aus?

»Über Fünfzig. Ziemlich kräftig. Etwas polternd.«

Der Polizist lächelt ironisch.

»Ich glaube, ich weiß, wen Sie meinen. Wir haben sie schon vor einer Weile rausschmeißen müssen.«

Margareta bekommt vor Erleichterung ganz weiche Knie.

Birgitta ist hiergewesen, sie ist also nicht hereingelegt worden. Sie zieht die Augenbrauen in die Höhe und schaut den Frischgebügelten fragend an:

»Rausgeschmissen?«

Er richtet sich auf.

»Sie hat hier drinnen Radau gemacht, deshalb haben wir ihr befohlen, die Räume zu verlassen. Ein Kollege und ich haben sie rausgebracht.«

Margareta fährt sich mit der Hand über die Stirn, sie kann sich problemlos vorstellen, wie das vor sich ging. Lautstark.

»Haben Sie gesehen, in welche Richtung sie gegangen ist?«

»Sie ist die Norra Promenaden runtergegangen. Richtung Bahnhof.«

Sie muß zweimal an einer roten Ampel warten, bis sie endlich auf den richtigen Bürgersteig gelangt. Das macht sie ungeduldig; plötzlich hat sie es eilig, plötzlich ist es unglaublich wichtig, Birgitta abzupassen und sie zurück nach Motala zu bringen. Zuerst nimmt sie sich den Bahnhof vor, durchsucht ihn systematisch. Keine Birgitta in der Wartehalle. Keine Birgitta vor dem Fahrkartenschalter. Keine Birgitta draußen auf dem Bahnsteig. Abgefahren kann sie auch noch nicht sein, denn in den letzten zwei Stunden ist kein Zug nach Motala losgefahren. Und die Schlösser der Toiletten neben der Wartehalle stehen auch alle auf Grün, also ist sie dort auch nicht. Andererseits fällt es Margareta schwer, sich vorzustellen, daß Birgitta jemals fünf Kronen bezahlen würde, um eine Toilette benutzen zu dürfen. Am besten, sie überprüft die Sache.

Ein Teenagermädchen auf zehn Zentimeter hohen Plateausohlen betrachtet sie mißtrauisch, als sie von einer Tür zur anderen geht, jedesmal ein Fünfkronenstück einwirft und die Tür öffnet, um sie gleich wieder zufallen zu lassen. Keine Birgitta. Nur der übliche Haufen Toilettenpapier auf dem Boden.

Als sie auf die Treppe vor dem Bahnhof kommt, bleibt sie stehen und schaut sich um. Vielleicht sollte sie in den Park auf der anderen Seite der Norra Promenaden gehen, das war früher so ein Treffpunkt. Und wenn das nichts bringt, wird sie eben zu ihrem Auto zurückgehen und nach Saltängen fahren. Nicht weil sie annimmt, daß Saltängen immer noch das ist, was es einmal war, sondern weil sie Birgitta soweit kennt, daß diese gern in ihren eigenen Fußspuren wandelt.

Sie wirft einen Blick über die Straße, als sie in den Park kommt, und bleibt mitten im Gehen stehen: das Standard Hotell ist nicht mehr das Standard Hotell, nie wird sie zum gleichen Zweck wie Hubertsson hineingehen und ebenso still zufrieden wieder herauskommen können. Alles nur Quatsch. Sie tritt den Kies vor ihren Füßen und schlendert weiter Richtung Karl-Johan-Park. Es sieht so aus, als würden weiter hinten auf einer Bank ein paar Penner sitzen. Kurzsichtig zieht sie die Augen zusammen. Es scheint sich nur um Männer zu handeln, aber das Leben hat ihr beigebracht, daß junge Männer und alte Frauen aus der Entfernung täuschend ähnlich aussehen können.

Doch hier handelt es sich um eine durch und durch männliche Gang, das sieht sie, als sie näher kommt. Drei heruntergekommene Männer mittleren Alters, die eine einsame Bierdose von Hand zu Hand wandern lassen. Vielleicht haben sie Birgitta gesehen, vielleicht wissen sie, wo sie ist … Doch nein. Margareta wird sie nicht fragen. Nicht weil sie Angst hätte, sondern weil sie nicht weiß, wie sie die Kerle wieder loswerden soll, wenn sie sie erst einmal angesprochen hat. Statt dessen macht sie einen großen Bogen um sie und geht weiter.

Ein paar Minuten später setzt sie sich auf die breiten Treppenstufen der gepflasterten Strandseite hinter dem Restaurant Strand, Norrköpings erstem Nachtklub, und schaut über den Fluß Motala. Hier fühlt sie sich zu Hause, hier hat sie mit ihren Freundinnen oft auf den Treppenstufen gesessen und aufs Wasser geschaut. Und einmal war sie auf einem Abiturfest im Strand. André war auch dort. Mit seiner Frau.

Margareta verzieht das Gesicht und öffnet ihre Handtasche auf der Suche nach einer Zigarette. Was für ein Arschloch er doch war! Es schien, als würde es ihm einen Extrakick geben, sie beide im gleichen Raum zu wissen und Margareta über den Tanzboden zu führen, während seine Frau allein am Tisch saß und langsam ihr Abendtäschchen öffnete und wieder schloß. Und was für eine Idiotin war sie selbst gewesen. Lächelnd und glücklich, feucht und bereit, sobald er nur seinen Blick in ihre Richtung lenkte.

Es weht, sie muß ihre Haare mit einer Hand zur Seite halten, damit sie nicht in die Feuerzeugflamme flattern, doch so kann sie wiederum die Flamme nicht vor dem Wind schützen, sie flammt nur eine Zehntelsekunde kurz auf und verlöscht dann sofort wieder. Aber die Haare sind wichtiger; sie beugt das Kinn zur Brust und klickt in einem fort mit dem Feuerzeug.

»Ach ne, bist du doch noch gekommen«, sagt eine Stimme hinter ihr. »Das hätte ich ja nicht gedacht. Kannst du mir auch eine anbieten?«

Birgittas kleine Schwester zu sein bedeutet gleichzeitig, ihre Stoffpuppe zu sein, mit geschlossenen Augen hierhin und dorthin geworfen zu werden und nie genau zu wissen, wo man sich wohl befindet, wenn man die Augen wieder öffnet. So war es immer in Tante Ellens Garten; ein ganz normales Spiel konnte plötzlich etwas ganz anderes werden, die Johannisbeersträucher, die eben noch die Wände eines Milchgeschäfts waren, fielen in sich zusammen und erstanden neu als Regale in einer Apotheke. Margareta lehnte sich an den Gartenstuhl, der als Tresen diente, und lächelte freundlich einem kranken Kunden zu, der hinkend über das Gras herankam, die rechte Hand in der Strickjacke versteckt.

»Aus Spaß bin ich jetzt ein Professor«, sagte Birgitta. »So einer, der nicht ganz richtig im Kopf ist. Und dann frage ich dich aus Spaß, ob ihr kein Schlangengift in der Apotheke habt...«

»Schlangengift?«

»Ja. Und dann sagst du, daß ihr das nicht habt.«

Margareta legte ihren Kopf schräg und knickste:

»Leider. Schlangengift haben wir nicht.«

Birgittas Gesicht verzerrte sich zu einer Angst einjagenden

Fratze. Die Hand, die sie in ihrer Jacke versteckt gehalten hatte, schoß hervor und hielt Margareta zitternd ein kleines Einweckglas vor die Augen.

»Ha ha! Dann kriegt ihr jetzt was. Denn ich habe in meinem Glas Schlangenbrut, die ihr kaufen könnt!«

Margareta wich zurück, leichte Übelkeit stieg ihr in die Kehle. Sie konnte nicht sehen, was im Glas war, aber allein der Gedanke an etwas Schleimiges, Graues hinter dem glänzenden Glas genügte.

»Nein!«

Birgitta lachte und warf den Kopf zurück, jetzt war sie wirklich ein verrückter Professor.

»Doch. Du hast doch nein gesagt, und da bin ich wütend geworden. Jetzt müßt ihr meine Schlangen kaufen! Ihr müßt tausend Kronen bezahlen, sonst lasse ich sie frei!«

Margareta hob die Arme, als wollte sie sich gegen ihre eigene Angst schützen. »Nein!«

»Doch, du hast nein gesagt. Und dann bin ich wohl so wütend geworden, daß ich den Deckel abgeschraubt und die Schlangen rausgelassen habe!«

Margareta schrie. Es war ein spitzer, kleiner Schrei, der ein paar Vögel im Kirschbaum aufschreckte; wie ein Schatten stiegen sie zum Himmel. Sie konnte sehen, wie die Schlangen wie ein graugesprenkelter Klumpen aus dem Glas fielen, wie sie sich ringelten und umeinander schlängelten, als sie auf den Tresen auftrafen, wie ein paar von ihnen auf den Boden fielen, wie sie sich ringelten und auf sie zuschlängelten, wie eine von ihnen sich an ihrem Fuß aufrichtete und sich um ihren Knöchel schlängelte … Sie beugte sich hinunter und schlug mit den Händen um das Bein, ohne sich jedoch zu trauen, es zu berühren.

»Nein!« schrie sie. »Aufhören! Nein! Nein!«

»Heul doch nicht«, sagte Birgitta. »Wollen wir sehen, wer am höchsten im Kirschbaum klettern kann?« Das Weckglas stand auf dem Gartenstuhl. Es war leer. Es war die ganze Zeit leer gewesen.

Margareta schlingt ihre Arme um die Knie und beobachtet Birgitta, wie diese sich die Zigarette anzündet. Birgitta antwortet mit einem hastigen Seitenblick, in dem eine Warnung versteckt liegt. Ich weiß ganz genau, wie ich aussehe. Aber wenn du das mit einem Wort erwähnst, dann kriegst du eine gewischt!

Ihr Doppelkinn hat sich in eine schlottrige Tasche verwandelt. Unter den Augen hat sie blaue Schatten. Ihre Lippen sind rauh und aufgesprungen, das Haar glanzlos und kraus von einer alten Dauerwelle, es hängt wie ein halb zugezogener Vorhang vor ihrem Gesicht. Ihre Schenkel sind so dick, daß die Jeans an der Innenseite fadenscheinig geworden sind. Die Daunenjacke ist zerfetzt, weißes Synthetikfutter guckt aus einem Loch an der Tasche und aus einem Riß am Ärmel hervor. Der rote Stoff ist von einer gleichmäßigen Schmutzschicht bedeckt, es sieht aus, als hätte jemand einen graubraunen Farbton über die ganze Jacke gesprüht.

»Scheiße, du hast vielleicht lange gebraucht«, sagt Birgitta. »Ich habe die ganze Zeit gewartet, aber schließlich bin ich losgegangen.«

»Das Auto war in der Werkstatt«, erklärt Margareta. »Es hat eine Weile gedauert, es zu holen.«

Aber Birgitta hört gar nicht zu.

»Die Bullen hier sind nicht ganz dicht im Kopf.«

»Ja.«

»Anscheinend ist es nicht mal erlaubt, hier auf 'ner Straße friedlich auf und ab zu gehen … Ich war nicht mal blau, aber sie haben mich trotzdem eingebuchtet. Ich habe überhaupt nichts getan!«

»Aber warum bist du in Norrköping? Wie bist du hierhergekommen?«

Birgitta nimmt einen festen Zug und flackert mit den Lidern.

»Da war irgend so 'ne Party. Ich weiß nicht genau, ich war gestern reichlich müde … Aber ich war auf irgend 'ner Party.«

Gedächtnislücken, denkt Margareta. Bald wird dein Gehirn so löchrig sein wie ein Schweizer Käse, liebe Schwester. Und das weißt du.

»Du erinnerst dich nicht mehr dran?«

Birgitta wirft ihr wieder einen hastigen Seitenblick zu und versucht, sich zusammenzureißen.

»Ach Scheiße. Du weißt schon. Das war so eine Party, auf der es hoch hergegangen ist, wenn ich es so sagen soll ...«

Sie versucht die Mundwinkel zur Seite zu verziehen, aber das gewünschte hochmütige Lächeln gelingt ihr nicht. Sie dreht ihren Kopf zur Seite und schaut übers Wasser, blinzelt schnell ein paarmal.

Margareta legt ihren Arm um sie und zieht sie zu sich heran, läßt Birgittas Kopf auf ihrer Schulter ruhen.

Ein einziges Mal ging Margareta ans Telefon, obwohl das eigentlich verboten war. Das war spätabends im Winter, in dem Jahr, nachdem Birgitta ins Haus gekommen war. An einem Donnerstagabend.

Bei Tante Ellen daheim waren die Donnerstagabende Badeabende, da zogen die Mädchen ihre Frotteebademäntel an und machten sich eine nach der anderen auf in den Keller. Und während Tante Ellen eine von ihnen schrubbte, saßen die anderen beiden auf den Holzrosten und warteten, bis sie an die Reihe kamen.

Aber an diesem besagten Donnerstagabend durfte Margareta nicht mit, sie hatte Fieber, und dann war es schlecht, wenn man badete. Sie saß im Schneidersitz auf ihrem Bett im Kinderzimmer und las ein Fünf-Freunde-Buch, als das Telefon klingelte.

Sie horchte. Tante Ellen wurde immer böse, wenn Birgitta sich über das Telefonverbot hinwegsetzte, dennoch rannte Birgitta sofort in Richtung Telefon, sobald es nach Atem schnappte, um ein Signal von sich zu geben. Wenn Tante Ellen gerade abwusch oder schmutzige Hände hatte, war es immer Birgitta, die zuerst dran war und hinterher ausgescholten wurde.

Jetzt zögerte Margareta. Sollte sie drangehen? Galt das Verbot auch, wenn Tante Ellen nicht da war? Nein. Wenn das Telefon klingelte, mußte jemand antworten, und im Augenblick war sie die einzige, die zur Stelle war. Sie zog sich schnell die heruntergerutschten Wollsocken hoch – es stand Todesstrafe darauf, barfuß zu laufen, wenn man Fieber hatte – und schlurfte auf den Flur.

»Hallo«, sagte sie, nachdem sie den schwarzen Hörer hochgenommen hatte. Er war so schwer, daß sie ihn mit beiden Händen halten mußte.

»Mein kleiner Schschatz«, nuschelte eine Stimme in ihr Ohr, »was für ein Glück, daß du gleich dran bist... Ich hatte schon Angst, daß diese widerliche Ziege wieder dran wäre, die mich immer nur anmeckert...«

»Hallo«, sagte Margareta noch einmal. »Wer ist da?«

Die Frau am anderen Ende schluchzte auf.

»Ja, aber hörst du das denn nicht, mein Herzchen? Kennst du nicht mal meine Stimme? Hier ist doch deine kleine Mama, dein Mamilein. Aber ich rufe zum letzten Mal an...«

Die Stimme schlug in ein Jaulen um:

»Ja, denn jetzt rufe ich zum letzten Mal an, mein Schschätzchen, denn jetzt wird Mama schterben! Alles ist fertig. Vor mir auf dem Tisch liegt ein großes Glas Schlaftabletten, und daneben liegt ein Messer... Ich werde gleich alle Tabletten schschlucken, und dann schschneide ich mir die Pulsadern auf, kapierst du? Ich werde schterben! Schterben, weil ich mein kleines Mädchen nicht zurückkriege! Dann werden sie sehen, nicht wahr, die uns auseinandergerissen haben, die dir nicht erlauben herzukommen und deiner kleinen Mama ein bißchen zu helfen! Dann werden sie es bereuen!«

Das Fieber ließ den Boden schwanken, Margareta mußte sich an die Wand lehnen, um nicht umzufallen.

»Wer ist da?« fragte sie noch einmal. »Hallo! Wer ist da?«

Das Schluchzen verwandelte sich innerhalb einer Sekunde in ein wütendes Fauchen:

»Tu nicht so, Birgitta! Du weißt ganz genau, wer hier ist!«

»Aber... Hier ist nicht Birgitta. Ich bin Margareta.«

Die fremde Stimme klang plötzlich nüchtern und klar.

»Ach so, ja, dann...«

Es knackte im Hörer. Birgittas Mama hatte aufgelegt.

»O Scheiße«, sagt Birgitta nach einer Weile, steht auf und macht sich von Margaretas Arm frei. »Hier kann man ja nicht sitzen, da friert man sich ja den Arsch ab...«

Natürlich. Margareta steht auf, verdreht ihren Oberkörper, um zu sehen, ob ihre Schafsfelljacke hinten naß geworden ist.

»Hast du was zu Mittag gegessen?« fragt sie, während sie sich reckt.

Birgitta muß kichern:

»Zu Mittag? Nein, ich esse normalerweise nichts zu Mittag. Und zu Abend auch nicht. Und heute hab' ich noch gar nichts gegessen.«

»Wollen wir dann was essen gehen?«

Birgitta verzieht angewidert ihr Gesicht.

»Nein, ich bin nicht hungrig...«

»Aber ich. Wir können doch einfach eine Pizza essen. Oder?«

Birgitta zuckt mit den Schultern und wühlt mit ihren dicken Fingern in einer Packung Blend; es dauert einen Moment, bis Margareta klar ist, daß es ihre eigene Packung ist. Birgitta hat mit größter Selbstverständlichkeit von ihr Besitz genommen, ihre gesamte Körpersprache zeigt, daß sie jetzt ihr gehört und daß sie durchaus ein gewisses Maß an Verdrießlichkeit aufbringen könnte, sollte etwa jemand anders darauf Anspruch erheben. Margareta ist über ihre eigene Feigheit verwirrt. Warum steht sie wie ein Trottel daneben, statt ihre Zigaretten zurückzufordern?

Sie dreht sich um, schiebt die Hände in die Taschen und geht zur Drottninggatan. Birgitta eilt ihr nach, schwankt jedoch, als sie Margareta einholt.

»O Scheiße«, sagt sie, »diese Schuhe sind auch zu bekloppt.«

Margareta folgt ihrem Blick. Birgitta hat ein Paar alte schwarze Pumps an den Füßen. Sie sind ausgetreten, abgelaufen und ganz offensichtlich zu groß. Sie guckt auf ihre eigenen Zehen: Diese sind warm und sicher verpackt in ein Paar warme, modische Stiefel, und trotzdem sind sie etwas steif geworden. Es ist immer noch Winter.

»Natürlich können wir essen gehen«, sagt Birgitta, »aber du mußt bezahlen. Ich habe keine Kohle.«

Birgitta rümpft die Nase, als sie vor einer Pizzeria in der Drottninggatan stehen. Sie mag keine Spaghetti, die sind klebrig und eklig. Aber sie akzeptiert die kombinierte Pizza- und Grillbude, sieht sogar zufrieden aus, als sie hineingeht.

»Geil«, sagt sie, als ihr Blick über die Schnapsbatterie hinter dem Tresen gleitet.

Margareta spürt, wie sich ihre Oberlippe zusammenzieht. Diesmal hat es außergewöhnlich lange gedauert. Normalerweise genügt es, eine Viertelstunde in Birgittas Gesellschaft zu verbringen, daß sie den Mund wie Christina verzieht. Und jetzt ist bereits eine halbe Stunde vergangen.

»Wir wollen nur was essen. Sonst nichts.«

Birgitta hebt abwehrend die Arme.

»Habe ich etwa was gesagt? Dann bitte ich vielmals um Entschuldigung. Entschuldigung, Entschuldigung.«

Das Restaurant ist nur halbvoll, dennoch läßt sich der Kellner Zeit, bis er mit der Karte zu ihrem Fenstertisch kommt. Birgitta wirft ihm einen prüfenden Blick zu; er ist jung, dunkel und trägt ein blendend weißes Hemd. Er antwortet mit einem herablassenden Blick, bevor er beide Hände auf den Rücken legt und auf die Straße hinausschaut.

»Ja?« sagt er dann in aufforderndem Ton.

Margareta benutzt ihren arrogantesten Lehrerinnenton:

»Wir wollen erst mal die Karte angucken. Wenn Sie so nett sind und in ein paar Minuten wiederkommen.«

»Wir können doch in der Zwischenzeit schon mal ein paar Dunkelbiere bestellen«, sagt Birgitta, »damit wir was zu trinken haben, während wir aussuchen.«

Margareta legt seufzend die Karte beiseite.

Sie hätte es wissen müssen. Sie hatte im Lauf der Jahre doch bereits ausreichend viele Anfälle akuter Philanthropie, um zu wissen, daß Birgitta sich nicht ungestraft helfen läßt. Eigentlich hätte sie das bereits beim ersten Mal kapiert haben müssen. Aber da suchte sie Birgitta ja nicht auf, um ihr zu helfen, sondern um selbst Hilfe von ihr zu bekommen.

Ein paar Wochen nach ihrem Abitur hatte Margot jedes Interesse an Margareta verloren. Sie war auf einen verfallenen Gutshof draußen bei Bråviken gestoßen – vierzehn Zimmer! Deckengemälde! Ein eigener Tennisplatz! –, und als Margareta nicht sofort damit einverstanden war, ihre Pläne, Archäologie in Göteborg zu studieren, aufzugeben, um sich statt dessen in ein bleiches Gutshoffräulein verwandeln zu lassen, hörte Margot von einem Tag zum anderen auf, mit ihr zu sprechen. Zwar deckte sie immer noch den Mittagstisch für drei, aber ihre Bewegungen wurden steif und ruckartig, wenn sie Margareta die Milch oder das Salz hinüberreichte. Jetzt war sie voll und ganz auf Henry konzentriert. Ihr Sehnen nach dem Gutshof war ein Laserstrahl, der sich direkt auf seine Stirn richtete.

Henry war damit nicht unzufrieden, das war zu spüren, auch wenn er lange Vorträge über das Unvermögen der Frauen hielt, sich um Geschäfte zu kümmern. Andererseits, erklärte er, konnte ja auch ein blindes Huhn einmal ein Korn finden, und diese Bruchbude war vielleicht gar keine so schlechte Investition, vorausgesetzt, Margit würde es bei den Renovierungen nicht übertreiben. Er würde selbst Kontakt zur Baufirma aufnehmen, Margit könnte höchstens die Muster der Tapeten bestimmen, ansonsten sollte sie die Schnauze halten. Margot nickte eifrig. Natürlich! Aber könnte sie nicht für sie beide im August eine

Reise nach London buchen? Dann könnte sie dort in dieses wunderbare Tapetengeschäft in der Oxford Street gehen, während Henry in seinem Lieblingspub in Soho aß. Henry nickte gnädig, und Margot schlug vor Begeisterung ihre rundlichen Hände zusammen. Wunderbar!

So kam es, daß Margareta allein im Haus war, als sie ihre Sachen packte, um nach Göteborg zu fahren. Es ging langsam voran, weil sie zögerte; sie wußte nicht so recht, wie sie sich gegenüber all den Geschenken verhalten sollte, die sie von Margot und Henry bekommen hatte. Drei Weihnachtsfeste, zwei Geburtstage und ein Abitur hatten ihre Schmuckschatulle schwer wie eine Schatzkiste werden lassen. Aber gehörte der Schmuck wirklich ihr, konnte sie damit machen, was sie wollte? Und wohinein sollte sie ihre Sachen packen? Als sie ins Haus gekommen war, hatte sie ja nur eine kleine Tasche gehabt, die jetzt höchstens ein Drittel ihrer Garderobe fassen würde. Und wovon sollte sie leben, wenn sie in Göteborg angekommen war? Es würde noch Wochen dauern, bis sie ihr Stipendium bekam.

Die Lebensmittel gingen am dritten Tag zur Neige. Margareta betrachtete die letzte kleine Scheibe Brot in ihrer Hand und beschloß, den Schmuck als ihren zu betrachten. Sie hatte genügend Romane gelesen, um zu wissen, was eine Pfandleihe war, und außerdem wußte sie, daß es so eine Einrichtung immer noch in Norrköping gab. Sie hatte das Schild eines Nachmittags im Frühling gesehen, als angenommen wurde, daß sie sich mit irgendeinem Traumprinzen traf, statt dessen aber in den engen Gassen hinter dem Rathaus herumgeirrt war.

In eine Pfandleihe einzutreten, war, als würde man in einen Roman hineingehen; plötzlich war es Anfang des Jahrhunderts statt sechziger Jahre, und sie selbst war eine leicht tuberkulöse Heldin mit Knöpfstiefeln und dünnem Kleid statt in Minikleid und Holzschuhen. Der Mann hinter dem Tresen war ganz offensichtlich eine Figur aus der gleichen Zeit: Sein gekrümmter kleiner Körper wurde von einem fadenscheinigen schwarzen Anzug umhüllt, und seine Finger waren so weiß, daß es aussah, als würde er niemals diesen braundämmrigen Raum verlassen und ein anderes Licht als das der schmutziggelben Lampe sehen. Er untersuchte schweigend die Golduhr, die Perlenohrringe und die Kette, die zu opfern sie sich entschlossen hatte, und nannte seinen Preis: dreihundertfünfundzwanzig Kronen. Ein kleines Vermögen. Margareta nickte stumm und griff eifrig zum Stift, um die Quittung zu unterschreiben. Die eingebildete Tuberkulose war vorübergegangen, sie spürte, wie ihr Herz in einem jungen, vollkommen gesunden Körper pochte, einem Körper, der bald die Welt erobern sollte.

Sie kaufte bei Domus zwei neue Reisetaschen und nahm die Straßenbahn nach Hause. Ihr Haar flatterte im Fahrtwind, der durch die offenen Fenster hereinwehte. Mit einem Satz sprang sie von dem Triebwagen ab und lief das letzte Stück zu Margots und Henrys kitschiger Villa aus weißen Ziegeln, nahm die Treppe zum Obergeschoß in drei langen Sprüngen und warf die Taschen aufs Bett. Yes! Jetzt war sie frei. Endlich.

Als die neuen Taschen gepackt waren, gönnte sie sich ein Zugeständnis an die Vergangenheit. Sie rief André an, obwohl sie wußte, daß er mit Frau und Kindern in Urlaub gefahren war. Eine ganze Weile stand sie ganz still da, den Hörer fest ans Ohr gepreßt und die Schnur um den Zeigefinger gewickelt, und horchte, wie die Signale ertönten, stellte sich vor, wie sie zwischen den Wänden des leeren Hauses widerhallten. Dann legte sie langsam den Hörer auf und griff nach ihrer Tasche.

Sie wollte gleich zum Bahnhof fahren, obwohl sie nicht auf dem Fahrplan nachgeguckt hatte. Früher oder später würde schon ein Zug kommen.

Während des Wintersemesters schrieb sie Margot und Henry ein paarmal, bekam aber keine Antwort. Das Schweigen ängstigte sie, deshalb wurde der zweite Brief geschwätziger und einschmeichelnder als der erste. Sie dankte für die Zeit in ihrem Haus und berichtete begeistert von ihrem neuen Leben. Sie hatte kein Studentenzimmer bekommen, dafür aber ein kleines Zimmer zur Untermiete mitten in der Stadt, nicht weit von Heden. Göteborg war eine schöne Stadt, auch wenn es oft stürmte und regnete. Das Studium lief gut. Sie rechnete damit, ihre erste Prüfung schon vor Weihnachten ablegen zu können. Natürlich war sie gezwungen, eine kleine Lüge mit einzuflechten: daß sie viele neue Freunde gefunden hatte. Vor allem Jungs.

Sie schrieb auch andere Briefe, kürzere und ehrlichere, aber nie ganz aufrichtige. Sie erwähnte nie das Loch in ihrer Magengrube, für das sie keinen Namen hatte. Statt dessen schrieb sie an André über Liebe und an Tante Ellen über die Einsamkeit der Abende, an Christina über die Studien und an Birgitta darüber, daß sie sich mal nach einer Familie sehnte, mal davor fürchtete. Es vergingen mehrere Monate, ohne daß sie eine Antwort bekam, aber eines Nachmittags im Dezember stand eine kleine Ansichtskarte an die Lampe auf der Flurgarderobe gelehnt, als sie aus einer späten Vorlesung nach Hause kam. Die Zimmerwirtin lächelte, als sie sah, mit welchem Eifer Margareta sich darauf stürzte, und konnte nicht verbergen, daß sie sie bereits gelesen hatte. Aber das machte nichts. Margareta überflog die wenigen Zeilen und erwiderte erleichtert das Lächeln: Christina wollte über Weihnachten nach Vadstena fahren. Ob Margareta mit ihr ein Zimmer im Gästehaus der Nonnen teilen wollte? Und mit Tante Ellen Weihnachten im Pflegeheim feiern?

In der letzten Adventwoche ging sie mit einem Ring mit weißen Steinen und – nach einigem Zögern – mit ihrem vorletzten Goldarmband zur Pfandleihe. Der Ring war wertvoller, als sie erwartet hatte. Sie stopfte das Geld in die Tasche ihres Kaninchenpelzes, den Margot ihr im letzten Winter gekauft hatte, und ging in die Stadt, schlenderte die Avenyn mehrere Stunden lang auf und ab, bis sie endlich die perfekten Weihnachtsgeschenke fand. Einen handgewebten Schal im Kunsthandwerksladen für Tante Ellen. Schafwollgefütterte Handschuhe für Christina. Einen rosa Pullover aus weichster Lammwolle für Birgitta.

Erst als sie im Zug saß, fiel ihr ein, daß Birgitta natürlich nicht mit ihnen Weihnachten feiern würde.

Dennoch wurde das Weihnachtsfest ein Versöhnungsfest. Eine andere Christina holte sie am Bahnhof ab als diejenige, von der sie sich vor einigen Jahren am Norrköpinger Bahnhof verabschiedet hatte. Sie war immer noch blaß und mager, aber sie sah nicht krank aus, eher – Margareta suchte nach dem richtigen Wort –

versilbert. Jetzt würde Christina genau zu Margots Gutshof passen. Vielleicht sollte sie beiden einen Tip geben, dann könnte Christina in den Ferien als Gutsfräulein in Bråviken jobben, sie würde den ganzen Sommer über mit einer Stickerei an einer Verandatür sitzen und seelenvoll dreinblicken.

Ihr Zimmer im Gästehaus war so klösterlich, wie man es sich nur wünschen konnte: eine trübe Deckenlampe, zwei schmale Betten mit ausgeleierten Sprungfedern und ein Kruzifix an der Wand. Vor dem hohen Fenster herrschte bereits dumpfe Dämmerung, obwohl es noch früh am Nachmittag war; der Schnee wirbelte im Licht einer einsamen Straßenlaterne auf der Strandpromenade, und im Hintergrund war das schwarze Wasser des Vättern zu erahnen. Margareta hätte plötzlich am liebsten geweint: Sie lehnte ihre Stirn an die Scheibe und versuchte, die Tränen wegzublinzeln. Das gelang ihr nicht, eine ganze Weile mußte sie in der gleichen Haltung stehenbleiben, bis sie sich mit einem Zeigefinger über die Wange streichen und umdrehen konnte. Christina bemerkte nichts. Sie war voll damit beschäftigt, Margaretas Kleider auszupacken und auf die Metallbügel der Garderobe zu hängen. Wie eine Mutter. Oder wie eine richtige große Schwester.

»Eigentlich hatte ich überlegt, ob wir sie nicht nach Hause holen könnten«, sagte sie, während sie mit der Hand über eine weiße Bluse strich. »Daß wir Weihnachten daheim in Motala feiern könnten, genau wie früher. Sie könnte ja für ein paar Tage beurlaubt werden, das ist ja nicht so außergewöhnlich ... Aber Stig mit dem Hechtmaul hat das Haus vermietet und alle ihre Möbel unterstellen lassen. Er ist ja ihr Vormund.«

»Aber wenn sie nun wieder gesund wird? Wo soll sie dann wohnen?«

Christina drehte sich um und sah sie an:

»Tante Ellen kann nicht gesund werden. Hast du das noch nicht begriffen?«

Margareta verzog das Gesicht.

»Wunder passieren immer mal wieder ...«

»Nein«, widersprach Christina. »Es ist noch nie ein Wunder passiert.«

Christina hatte alles bis ins kleinste Detail geplant. Sie hatte mit der Hausmutter des Pflegeheims bereits Anfang Dezember gesprochen und die Erlaubnis bekommen, ein eigenes Weihnachtsessen in Tante Ellens Zimmer zu servieren, und sie hatte die Nonnen dazu gebracht, ihr zu erlauben, bis spätabends die Küche des Gästehauses benutzen zu dürfen. Am Abend vor Heiligabend kam sie nicht vor vier Uhr morgens ins Bett, dennoch wirkte sie kein bißchen müde, als sie die Tür zum Kühlschrank öffnete und mit einer triumphierenden Miene zeigte, was sie zustande gebracht hatte: Kartoffelauflauf und eingelegte Heringe, Schinken und Fleischbällchen, Rotkohl und Rippchen, Pastete, Mandelmuscheln und Pfefferkuchen. Plus alles Fertiggekaufte: Käse und Leberpastete, Würstchen und Gewürzbrot. Alles in winzigen Portionen in Butterbrotpapier verpackt.

»Oh«, lachte Margareta, »Tante Ellens Weihnachtsessen. In Miniaturausgabe...«

Christina lachte auch.

»Genau. Ich habe mir vorgestellt, daß wir dieses Jahr Puppenhausweihnachten feiern.«

Tante Ellen lachte auch, als sie mit ihren Körben voller Eßwaren kamen; fast war sie wieder die Alte, einmal kniff sie Margareta in die Wange und nannte sie Dummerchen, dann runzelte sie die Stirn über Christina und sagte, daß sie ordentlich essen sollte, damit sie endlich etwas Fleisch auf die Rippen bekäme. Die Pflegerin hatte ihr geholfen, das Zimmer weihnachtlich zu dekorieren, ein paar Kiefernzweige mit kleinen Weihnachtskugeln standen in einer kegelförmigen Krankenhausvase auf dem Tisch, und auf der Fensterbank brannten die Kerzen in einem dreiarmigen Kerzenhalter aus der Beschäftigungstherapie. Aber als es an der Zeit war, die Weihnachtsgeschenke zu überreichen, wurde sie ganz still und begann peinlich berührt zu nuscheln:

»Wenn ich nur meine Hände wie früher benutzen könnte«, sagte sie verschliffen, als Margareta ihr Päckchen auswickelte, »dann hätte ich dir was Schönes machen können...«

Margareta betrachtete die kleine Halskette im Geschenkpapier, einige holzfarbene Stäbchen und Kugeln bildeten ein harmonisches Muster.

»Aber die ist schön«, sagte sie und hängte sich die Kette über den Kopf. »Wunderschön!«

Christina nickte und wickelte ihr eigenes Päckchen aus:

»Die paßt ganz prima zu dem Kleid. Und auf Schwarz ist sie einfach perfekt.«

Sie wickelte das Weihnachtspapier aus: ein Paar gehäkelte Topflappen.

»Ich habe im Herbst Häkeln gelernt«, sagte Tante Ellen und lächelte ihr schiefes Lächeln. »Das kann ich mit einer Hand machen. Nächstes Jahr wird es dann eine Tagesdecke ...«

Margareta lachte:

»Ich möchte eine gelbe!«

Etwas blitzte in Christinas Augen auf.

»Und ich will eine in Rosa!«

Tante Ellen hielt lange durch, aber als die Uhr fast zehn zeigte, wurde sie müde. Ohne Proteste ließ sie es geschehen, daß Christina und Margareta ihr das gute Kleid auszogen, das Nachthemd überstreiften, und es schien ihr wirklich zu gefallen, als die beiden sich jeweils auf eine Seite ihres Bettes setzten. Als sie eingeschlafen war, schoben sie leise die Stühle zur Seite und gingen über den Flur in die Teeküche des Personals. Christina ließ Wasser ins Spülbecken einlaufen, während Margareta nach einem Geschirrtuch suchte.

»Was glaubst du, was macht Birgitta wohl an so einem Abend?« fragte sie.

Christina zuckte mit den Schultern.

»Keine Ahnung. Ich nehme an, das gleiche wie immer.«

Margareta stellte vorsichtig den ersten abgetrockneten Teller ab.

»Aber doch wohl nicht an so einem Abend, oder?«

Christinas Stimme war immer noch gedämpft, doch der Tonfall war schneidend:

»Wer weiß, was solche Typen an Heiligabend treiben? Wer weiß, was sie überhaupt so treiben? Ich will nicht mehr darüber reden. Es ist einfach zu widerlich!«

Es schneite immer noch, als sie hinausgingen; die Kälte zwickte Margareta in dem Spalt zwischen ihrem Kaninchenfell und den Stiefeln. Christina war natürlich vernünftiger gekleidet, ihr Mantel reichte fast bis zu den Knien, und außerdem hatte sie noch eine Wollhose übergezogen, bevor sie hinausgegangen waren. Margareta zögerte einen Augenblick, ehe sie sich traute, die Frage zu stellen, die ihr in der letzten Stunde durch den Kopf gegangen war.

»Wollen wir zur Mitternachtsmesse gehen?«

Christina starrte sie überrascht an, während sie sich ihre neuen Handschuhe anzog. Sie paßten perfekt in Größe und Farbe.

»Nein«, antwortete sie, »warum sollten wir?«

Weil es mir guttun würde, dachte Margareta etwas später, als sie in dem schaukeligen Bett im Gästehaus des Klosters lag. Weil es meinen Augen guttun würde, auf Heiligenbildern und flackernden Kerzen zu verweilen, weil ich ganz hohl bin und mit Orgelbrausen und Kirchengesang erfüllt werden möchte, weil es mir guttun würde zu verzeihen und daß mir verziehen wird...

Sie kniff die Augen zusammen, sie wollte nicht erinnert werden. Sie wollte alles aus ihrem Kopf herauskippen, so daß sie ein paar Jahre später, wenn sie an diesen Herbst dachte, alles vergessen hätte, alles, außer ihrem Studium und der freundlichen Zimmerwirtin. Nicht einmal wenn sie sich anstrengte, würde sie sich daran erinnern, daß sie eine Art Scham überfallen hatte, als sie in die Universität kam, und daß diese Scham so schwer war, daß es sie gelähmt hatte, daß sie – die laute, lachende und ständig kichernde Margareta – sich kaum traute, ihre Kommilitonen anzusprechen und daß sie abends einsam die Straßen entlanggeschlichen war, die geballte rechte Faust fest gegen das Zwerchfell gedrückt, statt zu den studentischen Regionalfesten und Partys zu gehen, daß sie sich umgedreht und fremden Männern in die Augen geschaut hatte, wenn sie sie ansprachen. Und daß sie dreimal einem gefolgt war und ihm jeweils stumm zu Willen war.

Würde sie in der Dunkelheit Christina davon flüsternd berichten können? Würde sie erzählen können, wie sie in einem Hinterhof gestanden hatte, den Schlüpfer halb heruntergezogen und ihre Wange an die eines fremden Mannes gelehnt? Daß sie im Kino die Beine für ein paar grobe Finger breit gemacht hatte? Daß sie schweigend einem namenlosen Mann in ein schmutziges Pensionszimmer gefolgt war? Daß sie eine Art Erleichterung gespürt hatte, während es ablief, aber daß sie aus Angst hinterher gegurgelt hatte, daß sie sich als Strafe für den ausgebliebenen Frieden und die Befreiung selbst geohrfeigt hatte, als Strafe dafür, daß niemand sie für mehr als eine kurze Zeit haben wollte?

Nein. Das konnte sie nicht erzählen. Nicht Christina. Aber vielleicht Birgitta.

Ich versinke, dachte sie. Hilf mir doch jemand, damit ich nicht versinke!

Christina mußte direkt nach den Weihnachtsfeiertagen zurück nach Lund fahren, sie wollte ihre Prüfung ablegen, sobald das neue Semester begann. Margareta brachte sie zum Bahnhof, sie verabschiedeten sich mit einer hastigen Umarmung und versprachen einander, enger in Kontakt zu bleiben.

Hinterher ging Margareta zum Pflegeheim, der Weihnachtsschnee war weggeregnet worden, und Tante Ellen nickte eifrig, als Margareta ihr einen Spaziergang vorschlug. Es wurden viele Spaziergänge in den nächsten Tagen, Tante Ellen sehnte sich nach frischer Luft, und Nieselregen und schneidender Wind störten sie nicht. Sie wurde wieder ganz die alte; nachmittags lud sie in die Konditorei am Stora Torget ein, und dann mußte Margareta leise hinter ihrem Rollstuhl warten, während Tante Ellen mit den Damen hinterm Tresen plauderte und sich nach den Zutaten zu den Törtchen und dem Gebäck erkundigte. Am Tag vor Silvester bestellte sie eine riesige Torte, und obwohl am Silvestervormittag Eisregen herrschte, bestand sie darauf, selbst mitzukommen und sie abzuholen. Und zwar schnell. Denn das Personal trank immer um vier Uhr nachmittags Kaffee, und dann sollte die Torte an Ort und Stelle sein. Auf dem Rückweg saß sie zitternd und bebend in ihrem Rollstuhl und schimpfte mit Margareta, ja vorsichtig übers Kopfsteinpflaster zu fahren, damit die Torte in dem Karton nicht zermatscht wurde. Margareta lachte. Ihre Finger waren steif von der Kälte, und das Kaninchenfell war vom Regen verfilzt und schwer geworden, aber Tante Ellens wohlvertraute Ermahnungen wärmten sie.

Aber dann wurde es doch wieder Alltag, und sie mußte abreisen. Tante Ellen strich ihr über die Wange, als sie kam, um sich zu verabschieden. Margareta lehnte ihre Wange an die Hand.

»Kannst du nicht ab und zu schreiben?«

»Aber wenn ich schreibe, wird es nur Krickelkrackel«, sagte Tante Ellen und schüttelte den Kopf. »Das kannst du gar nicht lesen…«

»Doch, das kann ich«, widersprach Margareta. »Bitte schreib mal, sei so lieb.«

Tante Ellen strich ihr das Haar aus der Stirn.

»Na gut«, sagte sie. »Dann werde ich mal schreiben. Wenn es denn so schrecklich wichtig ist…«

Sie war sich selbst nicht bewußt darüber, daß sie es so geplant hatte, aber als sie auf dem Bahnsteig stand, war ihr klar, daß sie gar nicht auf den Zug nach Mjölby wartete, um dort umzusteigen, um weiter nach Göteborg zu kommen. Sie würde vorher in die andere Richtung fahren. Ein Weihnachtsgeschenk lag immer noch ungeöffnet in ihrer Tasche.

Auch in Motala regnete es, sie blieb eine Weile im Bahnhofswartesaal stehen und schaute auf den Park in der Hoffnung, daß es aufhören würde, bis sie schließlich ihr Kinn in dem zottigen Kragen ihres Fellmantels verbarg und die Tür aufstieß.

Ein zerknitterter Zettel mit einer Adresse lag in ihrer Tasche; es war ihr gelungen, Stig mit dem Hechtmaul dazu zu bringen, ihn ihr zu geben, bevor sie nach Norrköping geschickt worden war. Es ging um eine kleine Seitenstraße in der Altstadt, aber Margareta hatte nur vage Vorstellungen davon, um welches Haus es sich dabei handeln konnte. Andererseits gab es sowieso keine großen Unterschiede zwischen den Häusern in diesem Viertel, sie waren alle ungefähr gleich baufällig und heruntergekommen.

Doch man war dabei, die Vergangenheit in Motala wegzuräumen, das konnte sie sehen, als sie durch die Stadt ging. Wo sich früher wacklige alte Bruchbuden aneinandergelehnt hatten, erhoben sich jetzt neugebaute Mietblocks aus Ziegeln und Beton.

Die Zukunft war auf dem Weg, und sie war kritisch wie eine Schwiegermutter. Sie erwartete, daß es dort, wohin sie kam, sauber und ordentlich sein würde.

Aber bis zu Birgittas Straße war sie noch nicht gelangt, sie hatte bisher nur einen kleinen Vorboten in Form einer neueröffneten Tankstelle auf einem alten Abrißgrundstück geschickt. Ansonsten sah es aus wie zuvor: kaputte Zäune zum Bürgersteig hin, abblätternde Holzfassaden an den Häusern.

Margareta schob die Tür zum Treppenhaus auf und schaute sich um. Die Wände waren mit brauner Farbe mit Zierkante gestrichen, und den Boden bedeckte kaputtes Linoleum. Es gab keinerlei Neuerungen: nicht einmal ein kleines blaues Schild mit weißen Plastikbuchstaben, das die Namen der Mieter hätte preisgeben können. Aber vier altmodische Briefkästen hingen an der Wand; vielleicht gehörte einer davon Birgitta. Doch nein. Auf keinem stand Fredriksson drauf. Es stand überhaupt kein Name drauf.

»Fahr zur Hölle! Du Scheißhure!«

Ein Stockwerk höher wurde eine Tür aufgerissen, eine Männerstimme dröhnte, Sekunden später donnerten schwere Schritte die Treppe herunter. Margareta preßte sich an die Wand. Er zog sich seine schwarze Lederjacke an, als er an ihr vorbeieilte; das Leder streifte ihr Gesicht, was er jedoch gar nicht zu bemerken schien. Er trat nur die Haustür auf und verschwand. Sie konnte gerade noch den Rücken seiner Jacke sehen, bevor die Tür wieder zuschlug: Er war bedeckt mit dem großen Bild eines Tigers.

»Wie ein Kind«, dachte sie. »Birgitta ist mit einem kleinen Jungen zusammen.«

Denn jetzt wußte sie, daß sie richtig war. Das war die Dogge, eine dickere und sehr viel verwüstetere Dogge als die, die vor ein paar Jahren der höchste Ritter in der Rangfolge der Rocker war, aber dennoch war es zweifellos dieselbe. Und wo die Dogge war, da war mit großer Wahrscheinlichkeit auch Birgitta.

Irgendwo schrie ein Säugling, es war eine Spur Resignation in seinem Weinen zu hören, das Margareta einen Schauder über den Rücken laufen ließ, als sie die Treppe hinaufging. Sie blieb auf dem Absatz stehen. Hinter welcher der beiden braunen Türen war wohl Birgitta zu finden? Sie entschied sich für die rechte.

Das Klingelsignal brachte das Kind für einen Augenblick zum Schweigen, aber schon kurz danach, als jemand über einen Holzfußboden ging, setzte das Weinen wieder ein.

»Ja«, sagte Birgitta und riß die Tür auf. »Was ist los?«

Die Wohnung war zugig und unpraktisch, ohne Heizung und ohne Warmwasser. Ein einsamer Elektroofen glühte in der Küche, und auf dem Kohleherd stand eine Kochplatte. Es dauerte eine Ewigkeit, bis sie heiß wurde, Birgitta gelang es, drei von Margaretas Zigaretten zu rauchen, bevor der Kaffee fertig war. Irgendwo im Haus weinte der Säugling immer noch, aber jetzt leiser und nicht mehr so verzweifelt.

Birgitta war immer noch schön: Das Haar war ebenso strahlend blond wie früher, die Haut so glatt und samtweich, die Linie ihrer Lippen weich gerundet. Aber die Fingerspitzen wölbten sich auch immer noch über Nägel, die bis auf die Wurzel abgekaut waren, und man konnte die Spuren des Kamms in ihren Haaren sehen. Sie müßte sich mal die Haare waschen. Sie müßte sich eigentlich mal ganz und gar waschen: Der graue Schmutzrand der Kindheit war zurückgekehrt, er lag wie ein Halseisen um ihre Kehle.

Birgitta erwiderte Margaretas kritisches Beäugen mit einem mindestens ebenso kritischen Blick, während sie Kaffee einschenkte.

»Du siehst aus wie eine ertränkte Katze«, sagte sie und schob eine Schale mit Zwieback in Margaretas Richtung. »Was hast du gemacht? Bist du hergeschwommen?«

»Es regnet draußen«, erklärte Margareta und nahm sich einen Zwieback. »Und ich bin den ganzen Weg vom Bahnhof zu Fuß gegangen.«

Birgitta warf einen Blick zum Fenster, es schien, als würde sie erst jetzt das kalte Nieselwetter draußen wahrnehmen. Aber es interessierte sie nicht; sie drehte dem Fenster wieder den Rücken zu und streckte die Beine aus, betrachtete ihre schönen Waden und die schwarzen Nylonstrümpfe, die sie bedeckten. Das Kind schnappte irgendwo erschöpft nach Atem, als es wieder zu weinen begann, klang es spröder und zarter. Birgitta schien es gar nicht zu hören.

»Und was machst du jetzt so?«

»Ich büffle. In Göteborg. Das habe ich dir doch im Brief geschrieben. Hast du den nicht gekriegt?«

Birgitta zuckte mit den Schultern, während sie sich eine neue Zigarette anzündete.

»Und was machst du dann in Motala, wenn du nach Göteborg gezogen bist?«

Margareta reichte ihr ein Päckchen über den Tisch und versuchte, dabei zu lächeln:

»Ich bringe dir ein Weihnachtsgeschenk.«

Birgitta starrte das Päckchen an, während sie das abgebrannte Streichholz in den Aschenbecher warf, machte aber keinerlei Anstalten, das Geschenk zu nehmen.

»Bitte«, sagte Margareta, »es ist für dich!«

Birgitta nahm zögernd mit einer Hand das Päckchen, schob sich dann die Zigarette in den Mundwinkel und wurde eifrig; sie riß das Geschenkband und das Klebeband in einer einzigen hastigen Bewegung auf.

»Oh«, sagte sie und stieß eine Rauchwolke durch einen Mundwinkel aus, während sie den rosa Pullover vor sich hielt. Er hatte einen V-Ausschnitt, war unmodern und inzwischen fast ein bißchen lächerlich, aber Margareta hatte gespürt, daß Birgitta immer noch gern als Vamp im Pullover mit V-Ausschnitt und engem Rock auftrat.

Birgitta legte den Pullover auf den Schoß, nahm die Zigarette aus dem Mundwinkel und stieß eine mißtrauische Rauchwolke aus.

»Bist du extra aus Göteborg gekommen, nur um mir den Pullover zu geben?«

Margareta nahm ihre Tasse, plötzlich peinlich berührt.

»Nein. Ich war über Weihnachten in Vadstena. Bei Tante Ellen.«

Birgitta runzelte die Stirn:

»Ist die Alte umgezogen? Wohnt sie jetzt in Vadstena?«

Margareta trank einen Schluck Kaffee.

»Sie ist im Pflegeheim von Vadstena.«

Birgitta sah überrascht aus:

»Ist sie immer noch krank?«

Margareta nickte und schaute auf den Tisch hinunter. Die Wachsdecke hatte Risse, man konnte die Fäden des weißen Untergewebes sehen.

»Sie ist gelähmt. Halbseitig. Das wird nie wieder gut.«

Birgitta nahm einen tiefen Zug und wandte ihren Blick ab, ihre Stimme wurde scharf:

»Daran bin ich nicht schuld.«

Margareta senkte wieder den Blick, wußte nicht, was sie darauf sagen sollte. Eine Weile schwiegen beide. Der Regen peitschte gegen die Fensterscheibe, das Weinen des Kindes war zu einem erschöpften kleinen Rinnsal im Hintergrund geworden. Margareta schaute in ihre Kaffeetasse, plötzlich fühlte sie sich ungemein müde. Es war zwecklos. Nicht einmal Birgitta konnte sie erzählen, was in diesem Herbst geschehen war, und wenn sie es doch täte, würde Birgitta weder Trost noch hilfreiche Erklärungen bieten. Sie war zu fest in ihrem eigenen Leben verwurzelt. Das Kind holte tief Atem, Sekunden später wurde sein Weinen zu einem Schrei der Verzweiflung.

»Scheißkind!«

Birgitta wischte die Kaffeetasse zur Seite und stand auf, rannte auf Strumpfsocken auf den Flur und verschwand. Aber man konnte hören, wie sie eine Tür aufriß.

»Halt die Klappe!« schrie sie mit kreischender Stimme. »Wenn du nicht endlich die Klappe hältst, schlag ich dich tot!«

Margareta stand so hastig auf, daß der Stuhl hinter ihr umfiel; erst jetzt wurde ihr klar, daß sich das Kind tatsächlich in Birgittas Wohnung befand. Sie machte drei große Schritte durch die Küche, stolperte fast über den Flickenteppich auf dem Flur und hielt sich am Türpfosten fest.

Birgitta stand in einem kleinen dunklen Zimmer. Das mußte ihr Schlafzimmer sein. Das Rollo war heruntergelassen, und hinten an der Wand stand ein zerwühltes Bett. Auf einer Matratze auf dem Boden lagen ein paar verschlissene Decken. Mitten im Raum stand ein Gitterbett. Es roch widerlich: gleichzeitig süßlich und nach Kot.

Birgitta stand in einer sonderbaren Körperhaltung neben dem

Gitterbett, wie in Habtachtstellung. Ihr Rücken war gerade, sie hielt die Hände fest an den Körper gepreßt und starrte an die Decke.

»Halt die Klappe!« schrie sie. »Halt endlich deine verdammte Klappe, sonst vergesse ich mich!«

Ein spitzer Schrei erklang aus dem Gitterbett, eine kleine Hand winkte. Margareta ging zögernd einen Schritt ins Zimmer.

»Birgitta, hast du ein Kind gekriegt?«

Birgitta drehte sich zu ihr um und starrte sie an.

»Ja, verflucht noch mal, was denkst du denn?«

Es gelang ihr, das Ganze zu einem Spiel zu machen. Sie wurde zur kleinen Schwester, die darum bat, mit der niedlichen Puppe der großen Schwester spielen zu dürfen. Der Junge war erst drei Monate alt und wog auf ihrem Arm nichts, dennoch war es ihr, als könnte sie eine äußerst bewußte Angst in seinem Blick aufblitzen sehen, als sie ihn hochnahm und aufs Bett legte. Sein Po war dunkelrot, fast lila, das konnte sie sehen, als sie den Kot mit einem Zipfel seiner Strampelhose abwischte. Die war sowieso hoffnungslos vollgeschissen: Der Kot war schon vor langer Zeit durch die Windel gedrungen und die Beine entlanggelaufen.

Sie lief in die Küche und machte die Strampelhose naß, benutzte sie gleichzeitig als Waschlappen und als Handtuch, lief im Zimmer herum und fand ein Paket Zellstoff, knüllte ein paar Bogen zusammen, wie sie es früher für die Windeln ihrer Puppen gemacht hatte, und legte sie in die Windelhose. Das Plastik war inzwischen hart vom Alter und die Säume braun von altem Kot. Sie wickelte das Kind in eine Decke; es lag wie eine kleine Kohlroulade auf ihrem Arm, weinte immer noch, aber jetzt matter und mit geschlossenen Augen. Seine runde Stirn war feucht vom Schweiß.

Margareta stellte sich auf die Türschwelle zur Küche und legte den Kopf schräg, Birgitta hatte sich wieder an den Küchentisch gesetzt und eine neue Zigarette angezündet.

»Vielleicht hat er ja Hunger?«

Birgitta kräuselte verächtlich die Oberlippe und strich die Asche ab:

»Er ist nicht hungrig. Er nervt nur.«

»Aber meine Liebe«, sagte Margareta, »ich habe noch nie einem Baby die Nuckelflasche gegeben. Darf ich das mal?«

Birgitta nickte, wandte jedoch den Kopf zur Seite.

Margareta mußte selbst die Packung Trockenmilch suchen und Wasser in einen Topf gießen, einen Rührlöffel finden und die schmutzige Flasche reinigen. Das war nicht so leicht. Es war unmöglich, sie nur mit dem kalten Wasser aus dem Hahn und nur einer Hand richtig sauber zu kriegen. Sie traute sich nicht, das Kind hinzulegen; es weinte immer noch, und Birgitta hielt sich mit den Händen die Ohren zu. Gott allein wußte, was sie anstellen würde, wenn der Junge auf dem Küchenboden lag. Aber es war schwer, mit dem Jungen auf dem Arm zu rühren, das Milchpulver klumpte.

Schließlich sank auch sie am Küchentisch nieder und schob dem Jungen die Nuckelflasche in den Mund. Eine Sekunde lang schlug er die Augen auf und sah sie mit leerem Blick an, schloß sie sodann langsam wieder und begann zu saugen. Plötzlich wurde es vollkommen still im Haus: Birgitta saß immer noch über den Küchentisch gebeugt da, die Hände auf den Ohren.

»Wie heißt er?« fragte Margareta vorsichtig.

Birgitta nahm die Hände herunter und zuckte mit den Schultern. Ihre Finger tasteten über die Wachsdecke nach dem Zigarettenpäckchen, aber als sie es erreichte, ließ sie es sofort wieder fallen.

»Hör mal«, sagte sie, »kannst du nicht für eine Stunde Babysitter spielen? Ich muß raus und einkaufen. Und außerdem habe ich einen Termin im Sozialamt, ich brauche Geld für 'nen Arzt.«

Margareta zögerte und schaute auf die Uhr. Birgittas Stimme wurde eifriger, sie beugte sich weiter vor:

»Ich habe keinen Kinderwagen, weißt du … Und weil ich keinen Kinderwagen habe, kann ich auch nicht raus. Und ich habe nichts mehr zu essen im Haus. Außerdem muß ich unbedingt zum Arzt, ich habe solche Schmerzen!«

Margareta nickte. Birgitta tat ihr leid. Der Junge tat ihr leid. Die beiden brauchten Hilfe.

»Aber du mußt vor fünf zurück sein. Dann muß ich den Zug kriegen.«

Birgitta war bereits auf den Beinen, sie fuhr sich mit der Hand durchs Haar:

»Keine Sorge, ich bin in ein paar Stunden wieder da. Du bist wirklich verdammt nett, Margareta. Das bist du schon immer gewesen!«

Margareta senkte den Blick. Nett? Nun ja. Das war sie wohl tatsächlich.

Birgitta riß sich den schwarzen Pullover vom Leib und warf ihn in eine Ecke, zog sich den rosafarbenen über und eilte hinaus in den Flur. Als sie noch einmal in die Küche schaute, waren ihre Augen schwarz von der Wimperntusche und ihre Lippen hellrosa.

»Nur ein paar Stunden«, sagte sie lächelnd. »Bis später!«

Um acht Uhr abends begann Margareta zu weinen. Um zehn hörte sie auf und begann alle Schimpfworte aufzuzählen, die sie kannte, eins für jeden Schritt, den sie in der Wohnung ging. Um zwei Uhr nachts schlief sie mit dem Jungen im Arm ein. Um halb sieben am nächsten Morgen wurde sie an den Schultern gerüttelt, bis sie aufwachte.

»Verdammt noch mal, rutsch ein bißchen zur Seite«, sagte Birgitta. »Schließlich ist das mein Bett. Und ich bin scheißmüde.«

Guck nicht so sauer«, sagt Birgitta und gießt sich ihr Glas ein. »Schließlich ist das nur ein Bier.«

Margareta schaut weg, wieder bereut sie es, immer bereut sie es. Das nächste Mal, wenn sie Lust hat, zu einer ihrer Schwestern nett zu sein, wird sie sich selbst beiseite nehmen und einen gehörigen Tritt in den Hintern verpassen. Nur so zur Erinnerung.

»Ich bin nicht sauer«, sagt sie, doch sie kann es nicht vermeiden, daß ihre Stimme etwas schrill klingt. »Ich dachte nur, du würdest nicht mehr saufen. Das hast du doch gesagt, als ich dich letztes Jahr angerufen habe.«

Birgitta hebt ihr Glas und mustert die bernsteingelbe Flüssigkeit.

»Ich saufe nicht«, erklärt sie. »Ich genehmige mir nur ein Bier. Deshalb brauchst du ja nicht gleich hysterisch zu werden.«

Hysterisch? Margareta schnaubt und schlägt die Karte auf.

»Was willst du haben? Pizza? Oder was anderes?«

Birgitta antwortet nicht, sie hat die Augen geschlossen und läßt das Bier in langen, genießerischen Schlucken in sich hineinlaufen.

»Ich werde jedenfalls Lachs essen«, sagt Margareta und legt die Karte hin. »Gegrillten Lachs.«

Birgitta läßt das Glas sinken und leckt sich etwas Schaum von der Oberlippe.

»Lachs? Ach, Scheiße, ich habe keinen großen Hunger ...«

Wenn sie nichts ißt, wird sie blau werden, und wenn sie blau wird, wird das anstrengend. Margareta kann es bereits vor sich sehen: wie sie die Drottninggatan entlanggeht und versucht, eine grölende und stolpernde Birgitta im Zaum zu halten. Dieser Erniedrigung wird sie sich nicht aussetzen. Sie legt beide Hände auf den Tisch und beugt sich vor, zischt zwischen den Vorderzähnen:

»Du ißt etwas! Sonst denke ich gar nicht daran, dich nach Motala zu fahren, dann kannst du sehen, wie du nach Hause kommst!«

Birgitta sieht verblüfft aus, aber nur für einen Augenblick:

»O shit, was regst du dich denn so auf. Natürlich werde ich etwas essen, ich mag nur keinen Lachs, und das ist doch wohl gestattet, oder?«

Sie nippt an ihrem Bier, während sie in der Karte blättert.

»Preßkopf«, fragt sie, »ist das so etwas wie ein Minutensteak?«

Margareta zündet sich eine Zigarette an, ihre Hand zittert leicht.

»Preßkopf ist gepreßter Schlachtabfall.«

Sie schluckt den Rest ihres Kommentars hinunter: Preßkopf ist ein Essen, das für Menschen wie dich hergestellt wird, von Menschen, die solche wie dich verachten. Aber Birgitta hört gar nicht zu, weder ihren Gedanken noch ihren Worten.

»Mit Pommes frites und Remoulade... ja, genau. Das nehme ich.«

Sie hebt ihr Glas aufs neue und lächelt über dessen Rand Margareta zu.

»O Scheiße, Maggan, was bist du doch nett. Du bist immer für alle da!«

Eine Weile bleibt es still. Margareta schaut aus dem Fenster und fühlt, wie ihre Schultern weich werden. Die Drottninggatan liegt im Schatten. Alles ist wie immer. Wenn nicht die Kleider der Menschen und die Farben der Straßenbahnen wären, könnte man immer noch glauben, man befände sich in den sechziger Jahren. Und sie selbst könnte sich gut vorstellen, eine siebzehnjährige Gymnasiastin zu sein. Zumindest innerlich.

»Als ich in Norrköping gewohnt habe, hatte ich eine Affäre mit einem Lehrer«, sagt sie und gießt sich ihr Glas ein. Sie ist über sich selbst überrascht, noch nie zuvor hat sie mit jemandem darüber gesprochen, was zwischen ihr und André gewesen ist. Aber Birgitta scheint gar nicht zuzuhören, sie betrachtet enttäuscht das Glas, das Margareta an ihren Mund führt, vielleicht hatte sie gehofft, daß auch das zweite Bier ihr zufallen würde.

»Wir sind abends immer in seinem Wagen herumgefahren und haben nach einer Stelle gesucht, wo wir halten konnten. Wir haben jedesmal an einer anderen Stelle geparkt, damit uns niemand wiedererkennen konnte. Und dann haben wir auf dem Rücksitz miteinander geschlafen.«

Birgittas Interesse ist erwacht, sie kichert:

»O Scheiße, das hätte ich nie von dir gedacht. War es geil?«

»Geil?«

»Ja. War es geil, mit ihm zu bumsen?«

Margareta kräuselt leicht die Oberlippe. Meine Güte.

»Ich denke schon. Aber das war ja nicht das wichtigste. Ich war allein, ich brauchte jemanden...«

Sie verstummt, der junge Kellner stellt einen Teller vor sie, sie starrt lustlos auf den Lachs. Birgitta streckt sich nach dem Salzstreuer und salzt ihre Pommes frites mit weitausholenden Bewegungen. Margareta schnappt nach Luft und fährt fort:

»Das, was mit Tante Ellen passiert ist, war so schrecklich, ich glaube, ich war noch fast ein Jahr danach wie im Schock.«

Birgitta hält mitten in ihren Bewegungen inne, ihre Augen ziehen sich zusammen:

»Das war nicht meine Schuld!«

Margaretas Wut kocht wieder hoch. Warum kann sie nicht zuhören?

»Habe ich das etwa behauptet?«

Birgitta läßt den Salzstreuer los und sucht nach den Zigaretten, sie zieht einen Flunsch, als sie das Feuerzeug anschlägt.

»Ihr habt immer mir die Schuld gegeben. Immer!«

Margareta spießt eine Kartoffel auf ihre Gabel, plötzlich hat sie Lust, einfach gemein zu sein.

»Wir haben dich eines Abends gesehen, mein Lehrer und ich.«

Birgittas Blick flackert, sie läßt das Feuerzeug fallen und gräbt mit ihrer freien Hand in ihrer Jeanstasche.

»Guck mal«, sagt sie. »Christina muß total verrückt geworden sein, sie verfolgt mich. Sieh nur, was für einen widerlichen Brief sie...«

Sie wirft einen kleinen gelben Zettel auf den Tisch; er ist zu einem Viereck gefaltet, ihre Hände zittern, als sie versucht, ihn glattzustreichen. Margareta beobachtet sie dabei mit einem schiefen Lächeln, sie denkt gar nicht daran, sich ablenken zu lassen. Sie läßt sich nicht mehr manipulieren. Sie hat aufgehört, nett zu sein. Sie hat nicht einmal mehr Angst.

»Ja«, nimmt sie den Faden wieder auf. »Wie gesagt, wir haben dich eines Abends gesehen, mein Lehrer und ich. Du standest in Saltängen auf der Straße.«

Birgitta starrt sie eine Sekunde lang an, bevor sie ihre Zigarette im Preßkopf ausdrückt und sich den gelben Zettel schnappt. Dann steht sie auf und zerrt an der Jacke, die über der Rückenlehne ihres Stuhls hängt.

»Du Arschloch«, zischt sie über die Schulter. »Du verdammtes, versnobtes Schwein. Habt ihr euch das zusammen ausgedacht, Christina und du?«

Margareta schaut sie kalt an. Soll sie doch gehen, nur gut, um so schneller komme ich nach Stockholm! Aber sie ist noch nicht fertig, sie will ihre Zähne noch etwas tiefer in Birgitta hacken und sich ein Stück Fleisch rausreißen. Sie stützt ihr Kinn auf die Hände und sagt mit ihrer süßesten Stimme:

»War die Dogge dein Zuhälter? Und der Junge? War das ein Verkehrsunfall?«

Birgitta reißt die Jacke an sich und wirft sie sich über die Schulter; sie flattert wie ein Mantel hinter ihr her, als sie zur Tür stürmt. Die Schuhe sind wirklich zu groß, sie kippt mit dem Absatz um und fällt fast hin.

Natürlich bekommt Margareta ein schlechtes Gewissen, aber erst, als sie den Lachs aufgegessen hat. Ihr Puls schlägt kräftig, und sie schlingt das Essen hinunter. Sie kaut und schluckt, mit jedem Bissen fühlt sie sich schwerer und sicherer. Das Essen schmeckt gut, besser, als sie erwartet hat, erst recht, nachdem sie den Kellner herangewinkt und ihn gebeten hat, das Bier abzuräumen und statt dessen eine Flasche Mineralwasser zu bringen. Margareta mochte noch nie Bier. Sie findet Bier eklig und Leute, die nach Bier stinken, noch ekliger. Wirklich.

Die Zweifel kommen mit dem Kaffee. Sie beugt sich über die Tasse, die Hände an der Stirn, und erbebt. Was ist nur in sie gefahren? Wie konnte sie so etwas sagen? Was weiß sie eigentlich über Birgittas Leben, woher will sie wissen, ob nicht auch sie mit der Hand fest aufs Zwerchfell gepreßt herumgelaufen ist, als ob sie am Verbluten war? Vielleicht wußte auch sie keinen anderen Trost als den Kontakt mit einem vollkommen fremden Menschen? Vielleicht suchte sie genau wie Margareta auch nur die Bestätigung, daß es sie gab?

Margareta wischt sich mit der Hand übers Gesicht und richtet sich auf. Nein. Birgitta und sie sind nicht zu vergleichen. Manchmal mußte sie sich selbst verzeihen, weil sie in ihrer ersten Zeit in Göteborg fast den Halt verloren hatte. Aber bereits im Sommersemester danach wurde alles anders. Jede Woche kam eine Ansichtskarte aus Vadstena mit zittrigen Buchstaben und kurzem, telegrammartigem Text: *Der Frühling ist auf dem Weg! Paß auf dich auf!* Es war, als würden diese Ansichtskarten sie wecken, sie dazu bringen, sich die Augen zu wischen und wie nach einem langen Schlaf umzuschauen. Sie war doch gar nicht soviel häßlicher als die anderen Mädchen im Seminar, warum sollte nicht auch sie auf Regionalfeste und Partys gehen? So übte sie auf eine sozial akzeptablere Art Promiskuität; sie hatte gelernt, daß ihre Angst auch von Jungs ihres Alters bezwungen werden konnte. Sie war ins Kino und zu FNL-Treffen mit ihnen gegangen und schließlich sogar mit einem von ihnen zusammengezogen, hatte fast ein Jahr mit ihm in einem alten Haus des Regierungspräsidenten in Majorna gelebt, bis sie ihn eines Morgens in gleicher Art und Weise verließ, wie sie es später in ihrem Leben noch bei vier weiteren Männern machen würde. Sie war früh aufgestanden und hatte ihre Sachen in aller Stille gepackt, ihn schlafend in dem vorehelichen gemeinsamen Bett zurückgelassen, um ein Pensionszimmer zu beziehen und eine kurze Liebesepisode mit einem frischgebackenen Dozenten einzugehen. Aber im Gegensatz zu Birgitta war sie immer verantwortungsbewußt gewesen, auch in ihren tiefsten Krisen; sie war mit ihrer Antibabypille äußerst gewissenhaft.

Trotzdem hat sie nicht das Recht, sich gegenüber Birgitta aufs hohe Roß zu setzen, kein Recht, sie zu verurteilen. Sie weiß doch gar nicht, was aus ihr geworden wäre, wenn diese unbekannte Frau nicht so klug gewesen wäre wegzugehen, statt dort zu bleiben, wenn sie sie nicht in einer Waschküche zurückgelassen hätte, sondern wie ein Schatten über Margaretas Kindheit hängen würde. Sie muß doch froh sein und Gott dafür danken – wer immer das auch sein mag –, daß sie zu Tante Ellen gekommen ist und das bekam, was sie dort bekam. Daß sie das Glück hatte, dem gleichen Schicksal wie Birgitta und Christina zu entgehen.

Aber in einem Punkt hat Birgitta recht. Immer haben sie ihr die Schuld gegeben. Während Margareta sich vorwarf, daß sie die Tür zu der Telefonzelle geöffnet und Christina das Gekritzel gezeigt hatte, lauerte im Hintergrund die ganze Zeit noch ein anderer Vorwurf. Birgitta! Wenn diese nicht so bereitwillig ihren Slip in einem Halbstarkenauto nach dem anderen ausgezogen hätte. Wenn diese nicht so dumm gewesen wäre, mit dem anzugeben, wofür andere sich schämten. Und wenn sie nur begriffen hätte, daß es ein Glück für sie gewesen war, ihre schlampige Mutter loszuwerden und bei Tante Ellen zu landen. Und das wichtigste von allem: Wenn Birgitta nicht das gesagt oder getan hätte, was sie gesagt oder getan haben mußte, als Tante Ellen sie zur Rede stellte, dieses Unbekannte, das Tante Ellens Herz zum Rasen gebracht hatte, ihren Blutdruck hatte ansteigen lassen und eine Ader in ihrem Gehirn zum Platzen brachte, dann wäre alles – das gesamte Leben – für alle vier anders verlaufen.

Was für eine verfluchte Idiotin!

Margareta fegt die Haare zur Seite und greift nach ihrer Kaffeetasse, ihre Hände zittern. Natürlich ist sie böse auf Birgitta! Sie ist seit dreißig Jahren wütend auf sie, seit dem Augenblick, als sie durch die Tür in Tante Ellens Haus trat und eine schrille Stimme wimmern hörte:

»Ich bin nicht schuld, ich bin nicht schuld, ich bin nicht schuld!«

Bereits als sie die Tür hinter sich geschlossen und die paar Schritte über den Flur zurückgelegt hatte, bereits als sie Tante Ellen auf dem Boden des Wohnzimmers liegen sah, wußte sie, daß sich das Leben vollkommen verändern würde.

Tante Ellen war auf den braunen Läufer gefallen und hatte darauf uriniert; der Geruch nach Ammoniak schlug Margareta entgegen, als sie neben ihr auf die Knie fiel und ihre Hand faßte.

»Tante Ellen! Was ist passiert?«

Tante Ellen hob eine Augenbraue und bewegte den Mund, die Oberlippe war rot vom Nasenbluten, und in ihrem linken Mundwinkel war etwas Speichel zu sehen. Sie konnte nicht sprechen. Margareta hob ihren Kopf und schaute Birgitta an; die drückte sich in voller Kriegsbemalung an die Fensterwand: toupierte und vom Haarspray hochstehende Haare, ein enger Rock und ein enganliegendes Oberteil. Verachtung schmolz in Margaretas Kopf zu einem einzigen glühenden Punkt zusammen. Schnepfe! Sie schluckte:

»Was ist passiert?«

Birgitta legte die Hand auf den Mund und wimmerte durch die Finger:

»Ich bin nicht schuld!«

Margaretas Stimme wurde zu einem Flüstern:

»Hast du sie geschlagen? Hast du dich etwa erdreistet, Tante Ellen zu schlagen, du verfluchte ...«

Birgitta drückte sich noch fester an die Wand, immer noch mit der Hand vor dem Mund:

»Nein! Ich habe sie nicht angerührt, ich schwöre es ... Wir haben uns gestritten, sie hat mich angeschrien, und dann ist sie umgefallen. Ich bin nicht schuld!«

Margareta verzog wortlos ihr Gesicht und senkte den Blick. Diese Person war es gar nicht wert, angesehen zu werden. Sie ließ Tante Ellens Hand los und holte ein Kissen vom Sofa, es war in Grün und Rot in den feinsten Hexenstichen bestickt, hob vorsichtig Tante Ellens Kopf an und schob ihr das Kissen darunter.

»So, meine liebe Mama«, sagte sie und streichelte Tante Ellens Hand. »Warte nur, alles wird wieder gut.«

In dem Moment tauchte Christina in der Tür zum Wohnzimmer auf. Ihre Stimme war nur ein Flüstern, das kaum zu verstehen war:

»Was ist denn hier passiert?«

Margareta hob den Kopf, schaute ihre Schwester an und fing endlich an zu weinen.

Birgitta ist für ihr ganzes Leben verurteilt. Und das hat sie verdient.

Margareta tastet einen Moment lang auf dem Tisch nach ihren Zigaretten, bis sie einsieht, daß sie nicht mehr da sind. Birgitta war offensichtlich doch nicht so aufgeregt, daß sie nicht die Zigarettenschachtel schnell hätte mitgehen lassen. Auch egal. Jetzt weiß Margareta, was sie tun muß. Sie wird einen Blumenladen suchen, eine Rose und ein Grablicht kaufen, und dann wird sie zurück nach Motala fahren. Allein. Sie wird zu Tante Ellens Grab gehen und dort eine Weile sitzen, mit ihr über den Brief sprechen, der von nirgendwoher kam, über alles, was ist, und alles, was sein könnte. Ja. Sie wird Tante Ellen das erzählen, was sie noch niemandem sonst erzählt hat, von André und dem Herbst in Göteborg, von ihrer Reise nach Lateinamerika mit einem Mann, den sie bereits am dritten Tag verließ, von ihren einsamen Wanderungen durch Lima und von dem Moment, als sie zurück ins Kinderheim kam und das Bett leer vorfand.

»Wo ist mein Junge?« fragte sie und drehte sich um, starrte in die dunklen Augen der Oberschwester.

»Oh, Señorita«, sagte die Frau mit einem schiefen Lächeln. »Das war doch nicht Ihr Junge. Seine Mutter war heute nachmittag mit einem Anwalt hier. Sie hat fünfhundert Dollar für ihn gekriegt. Hätten Sie mehr bieten können?«

Ja. Sie hätte mehr bieten können. Sie hat viel bekommen, deshalb hat sie viel zu geben. Das Erbe, das sie einem unendlichen Geschlecht elternloser Kinder weitergeben wollte, hätte gereicht, jedes vor Dollar stinkende amerikanische Ehepaar zu überbieten. Aber der Junge war schon weg, die Oberschwester weigerte sich, ihr den Namen des Anwalts zu nennen, und so würde Tante Ellen niemals die Stammutter der elternlosen Kinder werden und Margareta Johansson keine Nachkommen haben. Sie ist ein äußerst zufälliger Teilchenklumpen, der sich auflösen und in tausend andere ebenso zufällige Teilchenklumpen eingehen wird, ohne eine einzige Spur zurückzulassen.

Als sie herauskommt, geht sie auf die sonnige Straßenseite, dreht ihr Gesicht zum Himmel und läßt den Wind mit ihrem Haar spielen. Die Luft ist klar und duftet, sie schnüffelt ein paarmal und versucht, die Moleküle zu identifizieren, die auf die Schleimhaut ihrer Nase treffen, lächelt, als es ihr gelingt. Frühling in der Luft. Ja, stimmt ja. Morgen ist Frühlings-Tagundnachtgleiche. Der Tag vor der Tagundnachtgleiche ist ein guter Termin, um Tante Ellen zu besuchen.

Sie entdeckt auf der anderen Straßenseite einen Blumenladen und eilt zu einem Zebrastreifen. Gerade als sie einen Fuß auf die Fahrbahn setzen will, packt sie jemand beim Arm. Sie dreht sich um und starrt in Birgittas graues Gesicht; ihr schlotterndes Doppelkinn zittert, als sie lallt:

»Ich war nicht schuld. Du mußt mir glauben, mal mußt du mir doch auch glauben!«

Margareta antwortet nicht, zieht nur den Arm zu sich und eilt auf die Straße. Sie muß sich beeilen, bereits nach ein paar Schritten springt die Ampel auf Rot um. Ein Bus brummt sie bedrohlich an, erst als sie auf der anderen Straßenseite angekommen ist, hört sie, was Birgitta schreit:

»Sie hat gelogen! Sie war ein verdammtes altes Miststück! Du weißt ja gar nicht, was sie getan hat!«

Das gibt den Ausschlag. Margareta wird so schnell wie möglich nach Motala fahren.

Auf der Waagschale

»Du selbst, o wackre, herrliche Natur,
Was bist du andres als ein rausgeputzter Troll,
Der die eigne Leibesfrucht mordet und verzehrt,
Getäuscht durch deine grausamen Liebkosungen?
Du, zugleich ihr Grab und ihr Grabhüter,
Bewachst das Tor zur Ewigkeit, eine Sphinx,
Mit Jungfrauenantlitz und Löwentatzen,
Du zeigst weiterhin dein Todeslächeln und dein Schweigen...
Nun gut! Schlag zu: Aber lasse mich endlich wissen,
Warum ich bin und was meine Welt bedeutet hat!«

Per Daniel Amadeus Atterbom

Ich kann nicht mehr schlucken. Ich werde niemals wieder schlucken können.

Was bedeutet das? Wohin bringt dieser Verlust mich?

Die Antwort ist einfach: An den Rand des Nichts.

Kerstin Eins ist aus dem Zimmer gerauscht, um Hubertsson anzurufen. Ich hätte ihr sagen können, daß das vergeblich ist, daß Hubertsson die Ambulanz für heute verlassen hat, aber sie hat meinen Computer so weit außerhalb meiner Reichweite geschoben, daß ich das Mundstück nicht erreichen kann.

Ulrika ist noch da. Ihr Gesicht hat sich verändert, das berufsmäßige Lächeln ist erloschen. Eigentlich ist sie hier drin fertig, sie hat mein Nachthemd und meine Laken gewechselt; mein Gesicht mit einem nach Seife duftenden Waschlappen, der in lauwarmes Wasser getaucht war, gewaschen, meine Bücher auf meinem Nachttisch nach der Größe geordnet, damit der ganze Stapel nicht auf den Boden fällt, aber dennoch kann sie sich nicht entschließen zu gehen, schweigend schleicht sie um mein Bett, zupft am Laken, obwohl das gar nicht nötig ist, faltet die Waffeldecke mit größter Gewissenhaftigkeit.

Sie hat Angst. Plötzlich ist sie so jung und ängstlich, daß ich sie am liebsten trösten würde. Aber mein Mundstück ist zu weit weg.

Ich bekomme keine Angst. Ich weiß, was mich erwartet, und gerade deshalb habe ich keine Angst. Wenn man die Fähigkeit zu schlucken verloren hat, gibt es nur drei Alternativen. Die erste ist, überhaupt nichts zu tun. Dann stirbt man an Auszehrung am dritten Tag. Die zweite ist, einen Tropf zu legen, dann wird dem Körper Flüssigkeit zugeführt, Zucker und bestimmte Salze, aber keine richtige Nahrung. Also verhungert man nach ein paar Monaten. Die dritte Alternative ist, einen Schlauch durch die Nase zu führen, weiter durch die Speiseröhre bis in den Magen und ihn jede dritte Stunde mit Nährlösung zu füllen. Dann kann man noch ewig leben. Amen.

Praise the Looord
I've seen the Light...

Jubelnde Stimmen dringen über den Flur zu Marias Zimmer. Eine Sekunde lang habe ich das Gefühl, der Himmel öffne sich über dem Pflegeheim, und Erzengel, Seraphim und Cherubim lockten mich mit ihrem Gesang. Aber dann fällt mir ein, daß der Himmel ja immer offen ist und daß heute ein Chor ins Haus kommen sollte. Dessen Jubilieren versetzt mich in eine tiefe Ruhe. Ich schaue Marias Engel an. Sehnen sie sich nach mir? Warten sie auf mich? Ich komme. Bald.

Aber jetzt noch nicht.

Mein Bild von dem Großen Spaßmacher ist naiv, ich weiß. Ich habe im Lauf der Jahre genügend Krankenhauspfarrer gesprochen, um zu wissen, daß es nicht so richtig *comme il faut* ist, ihn sich als eine Art Märchenkönig des Weltalls vorzustellen, als Jupiter mit weißem Bart und Sternendiadem, als einen Riesen, dessen galaktischer Thron im Vakuum auf der anderen Seite der Milchstraße schwebt und dessen blauer Mantel prachtvoll mit weißen Sternen und Supernova dekoriert ist, mit funkelnden Antiteilchenwolken und glitzernder dunkler Materie. Er ist noch viel mystischer, sagen sie, er ist das dem Dasein innewohnende Mysterium.

So ein Gott ist so abstrakt, daß er in seinem eigenen Mysterium gefangen sein muß, taub, stumm, blind und gelähmt. Ich kann nicht verstehen, wie man mit ihm reden kann. Und ich will mit dem Großen Spaßmacher reden. Wem sonst kann ich Vorwürfe machen, wen sonst kann ich zur Rede stellen? Aber ich glaube nicht. Es gibt keinen Grund zu glauben. Denn die Physik ist doch mittlerweile auf dem Weg, die Antwort auf die triumphierende letzte Frage aller Religionen zu geben: Kann es eine Welt ohne Schöpfer geben? Wie kann etwas aus dem Nichts entstehen?

Materie kann aus dem Vakuum entstehen, wenn der Druck genügend groß ist. Das ist bewiesen. Etwas – zum Beispiel ein Universum – kann also aus dem Nichts entstehen. Andererseits müßte man ja den Druck auch als etwas ansehen. Und vielleicht sogar das Vakuum. Ist der Leerraum etwas? Die Nichtexistenz? Wer schuf den Großen Spaßmacher? Wer schuf den, der den Großen Spaßmacher schuf?

So kann man ins Unendliche weitermachen. Wenn man Zeit hat. Und wenn man es nicht ertragen kann, statt dessen an das zu denken, was wir bereits wissen: daß etwas zu nichts werden kann. Zum Beispiel das Bewußtsein. Die Gedanken. Die Existenz.

Ich schließe die Augen und versinke im Stesolid. Das ist eine sonderbare Müdigkeit, sie ist nicht bleischwer und Übelkeit erzeugend wie Birgittas, die an einem Zebrastreifen in Norrköping steht, nicht schmerzhaft und wachsam wie Christinas, wenn sie die Augen während ihrer Sprechstunde kurz schließt, nicht einmal zum Gähnen verleitend und dösig wie Margaretas, die in einem Blumengeschäft in der Schlange steht. Es ist meine eigene Müdigkeit; sie ist leicht, durchsichtig und gleichzeitig lähmend. Es ist, als ruhte ich in einem wiegenden Spinnennetz, nicht in der Lage loszukommen, nicht in der Lage, überhaupt den Willen aufzubringen, mich loszumachen.

Und doch. Ich würde gern loskommen, wenn es mir nur gelingen würde zu hoffen. Der Zustand, den ich vor ein paar Stunden voller Verachtung von mir gewiesen habe, erscheint mir nun paradiesisch. Wie wäre es, im Bett sitzen zu können und zu frühstücken. Wie wäre es, einen zitternden Löffel mit Hafergrütze und Apfelmus an den Mund zu führen, die Zunge an den Gaumen zu drücken und die Bilder zu genießen, die der Geschmack erzeugt. Spätsommer. Wogende Haferfelder, duftende Äpfel, kilometerweiter Ausblick über die Östgötaebene.

Eine Ansichtskarte also.

Draußen im Aufenthaltsraum nimmt der Chor noch einmal Anlauf und läßt seine Silberstimmen erklingen:

Search me Lord,
shine a light from heaven on my soul.
Search me Lord.
I wanna be right I wanna be saved
I wanna be whole…

Nein, danke. Ich will nicht unbedingt erlöst und auf die sichere Seite gerettet werden; nach dieser Variante des ewigen Lebens strebe ich gar nicht. Aber es würde mir gefallen, nach meinem Tod vor dem Großen Spaßmacher zu stehen und aufzurechnen, ja, ich wünschte, er säße auf seinem galaktischen Thron mit einer Waage in der Hand und würde mich zwingen, meine Sünden zu bekennen. Dann würde ich meine Hand öffnen und darin drei schwarze Kugeln finden: eine für den Neid, eine für die Verbitterung und eine dafür, daß ich meine Pfründe nicht gut verwaltet habe.

»Jetzt höre zu!« würde ich sagen und die Kugel des Neids in seine Waagschale legen. »Ja, ich bin schuldig. An jedem Tag in meinem Leben habe ich mir das gewünscht, was die anderen hatten. Ich habe Tiger-Maria darum beneidet, daß ihre Mutter ihr schrieb, Agneta dafür, daß sie so niedlich und liebenswert war, Elsegerd, daß sie gehen konnte, wenn auch nur mit Krücken. Ich habe sie alle darum beneidet, daß sie eine nach der anderen aus der Anstalt für geistig Behinderte rauskamen. Und als ich viele Jahre später auch herauskam und in die Provinz Östergötland gebracht wurde, war ich immer noch nicht zufrieden. Als ich nach Linköping kam und zum Versuchskaninchen der Neurochirurgen wurde, beneidete ich die anderen Patienten darum, daß sie geheilt wurden. Die Neurochirurgen öffneten ihre Köpfe, wühlten etwas darin herum, und schon wurde alles gut. Ich sah einen nach dem anderen sich aus ihren Betten erheben und die ersten zögernden Schritte tun, während ich selbst immer noch dalag und sie mit zusammengekniffenen Augen beobachtete. Ich wollte auch gehen können!«

Ich würde einen Schritt zurücktreten und meinen Kopf nach hinten neigen, so daß ich ihm in die Augen sehen konnte:

»Warum hast du den Neid zu einer Sünde gemacht und nicht die Mißgunst. Es sollte umgekehrt sein. Es sollte eine größere

Sünde sein zu sagen: *Sie soll das nicht haben!* statt zu sagen: *Ich will das auch haben!* Warum soll derjenige, der aller Dinge beraubt ist, sich nichts wünschen dürfen?«

Danach würde ich die zweite Kugel in seine Waagschale legen:

»Das ist die Verbitterung. Dessen bin ich auch schuldig. Und dagegen habe ich keine Einwände, das ist und bleibt eine Sünde. Aber laß es mich kurz erklären, laß mich versuchen zu zeigen, was das wirklich ist.«

Dann würde ich mit leiser Stimme weitersprechen, fast flüsternd:

»Verbitterung ist eine Volkskrankheit. Sie befällt denjenigen, der nicht zu Ende trauern darf. Und ich mußte in einer Zeit leben, die keine Trauer kannte, in einer Zeit, die statt dessen das Problem suchte. Es ist einfacher mit einem Problem, dagegen können Maßnahmen ergriffen werden, während die Trauer durchlebt werden muß. Außerdem steckt die Trauer an, und das erschreckt die Menschen; deshalb sind sie bereit, bis zum Äußersten zu gehen, um zu verhindern, daß derjenige, der Grund zum Trauern hat, auch wirklich trauert. Sie lügen. Sie moralisieren. Sie schreien und lachen mit schrillen Stimmen, um alles andere zu übertönen. Ich habe viele Gründe für meine Trauer, deshalb habe ich ihre Angst geweckt. Sie wurden böse auf mich, weil meine Situation verzweifelt war. Deshalb wurde von mir zunächst erwartet, daß ich dankbar sein sollte dafür, daß ich Essen und Kleider am Körper bekam, dann sollte ich mein Schicksal akzeptieren und realistisch sein und schließlich meine Behinderungen als einen unpraktischen Zustand, aber nicht als eine Tragödie betrachten. Aber es war eine Tragödie! Es ist eine Tragödie, nicht gehen und nicht sprechen zu können, das ist viel, viel mehr als nur ein unpraktischer Zustand. Jeder Mensch, den es trifft, sollte das Recht haben, vor den Augen der ganzen Welt seine Faust zum Himmel zu recken, zu schimpfen und zu fluchen, zu schreien und zu schlagen, sich auf dem Boden zu wälzen, zu treten und mit den Fäusten auf den Boden zu trommeln, so gut es nur geht, zu weinen, bis die Augen keine Tränen mehr haben. Erst dann ist man in der Lage, die Welt zu sehen. Erst dann kann man eine Weile ruhig liegen und eine Ameise mit dem Blick verfolgen, wie sie einen Grashalm nach Hause schleppt, erst dann kann man akzeptieren, daß das Leben nie mehr als diesen Augenblick bieten wird, aber daß es dennoch sehr, sehr viel ist. Erst dann kann man zugeben, daß es ein Glück ist, daß man überhaupt existiert.«

Noch einmal würde ich zu dem Großen Spaßmacher aufsehen; er würde sich am Bart zupfen und mich anschauen, mir zunicken, damit ich weitersprāche. Und das würde ich auch tun, denn jetzt würde mich nichts mehr zurückhalten können:

»Aber nicht nur, daß ich nicht trauern durfte, hat mich verbittern lassen. Es war mehr. Ich war niemals die Wichtigste. Niemals in meinem Leben war ich für jemanden anders am wichtigsten. Nicht einmal, als ich geboren wurde, für Ellen war Hugos Tod wichtiger als mein Leben. Und danach traf ich nie jemanden, auf den ich mit Fug und Recht Anspruch erheben konnte, es gab keinen Grund, warum ich für irgend jemanden wichtig sein sollte. Es ist ja nur logisch: Eine Person, die nicht einmal für ihre Mutter das Wichtigste auf der Welt gewesen ist, kann niemals für jemand anders wirklich wichtig werden. Kaum für sich selbst.«

Die Stimme des Großen Spaßmachers würde durchs Weltall hallen:

»Und Hubertsson?«

Ich würde ihn streng ansehen, die Wut einer Mikrobe würde den Herrscher des Weltalls treffen.

»Jetzt sei aber still! Nur dieses einzige Mal sollst du zuhören. Ich komme noch zu Hubertsson. Später. Aber zunächst will ich meine dritte Kugel in deine Waagschale legen: die Sünde, daß ich meine Pfründe nicht verwaltet habe.«

Ich würde mich aufrichten und die Hände auf den Rücken legen, mich kurz räuspern und dann fortfahren:

»Du hast mich nicht ganz und gar leer ausgehen lassen. Ich habe scharfe Augen und einen funktionierenden Verstand bekommen. Warum habe ich mir dann nicht trotzdem ein Leben geschaffen? Warum bin ich kein Stephen Hawking geworden, ein weltberühmter Forscher? Oder zumindest eine mittelmäßige Universitätsstudentin? Warum habe ich in meinem Bett gelegen und mich von meinen Schwestern bestohlen gefühlt, statt meine Studien fortzusetzen?«

Er würde nicken. Genau. Warum?

»Komm mit mir zurück nach Linköping, in jene Jahre, als ich das Versuchskaninchen und die brave Idiotin der Neurochirurgen war. Ach, was war ich doch tüchtig! Und wie gefiel es mir, so tüchtig zu sein! Ich strahlte wie eine Sonne, wenn ich gelobt wurde: Schaut nur die tüchtige kleine Desirée an, wie sie im Rollstuhl im Pflegeheim sitzt, den letzten Brief vom Fernstudium auf den Knien. Jetzt hat sie Englisch geschafft! Jetzt hat sie ein Referat über Thomson und die Elektronen geschrieben! Aber jetzt muß sie die Bücher beiseite legen, denn jetzt wollen wir sie zum Neurologen bringen und mal wieder ihren Schädel aufbohren.«

An dieser Stelle wollte ich ihn wieder ansehen:

»Weißt du, wie oft sie mich operiert haben, du Allwissender Großer Spaßmacher? Ich weiß es nicht. Ich weiß nur, daß ich glaubte, die häufigen Operationen wären ein Zeichen dafür, daß sie dabei waren, den magischen kleinen Nervenstrang zu finden, der die Wurzel allen Übels war, daß sie ihn mit geschickten Fingern und rasierklingenscharfen Instrumenten reparieren würden und daß ich hinterher Dinge tun könnte, an die ich vorher nicht einmal im Traum zu denken gewagt hatte. Singen. Tanzen. Laufen. Ich bereitete mich auf ein neues Leben vor, deshalb beugte ich meinen rasierten Kopf schon wenige Tage nach jeder neuen Operation über die Lehrbücher, deshalb beklagte ich mich nie darüber, daß die eine Wunde gerade geschlossen war, als sie mich schon wieder aus dem Pflegeheim holten und zum Neurologen brachten, um mir eine neue zu verpassen. Ich hatte ja ein Leben vor mir, das auf mich wartete.«

Ich würde tief Luft holen, um meine Stimme fest klingen zu lassen:

»Dann kam der Tag, an dem ich Abitur machte. Ein Vertreter der Fernkurse kam höchstpersönlich mit dem Zeugnis und der weißen Mütze in die Abteilung. Ich bekam von meinen Mitpatienten Blumen und vom Personal eine Torte. Der Östgöta-Correspondenten kam auch, man richtete mich mit all meinen Blumen im Rollstuhl auf, der Fotograf machte ein Bild, während der Reporter wohlwollend lächelnd im Hintergrund stand... Ich war glücklich. Zum ersten Mal wurde ich wirklich gesehen, und zum ersten Mal war ich wirklich glücklich. Ein paar Stunden später kam Lundberg.«

Hier würde ich vermutlich schwer schlucken müssen, um überhaupt weitermachen zu können.

»Ich nehme an, du erinnerst dich an Doktor Lundberg. Den Oberarzt. Ja, natürlich tust du das, du bist ja allwissend. Dann weißt du auch, was er sagte, als er kam, nachdem er pflichtschuldigst ein Buch als Abiturgeschenk überreicht hatte. Er sagte, er wollte mein Gehirn teilen. Er wollte sein Skalpell durch meine Hirnrinde ziehen und meine Hirnhälften voneinander trennen. Das sei notwendig, sagte er, damit die Epilepsie nicht noch weitere Schäden verursachen könne. Und das sei alles, was er für mich tun könnte, er hoffe, ich würde das verstehen, sie könnten mich nicht heilen und neu bauen, sie könnten nur weitere Schäden verhindern. Und das Hirn zu spalten war zwar ungewöhnlich, aber es war eine erprobte Methode, die in den USA bereits seit den Vierzigern angewandt wurde.«

An dieser Stelle würde ich meine Stimme zu einem Flüstern senken:

»Ich verwelkte. Das geschieht, wenn man die Hoffnung fahren läßt. Man verwelkt. Und ich konnte spüren, wie es geschah: Es war, als würde meinen Knochen innerhalb weniger Minuten das Mark entzogen, als verlöre ich jede Spur der geringen Kraft und Festigkeit, die ich gehabt hatte. Er wollte mein Gehirn spalten! Das Gefühl vom Verstand trennen, die Buchstaben von den Ziffern, das Bewußtsein vom Unbewußtsein. Er wollte mich meiner Persönlichkeit berauben, damit ich keine weiteren Schäden erleide. Ich legte sein Geschenk fort und sah ihn an, mir fiel plötzlich ein, daß er mir nie etwas versprochen hatte, daß ich mir selbst etwas vorgemacht hatte. Das sollte nie wieder vorkommen. Worauf konnte ich noch hoffen? Zu singen? Zu tanzen? Zu laufen? Nein. Archivarbeit, wenn ich Glück hatte. Vier oder sechs oder acht Stunden am Tag in einem Rollstuhl in den hintersten Labyrinthen einer schummrigen Bibliothek. Ewige Arbeitslosigkeit, wenn ich Pech hatte. Und es war ziemlich wahrscheinlich, daß ich auch in Zukunft Pech haben würde. Ich sammelte mein verbliebenes Knochenmark, den letzten Rest meiner Kraft, zu einem einzigen Wort: Nein. Er würde mein Gehirn nicht spalten. Ich weigerte mich, dazu meine Zustimmung zu geben.«

Dann würde ich dem Großen Spaßmacher wieder in die Augen sehen:

»Ich war bereit aufzugeben. Zu sterben. Ich hörte auf zu sprechen und zu lesen, ich hörte auf zu essen und zu trinken, ich schrie vor Panik, sobald ich einen Neurochirurgen erblickte. Damit war ich unbrauchbar geworden, und die Regionalverwaltung brachte mich nach Vadstena, vertraute mich einer billigeren und unkomplizierteren Pflege an. Und das Leben machte eine Biegung: Hubertsson kreuzte meinen Weg, und ich entdeckte, daß ich ein wenig mehr war, als ich bisher geglaubt hatte. Meine Seele bekam Flügel, wenn du eine so billige Metapher entschuldigst...«

Der Große Spaßmacher würde murren: »Zur Sache.«

»Mehr ist nicht zu sagen. Ich war gezwungen, seine Patientin zu sein, um ihm nah zu sein. Ich flog des Nachts in die Welt hinaus und lag tagsüber still in meinem Bett und fand, daß das genügte. Deshalb studierte ich nicht weiter, deshalb wurde ich nie ein Stephen Hawking.«

Hier würde ich lächeln und meine Zauberkunst zeigen: Aus einer Falte meines Leichenhemds würde ich eine vierte Kugel hervorholen, eine goldglänzende Sphäre, größer als die drei anderen zusammen.

»Sieh her«, würde ich sagen, »beuge dich vor und schau in meine Kugel! Ich werde sie in die andere Waagschale legen. Wird sie meine Sünden aufwiegen?«

Dann würde ich die Kugel aus meiner Hand in die Waagschale rollen lassen. Sie würde glitzern und funkeln, und schon bevor sie landete, würde klar sein, daß sie schwerer als alle Sterne des Großen Spaßmachers war.

»Sieh her«, würde ich sagen, »sieh, wie die Waage sich unter dem Gewicht meiner Kugel neigt, wie das Metall der Waagschale fast zerbricht...«

Der Große Spaßmacher würde sich vorbeugen, würde mir seine mächtige Hand entgegenstrecken, und ich würde einen Schritt nach vorn machen, zitternd und ängstlich, aber entschlossen. Langsam würde ich durch den Himmel schreiten. An Gottes Hand würde ich zu Gottes Angesicht geführt werden. Zu seiner Antwort.

»Ich weiß«, würde er sagen, »du hast geliebt.«

Kerstin Eins und Ulrika sind wieder im Zimmer, ich kann sie unter den halbgeschlossenen Lidern beobachten. Noch nie habe ich sie so wie jetzt gesehen. Kerstin Eins hat zerzauste Haare, Ulrika hat feuchte Augen und ist nervös. Sie stellen das Kopfende meines Betts ganz auf, ziehen mich hoch und glätten das Nachthemd unter meinem Rücken. Das tut gut. Falten können eine Qual sein, wenn man gezwungen ist, Stunde um Stunde auf ihnen zu liegen.

»Desirée«, sagt Kerstin Eins mit einer ganz anderen, viel tieferen Stimme, als sie sie sonst zu benutzen pflegt.

»Desirée! Hören Sie mich?«

Ich schlage die Augen auf und sehe sie an.

»Ich habe Hubertsson nicht erreichen können. Ich habe bei der Ambulanz und bei ihm zu Hause angerufen, aber er ist nirgends. Soll ich solange Dr. Wulf holen?«

Nein. Das soll sie nicht. Mit der habe ich andere Pläne. Ich schließe die Augen und mache eine kleine Bewegung mit dem Kopf. Zum ersten Mal begreift Kerstin Eins, daß sie hier eine meiner nichtspastischen Bewegungen sieht.

»Wollen Sie lieber auf Hubertsson warten? Gut. Ich verspreche Ihnen auch, es immer wieder bei ihm zu versuchen. Und wenn ich ihn bis zum Abend nicht erreicht habe, dann werde ich es zu Kerstin Zwei sagen. Ist das in Ordnung?«

Das ist in Ordnung. Ganz wunderbar in Ordnung.

Ich weiß nicht, was ich Hubertsson sagen soll, wenn er kommt. Ein Beschluß muß gefaßt werden. Ein Versprechen muß gehalten werden.

Natürlich haben wir über Sterbehilfe gesprochen, vor allem in den letzten Jahren, als das Wort Euthanasie nicht mehr automatisch mit Faschismus und Konzentrationslagern verknüpft wurde, sondern auch mit neuen Lösungen in einer hochtechnologisierten Zeit. Nicht nur in Holland sucht man nach neuen Wegen. In Australien hat man ein neues Hilfsmittel für Gelähmte erfunden.

Einen Todescomputer. Man schiebt den Rollstuhl vor den Computer, füllt eine Spritze mit Gift und legt eine abgeklemmte Kanüle in den Arm des Todeskandidaten. Auf dem Bildschirm wird im Abstand von dreißig Sekunden die Frage wiederholt:

»Willst du wirklich sterben?«

Enter.

»Willst du wirklich sterben?«

Enter.

»Willst du wirklich sterben?«

Dreimal wird die Frage gestellt, dreimal muß man auf Enter drücken, dreißig Sekunden später löst sich die Klemme in der Kanüle, und das Gift mischt sich mit dem Blut. Einfach und hygienisch. Kein Henker, nur ein Opfer. Sowie eine Menge eingesparter Steuergroschen.

Der Chor im Aufenthaltsraum ist zum Finale gelangt, sie klingen jetzt feurig und eifrig, erfüllt von ihrem Gesang. Sie klatschen so laut den Takt mit, daß ich nur ein kurzes Fragment des Textes hören kann:

No one else can calm my fear…

Ich beneide sie. Ich würde auch gern singen. Genau das Lied, das sie gerade singen, würde ich gern für Hubertsson singen.

Ich weiß mehr über Hubertsson, als er denkt. Ich weiß, wie die Haut an seinem Hals auf der Zunge schmeckt, wie es sich anfühlt, einen Finger mit den Haaren auf seiner Brust spielen zu lassen, wie er im Moment des Orgasmus die Augen schließt und den Mund öffnet. Doch meine Erinnerung ist schwach und spröde, ich habe sie verborgen, damit sie möglichst lange hält, und achte darauf, sie nicht abzunutzen. Aber jetzt hat das keinen Sinn mehr: Die Zukunft ist nur noch kurz.

Ein einziges Mal bin ich Hubertsson zum Standard Hotell in Norrköping gefolgt. Es war an einem Donnerstag im Januar, genau zu der Zeit, als meine aufwärtszeigende Kurve ihren Knick bekam, als die Anfälle immer häufiger wurden, als die Geräusche, die über meine Lippen kamen, immer weniger Ähnlichkeit mit

Worten und Äußerungen hatten. Ich war in der Zeit oft böse und ungeduldig mit meinen Pflegern; ich war der Meinung, sie würden sich zieren, wenn sie nicht begriffen, was ich gesagt hatte, sondern statt dessen mit einer Buchstabentafel angerannt kamen und mich geschäftig dazu zwangen, jedes kleine Wort zu buchstabieren. Zu zeigen war genauso schwierig wie zu reden: Meine Hände huschten kreuz und quer über die Tafel und ließen selbst mir meine Mitteilungen geheimnisvoll und unbegreiflich erscheinen. Schließlich versuchte ich, einen Zeigestock in den Mund zu stecken, aber auch das ging nicht viel besser.

Also verstummte ich und vergrub mich in mir selbst; ich lag meistens den ganzen Tag auf dem Bett, schlief oder tat so, als schliefe ich, wehrte alle vorsichtigen Versuche wütend ab, mich aus dem Haus zu locken. Auf den Straßen lag Schnee, und die Luft war kalt! Was sollte ich bitte schön draußen?

Nach einer Weile gewöhnten meine Pfleger sich daran, ließen sich mit Büchern und Zeitungen im Wohnzimmer nieder, schlichen nur ab und zu zu mir und öffneten meine Schlafzimmertür einen Spalt, um zu sehen, ob ich krampfte. Sie sprachen mich nicht mehr an, und genau das hatte ich gewollt. Denn wenn es kein Risiko gab, angesprochen zu werden, konnte ich mich auf den Weg machen.

Ich hatte einen außerordentlichen Wirt gefunden, eine ältere Krähe, die irgendwann Ende November in der Kiefer vor meinem Schlafzimmerfenster aufgetaucht war und sich inzwischen dort häuslich niedergelassen hatte. Ihre Fähigkeiten kamen mir gerade recht, sie war meistens schroff und schlecht gelaunt, im Grunde genommen jedoch ein äußerst sachliches Wesen. Wenn sie spürte, daß ich hinter ihren Augen saß, wurde sie nicht wie andere Krähen von Panik ergriffen, sondern sondierte schnell ihre Lage. Natürlich war ich stärker als sie, aber ihr war auch klar, daß ich sie brauchte. Deshalb herrschte eine Art Gleichgewicht zwischen uns. Ich tat das meine, um ihr Abwägen zu meinen Gunsten ausfallen zu lassen, verströmte den leichten Hauch von Gewißheit in ihre Adern: Wenn sie tat, was ich wollte, würde sie überleben, und wenn der Frühling kam, würde ich sie mit ihren Eiern in Frieden lassen.

Anfangs ging ich es vorsichtig bei ihr an, ich ließ mich von ihr nur ein paarmal am Tag über Vadstena tragen. Ich zwang sie nie über den Vättern – man konnte das schwarze Wasser zwischen den Eisschollen am Ufer sehen, und das machte ihr angst –, sondern begnügte mich damit, den See vom Schloßturm und von den Holztreppen im Uferpark aus zu betrachten. Hinterher ließ ich mich von ihr zu einem Baum vor der Ambulanz bringen, dort blieb ich sitzen und beobachtete mal Hubertsson, mal Christina, wie sie ihre Patienten behandelten. Mit der Zeit wurde ich kühner. Ich ließ die Krähe für eine Weile fliegen und ruhte in einem Tropfen Schmelzwasser auf einem Ast, ließ sie zu einem anderen Ast fliegen. Sie flog nie weit, und nach ein paar Tagen kam sie sofort zurück, wenn mein Gedanke sie rief. Trotzdem arbeitete ich immer weiter mit ihr, schickte meine Krähe in immer weiteren Kreisen über die Östgötaebene, hielt mich in Wäldern und Gehölzen auf, wechselte in einen Fuchs oder einen Hasen, kroch in einen schlafenden Igel und träumte mit ihm, tröstete dann ein frierendes Eichhörnchen mit den Erinnerungen an den Sommer, bis ich meinen Vogel wieder rief. Er kam sofort, obwohl er stundenlang hatte warten müssen. Die Krähe gehörte mir. Sie war gezähmt und bereit, benutzt zu werden.

Donnerstags wachte ich immer mit einer gewissen Unruhe im Körper auf: Heute würde Hubertsson nach einer schnellen Tasse Kaffee davoneilen, und morgen würde er erst sehr spät kommen – wenn er überhaupt kam. Donnerstagmorgens sprach er nie besonders viel, er war bereits mit der Nacht beschäftigt, die kommen sollte.

Mir gefiel das nicht. Ich wußte zuwenig über seine Donnerstage und Freitagnächte, ich wußte nicht einmal, ob er jede Woche die gleiche Frau traf oder ob er sich jedesmal eine neue suchte. Und ich dachte gar nicht daran, ihn zu fragen, das hätte bedeutet, sämtliche Paragraphen in unserem Vertrag zu brechen. Aber ich wollte mich auch nicht damit zufriedengeben, ihn nur aus der Entfernung zu sehen, ihm hinter meinen eigenen Augenlidern zu folgen, wie ich es zu der Zeit bereits mit meinen Schwestern tat. Ich wollte nicht mit Hubertssons Augen sehen, ich wollte eine sein, die von ihm gesehen wurde.

Dann kam schließlich der Donnerstagmorgen, auf den ich gewartet hatte. Hubertsson wedelte geistesabwesend mit seiner Aktentasche einen Abschiedsgruß und verschwand für diesen Morgen aus meiner Tür. Ich sah ihm nach und beschloß, endlich das Risiko einzugehen. Den ganzen Tag über war ich brav und folgsam, ließ mich sogar von einer stillen Pflegerin im Rollstuhl herumfahren, gähnte aber bereits gegen fünf Uhr, so daß ihr klar sein mußte, daß ich schlafen gehen wollte. Gegen sechs Uhr war Schichtwechsel, und der nächste Pfleger – ein eifriger junger Künstler – schaute nur durch einen Türspalt in mein Schlafzimmer und notierte zufrieden, daß ich ruhig zu schlafen schien. Er schlug seinen Skizzenblock auf und ergriff seinen Stift. Heute abend würde er viel schaffen.

Schon als ich die Krähe nach Nordosten lenkte, schien sie zu spüren, daß es sich um einen außergewöhnlichen Auftrag handeln würde. Sie stieg hoch zum dunklen Dach der Nacht und krächzte; ich antwortete mit einem Lachen in ihrem Kopf und trieb sie dazu, die Geschwindigkeit noch zu steigern. Dennoch dauerte es mehrere Stunden, bis wir endlich auf einem Laternenpfahl vor dem Standard Hotell in Norrköping landeten. Die Krähe war erschöpft und ließ ihren Kopf hängen, am liebsten hätte sie ihn sofort unter den Flügel geschoben. Doch ich hielt sie auf, ich brauchte ihre Augen, um einen anderen Wirt zu finden. Vor dem Hoteleingang war kein Mensch, ich mußte fast zwanzig Minuten warten, bis ein einsamer Nachzügler auftauchte. Es war ein Mann mittleren Alters; er spürte mich nicht, hielt nur kurz mitten im Schritt inne und schwankte leicht, als wäre ihm durch meine Landung schwindlig geworden. In der Garderobe stieß er mit einer Frau zusammen, die auf dem Weg zur Damentoilette war. Ich konnte sie mir kaum ansehen, bevor ich schon sprang.

Sie hatte einen angenehmen Körper, leicht und weich zu tragen. Ihre Lungenflügel waren zartrosa, die Flimmerhärchen ihrer Atemwege schwankten wie Tang auf dem Grunde des Meeres, der Speichel in ihrem Mund war taufrisch wie der eines Kinds. Ich faßte schnell meinen Entschluß: Hier wollte ich bleiben.

Sie hatte ein wenig getrunken und spürte mich erst, als sie sich auf die Toilette setzte. Da schaute sie von ihrem weißen Baumwollslip auf und starrte die Wand an. Ist da jemand?

»Ich will tanzen«, flüsterte ich.

Sie lachte auf und wiederholte meine Worte.

»Ich will tanzen!«

Es gelang mir, ihr Spiegelbild zu betrachten, als wir aus der Toilette kamen. Sie hatte schöne Farben: goldblondes Haar und grüne Augen, aber ihr Gesicht war jung und noch nicht richtig fertig, die Wangen waren glatt, die Augen rund und fragend. Vielleicht war sie doch zu jung für Hubertsson.

»Aber ich will leicht sein unter seinem Gewicht…«, dachte ich.

Sie lächelte ihr Spiegelbild an und legte den Kopf schräg:

»Leicht unter seinem Gewicht…«

Sekunden später schlug sie sich die Hand vor den Mund und starrte ihr Spiegelbild an. Was ist los mit mir?

»Wie heißt du?« flüsterte ich.

Sie nahm die Hand vom Mund und flüsterte:

»Wer bist du?«

»Ein Traum und ein Märchen. Wie heißt du?«

Panik ließ ihre Stimme erzittern.

»Wer bist du?«

Die Tür zu einer Toilettenkabine wurde aufgeschlagen, ein kicherndes Mädchen kam heraus.

»Was ist denn mit dir los, Camilla? Redest du schon mit dir selbst?«

Camilla schwankte leicht und lachte, es war ein kristallklares Lachen, glänzend und rein. Sie würde Hubertsson gefallen.

»Ich fühle mich so merkwürdig. Als wäre ich nicht allein in meinem Körper…«

Das andere Mädchen kicherte:

»Das bist du sicher auch nicht mehr lange… nach allem, was so läuft…«

Vulgärer Typ. Ein Glück, daß ich sie nicht genommen hatte.

Ich ließ Camilla einen Augenblick in der Tür zum Restaurant stehen, damit ich mich umsehen konnte. Kristalleuchter und gedämpftes Licht, rote Samtvorhänge und Tanzparkett. Ein technisch hochgerüstetes, aber maßvolles Quartett in schwarzen Anzügen auf dem Podium. Ungefähr das, was ich erwartet hatte.

Hubertsson saß allein nach hinten gelehnt an einem Tisch am Fenster. Sein Gesicht war ernst, aber seine Haltung arrogant, die Beine übereinandergeschlagen, der rechte Arm auf die Rückenlehne des leeren Stuhls neben sich gelegt. Es sah so aus, als wäre er eigentlich gar nicht hier, als würde er das Licht und das Treiben um sich herum gar nicht wahrnehmen.

Camillas Freundin hatte das Restaurant bereits zur Hälfte durchquert. Sie drehte sich um und machte mit der Hand eine auffordernde Geste; Camilla ging einen Schritt in ihre Richtung, doch dann hielt ich sie zurück.

Der da, flüsterte ich. Der einsame Mann dort hinten.

Eine übelriechende Welle der Verachtung strömte durch ihr Gehirn. Ein alter Knacker! Ich fauchte wütend und dehnte mich aus. Ihr eigenes Ich wich ängstlich aus, und sie ging in die Richtung, die ich bestimmt hatte. Ich richtete die grünen Augen auf Hubertsson und strich mit den Fingern über seine Tischdecke, lächelte ein vorsichtiges, unsicheres Lächeln, während ich vorbeiging.

Es wirkte. Im gleichen Moment, als ich mich auf Camillas Platz gesetzt hatte, legte er seine Hand auf meine Schulter. Ich ließ Camillas kleines Abendtäschchen auf dem Tisch liegen und stand auf. Er faßte mich unter den Arm und führte mich auf die Tanzfläche.

Oh!

Endlich eine Wange an Hubertssons legen dürfen und über das leichte Schaudern lächeln, das im gleichen Moment das Nervensystem durchläuft, einen milchweißen Körper mit festen Sehnen in seiner Umarmung verschwinden sehen, einen Schenkel wie zufällig an seinem reiben.

Er tanzte gut, das einzige, was ich tun mußte, war, mich so entspannt wie möglich in seinen Armen zu halten und ihm die Führung zu überlassen. Ich sagte nichts, und er auch nicht, er führte mich Tanz für Tanz übers Parkett, ohne ein Wort zu sagen. Camillas Freundin tanzte ein paarmal vorbei und zog fragend die Augenbrauen in die Höhe, aber ich schloß Camillas Augen, um sie auszusperren. Camilla selbst war fast verschwunden. Sie saß mit großen Augen verwundert in einem Winkel ihrer selbst und redete sich ein, sie würde träumen.

Ich war spät gekommen, bald schon wurde der letzte Tanz angekündigt. Hubertsson legte gebieterisch seine Hand auf meinen Rücken und preßte mich an sich. Ich antwortete mit einem leisen Lachen an seinem Hals. Ja, flüsterte ich, und meine eigene Stimme, wie sie klingen würde, wenn alles anders wäre, drängte sich plötzlich aus Camillas Kehle:

»Ja. Ja. Ja.«

Hubertsson lachte und strich mir mit der Hand über den Rücken.

»Ja«, sagte er auch. »Ja. Genau.«

Sein Hotelzimmer war in einer Weise vorbereitet, die eine gewisse Routine verriet. Eine kleine Tischlampe war eingeschaltet, so daß er die Stimmung nicht dadurch stören mußte, daß er die Deckenbeleuchtung anschaltete. Die Vorhänge waren vorgezogen und das Bett gemacht. Auf dem Kopfkissen lagen zwei kleine Schokoladenstückchen, er nahm eins und warf mir das andere nonchalant zu. Ich fing es mit einer lockeren Handbewegung auf und lachte. Camilla mußte eine gute Fängerin sein.

Zwei Gläser und eine Flasche Wein standen auf dem Tisch. Es überraschte mich, wie sorgsam er die Details geplant hatte: Es waren keine Zahnputzgläser aus dem Badezimmer, sondern richtige Weingläser mit Fuß und Stiel.

Ich blieb mitten im Zimmer stehen, die Füße dicht beieinander, während er den Wein öffnete. Plötzlich wurde ich nervös. Würde das reichen, was ich aus Büchern und aus dem Fernsehen gelernt hatte?

»Nun«, sagte Hubertsson und reichte mir ein Glas. »Wer ist Camilla?«

Ich hob das Glas und antwortete wahrheitsgetreu:

»Ich weiß nicht. Und wer bist du?«

Er stellte sein Glas ab und zog sich die Jacke aus. Es funkelte in seinen Augen, das Spiel gefiel ihm:

»Ein Fremder. Wollen wir es damit gut sein lassen?«

»Ja«, sagte ich. »Was willst du von mir, Fremder?«

»Alles«, sagte Hubertsson. »Und nichts.«

Es überraschte mich, wie bereitwillig er sich dareinschickte, mir zu gehören, daß er unbeweglich in dem einzigen Sessel im Zimmer sitzenbleiben konnte, während ich rittlings auf ihm saß und ihm das Hemd aufknöpfte, daß er den Kopf nach hinten legte und die Augen schloß, als ich Camillas Finger über die Haare auf seiner Brust streichen ließ und schließlich ihr Ohr darauf legte, um das Schlagen seines Herzens zu hören. Plötzlich war ich ein Tier, ein lüsternes Raubtier, das lecken und beißen wollte, die scharfen Zähne in die mandelduftende Haut an seinem Hals schlagen, bis er zu wimmern anfing. Da rutschte ich hinunter, fiel auf die Knie zwischen seinen Beinen und begann, an Haken und Ösen seiner Anzughose zu fummeln. Ich spürte, wie er seinen Unterleib ein wenig anhob, aber ich wollte es nicht so schnell, ich ließ ihn noch ein paar Sekunden warten, bevor ich ganz vorsichtig den Reißverschluß aufzog und das herausquellen ließ, was darunter verborgen war.

»Oh«, sagte Hubertsson undeutlich, als ich mich über ihn beugte. »Oh! Wer bist du?«

Die ganze Nacht blieb ich ohne Namen, als ich wie eine Gekreuzigte auf dem Boden unter ihm lag, als wir wie ein einziges Lebewesen von einer Seite des Doppelbetts zur anderen rollten, als ich wie eine Wölfin auf allen vieren stand und heulte. Die Luft im Zimmer wurde voll von unseren Düften. Camillas Haar wurde zerzaust und feucht vom Schweiß; ich schaute durch die Strähnen Hubertssons Gesicht an – feuchte Lippen, geblähte Nasenflügel, die Augen halb geschlossen – und fletschte meine Raubtierzähne. Alles! Gib mir alles und nichts! Er merkte nicht, daß ich ging, er schlief schon wie ein Toter, als ich aufstand und Camillas verstreute Sachen zusammensuchte: eine Abendtasche, einen Slip, einen BH und ein zerknittertes Kleid. Sie wurde jetzt anstrengend, jammerte und plärrte und versuchte loszukommen. Aber ich hatte noch mehr zu tun. Ich zog die Decke über Hubertssons nackte Schultern und beugte mich über ihn, küßte ein letztes Mal seine Bartstoppeln und löschte das Licht, bevor ich vorsichtig die Tür zu seinem Hotelzimmer hinter mir schloß.

Ich wollte Camilla nicht dem ironischen Grinsen der Garderobiere aussetzen, deshalb war ich pflichtbewußt genug, das Kommando in der Hand zu behalten und selbst ihren Mantel zu holen. Sie kam wieder zu Bewußtsein, als sie auf den Fußweg hinausstolperte. Dort ließ ich sie stehenbleiben und rief meine Krähe. Diese saß in einem Baum im Järnvägspark, gehorchte sofort und breitete die Flügel aus. Ich ließ Camilla los und stieg in den Himmel, erfüllte die Krähe mit Jubel und Engelsgesang. Sie antwortete mit einem heiseren, krächzenden Lachen.

Und vor dem Standard Hotell in Norrköping stand Camilla, die Arme um den Leib geschlungen.

Ein paar Stunden später klingelte Hubertsson an meiner Tür und scheuchte die Morgenwache auf.

»Wo ist sie?« fragte er.

»Wer?«

»Desirée natürlich.«

»In ihrem Bett. Wo denn sonst?«

Er steuerte meine Schlafzimmertür an, die Pflegerin tappte auf leisen Wollsocken hinterher.

»Sie schläft. Wir haben Sie nicht erwartet, sonst kommen Sie Freitagmorgens doch nie so früh …«

Sie streckte die Hand aus und versuchte, ihn aufzuhalten:

»Lassen Sie sie schlafen, sie war gestern so müde.«

Er schob sie zur Seite und öffnete die Tür, schaute ins Zimmer und drehte sich dann zu ihr um:

»Aber sie krampft ja! Und Sie sehen und hören nichts!«

Für meine Liebesnacht mit Hubertsson mußte ich teuer bezahlen: Vier Tage mit kurz aufeinanderfolgenden Orkanen, in denen die Welt vor meinen Augen wankte und zerbrach. Nur mit äußerster Mühe gelang es mir, ab und zu an die Oberfläche der Wirklichkeit zu gelangen und nach Luft zu schnappen, bevor ich von neuem versank.

Als ich am fünften Tag aufwachte, war ich nicht mehr zu Hause, ich lag in einem fremden Bett in einem fremden Zimmer. Es dauerte eine Weile, bis ich einsah, daß ich wieder in dem Pflegeheim war, in dem ich Hubertsson kennengelernt hatte. Er kam ein paar Stunden später, schlurfend und um vieles älter als zu dem Zeitpunkt, als ich ihn das letzte Mal gesehen hatte.

»*Status epilepticus*«, sagte er und stellte sich ans Fußende meines Bettes. »Es war kurz davor. Weißt du, was das ist?«

Ich versuchte zu antworten, brachte aber nur ein Stöhnen über die Lippen.

»Was?«

Ich gab mir alle Mühe, formte das Wort im Kopf, ließ es durch alle Hirnwindungen laufen, gegen meine Stimmbänder stoßen und öffnete den Mund. Es wurde nur ein Knurren. Hubertsson nahm die Buchstabentafel vom Nachttisch und steckte einen Stift in meinen Mund, mein Kopf begann von der Anstrengung zu schmerzen, das kurze Wort zu buchstabieren. Ja.

»Fällt dir das Reden schwer?«

Ein glühendes Gewicht lag auf meiner Stirn, dennoch versuchte ich, meine Augen offenzuhalten, während ich auf neun weitere Buchstaben zeigte. Kann nicht.

»Du kannst nicht? Du kannst überhaupt nicht reden?«

Ich schloß die Augen und tastete nach seiner Hand, drückte sie zweimal und ließ sie wieder los: Nein, ich konnte nicht mehr reden. Seine Hand fiel schlaff aus meiner. Unbeweglich stand er lange Zeit an meinem Bett, dann hörte ich Stoff rascheln und wußte, daß er die Hände in die Taschen gesteckt hatte.

»Du mußt ein paar Tage hierbleiben«, sagte er, »aber du kommst wieder nach Hause. Wir müssen nur deine Medikamente neu einstellen.«

Ich öffnete nicht die Augen und griff nicht nach seiner Hand, ich hatte dem nichts hinzuzufügen, und mein Kopf tat weh. Seine Sohlen quietschten auf dem Boden, er war auf dem Weg zur Tür, öffnete sie, schloß sie aber nicht. Es vergingen mehrere Sekunden, bevor er sprach, und da kitzelte ein äußerst unpassendes kleines Lachen seine Stimme.

»Ich habe am Donnerstag von dir geträumt. Die ganze Nacht.«

Ich lächelte hinter den geschlossenen Augen. Das war den Preis wert gewesen.

Damals kam ich schon nach ein paar Wochen aus dem Krankenhaus. Diesmal ist es unsicherer. Hubertsson weicht dem Thema jedesmal aus, wenn ich versuche, es zur Sprache zu bringen.

Aber ich würde gern noch ein einziges Mal in meine Wohnung kommen. Ich würde in meinem sonnigen Wohnzimmer mit einem schweigsamen Pfleger außerhalb meines Gesichtskreises sitzen – am liebsten dem Künstler; es ist sehr angenehm, sich in der Nähe seiner Konzentration zu befinden, wenn er etwas skizziert – und Grieg hören. Mir gefällt Grieg. Er ist weder zögerlich noch scheu, er nimmt Raum ein und stellt Behauptungen auf, wie Männer es so an sich haben, hat aber gleichzeitig für einen Mann ein außergewöhnliches Talent, nämlich über sich selbst lachen zu können. Wie Hubertsson.

Mein Wohnzimmer ist schön, viel, viel schöner als irgendein Zimmer meiner Schwestern. Nicht einmal Christinas blaßblaues Paradies kann sich mit meinem messen. Ich habe das Licht auf meiner Seite, die blendenden Morgen des Sommers und das funkelnde Vormittagslicht des Winters. Vielleicht ist es das Licht, das Hubertsson mehr als alles andere jahrelang jeden Morgen in meine Wohnung gelockt hat. Denn meine schönen Gardinen waren es garantiert nicht.

Noch ein halbes Jahr lang stritten wir uns, nachdem es mir gelungen war, nach dem jährlichen Besuch im Technischen Museum ins elegante Einrichtungshaus Svenskt Tenn zu kommen. Er fühlte sich hinters Licht geführt. Hatte ich etwa behauptet, daß ich noch einmal die Nebelkammer sehen wollte, nur um hinterher die Möglichkeit zu haben, mich in diesen Einrichtungsladen für Östermalmsweiber zu schmuggeln? Oder? Außerdem war es obszön, Gardinen für fünftausend Kronen zu kaufen. Es gab auf der Welt Menschen, die nicht einmal etwas zu essen hatten. Wußte ich das nicht? Ich schnaubte nur verächtlich über sein Meckern. Ich hatte mir meine Josef-Frank-Gardinen gewünscht, seit ich in die Wohnung gezogen war, tausendmal hatte ich mir vorgestellt, wie es aussehen würde, wenn die Blumen auf den Wänden blühen würden, und mehrere Jahre lang hatte ich von meiner Rente gespart, um sie mir leisten zu können. Was ging es Hubertsson an, was meine Gardinen kosteten? Nun? Hatten etwa ich und Josef Frank den Bedürftigen das Essen aus dem Mund gerissen?

Ich möchte wieder nach Hause. Zu meinen Gardinen und allem

anderen. Ein letztes Mal möchte ich frühmorgens in meinem Wohnzimmer sitzen und schnuppern, wie sich der Kaffeeduft in der Wohnung ausbreitet, noch einmal möchte ich der Pflegerin das Zeichen geben, den Mikrowellenofen in dem Moment anzustellen, in dem Hubertsson an der Tür klingelt, so daß das Brötchen genau die richtige Temperatur hat, wenn es auf seinen Teller gelegt wird.

Hubertsson und ich. Unser Gardinenstreit. Unser Frühstück mit Kaffee und warmen Brötchen. Unser langes Schweigen und spärliches Gespräch. Unsere Ausflüge ins Technische Museum. Unser einziges Silvester, als ich ein Glas mit zitterndem Pommac hob, es gegen sein Champagnerglas stieß und aufs neue Jahr trank.

Vielleicht war es trotz allem ein Leben. Das, was ich gelebt habe.

Ja. Ich will, daß Hubertsson jetzt kommt, in diesem Augenblick, wenn das Licht des Nachmittags ins Blau übergeht und die Dämmerung ankündigt, ich will, daß er mich in die Arme nimmt und durch Vadstena zu meiner Wohnung trägt. Dort soll er mich auf mein rotes Sofa legen, die weiße Decke über meinen Körper ausbreiten, damit man nicht sieht, daß dort ein Stück Strandgut liegt, die Josef-Frank-Gardinen ein Stückchen zur Seite ziehen und die Dämmerung hereingleiten lassen. Und dann sollen wir dort sitzen, Hand in Hand, drei Tage lang. Allein. Aber zusammen.

Morgen ist Frühlings-Tagundnachtgleiche, aber die *Benandanti* müssen ihre Prozession ohne mich stattfinden lassen. Ich will in meinem Körper bleiben, ich will mit meiner Hand in Hubertssons ruhen und ihm während dieser letzten Tage das einzige geben, was ich ihm noch zu geben habe: einen vollständigen Bericht.

Keine meiner Schwestern stahl mir das Leben, das für mich bestimmt war. Ich habe das Leben gelebt, das für mich bestimmt war. Dennoch kann ich sie nicht loslassen, kann Christina, Margareta und Birgitta noch nicht ihre jeweiligen Wege einschlagen lassen.

Hubertsson hat mir eine Frage gestellt. Bevor alles vorbei ist, soll er die Antwort bekommen.

Mean Woman Blues

»Sometimes, being a bitch is the
only thing a woman has to hold on to.«

STEPHEN KING

Ein Bus fährt vorbei und verdeckt Margareta; als er vorüber ist, ist sie nicht mehr zu sehen. Typisch Margareta. Den einen Augenblick hier, im nächsten schon weg. Sie hat ein einmaliges Talent zu verschwinden. Besonders in solchen Momenten, in denen sie Birgitta so weit gebracht hat, sich zu erklären und zu verteidigen, wenn sie Birgitta so wütend gemacht hat, daß diese bereit ist, letztendlich doch die Erinnerung hervorzuzerren an das, was damals geschehen ist. Dann haut Margareta einfach ab, verschwindet mit zitternder Nase wie ein ängstliches Kaninchen. Sie gibt gern Spitzen und Andeutungen von sich, aber wenn es ums Ganze geht, hat sie Angst vor dem, was sie zu hören kriegen könnte.

Das tut so weh!

Birgitta drückt sich die Hand aufs Zwerchfell und lehnt sich an den Ampelmast. Scheiße. Sie hat das Gefühl, daß sie spucken muß, genau, jetzt fühlt sie schon, wie diese kleine Blase von Nichts, die immer das Spucken ankündigt, aus ihrem Magen aufsteigt, sich ihren Hals hocharbeitet und sie zwingt, den Mund zu öffnen. Sie stellt sich breitbeinig hin und beugt sich vor, aber mitten in ihrer Übelkeit durchzuckt ihren Kopf so etwas wie Verwunderung. Wo um alles in der Welt kommen denn diese Pumps her? Und wo sind ihre eigenen Schuhe?

Margareta glaubt, sie sei vollkommen weggetreten, das war ihren Augen anzusehen. Aber Birgitta weiß doch noch einiges von gestern. Zum Beispiel, daß sie stundenlang bleischwer und wie betäubt auf ihrer Matratze gelegen hat, ohne aufstehen oder schlafen zu können, während Roger auf dem Boden lag und schnarchte. Daß es im Lauf des Nachmittags zu irgendeinem Streit gekommen ist; sicher wurde er sauer, weil sie sich weigerte, mehr Bier zu organisieren. Genau. So war es. Und da schaffte sie es endlich, diesen Idioten durch den Flur zu schubsen, die Tür zu öffnen und ihn rauszuschmeißen. Hinterher hatte sie sich spitze gefühlt. Einfach spitze. Das würde ihm eine Lehre sein, daß Birgitta sich nicht herumkommandieren ließ, schließlich hatte sie sich ihr ganzes Leben lang geweigert, unter dem Pantoffel zu stehen. Einmal hatte in der Zeitung gestanden, daß sie Motalas Drogenkönigin war, und das stimmte, zumindest zu der Zeit. Sie war nie eine dieser üblichen jämmerlichen Rockerbräute gewesen, die für einen Schuß jedem Nächstbesten die Beine breit machten, sie hatte selbst gedealt und ihre eigenen Geschäfte abgewickelt. In dieser Stimmung war sie ausgegangen und hatte Kåre getroffen, einen alten Junkie, der auf der Jagd nach Rohypnol war, und mit ihm war sie von einem Viertel ins andere gestiefelt. Irgendwo hatten sie ein paar verfluchte Ausländer getroffen, die ein Auto hatten, und dann war die ganze Gang – Kåre und Sessan, sie selbst und Kjelle Röd – ins Auto gesprungen und zu irgendeiner Party gefahren. Norrköping. Das mußte in Norrköping gewesen sein, denn in Norrköping war sie morgens aufgewacht, und in Norrköping befindet sie sich jetzt immer noch. Und irgendwann im Lauf der Nacht mußte irgendeine Minni-Maus-Kopie sich Birgittas Stiefel unter den Nagel gerissen haben und damit abgehauen sein. In der einen Sohle ist ein Loch, das muß die betreffende Dame inzwischen gemerkt haben. Hoffentlich hat sie sich die Zehen abgefroren; sollen ihr doch die süßen kleinen Zehen wie Eiswürfel vom Fuß fallen, sobald sie die Stiefel auszieht.

O Scheiße. Jetzt kommt die Kotze.

Birgitta keucht und würgt, daß es auf den Asphalt spritzt, die Tränen steigen ihr in die Augen, aber sie kann sehen, wie eine Frau, die auf grünes Licht wartet, zur Seite springt. Scheißtussi!

Es kommt nicht viel, sie hat ja auch nur ein einziges Bier im Leib. Birgitta hebt den Kopf und lehnt sich an den Ampelmast, schließt für einen Moment die Augen und versucht, sich klarzumachen, daß sie ja praktisch nüchtern ist. Sie hat nur ein einziges kleines Bier getrunken, eigentlich übergibt sie sich nur, weil sie müde ist und Magenschmerzen hat. O Scheiße. Wenn sie doch nur endlich zu Hause in ihrem Viertel wäre, wenn sie sich auf ihre

Matratze schmeißen könnte, genügend Bier in Reichweite. Dann würde sie stundenlang dort liegenbleiben, ohne einen Finger zu rühren, sie würde ganz still liegen und an die Decke starren.

Sie muß nach Hause! Und Margareta, diese verfluchte Schnepfe, muß sie fahren. Das hat sie schließlich versprochen. Sie kann doch nicht einfach so mir nichts, dir nichts ihr Versprechen wieder brechen.

Birgitta versucht wieder, über die Straße zu spähen, diese wölbt sich und wogt wie ein Boden im Verrückten Haus auf dem Jahrmarkt, aber da scheißt sie drauf, das stört sie nicht. Ihr wird immer schwindlig, wenn sie sich übergeben hat. Das geht in ein paar Minuten vorbei; so lange kann sie sich hier an der Ampel festhalten und so tun, als wäre sie eine ganz gewöhnliche Frau Svensson, die von einer leichten Übelkeit befallen wurde, aber dennoch so gut erzogen ist, auf das grüne Männchen zu warten.

Aber wem will sie eigentlich etwas vormachen? Sich selbst. Niemand sonst würde auf die Idee kommen, daß sie eine ganz gewöhnliche Frau Svensson wäre. Inzwischen steht eine ganze Gruppe von Svenssons an der Ampel, drei Frauen und zwei Männer, und sie halten sich in einem kleinen Pulk so weit wie möglich von ihr entfernt. Und dennoch achten sie gewissenhaft darauf, sie nicht anzusehen; alle scheinen ungeduldig darauf zu warten, daß die Ampel umschaltet. Es fehlt nur noch, daß die ganze Bande anfängt zu pfeifen, um ganz deutlich zu zeigen, daß sie sie weder gesehen noch gehört haben.

»Scheißratten!« sagt Birgitta halblaut und lacht, als sie sieht, wie ein Schauder die Gruppe durchläuft. Sie haben Angst: Alle fünf haben entschlossen ihren Blick auf die Straße gerichtet, wobei die Frauen ihre Handtaschen fester an sich ziehen und die Männer ihre Fäuste noch etwas tiefer in die Taschen schieben.

Birgitta schnaubt und sucht in ihren Taschen nach den Zigaretten. Was glauben sie eigentlich, was sie tun wird? Sie auffressen?

Es gab eine Zeit, da genoß sie die Distanzierung der Svenssons, da machte dieses Verhalten sie stolz und hochmütig. Wie an dem Mittsommerabend, als eine ganze Karawane sich von Motala nach Mantrop aufmachte, mit dem Chrysler der Dogge an der Spitze.

Sie selbst saß neben der Dogge, in einer neuen weißen Jeans und einem BH wie von der Bardot unter der rosa Bluse. Was sah sie süß aus! Sie hatte sich ein rosa Tuch über die toupierten Haare geknotet und den Knoten unterm Kinn gleich wieder gelöst, sobald sie die Gartenpforte hinter sich gelassen hatte. Und als sie außer Sichtweite der alten Vettel Ellen war, hatte sie außerdem die Bluse aus der Jeans gezupft und sie über dem Bauch geknotet. Wenn sie sich reckte, war ihr Bauchnabel zu sehen, weshalb sie ihren Arm extra weit streckte und kräftig winkte, als sie ein paar Häuserecken von Ellens Haus entfernt die Dogge in seinem Chrysler auf sie warten sah. Die Dogge konnte nicht anders, er mußte lachen. Das war ungewöhnlich: Normalerweise hielt er sie ziemlich kurz. Besonders anfangs, als sie zum ersten Mal zusammen waren.

Sie nahmen den Weg über Mjölby, fuhren sogar durch die Stadt, obwohl das ein Umweg war; acht große Autos in einer Reihe durchquerten die Vororte mit Ziel auf den Marktplatz. Zuerst gab es fast niemanden, der sie sah: Die Stadt lag still und sonntagsleer im Sonnenschein, obwohl es vormittags war und noch keine Mittsommernachtsbäume aufgestellt waren. Der Ort sah frisch gewaschen aus, es schien, als wären Ellen und Christina in einem ungewöhnlich schweren Anfall von Putzwut mit ihren Scheuertüchern und Putzlappen über ganz Mjölby hergefallen, als hätte Christina die Rasenstücke gekämmt und mit der Nagelschere geschnitten und als hätte die Alte selbst die Hausfassaden mit der Wurzelbürste geschrubbt und jedes einzelne Birkenblatt mit Silberputzmittel poliert.

Als sie sich dem Zentrum näherten, waren mehr Menschen zu sehen, die Geschäfte waren ja noch geöffnet. Die Dogge hatte nur seine linke Hand auf dem Lenkrad liegen, die andere ruhte entspannt und selbstverständlich auf der Rückenlehne von Birgittas Sitz. Er hielt sie nicht im Arm, er machte nur klar, daß diese Braut, die fast wie Marilyn Monroe aussah, ihm gehörte. Birgitta lehnte sich zurück und rieb ihren Nacken an seinem Arm. Das hier war das Leben, so sollte es immer sein. Wenn es ein Himmelreich gab, dann war es ein ewiger Vormittag am Mittsommerabend, während man in einem glänzenden Cabriolet durch eine kleine

Spießerstadt fuhr, ein paar klirrende Flaschen auf dem Boden vor dem Rücksitz und mit der Erwartung, daß die kommenden vierundzwanzig Stunden eine Bombenstimmung bringen würden.

Aber irgendwas fehlte, und natürlich wußte die Dogge sofort, was: Er schob eine Scheibe in den luxuriösen kleinen Plattenspieler des Chrysler, den Birgitta mit Personalrabatt bei Luxor auf Dogges Rechnung gekauft hatte, und drehte voll auf. Als die Karawane über die Brücke über den Svartån glitt, dröhnte eine wohlvertraute Stimme übers Wasser:

»*Well since my baby left me*
I found a new place to dwell
it's down at the end of Lonely Street
at Heartbreak Hotel...«

Es schien, als ließe die Stimme ganz Mjölby aufhorchen und erstarren. Die Bauern auf dem Marktplatz hoben ihre Blicke von dem Obst und Gemüse an den Ständen und rutschten unmerklich näher an die Kassen, Männer in neugekauften Sommerhemden von Algots räusperten sich und spähten mit gerunzelter Stirn über die Straße, während ihre ordentlichen Frauchen mit Dauerwelle, in beigen Popelinemänteln, wie erstarrt stehenblieben, die Schalen mit den ersten Erdbeeren in den Händen, plötzlich nicht einmal mehr in der Lage, sie in ihre Netze zu stopfen.

Birgitta und die Dogge saßen in ihrem offenen Wagen mit dem entsprechend gelangweilten Blick, den ihr Rang von ihnen forderte, während die Horde in den Wagen hinter ihnen bereits die Flaschen geöffnet hatte und so langsam in Fahrt kam. Sie kurbelten die Scheiben runter und hingen in Trauben aus den Autofenstern, grölten und sangen, schrien und lachten. Die Dogge warf einen Blick in den Rückspiegel, und nachdem er festgestellt hatte, daß die ganze Karawane die Brücke hinter sich gelassen hatte, bremste er und hielt am Marktplatz.

Birgitta und die Dogge stiegen als erste aus. Die Dogge warf den Autoschlüssel in die Luft und fing ihn in einer äußerst eleganten Geste wieder auf, Birgitta zog ihr Kopftuch wieder herunter und strich mit der Hand über die Toupierung, bevor es losging.

»Kann ich nicht ein Eis kriegen?« fragte sie und schmiegte sich dicht an die Dogge, schob ihren Arm unter seinen. Er war aber auch ungewöhnlich schick heute, sein Haar lag in einem kunstvollen Pomadebogen in der Stirn, und er trug eine neue schwarze Jacke aus glänzendem Satin. Er hatte sie bei dem Versand Hollywood in Stockholm bestellt und bereits ungeduldig mehrere Wochen darauf gewartet, bis sie schließlich am Tag vor dem Mittsommernachtsfest ankam. Auf dem Rücken war ein Adler. Kein anderer Rocker in ganz Östergötland hatte eine Jacke mit einem Adler auf dem Rücken.

»Na klar«, sagte die Dogge und zog die Brieftasche heraus.

Birgitta stellte sich vor dem Eiskiosk auf die Zehen, im Hintergrund hörte sie laute Stimmen und schlagende Autotüren, als die anderen ausstiegen, außerdem wußte sie genau, daß alle diese Svenssons auf dem Markt sie anstarrten. Sie und die Dogge.

Die Dogge war sich dessen auch bewußt, das war an seiner Haltung zu sehen, als er sich in die Luke beugte, ein Einkronenstück hinwarf und sagte:

»Ein Top Hat!«

Birgitta legte ihm den Arm um den Rücken:

»Willst du kein Eis?«

Die Dogge schnaubte:

»O nein. So was Süßes ist was für Mädchen... Willst du auch Erdbeeren haben?«

Erdbeeren? Warum sollte sie Erdbeeren haben wollen? Doch dann fiel es ihr ein: Der Dogge gefiel es, sich großzügig zu zeigen. Zwar waren sie erst seit einem Monat zusammen, aber sie hatte schon gelernt, den Mund aufzusperren und zu schlucken, wenn er in seiner Spendierlaune war. Am vergangenen Abend mußte sie drei Portionen Wurst mit Kartoffelpüree in sich hineinstopfen, bevor er zufrieden war. Als sie hinterher miteinander schliefen, hatte sie das Gefühl, daß ihre ganze Kehle vollgekleistert war mit Gurkenmayonnaise und Tomatenketchup, aber sie hatte ihre Übelkeit hinuntergeschluckt und gute Miene zum bösen Spiel gemacht. Es war kein Problem, sich auszumalen, was die Dogge gemacht hätte, wenn sie Ketchup und Gurkenmayonnaise auf den Rücksitz seines Chryslers gekotzt hätte. Bis jetzt hatte er sie noch nie richtig geschlagen, nur mal ihrer Wange mit der Handaußenfläche einen Klaps gegeben, wenn sie zuviel redete. Das hatte eine kleine Flamme der Lust zwischen ihren Schenkeln heraufbeschworen, doch sie war klug genug, sich klarzumachen, daß es nicht besonders schön wäre, von diesen Fäusten wirklich verprügelt zu werden.

Die Mjölbyeinwohner wichen zur Seite, als die Dogge sich seinen Weg zu einem Marktstand bahnte, immer noch mit seiner Brieftasche in der Hand. Sie selbst trippelte hinter ihm her – in Riemchensandalen mit Stöckelabsätzen war es unmöglich, nicht zu trippeln –, während sie umständlich den Pappdeckel ihres Eises ableckte. Jeder Kerl auf dem Markt glotzte sie an, und deshalb ließ sie ihre Zunge ganz besonders lang und spitz erscheinen, in langen, zärtlichen Zügen über den Deckel gleiten und auch sorgsam noch das kleinste bißchen Schokolade und Fruchtsoße ablecken.

Vor dem Stand, den die Dogge sich ausgesucht hatte, stand eine ganze Gruppe braver Spießbürger, doch sie traten wortlos zur Seite und ließen ihn ohne Zögern vor. Birgitta eilte ihm nach, an ihrem Eis leckend.

»Erdbeeren!« dröhnte die Dogge.

Der Bauer hinter dem Stand beeilte sich, sofort eine Schale zu nehmen und sie vorzuzeigen, damit sie begutachtet werden konnte. Birgitta drehte sich um und schaute teilnahmslos die Bürger des Städtchens an. Sie entspannten sich wieder, redeten jetzt mit leisen Stimmen miteinander und gruppierten sich neu. Direkt neben Birgitta stand eine Frau, die aussah wie die Vettel Ellen: graugeblümtes Baumwollkleid unter einem ordentlich zugeknöpften Popelinemantel, feste kleine Dauerwellkorkenzieher in der Stirn und ein Haarnetz über dem Hinterkopf. Sie schob eine braune Tüte in ihr Einkaufsnetz, reichte es dann einem Mann, der auf Birgittas anderer Seite stand. Er streckte den Arm vor und ergriff hastig das Netz.

»O Scheiße!« schrie Birgitta. »Du verfluchter Grapscher!«

Die Dogge fuhr herum.

»Er hat mich am Busen begrapscht!«

Birgitta zeigte mit einem anklagenden Finger auf den Alten mit dem Netz, sie war bereits selbst davon überzeugt, daß es wirklich so gewesen war. Natürlich war es so! Warum sonst würde ihre Stimme so scharf und wütend klingen, warum sonst würde sie innerlich vor Empörung beben?

»Wer?« fragte die Dogge und zog die Ärmel seiner Jacke hoch. In den Armmanschetten war Gummizug, deshalb konnte er seine behaarten Unterarme entblößen, ohne den schwarzen Satin zu falten oder zu zerknittern.

»Der da! Der mit der Mütze!«

Rote Flecken traten am Hals der fremden Frau hervor, sie schob sich an Birgitta vorbei und stellte sich vor ihren Mann.

»Nun mach dich mal nicht lächerlich«, schnaubte sie, »Egon hat noch nie jemandem an den Busen gegrapscht...«

»Das kannst du doch gar nicht wissen, du alte Vettel. So wie du aussiehst!«

Das war Sigge Geting, der da schrie. Der Rest der Gang hatte sich eingefunden, die Jungs bildeten einen Halbkreis, der die Spießbürger einschloß. Sigge Geting stand in der Mitte, mager und sandfarben wie eine Eidechse, die Arme vor der Lederweste verschränkt. Die Mädchen schwirrten empört im Hintergrund hin und her: Ein Grapscher hatte Birgitta an die Brust gefaßt? Igitt! Wie konnte er es wagen!

»Geh zur Seite, Alte«, sagte die Dogge mit seiner tiefsten Stimme und schob die Frau beiseite.

Wie im Film, dachte Birgitta. Mit der Dogge ist alles ganz genau wie in einem Film. Und da es nun einmal ein Film war, machte sie sich daran, ihre Rolle zu spielen, sie schlang ihre Arme um einen der Dogge, klammerte sich an ihn und zwinkerte mit den Augen, als wollte sie dadurch Tränen verscheuchen:

»Komm, Liebling! Wir gehen. Laß den Dreckskerl in Ruhe!«

»Einen Scheißdreck werde ich tun«, sagte die Dogge und schob seine Jackenärmel noch einen Zentimeter höher, zielte auf den Alten und schlug zu.

»Aoooh!« schrie dessen Frau und sank zu Boden.

Birgitta verzieht bei der Erinnerung an das Bild ihr Gesicht, während sie langsam über die Straße geht und in ihren Jeanstaschen nach dem Feuerzeug sucht. Die Svenssongruppe hat sich beeilt und erreicht gerade den anderen Bürgersteig, sonst hätte sie ja einen von ihnen anhalten und um Feuer bitten können, und sei es nur, um ihren Spaß daran zu haben, wie sie dann alle wie aufgescheuchte Hühner herumflattern würden. Aber das ist nicht mehr notwendig, ihre Finger haben das, was sie suchten, in der Tasche gefunden. Sie stellt sich breitbeinig mitten auf die Straße und schützt mit der einen Hand die Flamme, während sie die Zigarette anzündet und ihren ersten Zug nimmt. Ein Auto brummt irritiert links von ihr; sie stößt eine kleine Rauchwolke aus und wirft dem Autofahrer einen wütenden Blick zu. Was soll dieser Mist? Schließlich ist immer noch grün.

Diese Geschichte in Mjölby war ihr Debüt als Räuberbraut, obwohl sie ja eigentlich gar nichts getan hatte. Trotzdem war es das erste Mal, daß sie einen Peterwagen von innen sah. Als sie die Dogge in Handschellen und allem über den Markt geführt hatten, hatte er der Gang zugeschrien, sie sollten nach Mantrop fahren, aber er hatte nicht dagegen protestiert, daß auch Birgitta zur Vernehmung mitgenommen wurde. Das hatte ihr geschmeichelt, obwohl sie natürlich Angst hatte, daß es sich bis Motala herumsprechen würde und die alte Vettel Ellen dann Wind davon bekäme, daß Birgitta von der Polizei aufgegriffen worden war. Das würde eine Menge Ärger mit sich bringen. Da gab es keinen Zweifel. Denn auch wenn die Alte in den letzten Jahren etwas vernünftiger geworden war – sie hatte beispielsweise nur stumm genickt, als Birgitta ihr mitgeteilt hatte, daß sie gar nicht daran dachte, dieses Jahr die Mittsommernacht im Kreis der Familie zu verbringen, daß sie in der Nacht nicht einmal nach Hause kommen würde –, dann würde sie doch sicherlich der Schlag treffen, wenn sie erfuhr, daß eines ihrer Mädchen von der Polizei aufgegriffen worden war.

Obwohl, der Schlag traf sie ja dann doch. Aber als die Gerichtsverhandlung gegen die Dogge mehrere Monate später stattfand, war schon alles vorbei. Es war, als hätte der Herbst in dem Jahr bereits am Mittsommerabend begonnen und als hätte zu dem Zeitpunkt bereits festgestanden, daß er betrüblich werden sollte.

Aber es fing alles so gut an. Irgendwann am Abend wurden sie freigelassen, und als sie auf der Treppe vor dem Polizeirevier standen, nahm die Dogge für einen Moment Birgittas Hand, drückte sie schnell und lachte, bevor er seinen üblichen Eisengriff um ihr Handgelenk wieder aufnahm. Die Dämmerung war vollkommen rosa, die Stadt lag warm und unbeweglich wie eine schlafende Katze vor ihnen, aber die Dogge wollte keine Ruhe und keine Pastellfarben, er wollte *action*. Jetzt wollten sie weiter nach Mantorp, auf dem schnellsten Weg, und sehen, ob sie den Feierlichkeiten nicht ein bißchen Dampf machen konnten.

Die beiden wurden wie Sieger begrüßt, die Motalabande empfing sie mit Gebrüll, als sie eine Stunde später auf dem Campingplatz vorfuhren, mit Elvis in voller Lautstärke. Die Dogge schob sich die Sonnenbrille auf die Stirn und lächelte schief, Birgitta selbst lachte laut und machte sich bereit, die Fragen der anderen Mädchen leicht und nonchalant zu beantworten, wo sie gewesen sei, wie es gelaufen wäre, was die Polizei gesagt und getan hätte.

Und trotzdem, bereits nach wenigen Stunden kippte die Stimmung. Es war Sigge Geting, natürlich; wie üblich konnte er seine große Klappe nicht halten, er mußte einfach auf die Dogge zutaumeln, ihm den Arm um die Schulter legen und ihm mit feuchten Lippen ins Ohr nuscheln:

»Echt wahnsinnig, Dogge! Das war verdammt geil, ich hätte nie gedacht, daß du eine Alte mit einem einzigen Schlag zu Boden zwingen kannst…«

Natürlich war die Dogge sauer geworden; er war aufgestanden und hatte sich die Jacke ausgezogen. Sigge Geting fiel vor ihm auf die Knie und faltete die Hände wie zum Gebet:

»Schlag mich nicht, guter Mann! Schlag lieber meine Braut!«

Im nächsten Moment war er wieder auf den Beinen; flink wie ein Wiesel schlüpfte er hinter Anita und tat so, als wollte er sich dort verstecken:

»Schlag sie! Ja! Sie ist saustark. Oder wir fahren morgen nach Schonen und suchen uns dort einen Alten, ich verspreche dir auch, daß ich ihm seinen Stock wegtreten werde, dann kannst du ihm im Fallen noch eine verpassen!«

Zu dem Zeitpunkt war die Dogge bereits ganz weiß im Gesicht

und so wütend, daß er fast wieder nüchtern war; er preßte die Lippen zusammen und atmete wie ein Stier durch die Nase, öffnete und schloß seine Hände immer wieder, wobei er langsam die Finger krümmte und sich bereit machte. In einer einzigen Bewegung schob er Anita zur Seite und warf sich auf Sigge Geting, packte ihn am Hemd und hob ihn hoch, ließ ihn mit strampelnden Beinen eine Weile in der Luft hängen, bevor er losließ und eine geballte Faust hinterherschickte. Sigge taumelte nach hinten und blieb bewegungslos liegen; er starrte mit offenen Augen direkt in den blaugrauen Mittsommerhimmel. Es war, als schien er zunächst gar nicht zu bemerken, daß ihm das Blut aus einem Nasenloch lief. Dann hob er langsam eine Hand, strich mit ihr unter der Nase entlang und schaute das Blut an, schob sich dann den Zeigefinger in den Mund und wackelte an einem Vorderzahn. Er richtete seinen Oberkörper leicht auf, stützte sich auf die Ellbogen und spuckte ins Gras. Der Speichel war mit Blut vermischt.

»O Scheiße«, sagte er und sank zurück ins Gras. »Ich dachte ja nicht, daß du es so übel auffassen würdest, Dogge ...«

Die Dogge stand direkt vor ihm, immer noch mit geballten Fäusten und Stieratem. Ein einzelner Schlag hatte nicht genügt, seine Wut zu befriedigen, er wollte weiter schlagen, und zwar härter, aber er konnte natürlich keinen schlagen, der bereits auf dem Boden lag, schon gar nicht nach dem, was auf dem Marktplatz von Mjölby passiert war. Und Sigge wußte seine Macht auszunutzen; er legte sich ruhig wieder hin und schob einen Arm über die Stirn, schüttelte den Kopf in gespielter Trauer, so daß das kleine Blutrinnsal unter seiner Nase erzitterte und die Richtung änderte.

»Nein«, sagte er, »ich hatte ja keine Ahnung, daß du es so ernst nehmen würdest, Dogge. Ein Kerl wie du, mit dem tollsten Chrysler in ganz Motala und der schärfsten Biene in der ganzen Stadt. O shit, was beneiden wir dich, begreifst du das nicht? Du hast vielleicht ein Glück. Wenn du nicht aufgetaucht wärst, dann hätte sich die ganze Gang Birgitta vornehmen können, einer nach dem anderen, bis jetzt hat sie erst die Hälfte geschafft, und dann bist du gekommen und hast den Laden dichtgemacht. O Scheiße, du mußt uns schon verstehen, hier gibt es eine ganze Menge Kerle, die seufzend in die Röhre gucken.«

Das bleiche Licht der Mittsommernacht schluckte alle Farben. Plötzlich war alles grau geworden, das Gras, die Autos, Birgittas rosa Bluse. Um sie herum war es still geworden, als hätte sich vom Himmel herab eine Glaskuppel über die Motalagang gesenkt, eine Kuppel, die sie zwang, zu einem Kreis zusammenzurücken, und die alle Geräusche und Stimmen der anderen Gruppen auf dem Campingplatz aussperrte.

Jemand lachte laut auf, Birgitta warf einen kurzen Blick zur Seite und sah, daß es Klein Lars war; eine neue kleine Braut an seiner Seite folgte mit einem unterdrückten Kichern. Der Kreis schloß sich immer enger, und plötzlich entdeckte Birgitta, daß sie nicht länger ein Teil von ihm war, daß sie ebenso eingeschlossen war wie die Dogge und Sigge Geting. Die anderen waren einen Schritt zurückgetreten und hatten sich hinter ihrem Rücken wieder zusammengeschlossen.

Die Dogge stand immer noch unbeweglich da, aber seine Lippen waren nicht mehr aufeinandergepreßt, und seine Fäuste hingen offen und wehrlos herab. Sigge Geting zog ein Bein an und legte das andere quer darüber, es sah aus, als läge er faul an einem Badestrand. Noch einmal wischte er sich mit der Hand unter der Nase entlang, betrachtete für einen Augenblick das Blut, bevor er die andere Hand von der Stirn nahm und rhythmisch zu klatschen begann:

»Ach, hätte ich …«

Seine Stimme klang leise und flüsternd, aber nur, bis die Bande gehört und verstanden hatte. Innerhalb von Sekunden wurde die Glaskuppel von einem rhythmischen Klatschen erfüllt, alle Hände bewegten sich plötzlich im gleichen Takt, alle flüsterten mit einer Stimme, einer Stimme, die in Windeseile von einer leichten Brise zu einem Orkan anschwoll:

»… doch Birgittas Kleider an.
Dann würde ich meine Möse mit Leder ausschlagen.
Dann stiege ich ein in jeden Wagen.
Und bumste umsonst mit jedermann …«

Aus den Augenwinkeln heraus sah Birgitta, wie Sigge Geting sich langsam aufsetzte, wie er auf die Füße kam, ohne mit dem Klatschen aufzuhören und ohne aus dem Rhythmus zu kommen, wie er sich langsam umdrehte und eine Wiederholung einleitete, wie er kichernd in der Hocke den Ring umkreiste und die anderen dazu brachte, den Takt und die Lautstärke zu beschleunigen, bis die Glaskuppel sprang und in tausend scharfen Splittern auf sie fiel. Der Kreis löste sich auf, die eine Stimme wurde wieder zu vielen Stimmen, die Augen, die gerade noch glasklar und funkelnd gewesen waren, waren jetzt genauso milchig wie vorher, bevor die Glaskuppel sich über sie niedergesenkt hatte. Da reckte Sigge Geting seinen Arm zu einer Siegerpose, schloß seine blutige Hand um einen Flaschenhals, prostete lautstark den anderen zu und trank.

Nur die Dogge und Birgitta waren noch stehengeblieben und starrten einander an.

Danach war es das erste Mal zwischen ihnen aus. Sie sahen sich im Lauf des Herbsts ein paarmal aus der Entfernung, sprachen aber nicht miteinander. Dennoch sagte Birgitta zu seinen Gunsten aus, als diese Geschichte in Mjölby endlich vor Gericht kam; sie sagte, die Alte wäre selbst schuld daran gewesen, sie hätte ihre Fresse vorgestreckt, als die Dogge einfach nur in der Luft herumgefuchtelt habe. Aber trotzdem mußte Birgitta allein nach Hause fahren. Die Dogge wurde direkt ins Jugendgefängnis geschickt, denn jetzt hatten sie es plötzlich eilig damit, ihn zu bestrafen, obwohl er vorher fast ein halbes Jahr in Motala frei hatte herumlaufen dürfen. Aber vielleicht war das auch ganz gut so: Schlimmer wäre es gewesen, wenn sie ihn freigelassen hätten und er sich dann geweigert hätte, sie nach Hause zu fahren, wenn er sie nach dem Prozeß genauso leer und gleichgültig angeguckt hätte wie in dem Moment, als sie den Zeugenstuhl verließ.

Als sie an diesem Abend nach Motala kam, hatte sie sich ganz merkwürdig benommen, als wäre sie voll auf dem Trip, obwohl sie damals noch gar nicht wußte, daß es etwas gab, das Haschisch oder Amphetamin hieß. Zuerst war sie in Gertruds alte Wohnung gefahren und hatte an der geschlossenen Tür gerüttelt; irgendwie war es ihr gelungen zu verdrängen, daß Gertrud tot war, und es war ihr erst wieder eingefallen, als die Tür von einem wildfremden Menschen geöffnet wurde. Da war sie zurückgewichen und die Treppe hinuntergerannt, zur nächsten Bushaltestelle, und dann hatte sie den Bus zum Stadtrand genommen, zum Haus der Vettel Ellen. Erst als sie mit der Hand auf der Pforte dastand, fiel ihr ein, daß auch hier nichts mehr wie früher war. Nur im ersten Stock war Licht: Hubertsson wohnte noch dort, aber die alte Vettel selbst lag in Linköping und war stumm wie ein Fisch. Birgitta hatte doch inzwischen eine eigene Bleibe, eine ausgekühlte kleine Bude in der Altstadt. Dorthin fuhr sie, aber sie war nicht in der Lage, ins Bett zu gehen. Sie saß die ganze Nacht am Küchentisch und starrte auf die Elektroheizung vor sich, während sie eine Zigarette nach der anderen rauchte.

Am nächsten Tag war sie nicht zur Arbeit gegangen, und weil es schon das siebte Mal in diesem Herbst war, daß sie ohne Krankschreibung fehlte, war sie gefeuert worden. Das war verflucht ungerecht. Wie hätte sie sich denn eine Krankschreibung besorgen sollen? Sie hatte doch gar kein Telefon.

Birgitta bleibt stehen, als sie den Bürgersteig erreicht hat, und schaut sich um. Die Straße schwankt nicht mehr, aber sie ist so eng und zusammengepreßt, daß man Atemnot bekommen kann. Kalt ist es auch, die hohen Häuser lassen die ganze Straße im Schatten liegen. In Motala sieht es nicht so aus, dort ist es überall hell und offen. Außerdem gibt es in Motala keine Straßenbahnen. Birgitta mag keine Straßenbahnen, sie ängstigen sie. Irgendwie kann sie sich viel leichter vorstellen, wie es ist, unter eine Straßenbahn zu geraten als unter einen Bus, sie weiß sogar, wie es klingt, wenn Metallräder der Straßenbahn sich in ihren Körper schneiden. Twatsch, twatsch, twatsch. Ein klebriges, ungewöhnlich blutiges Twatsch. Obwohl das, was sie in ihrem Kopf sieht, ja sowieso nie passiert, also wird sie auch niemals von einer Straßenbahn überfahren werden. Aber wenn dieser Gedanke nun den Zauber aufhebt? Wenn man nicht daran glaubt, daß das, was man sich gerade einbildet, überhaupt passieren kann, dann passiert es vielleicht…

Ach was! Am besten, man denkt gar nicht.

Wo Margareta nur hin ist? Sie kann sich doch nicht einfach in

Luft aufgelöst haben und davongeschwebt sein. Vermutlich versucht sie, sich in einer Toreinfahrt oder einem Geschäft zu verstecken. Das würde ihr ähnlich sehen.

Ansonsten ist Margareta vollkommen unbegreiflich. Entweder sie ist durch und durch falsch, oder sie ist ganz einfach nicht ganz dicht im Kopf. Mit Christina ist es einfacher, sie ist viel konsequenter arrogant und eklig. Bei ihr weiß man, woran man ist. Aber Margareta kann in dem einen Moment total lieb und die beste Freundin sein, kichern, lachen, plaudern und scherzen, und im nächsten knurrt sie wie ein verdammter Rottweiler und schlägt zu. Schon hundertmal hat sie Birgitta dazu gebracht zu glauben, daß sie sich auf Margareta verlassen kann, daß sie nichts lieber tut, als ihrer alten Pflegeschwester ein wenig unter die Arme zu greifen, und dann hat sie einfach zugehauen – peng! – und ist mit hocherhobener Nase davonspaziert. Aber sie ist geschickt; schnell hat man vergessen, wie teuflisch sie eigentlich ist, wenn sie ihren Kopf schräg legt und so unglaublich freundlich wirkt.

Was geht es sie an, daß Birgitta eine Zeitlang in Saltängen verkehrt hat? Was hat sie damit zu tun? Aber warum hat sie sich eigentlich so aufgeregt, als Margareta das erzählt hat? Schließlich ist es hundert Jahre her, das muß doch schon seit langer Zeit vergessen und begraben sein. Irgendwo hat Birgitta mal gelesen oder gehört, daß sich der ganze Körper alle sieben Jahre erneuert; es gibt also keinen Nagel, nicht eine Haarsträhne, nicht den kleinsten Fleck auf ihrer Haut, der noch der gleiche ist wie bei dem Mädchen, das in Saltängen auf den Strich ging. Plötzlich steigt die Wut in ihr auf. Genau! Sie ist heute eine ganz andere Person, diese Snobs können der Birgitta, die es heute gibt, nicht die Schuld geben für das, was mit Ellen passiert ist. Und wäre die Vettel nicht so oder so jetzt schon lange tot? Glauben die vielleicht, sie hätte ewig gelebt, wenn Birgitta nicht gewesen wäre? Oder daß Ellen nicht auch ihren Teil zu dem beigetragen hat, was passiert ist? Ha! Aber jetzt soll Margareta die ganze Wahrheit hören, jetzt ist sie verflucht noch mal gezwungen, endlich zuzuhören und zu erkennen, daß Birgitta nicht schuld daran war!

Sie bleibt vor einem Schaufenster stehen und späht hinein. Vielleicht ist Margareta ja in dieses elegante Geschäft stolziert und hat sich in irgendeinem Umkleideraum versteckt. Sicher ist es fein genug für so eine. Im Fenster liegt eine Bluse, die zwölf Riesen kostet. Birgitta kann es vor sich sehen, wie Ulla, ihre Sozialarbeiterin, gucken würde, wenn sie in so einer Bluse ins Sozialamt stolziert käme, aber für so eine wie Margareta sind das sicher nur Peanuts, sie wirft bestimmt mit den Tausendern nur so um sich. Als sie im Gericht auftauchte, um gegen Birgitta auszusagen, trug sie ein Kostüm, das nur so vor Geld stank, obwohl es tantenhaft und häßlich war. Außerdem hatte sie drei dicke goldene Armbänder umgebunden. Birgitta hatte während ihrer ganzen Zeugenaussage auf die Armbänder gestarrt und versucht auszurechnen, wie viele Trips man dafür kriegen würde.

Sie drückt die Tür auf und geht ein paar Schritte in den Laden. Er ist leer, nicht einmal eine Verkäuferin ist zu sehen. Sie bleibt stehen und schaut sich um. Wo ist der Umkleideraum?

Ein Vorhang ganz hinten im Laden weht, eine magere Tussi kommt hervor und versucht hastig, den Mund leerzukauen. Typische hündische Boutiquensklavin, die versucht, sich zwischen den Kundinnen etwas zu essen reinzuschieben. Obwohl, sie hat Strähnen im Haar wie die schlimmste Oberklassenlady und hält sich so gerade, daß sie fast nach hinten fällt.

»Ja?« sagt sie nur und zieht die Augenbrauen hoch. Es ist deutlich, daß sie Birgitta nicht als potentielle Kundin ansieht, denn sie redet mit vollem Mund. Sie sieht nicht einmal ängstlich aus: Ihre hochgezogenen Augenbrauen sitzen wie festgeklebt einen Zentimeter unter dem Haaransatz. In dem Moment erblickt Birgitta sich selbst in einem Spiegel an der Wand. Ihre Haare hängen, das Gesicht ist grau, ihre Schenkel sind schwammig und dick wie Baumstämme.

»Hier drin ist übrigens Rauchen verboten«, sagt die Frau, ohne die Augenbrauen zu senken. »Und wir lösen keine Gutscheine vom Sozialamt ein.«

Birgitta öffnet den Mund, um zu antworten, bringt aber kein Wort heraus. Verdammt! Was hat sie in diesem Geschäft zu suchen? Hier gibt es keine Margareta. Sie dreht sich um und reißt die Tür auf; eine kleine Glocke klingelt, dennoch meint sie hören zu können, daß die Frau ihr auf Wiedersehen sagt.

Wieder herrscht Seegang, die Straße hebt und senkt sich unter ihr. Sie muß sich an einer Hauswand festhalten, um nicht hinzufallen, und plötzlich hat sie das Gefühl, daß alle Kraft aus ihr herausrinnt. Die Knie geben unter ihr nach, und sie selbst möchte nichts lieber, als nachgeben, sich fallenlassen, sich auf die schwankende Straße legen und einschlafen.

Wenn sie nur nicht solche Schmerzen hätte!

Sie preßt sich die Hand gegen das Zwerchfell und stolpert weiter. Nur gut, daß es weh tut, das hält sie wach. Es ist gefährlich, sich zu dieser Jahreszeit irgendwo draußen hinzulegen, man kann erfrieren. Und niemand wird sie zudecken oder ihr ein Kissen unter den Kopf schieben, die Spießbürger werden nur über sie hinwegsteigen und so tun, als wenn nichts wäre. Sie kann sich nur auf sich selbst verlassen, deshalb lehnt sie sich mit dem Rücken gegen ein Schaufenster und stützt sich mit den Handflächen gegen das Glas. Eine Weile kann sie so stehenbleiben, sich ausruhen und sammeln, dann wird sie weiter nach Margareta suchen.

Jemand öffnet neben ihr die Ladentür und kommt auf den Fußweg heraus. Zuerst ist Birgitta nicht in der Lage, die Augen zu öffnen, um zu sehen, wer das ist, aber als ihr klarwird, daß die betreffende Person gar nicht daran denkt weiterzugehen, öffnet sie die Augen um einen Millimeter. Margareta steht vor ihr und zieht sich die Handschuhe an. Über ihrem Arm hängt eine Papiertüte. Sie hat Blumen gekauft.

»Ich will meine Zigaretten wiederhaben«, sagt sie. »Und außerdem brauchst du dich gar nicht so anzustrengen, so tragisch auszusehen. Du tust mir trotzdem nicht leid.«

Leid tun? Hat Birgitta jemals gefordert, daß jemand sie bedauern soll? Nie. Keine Sekunde lang.

Und trotzdem ist sie ihr ganzes Leben lang wie ein beschädigtes Exemplar behandelt worden, als würde sie hinken, hätte einen Buckel, wäre taub oder stumm. Eigentlich hat sie nur Ellen und Christina nicht leid getan. Und ihrer Großmutter natürlich. Die war ihr Leben lang ziemlich verrückt, nie tat ihr jemand leid, sie lachte nur ihr gackerndes leises Lachen und sagte, daß das Leben doch trotz allem ziemlich gerecht ist. Die Leute bekamen normalerweise genau das, was sie verdienten. Vor allem zu guter Letzt.

Manchmal wacht Birgitta nachts auf und meint, dieses Lachen zu hören, aber das ist natürlich reine Einbildung. Großmutter ist seit vielen, vielen Jahren tot, und Birgitta kann sich nur schwer vorstellen, daß sie spuken könnte. Sie schnaubte nur immer verächtlich, wenn Gertrud heimkam und irgendwelche Geistergeschichten erzählte, und sicher hat sie sich auch nach dem Tod nicht sehr verändert. Wahrscheinlich sitzt sie irgendwo auf einer Wolke mit zusammengekniffenem Mund und vor der Brust verschränkten Armen. Wenn sie gesagt hat, daß es keine Geister gibt, dann stimmt das auch, sie denkt doch gar nicht daran, herumzuspuken, nur weil es ihr gesagt wird.

Aber dafür, daß sie so ein verbitterter Typ war, lachte Großmutter ziemlich oft. Schon frühmorgens, wenn sie sich vor dem Spiegel die Haare kämmte:

»Na, einen schönen guten Morgen«, sagte sie immer zu ihrem Spiegelbild und lachte. »Was bist du heute wieder jung und schön!«

Birgitta saß unterdessen auf der Küchenbank und beobachtete sie. Als sie noch wirklich klein war, fand sie es merkwürdig, daß

Großmutter meinte, sie wäre jung und schön, sie konnte an diesem unförmigen Körper und dem blassen Teiggesicht nichts Schönes entdecken. Nicht einmal die Haare waren schön, auf die Großmutter doch so stolz zu sein schien. Wenn sie ihren Nachtzopf öffnete und ihn mit den Fingern auseinanderzupfte, fiel es matt und glatt über den Rücken. Es hatte überhaupt keine Farbe, es war das einzige Haar auf der Welt, das keine Farbe hatte. Als Birgitta viele Jahre später auf Entzug war und im Heim den Fernseher anstellte und einen amerikanischen Astronauten sagen hörte, daß das sonderbarste an der äußeren Hülle des Mondes sei, daß ihr die Farbe fehle, fiel ihr die Großmutter ein. Sie war eine Frau mit Haaren im gleichen Ton wie die Mondhülle.

Aber Großmutter hielt sich nie lange auf mit ihrem Haar, sie kämmte es nur schnell durch, warf es nach hinten und drehte es im Nacken zu einer kleinen harten Wurst, zog sich dann ihre alten Stiefel an und ging hinaus zu den Gleisen.

Großvater war Streckenwärter, und sie wohnten in einem Bahnwärterhäuschen direkt neben den Eisenbahnschienen, einem kleinen roten Haus mitten auf der Östgötaebene, einen Kilometer entfernt von der nächsten Straße und fünf Kilometer vom nächsten Bauernhof. Doch das war eigentlich kein Bauernhof, sondern eher ein Gutshof; dessen Felder erstreckten sich bis an den Gartenzaun des Schrankenwärterhäuschens. Großmutter erzählte ihr, daß es in dem großen weißen Haus dort hinten auch Kinder gab, Birgitta sich aber nichts einbilden sollte. Solche Kinder durften nicht mit den Kindern des Streckenwärters spielen.

Sie durfte auch nicht allein im Garten spielen, denn das war zu gefährlich. Da konnte sie jeden Augenblick auf die Gleise purzeln, wie sie es einmal gemacht hatte, als sie noch klein war. Großmutter hatte sie auf einer der Schwellen liegend gefunden, die Nase gegen das nach Teer duftende Holz gedrückt. Es sang bereits in den Schienen, Großmutter hatte sie in letzter Sekunde weggezogen. Birgitta wäre dem Tod preisgegeben gewesen, wenn Großmutter sie nicht gefunden hätte, darüber müßte sie sich im klaren sein.

Als sie danach in die Stube gingen, hatte Birgitta ihre ersten Worte gesprochen, das hatte Großmutter oft erzählt. Zuerst hatte sie soviel auf den Po gekriegt, wie sie verdient hatte, danach war sie mitten ins Zimmer getapst, dort stehengeblieben und hatte mit lauter Stimme geschimpft:

»Gitta nicht dumm!«

Sie war ein sonderbares Kind, hatte Großmutter gesagt. Nie zuvor hatte sie von einem Kind gehört, das in dieser Art und Weise angefangen hatte zu reden; die meisten sagten Ma-ma und Da-da mehrere Jahre lang, bis man endlich etwas von ihrem Geplapper verstehen konnte. Aber nicht Birgitta: Sie hatte geschwiegen, bis sie drei Jahre alt war, und dann fing sie fast sofort an, korrekt zu sprechen. Genauso war es auch mit dem Laufenlernen; das war auch sonderbar gewesen. Lange Zeit hielt sie sich immer an Großmutters Schürze fest, bis Großmutter es eines Tages leid war, sie die ganze Zeit vor den Füßen zu haben, und sich die Schürze abband. Birgitta merkte das gar nicht, sie war einfach in Windeseile durch die Küche getapst, ohne hinzufallen oder sich weh zu tun. Aber als Großmutter ihr die Schürze wegnahm, da fiel sie der Länge nach hin und begann zu weinen. Es war, als glaubte sie, wenn sie sich nicht an dem Stück Stoff festhielte, könnte sie nicht gehen.

Ansonsten erinnert Birgitta sich nicht mehr an viel aus ihrer Zeit in dem Bahnwärterhaus. Ihr war, als hätte sie sechs Jahre lang dort auf der Küchenbank gesessen und nichts getan. Von Großvater sah sie nicht viel. Er schlief morgens lange, und wenn er endlich aufwachte, hatte er viel zu tun und kam erst zum Abendessen wieder heim. Birgitta glaubte, er würde auf seiner Draisine den ganzen Tag die Strecke auf und ab fahren. Sie wäre gern mit ihm gefahren, aber das durfte sie nicht, das war nichts für kleine Kinder.

Großvater hatte an der einen Hand drei gekrümmte Finger, die er nicht ausstrecken konnte. Einmal hatte er Birgitta auf den Schoß gehoben, und da hatte sie ganz fest seinen braunen Ringfinger umfaßt und versucht, ihn geradezubiegen, aber das ging nicht. Die Finger waren schon seit langer Zeit steif und ließen die Hand wie eine Klaue aussehen. Als Gertrud zu Besuch kam, flüsterte sie Birgitta zu, daß der Alte selbst schuld daran war, er hatte sich die Sehnen in den Fingern durchgeschnitten, als er betrunken war und den Küchentisch umgekippt hatte. Der ganze Boden war mit Porzellan- und Glassplittern übersät gewesen, deshalb hatte er sich in die Hand geschnitten, als er in das Durcheinander fiel. Großmutter hatte ihn liegengelassen, genau wie er es verdient hatte.

Birgitta gefiel es, wenn Gertrud kam. Es war, als würden sich Luft und Farben im Bahnwärterhäuschen verändern, sobald sie in der Tür stand, als machte ihr blondes Haar alles heller. Einmal hatte sie auch noch ein weißes Kostüm an, die Jacke schmiegte sich eng um ihre Taille, der Rock war lang und geschwungen wie der einer Prinzessin. Sie trug unter der Jacke eine blaue Bluse und auf dem Kopf einen Hut mit Veilchen. Birgitta fand, sie dufteten wie richtige Blumen, als Gertrud sich vorbeugte, um sie zu umarmen. Aber Großmutter gefiel Gertruds neue Kleidung nicht, sie warf ihr nur einen kurzen Seitenblick zu, bevor sie sich wieder dem Herd zuwandte.

»Wenn du auch nur ein Fünkchen Verstand in deinem Kopf hast, dann ziehst du dich um, bevor dein Vater nach Hause kommt«, sagte sie. »So dumm ist er nun auch nicht, daß er nicht sofort kapiert, woher du diese Staffage hast…«

Birgitta war von der Küchenbank gerutscht und Gertrud die Treppe zum Giebelzimmer gefolgt. Gertrud schlief immer im Giebelzimmer, wenn sie heimkam, obwohl es dort im Winter eiskalt war. Sie fror gerne, sagte sie immer und verzog das Gesicht, daß Birgitta anfangen mußte zu lachen. Aber jetzt war es Sommer und warm im Zimmer, so warm, daß die Holztäfelung duftete. Gertrud öffnete das Fenster weit und sank aufs Bett, wo sie sich eine Zigarette anzündete:

»Mein Gott«, sagte sie dann und gab ihrem kleinen Hut einen Schubs, daß er schief saß. »Da sind wir also wieder zurück im Mittelalter…«

Birgitta wußte nicht so recht, was sie damit meinte, ob es hier wirklich eine andere Zeit gab als in Motala, wo Gertrud wohnte und arbeitete, aber sie nickte jedenfalls eifrig und schob die Hände unter die Beine. Sie saß auf dem Holzstuhl neben dem Bett. Gertrud lachte und zupfte sie leicht an der Nase:

»Ich komme ja nur deinetwegen«, sagte sie. »Weil du mein kleiner Engel bist…«

Plötzlich schob sie die Zigarette in den Mundwinkel und breitete die Arme aus:

»Komm her! Ich will dich ganz doll drücken!«

Birgitta hatte gehofft, Gertrud würde die Zigarette ausmachen, bevor sie sie drückte, aber das vergaß sie, sie vergaß sogar, sie aus dem Mund zu nehmen, bevor sie Birgitta in die Arme nahm. Diese gab ein leises Piepsen von sich und rieb sich mit der Hand die Wange.

»Ach du mein Schreck!« rief Gertrud lachend. »Habe ich dich verbrannt?«

»Nur ein bißchen...«

Sie hatte gehofft, Gertrud würde sie weiter drücken, wenn sie erst einmal die Zigarette ausgemacht hatte, aber das tat sie nicht, statt dessen erhob sie sich von dem durchgelegenen Bett und knöpfte ihre Jacke auf.

»Am besten ziehe ich mich gleich um«, sagte sie und nahm einen Bügel von dem Haken an der Wand. »Damit der Alte keinen Anfall kriegt... Sag Bescheid, wenn er kommt!«

Birgitta kletterte mit den Knien auf den Stuhl und beugte sich aus dem Fenster. Der Garten war von hier oben viel schöner als vom Küchenfenster aus. Hier sah man nicht, daß die Fliederblüten bereits etwas braun am Rand waren, sie sahen immer noch frisch und feucht aus. Die letzten Blätter der Kirschblüten flatterten wie kleine Schmetterlinge durch die Luft, das sah schön aus, überhaupt nicht schlampig und unordentlich, wie Großmutter behauptete. Und auf dem Bahndamm war der Wiesenkerbel gekommen. Wenn man die Augen zusammenkniff, sah es so aus, als wäre das Gras mit weißer Spitze bedeckt. Birgitta gefiel der Wiesenkerbel, aber sie durfte ihn nie pflücken. Das war Unkraut, sagte Großmutter. Wenn man ihn pflückte, fielen seine weißen Blüten wie weißes Mehl auf den Küchentisch, und Großmutter hatte auch so schon genug hinter Großvater und Birgitta herzuputzen, sie dachte nicht im Traum daran, sich zu allem Überfluß auch noch Unkraut ins Haus zu holen.

Draußen roch es gut. Die Sonne hatte die Schwellen aufgewärmt, und darum roch es die ganzen Gleise entlang nach Teer. Birgitta sog den Duft in ihre Nasenflügel, schluckte ihn fast, um ihn auch ja in sich zu behalten, während sie gleichzeitig einen leichten Kopfschmerz hinter der Stirn aufziehen spürte. Es war schon komisch, vom Geruch der Schwellen bekam sie immer Kopfschmerzen, obwohl sie ihn doch so gern mochte.

»Ich sehe ihn nicht«, sagte sie, drehte sich um und rutschte wieder auf den Stuhl.

Gertrud stand vor dem kleinen Wandspiegel und kämmte sich, jetzt hatte sie nur noch ihre Unterwäsche an. Das Kostüm hing auf einem Bügel am Haken hinter ihr, der Rock wölbte sich wie eine am Stiel aufgehängte Blume an der Wand. Ja, genau. Wie eine aufgeblühte Tulpe sah er aus, eine Tulpe, deren weiße Blütenblätter sich bald lösen und davonwehen würden.

»Gut«, sagte Gertrud und beugte sich zum Spiegel vor, begutachtete ihr Gesicht, während sie eine Locke auf ihrer Stirn richtig hinzuzupfen versuchte.

»Sechsen«, sagte sie dann und drehte sich um. »Findest du die schick?«

»Ich kann noch nicht rechnen«, sagte Birgitta.

Gertrud mußte lachen:

»Die Locken meine ich. Siehst du nicht? Ich habe zwei Sechsen auf der Stirn. Das ist modern.«

Birgitta war peinlich berührt. Wie dumm sie doch war, daß sie das nicht verstanden hatte. Aber Gertrud schien es nicht zu stören, sie starrte erneut in den Spiegel, klapperte mit den Wimpern und gab den Sechsen einen letzten Druck.

»Lennart findet sie jedenfalls todschick.«

Birgitta schaute auf.

»Wer ist das?«

Gertrud zuckte mit den Schultern, es sah aus, als würde ihr gesamter weißer Körper gurren.

»Mein neuer Typ. Wahnsinnig süß. Ganz toll.«

Sie sank neben Birgitta in die Knie und nahm ihre Hand:

»Kannst du ein Geheimnis für dich behalten?«

Birgitta nickte ernst.

»Es ist total geheim, du darfst kein Sterbenswörtchen davon den Meckerköpfen erzählen«, flüsterte Gertrud. »Wir werden im Herbst heiraten, Lennart und ich.«

Birgitta holte tief Luft, Gertrud beugte sich vor, sie war jetzt so nah, daß ihr Atem Birgitta über die Wange strich:

»Ich habe schon mit ihm über dich geredet, er weiß, daß es dich gibt. Er sagt, daß ihm das gar nichts ausmacht, daß du bei uns wohnen kannst, wenn du ein bißchen größer bist. Er mag Kinder.«

Sie schwieg eine Weile, lauschte, als hätte sie etwas auf der Treppe gehört, sprach dann noch leiser weiter:

»Er muß sich noch scheiden lassen, ihm fehlen nur noch ein paar Monate, die er getrennt leben muß. Und er wird das Haus behalten, das ist wahnsinnig toll, vier Zimmer, Küche und ein richtiges Bad. Er hat auch einen Kühlschrank.«

Birgitta nickte, sie hatte in der Zeitschrift Kühlschränke gesehen, sie wußte, was das war.

»Ich soll Hausfrau sein, Lennart sagt, so ist es am besten. Er will, daß immer jemand für ihn da ist. Wir werden es supertoll haben. Du kriegst dein eigenes Zimmer, es gibt ein winziges hinter der Küche, das genau das richtige dafür ist…«

Sie ließ Birgittas Hand los und zündete sich eine neue Zigarette an, wedelte mit der Hand, um das Streichholz zu löschen, und sprach plötzlich in einem normalen Unterhaltungston:

»Aber das ist wie gesagt noch ganz geheim. Wenn du den Meckerköpfen auch nur eine Andeutung davon machst, bleibst du hier. Hast du verstanden?«

Birgitta nickte und kniff den Mund zusammen. Sie hatte verstanden.

Den ganzen Herbst über drückte sie sich die Nase an der Fensterscheibe platt und wartete. Eines Tages würden Gertrud und Lennart den Pfad von der Straße her kommen. Gertrud würde ein Brautkleid mit Tüllschleier tragen, Lennart einen Frack. Er würde groß und elegant sein, mit einer weißen Nelke im Knopfloch…

Eines Tages beschloß sie, Gertruds Hochzeit zu zeichnen, das war ja etwas anderes, als sie zu verraten. Großmutter murrte, als sie um einen Bogen Papier bat, trocknete sich aber dann doch die Hände an der Schürze ab und holte Bleistift und Briefpapier hervor. Birgitta setzte sich mit entschlossener Miene an den Küchentisch; sie wußte genau, wie die Zeichnung aussehen sollte. Sie hatte schon oft Braut und Bräutigam in der Illustrierten gesehen, schon viele Male.

Aber ihr Bild ähnelte überhaupt nicht denen im Wochenblatt. Gertrud wurde viel zu groß, und Lennart sah merkwürdig aus, sie mußte ihn mit gespreizten Beinen zeichnen, damit die Frackschöße zu sehen waren, und das sah hinterher aus, als hinge ihm eine Tüte zwischen den Beinen. Birgitta warf den Stift hin und schlug die Hände vor die Augen, plötzlich wollte sie nur noch weinen.

»Schäm dich, Kind!« schimpfte Großmutter und stemmte ihre Hände in die Seiten. »Heb sofort den Stift auf.«

Gertrud kam zu Weihnachten, aber ohne Brautkleid. Sie trug nicht einmal ihr weißes Kostüm, nur einen braunen Mantel und einen blauen Schal. Vielleicht lag es am Schal, daß sich diesmal die Farben nicht veränderten, in der Küche blieb es genauso winterdämmrig wie vor ihrer Ankunft.

Birgitta ging mit ihr ins Giebelzimmer, aber Gertrud schien sie kaum zu bemerken. Sie fror und schob ihre Hände in die Manteltaschen, als sie sich aufs Bett setzte. Birgitta zögerte einen Moment, dann stellte sie flüsternd ihre Frage:

»Darf ich den Ring sehen?«

Gertrud zuckte zusammen und starrte sie fragend an:

»Welchen Ring?«

»Den Ehering.«

Gertrud verzog das Gesicht und strich sich das Haar aus der Stirn, die Sechsen waren geglättet.

»Ach, der... daraus ist nichts geworden. Er ist zu seiner Frau zurückgekehrt. Das machen sie doch immer.«

Trotzdem zog Birgitta im folgenden Sommer nach Motala. Sie sollte in der Schule anfangen, da könnte sie nicht mehr im Bahnwärterhäuschen wohnen, sagte Großmutter. Es waren viele Kilometer bis zur nächsten Schule, und es gab keinen Schulbus.

»Außerdem habe ich meinen Teil getan und noch mehr als das«, sagte sie und reichte Gertrud Birgittas Tasche. »Jetzt bist du dran.«

Gertrud griff nicht sofort nach der Tasche, Großmutter mußte sie ihr eine ganze Weile hinhalten, bis sie sie endlich seufzend nahm.

»Aber ich habe doch gar keinen Platz«, sagte sie. »Und außerdem arbeite ich mindestens dreimal in der Woche abends.«

»Dann mußt du dir einen anderen Job suchen«, erklärte Großvater. Er hatte sich gerade eine Pfeife gestopft, jetzt rollte er langsam das Tabakpäckchen zusammen und suchte auf dem Küchentisch nach Zündhölzern.

»Meine Güte!« rief Gertrud wütend aus, als sie die Landstraße zur Bushaltestelle entlanggingen. »Der Alte ist doch nicht mehr ganz dicht, der lebt ja noch im neunzehnten Jahrhundert...«

Birgitta machte große Schritte. Das Gummiband in ihrem einen Strumpf war kaputt, er rutschte immer runter und knüllte sich unter ihrem Fuß zusammen, aber sie wagte es nicht stehenzubleiben und ihn hochzuziehen. Sie wollte nicht zurückbleiben und gezwungen sein, zurück zum Bahnwärterhäuschen zu gehen; sie wollte mit Gertrud nach Motala, auch wenn sie kein eigenes Zimmer bekommen würde. Gertrud hatte erzählt, daß sie nur eine Einzimmerwohnung mit Kochnische hatte. Birgitta wußte nicht genau, was das bedeutete, aber sie wußte, daß sie auch in einem Nachtschrank gewohnt hätte, wenn sie nur bei Gertrud sein durfte.

»Weißt du, was er gestern gesagt hat?« fragte Gertrud und stellte die Reisetasche hin. »Er hat gesagt, eine Kellnerin sei nicht viel besser als ein Zigarrenfräulein. Und als ich ihn gefragt habe, was denn ein Zigarrenfräulein sei, hat er gesagt, das wäre so eine Art Hure, solche gab es in Norrköping, als er noch jung war. So was!«

Birgitta hatte aufgeholt, Gertrud ging wieder los. Ihre Schuhe waren bereits grau vom Staub auf dem Weg, die hohen Absätze versanken tief in dem Boden.

»Zigarrenfräulein! Meine Güte, es ist nur noch eine Frage der Zeit, wann er von mir verlangt, in Schnürleibchen und Knöpfstiefeln zu laufen.«

»Blöder alter Kauz«, flüsterte Birgitta versuchsweise.

»Genau«, nickte Gertrud. »Er ist ein blöder alter Kauz.«

Im Bahnwärterhäuschen durfte Birgitta nicht draußen sein, in Motala durfte sie nicht drinnen sein.

»Willst du nicht rausgehen?« fragte Gertrud, als sie am folgenden Tag von der Arbeit kam und die Schuhe weggeschleudert hatte.

»Rausgehen«, wiederholte Birgitta.

Ihr wäre nie der Gedanke gekommen, daß sie in einer so großen Stadt wie Motala allein rausgehen könnte. Während Gertrud bei ihrem Job war, hatte sie sich damit beschäftigt, die Wohnung zu untersuchen, sie hatte jede einzelne Schublade in der Kommode herausgezogen und in Unterwäsche und Schals, Perlonstrümpfen und Ketten gewühlt. Danach hatte sie alle Schränke in der Kochnische geöffnet, sich ein paar Rosinen aus einer roten Packung gemopst und zwei Zuckerwürfel aus der Zuckerdose, bis sie pinkeln mußte und auf die Toilette gegangen war. Hier blieb sie fast eine Stunde lang. Es machte Spaß zu spülen, es war fast wie Zauberei. Sie war erst zweimal in ihrem Leben auf einem Wasserklosett gewesen, und da hatte Großmutter jedesmal den kleinen schwarzen Knopf hochgezogen. Birgitta hatte nicht recht sehen können, was eigentlich geschah. Aber jetzt hatte sie zwei Stücke Klopapier in die Schüssel geworfen und gesehen, wie sie sich drehten und tanzten, bis sie nach unten gesaugt wurden und verschwanden.

Gertrud warf sich aufs Bett, die Federung jammerte unter ihr.

»Ja. Geh doch raus, spielen, das machen die Kinder doch so…«

Birgitta riß den Mund auf:

»Wohin soll ich denn gehen?«

Gertrud verzog wütend das Gesicht:

»Meine Güte! Geh auf den Hof. Oder zum Kiosk oder sonstwohin…«

Sie wühlte in der Tasche ihrer weißen Jacke und fischte ein Einkronenstück heraus.

»Hier! Lauf los und kauf was zum Naschen!«

Birgitta hatte noch nie etwas zum Naschen gekauft, aber sie wußte, was das war. Ein paarmal hatte der Großvater Kandiszucker für sie gekauft, wenn er beim Konsum gewesen war, und Großmutter hatte immer eine Schale mit harten Karamelbonbons ganz oben in der Speisekammer. Aber wo war der Kiosk? Zögernd blieb sie stehen, als sie auf den Hof gekommen war, und schaute sich um. Auf dem Hof gab es keinen Kiosk, nur Mülltonnen und ein paar Wäscheleinen, auf denen weiße Laken hingen. Ein paar Kinder spielten in der Hofeinfahrt, sie hingen an einem Gestell aus mattgrauem Metall. Ein Junge trat auf eine Stange neben sich, so daß sie auf und ab federte, ein Mädchen kletterte auf etwas herum, das wie ein Gitter aussah.

Plötzlich wurde ein Fenster im Vorderhaus geöffnet, eine Frau streckte ihren Kopf heraus:

»Laßt die Klopfstange in Ruhe, Kinder!« schrie sie. »Das ist kein Klettergerüst!«

Trotzdem war es die Klopfstange, auf der sie kurze Zeit später standen, die ganze Bande. Alle achteten darauf, nicht weiter als eine Armeslänge von Birgitta entfernt zu sein, denn kein anderes Kind hatte jemals eine ganze Krone bekommen, um sich dafür Süßigkeiten zu kaufen. Zehn Öre waren das, was man sich normalerweise erbetteln konnte. Das reichte für zwei Dauerlutscher zu fünf Öre, zehn Geleekissen zu einem Öre oder eine Schachtel Salmis. Die Salmis reichten am längsten, das hatte ein Mädchen mit poetischen Worten berichtet, als die ganze Bande zum Kiosk gegangen war. Man kippt sich die kleinen schwarzen Teilchen direkt in den Mund, verteilt sie auf der Zunge, drückt sie dann gegen den Gaumen und saugt. Schon nach kurzer Zeit läuft einem dann ein kleiner schwarzer Speichelfluß durch die Mundwinkel, nicht viel, nur soviel, daß es aussieht wie Schatten. Dann muß man die Spucke runterschlucken, das Salz in den Schlund laufen lassen, und dann kann man anfangen zu kauen. Inzwischen waren die Salmis weich und fast ein bißchen schleimig geworden.

Aber Birgitta hatte keine Salmis gekauft, nur Schaummäuse und Geleebananen, Sahnebonbons und Schokoladenbruch. Aber jetzt hatte sie ihre Tüte geschlossen und hielt sie mit fester Hand zu. Die Luft war weich, obwohl es bereits angefangen hatte, dunkel zu werden; die Stimmen der anderen Kinder vermischten sich mit dem Geräusch eines Autos draußen auf der Straße. Ein leichter Glücksschauer rieselte über ihr Rückgrat. Es war Abend, und sie war draußen, sie saß auf einer Klopfstange mitten in Motala mit einer ganzen Tüte Süßigkeiten auf dem Schoß.

Sie war ganz überrascht, als ein Fenster nach dem anderen geöffnet wurde, im Hinterhaus wie im Vorderhaus, als eine Frau nach der anderen sich hinausbeugte und rief, daß das Essen fertig sei. Sie mußte lachen: Das sah aus wie Großvaters Kuckucksuhr, als wären die Frauen alle Kuckucke mit angemalten Schnäbeln. Ein Kind nach dem anderen kletterte von der Klopfstange herunter und verschwand, nur einer der großen Jungs traute sich, noch länger zu bleiben, um sich noch eine letzte Süßigkeit zu erbetteln.

Nachdem er gegangen war, blieb Birgitta noch sitzen und baumelte mit den Beinen. Vielleicht würde Gertrud ja auch gleich das Fenster aufmachen und rufen, daß das Essen fertig sei. Aber es war nicht so schlimm, wenn es noch etwas dauerte. Sie hatte sowieso keinen Hunger mehr.

Gertrud hatte kein Geld, um ihr ein Bett zu kaufen, deshalb mußte Birgitta auf den Sesseln schlafen. Jeden Abend und jeden Morgen mußte die Wohnung umgeräumt werden: Tagsüber standen die Sessel auf beiden Seiten eines kleinen Tischs mit Metallplatte – das war ein echter türkischer Rauchtisch, erklärte Gertrud –, aber abends wurde der eine an den anderen geschoben, so daß aus ihnen fast ein kleines Bett wurde. Birgitta konnte zwar ihre Beine nicht ausstrecken, aber das machte nichts, ihr gefiel es trotzdem, auf den Sesseln zu schlafen, ihr gefiel alles daheim bei Gertrud.

Manchmal tat Gertrud ihr auch leid. Wenn sie von der Arbeit kam, taten ihr die Füße weh, und sie war traurig. Dann waren ein paar arrogante Gäste ihr dumm gekommen, hatten sich übers Essen beschwert oder sich aufgeblasen und sich über sie lustig gemacht. Vor allem die Weiber, es gab nichts Widerlicheres als diese aufgeplusterten Weiber, das sollte Birgitta sich nur merken. Und dabei hatten sie gar keinen Grund, die Nase so hoch zu tragen, die meisten waren so häßlich, und ihre Kerle waren auch nicht besser als andere, sie kniffen Gertrud in den Po und tatschten ihr am Busen, sobald die Alte wegguckte.

Wenn Gertrud solche Dinge erzählte, durfte Birgitta neben ihr im Bett liegen. Das mochte sie gern. Gertrud roch gut nach Parfüm und Tabak, manchmal war außerdem noch ein Hauch feinen Likörs in ihrem Atem zu riechen. Wenn Gertrud die Asche abstreifen mußte, lief Birgitta zum türkischen Rauchtisch und holte den Aschenbecher, und wenn der ausgeleert werden mußte, nahm sie ihn mit zum Spülbecken in der Küchennische. Dann sagte Gertrud, daß Birgitta wirklich lieb war, daß Birgitta eigentlich der einzige liebe Mensch war, den sie seit Jahren getroffen hatte, vielleicht mit Ausnahme von Lennart, aber der war ja nicht wirklich lieb gewesen, da er sein Heiratsversprechen gebrochen hatte und zurück zu seiner Frau gegangen war. Obwohl Gertrud glaubte, daß sie ihn noch immer am Haken hatte, jedenfalls warf er ihr immer schrecklich lange Blicke hinterher, wenn er ins Stadshotell kam, um mit seinen Geschäftsfreunden zu essen…

Sie konnten stundenlang im Bett liegen, bis Gertrud einfiel, daß sie bald zur Arbeit mußte. Dann mußte Birgitta ihr helfen, damit es schneller ging, Kaffeewasser in einem Topf aufsetzen und ein paar Brote schmieren, während Gertrud durchs Zimmer sprang und nach einem Paar heiler Strümpfe suchte und nach einer Fünfundzwanzig-Öre-Münze, die sie statt Knopf in dem blöden Strumpfband benutzte. Dann zog sie ihre weiße Kellnerinnenjacke und den schwarzen Kellnerinnenrock an, lachte über die dicken, schiefen Brotscheiben, die Birgitta abgeschnitten hatte, und kippte noch schnell eine Tasse Kaffee hinunter, bevor sie zur Tür eilte. Danach war Birgitta allein und konnte tun, was sie wollte, solange sie nicht eine ganze Horde von Rotzkindern in die Wohnung schleppte und alles durcheinanderbrachte.

Nur selten kochten sie etwas, Gertrud aß auf der Arbeit und brachte für Birgitta ab und zu kleine Restportionen mit. Das Problem war, daß sie keinen Kühlschrank hatten, deshalb mußte Birgitta alles sofort aufessen, man konnte es nicht aufbewahren. Manchmal arbeitete Gertrud nachts, und dann mußte Birgitta die Mittagsmahlzeit halt zum Frühstück essen.

Es war schon merkwürdig, an dem türkischen Rauchtisch zu sitzen und aufgewärmten Sauerbraten zu essen, während sie noch das Nachthemd anhatte.

In der Nacht, bevor Birgitta in die Schule kommen sollte, kam Gertrud erst gegen drei Uhr nach Hause; das erzählte sie hinterher. Aber Birgitta war schon morgens klar, daß sie ganz ungewöhnlich müde sein mußte, denn sie war in ihren Kleidern eingeschlafen und hatte vergessen, den Wecker zu stellen. Es war reiner Zufall, daß Birgitta ganz von allein um Viertel vor acht aufwachte und ihr einfiel, daß sie um acht Uhr zur Stelle sein sollte. Sie versuchte, Gertrud wachzurütteln, aber das gelang ihr nicht. Diese drehte sich nur auf den Rücken, legte den Arm über den Kopf und fing an zu schnarchen.

Es war nur ein Glück, daß Birgitta ihr schönstes Nachthemd anhatte, es war gesmokt und sah fast aus wie ein Kleid. Großmutter hatte es aus einem Stoffrest genäht, deshalb reichte es nur bis zu den Knien und nicht bis zu den Füßen wie die anderen Nachthemden. Also brauchte Birgitta nur ihre Strickjacke überzuziehen, in Strümpfe und Schuhe zu schlüpfen, und schon war sie fertig angezogen und konnte in gleicher Weise wie Gertrud aus der Tür stürmen.

Sie wußte, wo die Schule lag, sie brauchte nur die Straße hinunterzulaufen und dann die nächste Straße rechts zu nehmen. Bosse hatte sie ihr gezeigt. Er wohnte im Vorderhaus und sollte mit ihr in eine Klasse gehen. Er mußte es auch sein, der vor ihr auf dem Bürgersteig ging, bei seiner Mutter an der Hand. Aber Birgitta war sich nicht sicher. Bosses Haare ragten immer wie ein kleiner Vogelschwanz über den Hemdkragen, während dieser Junge vor ihr aussah, als wäre er im Nacken rasiert, die Haut leuchtete weiß unter den Stoppeln.

»Bosse!« rief sie dann doch noch, denn als sie an den Zaun zum Schulhof gekommen war, wurde sie etwas unsicher. Gestern abend noch hatte der Schulhof leer und asphaltschwarz dagelegen, jetzt war er voll mit Leuten. Birgitta hatte noch nie in ihrem Leben so viele Menschen gesehen, dabei wohnte sie doch schon fast einen ganzen Monat in Motala.

Der Junge und die Frau vor ihr bogen gerade durch das Schultor ein, der Junge drehte den Kopf und sah sie an.

»Bosse!« schrie Birgitta noch einmal und winkte mit der Hand, denn jetzt war sie sicher, daß das wirklich Bosse war, obwohl er die Haare frisch geschnitten hatte und ein weißes Hemd und einen Schlips zu der kurzen Hose trug. Seine Mama trug Hut und Mantel, sie drückte ihre Handtasche fest an den Körper, als hätte sie Angst, daß sie ihr jemand stehlen könnte. Sie warf Birgitta einen hastigen Blick zu und sagte:

»Mein Gott! Armes Kind!«

So begann alles. Bosses Mutter nutzte die Situation weidlich aus, sie steckte ihren Kopf mit den anderen Müttern zusammen und flüsterte besorgt, schüttelte empört den Kopf, als die Lehrerin Birgittas Namen aufrief, und blieb anschließend noch im Klassenraum, um mit der Lehrerin zu tuscheln, während sie sich ihre weißen Baumwollhandschuhe anzog. Ihr Mantel war unglaublich häßlich, er war groß wie ein Zelt und hatte die gleiche Farbe wie Preiselbeeren und Milch. Birgitta hatte immer Preiselbeeren mit Milch als Abendbrot bekommen, als sie im Bahnwärterhäuschen wohnte, aber sie mußte die Augen schließen, wenn sie die letzten Löffel in sich hineinschaufelte. Die Farbe war so eklig, daß ihr schlecht wurde. Bosses Mutter war so häßlich, daß ihr schlecht wurde.

Drei Tage später wurde Gertrud zum ersten Mal zu einem Kuckuck in einer Kuckucksuhr. Sie beugte sich wie die anderen Mütter aus dem Fenster und rief Birgitta. Das war merkwürdig, wo sie doch gerade erst nach Hause gekommen war und gesagt hatte, sie solle zum Spielen rausgehen, weil Gertrud so schrecklich müde war und solche Kopfschmerzen hatte, daß sie erst einmal eine Weile in Ruhe und Frieden schlafen mußte. Aber als Birgitta die Wohnungstür öffnete, stand Gertrud im Flur und zog sich die Schuhe an. Das war sonderbar. Zu Hause ging sie doch immer in Strümpfen, weil ihre Füße nach der Arbeit angeschwollen waren und weh taten. Ihr Haar war ganz zerzaust, und sie warf Birgitta einen wütenden Blick zu, nickte dann zum Zimmer hin und legte den Zeigefinger auf die Lippen.

Birgitta sollte still sein. Soviel verstand sie, auch wenn sie nicht so recht begreifen konnte, warum Gertrud so wütend aussah. Birgitta beugte sich im Türrahmen vor und schaute ins Zimmer. Da saß eine Frau in dem einen Sessel; sie trug ein blaues Kostüm und eine weiße Bluse, die bis zum Hals hoch zugeknöpft war. Der Rock wölbte sich so weit und lang um ihre Beine, daß er fast den Boden berührte. Sie sah Birgitta nicht, sie wühlte in einer braunen Ledertasche herum, die auf ihrem Schoß lag, und zog ein Brillenetui hervor, holte die Brille heraus und putzte sie langsam und umständlich, bevor sie sie aufsetzte.

»Guten Tag«, sagte sie schließlich. »Bist du Birgitta? Ich heiße Marianne. Ich komme vom Jugendamt.«

Birgitta war schuld gewesen, das sagte Gertrud hinterher immer wieder. Wenn Birgitta nicht so blöd gewesen wäre, nur im Nachthemd in die Schule zu rennen, dann hätten sie nie diese Marianne auf den Hals gekriegt. Aber nun kam sie fast jede Woche, und nach einer Weile war sie sogar so frech, einfach die Kommodenschubladen aufzuziehen, um Birgittas Unterwäsche anzugucken, oder aufs Klo zu gehen und nachzusehen, ob Birgitta auch eine eigene Zahnbürste hatte. Die hatte sie nicht. Gertrud behauptete, daß das nur ein Zufall wäre, daß die alte Zahnbürste verschlissen war und sie gerade eine neue kaufen wollte, aber das stimmte nicht. Birgitta hatte sich kein einziges Mal die Zähne geputzt, seit sie nach Motala gekommen war, und das schien Marianne zu wissen, sie verzog das Gesicht, als sie Birgittas Mund öffnete und auch den inspizierte. Sie wollte der Schule melden, daß Birgitta vom Schulzahnarzt mit Vorrang behandelt werden sollte.

Der Zahnarzt sagte ihr, sie solle sich nicht so anstellen, als sie vor der Spritze zurückwich, zog ihr drei Backenzähne, stopfte ihr etwas Weißes in den Mund und schickte sie dann nach Hause. Nach einer Weile wurde das Weiße ganz schwammig, Birgitta blieb stehen und spuckte es auf den Fußweg. Das Weiße war nicht mehr weiß, es war rot von Blut. Und jetzt konnte sie fühlen, wie noch mehr Blut in ihrem Mund floß; sie beugte sich vor und spuckte es aus, aber das nutzte nichts, das Blut lief einfach immer, immer weiter. Wenn sie nicht für alle Ewigkeit hier stehenbleiben wollte und Blut ausspucken, mußte sie es runterschlucken. Der Gedanke ließ den Boden unter ihr erbeben, sie schluchzte auf und beugte sich vor, hob den blutigen Tampon auf und stopfte ihn sich wieder in den Mund. Es war ein bißchen Dreck drangekommen, aber das war nicht so schlimm. Auf jeden Fall verhinderte er, daß ihr das Blut aus dem Mund lief.

Am Abend wollte sie nicht zum Spielen rausgehen, ihr tat der Mund weh, nachdem die Betäubung nachgelassen hatte. Gertrud schnaubte nur verächtlich, mischte sich aus Schnaps und Limonade einen Drink und sagte, Birgitta hätte selbst schuld.

Dennoch schien sie zu begreifen, daß es Birgitta wirklich schlechtging. Sie stellte die Sessel schon früh am Abend zurecht und erlaubte Birgitta, sich hinzulegen, ging mit den leeren Flaschen sogar selbst zur Mülltonne, als es dunkel geworden war. Sie achtete jetzt darauf, die Flaschen wegzuwerfen, obwohl man Pfand für sie bekommen konnte. Sie wollte nicht, daß sie im Schrank unter dem Spülbecken standen und Marianne sie dann zählen konnte. Diese hatte schon angefangen, von den Anonymen Alkoholikern zu reden, wenn auch bisher nur vage.

Birgitta nahm den Daumen in den Mund, als Gertrud vom Hof zurückkam, schloß die Augen und tat so, als schliefe sie. Sie hatte eine Entscheidung getroffen. Morgen würde Bosse Nasenbluten kriegen.

Denn er war schuld. Er und seine häßliche Mama.

Birgitta zwinkert, als wäre sie gerade erst aufgewacht.

»Welche Zigaretten?« fragt sie.

»Meine Zigaretten«, sagt Margareta und runzelt die Stirn. »Die du dir gerade unter den Nagel gerissen hast.«

Margareta schiebt den Riemen ihrer Schultertasche hoch und streckt die Hand vor. Sie ist trotz ihres wütenden Blicks fast hübsch, irgendwie sieht sie gediegen aus. Wie aus einem Stück geschnitzt. Das ist schon merkwürdig. Als junges Mädchen war Margareta ganz und gar nicht hübsch und niedlich – platt wie ein Brett, mit Pausbacken wie ein Baby weit ins Teenageralter hinein – und eigentlich kann sie doch jetzt, wo sie gut und gerne fünfundvierzig ist, nicht hübscher geworden sein. Das muß am Geld liegen, sicher ist sie in der Lage, Zaubercremes und neue Kleider am laufenden Band zu kaufen. Alles, was sie anhat, sieht neu aus, der weiße Kragen auf der Lammfelljacke ist ohne einen Fleck, die Jeans scheinen noch richtig steif zu sein. Birgitta gefallen steife Jeans, aber was nutzt das? Ihre eigenen sind schlabbrig und verschlissen.

Eine ganz frische Erinnerung flackert in ihr auf. Ihr Spiegelbild. Das war ein Sozialfall, den Birgitta in dem Spiegel in diesem Snobgeschäft gesehen hat.

Vor zehn Jahren war das noch nicht so gewesen. Und das lag nicht nur daran, daß sie damals dealte, sie ging ja trotzdem zum Sozialamt. Da genügte es, wenn die Jacke in den Nähten etwas abgenutzt war, und schon bekam man eine neue; jetzt muß man in seinen alten Klamotten herumrennen, bis sie in Fetzen hängen. Das machen sie sicher, damit man um so besser sehen kann, wie unübertrefflich doch Leute wie Christina oder Margareta und wie unglaublich schlampig gewisse andere sind. Schmutzige

Thermojacken für den Pöbel, Lammfelljacken und Ledertaschen für die Snobs.

Birgitta ist kein Snob, nie würde sie im Leben so ein Omakostüm oder eine Lammfelljacke anziehen, auch wenn sie mit dem Geld um sich schmeißen könnte. Statt dessen würde sie sich eine schwarze Lederjacke kaufen von dem Bimbo, der immer samstags auf dem Markt in Motala steht. Seine Jacken sind affengeil und spottbillig, aber trotzdem weigerte sich Ulla, ihre Sozialarbeiterin, die Sache überhaupt zu diskutieren, als Birgitta sie in aller Bescheidenheit zur Sprache brachte. Birgitta könnte doch ihre Thermojacke ausbessern, sagte sie. Und sie mal waschen. Ullas großer Chef hat nämlich gesagt, es wäre an der Zeit, die Daumenschrauben anzuziehen, und Ulla, diese Memme, hat noch immer getan, was ihr gesagt wurde. Folglich hat es in Birgittas Daumen in letzter Zeit ziemlich weh getan. Sie kriegt ja kaum noch genug, um sich sattessen zu können. Aber vielleicht ist das ja auch ein heimlicher Segen, so einer, wie Gertrud ihn immer in den Dingen sah, denn inzwischen wird es Birgitta allein bei dem Gedanken an Essen bereits übel. Doch gegen ein paar Kalorien in flüssiger Form hätte sie nun wieder nichts einzuwenden. Im Augenblick würde sie sogar ihre rechte Hand für ein Bier hergeben.

»Nun«, sagt Margareta.

Birgitta blinzelt. Was will sie? Und warum guckt sie so sauer? Margareta holt ungeduldig Luft und beugt sich vor, ihr Gesicht kommt Birgittas ganz nahe.

»Würdest du so gut sein und mir meine Zigaretten geben?« fragt sie und spricht jedes Wort überdeutlich aus, so als würde etwas mit Birgitta nicht stimmen, als könnte sie nicht hören und nicht verstehen.

»Welche Zigaretten?« fragt Birgitta zurück, während sie sich wieder ans Schaufenster lehnt und die Augen schließt. Sie ist müde. Schrecklich müde.

»Tu doch nicht so!« faucht Margareta. »Du hast im Restaurant das Päckchen Blend mitgenommen, das mir gehört. Ich will es zurückhaben!«

Natürlich. Jetzt fällt es ihr wieder ein. Natürlich soll die Dame ihre Zigaretten zurückbekommen, einen so beträchtlichen ökonomischen Verlust könnte sie sicher nicht überleben. Und wenn sie ihn doch überlebte, würde sie bestimmt die nächsten dreißig Jahre hinter Birgitta herrennen, sie mit Anzeigen und anonymen Briefen nerven, abends vor ihrem Fenster stehen und schreien: Du bist schuld, du bist schuld! Natürlich bekommt sie ihre Zigaretten!

Mit immer noch geschlossenen Augen gräbt Birgitta in ihrer Jackentasche; die hat zwar ein Loch, aber nur ein kleines, das Zigarettenpäckchen ist nicht durchgerutscht. Sie zieht es heraus und streckt es hin, tastet in der Luft nach Margaretas Hand, da sie es immer noch nicht schafft, die Augen zu öffnen. Oder besser gesagt, sie will gar nicht die Augen öffnen und diese arrogante Schnepfe sehen, die ihr direkt ins Gesicht starrt. Sicher will sie auch noch Geld für die paar Ziggis haben, die Birgitta schon aufgeraucht hat. Sie hat nämlich nicht oft das Geld, sich Zigaretten zu kaufen. Solche wie sie müssen sich damit begnügen zu drehen, wenn sie denn unbedingt rauchen wollen.

Margareta reißt die Packung an sich, Birgitta kann hören, wie sie den Reißverschluß ihrer Tasche aufzieht und sie hineinstopft. Jetzt sollte sie eigentlich mit hocherhobener Nase weggehen, damit Birgitta endlich die Augen öffnen und sich umsehen kann, aber das tut sie nicht. Birgitta hört sie immer noch atmen.

»Kommst du zurecht?« fragt Margareta. Ihre Stimme ist jetzt anders, etwas zögernd und nicht mehr so scharf wie eben noch.

Birgitta nickt. Sie kommt ganz prima zurecht, vielen, vielen Dank, vorausgesetzt, Margareta ist so verdammt nett, sich auf der Stelle mit ihrer Lammfelljacke, ihren Scheißzigaretten und dem ganzen Mist davonzuschleichen. Aber Margareta kapiert überhaupt nichts, sie legt Birgitta eine Hand auf den Arm und schüttelt sie leicht.

»Du«, sagt sie, »wie geht es dir denn? Du kannst doch hier nicht im Stehen schlafen...«

Das ist dir doch scheißegal, denkt Birgitta, sagt aber nichts. Stumm steht sie mit geschlossenen Augen da, den Rücken gegen das Schaufenster gelehnt. Die Kälte des Glases dringt langsam durch ihre Jacke und kriecht in ihren Rücken. Sie erschauert und wechselt die Haltung, versteckt ihre Hände in den Ärmeln. Die Finger sind schon ganz steif. Und an den Füßen friert sie auch.

»Na gut«, sagt Margareta seufzend. »Dann kannst du halt mit nach Motala fahren. Aber ich will keinen Krach.«

Birgitta schlägt die Augen auf. Wer will denn hier Krach machen? Gibt es irgend jemanden hier, der daran denkt, Krach zu machen? Jedenfalls nicht Birgitta Fredriksson.

No way. Never.

Margareta hastet mit schnellen Schritten die Drottninggatan hinunter, Birgittas Schuhe schlappen, daß sie nicht mithalten kann und zwischen den beiden ein kleiner Abstand entsteht. Und bald ein ziemlich großer.

Vermutlich rennt Margareta absichtlich so schnell, sie will bestimmt nicht neben einer alten Hure laufen. Birgitta kichert. Als wenn Margareta selbst viel besser wäre. Wenn sie frech genug war, mit einem Lehrer zu bumsen, noch während sie zur Schule ging, dann hat sie es seitdem sicher mit einer ganzen Reihe getrieben. So einiges hatte Birgitta ja im Lauf der Zeit mitgekriegt, wenn Margareta mal angerufen hat; und wenn sie über Männer geredet haben, dann gab es da immer einen neuen. Sie scheint die Kerle in etwa jedem siebten Monat gewechselt zu haben, und das ihr Leben lang.

Margareta ist schon an der Brücke angekommen, jetzt merkt sie, daß Birgitta nicht mitkommt, sie hält kurz an und schaut sich um, um dann gleich wieder loszurennen. Warum hat sie es bloß so eilig? Sieht sie denn gar nicht, daß Birgitta wie so ein blödes Bambi auf ihren Minni-Maus-Pumps herumwackelt? Wenn sie wirklich so kolossal nett und menschenfreundlich wäre, wie sie tut, dann würde sie Birgitta auf einer Parkbank warten lassen und das Auto allein holen.

Aber jetzt ist sie an der Ampel da hinten stehengeblieben. Birgitta sammelt alle ihre Kräfte und versucht zu laufen, schafft es aber nicht, es reicht nur für ein paar Schritte. Verdammt. Sie ist nicht in Form. Das ist sicher diese verfluchte Leber. Oder die Lunge. Oder die Nieren. Oder das Herz. Als sie letzte Woche aus dem Krankenhaus entlassen wurde, sagte der Arzt, es wäre ein Wunder, daß sie sich überhaupt noch aufrecht halten könnte.

»Das kann ich, weil ich stark bin«, sagte Birgitta, denn sie konnte ihm ja nicht erzählen, was sie wirklich dachte, dann würde sie sofort in ein Irrenhaus eingewiesen.

Der Doktor lachte über sie und wandte sich seinem Computer zu, drückte auf einen Knopf und bekam ihre Akte auf den Schirm.

»Das muß wohl so sein«, sagte er und schüttelte den Kopf. »Aber jetzt ist es wirklich an der Zeit, es ein bißchen ruhiger angehen zu lassen. Zumindest, wenn Sie noch ein bißchen älter werden wollen.«

Das war ein ungewöhnlich netter Arzt, fast zu vergleichen mit Hubertsson, aber er kapierte genausowenig wie die anderen. Birgitta hatte nicht vor zu sterben, aber sie hat sich auch noch nie vorgestellt, daß sie alt werden wird, sie weiß nicht einmal, was man tun muß, um alt zu werden. Gertrud wurde ja nicht einmal fünfunddreißig.

Obwohl, eins steht fest: Gertrud war nie so stark wie Birgitta. Das war zu sehen. Sie war so unglaublich dünn und durchscheinend, sie sah aus wie diese Porzellantänzerin, die auf Großmutters Sekretär stand. Großmutter hatte immer Angst um diese Tänzerin. Sie gab Birgitta eine Ohrfeige, daß es noch stundenlang in den Ohren brauste, als sie entdeckte, daß Birgitta auf einen Stuhl geklettert war und sie anfaßte. Das war kein Spielzeug!

Birgitta versuchte erst gar nicht zu erklären, daß sie weiß Gott nicht so dumm war, mit der Tänzerin spielen zu wollen, daß sie nur wissen wollte, wie der steife Porzellantüll aus der Nähe aussah, und spüren, wie er sich anfühlte. Sie hatte auch draufbeißen wollen, aber das hatte sie nicht mehr geschafft, ehe Großmutter sie entdeckt hatte. Also mußte sie sich weiterhin nach etwas Unbekanntem sehnen, fest überzeugt davon, daß Porzellantüll genauso süß war wie Kandiszucker.

Einmal hatte sie auch Gertrud probiert. Das war kurz bevor sie zu der alten Vettel Ellen ziehen mußte, also war sie zu der Zeit wohl in die vierte Klasse gegangen. Gertrud hatte aufgehört zu arbeiten, sie war im Stadshotell rausgeschmissen worden, und in Motala gab es sonst keine vernünftigen Jobs als Kellnerin. Und Gertrud dachte nicht im Traum daran, in irgendeiner Kneipe die Teller zu waschen, wie sehr Marianne und die anderen Sozialtanten sie auch drängten, denn schließlich hatte sie einen Beruf, und auf den war sie stolz. Außerdem würde sie bald Osvald heiraten und in der Dreizimmerwohnung, die er damals besaß, als Hausfrau leben. Und das erste, was sie tun würde, sobald sie den Ring an dem Finger hatte, war, Marianne und ihren ganzen Anhang zu bitten, sich zum Teufel zu scheren.

Birgitta freute sich auf die Hochzeit, auch wenn sie Osvald nicht mochte. Er war so breit und plump, daß sie das Gefühl hatte, für sie gäbe es in der Wohnung keinen Platz mehr, wenn er auftauchte. Außerdem hatte er sonderbare Angewohnheiten. Er grüßte nie, und sobald er in der Tür war, zog er seine Schuhe und seine verschwitzten Strümpfe aus, warf sich letztere über die Schulter und stapfte auf nackten Füßen ins Zimmer. Er ließ sich in einem der Sessel nieder und stand den ganzen Abend nicht mehr auf. Dennoch hatte er eine unglaubliche Fähigkeit, um sich herum alles in Unordnung zu bringen. Schon nach kurzer Zeit waren alle Gläser schmutzig, alle Aschenbecher voll, und eine Unmenge leerer Flaschen kullerte über den Fußboden. Nicht daß Birgitta zu dieser Zeit etwa ein Putzteufel gewesen wäre, aber Osvald war wirklich ein richtiges Schwein, er rülpste laut und rotzte auf den Boden, kicherte, wenn er lange, laute Fürze von sich gab, die so sehr stanken, daß Birgitta das Fenster aufmachen mußte. Außerdem kam er nie auf die Idee, wieder zu gehen, er blieb Stunde um Stunde in seinem Sessel sitzen. Birgitta konnte deshalb nicht richtig schlafen gehen, sie mußte sich im Flur ein paar Kleider suchen und es sich darauf so gut es ging einrichten. Osvald weckte sie jedesmal, wenn er nach Hause gehen wollte. Er zupfte an dem Kleiderbündel unter ihr und fluchte, weil sie sich auf seine Jacke gelegt hatte.

Wenn er gegangen war, wurde Gertrud ganz unruhig, sie fing an zu schluchzen und zu weinen, umarmte Birgitta und nannte sie ihren kleinen Engel, ihren einzigen treuen Freund auf dieser Welt. Alle wollten sie voneinander trennen, Osvald auch, dieser Schwachkopf, aber Gertrud dachte nicht daran nachzugeben. Schließlich war sie eine Mutter, das mußte er akzeptieren, und für eine gute Mutter geht die Liebe zum Kind über die Liebe zu einem Mann. Und wenn Osvald sie haben wollte, dann mußte er Birgitta dazunehmen, denn Gertrud würde doch nie ohne ihren

Engel zurechtkommen, und Birgitta wollte doch wohl nicht von ihrem Mamilein getrennt werden. Oder wollte sie das? Gertrud begann zu weinen, doch, das wollte sie wohl. Birgitta wünschte sich, daß Gertrud tot und begraben war. Denn dann konnte Birgitta in eine dieser vornehmen Familien ziehen, von denen Marianne immer sprach, so eine Familie, in der sie es mit eigenem Bett und eigenem Zimmer und allem so gut haben würde. Und dann würde sie bestimmt schnell ihre arme kleine Mama vergessen und...

Wenn Gertrud soweit gekommen war, konnte Birgitta ihre eigenen Tränen nicht mehr zurückhalten; sie stiegen ihr in die Augen und liefen ihr über die Wangen, wenn sie die Augen schloß. Sie rutschte schluchzend auf Knien an Gertruds Bett, umklammerte ihre Hand und schwor, daß sie niemals in eine so beschissene Pflegefamilie wollte, daß sie gar kein eigenes Zimmer und kein eigenes Bett haben wollte. Alle waren dumm, Osvald und Marianne, Bosses Mutter und die Lehrer in der Schule. Keiner von ihnen kapierte, daß es Birgitta gutging, daß sie die liebste Mama auf der Welt hatte... Ihr Körper begann sich vor Schluchzern zu schütteln, die Worte kamen stoßweise, und große Spuckeblasen platzten aus ihrem Mund, dennoch schien es, als würde Gertrud sie gar nicht hören. Sie jammerte und heulte weiter, zog ihre Hand an sich und verbarg darin ihr Gesicht, während ihr ganzer zarter Körper sich wie im Krampf zusammenzog.

»Doch!« schrie sie und trat mit den Füßen gegen die Matratze, warf den Kopf hin und her. »Doch! Du willst doch, daß ich sterbe, das weiß ich! Alle hassen mich! Das weiß ich, das weiß ich! Aber ich werde es allen zeigen, morgen, wenn du in der Schule bist, werde ich mich umbringen, das schwöre ich! Ich werde das große Küchenmesser nehmen und es mir direkt in den Bauch rammen...«

Birgitta warf sich über sie, kletterte ins Bett hoch und schlang ihr die Arme um den Hals, als wollte sie sie festhalten, als wollte sie sie zwingen, in diesem Leben zu bleiben.

»Mama«, schrie sie, und die Worte purzelten aus ihr heraus, »Mama, Mama, Mama... Du darfst nicht sterben! Du darfst nicht sterben, liebe kleine Mama, bitte stirb nicht!«

Wenn Birgitta ihre feuchte Wange an die ihre drückte und genauso laut wie sie selbst weinte, pflegte Gertrud ruhiger zu werden. Sie strampelte nicht mehr mit den Beinen und schlug nicht mehr mit dem Kopf; nach kurzer Zeit schrie sie nicht einmal mehr, schluchzte nur noch immer wieder auf, bis ihr Kopf langsam zur Seite kippte und sie einschlief. Dann durfte auch Birgitta nicht mehr schluchzen, sie war gezwungen, ihr Weinen hinunterzuschlucken, so daß es zu einem harten kleinen Klumpen in der Kehle wurde, denn sonst könnte Gertrud ja aufwachen und wieder unruhig werden.

Birgitta blieb unbeweglich liegen, bis sie Gertruds Atemzüge nicht mehr hören konnte, dann löste sie vorsichtig ihre Arme von Gertruds Hals und stand auf. Sie mußte noch etwas erledigen, bevor sie sich selbst schlafen legen durfte. Zuerst mußte sie das Brot fürs Frühstück schneiden und dann alle Messer verstecken. Sie hatten nur drei Stück, deshalb war es eigentlich nicht so schwer, wenn sie nicht so stark gezittert hätte. Eins kam hinter das Rohr im Schrank unter dem Spülbecken, das zweite in den Wasserkasten im Klo, obwohl es nicht so einfach war, die Plastikschrauben aufzudrehen und den Deckel herunterzukriegen, das dritte hakte sie hinter dem Spiegel im Flur fest. Bei der Vettel Ellen daheim war sie ganz verzweifelt gewesen, als sie an einem der ersten Tage die Küchenschublade öffnete und auf elf scharfe Messer starrte – sie hatte sie sofort blitzschnell durchgezählt –, und für einen Moment hatte sie voll Panik überlegt, wie sie denn nur elf Verstecke finden sollte. Doch das war in diesem Haus ja nicht notwendig. Aber in Gertruds Wohnung wurde es fast zur Gewohnheit. Gertrud selbst schien nie zu bemerken, daß die Messer verschwunden waren und daß sie wieder auftauchten, wenn Birgitta von der Schule heimkam.

Nachdem die Messer versteckt waren, sammelte sie alle Flaschen in eine kleine Stofftasche und stellte sie unter die Garderobe auf dem Flur. Wenn sie morgens zur Schule ging, nahm sie die Tasche mit und lief zu den Mülleimern, kippte sie aus und wickelte sie zu einem kleinen Ball, den sie in ihre Schultasche stopfte. Die Nachbarsfrau, die sie hinter frisch geputzten Fensterscheiben beobachtete, bildete sich sicher ein, sie würde sie wegwerfen, aber das tat sie nicht, sie versteckte sie nur hinter den Mülleimern. Schließlich bekam man ja Geld dafür, und Birgitta war nicht so dumm, sich diese Chance, Geld zu verdienen, entgehen zu lassen. Gertrud war zwar lieb, aber sie hatte nicht mehr soviel Geld wie früher, und Birgitta hatte immer Lust auf etwas Süßes. Es war, als säße eine Zuckerratte in ihrem Bauch, eine eklige, langschwänzige Ratte, die drohte und schimpfte, die ihr einflüsterte, sie würde ihre gelben Zähne in Birgittas Gedärme hauen und sie zerfetzen, wenn Birgitta sie nicht fütterte.

Vielleicht war es ja diese Zuckerratte, die sie eines Nachts dazu brachte, Gertrud zu probieren. Sie hatte gerade die Messer versteckt und alle Flaschen eingesammelt, jetzt stand sie an dem türkischen Rauchtisch und belohnte sich selbst mit einer Handvoll Zuckerstückchen.

Gertrud schlief ruhig, sie hatte sich zur Wand gedreht, ihr weißer Arm lag gerade auf der Hüfte. Birgitta betrachtete sie, während die Zuckerstückchen erst porös wurden und dann langsam in ihrem Mund schmolzen. Die Süßigkeitenratte fauchte vor Ungeduld, sie wollte etwas anderes, am liebsten Schokolade, eine ganze Tafel Marabous Milchschokolade, so eine weiche, etwas klebrige, nachdem sie im Kioskfenster in der Sonne gelegen hatte. Oder Eis, ja, sie konnte sich auch ein Vanilleeis vorstellen, ein großes Paket schmelzendes Vanilleeis mit feinen Streifen Erdbeermarmelade dazwischen, die es ganz hinten im Gaumen vor Lust kitzeln ließen...

Die Morgendämmerung zeigte sich bereits hinter den Rollos, das Zimmer wurde langsam heller. Die Möbel und Gegenstände begannen sich aufzulösen, sie wurden grau und ungenau in den Konturen, und Birgitta hatte ihren Körper selbst nicht mehr unter Kontrolle. Sie spürte, wie ihre Zunge über ihre Zähne glitt auf der Jagd nach den letzten Zuckerkristallen, wie die Hände den letzten Rotz vom Weinen unter der Nase wegwischten und wie die Füße losgingen. Es war, als ginge sie in einem Meer, rund um sie herum waren Wasser und Licht, flüsternde Wellen ließen sie in ihrem Rhythmus zum Bett gehen.

Gertrud schlief tief, sie spürte nicht, wie Birgitta ihren Arm anhob. Birgitta strich zuerst mit dem Zeigefinger über etwas weißen

Flaum auf dem Unterarm; die Süßigkeitenratte hüpfte lüstern in ihrem Bauch herum, es sah aus, als wäre jede Faser von Gertruds Arm aus Zucker gesponnen. Birgitta erinnerte sich an die weiße Zuckerwatte, die sie einmal auf einem Jahrmarkt gekauft hatte, und ihr Mund war plötzlich voller Speichel; es kitzelte, zog in den Zähnen, und die Zuckersucht kroch ihr den Hals hoch...

Birgitta schloß die Augen und ließ die Zunge in einem weichen Streicheln über Gertruds Arm fahren, ganz vom Handgelenk bis zur Achsel. Danach legte sie den Arm wieder ganz vorsichtig auf die Hüfte, richtete sich auf und erwartete mit geschlossenen Augen die Geschmackssensation, die gleich in ihrem Gaumen explodieren müßte.

Aber Gertrud schmeckte nicht nach Schokolade und Vanille. Sie schmeckte salzig. Wie Salmis.

Margareta setzt ihren Fuß genau in dem Moment auf die Fahrbahn, als Birgitta sie endlich eingeholt hat. Die Ampel ist noch nicht einmal auf Grün umgesprungen.

»Warte!« keucht Birgitta atemlos, aber Margareta ist bereits halb über die Straße.

Verdammt noch mal! Birgitta stolpert auf die Straße – verfluchte Mistschuhe!– und versucht, sie von neuem einzuholen. Margareta beeilt sich absichtlich, sie versucht, vor Birgitta davonzulaufen! Denn wenn Birgitta nicht da ist, wenn Margareta am Auto ankommt, dann kann sie einfach hineinspringen und mit gutem Gewissen das Gaspedal durchdrücken. Ja, genau, so ist es, sie kann es förmlich vor sich sehen, sie kann sogar Margaretas widerliches kleines Lächeln sehen, wenn sie Minuten später an einer verzweifelten, in Not geratenen Birgitta vorbeifährt, die keine Öre in der Tasche hat, und so tut, als würde sie sie gar nicht sehen. Außerdem kann sie schon vor sich sehen, wie Margareta bei ihrem nächsten Zusammentreffen mit einem überraschten Gesichtsausdruck verständnislos tut, wenn Birgitta sie daran erinnert. Was? Aber niemals hat Margareta ihr Versprechen Birgitta gegenüber bereut! Sie ist doch nicht abgehauen! Ganz im Gegenteil, sie hat die ganze Zeit gewartet, aber als Birgitta nicht aufgetaucht ist, war sie gezwungen loszufahren. Tut mir schrecklich leid.

Margareta ist jetzt auf dem Bahnhofsparkplatz angekommen, während Birgitta sich immer noch auf dem Bürgersteig befindet. Ihr Herz pocht schwer, als wollte es den Brustkorb sprengen. Trotzdem muß sie weiterhasten. Vielleicht stirbt sie ja an dieser Anstrengung, vielleicht wird der kleine Blutklumpen, der gleich eine Ader zum Platzen bringen wird, gerade jetzt in rasender Fahrt hochgepumpt.

Ja. So wird es sein. Sie weiß genau, was geschehen wird, sie kann es vor sich sehen: Birgitta Fredriksson greift sich ans Herz und bleibt mitten im Lauf stehen, sie dreht sich auf einem Bein herum – das andere wie zum Tanz in der Luft – und starrt für einen Moment zum eisblauen Himmel hinauf, bevor sie langsam zu Boden sinkt. Menschen strömen aus allen Richtungen herbei; sie rufen mit besorgten Stimmen und ringen die Hände. Ist sie tot? O nein, sie darf nicht sterben! Das ist doch Birgitta Fredriksson, die einst so schön war! Die sicher ein weltberühmtes Fotomodell wäre, eine schwedische Variante von Anna Nicole Smith, wenn sie heute noch jung wäre! Ach, wenn doch das Leben nicht so grausam mit ihr umgesprungen wäre!

Es ist ein Gedankenspiel. Eigentlich glaubt Birgitta nicht an den Tod. Keine Sekunde lang.

Zwar hat sie sich tausendmal die dramatischen Umstände und die Trauer, Schuldgefühle und das Wehklagen vorgestellt, das ihr Fortgang unter diesen Snobs und allen anderen hervorrufen würde, aber dennoch ist es ihr nicht möglich, wirklich zu glauben, daß sie einmal sterben könnte, daß sie nicht weiter existieren wird. Andere vielleicht, aber nicht sie. Birgitta Fredriksson wird ewig leben, etwas anderes kann sie sich gar nicht vorstellen.

Als Kind versuchte, sie diese Überzeugung den Erwachsenen zu erklären, aber niemand nahm sie ernst.

»Ich werde einen Spaten mit in den Sarg nehmen«, erklärte sie ihrer Großmutter. »Und wenn alle von der Beerdigung heimgegangen sind, dann werde ich mich wieder ausbuddeln…«

Großmutter lachte ihr ironisches Lachen:

»Das kannst du nicht. Wenn man tot ist, dann ist man tot, dann kann man sich nicht wieder ausbuddeln…«

»Ich aber schon.«

Großmutter warf den Kopf zurück und lachte noch lauter, sie ließ fast die Fensterscheiben im Bahnwärterhäuschen zersplittern. Das war offensichlich das lustigste, was sie seit Jahren gehört hatte.

»Du wirst schon sehen!« kicherte sie. »Du wirst schon sehen!« Gertrud wurde böse. Es war noch früh am Abend, sie war noch nicht richtig blau, schließlich richtete sie sich in ihrem Bett auf den Ellbogen auf und fauchte:

»Bist du verrückt oder was? Was sollte denn an dir so Besonderes sein, daß du davonkommen solltest?«

Birgitta antwortete nicht. Es war, als hätte sie einen kleinen Knopf in sich, einen kleinen Das-jetzt-passiert-gar-nicht-in-echt-Knopf, den sie immer drückte, wenn Gertrud böse wurde. Das klappte nie, wenn Gertrud weinte und traurig war, nur wenn sie schimpfte und fluchte. Wie jetzt.

»O Scheiße!« fauchte Gertrud und sank auf ihre Kissen. »Was habe ich nur Böses gemacht? He? Da liege ich in einer Scheißwohnung in einer kleinen Scheißstadt und habe nicht mal das Geld für das Notwendigste, und dann stellt sich auch noch heraus, daß das Kind verrückt ist! Aber paß nur auf, das sage ich dir, wenn du herumrennst und solch einen Blödsinn unter den Leuten verbreitest, dann wird Marianne dich in Null Komma nichts ins Irrenhaus stecken. Nur damit du's weißt.«

Die Vettel Ellen lachte nicht, sie schrie auch nicht, sie schaute nur von ihrem Klöppelkissen auf und starrte Birgitta einen Augenblick lang an.

»Aha«, sagte sie schließlich und senkte ihren Blick wieder, bewegte einige Spindeln so schnell, daß Birgitta die Bewegung nicht einmal mit ihrem Blick verfolgen konnte. »Du bist also unsterblich... Donnerwetter.«

Birgitta beobachtete sie mit schmalen Augen und wartete auf eine Fortsetzung, aber es kam keine. Ellen schob eine Stecknadel zwischen die Lippen und beugte sich über ihr Klöppelkissen, um es genau anzusehen.

»Ich werde das eine Augen offenlassen«, sagte Birgitta. »Damit ich sehen kann, was passiert.«

Ellen schaute zu ihr auf und lächelte kurz. Birgitta räusperte sich ungeduldig. Verfluchte Alte! Nun sag schon was! Sie verzog ihr Gesicht und hob die Hände, krümmte die Finger wie die eines Monsters:

»Und wenn sie versuchen, mich einzugraben, werde ich wie ein Gespenst heulen …«

Ellen nahm die Stecknadel aus dem Mund und lachte in sich hinein:

»Davon bin ich absolut überzeugt«, sagte sie. »Aber da du ja im Augenblick noch nicht tot bist, kannst du dich jetzt waschen gehen. Du hast schmutzige Hände.«

Noch heute stellt sich Birgitta den Tod so vor: Wie ein Schauspiel, in dem sie gleichzeitig die Hauptdarstellerin und das Publikum ist. Sie wird in ihrem Sarg liegen, mit wachen Sinnen, die Augen nur halb geschlossen, um die Beerdigungsgäste beobachten zu können, und nachdem sie gegangen sind, wird sie den Deckel zur Seite schieben und sich wie ein zweiter Dracula aufsetzen. Sie will nicht verbrannt werden, das hat sie Ulla vom Sozialamt erklärt, aber sie hegt keine allzu große Hoffnung, daß ihr Wunsch von der Seite her respektiert wird. Wenn Ullas großer Chef sagt, daß die Kommune möchte, daß der ganze Unrat verbrannt wird, dann wird Ulla dafür sorgen, daß Birgitta verbrannt wird. Deshalb hat sie an die Innenseite ihrer Garderobentür einen Zettel geklebt: *Erdbestattung. Ich will unter keinen Umständen verbrannt werden. Birgitta Fredriksson.* Sie hofft, daß diese Snobs im letzten Moment bei ihr auftauchen. Ja, sie kann vor sich sehen, was dann geschieht, wie sie den Zettel finden werden, wie sie einander mit tränenerfüllten Augen ansehen, endlich wird ihnen klar, wie ungerecht sie sie behandelt haben! Und wie sie dann zum Friedhof und Krematorium eilen und den Sarg aufhalten, bevor er in den Ofen geschoben wird …

Wahrscheinlich wird es doch anders kommen, auf ihre Schwestern kann Birgitta sich nicht verlassen. Denn wenn die Leute sich in Kürze um Birgitta versammelt haben werden, die wie gekreuzigt auf einem Kiesweg im Bahnhofspark liegt, dann wird auf jeden Fall eine Person fehlen. Margareta. Sie wird ganz bestimmt weitereilen. Diese verfluchte Memme!

Birgitta nimmt Anlauf, aus den tiefsten Tiefen ihrer Kehle holt sie alle ihre Stimmreserven und sammelt sie in einem einzigen Schrei: »WARTE!«

Es ist schon viele Jahre her, daß sie so laut geschrien hat, aber sie hat es nicht verlernt. Es ist, als hätte sie ganz Norrköping für einen Moment erstarren lassen, als hätten alle Motoren aufgehört zu brummen, als wären alle Gespräche für Sekunden verstummt, in denen ihre Stimme zwischen dem alten Standard Hotell und dem Folkets hus widerhallte. Birgitta beugt sich vor und stützt sich mit den Händen auf die Schenkel, wie ein Sprinter, der gerade die Ziellinie durchlaufen hat, und sieht, wie Margareta weiter vorne zu Eis erstarrt, wie sich ihr Rücken aufrichtet und wie sie vollkommen unbeweglich stehenbleibt. Birgitta keucht, nein, mehr noch, sie röchelt, und ihr Herz klopft so hart, daß sie den Puls in jedem Teil ihres Körpers fühlen kann, im Kopf, in den Fingern, in den Krampfadern unter den Knien. Sie kann sogar ihren Herzschlag in den Ohrläppchen spüren. Dann ist man müde. Dann hat man wirklich das Recht, eine Weile auszuruhen.

Jetzt hört sie Margaretas Schritte, Kies und Schneereste knirschen, als sie in ihrer gemessenen arroganten Art und Weise auf Birgitta zutrippelt.

»Was ist los?« fragt sie gedämpft, als meinte sie, noch nachträglich die Lautstärke von Birgittas Schrei dämpfen zu können, indem sie selbst mit leiser Stimme spricht. »Warum schreist du so?«

Birgitta steht immer noch mit den Händen auf die Schenkel gestützt da, dreht den Kopf zur Seite und verzieht das Gesicht.

»O Scheiße. Hast du vielleicht gedacht, wir sollten die ganze Strecke bis nach Motala rennen?«

Margareta wiegt sich ein wenig auf den Hacken und schaut weg:

»Das würde dir sicher guttun. Du scheinst ein wenig Sport zu brauchen ...«

Was ist nur los mit ihr? Kann sie nicht einmal den Mund aufmachen, ohne daß eine Gemeinheit herauskommt? So boshaft war sie ja nicht mehr seit dem Tag, als Birgitta die elegante Villa von Stig mit dem Hechtmaul verlassen hat. Weder Margareta noch Christina hatten in den Wochen, in denen sie im Partykeller wohnten, ein Wort mit Birgitta gewechselt, und als Birgitta sich verabschiedete, da antworteten sie nicht einmal, starrten sie nur mit leeren Augen an. Deshalb war Birgitta so überrascht, als Margareta ein paar Jahre später anfing, ihr zu schreiben. Sie hatte geglaubt, sie wären jetzt Feinde fürs Leben, aber diese Auffassung teilte Margareta offensichtlich nicht, da eine Litanei länger als die vorherige plötzlich in Birgittas Briefkasten fiel. Und war Margareta nicht auch noch bei ihr zu Hause aufgetaucht, nur wenige Monate nachdem sie den Jungen gekriegt hatte? O ja. Das fällt ihr jetzt ein, sie hat noch genau in Erinnerung, wie Margareta am Küchentisch saß und ihn mit der Nuckelflasche fütterte...

Aha! Deshalb ist Margareta so gemein heute. Als sie in diesem Restaurant gesessen haben, ist ihr sicher der Junge eingefallen, bestimmt, plötzlich ist ihr klargeworden, daß Birgitta alles bekommen hat, was sie nie kriegte. Birgitta hatte eine Mutter, einen Mann und ein Kind, während Margareta niemals einen Menschen auf der Welt hatte. Niemand wollte sie haben, als sie klein war, und niemand will sie jetzt haben, und das ist ja auch kein Wunder, wo sie so eine unglaublich eklige Klimakteriumshexe ist. Margareta ist ganz einfach neidisch. Aber das würde sie sicher nicht einmal unter Todesdrohung zugeben. Als sie klein waren, wollte Margareta nie über ihre mysteriöse Mama reden und lief immer davon, wenn Birgitta anfing, von Gertrud zu sprechen. Damals war sie neidisch, und das ist sie heute noch. So ist es.

Dennoch sollte sie eigentlich verstehen, daß Birgitta verletzt ist, daß es Margaretas gemeine Nadelstiche sind, die ihr die Tränen in die Augen treiben und die Mundwinkel zittern lassen.

»Verflucht, Maggan«, sagt sie und richtet sich auf, »ich bin nicht ganz gesund, ich kann nicht so schnell rennen wie du. Ich hab' mir 'ne Leberzirrhose zugezogen, weißt du... Ich war im Krankenhaus, bin erst vor vierzehn Tagen rausgekommen.«

Margaretas Gesicht wird weicher, aber nicht soviel, daß Birgitta sich auf sicherem Boden fühlen könnte. Es ist ja möglich, daß Margareta nicht weiß, was eine Leberzirrhose ist – und Birgitta denkt nicht im Traum daran, sie über die alltägliche Bezeichnung ihrer Krankheit zu informieren –, und deshalb den Ernst der Lage gar nicht versteht. Der Boden muß verstärkt werden.

»Ich bin selbst schuld, weißt du«, sagt sie und geht auf eine Parkbank zu, mit schleppenden Schritten, so daß der Kies raschelt. »Wenn man so ein Lotterleben führt wie ich, dann wird man nicht alt. Der Arzt hat gesagt, ich habe noch ein halbes Jahr. Wenn ich Glück habe ...«

Sie setzt sich auf eine Bank und wirft Margareta einen schnellen Blick zu. Jetzt hat sie es kapiert. Margareta hat den Mund geöffnet, sie starrt Birgitta mit feuchten Augen an.

»Aber du kennst mich ja«, fährt Birgitta fort und läßt ein bitteres leises Lachen vernehmen. »Ich bin ja nicht in der Lage, mich selbst zu pflegen. Selbst wenn ich wollte ...«

Margareta schließt ihren offenstehenden Mund und schluckt: »Stimmt das?«

Natürlich stimmt das. Was bildet sie sich eigentlich ein, glaubt sie, Birgitta würde ihr was vorlügen? Natürlich hat der Arzt ihr gesagt, sie würde in einem halben oder in einem Jahr sterben, wenn sie nicht aufhören würde zu saufen!

»Natürlich stimmt das«, sagt sie und schlägt den Blick nieder, um nicht zu verraten, daß sie lügt. Denn natürlich lügt sie. Birgitta Fredriksson wird nicht sterben. Sie kann nicht sterben.

Langsam gehen sie aus dem Park zum Bahnhof hinüber, Margareta hat ihren Arm unter Birgittas geschoben, stützt sie wie eine alte Oma.

»Wenn du dich da vor dem Bahnhofsgebäude auf eine Bank setzt, werde ich den Wagen holen«, sagt sie. »Das dauert nicht lange, er steht hinter der Polizeiwache ...«

Birgitta schließt die Augen und nickt, sie läßt sich langsam über die Straße führen. Sie merkt selbst, daß sie etwas hinkt, und korrigiert sich schnell. Sie darf es nicht übertreiben, man hinkt nicht, wenn man eine Schrumpfleber hat. Das müßte sie ja wohl wissen, wo sie seit eineinhalb Jahren deswegen immer wieder im Krankenhaus ist und bis heute nicht hinkt. Tatsache ist, daß sie nie an ihre Leber denkt, es sei denn, sie muß sich übergeben. Dann schaut sie zwischen den Wimpern hervor, um festzustellen, ob Blut dabei ist, denn wenn Blut kommt, muß sie ins Krankenhaus gebracht werden, und das will sie nicht. Birgitta mag nicht im

Krankenhaus liegen. Genaugenommen hat sie Angst vorm Krankenhaus.

»O je«, sagt Margareta, als sie bei der Bank angekommen sind. Sie ist etwas feucht vom Schneematsch. »Das ist zu naß und zu kalt. Warte, ich laufe eben zum Kiosk und kaufe eine Zeitung, auf die du dich setzen kannst...«

Sie ist gleich wieder zurück, breitet eine dicke Zeitung mit vielen Beilagen auf der Bank aus und reicht Birgitta eine Dose, als diese sich hingesetzt hat.

»Hier«, sagt sie. »Hier hast du was zu trinken, solange ich weg bin. Es wird nicht lange dauern. Ich bin in ein paar Minuten wieder da...«

Birgitta unterdrückt ein verächtliches Grinsen: Coca-Cola light. Typisch. Was sie bräuchte, das wäre ein Bier. Aber wenn sie das sagt, wird Margareta sicher wieder wie ein Rottweiler kläffen.

»Kommst du jetzt allein klar?« fragt Margareta.

Birgitta nickt und schließt die Augen, öffnet sie aber gleich wieder.

»Du«, sagt sie und lächelt ein flehentliches Lächeln. »Ob ich vielleicht noch 'ne Zigarette haben könnte?«

Es ist richtig schönes Wetter, komisch, daß ihr das vorher gar nicht aufgefallen ist. Birgitta lehnt sich zurück und dreht ihr Gesicht der Sonne zu, während sie die Zigarettenpackung in ihre Tasche zwängt. Gar nicht so schlecht, hier in der Frühlingssonne zu sitzen und eine zu rauchen.

Birgitta war schon immer gern draußen, ihr ganzes Leben lang war sie lieber draußen als drinnen, ganz gleich, ob es hagelte oder in Strömen regnete. Unter anderen Umständen wäre sie vielleicht ein richtiger Frischluftfanatiker geworden. Der Gedanke läßt sie aufschnauben. Sie kann sich selbst in der Rolle einer rotbäckigen Waldmaus sehen, den Pilzkorb über dem Arm und die Sonne in den Augen. Meine Fresse! Nur ein Glück, daß es nicht so schlimm gekommen ist.

Nicht daß diesbezüglich ein größeres Risiko bestand; Großmutter betrachtete die Natur mit Mißtrauen, obwohl sie ihr ganzes Leben mitten im Chlorophyll verbrachte, und Gertrud war eine überzeugte Asphaltpflanze. Birgitta war eigentlich nur ein einziges Mal mit auf einem Waldausflug, und zwar als Ellen alle drei Mädchen mitnahm, um Pilze zu suchen, obwohl sie sonst nicht im Traum daran dachte, sich in den Wald aufzumachen. Aber Stig mit dem Hechtmaul sollte vierzig werden, und Ellen hatte versprochen, bei dem Menü zu helfen. Es sollte Pasteten mit Pfifferlingen als Vorspeise geben, und da Pfifferlinge ein Vermögen kosteten und Ellen geizig war, gab es nur eins: hinaus in den Wald und sie gratis pflücken. Dachte sie. Doch sie fanden dann nicht den kleinsten Pilz.

Aber welch ein Anblick waren sie wohl, als sie durch die Pforte auf die Landstraße gingen. Birgitta erinnert sich noch ganz genau: Voran ging Ellen in Gummistiefeln, Schürzenkleid und Strickjacke, direkt hinter ihr hüpfte Christina in einer ähnlichen Ausrüstung, ängstlich zitternd, als fürchtete sie, der Weg könnte sich unter ihren Füßen auftun und sie verschlucken. Margareta trottete hinterher. Sie konnte nicht aufrecht gehen, da sie ein Buch in ihren Pilzkorb geschmuggelt hatte und anfing zu lesen, sobald Ellen ihr den Rücken zukehrte. Sie war verrückt mit ihren Büchern, immer las sie, auch wenn Ellen, Christina und Birgitta die Augen verdrehten und sagten, es wäre nicht normal, immer und überall zu lesen. Es nutzte nichts, sie stapfte weiter durchs Leben mit immer neuen Büchern in der Hand. Damals streckte sie die Hand nach Birgitta aus und hielt sich an ihr fest, um nicht ins Gestrüpp zu fallen. Birgitta ließ sie gewähren, denn an diesem Tag war sie ganz fröhlich und offen. Sie hatte sich die Taschen voll mit Papiertüten für Pilze gestopft, denn sie dachte nicht im Traum daran, die Pilze, die sie fand, irgend so einer bescheuerten Hundertjahrfeier irgendeines ekligen Kerls zu opfern, sie wollte sie für teures Geld verkaufen und in Süßigkeiten umwandeln. Außerdem war sie während der Mittagspause heimlich zu Gertrud gelaufen, und Gertrud war fast nüchtern gewesen und hatte versprochen, Marianne in den Ohren zu liegen, daß Birgitta wieder nach Hause kommen durfte. Zu der Zeit war Birgitta genau neun Monate und zwölf Tage bei Ellen. Niemand wußte, daß sie so genau die Zeit zählte, daß sie bereits an dem Tag, als sie zum ersten Mal in Ellens Haus kam, angefangen hatte, wie ein Gefängnisinsasse Tage, Stunden und Minuten zu zählen.

Es war Marianne, die sie dorthin brachte. Sie war an einem Freitag in die Schule gekommen, hatte während der letzten Stunde an die Tür zum Klassenzimmer geklopft und mit leiser Stimme gebeten, mit dem Lehrer, Herrn Stenberg, sprechen zu dürfen. Er wedelte mit dem Zeigestock und murmelte etwas davon, still sitzen zu bleiben und leise zu sein, bevor er auf den Flur ging.

Keines der Kinder in der Klasse hatte Marianne wiedererkannt, nicht einmal Bosse, der im gleichen Hof wie Birgitta wohnte und der immer glotzte, daß man glaubte, ihm würden die Augen aus dem Kopf fallen, genau wie die anderen Kinder vom Hof, wenn die Alte vom Jugendamt mit Baskenmütze und Aktentasche anmarschiert kam. Sie glotzten nicht nur, weil sie Angst vor dem

Jugendamt hatten, das war Birgitta mit der Zeit klargeworden, sondern auch, weil Marianne so merkwürdig aussah. Keine andere Frau in ganz Motala trug Baskenmütze und lief mit einer Aktentasche herum, das war ein männliches Privileg, sich in dieser Weise lächerlich zu machen. Aber heute trug Marianne keine Baskenmütze, sondern einen kleinen Hut, deshalb hatte Bosse sie wohl nicht wiedererkannt.

Birgitta hatte ihr Naturkundebuch auf der Bank aufgeschlagen, sie war gerade dabeigewesen, sich heimlich von dem Abschnitt über Igel zu dem bedeutend interessanteren Abschnitt über Fortpflanzung vorzuarbeiten. Das war zwar kryptisch und unbegreiflich, aber nicht kryptischer und unbegreiflicher, als daß Personen wie sie – junge Personen mit weit aufgesperrten Augen und Ohren – nicht gewisse Schlüsse über das menschliche Verhalten ziehen konnten, ausgehend von dem, was da über die Säugetiere berichtet wurde. Birgitta war sich fast sicher, daß Menschen Säugetiere waren. Es wurde ja behauptet, daß alle Kinder aus dem Bauch ihrer Mama kamen, auch wenn sie für ihren Teil nicht richtig begreifen konnte, wie das zugehen sollte. Gertruds Bauch war vollkommen flach, sie konnte sich nicht vorstellen, daß sie selbst jemals dort drinnen gewesen war. Gertrud hätte dann doch platzen müssen, da war sie sich ganz sicher, und Gertruds Bauch sah ganz und gar nicht geplatzt aus. Vielleicht hatte die Natur für eine Art Extrahaut gesorgt, vielleicht lag das Baby ja auf dem Bauch der Mama, bedeckt mit einer Extrahaut, die ungefähr wie ein Perlonstrumpf aussah. Ja, so mußte es sein. Perlonstrümpfe waren ja durchsichtig, und dann konnte die Mama das Baby sehen und merken, daß sie ein Baby bekam, denn wenn das Kind irgendwo zwischen den Eingeweiden verborgen lag, würde sie doch gar nicht wissen können, daß sie ein Baby kriegen sollte...

So ein Mist! Sie hielt es nicht aus, noch länger zu warten, sie konnte ihre Gedanken nicht länger zwingen, sich mit etwas anderem zu beschäftigen. Sie klappte ihr Naturkundebuch zu und stand auf, der Stuhl scharrte über den Boden, das Gemurmel und gedämpfte Flüstern der Klasse erstarb für einen Augenblick. Alle sahen sie an, jedes Kind in der Klasse sah Birgitta an und wartete, was sie wohl tun würde.

Aber Birgitta konnte gar nichts tun. Sie war wie gelähmt. Sie stand kerzengerade und unbeweglich in ihrer Bank, nicht in der Lage, einen Fuß vor den anderen zu setzen, nicht in der Lage, zur Tür zu gehen und sie zu öffnen, nicht in der Lage, eine Erklärung dafür zu verlangen, warum Marianne in die Schule gekommen war. Sie wußte es ja.

Sie hatte vergessen, letzte Nacht die Messer zu verstecken, sie hatte wie ein blöder Stein geschlafen. Und jetzt war Gertrud tot, sie hatte sich das große Küchenmesser in den Bauch gestoßen.

Die Zeit war stehengeblieben. Bald würde die Erde sich unter ihr auftun.

»Sie ist ganz und gar nicht tot«, sagte Marianne kurze Zeit später. »Wie um alles in der Welt kommst du denn darauf? Du wirst sie gleich treffen und dich von ihr verabschieden können.«

Sie schleppte Birgitta buchstäblich über den Schulhof, hielt sie fest am Arm und zog sie hinter sich her. Birgitta bewegte ihre Füße nur, wenn es sich nicht vermeiden ließ und sie sonst gefallen wäre. Vor nicht langer Zeit hatte sie versucht, Marianne in die Hand zu beißen, die jetzt wie eine Fessel um ihr eigenes Handgelenk lag, aber das ging nicht. Marianne war stärker, sie sah, welche Absicht Birgitta hatte, und zog ihre Hand fort, ohne aber den Griff zu lockern. Das war auch gleich, denn sie trug dicke Handschuhe. Birgittas Zähne würden gar nicht durchkommen. Aber sie gegen das Schienbein treten, das konnte Birgitta.

»Jetzt hörst du aber auf, so störrisch zu sein«, schimpfte Marianne und zog Birgitta mit solcher Kraft zu sich heran, daß diese stolperte und fast das Gleichgewicht verlor. Dumme Zicke! Der neue Hut war ihr in die Stirn gerutscht, sie sah total bescheuert aus!

Der Schulhof lag leer und verlassen da, es würde erst in zehn Minuten zum Schulende läuten. Sie hatte früher gehen dürfen. Morgen war Samstag und Schule, doch der Lehrer hatte gesagt, Birgitta bräuchte nicht zu kommen, sie würde frei kriegen, damit sie sich an ihr neues Zuhause gewöhnen könnte. Aber am Montag würde er sie wie üblich erwarten, sie bräuchte die Schule nicht zu wechseln, auch wenn es eine andere Schule in der Nähe ihres neuen Zuhauses gäbe. Der Rektor und die nette Dame vom Jugendamt waren der Meinung, es wäre besser, wenn Birgitta bei ihren alten Klassenkameraden und ihren vertrauten Lehrern bliebe.

Als ob sie das interessierte. Als ob sie irgend etwas außer Gertrud auch nur die Bohne interessierte!

Die Wohnung roch nach Kotze.

Der säuerliche Gestank war so betäubend, daß sogar Birgitta übel wurde, als Marianne die Tür öffnete. Dabei war Birgitta eigentlich an Erbrochenes gewöhnt, schließlich war sie es, die aufwischte, wenn Gertrud krank war; deshalb wäre das noch erträglich gewesen, wenn die Wohnung nicht vollkommen verwandelt gewesen wäre.

Sie blieb auf der Türschwelle zum Wohnzimmer stehen und starrte hinein. Es war unbegreiflich! Am Morgen, als sie zur Schule ging, hatte die Wohnung noch ausgesehen wie immer, vielleicht ein bißchen unordentlicher, weil Osvald ein paar Freunde und eine unglaublich laut kreischende Frau mitgebracht hatte, als er abends gekommen war, aber ansonsten fast wie immer. Birgitta war erst spät aufgewacht, offensichtlich hatten Osvald und die anderen nicht ihre Jacken geholt, als sie gingen, deshalb lag sie immer noch auf dem Kleiderhaufen im Flur. Aber es war schon spät, das hatte sie gesehen, als sie ins Zimmer gegangen war, um nachzuschauen, ob Gertrud noch da war. Das war sie. Sie hatte ganz ruhig geschlafen, während Birgitta im Zimmer herumlief, um ihre Sachen zu finden. Gertrud schlief sogar so fest, daß Birgitta ein wenig Angst bekam; sie beugte sich über Gertrud, während sie ihr Strumpfband zuband, um zu kontrollieren, ob diese auch wirklich noch schlief. Das tat sie. Kein Problem. Birgitta schnappte sich ihre Schultasche, stopfte sich ein paar Zuckerstückchen in die Jackentasche und stürzte aus der Tür. Sie hatte die Flaschen nicht zusammengesucht, aber das machte nichts, wie sie meinte, weil Marianne ja erst am Tag zuvor dagewesen war. Und zwei Tage nacheinander kam sie nie.

Aber offensichtlich hatte sie die ganze Wohnung umgeräumt. Nichts war mehr so, wie Birgitta und Gertrud es zu haben pflegten. Das Rollo war hochgezogen und die Gardinen zur Seite gezogen; graues Tageslicht strömte in das Zimmer und ließ Birgitta erschauern. Außerdem hatte Marianne die Flaschen in einer Ecke neben der Kommode auf dem Boden gesammelt, es sah aus, als warteten sie darauf, wieder gefüllt zu werden, darauf, daß das Fest von neuem anfing. Vielleicht eine Tanzparty. Der Teppich war zusammengerollt und lag dicht an der Wand, als schämte er sich. Etwas anderes lag vor der Tür auf dem Boden, Birgitta mußte sich hinunterbeugen, um zu sehen, was es war. Die Tagesdecke. Sie war ganz naß, und die Feuchtigkeit ließ sie viel dunkler als sonst aussehen. Warum hatte Marianne die Tagesdecke naß gemacht? Und warum stand eine vollgestopfte Tüte mit Birgittas Kleidern daneben?

Gertrud lag auf dem Bett und schlief. Ihr Gesicht sah merkwürdig aus, fast genauso grau und fleckig wie der Eimer, der neben dem Bett auf dem Boden stand. Das war ja der Mülleimer, der gehörte doch in den Schrank unter der Spüle? Kapierte sie das nicht? War sie total bescheuert?

Marianne legte Birgitta eine Hand auf den Kopf und flüsterte:

»Mama ist krank, Birgitta. Sie hat uns gebeten, daß wir uns um dich kümmern, sie muß sich ausruhen.«

Das war eine verdammte Lüge, die sofort bestraft wurde. Denn jetzt hatte Marianne keine Handschuhe mehr an, die ihre Hände hätten schützen können, sie lagen offen da.

Birgitta entschied sich für die rechte, sie war blitzschnell und hatte spitze Zähne. Es freute sie, daß Marianne so laut aufschrie.

Es war merkwürdig, am Montag zurück in die Schule zu gehen, alles war wie sonst, und dennoch war alles vollkommen anders, das Haus, die Straße, die Klassenkameraden. Sogar der Klassenraum hatte sich im Lauf des Wochenendes verändert, sie wußte nicht genau wie, aber es hatte etwas mit der Farbe und der Größe zu tun. Es schien, als wäre alles größer geworden, die Fenster auch, und trotzdem war alles viel dunkler als am Freitag. Vielleicht hatte Stenberg ja das Wochenende über das Klassenzimmer gestrichen, um wirklich zu markieren, daß große Veränderungen in der Welt geschehen waren, aber dann war er jedenfalls kein guter Maler. Der Riß ganz oben in der Wand war noch da. Und die hellen Flecken, wo die Zeichnungen des letzten Jahres gehangen hatten.

Ein paar Kinder aus ihrem Hinterhof umringten sie in der Pause. Was war passiert? Wo war Birgitta hingekommen? Wußte sie, daß ein Krankenwagen in den Hof gefahren war, nachdem Marianne und sie fort waren, und daß sie Gertrud auf einer Bahre hinausgebracht hatten?

Natürlich wußte sie das, behauptete Birgitta und schüttelte den Kopf, als hätte sie ganz lange Haare, die sie zurückwerfen konnte. Vielleicht lag es an ihrer Unaufmerksamkeit genau in diesem Augenblick, daß sie nicht genau hörte, wer dieses Wort flüsterte, dieses Wort, das plötzlich wie ein vergifteter Pfeil durch die Luft sauste und sich in ihre Ohren bohrte. *Säuferin!* Sie bestrafte denjenigen, der ihr am nächsten stand, griff den erstbesten Schopf, der sich ihr bot, und zog daran, merkte nicht einmal, daß er der ängstlichen Britt-Marie gehörte, bevor sie deren Schreie hörte.

Normalerweise wären die anderen sofort zum Lehrerzimmer gerannt und hätten Stenberg bereits alarmiert gehabt, bevor sie noch losgelassen hatte, dann würde sie Schelte, einen Eintrag ins Klassenbuch und vielleicht sogar einen Hieb mit dem Zeigestock kriegen, aber nicht heute. Gunilla, das Oberhaupt der Feiglinge und die Königin der Angsthasen, legte der weinenden Britt-Marie ihren Arm um die Schulter und ermahnte die anderen, ja nichts zu petzen. Den meisten tat Birgitta leid; sie hatte doch nie einen Papa gehabt, und jetzt hatte sie nicht einmal mehr eine Mama! Birgitta überlegte einen Moment, ob sie Gunilla ins Haar spucken oder sie mit den Zähnen skalpieren sollte, konnte sich aber zu nichts von beidem durchringen. Es klingelte zur Stunde, und in Windeseile hatte sich die ganze Gruppe aufgelöst. Die Feiglinge eilten zum Eingang, überängstlich, zu spät zu kommen. Sie würde bis zur nächsten Pause warten.

Aber in der nächsten Pause durfte sie nicht raus, Stenberg rief sie, als sie zur Klassentür stürmte und sich mit den anderen drängelte. Er wollte mit ihr reden, ob sie so nett wäre und zu ihm zum Lehrerpult kommen könnte. Er sagte es, als hätte sie eine Wahl, und das sah ihm gar nicht ähnlich; normalerweise bellte er ihren Namen im Befehlston: Bir-git-ta! Sitz still! Sei leise! Putz dir die

Nase und geh raus, die Hände waschen! Einmal hatte er sie sogar ein Ferkel genannt, und die ganze Klasse hatte es hören können.

Doch jetzt war sie kein gewöhnliches Rotzmädchen mehr, das war zu merken. Jetzt war sie ein richtiges feines Mädchen, aber ein feines Mädchen, das einem trotzdem leid tun konnte. Stenberg legte den Kopf schräg wie eine altes Weib und ließ diese künstliche Stimme hören, die er sonst nur benutzte, wenn er mit solch zarten Goldschätzen wie Gunilla oder Britt-Marie sprach. Es war richtig schön zu sehen, wie sauber und hübsch Birgitta heute war. Ob sie auch neue Kleider bekommen hätte? Das war doch sicher schön. Jetzt würde sie sehen, daß alles gut würde, jetzt würde sie bestimmt Kraft und Zeit haben, sich ganz anders um die Schulaufgaben zu kümmern. Denn er, Stenberg, hatte schon die ganze Zeit gemerkt, daß Birgitta kein Dummkopf war, ganz im Gegenteil. Sie würde eine richtig tüchtige Schülerin werden, wenn sie sich nur tüchtig ins Zeug legte. Und das wollte sie doch sicher tun, jetzt, wo alles um sie herum ein wenig mehr Ordnung und Regeln bekommen hatte? Oder? Oder? Oder?

Birgitta knickste und stimmte ihm zu, sie war nicht so dumm, sich mit Stenberg zu streiten. Das hatte sie einmal versucht, und nach der Strafe konnte sie kaum noch sitzen. Gertrud hatte die Striemen auf ihrem Po begutachtet und ihr geschworen, den Kerl bei der Schulbehörde, dem Gesundheitsamt und der Kirche anzuzeigen, aber dann hatte sie es wieder vergessen. Und als Birgitta sie daran erinnerte, war sie betrunken und wütend und behauptete, Birgitta sei doch selbst schuld gewesen.

Es war verboten, den Schulhof während der großen Pause zu verlassen, aber es gab niemanden, der kontrollierte, ob sich auch alle an das Verbot hielten. Die Lehrer saßen warm und trocken im Lehrerzimmer und schaufelten Torten in sich hinein. Es wurde auf dem Schulhof behauptet, sie würden jeden Tag Sahnetorte und kleine Käseschnittchen bekommen. Niemand konnte das kontrollieren, weil die Schüler das Lehrerzimmer nicht betreten durften, man mußte draußen im Vorraum warten, wenn man etwas wollte, und konnte den Luxus nur ganz kurz erspähen, wenn die Tür geöffnet oder geschlossen wurde. Die Lehrer hatten Sessel, das hatte Birgitta selbst gesehen. Große braune Sessel und kleine braune Tische, auf denen Kaffeetassen standen. Alles sprach also dafür, daß das Gerücht stimmte, wonach die Lehrer in leckeren Schnittchen und Sahnetorten schwelgten, während die Schüler in der Kantine sitzen durften und Knäckebrot und Eintopf mit Leber aßen.

Aber heute gönnte Birgitta den Lehrern Sahnetorten und weiche Sessel, ja, jeden Luxus, den sie sich nur wünschten, solange er sie davon abhielt, auf den Schulhof zu kommen. Flink wie ein kleines Wiesel schlüpfte sie vom Hof und sprang die Straße hoch, in ihre Heimatstraße, zu ihrem richtigen Zuhause.

Sie versteckte sich eine Weile in der Hofeinfahrt, um zu sehen, ob auch keine neugierige Alte gerade ihre Teppiche auf dem Hof ausklopfte und das Jugendamt keine Wachen aufgestellt hatte, die Kinder daran hindern sollten, zu ihrer Mama zu kommen.

Aber der Hof war menschenleer, es schien, als wären Vorderhaus und Hinterhaus in dem Moment geräumt worden, als Birgitta heulend und schreiend hinausgeführt worden war. Gertrud mußte auf jeden Fall zu Hause sein, sie war sicher am Wochenende im Krankenhaus operiert worden und wieder gesund. Im Augenblick lief sie wohl im Kimono in der Wohnung herum und suchte nach einem Paar heiler Perlonstrümpfe, denn es war doch klar, daß sie heile Strümpfe an den Beinen haben mußte, wenn sie zu Marianne ins Büro ging, um zu fordern, daß Birgitta wieder nach Hause kam. Wie sie sich freuen würde, daß Birgitta von allein zurückkam; gewiß würde sie ihre Arme ausbreiten wie damals immer, wenn sie zum Bahnwärterhäuschen kam und rief, sie wolle Birgitta drücken. Nur ganz, ganz fest drücken!

Birgitta konnte nicht länger warten, schnell rannte sie über den Hof, so schnell, daß niemand, nicht einmal Bosses Mutter mit den Habichtsaugen, sie sehen konnte, riß die Tür zum Hinterhaus auf und stolperte die Treppe hinauf, fiel hin und stand sofort wieder auf, obwohl es im Knie weh tat, obwohl es wirklich ziemlich weh tat...

Die Tür war geschlossen, und niemand antwortete, als sie die Klingel drückte; aber sie hatte ja noch ihren Schlüssel. Schon im Taxi auf dem Weg zu ihrer Pflegefamilie hatte sie sich die weiße Schnur mit dem Schlüssel über den Kopf gezogen und in ihre Tasche gestopft. Marianne hatte nichts gemerkt, sie hatte während der ganzen Fahrt ihre rechte Hand betrachtet, mit dem Zeigefinger über Birgittas blauen Zahnabdruck auf der Haut gestrichen und dabei geseufzt. Niemand hatte Birgittas Jackentaschen durchsucht, nicht einmal die Alte, bei der sie gelandet war. Nachdem Marianne gegangen war, hatte sie Birgittas sämtliche Kleider auf den Küchentisch gelegt, ein Stück nach dem anderen gegen das Licht gehalten, genau beäugt und ihre Finger in jedes Loch gesteckt, als wollte sie sie noch größer machen. Aber die Jacke hatte sie vergessen, die hatte unberührt und unbeachtet im Flur hängen dürfen. Deshalb hatte Birgitta trotz allem ruhig bleiben können, deshalb hatte sie nicht alles in diesem Haus kurz und klein geschlagen. Sie hatte einen Schlüssel, sie konnte wieder nach Hause.

Sie schob den Schlüssel ins Schloß, konnte ihn aber nicht umdrehen. Die Hoffnung, die sie seit Freitag aufrecht hielt, schloß ihre Blumenblätter wie eine Blüte in der Dämmerung. Sie lehnte ihren Kopf gegen die Tür und hielt den Atem an. Vielleicht hörte sie ja Gertrud drinnen herumgehen und leise summen, während sie ihre Strümpfe suchte. Aber hinter der Tür war es vollkommen still. Ein Gedanke durchfuhr ihren Kopf wie ein Windstoß: Wenn Gertrud nun nicht mehr dort war, wenn sie nie zurückkommen würde...

Birgitta zog den Schlüssel aus dem Schloß und rannte die Treppen hinunter. Sie spürte, wie die Füße unter ihr jagten, es war, als berührte sie gar nicht die Treppenstufen. Sie wurde von Geistern und Dämonen gehetzt, sie mußte fort, weg, so schnell es nur ging...

Nie im Leben hatte Birgitta ein so ängstliches und feiges Wesen gesehen wie diese Christina. Es war ein Trauerspiel, diese jämmerliche Kellerassel war so ängstlich, daß sie anscheinend nicht einmal laut reden konnte, als traute sie sich nur zu flüstern. Aber meistens sagte sie gar nichts, starrte die Leute nur mit aufgerissenen grauen Augen an. Man konnte verrückt davon werden.

Sie verdiente eine Abreibung. Oder zwei. Am Montagnachmittag bekam sie erst mal einen Stoß in den Rücken, daß sie auf dem Gartenweg hinfiel und Löcher in ihre Strümpfe schlug.

Das kommt davon. Wenn man zuviel Angst hat.

Daheim bei der Vettel Ellen wurden die Mädchen schon um Viertel vor sieben morgens aus ihren Betten geholt. Von Birgitta wurde dann erwartet, daß sie sich wie die anderen beiden in einen blöden Bademantel wickelte und Hausschuhe anzog – sie hatte noch nie einen Bademantel und auch keine Hausschuhe besessen, was sollte sie damit? – und dann in die Küche marschierte. Dort stand die Vettel Ellen am Herd, wie immer. Anscheinend konnte sie sich nicht von ihm trennen, den ganzen Tag stand sie dort und rührte in den Töpfen. Sie füllte schleimigen Haferbrei auf Birgittas Teller und erklärte ihr, daß man hier im Haus seinen Platz erst verließ, wenn man aufgegessen hatte. Birgitta spähte sie unter ihrem Pony an und unterließ es lieber aufzumucken; schnell hatte sie begriffen, daß es mit dem Essen etwas Besonderes auf sich hatte: Man konnte über Kleider, Waschen und Aufräumen diskutieren, aber nie übers Essen. Sonst würde die Alte einen sicher mit einer weiteren Kelle Grütze versorgen. Also aß Birgitta den Schleim auf, jedoch nicht ohne vorher einen richtigen Hügel Zucker draufzustreuen. Die Ratte in ihrem Bauch jaulte auf; schon nach wenigen Tagen bei der Vettel Ellen war sie mager und wild wie ein Raubtier geworden. Birgitta wußte nicht so recht, was sie machen sollte, um zu Geld zu kommen, sie hatte schon in der Speisekammer und in dem Schrank unter der Spüle nachgeschaut, aber nicht eine Flasche entdeckt. Sie war gezwungen, sich etwas anderes einfallen zu lassen.

Die anderen beiden Mädchen schaufelten den Brei in sich hinein, als ob er schmeckte. Ellen hatte sich neben Margareta gesetzt, die ganz offensichtlich ihr Liebling war. Christina saß auf der anderen Seite des Tischs und zupfte nervös mit den Fingern der einen Hand an der Tischdecke, während sie den Brei mit der anderen in sich hineinschaufelte. Ellen schubste den Brotkorb in ihre Richtung, sie lächelten einander an. Das war ein merkwürdiges Lächeln, als wären sie beide erwachsen, als wäre Christina nicht genau wie Birgitta erst zehn Jahre und ein Nichts. Danach klang Christina wie ein Kleinkind. Sie hatte den Löffel auf den Teller gelegt und nahm ein Brötchen.

»Frisch gebacken?« flüsterte sie, das bleiche Lächeln weiterhin auf ihrem ebenso bleichen Gesicht wie aufgeklebt.

»Mmm«, nickte Ellen. »Sind sie noch warm?«

Christina nickte, Ellen legte einen Arm um Margareta und drückte sie an sich.

»Willst du auch ein Brötchen? Sie sind noch warm.«

Margareta nickte mit vollem Mund und streckte sich nach dem Brotkorb. Als die Butter auf dem warmen Brötchen schmolz, schleckte sie schnell mit der Zunge einen großen Klacks ab und strich dann weiter. Ellen lachte auf und kniff ihr in die Wange:

»Du Dummerchen!«

Aha. So sollte man sich also hier im Haus benehmen. Offensichtlich mußte man goldig wie ein Kätzchen sein wie Margareta oder Erwachsene spielen wie Christina. Und außerdem mußte man soviel wie möglich in sich hineinstopfen.

Diese beiden Mädchen waren Verräterinnen. Ellen war von keiner der beiden die Mutter, sie mußten also irgendwo ihre richtigen Mamas haben, aber denen widmeten sie offenbar nicht einen Gedanken.

Aber Birgitta war keine Verräterin. Und sie würde nie eine werden.

Ellen mochte Birgitta nicht, sie wollte sie eigentlich gar nicht im Haus haben. Das war bereits am ersten Tag zu spüren, als sie Birgitta mit in den Keller schleppte und sich daran machte, sie zu schrubben, bis sie ganz dünnhäutig war. Sie lächelte die ganze Zeit kein einziges Mal, runzelte nur die Stirn und gab Birgitta kurze Kommandos, ihr den Rücken zuzudrehen und die Arme hochzuheben, damit sie überall hinkam. Birgitta hatte gesagt, das könne sie schon selbst, sie war es schließlich gewohnt, sich selbst zu waschen, und brauchte keine Hilfe wie ein Baby. Aber da hatte die Alte nur aufgeschnaubt und etwas dahingehend gemurmelt, daß es aussähe, als hätte Birgitta das ganze letzte Jahr nicht gebadet. Doch das war eine verdammte Lüge. Natürlich hatte Birgitta im letzten Jahr gebadet. Einmal im Sommer war sie allein nach

Varamobad gefahren und war in den Vättern gesprungen. Aber das würde sie sich merken, die Alte hatte absolut kein Recht, sie mit der harten Bürste zu malträtieren.

Ellen war ein ungewöhnlich nachtragender Typ; es schien, als könnte sie Birgitta das, was am ersten Tag geschehen war, nicht verzeihen, als diese sich geweigert hatte, ihren gelben Saft zu trinken, und ihn als Pisse bezeichnet hatte. Danach war sie hinter Birgitta her und schimpfte über alles; daß sie eine kleine Porzellanfigur im Eßzimmer heruntergeworfen hatte, daß sie nicht begriff, daß man nicht in schmutzigen Kleidern herumlaufen durfte, und daß man sich jeden Tag die Zähne putzen mußte. Sogar zweimal. Dann und wann sackte sie aufgrund ihrer eigenen Bosheit zusammen und bekam Nasenbluten. Die anderen beiden Mädchen waren jedesmal, wenn das passierte, unglaublich aufgeregt; es war, als würde die Welt untergehen. Christina rannte in die Küche, holte eine Schüssel mit Wasser und betupfte damit Ellens Stirn, während Margareta Watte holte, die die Alte sich in die Nase stopfte, worauf Margareta auf ihren Schoß kletterte. Beide glotzten sie Birgitta an, als wäre sie schuld daran, als hätte sie die Alte dazu gebracht zu bluten.

Ansonsten war Margareta ganz in Ordnung. Sie war ein wenig ängstlich, aber nicht so scheißfeige und einschmeichelnd wie Christina. Sie trieb sich gern im Haus herum und spielte, nur sobald sie ein neues Buch in die Finger bekam, war nichts mehr mit ihr anzufangen. Dann saß sie vollkommen versunken auf ihrem Bett im Kinderzimmer und schien gar nicht zu merken, daß sie in der Nase bohrte, während sie las. Andererseits las sie sehr schnell, und wenn sie ihr Buch zugeklappt hatte, rannte sie im ganzen Haus herum, um nach Birgitta zu suchen. Sie wollte immer die Abenteuer spielen, von denen sie gerade gelesen hatte, besonders wenn es Fünf-Freunde-Bücher waren. Birgitta machte manchmal mit, aber nur, wenn sie selbst George sein durfte. Etwas anderes wäre ja auch lächerlich gewesen. Margareta konnte gar nicht George sein, selbst wenn sie es wollte.

Erst als der Sommer schon gekommen war, begann Ellen, Birgitta wie einen Menschen zu behandeln, aber da war es schon zu spät. Es schien, als würde es sie unglaublich beeindrucken, daß

Birgitta am höchsten in den Kirschbaum klettern konnte, und Birgitta machte keine Anstalten, ihr zu erklären, daß sie schon bedeutend höher geklettert war, daß sie mit ihren Kumpels im Herbst immer nach Varamobad gefahren war und sich die Taschen mit dem Obst vollgefüllt hatten, das aus den verlassenen Gärten vor den verschlossenen Sommerhäusern stammte. Ellen war so beeindruckt, daß sie ein Foto davon machen wollte, wie Birgitta in der Baumkrone saß. Die anderen Mädchen kamen auch mit aufs Bild, und hinterher ließ Ellen das Foto vergrößern und handkolorieren, kaufte einen Rahmen und stellte es auf den Schrank in ihrem Zimmer.

Birgitta gefiel es, daß das Bild dort stand. Wenn es niemand sah, schlich sie sich immer wieder in Ellens Zimmer und schaute sich selbst an. Sie war richtig niedlich in ihrem rosa Kleid, mit den hellen Haaren.

Ellen nähte ihr jetzt Kleider, und darüber konnte Birgitta sich nicht beklagen. Die Mädchen durften Farbe und Schnitt selbst aussuchen, Birgitta auch. Nur wenn man sich ganz offensichtlich verrückte Sachen aussuchte, wie Wintershorts oder Sommerschals, weigerte sie sich, das zu nähen; ansonsten bekamen sie meistens, was sie wollten. Deshalb hatte Birgitta das schönste Kleid in der ganzen Klasse, als sie Prüfung in der Vierten hatten. Es war weiß mit rosa Rosenknöpfen und Volants unten am Saum. Keine der anderen Memmen hatte Rosenknöpfe und Volant am Kleid.

Da hatte sie es ihnen gegeben. Endlich.

Dennoch wurde es ein Elend mit diesem Kleid.

Ende Mai erzählte Bosse eines Tages, daß Gertrud zurückgekommen sei. Seine Mutter mit den Habichtsaugen hatte sie am Tag zuvor gesehen, als sie ihre Wäsche über den Hof schleppte.

Welch ein Glück, daß er ihr das erst in der großen Pause sagte, gerade, als sie in die Kantine hinuntergehen wollten, sonst wäre Birgitta gezwungen gewesen zu schwänzen. Jetzt brauchte sie nur leicht zur Seite abzubiegen, ganz unmerklich Richtung Schulpforte zu huschen und dann davonzustürmen.

Sie hatte keinen Schlüssel dabei, den hatte sie unter einem

Busch in Ellens Garten vergraben, sobald der Boden aufgetaut war. Aber das war auch gleich. Gertrud war daheim und würde die Tür aufmachen. Es war eine Lust zu leben.

Während der letzten Wochen des Sommerhalbjahres ging sie nicht ein einziges Mal zum Mittagessen. Sobald es zur großen Pause klingelte, schlich sie über den Schulhof und auf die Straße. Nach ein paar Tagen achtete sie nicht einmal mehr darauf, sich zu verstecken, sie war bereit, den Rektor und den Lehrer Stenberg einfach umzurennen, wenn es notwendig sein sollte. Schließlich mußte sie heim zu Gertrud.

Gertrud lag wie früher auf dem Bett, aber dennoch war sie nicht ganz die alte. Ihr Gesicht war runder geworden, und trotzdem sah sie nicht gesund aus, sondern irgendwie viel grauer. Es schien, als wäre alles an ihr nach unten gezogen worden: ihr Haar, die Falten in ihrem Gesicht, die Brüste, die lustlos unter dem Kimono baumelten. Aber sie freute sich und lächelte, als Birgitta kam, schickte sie gleich zum Kiosk, um Zigaretten und Süßigkeiten, Zeitschriften und Limonade zu kaufen. Birgitta durfte die Süßigkeiten bei Gertrud essen, während Gertrud jedoch nie in den Zeitschriften las, solange Birgitta bei ihr war, sie nicht einmal durchblätterte. Statt dessen lag sie auf dem Bett und rauchte, während sie erzählte.

Gertrud hatte es in den vergangenen Monaten nicht leicht gehabt. Zuerst hatte sie mehrere Wochen lang im Krankenhaus gelegen, und dann war sie in irgend so eine bescheuerte Anstalt geschickt worden, einen schrecklichen Ort, der von unglaublich widerlichen, scheinheiligen Heilsarmeeangehörigen geleitet wurde. In der Anstalt hatte sie Medikamente bekommen und war gezwungen gewesen, mit einer Menge besoffener Weiber zusammenzusein. Und an allem war Marianne schuld, diese Frau war doch vollkommen bescheuert im Kopf, und es war ein großes Unglück, daß sie überhaupt in Gertruds Leben aufgetaucht war. Kein Mensch außer so einer Moraltante würde auf die Idee kommen, Gertrud in eine Anstalt zu stecken … Birgitta setzte sich auf ihre Hände, als zur Sprache kam, wie Marianne in Gertruds Leben gekommen war, und warf einen Blick auf den Wecker. Sie mußte gleich abhauen.

»Entschuldige«, sagte sie und rutschte vom Stuhl. »Aber Stenberg schlägt mich, wenn ich zu spät komme …«

Gertruds Unterlippe begann zu zittern, sie schloß die Augen.

»Geh du nur«, sagte sie. »Das kann ja auch nicht sehr lustig für dich sein, hier bei deiner armen Mama zu sitzen und ihre Klagelieder anhören zu müssen …«

Birgitta blieb neben dem Bett stehen, es war, als traute sie sich nicht mehr, Gertrud zu umarmen. Sie streckte nur ihre Hand aus und streichelte ihren Unterarm:

»Wann darf ich nach Hause?« fragte sie. Die Stimme stockte etwas, sie mußte schlucken. »Hast du mit Marianne geredet?«

Gertrud schlug sich die Hände vors Gesicht und fauchte:

»Bald! Ich habe dir doch gesagt, daß ich es bald mache!«

Am Morgen des Prüfungstages bedauerte die Vettel Ellen, daß sie nicht in zwei Schulen zu den Prüfungen gehen konnte; leider, leider schaffte sie es nicht von Christinas und Margaretas Schule bis zu Birgittas. Es sah so aus, als glaubte sie wirklich, daß Birgitta darüber traurig sein würde, aber Birgitta dachte gar nicht daran, auch nur im geringsten traurig zu sein. Ganz im Gegenteil. Nur Memmen hatten Erwachsene bei den Prüfungen dabei, und Birgitta war keine Memme. Außerdem hätte sie dann ja nicht zu Gertrud laufen können, wenn Ellen ihr auf den Fersen wäre.

Sie hatte sich schon fast daran gewöhnt, bei Gertrud zu klingeln. Sie hatte einen ganzen Nachmittag lang in Ellens Garten gegraben, ohne den Schlüssel zu finden, bis diese schließlich höchstpersönlich im Garten anmarschiert gekommen war und meinte, jetzt wäre aber Schluß mit dem Maulwurfspielen. Gertrud hatte ihr einen neuen Schlüssel versprochen, aber bis jetzt hatte sie dafür nie genug Geld gehabt. Und Birgitta wollte nicht quengeln: Gertrud hatte weiß Gott genug Sorgen.

Niemand öffnete, aber sie konnte Stimmen hinter der Tür hören. Gertrud war zu Hause, ganz offensichtlich war sie jedoch nicht allein. Birgitta hoffte, daß eine von Gertruds alten Freundinnen zu Besuch gekommen war, dann wären es zwei Leute, die die Hände vor Bewunderung über das schöne Kleid zusammenschlugen. Sie zupfte ein wenig am Kleid, bevor sie noch einmal auf die Klingel drückte und, als sie keine Antwort bekam, die Klinke herunterdrückte.

Es war keine Freundin. Es war Osvald.

Er saß wie üblich auf dem einen Sessel, aber diesmal saß Gertrud auf seinem Schoß. Beide hatten etwas trübe Augen, und Gertruds Strumpf war heruntergerutscht; er hing wie ein Schleier von ihrem Knie. Gertruds Lippenstift war um den Mund herum verwischt, und sie schien gar nicht zu merken, daß Osvald seine große Hand unter ihr Kleid geschoben hatte. Beide schauten erschreckt auf und wendeten ihr das Gesicht zu, als Birgitta ins Zimmer trat, blieben sodann vollkommen stumm und unbeweglich sitzen und starrten sie an. Das Kleid hatte sie sprachlos gemacht.

»Bist du das?« fragte Gertrud, wobei sie sich vorbeugte und nach einer Zigarette griff. Osvald zog seine Hand zu sich und suchte auf dem türkischen Rauchtisch nach seinem Glas.

»Mmmm«, sagte Birgitta.

»Und rausgeputzt wie…«, sagte Gertrud und zwinkerte, während sie den Rauch des ersten Zugs ausstieß. »Woher hast du denn diese Verkleidung?«

»Von Tante Ellen.«

»Ellen? Was für eine bescheuerte Tante Ellen denn?«

»Bei der ich wohne.«

Gertrud verzog ihr Gesicht und stand auf, ging mit dem heruntergerutschten Strumpf ums Bein schaukelnd zum Bett und setzte sich darauf. Die Federn knackten wie immer. Alles war wie immer. Bis auf den Punkt. Nichts hatte sich verändert.

»Sie kann dir also so entzückende Kleidchen kaufen?« fragte Gertrud und verzog verächtlich den Mund.

Birgitta wußte nicht, was sie sagen sollte, aber das machte auch nichts, denn Gertrud redete schon weiter. Sie strich die Asche ihrer Zigarette in ihre gewölbte Hand und lachte auf:

»Ja, das will ich wohl glauben, daß sie dir teure Kleider kaufen kann… Sie kriegt ja bezahlt dafür, daß sie sich um die Kinder anderer Leute kümmert. Oder was denkst du, Osvald?«

Osvald grunzte zustimmend von seinem Sessel her. Gertrud schob sich die Zigarette zwischen die Lippen und betrachtete Birgitta noch einmal:

»Ja, verdammt noch mal, du bist vielleicht süß. Eine richtige kleine Shirley Temple... Dann bist du bestimmt zufrieden, was? Dann willst du bestimmt bei dieser Ellen bleiben, oder? Damit du jeden Tag in Samt und Seide herumrennen kannst!«

Birgitta preßte die Lippen zusammen und schüttelte den Kopf. Nein! Sie wollte zurück zu Gertrud, das hatte sie doch schon tausendmal gesagt! Aber vielleicht hatte sie ja zu leise gesprochen, vielleicht hatte Gertrud sie nicht gehört. Sie wünschte, das Rosenkleid würde in den Nähten auseinanderplatzen und ihr in Fetzen vom Leib fallen, damit sie sich bewegen und sprechen konnte. Aber nichts da: Das Kleid blieb an ihrem Körper, und Birgitta war nicht in der Lage, sich zu bewegen. Sie konnte nicht einmal mehr sprechen.

»Was ist das übrigens für eine Kuh?« fragte Gertrud und lehnte sich zurück, stützte sich mit den Ellbogen gegen ihr Kopfkissen. Sie hatte vergessen, daß sie noch Asche in der Hand hatte; es gab einen kleinen grauen Fleck auf der Tagesdecke. Aber Birgitta brauchte sich keine Sorgen zu machen, es gab keine Glut mehr in der Asche, und den Flecken konnte sie gleich wegbürsten, wenn sie sich wieder bewegen konnte.

»Weißt du das, Osvald?« fragte Gertrud. »Weißt du, was das für eine Alte ist, bei der Birgitta jetzt wohnt?«

Osvald nahm einen Schluck aus seinem Glas und rülpste.

»Klar«, sagte er. »Ellen Johansson, weißt du. Sie nimmt Pflegekinder auf, ich glaube, sie hat inzwischen schon drei, vier Stück.«

Gertrud runzelte die Stirn:

»Was für eine Ellen Johansson?«

»Die Witwe von Hugo Johansson. Von diesem Bonzen, weißt du, der vor zehn Jahren oder so gestorben ist...«

Osvald lachte, nahm noch einen Schluck und kratzte sich an der Brust:

»Verdammt durchtrieben, die Schnalle. Mindestens zwanzig Jahre jünger als er. Sie waren höchstens ein Jahr verheiratet, als er abgekratzt ist, und dann saß sie da, mit seinem Haus und seinem Geld... Und er war nicht gerade ein Bettler.«

Gertrud setzte sich kerzengerade im Bett auf.

»Hatte er Krebs? Ist er an Krebs gestorben?«

Osvald zuckte mit den Schultern. Was wußte er? Aber das war auch nicht nötig, Gertrud hatte sich bereits selbst die Antwort gegeben.

»Natürlich, o Scheiße! Jetzt weiß ich, wer das ist. So eine Kleine, Stämmige ... Ha!«

Sie nahm einen tiefen Zug und zwinkerte Birgitta zu:

»Du kannst sie von mir grüßen. Sag ihr, ich erinnere mich noch genau an sie und ihre Mißgeburt. Wir haben einmal in der Frauenklinik im gleichen Zimmer gelegen.«

Astreine Karre«, sagt Birgitta, als sie endlich den Sicherheitsgurt angelegt hat.

Margareta lacht auf, als hätte sie etwas richtig Lustiges gesagt.

»Nun ja, nicht so schlecht. Aber sie wird langsam klapprig, der Auspuff ist gestern kaputtgegangen. Deshalb mußte ich sie ja aus der Werkstatt holen...«

War das Auto in einer Werkstatt? Und wird erwartet, daß Birgitta etwas davon weiß? Das klingt so; es klingt, als ginge Margareta davon aus, daß Birgitta informiert ist. Das tun die Leute häufig, das ist ihr schon aufgefallen. Es mußte allgemein die Vorstellung herrschen, daß Birgitta Fredriksson Gedankenleserin ist. Sie denkt gar nicht daran, jetzt an den Tag zu bringen, daß dem nicht so ist, deshalb wechselt sie lieber das Thema.

»Bist du den ganzen Weg von der Lappenhölle bis hierher gefahren?«

Margareta schüttelt den Kopf, mit der Zungenspitze zwischen den Lippen, es sieht aus, als lenke sie mit der Zunge, während sie versucht, sich in den Kreisverkehr vor der Polizeiwache einzufädeln.

»Nein, ich bin von Kiruna nach Stockholm geflogen. Das ist nicht mein Wagen, ich habe ihn nur geliehen.«

Birgitta gräbt in der Tasche nach den Zigaretten:

»Von wem denn?«

Margareta lächelt wieder:

»Von einem Typen, den ich kenne. Claes heißt er.«

Birgitta zieht eine Augenbraue hoch, während sie eine Zigarette aus der Schachtel zieht. Es sind nicht mehr viele drin.

»Süßer Typ?«

»Ja, ziemlich. Doch, er ist eigentlich ein süßer Typ.«

»Wollt ihr heiraten?«

Wieder lacht Margareta, unmöglich, wie fröhlich sie plötzlich geworden ist.

»Wohl kaum. Keiner von uns beiden gehört zu *the marrying kind...*«

Was zum Teufel ist bloß mit ihr los? Kann sie jetzt nicht mal mehr Schwedisch reden? Birgitta hat fast all ihr Schulenglisch vergessen, hat das jetzt nicht verstanden; aber auch das wird sie verdammt noch mal nicht zeigen, nur weil Margareta sich mit einem Mal so wunderlich verhält. Deshalb schweigt sie lieber und zündet sich eine an.

»Kriege ich auch eine«, sagt Margareta und streckt ihre Hand aus, den Blick weiterhin auf die Straße gerichtet. Birgitta schaut in die Schachtel:

»Ich habe nicht mehr so viele.«

Sekunden später sieht sie ein, daß ihre Formulierung nicht besonders glücklich gewählt war. Sie hat den Rottweiler geweckt.

»Das sind immer noch meine Zigaretten!« faucht Margareta und reißt das Päckchen an sich.

Es ist herrlich, in so einem Auto zu sitzen und chauffiert zu werden, auch wenn die Fahrerin etwas verkniffen ist. Birgitta gähnt und reckt sich. O Scheiße, wenn sie erst wieder in ihrer Hütte ist und ein paar Biere gekippt hat, dann wird sie gemütlich einschlummern und wie eine Tote schlafen. Und wenn sie morgen aufwacht, wird sie alles vergessen haben, den anonymen Brief, diese arroganten Idioten, alles.

»Bist du müde?«

Margaretas Stimme hat eine kleine Spitze, sie ist offensichtlich immer noch sauer, obwohl doch die Zigarettenpackung jetzt auf ihrer Seite liegt, weit außerhalb Birgittas Reichweite. Außerdem hat sie eine Zigarette zwischen den Lippen, dann sollte sie doch wohl zufrieden sein und nicht so sauer gucken. Birgitta denkt gar nicht daran zu antworten. Sie lehnt sich zurück und schließt die Augen. Aber Margareta kapiert anscheinend nicht, daß sie schlafen will, sie plappert einfach weiter:

»Ich bin auch ziemlich müde. Ich weiß nicht, ob ich es heute abend noch bis Stockholm schaffe. Sonst schlafe ich noch am Steuer ein.«

Jaha. Sehr spannend. Wie interessant. Aber Birgitta möchte jetzt schlafen, sie hat genug mit ihren eigenen Problemen und nicht die geringste Lust, sich Margaretas anzuhören. Und wer ist es bitte schön schließlich, der kurz vorm Sterben ist und deshalb das Recht auf ein bißchen Rücksichtnahme hat? Nun? Sie meint ja nur. Doch sie denkt nicht im Traum daran, den Schnabel aufzureißen und diese Frage zu stellen. Dann wird sie bestimmt in der nächsten Sekunde zu Rottweilerfutter.

Aber Margareta hört nicht auf zu quatschen:

»O ja«, sagt sie, immer noch mit der gleichen scharfen Stimme. »Das war eine lange Nacht, die letzte Nacht. Ich habe keinen Moment Schlaf gekriegt. Wie du dir wohl denken kannst.«

Wie bitte? Birgitta öffnet ihre Augen und blinkert mit ihnen.

»Was meinst du damit?«

Margareta sitzt leicht vorgebeugt da und hat ihren Blick immer noch stur auf die Straße gerichtet. Birgitta muß wirklich einen Moment eingeschlafen sein; sie sind schon auf der Autobahn, fast auf halber Strecke nach Linköping.

»Tu doch nicht so«, erwidert Margareta, »du weißt genau, was ich meine.«

Birgitta rutscht auf ihrem Sitz hoch:

»Wovon redest du, verdammt noch mal?«

Margareta muß das Gaspedal durchgetreten haben, das Tachometer zittert so um die hundertdreißig. Eine kurze Vision vom großen Verkehrsunfall flackert in Birgittas Kopf auf, aber sie schiebt sie zur Seite. Sie hat jetzt keine Zeit für Kurzfilme.

»Ey?« bohrt sie nach. »Wovon redest du da?«

Margareta läßt die Straße nicht aus den Augen, drückt dennoch ihre Zigarette perfekt im Aschenbecher aus und zündet sich gleich eine neue an.

»Ich rede von dem kleinen Spielchen, das du dir gestern abend geleistet hast.«

Welches kleine Spielchen? Birgitta kann sich an kein Spiel erinnern, sie hat nur noch vage Erinnerungen an irgendeine Art Party irgendwo. In Norrköping. Genau. Das war in Norrköping.

»Ich rede von der Tatsache, daß gegen halb elf ein Telefonanruf bei Christina ankam«, erklärt Margareta mit bedeutungsschwangerer Stimme.

»Ein Telefonanruf?« quakt Birgitta. »Noch so spät?«

Margareta scheint sie nicht zu hören, sie redet einfach weiter:

»Es war jemand, der behauptete, du wärst mißhandelt worden, du würdest im Krankenhaus von Motala liegen und sterben. Du hättest gesagt, du wolltest uns noch ein letztes Mal sehen, deshalb sind wir dann hingefahren, Christina und ich. So leicht kann man uns reinlegen. Und als sich herausstellte, daß du nicht im Krankenhaus warst, haben wir den Rest der Nacht damit verbracht, in Motala herumzufahren und dich zu suchen.«

Sie nimmt einen kräftigen Zug und schließt den Mund, als wollte sie den Rauch hinunterschlucken. Das gelingt ihr jedoch nicht, er sickert durch die Nase hinaus. Als sie weiterspricht, ist ihre Stimme weicher, es klingt, als würde sie mit sich selbst sprechen.

»Vor ein paar Stunden habe ich tatsächlich geglaubt, daß es Christina war, die durchgedreht ist, aber nachdem du mir diese Vorstellung gegeben hast, wie krank du doch bist, und es dir gelungen ist, mich dazu zu bringen, dich auf der Bank in der Sonne ausruhen zu lassen, während ich den Wagen hole, habe ich kapiert. Es hat nur eine Weile gedauert, bis der Groschen gefallen ist. Aber du solltest deine Methoden etwas variieren. Man kann dich nicht den einen Tag dafür bedauern, daß du halb totgeschlagen wurdest, und am nächsten Tag, weil du eine Schrumpfleber hast. So bescheuert sind wir nun auch wieder nicht, Christina und ich.«

Sie dreht den Kopf und schaut Birgitta kurz an:

»Mein Gott«, sagt sie dann und zuckt mit den Schultern. »Du säufst und kiffst. Du lügst und klaust. Du verbringst deine Zeit mit Dealen und Betrügen. Du hast sogar eine Tüte mit deiner eigenen Scheiße bei Christina auf den Schreibtisch gelegt. Als ob sie dir jemals was Böses getan hätte. Und jetzt bist du auf anonyme Briefe und mysteriöse Telefonanrufe verfallen. Hast du eigentlich nie daran gedacht, mal erwachsen zu werden?«

Eine Weile sagt sie nichts mehr, raucht in kurzen Zügen, bis sie die Zigarette aus dem Mund nimmt und sie im Aschenbecher ausdrückt:

»Ich fahre dich nach Motala, weil ich sowieso dahin will, um Blumen auf Tante Ellens Grab zu legen. Du kannst das als letzten Dienst ansehen. Denn wenn du aus diesem Wagen ausgestiegen bist, will ich dich nie wiedersehen. Du widerst mich an.«

Birgitta schließt die Augen. Sie ist in einer anderen Zeit und hört eine andere Stimme, als Margareta verstummt.

»Wenn du dich wie ein erwachsener Mensch aufgeführt hättest, wärst du auch wie ein erwachsener Mensch behandelt worden«, sagte Marianne und legte ihre weiße Hand auf Birgittas Küchentisch. Birgitta schrie laut, absolut echte Tränen liefen ihr die Wangen herunter.

»Aber das ist doch nicht meine Schuld! Warum soll ich dafür bestraft werden? Die Dogge hat ihn geschlagen, nicht ich!«

Marianne beugte sich vor und klopfte mit dem Knöchel auf den Tisch:

»Die Dogge hat dich geschlagen, nicht den Jungen, soweit ich weiß. Er wird dafür und für so manches andere bestraft werden. Und wir konnten doch wohl den Jungen nicht hier ganz allein liegenlassen, als du mit dem Krankenwagen weg warst und die Dogge im Peterwagen? Wir mußten uns schließlich um ihn kümmern, das verstehst du doch wohl.«

Birgitta schlug mit den Fäusten auf den Tisch, einen kräftigen Trommelwirbel, und schrie:

»Ich will ihn wiederhaben! Es ist mein Kind!«

Marianne lehnte sich auf ihrem Stuhl zurück und schüttelte den Kopf:

»Hör auf, dich so aufzuführen, Birgitta. Das nutzt doch nichts. Denk lieber nach. Der Junge ist acht Monate alt, wiegt aber nur soviel wie ein vier Monate altes Baby. Er hatte blaue Flecken auf den Schenkeln und Geschwüre am Po, als er ins Pflegeheim kam. Außerdem war er ausgetrocknet. Das wird Verwahrlosung genannt, Birgitta. Versäumte Pflege. Wenn es nicht gar Mißhandlung ist. Die Pflegemutter ist Krankenschwester, sie sah sofort, daß Risiko für bleibende Schäden bestand, und hat ihn direkt ins

Krankenhaus gebracht. Da liegt er immer noch, und die Pflegeeltern besuchen ihn jeden Tag, die Mama sitzt die ganze Zeit an seinem Bett...«

Birgitta griff sich ins toupierte Haar und zerrte daran, plötzlich kreischte sie wie eine Hexe:

»Sie ist nicht seine Mama. Kapier das endlich, du verdammtes Aas! Ich bin seine Mama! Ich! Und sonst niemand!«

Marianne sah aus, als wollte sie anfangen zu weinen, mitten in ihrer eigenen Wut konnte Birgitta das sehen; zum ersten Mal in all den Jahren zeigte Marianne vom Jugendamt etwas anderes als diese kalte Vernunft und ihre Moralpredigten. Sie hatte ihre Handtasche geöffnet und suchte nach einem Taschentuch, wickelte es sich um die Finger wie so eine blöde Gräfin!

»Es sind gute Menschen, Birgitta. Sie lieben ihn. Du und die Dogge habt es doch noch nicht mal geschafft, ihm einen Namen zu geben, deshalb haben sie es getan. Sie nennen ihn Benjamin.«

Benjamin! Was für ein Scheißname! Er sollte doch Steve heißen. Oder Dick. Oder Ronny. Das hatten die Dogge und sie doch schon beschlossen, als sie noch schwanger war. Was zum Teufel ging es Marianne an, daß sie sich noch nicht entschieden hatten!

»Liebe Birgitta«, sagte Marianne und wischte sich mit dem Taschentuch unter der Nase entlang. »Ich verstehe ja, daß du traurig und aufgebracht bist, aber du bist doch erst neunzehn, du hast doch noch das ganze Leben vor dir. In ein paar Jahren wirst du verstehen. Es ist nicht gut für ein kleines Kind, wenn es an einem Ort aufwächst, wo immer nur geschrien und gestritten wird, und soweit ich es mitgekriegt habe, hatten die Dogge und du im letzten Jahr reichlich heftige Meinungsverschiedenheiten. Außerdem...«

Marianne senkte ihre Stimme und beugte sich vor, klopfte leise auf den Tisch:

»Außerdem habe ich erfahren, daß du manchmal nach Norrköping fährst. Nach Saltängen. Daß du in mehrerer Hinsicht in die Fußstapfen deiner Mama trittst. Das verstößt nicht gegen das Gesetz, das weiß ich; wir vom Sozialamt können da nicht viel tun. Aber einen Säugling länger als vierundzwanzig Stunden allein zu lassen, das ist grobe Verletzung der Aufsichtspflicht und fällt unter den Begriff der ernsthaften Verwahrlosung. Und laut deinen Nachbarn ist es das, was du getan hast, immer wieder, wenn du nach Norrköping gefahren bist. Da mußten wir einfach eingreifen. Um des Jungen willen.«

Sie lehnte sich wieder zurück, stopfte ihr Taschentuch in die Handtasche und schloß sie. Der Tränenwalzer war offensichtlich vorbei, ihre Augen waren vollkommen trocken, als sie zu Birgitta aufsah und sagte:

»Laß ihn dort bleiben, wo er ist, Birgitta. Er wird es gut haben; denn du willst doch nicht, daß er das gleiche durchmachen muß wie du?«

Birgitta erwartete, daß sie sie hinterher ins Kittchen bringen würden, aber die Bullen brachten sie statt dessen in ein Irrenhaus in Vadstena. Frauen, die zuschlugen, wurden zu dieser Zeit als verrückt angesehen; niemand konnte sich vorstellen, daß ein Mädchen, das jemandem einen Schlag auf die Nase verpaßte, ganz bei Sinn und Verstand sein konnte. Und Birgitta hatte Marianne ein paar ordentliche Schläge verpaßt, sie hatte sie auf den Küchenboden geworfen und abwechselnd ins Gesicht gespuckt und geschlagen. Es hieß, daß sie nach diesem Vorfall frühzeitig in Pension gegangen und aus der Stadt weggezogen war. Vielleicht stimmte das ja. Birgitta hatte sie jedenfalls nie mehr wiedergesehen, und das war wunderbar. Es würde auch herrlich werden, diese scheinheilige Margareta endlich loszuwerden. Obwohl, sie hatte auch eins aufs Maul verdient, bevor sie sich trennten, wenn auch auf andere Weise. Es wäre ja idiotisch, der Fahrerin mitten auf der Autobahn eine zu verpassen. Aber eine geplatzte Illusion kann manchmal genauso weh tun wie ein gebrochener Kiefer. Fragt nur Birgitta. Sie weiß das. Sie hat schon beides erleben müssen, und das nicht nur einmal.

»Warum grinst du denn?« fragt Margareta. »Findest du das hier irgendwie lustig?«

Birgitta trommelt mit den Fingern auf dem Armaturenbrett, summt leise vor sich hin. Die Zigaretten liegen links von Margareta, vielleicht käme sie dran, wenn sie nicht den Sicherheitsgurt umgeschnallt hätte.

»Was hast du vor?« ruft Margareta schrill, als Birgitta den Gurt abschnallt. Birgitta antwortet nicht, sie streckt sich nur ruhig über das Lenkrad und greift nach dem gelben Päckchen. Margareta bremst so heftig, daß sie fast ins Schlingern kommt, ihre Worte werden zu einem Schrei:

»Sag mal, spinnst du? Wir hätten in den Graben fahren können!«

Mein Gott. Sie klingt ja vollkommen außer sich. Fast hysterisch.

Es gibt nur noch eine Zigarette, Birgitta zündet sie sich an und nimmt einen langen, genüßlichen Zug, knüllt dann die Packung zusammen und wirft sie auf den Boden. Das ist ein Zeichen: Margareta soll wissen, daß keine Zigaretten mehr da sind, sie soll ein wenig schmoren...

»Ach ja«, sagt Birgitta dann und streckt sich etwas. »Apropos anonymer Brief... Ich hatte auch das Vergnügen. Christina hat mir auch einen geschickt. Es stand sogar ihr Name drauf...«

»Dann war er ja wohl nicht anonym«, faucht Margareta. »Einen anonymen Brief erkennt man daran, daß man nicht weiß, wer ihn geschrieben hat.«

Oioioi. Die Dame hat geantwortet. Wenn Birgitta einen Stift gehabt hätte, könnte sie daran denken, ein Kreuz ins Autodach zu ritzen. Sie streckt die Finger aus und zeichnet damit schnell ein Kreuz auf das weiße Plastik, aber Margareta merkt nichts, sie liegt fast über dem Lenkrad und drückt das Gaspedal noch weiter runter als vorher. Jetzt sind sie schon über hundertdreißig. Ihren Führerschein ist sie los, falls ein Bulle sie erwischt. Zum ersten Mal in ihrem Leben ist Birgitta willig, ein Bier und zwei dafür zu geben, wenn jetzt ein Peterwagen neben ihnen auftauchen würde.

»Natürlich kann es einen Namen auf einem anonymen Brief geben«, sagt sie ruhig und wählt ihre Worte sorgfältig; sie klingt fast genauso kalt und sachlich, wie sie es immer vor Gericht zu tun pflegt. Das Leben hat sie trotz allem einiges gelehrt, in gewissen Situationen schlägt man härter zu, wenn man ruhig bleibt.

»Christina hatte den Brief nicht unterschrieben. Sie hatte ihren Namen nicht geschrieben. Aber sie hat ihn auf einen ihrer eigenen Rezeptformulare geschrieben, diese dumme Kuh!«

Scheiße! Sie muß sich zusammenreißen. Sie schließt die Augen und holt tief Luft, ballt die Faust und klopft mit ihr ein paarmal gegen die Fensterscheibe.

»Und?« fragt Margareta.

Was und? Birgitta schnaubt und nimmt einen kräftigen Zug, bläst dann den Rauch Margareta direkt ins Gesicht. Es klappt. Deren Augen beginnen zu tränen, und sie wedelt mit der Hand. Empfindlicher Typ. Dafür, daß sie selbst Raucherin ist, jedenfalls.

»Ich gehe davon aus, daß du wirklich möchtest, daß wir im Graben landen«, sagt Margareta.

»Ach, halt doch die Klappe«, sagt Birgitta. »Ich kriege wirklich verdammte Bauchschmerzen von deinem blöden Gekläffe …«

Das stimmt. Jemand reißt mit einer Klaue in ihren Eingeweiden. Vielleicht ist es ja die alte Süßigkeitenratte, die schließlich den Entschluß gefaßt hat, ihr Gedärm zu zerreißen. Aber in den letzten dreißig Jahren war sie ja nun nicht gerade hinter Süßigkeiten her. Ihr Geschmack hat sich parallel zu Birgitta entwickelt …

»Daß du es wagst«, sagt Margareta wieder. »Ich falle nicht mehr auf deine Tricks rein. Kapierst du das nicht?«

Birgitta antwortet nicht. Sie beugt sich vor und übergibt sich zwischen ihren gespreizten Beinen.

Als sie wieder aufblickt, steht der Wagen. Margareta ist an eine Tankstelle gefahren, jetzt zerrt sie an der Gummimatte unter Birgittas Füßen und faucht:

»Kannst du nicht wenigstens die Füße hochnehmen?«

Birgitta hebt die Füße ein wenig hoch, stellt sie aber sofort wieder hin, nachdem Margareta die Gummimatte herausgezogen hat. So ein Mist. So müde wie jetzt ist sie noch nie in ihrem Leben gewesen. Nicht einmal, als sie im Krankenhaus gelegen hat mit Tropf, Spritzen und allem.

Margareta steht ein Stück weiter an einem Wasserhahn und spült die Gummimatte ab. Die Wagentür ist offen, Birgitta stützt sich am Armaturenbrett ab und dreht den ganzen Körper, so daß ihre Beine hinauskommen, dann zieht sie sich mühsam in eine stehende Position. Sie muß eine Weile aufs Auto gestützt stehenbleiben, bis die Übelkeit sich gelegt hat und sie gehen kann.

»Wohin willst du?« ruft Margareta hinter ihrem Rücken.

Birgitta antwortet nicht, macht nur eine abweisende Geste und hastet zur Tankstelle. Darf man nicht mal mehr aufs Klo gehen? Drinnen ist es fast leer, kein einziger Kunde. Nur ein Typ steht am Tresen und telefoniert; er wirft Birgitta einen kurzen Blick zu. Sie hat sich aufgerichtet, hält den Rücken gerade und den Mund geschlossen. Aus der Entfernung muß sie fast wie alle anderen Leute aussehen.

Die Toiletten liegen ganz hinten, und der Weg dorthin ist paradiesisch. Ein ganzer Stapel Bier steht ganz in der Nähe. Birgitta wirft dem Jungen schnell einen Blick zu. Doch, es gibt Gott! Denn jetzt dreht der Typ sich langsam mit dem Hörer am Ohr um, beugt sich zum Fenster und guckt hinaus. Er kann sie nicht sehen, er kann auf keinen Fall sehen, wie Birgitta ihre linke Hand aus der Jackentasche holt und mit ihr ein Sechserpack Leichtbier nimmt, mit dem sie vorsichtig zur Toilette geht.

Margareta steht am Tresen und bezahlt etwas, als Birgitta rauskommt; sie dreht sich um und fragt in fast freundlichem Ton:

»Ach, da bist du. Geht's dir jetzt besser?«

Sie erwartet keine Antwort auf die Frage. Margareta stellt sie nur, um dem Typen zu zeigen, was für ein prima Kumpel sie ist. Also antwortet Birgitta nicht, sie nickt nur und unterdrückt ein Rülpsen. Ja, ihr geht es tatsächlich viel besser. Das Leichtöl ist zwar nur eine blöde Pisse, aber es ist verdammt noch mal sehr viel besser als die Coca-Cola light, die Margareta ihr in Norrköping untergejubelt hat.

»Willst du was zu trinken?«

Sie meint bestimmt kein Bier. Sie meint Saft oder Limonade oder sonst was. Aber das reicht jetzt, der Kerl hat doch bestimmt kapiert, was für ein makellos nobler Typ Margareta ist, sie braucht sich gar nicht so verdammt anzustrengen. Birgitta schüttelt nur den Kopf und geht zur Tür. Sie hat es nicht eilig und geht nicht übertrieben langsam, sie geht in einem ganz normalen Schritt zum Auto.

Als Margareta auftaucht, sitzt sie treu und brav auf ihrem Platz, den Sicherheitsgurt umgeschnallt. Margareta sieht betreten drein, sie wirft Birgitta eine Packung gelbe Blend in den Schoß und kichert.

»Hier, für dich«, sagt sie. «Ich habe eine eigene.«

Aha. Und was wird jetzt von ihr erwartet? Soll sie vielleicht in Jubel und Lobgesänge ausbrechen? Oder rausspringen, sich in dem Schneematsch und den Ölflecken wälzen aus reiner Dankbarkeit? Es stimmt schon, früher war Birgitta zu kaufen gewesen. Oft. Aber so billig ist sie nun doch wieder nicht, daß man ihre Vergebung für ein Päckchen Blend kaufen kann.

Widerlich! Jetzt weiß sie, wer widerlich ist. Und wer am besten und am häufigsten die anderen und sich selbst anlügt.

Erst als sie an Linköping vorbei sind, holt sie die erste Dose aus der Daunenjacke raus, die ersten vier hat sie bereits auf dem Klo in sich hineingekippt, deshalb hat sie es jetzt nicht mehr so eilig. Jetzt kann sie es sich leisten, die letzten beiden zu genießen, den Geschmack am Gaumen zu spüren und den Schaum von der Oberlippe zu lecken.

Das Auto schert aus, als die Dose zischt. Margareta erschrickt von dem Geräusch, vergißt, die Augen auf die Straße zu richten, und die Hände am Lenkrad folgen ihrem Blick. Für ein paar Sekunden sind sie wirklich auf dem Weg in den Graben, es ist reines Glück, daß sie auf der linken Spur fahren und die rechte neben ihnen leer ist.

»Guck nach vorn!« sagt Birgitta. Sie schreit nicht, ihre Stimme ist dumpf und leise. Margareta lenkt den Wagen und geht mit der Geschwindigkeit runter, sie fährt sich mit der Hand über die Stirn.

»Woher hast du das Bier?« fragt sie, und ihre Stimme zittert, daß man glauben könnte, sie war Zeuge einer Weltkatastrophe oder von sonst etwas. Birgitta nickt auf die Straße:

»Da mußt du runter. Hast du nicht das Schild gesehen? Oder willst du nicht mehr nach Motala?«

Margareta wirft einen kurzen Blick in den Rückspiegel und macht den Blinker an, ihr steht der Schweiß auf der Oberlippe. Was ist sie doch für eine Klimakteriumshexe, trotz ihrer schicken Kleider und Wundercremes. Birgitta lächelt, als sie die Dose hochhebt und an den Mund führt. Ah! Dieser Duft! Man könnte fast glauben, es wäre echtes Bier, nicht dieses pissige Leichtbier. Aber wenn es genügt, um die Süßigkeitenratte ruhig und froh zu stimmen, bis sie nach Motala kommen, dann hat sie für ihren Teil nichts dagegen einzuwenden. Wenn's kein Brot gibt, muß man halt Zwieback essen, wie die Vettel Ellen immer gesagt hat.

Margareta hält am Straßenrand, bevor sie auf die Straße nach Motala kommen. Es ist ganz leer, nicht ein Auto ist zu sehen, aber Margareta fährt nicht weiter. Sie läßt den Motor ersterben und denkt gar nicht daran, den Schlüssel umzudrehen, sinkt nur über dem Lenkrad zusammen und stöhnt:

»Du hast es geklaut! Du bist in die Tankstelle gegangen, um Bier zu klauen!«

Als sie wieder aufblickt, ist ihr Gesicht ganz gefleckt.

»Dir ist ja wohl klar, daß ich zurück zur Tankstelle muß und dein Bier bezahlen, wenn ich zurück nach Stockholm fahre? Oder? Ich muß da rein und ihm erzählen, daß ich mich von einer alten Fixerin zum hundertstenmal in meinem Leben habe reinlegen lassen!«

Sie schüttelt langsam den Kopf:

»Nie im Leben habe ich so was Erniedrigendes erlebt. Noch nie im Leben!«

Birgitta antwortet nicht, sie trinkt schweigend ihr Bier in langen, genießerischen Zügen und wartet, bis Margareta das Auto wieder startet.

Andererseits hätte sie ja so das eine oder andere über Erniedrigungen erzählen können.

Sie könnte erzählen, wie es ist, wenn man Hure genannt wird, zum Beispiel. Sie könnte Vergleiche anstellen, den Unterschied aufzeigen, wie es ist, wenn man vierzehn Jahre alt und unschuldig ist oder wenn man siebzehn Jahre alt und wirklich Hure ist. Sie könnte sogar beschreiben, wie es ist, wenn man eine alte Hure genannt wird, so häßlich, daß man ihr Gesicht mit der Hand zudecken muß, damit der Schwanz nicht schlappmacht.

Was ist am schlimmsten?

Nun ja. Das ist natürlich Geschmackssache, aber sie für ihren

Teil würde wohl behaupten, daß es schlimmer ist, wirklich eine Hure zu sein, als nur so genannt zu werden. Dann muß man nur den Kopf oben behalten und sich sagen, daß es allein die Geilheit alter Böcke ist, die das Flüstern hinter dem eigenen Rücken zum Rauschen ansteigen läßt, wenn man durch die Fabrikhalle geht, auch wenn man weiß, daß die Kerle hinter ihrem Rücken kichern und Wichsbewegungen machen. Schließlich weiß man, wer man ist: vierzehn Jahre und unschuldig, mit schwellender Brust und lilienweißer Haut, eine Blume, die zu pflücken sich alle Männer auf der Welt erträumen und die deshalb die Macht über alle Männer dieser Welt besitzt.

Ein paar Jahre später ist es schlimmer, wenn man weiß, daß man eine Hure ist, es wohl begreift und die Beweise sich in der Brieftasche ansammeln und in den gonorrhöeverschmierten Slips. Man schluckt sein Penicillin wie ein braves Mädchen, man wäscht sich und wäscht sich immer wieder, und dennoch wird man nie sauber genug, um von dem, den man wirklich liebt, auch geliebt und verehrt zu werden. Man darf nicht verraten, daß man sich eigentlich nur wünscht, den Kopf an seine Brust zu legen und seinem Herzschlag zu lauschen. Und deshalb muß man ihn ständig herausfordern, man muß den nackten Busen vor seinem Gesicht schaukeln lassen, seine Hand ergreifen, wenn man neben ihm in einem Auto sitzt, und sie sich zwischen die Schenkel führen, ihn fühlen lassen, daß man wirklich keinen Schlüpfer unter dem engen Rock trägt. Und dafür grölt er immer wieder aus Verzweiflung und ohnmächtiger Lust, ballt die Fäuste und feuert sie der Hure an die Schläfe, genau in dem Moment, wenn sie sich sicher fühlt und fast vergessen hat, wer sie ist. Sie darf es nie vergessen. Er wird es nie vergessen. Deshalb lieben und hassen sie einander, streiten und prügeln sich, Tag für Tag, Jahr für Jahr, bis zu dem Tag, an dem er sich den Goldenen Schuß setzt und sie allein mit ihren Schuldgefühlen zurückläßt. Denn sie war schuld, sie hat ihn in den Tod getrieben, weil sie das ist, was sie ist. Eine Hure.

Und wenn man eine alte Hure ist, so häßlich, daß …

Nun ja. Man geht ab und zu wie ein wildgewordener Stier auf die ganze Welt zu, spuckt einem Polizisten ins Gesicht, wenn man die Gelegenheit dazu bekommt, langt den Kerlen eins, die eine

Viertelstunde zu lange herumgefaulenzt haben, und verpaßt jedem eine Ohrfeige, die einen zum Heulen bringen will. Dann genehmigt man sich ein Bier, denn nichts hilft besser gegen Erniedrigungen als Bier. Außerdem schmeckt es.

Birgitta wischt sich mit der Hand über die Oberlippe, um ein bißchen Schaum wegzubekommen; sie wirft Margareta heimlich einen Seitenblick zu. Diese hat den Wagen wieder gestartet, fährt jetzt aber langsamer als vorher. Würden ihre kleinen Rosenöhrchen wohl abfallen, wenn Birgitta ihr erzählte, daß sie weiß, was Erniedrigung wirklich ist?

Vermutlich. Birgitta klemmt sich die Bierdose zwischen die Knie und fummelt an der Zigarettenpackung, zerreißt das Zellophan, um sie aufzukriegen. Sie weiß nicht, woher die Worte kommen, warum sie ihr plötzlich aus dem Mund schießen und sich nicht aufhalten lassen:

»Vaterloses Kind. Hurenkind. Scheißgör. Satans Nachkommen. Dreckschwein. Mistferkel. Drecksfotze. Abflußratte. Müllhaufen. Ekelpott. Teufelsbrut. Problemkind. Säuferkind ...«

Margareta dreht den Kopf:

»Was redest du da?«

Doch Birgitta kann nicht antworten, es gibt in ihrem Mund nur noch Platz für Worte, die jahrzehntelang in ihre Kehle gedrückt wurden und die jetzt von ganz allein herausquellen. Es ist, als würde sie sich übergeben, sie kann gar nichts dagegen machen.

»Flegel. Hure. Stinkfotze. Scheißfotze. Groschenfotze. Drecksfotze. Fickarsch. Geile Sau. Fixerhure. Dealerhure. Amphetaminfotze. Hurenfotze. Hu-hu-hurenfotze.«

»Hör auf«, zischt Margareta, »hör auf!«

Aber Birgitta kann die Worte nicht stoppen, sie drängen und schieben sich aus ihrem Mund, lassen sie an der Zigarettenpackung herumfummeln, als wäre sie einbruchgesichert. Sie zieht und zerrt an dem durchsichtigen Papier, aber es klappt nicht, sie kann nicht einmal mehr eine Packung Zigaretten öffnen. Ihre Hände zittern zu sehr, und ihr Mund weigert sich zu schweigen.

»Hexe. Schlange. Lutsche. Schwein. Ekel. Alki. Alte Säuferin.

Fratze. Betrügerin. Falschspielerin. Sozialfall. Bettlerin. Angeberin. Diebin. Mörderin. Lügnerin! Lügnerin! Lügnerin!«

Margareta schreit fast:

»Aufhören! Kannst du nicht endlich aufhören!«

Und Birgitta hört auf, sie lehnt sich zurück und schließt die Augen. Die Worte haben sie verlassen, ihre Hände zittern nicht mehr. Endlich ist sie bei der Wahrheit angekommen.

An diesem Morgen war es ungewöhnlich still im Haus, Ellen, Christina und Margareta saßen fröstelnd wie einst der Spatz am Küchentisch, als Birgitta den Kopf zur Küche hineinstreckte und hallo sagte. Nur Ellen murmelte eine Antwort, Christina und Margareta nickten nur. Müde, natürlich. Obwohl die beiden doch noch zur Schule gingen und morgens nicht so früh hoch mußten wie Birgitta.

Es regnete leicht, die Herbstluft war kühl und angenehm zu atmen, aber der Bus stieß ihr eine stinkende Wolke ins Gesicht, als er ankam. Sie verzog das Gesicht und drehte es zur Seite, genau wie alle anderen an der Bushaltestelle. Es waren die üblichen: der alte Nilsson und die alte Bladh und noch ein paar dazu. Alle arbeiteten bei Luxor; die in der Motala Verkstad arbeiteten, hatten einen früheren Bus genommen. Der alte Nilsson setzte sich gern neben Birgitta, wenn sich die Gelegenheit bot, er las dann seine Morgenzeitung und tat so, als würde er nicht gleichzeitig seinen Schenkel gegen ihren drücken. Birgitta ließ ihn gewähren, jedenfalls meistens, obwohl er eklig war, obwohl seine Lippen immer feucht waren und obwohl er Dreckränder um die Vorderzähne hatte. Schließlich war er Vorarbeiter, er regierte über Stunden und Minuten, über die Stempeluhr und Lohnabzüge.

Er grinste leicht, als er sah, daß sie sich auf einen Fensterplatz gesetzt hatte, und schob sich auf den leeren Platz neben ihr.

»Morn«, sagte er. Er breitete die Motala Tidning auf seinen Knien aus und drückte wie erwartet seinen Schenkel gegen ihren. Birgitta saß unbeweglich da, lächelte nicht, rutschte aber auch nicht weiter ans Fenster. Sie warf nur einen kurzen Blick in seine Zeitung und drehte dann das Gesicht weg, schaute eine Weile in den Regen und den grauen Nebel, bis ihr klarwurde, was sie gesehen hatte. Sie beugte sich erneut über die Zeitung. Der Alte japste nach Luft, als sich ihre Jacke öffnete und die aufgeknöpfte Bluse und den Spalt zwischen den Brüsten offenlegte. Doch. Sie hatte richtig gesehen. Heute war der fünfte Oktober. Drei Jahre seit Gertruds Tod. Auf den Tag genau.

»Du«, sagte sie gedämpft und schob vorsichtig eine Hand unter die Zeitung und legte sie auf Nilssons Schenkel. Er zwinkerte und fixierte die Zeitung mit starrem Blick, als hätte er gerade etwas Entscheidendes gesehen, einen unerhört interessanten Artikel, der sein ganzes Leben verändern würde. Birgittas Hand faßte schnell zu.

»Könntest du es so regeln, daß ich heute etwas früher abhauen kann? Ohne daß es jemand merkt?«

Nilsson grunzte und blätterte um, er sah sie nicht an, dennoch schienen seine Augen aus dem Kopf gedrückt zu werden.

Birgitta ließ ihre Hand leicht seinen Schenkel streicheln, bevor sie sie wieder zurückzog.

»Danke«, flüsterte sie. »Total nett. Das werde ich dir nicht vergessen.«

Dadurch konnte sie schon am Nachmittag zum Friedhof gehen, bevor es dunkel wurde. Im letzten Jahr war sie erst nach der Arbeit losgekommen. Sie war wie eine Wahnsinnige von der Fabrik bis zum nächsten Blumenladen gerannt, aber als sie angekommen war, hatte sie sich nicht entscheiden können, ob sie rote oder weiße Rosen haben wollte; sie hatte so lange gezögert, bis sie schließlich vor Anstrengung ganz rote Augen bekommen hatte. Und als sie endlich mit den Blumen aus dem Laden gestürzt war, war die Straßenbeleuchtung schon eingeschaltet und es fast dunkel draußen. Jemand drehte hinter ihr den Schlüssel im Schloß um. Der Blumenladen wollte schließen. Alle Geschäfte wollten schließen.

Auf ihrem Weg zum Friedhof wurde es noch dunkler. Motalas Straßen lagen einsam und verlassen da, sie konnte den Widerhall ihrer eigenen Schritte zwischen den Hauswänden hören und ihren eigenen Schatten im Licht der Straßenlaternen wachsen und schrumpfen sehen. Ihr Herz pochte, es war, als könnte sie nicht mehr richtig tief atmen.

Sie hatte sich nicht getraut hineinzugehen. Auf dem Friedhof gab es keine Lampen, und deshalb hatte sie sich nicht getraut hineinzugehen, sie hatte nur lange Zeit am Zaun gestanden, die Blumen fest an sich gedrückt. Und plötzlich war ihr, als hätte sie ein Lachen gehört, ein weibliches, leises Silberlachen, das sich durch die Dunkelheit drängte. Es war, als läge jemand da auf dem Friedhof und lachte ihr zu, jemand, der sie mit funkelnder Silberstimme lockte, jemand, der ein Messer in seinem Leichenhemd verborgen hatte.

Sie hatte die Blumen über den Zaun geworfen und war davongerannt. Sie hatte sich wie eine verdammte Idiotin benommen. Aber dieses Jahr sollte alles anders sein.

Nilsson nickte und drehte sich weg, so daß sie abhauen konnte. Er würde dafür sorgen, daß ihre Karte zur rechten Zeit gestempelt wurde. Vielleicht würde er eines Tages auf dem Klo den Preis fordern, aber das war es wert. Es war ja nur ihr Körper, den er haben wollte.

Sie lief über den Markt zum Blumenladen. Dieses Jahr würde sie nicht zögern, sie hatte sich schon vorher entschieden. Rote Rosen. Natürlich sollte Gertrud rote Rosen auf ihr Grab bekommen.

Seit drei Jahren war sie nun tot, dennoch meinte Birgitta jeden Tag, sie zu sehen. Sie entdeckte sie in einem fremden Nacken im Bus, in der Bewegung eines Vorübergehenden, in einem weit entfernten Lachen, und jedesmal spürte sie, wie Hoffnung in ihr wuchs; sie drehte den Kopf und wurde enttäuscht. Gertrud war tot. Sie würde nicht zurückkommen.

Birgitta blieb an der Pforte zum Friedhof stehen und holte tief Luft. Es war noch nicht dunkel, aber der Nachmittag war grau und diesig. Die Bäume sahen wie Schatten aus, die Wolken hatten sich über sie gesenkt und waren bereit, sie aufzulösen und zu vernichten.

Na und. Und wenn es denn sein sollte, würden die Wolken wohl auch Birgitta vernichten. Sie würde zu Gertrud gehen. Sie würde aufs herbstgelbe Gras ihres Grabs rote Rosen legen, dort eine Weile mit gesenktem Kopf stehen und sich erinnern.

Ellen war überrascht, als sie kam. Sie saß wie immer im Wohnzimmer und stickte, und als Birgitta in der Tür zum Wohnzimmer auftauchte, blinzelte sie sie über die Brille hinweg an und ließ den Stickrahmen sinken.

»Kommst du jetzt schon?«

Birgitta nickte, knotete ihr Kopftuch auf und begann ihre Jacke aufzuknöpfen, während sie antwortete.

»Ja. Ich habe mir ein paar Stunden freigenommen.«

Ellen runzelte die Stirn.

»Durftest du das?«

Birgitta zog die Jacke aus und ließ sie am Zeigefinger schaukeln, während sie hinausging und sie im Flur aufhängte. Offensichtlich sollte es Kohlrouladen zu Mittag geben, der Geruch aus der Küche war eindeutig. Sie ging wieder ins Wohnzimmer, strich sich mit der Hand über die toupierten Haare und ließ sich aufs Sofa fallen.

»Das ist schon in Ordnung. Es hat niemand gesehen.«

Ellen hatte den Stickrahmen an die Brust gehoben und wieder angefangen zu sticken; sie zog den Faden nach jedem Stich zu einem roten Strich in die Luft.

»Wird dir das vom Lohn abgezogen?«

Birgitta schüttelte den Kopf. Nein. Das würde schon klargehen. Aber Ellen ließ sie nicht aus den Augen, ihre Hände stickten von ganz allein, während sie über die Brille hinweg Birgitta anschaute. Mit durchbohrendem Blick. Bezeichnete Margareta nicht diese Art Blick so, wenn sie irgendwelche Geschichten aus ihren Büchern erzählte?

»Warum hast du denn freigenommen?«

Birgitta schaute auf ihre Hände hinab, plötzlich merkte sie, daß sie auf der äußersten Sofakante saß, als wäre sie ein Gast, der gleich wieder gehen wollte.

»Ich wollte zum Friedhof. Heute ist es genau drei Jahre her. Letztes Jahr bin ich nach der Arbeit hingegangen, aber da war es so dunkel. Und dieses Jahr wollte ich es schaffen, bevor es anfing zu dämmern.«

Ellen nickte, wandte ihren Blick jedoch nicht von Birgitta ab.

»Hast du eine Blume gekauft?« fragte sie.

Birgitta nickte.

»Was für eine?«

Was ging sie das an? Das war doch wohl eine Sache zwischen Birgitta und Gertrud. Dennoch mußte sie antworten; in diesem Haus mußte man immer antworten. Birgitta setzte sich auf ihre Hände und öffnete den Mund:

»Rosen. Drei rote Rosen.«

Ellen nickte. Offensichtlich war das eine gute Wahl. Genehmigt ohne den geringsten Einwand.

Eine Weile schwiegen beide, nur das Ticken der Wanduhr war zu hören. Birgitta ließ sich gegen die Rückenlehne des Sofas sinken und schaute sich um. Seit sie in dieses Haus gekommen war, war nicht das geringste in diesem Zimmer verändert worden. Alles war wie immer, jede Pflanze, jedes Möbelstück, jeder Dekorationsgegenstand stand noch an dem gleichen Platz wie vorher. Die Uhr tickte im gleichen Takt, wie sie immer getickt hatte, obwohl die Zeit doch stillstand, der Regen trommelte gegen die Scheibe, als hätte er schon immer dagegen getrommelt.

Ellen schob ihre Brille zurecht und suchte ihre Stickschere, schnitt den Faden ab und begutachtete ihre Arbeit. Sicher war sie perfekt wie immer. Davon konnte man wohl ausgehen.

Birgitta hatte plötzlich unglaubliche Lust zu rauchen. Es lag eine fast volle Packung Prince in ihrer Handtasche, aber sie traute sich nicht, auf den Flur zu gehen, um sie zu holen. Sie hatte noch nie daheim bei Ellen geraucht, obwohl es nicht ausdrücklich verboten war. Vielleicht sollte sie sich schnell in den Garten stehlen und dort heimlich eine rauchen. Sie stützte die Handknöchel aufs Sofa und stand auf.

»Wohin willst du?«

Birgitta sank zurück.

»Nirgends hin. Nur in mein Zimmer.«

Ellen legte den Stickrahmen und die Stickschere weg und nahm die Brille ab.

»Jetzt noch nicht«, sagte sie und fuhr sich mit der Hand übers Gesicht, rieb die Brillenabdrücke auf dem Nasenrücken mit Daumen und Zeigefinger. »Ich will mit dir reden.«

Birgittas Rücken streckte sich, sie schob sich wieder die Hände unter die Schenkel.

»Mit mir reden? Worüber denn?«

»Über dein Verhalten. Mir sind Dinge zu Ohren gekommen, die nicht sehr schön sind. Was hast du zum Beispiel am Samstag gemacht?«

Birgitta preßte ihre Lippen zusammen, biß auf sie, daß es weh tat.

»Nun?« fragte Ellen.

Birgitta wand sich mit dem ganzen Körper:

»Samstag habe ich nichts Besonderes getan. Wer hat mich schlecht gemacht, Margareta oder Christina? Verflucht, immer bin ich es, immer hacken sie auf mir herum und denken sich alles mögliche aus. Ich weiß gar nicht, warum sie das machen ...«

Ellen holte tief Luft und unterbrach sie:

»Keiner hat dich schlecht gemacht, Birgitta. Beruhige dich. Ich habe so einiges gehört, von den Mädchen, aber auch von anderen, und ich möchte nur wissen, ob es stimmt.«

Birgitta beugte sich vor, immer noch die Hände unter den Schenkeln, ihre Stimme war ein Flüstern:

»Was hast du gehört?«

Ellen räusperte sich und rieb sich erneut die Brillenabdrücke an der Nasenwurzel.

»Ich habe heute mit Marianne vom Jugendamt gesprochen. Sie hat mir gesagt, daß du dabei bist, dich zum Gespött der ganzen Stadt zu machen. Anscheinend sind irgendwelche Sprüche über dich in Umlauf. Christina und Margareta haben das auch gehört, aber sie wollten mir nicht sagen, wovon die handeln, wie sie lauten ...«

Sie ließ ihre Nasenwurzel los und die Hände auf den Schoß sinken, holte wieder tief Luft und senkte ihren Blick auf den eigenen Schoß:

»Onkel Stig hat heute nachmittag angerufen. Er hat diesen Spruch auch gehört. Er konnte ihn sogar auswendig. Außerdem hat er gesagt, daß du am Samstag mit drei verschiedenen Jungs geschlafen hast. Er selbst hatte mit einem Mädchen gesprochen, das dabeigewesen ist. Sie wird vom Jugendamt betreut, Stig hat sie irgendwo in ein Mädchenheim gebracht. Er sagt, sie hat eine ganze Menge über dich erzählt, während sie im Auto saßen. Vor allem darüber, was am Samstag gewesen ist. Daß du betrunken warst. Daß du draußen in Varamon im Gras gelegen hast und alles hast mit dir machen lassen, einen Jungen nach dem anderen...«

Ihre Stimme stockte, sie legte sich die Hand an den Hals und konnte nicht weitersprechen.

Birgitta hatte sich auf dem Sofa zusammengekauert, sie hatte ihren Körper wie ein wachsames Tier zusammengezogen und machte sich bereit zum Sprung. Doch jetzt rührte sie sich noch nicht, bewegte sich nicht und sagte nichts, aber man konnte sehen, wie etwas Speichel zwischen ihren Zähnen durchsickerte.

Marianne! Stig mit dem Hechtmaul! Christina und Margareta! Irgend so eine verdammte kleine Mädchenheimziege mit eingeseiftem Maul! Wann würde sie die endlich alle loswerden? Wann würde sie endlich von diesen Idioten befreit, die sich zur Aufgabe gesetzt hatten, ihr Leben kaputtzumachen, genau wie sie vorher Gertruds Leben kaputtgemacht hatten! Sie wollten sie umbringen, alle zusammen! Sie wollten sie in Stücke reißen, wie sie Gertrud mit ihrer Bosheit und ihren Verleumdungen in Stücke gerissen hatten, mit ihren Beschlüssen vom Sozialamt und vom Jugendamt! Warum konnten sie sie denn nicht in Ruhe leben lassen, warum mußten sie Birgitta unbedingt von dem einzigen Menschen wegzerren, bei dem sie sein wollte? Und nur deshalb hatte Gertrud allein in ihrer Wohnung gelegen und war gestorben, denn wenn Birgitta dagewesen wäre, wenn sie sie nicht zu dieser Vettel Ellen geschleppt und gezwungen hätten, dortzubleiben, dann wäre das alles nie passiert. Denn Birgitta drehte Gertrud immer um, wenn diese krank war oder es ihr schlechtging; sie wußte doch, daß Gertrud auf dem Bauch liegen mußte, daß man sie nicht auf dem Rücken liegen lassen durfte, wenn sie sich einen oder zwei genehmigt hatte. Aber Birgitta war nicht da. Sie hatten Gertrud umgebracht, indem sie ihr Birgitta weggenommen hatten! Und jetzt war Birgitta dran, jetzt sollte sie in Stücke gerissen werden!

Jetzt kamen die Worte. Endlich. Birgitta konnte spüren, wie sie in ihrem Hals aufstiegen, sie waren heiser, und sie kamen ruckartig, aber sie kullerten eines nach dem anderen aus ihrem Mund, genau wie sie es sollten:

»Ihr! Habt! Sie! Umgebracht!«

Ellen zuckte auf ihrem Platz zusammen:

»Was sagst du da? Wer ist tot?«

Birgitta mußte grinsen, der Kloß in ihrem Hals hatte sich gelöst, jetzt liefen ihr die Worte aus dem Mund:

»Tu doch nicht so dumm, du alte Kuh! Gertrud natürlich. Ihr habt sie umgebracht, du und dein verteufelter Anhang. Du, Marianne und das Hechtmaul!«

Ellen blinzelte mit den Augen:

»Was sagst du da? Umgebracht? Hechtmaul?«

Birgitta stand vom Sofa auf, sie spürte, wie sie wuchs. Bald würde sie die Decke erreichen, sie würde sie durchstoßen und weiterwachsen, ihr Körper würde sich durch Hubertssons Wohnung hindurchzwängen und weiter bis zum Dachboden, sie würde das verfluchte Dach dazu bringen, von diesem verfluchten Haus abzufallen!

Sie taumelte mitten in den Raum, stellte sich so breitbeinig hin, wie sie es in ihrem engen Rock konnte, und richtete einen anklagenden Finger auf den Sessel. Ihre Stimme schwankte wie die eines Jungen im Stimmbruch, vom tiefsten Baß bis zu einem schrillen Schrei:

»Halt's Maul, du alte Vettel! Ich habe dich und deinen Anhang so satt. Wenn nicht du und Stig mit dem Hechtmaul und Marianne ihre Nase in anderer Leute Angelegenheiten gesteckt hätten, dann wäre Gertrud immer noch am Leben. Wenn ich bei ihr hätte wohnen dürfen, bei ihr gewesen wäre, mich um sie gekümmert hätte, wie ich es wollte! Dann wäre sie nicht gestorben. Dann hätte ich dafür gesorgt, daß sie noch am Leben wäre!«

Ellen wechselte die Farbe, sie wurde weiß, rot und wieder weiß, während sie sich mühsam wie eine alte Frau aus dem Sessel erhob und beide Hände vorstreckte:

»Mein armes kleines Kind! Liebe Birgitta, ich wußte ja nicht...«

Birgitta wedelte in der Luft herum, sie wollte nicht von diesen Händen berührt werden. Alles mögliche durfte geschehen, aber nicht das. Birgitta wollte sich nie wieder von diesen Händen berühren lassen! Jeder andere Mensch auf der Welt durfte sie anfassen, andere Menschen sollten ihren Körper benutzen, wie sie wollten, aber nicht die hier! Nicht sie! Niemals!

Die Alte hatte jetzt angefangen zu heulen, große Tränen liefen ihr die Wangen hinunter, während sie immer noch mit ausgestreckten Händen dastand:

»Meine arme Kleine«, flüsterte sie. »Arme kleine Birgitta! Natürlich hättest du nach Hause zurückgehen können, aber deine Mama wollte das nicht. Ich habe selbst mit ihr gesprochen, sie hat mir gesagt, sie würde das nicht schaffen.«

Lüge! Diese teuflische Alte stand da und log Birgitta direkt ins Gesicht! Sie konnte sie sehen. Birgitta konnte wirklich sehen, wie die Lüge wie eine weißglühende Feuerkugel durch die Luft brauste. Sie wedelte blind in der Luft vor sich herum, aber das nutzte nichts, ihre Augen wurden geblendet und zu Asche verbrannt, ihre Haut flammte auf und verkohlte innerhalb einer Sekunde.

Das tat so weh!

Birgitta preßte sich die Hände vor den Bauch, krümmte sich und schrie, jaulte einfach auf, ohne Worte und Sinn. Sie zerplatzte! Jetzt wußte sie, was es hieß, in Stücke gerissen zu werden, gleich würde sie zu Boden fallen und sterben... Verschont werden! Entkommen!

Aber sie starb nicht. Sie spürte, wie der erste heftige Schmerz abebbte und der Schrei erstarb. Sie stand langsam auf und schaute Ellen an. Die Alte stand immer noch da, aber sie hatte ihre Arme gesenkt, die Hände hingen schlaff und geöffnet an ihrer Seite. Tränen liefen ihr immer noch die Wangen hinunter, und ein kleines Blutrinnsal sickerte aus der Nase.

»Daß du immer noch so trauerst«, sagte Ellen und schüttelte den Kopf. »Ich hatte ja keine Ahnung, daß du immer noch so um sie trauerst...«

Sie trat einen Schritt vor, Birgitta schreckte auf und wich näher ans Fenster zurück, hob den Arm abwehrbereit und fauchte:

»Du faßt mich nicht an, das sage ich dir! Hörst du nicht! Du faßt mich nicht an! Denn ich weiß genau, daß du eine verdammte Heuchlerin bist!«

Ellen hielt inne und schwankte leicht, ein wachsamer Funke war in ihrem Auge erschienen.

»Was meinst du damit«, fragte sie und wischte sich die Tränen mit dem Handrücken von der Wange. »Was meinst du damit, Birgitta?«

Birgitta wich noch einen Schritt zurück und spuckte auf den Boden vor sich:

»Ich weiß genug!«

Der Blutstreifen unter Ellens Nase war breiter geworden, und sie schien in jeder Sekunde starrer im Gesicht zu werden, je mehr sie sich anstrengte, unberührt und ahnungslos zu erscheinen:

»Nun beruhige dich doch, Birgitta. Was weißt du?«

Birgitta wischte sich mit der Hand unter der Nase entlang und schluchzte:

»Deine Mißgeburt! Ich weiß alles über deine verdammte Mißgeburt!«

Ellen wurde kreidebleich, Birgitta konnte es kommen sehen, es geschah in einem Moment. Ellen schwankte an ihren Platz, sagte aber nichts. Birgitta lachte böse auf:

»Gertrud hat im Bett neben dir gelegen, du dumme Kuh! Sie wußte die ganze Zeit, was für eine du bist, daß du deine eigene Mißgeburt einfach dagelassen hast, weil es zu anstrengend war, sie im Haus zu haben. Du warst zu faul dafür. Und zu geizig. Du wolltest lieber gesunde Kinder. Und zwar welche, für die du Geld gekriegt hast!«

Ellen stand unbeweglich da. Birgitta trat noch einen Schritt weiter zurück, weg von den Händen, die sich ihr nicht mehr entgegenstreckten, und lehnte sich an die Fensterbank. Sie lachte noch einmal auf, diesmal laut und glasklar, und plötzlich brach das Lachen einfach aus ihr heraus, sie lachte, daß sie schrie, daß ihr Bauch weh tat und ihre Augen tränten. Sie war gezwungen, nach Atem zu schnappen und sich die Augen zu wischen, bevor sie weitersprechen konnte:

»Und hier bist du wie eine Heilige herumgerannt. Und Margareta und Christina haben dich verehrt, dir die Füße geküßt und sind dir in den Arsch gekrochen. Denn du bist ja so verdammt gut, du bist ja in keiner Weise so wie ihre eigenen beschissenen Mütter.

Aber ich habe es die ganze Zeit gewußt... Die ganze Zeit habe ich gewußt, daß du keinen Funken besser bist als ihre Mütter!«

Birgitta lachte wieder auf, sie konnte gar nicht aufhören, sie lachte, daß sie die Beine zusammenpressen mußte, um nicht loszupinkeln. Sie lachte und lachte, die Knie wurden ihr weich, sie mußte die Augen schließen und sich an der Wand festhalten, um nicht umzufallen. Sie konnte kaum noch reden, mußte sich richtig anstrengen dafür:

»Und ich habe es die ganze Zeit gewußt!« keuchte sie und wischte sich mit der Hand unter der Nase entlang. »Die ganzen Jahre über habe ich gewußt, was für ein Stück Mist du eigentlich bist... daß du vor nichts zurückschreckst!«

Sie öffnete die Augen und sah Ellen an. Die Alte war unter der Nase ganz rot von Blut. Sie hatte ihr Nasenblut verschmiert. Aber jetzt bewegte sie sich nicht mehr, sie stand vollkommen unbeweglich da und flüsterte:

»Ich weiß. Aber du verstehst nicht...«

Mehr konnte sie nicht sagen, bevor sie mit einem Stöhnen die Augen aufriß. Sie streckte die Hand aus, tastete suchend in der Luft nach einem Halt, den es nicht gab, bevor die Beine unter ihr nachgaben und sie zu Boden fiel.

Wie lange stand Birgitta an die Wand gepreßt da und starrte Ellens Körper an? Ein paar Minuten? Ein paar Stunden? Ein paar Jahre?

Das wußte sie nicht. Sie wußte nur, daß genau in dieser Zeit die Gewißheit sie traf und jede Zelle ihres Körpers erfüllte, die Gewißheit, daß jede Hoffnung vorbei war, daß ein lebenslängliches Urteil verkündet worden war. Es flüsterte und zischte von den Wänden und von der Decke, unsichtbare Richter mischten ihre Stimmen unter das Ticken der Wanduhr, während der Regen gegen die Scheiben trommelte: *schuldig, schuldig, schuldig*! Es nutzte nichts, wenn sie versuchte, sich zu verteidigen, wenn sie ihre Arme zum Schutz hob und sich an die Wand preßte, wenn sie mit schriller Stimme schrie:

»Ich bin nicht schuld! Ich bin nicht schuld! Ich bin nicht schuld!«

Du lügst«, sagt Margareta und schaltet runter.

Birgitta antwortet nicht, seufzt nur und öffnet die zweite Bierdose. Natürlich lügt sie. Selbstverständlich. Sie hat ja in ihrem ganzen Leben nie etwas anderes getan als gelogen. In diesem Fall hat sie eine Kreuzotter aus ihrer Handtasche gezogen und damit die liebe Tante Ellen zum Schlaganfall erschreckt. Natürlich. Da Birgitta ja den Allgemeinen Ekelkurs an der Volkshochschule absolviert und sich zum Stinkstiefel hat ausbilden lassen, trägt sie immer eine Kreuzotter in ihrer Handtasche – für den Fall, daß sie auf jemanden stößt, den man prima damit erschrecken könnte. Sicher aber auch. Wenn es nicht eher so war, daß die Weiße Frau plötzlich durch Ellens Wohnzimmer gerauscht ist und diese zu Tode erschreckt hat. Oder aber die liebe Tante ist über eine ungekämmte Teppichfranse gestolpert, hingefallen und mit dem Kopf auf den Boden aufgeschlagen. So wird es gewesen sein. Jede Erklärung ist recht. Wer behauptet denn da, man müßte sich mit der Wahrheit begnügen?

Die Straße ist enger geworden, und es ist jetzt dunkler zu beiden Seiten ist Wald. Aber gleich wird es wieder heller werden, die Landschaft sich lichten und die Straße wieder breiter. Dann sind sie fast schon in Motala. Birgitta kann dieses Pseudobier in großen Schlucken durch die Kehle laufen lassen, denn bald ist sie zu Hause und kann ein richtiges Bier aus dem Versteck holen.

»Ellen soll also ein Kind gehabt haben«, sagt Margareta und schüttelt den Kopf. »Das ist doch gar nicht möglich. Sie hat nie ein Wort darüber gesagt… Und sonst auch niemand.«

»Das mag schon sein«, erwidert Birgitta und schaut zum Wald, unter den Bäumen liegt immer noch Schnee. »Aber ein Kind hatte sie auf jeden Fall. Eins, das sie weggegeben hat.«

Margareta beißt sich auf die Lippen und schüttelt den Kopf, sagt aber eine ganze Weile nichts. Als sie den Mund wieder öffnet, blutet sie leicht an der Unterlippe.

»Das kann doch gestorben sein«, meint sie und leckt schnell das Blut ab. »Wenn es so schwerbehindert war.«

»Es ist nicht gestorben«, widerspricht Birgitta. »Hugo ist gestorben, aber nicht das Kind.«

Margareta wirft ihr einen abschätzigen Blick zu und fährt schneller.

»Und das weißt du?«

Birgitta nickt und wischt sich den Mund ab. Ja, verdammt noch mal. Das weiß sie.

»Ich weiß sogar, wie sie heißt.«

Aber Margareta fragt nicht nach dem Namen, sie schiebt sich eine Zigarette in den Mund und sucht nach dem Feuerzeug, während sie gleichzeitig immer schneller wird. Das sieht wirklich lebensgefährlich aus, und schon aus reinem Eigeninteresse beugt Birgitta sich vor und gibt ihr Feuer. Sie hat keine Lust, wie ein Pflaster um einen Baum gewickelt zu werden, nicht jetzt, wo sie ihrem süßen Heim so nahe ist. Bald kann sie sich auf ihrer Matratze einrollen und die Dunkelheit genießen. Sie wird das Tuch wieder befestigen, das Roger gestern vom Fenster gerissen hat, als sie sich stritten. Zwar wird es jetzt schon dunkel, aber Birgitta will auf keinen Fall morgen von der Sonne geweckt werden. Sie hat vor, tagelang zu schlafen.

Aber im Moment ist sie froh, daß die Dämmerung heller wird. Der Wald weicht der Ebene, gleich sind sie in Motala. Birgitta lehnt sich zurück. Sie ist müde. Sehr müde. Sie könnte auf der Stelle einpennen.

Sie schlägt die Augen genau in dem Moment auf, als sie an der alten Stadthalle vorbeifahren, greift nach der Bierdose und schüttelt sie leicht, um zu überprüfen, ob noch ein Schluck drin ist. Sogar mehr, als sie dachte, es gluckert verheißungsvoll in der Dose.

»Du mußt links abbiegen«, sagt sie und wischt sich den Mund nach dem ersten Schluck ab. »Aber hier noch nicht. Erst wenn wir am Charlottenväg sind. Ich wohne in Charlottenborg.«

Margareta antwortet nicht. Während Birgitta schlief, hat sie ihr Lehrerinnengesicht hervorgeholt, sitzt da mit erhobener Nase und vollkommen unbeweglichem Gesicht. Pah. Soll sie doch ruhig so bleiben, bis sie sich endlich für alle Zeiten trennen.

»Prost, du Miesepeter«, sagt Birgitta und hebt die Dose, Margareta zuprostend. »Es wird herrlich sein, dich nicht mehr sehen zu müssen. Bieg hier links ab!«

Aber Margareta biegt nicht nach links ab, sie verpaßt die Abfahrt und fährt geradeaus weiter. Scheiße! Birgitta schlägt mit der Faust aufs Armaturenbrett. Sie will keinen Streit, nicht jetzt, wo sie so nahe dran ist!

»Du hast vergessen abzubiegen, du dumme Kuh!«

Margareta dreht ihr den Kopf zu und wirft ihr einen schnellen Blick zu:

»Ganz und gar nicht. Ich habe nicht vergessen abzubiegen.«

»Wieso? Ich wohne doch in Charlottenborg, und das liegt da links. Was zum Teufel treibst du eigentlich?«

Margareta wendet sich ihr noch einmal schnell zu und lächelt richtig freundlich:

»Aber wir sind doch nicht auf dem Weg zu dir nach Hause. Wir sind auf dem Weg nach Vadstena. Ich habe mir gedacht, daß Christina deine Geschichte auch hören sollte. Und daß du ein einziges Mal dazu stehen solltest, was du gesagt hast.«

Das ist Kidnapping. Nichts anderes!

Birgitta zerrt am Türgriff, als Margareta an einer roten Ampel halten muß, aber sie kriegt die Tür nicht auf. Margareta tritt ungeduldig aufs Gas, zieht den Motor zu einer Reihe dumpfer Brummgeräusche hoch. Sie sieht Birgitta nicht einmal an.

»Zieh nicht am Türgriff«, sagt sie nur, »der kann kaputtgehen. Ich habe die Zentralverriegelung geschlossen, du kommst doch nicht raus.«

Die Ampel springt um, und das Auto setzt sich in Bewegung. Margareta scheint den Weg zu kennen, sie biegt ohne das geringste Zögern nach links ab. Vielleicht ist das ja auch gar nicht so verwunderlich. Das war früher mal ihr Schulweg. Ellens Haus ist nicht weit entfernt.

Margareta wirft den Kopf zur Seite, als sie an dem Haus vorbeifahren; es sieht aus, als meine sie, im Vorbeifahren mehr zu sehen als einen weißen Schatten, dann dreht sie sich wieder um und späht auf die Straße. Sie fährt wie ein Autodieb, ein kurzsichtiger, bescheuerter Autodieb. Birgitta kann froh sein, wenn sie lebendig nach Vadstena kommt, obwohl sie um alles in der Welt nicht nach Vadstena will, um mit der anderen kaltäugigen Angeberin konfrontiert zu werden.

»Das ist Kidnapping«, sagt sie, als sie die Dose hochnimmt und zum letzten Schluck ansetzt. »Ich werde dich morgen anzeigen dafür.«

Margareta lacht auf.

»Ja, mach das nur. Dann werden wir sehen, wem die Polizei glaubt.«

Damit scheint alles zwischen ihnen gesagt zu sein, und es wird still im Auto.

Es wird jetzt schnell dunkel, es sieht so aus, als steige die Nacht direkt aus der Erde empor. Die Äcker und die spärlichen Büsche auf der Ebene sind vollkommen schwarz, während der Himmel darüber noch bleich ist. Er hat die gleiche Farbe wie verwelkter Flieder. Birgitta muß bei der Erinnerung lächeln. Daheim bei Großmutter verblaßte der Flieder immer, bevor er verwelkte, wurde fast weiß.

Margaretas Gesichtszüge haben sich verwischt, Birgitta kann ihre Augen und ihre Mimik nicht mehr erkennen, sie ist nur noch ein Schatten. Birgitta zerdrückt ihre Bierdose und schaut in die Dunkelheit. Sie, die niemals eine Lüge bereut hat, bereut jetzt, daß sie die Wahrheit gesagt hat. Nicht wegen des Kidnappings, das wird sie ertragen, und so schlimm ist es ja nun auch nicht, nach Vadstena zu fahren, sondern weil sie wieder einmal von der Wirklichkeit eins auf die Nase bekommen hat. Einen Augenblick lang – gerade als sie anfing zu erzählen – war sie dumm genug, sich einzubilden, daß ihr geglaubt würde und daß die Wahrheit etwas verändern würde. Aber jetzt ist alles gesagt, und trotzdem hat sich nichts verändert. Das Urteil steht fest. Eine Begnadigung ist nicht möglich.

Birgitta schnaubt und zündet sich eine Zigarette an. Als würde sie irgend jemanden um Gnade bitten! Schon gar nicht diese dreckigen Snobs!

Sie bleibt im Auto sitzen, als sie nach Vadstena kommen und Margareta vor einem alten Haus hält. Ganz offensichtlich wohnt Christina hier. Margareta hat vorn geklingelt und ist dann in den Garten gegangen, um nach einer anderen Tür zu suchen. Was das nur soll? Das sieht doch jeder, daß hier niemand zu Hause ist, die Fenster sind dunkel.

Birgitta hat sich auf ihrem Sitz zurückgelehnt und ruht sich aus. Plötzlich spürt sie eine sonderbare Wärme, die sich in ihrem Körper ausbreitet wie eine Blume, die ihre Blütenblätter bei Sonnenaufgang aufschlägt. Sie fühlt, wie ihre Schulterblätter herabfallen, ihre geballten Fäuste sich öffnen, ihr Herz viel langsamer schlägt. Das muß an der Stille liegen. Es ist so still in Vadstena, sie kann kein Geräusch hören. Keinen Automotor. Keine Menschenstimme. Keine Vogelschreie.

Es ist lange her, seit es so still war auf der Welt.

Die kleine Lampe geht an, Margareta hat die Wagentür geöffnet und wirft ihre Tasche hinein. Sie öffnet den Mund, um etwas zu sagen, aber als sie Birgitta anschaut, verstummt sie. Ohne ein Wort setzt sie sich auf ihren Platz und dreht den Zündschlüssel. Aber bevor sie losfahren, streicht sie schnell ihrer Schwester über die Wange.

Die Prozession der Toten

»Wie schnell werden doch die Wangen bleich.
Komm, küß mich mit Lippen von Wasser.
Sieh, die Möwen zeichnen mit Kreide
ein Gedicht in die schwarze Nacht.«

Stig Dagerman

Ein kleiner Tambour geht durch Vadstena, während die Dunkelheit aus der Erde emporsteigt. Er ist ganz konzentriert: Seine Augen sind fast geschlossen, die Zungenspitze guckt zwischen den Lippen hervor, der Mund zuckt im Takt mit den Trommelschlägen. Er ist geschickt, obwohl er so klein ist, er kann noch nicht viel älter als zehn sein. Aber seine runden Finger umfassen die Trommelschläger entschlossen in einem sehr erwachsenen Griff, er schlägt in raschen Schlägen auf das Fell, ohne jedes Zögern. Hinter den geschlossenen Augen flüstert er für sich einen Vers, einen einfachen kleinen Vers, der ihm hilft, den Takt zu halten:

Leb. Leb. Leben.
Leb. Leb. Leben.
Leb. Leb. Leb.
Leb. Leb. Leb.
Leb. Leb. Leben.

Er hat Trommeln in der staatlichen Musikschule gelernt, doch den Vers kennt er nicht von dort. Er ist ein *Benandante,* weiß es aber nicht. Er weiß nur, daß er nachmittags bei seiner Mutter auf den Schoß geklettert ist, obwohl er das normalerweise nicht mehr macht, obwohl er ein schwarzes Hemd mit einem Bild von Iron Maiden auf dem Bauch anhat und sich mit seinem blondlockigen Kopf an ihre Brust gekuschelt hat. Er fühlt sich so merkwürdig. Als wollte er am liebsten nur schlafen. Mama gab ihm einen Kuß auf die Stirn und sagte, er wäre ein bißchen heiß, vielleicht würde er ja eine Erkältung kriegen, und deshalb wäre es sicher am besten, wenn er ins Bett ginge, auch wenn es noch so früh wäre. Sie saß eine Weile an seiner Bettkante, seine Hand in ihrer, und guckte sich die Bilder an, die er an die Wand gehängt hatte, lächelte etwas über deren prahlerische Träume von Männlichkeit. Kiss. Iron Maiden. AC/DC. Leder. Nieten. Fratzen. Sie schaute seine runde Hand an, die in ihrer lag, strich mit dem Zeigefinger über die weiche Haut und dachte an die Männerhand, die sich darin verbarg. Was für ein Mann würde ihr Sohn werden? Ein guter Mann, das wußte sie, denn sein Herz war gut. Er und sein kleiner Bruder, beide waren dazu geboren, in Musik und Geschichten zu leben, in Liedern und Bildern. Sie stand auf, strich ihm noch einmal lächelnd über die Stirn. Er schwitzte, wenn er schlief, das tat er, seit er geboren war.

Und schon damals hatte sie gewußt, daß alles gutgehen würde: Er war in der Fruchtblase geboren.

Und jetzt geht der Junge, der noch nicht weiß, daß er ein *Benandante* ist, mit seiner Trommel durch Vadstenas Straßen und Gassen. Er denkt, er träume, er glaubt, er wäre noch in seinem Bett, wäre endlich unter den wachsamen Blicken der Hardrockhelden eingeschlafen, und daß die Gestalten, die er immer wieder hinter seinen gesenkten Augenlidern erspäht, nur Traumschatten wären. Er weiß nicht, warum er trommelt. Er begreift nicht, daß er eine Aufgabe hat, daß er die *Benandanti* und alle, die zu früh gestorben sind, zur Prozession rufen soll. Morgen ist Frühlings-Tagundnachtgleiche. Heute nacht werden die Toten das Leben besingen.

Ich höre ihn sehr deutlich, obwohl ich immer noch in meinem Körper bin. Im Augenblick herrscht Windstille, nur meine Spasmen lassen mich ab und zu erzittern, ansonsten kann ich ganz entspannt im Bett liegen, den Trommelschlägen lauschen und die Welt betrachten.

Maria ist wieder in ihrem Zimmer, und das macht sie glücklich. Sie sitzt an ihrem Tisch, eingehüllt von einem Lichtkegel der Schreibtischlampe, und summt vor sich hin, während sie mal wieder einen Engelsflügel aus dem weggeworfenen Karton der Gemeinde ausschneidet. Die Dämmerung ist ins Zimmer gekommen, sie hüllt sich wie ein Schal um ihre Schultern und ihren

Rücken. Die Engel an den Wänden sind einen Schritt zurückgetreten, sie legen ihren Kopf schräg und sehen sie an, sie lächeln und winken, während sie langsam in der Dunkelheit versinken.

Aber noch ist es nicht Nacht. Der Himmel vor dem Fenster hat immer noch fast den gleichen Farbton wie Birgittas welkender Flieder. So ist es immer. Der letzte Tag des Winters geht nur langsam zur Neige. Noch kann ich also hinausschauen, während ich in meinem Bett liege, ich kann mit meinen eigenen Augen auf den Parkplatz und die Ambulanz sehen. Der Ahorn auf dem Rasen streckt sich, als wäre er gerade erwacht, es scheint, als wollte er mit seinen schwarzen Ästen den Himmel streifen.

Es ist jetzt sicher schöne Luft zum Atmen, Kerstin Eins und Ulrika sind auf dem Parkplatz stehengeblieben, als sie Feierabend hatten, sie blieben eine Weile ganz still stehen und haben nur tief geatmet, ohne zu lächeln und ohne etwas zu sagen, bis schließlich beide langsam eine Hand zum Gruß hoben und jede in ihre Richtung verschwunden ist.

Kerstin Zwei ist gekommen. Sie war ein paarmal im Zimmer, um zu sehen, ob es Maria und mir gutgeht, ob neue Stürme eine von uns erschütterten. Als sie das letzte Mal die Tür öffnete, trug sie eine Tasse; sie kam mit einem Kaffee für Maria und mit Kaffeeduft für mich. Nachdem sie die Tasse auf Marias Tisch gestellt hatte, kam sie zu mir, stellte das Kopfende des Betts noch ein wenig höher, beugte mich nach vorn und strich mir mit einem lauwarmen Waschlappen über den Rücken. Das tat gut. Ich war ziemlich verschwitzt.

»Wir versuchen die ganze Zeit, Hubertsson zu Hause zu erreichen«, sagte sie leise, »bis jetzt hat er noch nicht geantwortet, aber das wird er sicher bald tun. Und dann kommt er zu Ihnen, das wissen Sie.«

Ich nickte. Er kommt. Natürlich kommt Hubertsson.

Im Augenblick möchte ich in meinem eigenen Körper ruhen, ich habe nicht die Kraft, mir eine Möwe oder Krähe zu fangen und mit ihr auf der Jagd nach Hubertsson über Vadstena fliegen. Außerdem sieht es im Augenblick mit Möwen und Krähen sicher schlecht aus, denn in ganz Vadstena haben die Männer und Frauen

– alle einst in der Fruchtblase geboren – sich in ihren Wohnungen und Häusern ans Fenster gestellt und leise ihre zukünftigen Wirte herangelockt. Jetzt sitzen ihre Vögel auf nackten Zweigen und auf Fensterbrettern, putzen ihr Federkleid und warten, daß es Nacht wird und sie ihre Herren zum Marktplatz bringen. Aus Erfahrung wissen sie, daß das eine einfache Aufgabe ist. Wenn sie den Marktplatz erreicht haben, wechseln die *Benandanti* die Gestalt; sie verlassen die Vögel und werden zu ihren eigenen Schatten. Nur ein einziger Vogel muß die ganze Nacht als Wirt dienen, nur ein einziger Vogel schwebt über der Prozession der Toten. Meiner. Aber heute abend komme ich nicht. Die *Benandanti* und die, die zu früh gestorben sind, müssen ohne mich durch Straßen und Gassen wandern, zum ersten Mal seit vielen Jahren werden sie aus der Stadt hinaus aufs Land marschieren, ohne daß ein schwarzer Vogel über ihren Köpfen kreist und vom Hunger alter Zeiten krächzt. Das macht nichts. Sie werden so begeistert sein von dem kleinen Tambour, daß sie nicht einmal merken werden, daß ich nicht da bin. Es ist lange her, seit sie einen kleinen Tambour hatten.

Es hat mich immer gewundert, daß Hubertsson kein *Benandante* ist, ist doch auch er in der Fruchtblase geboren worden. Aber nie habe ich seinen Schatten unter den anderen entdeckt. Er hatte jedesmal, wenn ich ihn gesehen habe, die gleichen scharfen Konturen, ganz gleich, ob ich ihn mit meinen eigenen Augen oder mit denen anderer Wesen sah. Denn sonst wäre er ein ausgezeichneter *Benandanti*-Anführer. Ich kann ihn direkt vor mir sehen, wie er auf dem Marktplatz steht und die Leitung übernimmt, wie er seinen Handlangern unter den *Benandanti* Befehle gibt und wie er die, die zu früh gestorben sind, in den Arm nimmt, sie tröstet, als wären sie seine Patienten.

Sie sind immer sehr verwirrt, diese gelähmten Unfallopfer und bleichen Selbstmörder, diese ehemaligen Krebspatienten und Herzinfarktfälle. Sie sehen sich mit großen Augen um, begreifen aber nicht, was sie da sehen. Es ist mittlerweile so ungewöhnlich, sein Leben nicht bis zum Ende zu leben, daß Menschen gar nicht mehr wissen, daß die Zeit in einer ganz anderen Weise gepfändet ist, als sie glauben, daß einem als Toter nicht erlaubt wird, die Welt zu verlassen, bevor nicht die Jahre vergangen sind, die man hätte leben sollen.

Ellen nahm es gut hin, sie hatte keine Angst. Sie schaute sich nur verwundert um, lächelte und strich sich mit der Hand über das, was einmal ihr eigener Arm gewesen war. Sie wurde erst ernst, als ein Vogel über ihrem Kopf anfing zu krächzen, ein schwarzer Vogel, der vom Hunger alter Zeiten erzählte.

Sie erfuhr niemals, wer ich bin. Und jetzt hat sie die Welt verlassen.

Ich glaube, Maria hat den kleinen Tambour gehört, sie hat angefangen, seinen Vers zu summen: *Leb. Leb. Leben. Leb. Leb. Leben...*

Seit sie aus dem Aufenthaltsraum zurück ist, hat sie kein Wort zu mir gesagt, aber jetzt wendet sie sich mir zu und wirft mir ein kurzes Lächeln zu, hebt den neuesten Engel hoch, damit ich sehen kann, wie schön er ist. Ich nicke und hebe die Hand zu einem Winken. Er ist wirklich schön. Sie hat es geschafft, daß die graue Kommunalpappe glänzt.

Christina ist immer noch in der Ambulanz, ich weiß es, obwohl ich in meinem Körper geblieben bin, seit ich unsere Schwestern vor dem Postindustriellen Paradies verlassen habe. Ich brauchte gar nicht meine Augen zu schließen, um sie zu sehen, denn in ihrem Fenster brennt noch Licht. Andererseits sind alle Fenster der Ambulanz erleuchtet, sogar das von Hubertsson, und er ist nicht da. Das hat Helena versichert, immer wieder, sowohl Kerstin Eins als auch Kerstin Zwei gegenüber. Vielleicht ist Helena ja in sein Zimmer gegangen, hat das Licht angemacht und seine Papiere geordnet. Denn sie ist noch da. Ich habe sie vor einer Weile gesehen, wie sie die Tür zugemacht hat. Die Ambulanz ist geschlossen, aber Helena hat es nicht eilig, nach Hause zu kommen. Niemand wartet auf sie.

Ich erkenne das Motorengeräusch. Schon bevor ich sie sehe, weiß ich, daß Margareta und Birgitta auf dem Weg sind. Sie haben länger gebraucht, als ich gedacht habe. Vielleicht haben sie es ja nicht gefunden, obwohl Birgitta sich aus bestimmten Gründen an den

Weg zu Christinas Arbeitszimmer und Schreibtisch erinnern und Margareta den Weg zu dem Haus kennen sollte, in dem Tante Ellen starb.

Der schmutzige Schneerest am Rand des Parkplatzes erwacht zum Leben und glitzert im Scheinwerferlicht. Margareta parkt schief, als hätte sie es plötzlich eilig, und öffnet die Tür, noch bevor sie den Sicherheitsgurt aufgemacht hat. Birgitta sitzt immer noch zurückgelehnt auf dem Beifahrersitz, aber diesmal will sie offensichtlich nicht im Auto bleiben, während Margareta nach Christina sucht. Sie hat bereits ihren eigenen Sicherheitsgurt gelöst, jetzt öffnet sie die Tür und zieht sich mühsam vom Sitz. Für einen Moment sieht es so aus, als wäre das zuviel für sie. Sie beugt sich vor, legt die Arme auf das Autodach und läßt ihren Kopf daraufsinken.

In weiter Ferne schlägt der kleine Tambour seine Trommel. Maria summt im gleichen Takt.

»Brauchst du Hilfe?« fragt Margareta.

Birgitta schaut auf und schüttelt den Kopf.

»Mir war nur etwas übel.«

»Geht's jetzt besser?«

Ja. Jetzt geht es besser. Birgitta nickt und schlägt ihre Tür zu. Margareta schließt ab.

»Glaubst du, die haben jetzt noch offen?« fragt Birgitta. Das klingt, als würde sie sich scheuen. Irgend etwas muß mit ihr geschehen sein. Viel kann man von Birgitta sagen, und viel ist auch gesagt worden, aber nie ist sie vor etwas zurückgescheut. Nicht einmal, wenn sie Angst hat, im Gegenteil, gerade wenn sie wirklich Angst hat, stürmt sie mit aufgerissenen Augen auf den Feind zu.

»Nein, aber Christina ist sicher noch da«, erwidert Margareta. »Jetzt, wo Erik nicht da ist, muß sie ja nicht auf die Zeit achten...«

Sie steht in einem kleinen Lichtviereck, die Hände tief in die Taschen gestopft. Hubertssons erleuchtetes Fenster spiegelt sich auf dem Asphalt; auf Margaretas Nacken ruht eine Last, und man sieht, daß sie müde ist. Es ist schon länger als vierundzwanzig

Stunden her, daß alles angefangen hat, und immer noch ist nicht Schluß.

Birgitta bleibt unten stehen, während Margareta die Treppe zur Ambulanz hochgeht. Plötzlich scheint sie zu merken, daß auch sie im Licht eines Fensters steht, und zieht sich zurück, weicht wie ein Schatten zurück unter die anderen Schatten.

Die Tür ist tatsächlich geschlossen, aber Margareta rüttelt zunächst ein paarmal an ihr, bevor sie gegen die Glasscheibe klopft. Niemand scheint sie zu hören, obwohl sie bald nicht mehr mit dem Zeigefinger klopft, sondern mit der ganzen Faust hämmert. Sie hämmert lange, aber der Flur drinnen liegt hell und leer da.

»Hallo!« ruft Margareta. »Hallo!«

Endlich kommt jemand.

Helena öffnet die Tür nur einen Spalt, sie hat rote Augen und Flecken im Gesicht. Vielleicht ist sie ja erkältet, vielleicht ist ein kleiner Virus vom Kopf eines Patienten auf Helena gehüpft.

»Es ist geschlossen«, sagt sie undeutlich. »Wenn es eilig ist, müssen Sie nach Motala fahren.«

Margareta lächelt ihr freundlichstes Lächeln:

»Entschuldigen Sie, daß wir stören. Aber wir sind keine Patienten, wir sind Christinas Schwestern. Und da sie nicht zu Hause ist, haben wir angenommen, daß sie noch arbeitet.«

Helena starrt sie an, als glaubte sie, Margareta würde lügen.

»Christina ist nicht hier«, sagt sie schließlich schluchzend.

Margareta verzieht das Gesicht.

»Dann müssen wir aneinander vorbeigefahren sein. Dann werden wir es noch mal bei ihr zu Hause versuchen. Aber auf jeden Fall vielen Dank.«

Sie will sich gerade umdrehen und hat schon den Fuß auf die erste Treppenstufe gesetzt, als Helena sagt:

»Christina ist nicht zu Hause. Sie ist nicht nach Hause gefahren.«

Margareta dreht sich wieder um und fragt verwundert:

»Wo ist sie dann?«

Helena bricht in Weinen aus und schiebt die Tür weit auf:

»Im Stadtpark. Die Polizei hat angerufen und gesagt, daß sie Hubertsson im Stadtpark gefunden haben. Und daß er tot ist!«

Margareta rennt die Treppe hinunter und läuft über den Parkplatz; Birgitta tritt aus dem Schatten und folgt ihr, Helenas Klagerufe zerreißen die Luft hinter ihnen:

»Er ist tot! Sie haben gesagt, Hubertsson ist tot!«

Nein!

So sollte es nicht ablaufen! Hubertsson sollte nicht sterben, noch nicht! Er sollte an meinem Bett sitzen, drei Tage und drei Nächte lang, an meiner Seite, ganz bis zum Schluß, und mit sanftem Lächeln die Geschichte meiner Schwestern verfolgen, wie sie über meinen Bildschirm rollt.

Er darf nicht sterben! Er darf mich nicht verlassen! Wie soll ich noch drei Tage leben können, wenn Hubertsson tot ist?

Der letzte Wintersturm fegt über die Östgötaebene, er kommt aus dem Norden und ist sehr kalt. Wo er ankommt, gefriert der Boden augenblicklich; das sprießende Grün, das sich unter Laub und Vorjahrsgras versteckt hat, welkt sofort und stirbt. Gestrüpp und Büsche krümmen sich und gehen in die Hocke, der kalte Wind lacht sie aus und drückt sie gegen die Erde, reißt sie danach hoch und schüttelt sie, daß die spröden Zweige brechen und wie gebrochene Versprechen hängenbleiben. Der Ahornbaum biegt sich und bittet darum, verschont zu bleiben, aber dieser Sturm schont niemanden, er zerrt und reißt an den Bäumen, drückt sie zur Seite, daß ihre schmalen Taillen brechen und das weiße Holz des Stammes zutage tritt. Dann hält der Wind inne und spuckt auf sie, wirft Sand und Erde und wirbelndes, spinnennetzdünnes Laub vom letzten Herbst auf die Wunden, bevor er wieder an Fahrt gewinnt und sich wie ein rasender Riese auf den Kiefernwald stürzt.

Die Kiefern stehen stumm und kerzengerade wie Soldaten da, sie weigern sich, um Gnade zu flehen. Der Sturm lacht über ihren erstarrten Stolz, lacht und verhöhnt sie eine Weile, bevor er eine nach der anderen zur Seite drückt, sie mit den Wurzeln herausreißt und fällt und damit Tausende von Wesen zum Vorschein kommen läßt, die sich in der Erde unter ihren Wurzeln verstecken. Und keines dieser Wesen lebt länger als einen Augenblick, der Frost bleibt noch eine Weile bei ihnen, zerknipst sie mit kalten Fingern und läßt sie erstarren, während der Sturm weiter über die Ebene wütet, hin zu einer Stadt und einem Krankenhaus.

Dort hält er einen Augenblick inne, holt Atem und sammelt seine Kräfte, bevor er sich mit frischer Kraft gegen das gelbe Gebäude wirft, es in den Grundfesten erzittern läßt, es schüttelt, daß die Dachziegel klirrend gegeneinanderschlagen, daß die Wände knarren und knurren, daß das Glas der Fensterscheiben sich wölbt und bereit ist zu zerbrechen…

Maria weint. Sie steht neben meinem Bett und versucht, meine flatternde Hand zu halten, weint, weil es so schwer ist, sie einzufangen und das, was meinen Körper hin und her schleudert. Maria weiß, was es heißt, vom Sturm gefangen zu sein und wie ein verwelktes Blatt vom Zweig gerissen, in der Luft herumgewirbelt zu werden und danach zu Boden zu fallen.

»Kerstin!« ruft sie. »Kerstin! Komm!«

Und Kerstin Zwei kommt.

Ich mag Kerstin Zwei. Ich mag sie, weil sie kräftig und praktisch ist, weil sie selten lächelt, aber oft lacht, weil es dann klingt, als wohnte eine kleine Taube in ihrer Kehle, weil sie mich manchmal mit halbgeschlossenen Augen über ihr Brillengestell hinweg anschaut.

Aber jetzt lacht sie nicht, keine kleine Taube gurrt in ihrer Kehle. Sie hat die Arme um mich geschlungen, beißt sich auf die Lippen und drückt mich fest an sich. Sie hat Angst. Sie kann mir nicht noch mehr Stesolid geben, als ich schon bekommen habe, und es ist kein Arzt aufzutreiben, der mir einen Tropf legen könnte. Christina ist nicht mehr in der Ambulanz, und Hubertsson ist ganz woanders hingegangen.

In einer Millisekunde zwischen zwei Krämpfen bleibt die Zeit stehen, der Sturm hat sich beruhigt, und mein Körper wird nicht mehr durchgeschüttelt. In diesem Zeitloch liege ich mit dem Kopf an Kerstin Zweis weißem Kittel und höre plötzlich ihr Herz schlagen. Alle Uhren dieser Welt stehen still, alle Elektronen dieses Universums sind in einer bestimmten Position erstarrt, aber das dringt nicht zu Kerstin Zwei durch. Ihr Herz tickt stetig weiter. Und plötzlich wird mir klar, daß es keinen Grund mehr gibt zu zögern, daß ich das Pflegeheim in diesem Moment verlassen und überall hingehen kann, wohin ich möchte. Andere Herzen werden statt meinem schlagen. Es gibt immer Herzen, die schlagen.

Ich schließe die Augen und lasse los. Der Sturm ist vorüber. Keine Möwe mit blendend weißen Federn wartet auf mich im Ahorn, kein schwarzglänzender Rabe mit goldenem Blick, nicht einmal eine Krähe mit stahlgrauer Iris. Nur ein kleiner grauer Vogel. Ein ängstlicher kleiner Spatz mit aufgeplustertem Federkleid.

Aber wie dieser Vogel fliegen kann! Er hebt mich hoch über Vadstenas Straßen und Gassen, höher als ich je zuvor geflogen bin. Er trägt mich lachend in weiten Kreisen durch die Luft, immer höher und höher, bis wir fast die Wolken streifen, die Wolken, die jetzt weißer sind als der Himmel hinter ihnen. Weit entfernt im Westen, wo gerade die Sonne untergegangen ist, funkelt der Komet Hale-Bopp wie ein silberglänzendes Feuerwerk. Heute nacht ist ein Fest, die letzte Winternacht des Jahres ist immer ein Fest. Die Dunkelheit bietet zum letzten Mal alle Kräfte auf, aber wir sind noch vom Licht umgeben, mein Vogel und ich. Ein Sternenhimmel funkelt über uns, ein zweiter unter uns, rund um den Vättern sind die Lichter angegangen.

Für einen Moment darf ich zwischen Himmel und Erde schweben, für einen Moment ist es mir erlaubt, zwischen ihnen zu wählen.

Ich wähle die Erde. Ich werde mich immer für die Erde entscheiden.

Der kleine Tambour ist jetzt angekommen. Er steht kerzengerade auf dem Marktplatz und schlägt seine Trommel, während die Schatten um ihn herum immer tiefer werden und Tausende flüsternder Stimmen in seinen Rhythmus einfallen:

»Leb. Leb. Leben.
Leb. Leb. Leben.
Leb. Leb. Leb.
Leb. Leb. Leb.
Leb. Leb. Leben.«

Keiner der *Benandanti* sieht mich, während ich über den Marktplatz fliege. Ich bin nur ein verhuschter kleiner Spatz, kein großer schwarzer Vogel. Ich schreie nicht mehr vom Hunger alter Zeiten.

Meine Schwestern stehen im Stadtpark. Rundherum ist es dunkel. Das Licht der Straßenlampen dringt nicht durch bis hierher, nicht einmal das blinkende Blaulicht des Krankenwagens erreicht sie.

Sie stehen dicht beieinander und sehen, wie die Sanitäter Hubertssons Körper auf die Bahre heben. Keine von ihnen weint, keine von ihnen sagt etwas, aber Margareta beugt sich plötzlich vor und stopft die Decke fester um ihn, als hätte sie Angst, er würde frieren. Als sie sich wieder aufrichtet, ergreift Christina ihre Hand und drückt sie leicht; Margareta sieht sie an und greift dann mit der anderen Hand nach Birgittas. Und plötzlich ist es, als durchströmte ein Gedanke ihre Arme und Hände, der sie für einen Moment vereint.

»Er war der letzte«, sagt Christina. »Jetzt gibt es niemanden mehr, der erwachsen war, als wir noch Kinder waren.«

»Niemanden, der Tante Ellen so kannte wie wir«, sagt Margareta.

»Er wußte bestimmt mehr, als wir denken«, murmelt Birgitta.

Margareta versucht, ihre Hand lozubekommen, aber Birgitta läßt nicht locker. Christina merkt nicht, wie ihre Hände miteinander ringen.

»Ich hätte sie gern kennengelernt«, sagt sie. »Als Gleichaltrige. Ich hätte sie gern als Erwachsene kennengelernt... Manchmal träume ich davon, daß wir zusammen in einem Café sitzen. Aber nur ich rede. Sie sagt nie etwas.«

Margaretas Hand wehrt sich nicht mehr gegen Birgittas.

»Es gab ein Vakuum«, sagt sie mit leiser Stimme. »Es gab Dinge, die wir nie erfahren haben.«

Ein Lächeln huscht über Christinas Gesicht.

»Aber wir haben dieses Vakuum doch ausgefüllt!«

Birgitta beugt sich leicht vor und spuckt auf den Kies. »Nicht jedes Vakuum kann man füllen«, sagt sie. »Manche nie. Sosehr man es auch versucht.«

Sie stehen eine Weile stumm da, während die Sanitäter Hubertssons Bahre hochheben, den drei Frauen zunicken und losgehen. Da läßt Birgitta Margaretas Hand los und Margareta Christinas. Sie sehen einander nicht an.

»Dann müssen wir wohl ins Postindustrielle Paradies fahren und eine Tasse Tee und ein Butterbrot zu uns nehmen«, sagt Christina und schiebt den Pony mit ihrer weißen Hand aus der Stirn, das Cape folgt ihren Bewegungen. Sie wendet sich ab und geht zur Straße, während sie fortfährt:

»Damit ihr was im Magen habt, bevor ihr weiterfahrt.«

Margareta folgt ihr lachend, sie hat den Wink verstanden.

»Gerne, danke«, sagt sie zu Christinas Rücken. »Wenn es nicht zuviel Mühe macht.«

Birgitta bleibt noch einen Moment stehen, bevor sie den beiden anderen folgt. Sie tritt irritiert nach dem Kies, ihre Minni-Maus-Pumps schlurfen. Teeplörre und Schnittchen! Typisch. Was sie braucht, das ist ein Bier.

Hubertsson sitzt auf einer Parkbank im Schatten. Sein Gesicht ist ernst, seine Körperhaltung arrogant, er hat die Beine ausgestreckt und übereinandergeschlagen, der rechte Arm liegt auf der Rückenlehne der Bank. Ich bleibe in der Dunkelheit stehen, zögere einen Augenblick. Noch kann er mich nicht sehen. Er kann mich nicht sehen, wie ich wäre, wenn alles anders gewesen wäre.

Hinten auf dem Marktplatz schlägt der Junge seine Trommel. Das klingt jetzt sehr laut, es dröhnt in den Straßen und Gassen, es hallt im Klostergewölbe und in den Kirchenwänden wider, es dröhnt wie ein Frühlingswind überm Vättern.

Aber Hubertsson hört nicht auf den Ruf, er steht nicht auf und geht nicht zum Marktplatz. Er bleibt ruhig auf seiner Bank sitzen und wartet, bis daß ich aus dem Dunkel trete.